中国艺术设计教育发展策略研究

清华大学美术学院中国艺术设计教育
发展策略研究课题组 编著

清华大学出版社
北京

内 容 简 介

本书所涉及的研究课题，主要针对当今高等院校的艺术设计教育模式现状、存在的问题进行发展策略研究，以便准确界定艺术设计学科在高等教育中所处的位置，以及明确高等艺术设计教育与创新人才培养的内在关系，指导高等艺术设计教育在不同类型大学中的教育方针，并确立相应的学科定位与专业设置，在此基础上制定教学大纲与教学内容，调整招生政策与课程体系，确立正确的就业导向，从而影响国家制定系统合理的艺术教育和产业政策。

图书在版编目（CIP）数据

中国艺术设计教育发展策略研究/清华大学美术学院中国艺术设计教育发展策略研究课题组编著. --北京：清华大学出版社，2010.10
ISBN 978-7-302-23710-5

I.①中…　II.①清…　III.①艺术-设计-教育-发展策略-研究—中国　IV. J06-4

中国版本图书馆CIP数据核字（2010）第165601号

责任编辑：甘　莉
责任校对：王凤芝
责任印制：孟凡玉
出版发行：清华大学出版社　　　　　　　　　　地　　址：北京清华大学学研大厦 A 座
　　　　　http://www.tup.com.cn　　　　　　邮　　编：100084
　　　　社　总　机：010-62770175　　　　　邮　　购：010-62786544
　　　　投稿与读者服务：010-62776969，c-service@tup.tsinghua.edu.cn
　　　　质　量　反　馈：010-62772015，zhiliang@tup.tsinghua.edu.cn
印刷者：北京鑫丰华彩印有限公司
装订者：三河市金元印装有限公司
经　销：全国新华书店
开　本：185×240　印　张：30.75　字　数：590千字
版　次：2010年10月第1版　　印　次：2010年10月第1次印刷
印　数：1～3000
定　价：60.00元

产品编号：028694-01

清华大学美术学院
中国艺术设计教育发展策略研究课题组

课题组负责人：郑曙旸
课题组成员：何　洁　李功强　聂　影　张柏萌　唐林涛

《中国艺术设计教育发展策略研究》执笔组

执笔组负责人：郑曙旸
执笔组成员：聂　影（艺术设计教育与建设创新型国家的关系）
　　　　　　　张柏萌（当代中国艺术设计专业的战略定位研究）
　　　　　　　唐林涛（艺术设计与相关产业发展策略研究）

前　言

　　艺术设计，是以特定的组词方式在中国作为现代设计（design）的专业表述。

　　艺术设计学是一门多学科交叉的、实用的艺术综合学科，其内涵是按照文化艺术与科学技术相结合的规律，为人类生活创造物质产品和精神产品的一门科学。艺术设计学科涉及的范围宽广，内容丰富，是功能效用与审美意识的统一，是现代社会物质生活和精神生活必不可少的组成部分，直接与人们的衣、食、住、行、用等各方面密切相关。

　　理论上的学科定义并不复杂。但是对艺术设计专业的社会认知度却存在很大问题。对于艺术设计相关行业的产值、利润似乎也不缺少全国性的统计数字。例如，2005年与环境艺术设计相关产业的经济总量已达8000亿元人民币。尽管如此，中国社会对艺术设计的重视程度远远没有到位，在许多人心目中，设计师是从事自由职业的个体劳动者，还没有真正认识到应该把艺术设计当成产业来打造，艺术设计产业就是未来的竞争力。艺术设计涵盖的每个具体专业都对应着国民经济庞大的产业系统，艺术设计在现代产品制造过程中起着至关重要的作用，在城乡规划建设中的地位无可替代，对于综合国力的提升意义重大。

　　史有明鉴：20世纪初，德国为了和老牌资本主义国家英国在国际市场上竞争，找到了设计落后的症结，于是成立了由工业家、建筑家、设计家、工艺师、画家等参与的"德意志制造联盟"，随后又有大师格罗庇乌斯主政的"包豪斯"设计学院的形成，德国设计开世界一代风气，迅速扭转了产品和建筑设计落后的局面，成为现代设计舞台上的佼佼者，至今德国产品的设计仍能在全球广受赞誉。除德国外，以设计立国、设计强国的国家不在少数，普遍的经验是：思想观念领先，设计教育打下人才基础，国家政策的有力支持，形成设计产业的规模优势，最终使优秀的设计成果辐射到最广大的地区，给国民带来了巨大的经济效益。

　　在很多方面，我们与世界设计发达国家的差距很大，不用说和欧美设计大国去比，就与亚洲的韩国比也令人心惊。例如，韩国专门设立了"文化产业振兴院"，它针对中国市场的开拓计划主要在游戏方面。韩国网络游戏目前已占据中国网络游戏市场60％以上份额，中国相关企业每款游戏的代理价格高达数千万元，每增加一个游戏用户，还要向韩国游戏开发商支付近30％的分成费。据权威机构统计，2004年中国网游市场规模达36.5亿元，比2003年增长46％，预计未来每年增幅达40％以上。如此巨大的市场，国内专业游戏设计人才仅约3000人，缺口达数十万人之多。网络游戏设计不仅靠复杂的计算机编程，其中艺术设计团队的作用举足轻重。联想到三星电器、现代汽车在中国的行销以及韩剧热播的文化现象，不难体味国家产业政策支持下的艺术设计团队的力量。

我们应该把设计艺术的兴衰成败与国家的命运前途紧紧联系在一起，应该从战略的意义上明确一条艺术设计产业化的道路，提出"打造设计大国"的响亮口号，从而为建设创新型国家源源不断地输送动力。

培养艺术设计人才和建设艺术设计师团队是打造设计大国的基础工程。

艺术设计人才的培养在中国有着悠久的历史，过去是以师徒传承的方式进行的，学校方式的艺术设计教育在20世纪初才开始。50年代中期，艺术设计教育作为独立的学科得到系统发展，60年代起开始培养研究生，80年代进入硕士、博士学位的培养阶段，该学科得到全面的发展，为国家建设输送了不少人才。

目前，我国对于艺术设计专业人才的培养尚停留在市场调节的阶段。尽管在艺术设计人才短缺、就业前景看好的形势下，报考艺术设计院校的学子年年递增，很多大专院校纷纷增办艺术设计系或专业，然而限于学校及师资的条件，不仅在数量方面难以满足社会需求，在质量方面许多毕业生的专业水平也难以担当"设计强国"的重任。还有的专业受认知或效益上的制约选修者寥寥，后继乏人。

艺术设计的整个过程：就是把各种细微的外界事物和感受，组织成明确的概念和艺术形式，从而构筑满足人类情感和行为需求的物化世界。设计的全部实践活动的特点就是使知识和感情条理化，这种实践活动最终归结于艺术的形式美学系统与科学的理论系统。艺术是设计思维的源泉，它体现于人的精神世界，主观的情感审美意识成为设计创造的原动力；科学是设计过程的规范，它体现于人的物质世界，客观的技术机能运用成为设计成功的保证。进行艺术设计创造需要调动人脑的全部功能，横跨于两种思维之间，因此艺术设计教育与创新型人才培养的关系十分密切。

进入21世纪，尤其是中国共产党的十六大以来，随着科学发展观作为社会发展的指导方针，为了实现以循环经济模式构建节约型和谐社会的理想，以知识创新为主导的科技进步在理念上达到了新的高度。高等艺术设计教育也因此面临着重大的战略机遇期。构建创新型国家的关键还在于创新型人才的培养。高等艺术教育在复合型创新人才培养中的作用如何发挥，各类高等院校的艺术教育如何定位，都成为需要深入认真研究的课题。

　　1956年创建的中央工艺美术学院（现清华大学美术学院），在中国高等艺术教育的事业中具有十分重要的地位。这个位置是由其学科定位所决定的，因为这是20世纪下半叶中国唯一以"工艺美术"进而到"艺术设计"专业定位的高等学校。可以毫不夸张地说，这个学校的发展引领了中国艺术设计高等教育之路。在今天具有高等学校本科招生资格的700余所院校中，有近2/3的院校开设了艺术设计专业。在艺术类全部专业中的开设率高居榜首，而且80％以上都是在21世纪之后。

　　基于以上背景，我们认识到深入细致地研究中央工艺美术学院50年的历史经验，实际上就是研究"中国艺术设计教育发展策略"这样一个大课题。这是从历史出发研究本课题的唯一路径。这个问题研究清楚了，就会以此来确定我国高等院校中艺术设计教育的办学方针与策略，尤其是研究型综合大学中艺术设计教育的专业定位。这对于美术学院包括全国其他同类院校，无疑具有学科发展与建设的重大指导意义。过去，由于各种原因我们始终未能投入力量对此进行研究。今天，面对全国各类高校普遍开设艺术类专业，而在艺术类专业中又普遍开设艺术设计专业的现实，显然，此项目的研究成果，必将指引我国艺术设计教育的健康发展，促进艺术设计所对应的产业发展和提高。

清华大学美术学院

中国艺术设计教育发展策略研究课题组

2009年4月

目　录

中篇　当代中国艺术设计专业的战略定位研究

下篇　艺术设计与相关产业发展策略研究

第1章　绪　　论

1.1　课题范畴和研究内容

1.1.1　课题来源

本研究是清华大学"985"工程二期哲学社会科学专项建设课题。

近些年来，有太多的现象和事件刺激着艺术设计行业的从业人员，而他们一致的呼声就是中国的艺术教育发展到了一个关键时期，一个需要理性分析与清醒认识的时期。对于"中国艺术设计教育发展策略"的研究是一个宏大的课题，驱使我们进行这一研究的动因有许多，主要可总结为如下三个方面。

宏观上，中国的国家整体发展策略开始转型，政府开始提倡建设"创新型"国家。从加工、制造到设计、研发，从复制、跟随到创新、领导，这样的转化是必然的，也是亟须的，这样的产业政策是国家持续发展、健康发展的必由之路。此外，高等教育政策方面也开始强调素质型、能力型、创新型人才的培养，这种宏观转向正是本课题研究的根本动力。

中观上，中国的艺术设计教育以及艺术设计产业在最近几年里出现了"爆炸式"的发展现象。设计院校数量的激增与设计教育质量的整体下滑，设计从业人员整体数量的激增与设计行业的"劳动密集型"化，设计相关经济总量的激增与单项设计服务的廉价化，这样的对峙现象，如同摊大饼一样——使得设计教育在变大的同时变薄，失去了厚度的同时也就失去了强度，表面的壮大掩饰不住内在的脆弱。这是课题研究的现实环境。

微观上，1999年底，中央工艺美术学院并入清华大学；2006年11月，清华美院庆祝了建院50周年。学院这50年的发展与变化见证了中国艺术设计行业的发展与变迁。站在历史的角度上去发现未来，这是本课题研究的直接导线。

1.1.2　研究目的

本课题主要针对高等院校的艺术设计教育模式、问题以及发展策略进行研究，以便准确界定艺术设计学科在高等教育中的位置，明确高等艺术设计教育与创新人才培养的内在关系，从而指导高等艺术设计教育在不同类型大学中的教育方针，并确立相应的学科定位与专业设置，在此基础上制定教学大纲与教学内容，调整招生政策与课程体系，确立正确的就业导向，从而影响国家制定系统合理的艺术教育和产业政策。该课题主要包括三个部分：①艺术设计教育与建设创新型国家的关系；②当代中国艺术设计专业的战略定位研究；③艺术设计相关产业发展策略研究。

为此，我们先后深入调研了四所艺术设计学院：哈尔滨师范大学艺术设计学院、中国美术大学艺术设计学院、深圳大学艺术设计学院，当然还有课题小组所在的清华大学美术学院。

第一个子课题为：艺术设计教育与建设创新型国家的关系。在已有的文献或专著中，关于艺术设计教育在建设创新型国家过程中应扮演什么样的角色，基本没有详细论述；即使有所提及，也只是把它列入美术或艺术教育的范畴，当做科技人才培养的辅助方法之一而存在；或者将艺术设计行业仅看成为了增加出口产品附加值的行业，艺术设计院校只需负责为国家提供这方面的人才而已。这些认识都显然只看到了艺术设计教育"功能性"的一面，并没有理解行业和教育的本质。

我们试图通过研究说明如下几点：①艺术设计及教育不仅是一种专业教育，更可成为训练青少年思维、培养良好工作方式的途径；②艺术设计是一个跨越文理科的专业领域，要求学生和从业者有更全面的知识、思维和工作能力；③从艺术设计专业在中国现代教育体系中的发展来看，这也是一个观察国家高等教育整体发展状态的绝好视角。

第二个子课题为：当代中国艺术设计专业的战略定位研究。伴随我国经济实力的快速增长，我国的艺术设计教育事业也正在以前所未有的规模高速发展。扩招不仅带来了全社会对艺术设计教育的关注，也引发了质量保障的危机。抛开表面的繁荣，我们不难发现，大众对设计的理解还停留在"装饰阶段"，对于很多家长来说，艺术设计学科在很大程度上仍然是高考的捷径。从学科内部来看，艺术设计学科远未成熟，招生制度、课程建设、师资建设等诸多方面仍然存在很多不足。与此同时，我们还面临着日益显著的国际化竞争的压力与挑战。这些问题促使我们认识到，艺术设计学科建设依然任重而道远。

作为应用型学科，设计教育必须与产业市场保持密切联系，保障学生的就业需求，为国家输出专业技术人才。同时，我们也要警惕设计教育过度职业化的危险，避免专业越钻越窄的局面。提高我国的设计竞争力，需要大量创新型高级设计人才，设计教育要在创新型国家建设中发挥正面推动作用，就需要更加广义地理解设计的含义，把设计学科设置在更加广泛的学科背景中，真正地实现艺术、自然科学、社会科学等的多学科交叉，拓宽人才培养的路径，最大限度地发挥设计教育的社会价值。在此意义上，为设计教育的可持续发展探索更加合理的教育体系成为当务之急。

第三个子课题为：艺术设计相关产业发展策略研究。本子课题研究的主要重心是艺术设计相关产业发展策略。通过对中国艺术设计相关行业中设计人员就业关系（以建院50年的清华大学美术学院为典型案例）的研究，以个人价值与社会价值体现的比较为线索，探索在中国特色的市场经济条件下，艺术设计相关产业的发展思路和可能性，在政策和策略两个方向上提供研究成果。

本子课题主要研究设计师与其环境之间的动态博弈关系。一方面，到底设计师需要具备哪些素质、能力，才能获得专业上的发展与相对成功；另一方面，怎样的环境，或者说土壤，才能使创新型人才不断涌现。在这样的基础上，我们才可能为艺术设计教育的发展提供策略，因为教育的根本目的就是为了社会化，教育是个体与社会之间的桥梁。

1.1.3　课题研究意义

首先，这项研究对于我们改进设计教育模式会有所启发；其次，研究结果对于政府的相关政策制定以及设计的产业化发展有借鉴意义。

教育"生产"的"产品"是具备一定专业知识、技术与能力的"人才"。可是生产的一个重要前提是看人才市场的需求，如果现在市场需要的是高级厨师，而我们只培养了初级做饭者，如果市场需要的是具备创新能力的设计师，而我们只培养了一丝不苟的绘图员，那就是生产与市场的脱节。因此，在谈论艺术设计教育应该怎样之前，我们应该先了解当前我们需要什么样的艺术设计人才。当前我国的设计教育颇有"大跃进"的形式，不按科学规律办事的结果就是生产了许多并不适应人才市场需求的"残次品"。如果考虑到目前我国经济发展正处于上升期，经济结构和模式还有待调整，中国的当代文化尚未成熟，大学教育改革仍处于摸索阶段……以人才适应市场的思路还会面临更加复杂的情况。

仅仅有了高素质的人才还不能保证高水准的创新设计涌现，还需要适宜的社会土壤滋养以及良好的产业环境催化。在最好的情况下，适应人才市场需要且符合设计专业规律的大学教育也只是出产了一块块"好钢"而已，这块好钢是否能被锻造成锋利的宝剑，还要看环境这个大熔炉，合适的温度、不断的锤打、淬火都是必需的过程。

如果某个时代某个地区出现了一位世界级的设计大师，那么除了他的个人才智和所接受的专业教育之外，还应该在当时的社会环境中寻找线索，比如文艺复兴与达·芬奇的关系、德意志制造联盟与贝伦斯的关系，等等。

因此，我们的研究在两个方面具有意义：一是艺术设计教育该培养什么样的人，以及怎样培养这样的人；二是这些具备专业能力的人应该工作、生活在怎样的环境里，才更有助于他们聪明才智的发挥，以及政府、产业如何建立这样的良好环境。

1.1.4　课题范畴

一个优秀设计的出现、被推广以及被产业化，并且对人们的生活产生影响，存在着两个方面的因素，一是来自个体的能力、智慧；一是来自环境的催化与培育。我们把这样的两个方面设想为设计师取得专业成功的"两条腿"，一是来自个体内在的；一是来自社会外在的，而这两个方面是相互促进、相互影响的。个体的内在因素，除了先天性的一些因素以外，教育也是关键的过程。教育是个体掌握专业知识与才能的过程，也是个体进入社会之前的过渡阶段；同时，教育也是外部观念、知识、能力、方法的内在化。抛开天赋不谈，教育对于提升绝大多数人的专业能力都起到了关键性的作用。人是通过教育实现专业化的。

因此，本课题主要研究的内容就是上述的三者——个体、教育、社会，以及三者之间的关系。个体需要怎样的知识与能力才能取得专业上的成功？社会提供什么样的土壤才能催生创新性的设计？在不断变化的社会环境下，教育该如何调整自身的观念、定位、制度、方法，以生产更多不同规格的创新型人才？

1.1.5　专项研究的主要内容

专项研究的讨论主要围绕三个问题展开：

第一部分探讨了艺术设计教育与建设创新型国家之间的关系，大致包括如下几个方面：①创新型国家建设的原动力是文化创新，艺术设计教育应在此过程中扮演更重要的角色；②艺术设计学院在社会整体发展和学院发展中，正面临哪些难题，以及我们应采取何种态度和方法来应对；③在多元化时代和多元化大学中，国家承担的责任不是减轻了，而是更加重大了，这既来自国家的要求，也是民众的要求。

第二部分主要针对艺术设计学院的建设和发展进行深入分析，大致包括如下几个方面：①我国艺术设计教育的历史回顾；②新世纪艺术设计院校的改革之路；③国际化视野下的比较；④影响我国艺术设计教育未来发展的几个方面；⑤建立可持续发展的设计教育体系；⑥当代艺术设计教育的策略研究。

第三部分则从艺术设计教育与艺术设计行业的关系及二者发展的相互影响的角度来进行探讨，而且这也是专项研究三个主要部分中，调研数据分析最为深入细致的部分。大致包括如下几个方面：①调研情况的说明和初步分析；②从行业和个人两个角度探讨个人、行业和教育三者之间的相互关系；③从社会大环境、设计师个体和学院等角度提出了相应的改善和补救措施。

1.2 术语界定

人文概念大多显得宽泛，内涵模糊而外延广大，它们大多来自西方（或经由日本），并且在穿越时空的旅行与迁徙中，早已与原初的意义有很大不同。这就造成我们可能使用相同词句讨论着某个话题，而我们各自所指涉的却是不尽相同的范畴。所以几乎所有的人文类问题的探讨都必须从对术语的界定开始。本书当然无可避免地要在论述中经常使用"艺术设计"一词，而培养具有"创新"能力的人才则是整个课题研究的根本目的。为了避免造成概念上的认知错位，有必要首先对这些概念进行界定。

1.2.1 艺术设计

"设计"其实是很晚近的一个概念，而且是个舶来品。虽然许多研究者一直强调在古代中国也存在着与当代"设计"概念相似的技艺和匠人，但这与今天所说的设计，在精神追求和趣味上都大有不同。在西方工业革命之前，并不存在"设计师"这一社会角色。那时的"艺术家"和"设计师"与一般的工匠并没有本质不同，他们甚至无法组成自己的行会。真正使设计从手工艺、艺术中分离出来，开始职业化、系统化、理论化活动，则是在工业革命之后。

我们这里所谈的"艺术设计"指的就是现代意义上的design，以区别于纯粹工程技术领域中的"设计"，在中国它以特殊的组词方式出现，并作为官方的、法定的专业表述方式。这是一个典型的、容易被误读的引进词汇。它先被设计业的前辈们引入，随着专业的发展和艺术设计教育的日益正规化，艺术设计在教育界中的范畴界定已与其学术和专业范畴有很大的出入。

国务院学位委员会和国家教育委员会在1997年颁布了新版的《授予博士、硕士学位和培养研究生的学科、专业目录》。这份目录是在1990年10月的老版本基础上，经过多方征求意见和建议，整理修订而成的。在这份目录中，其实并没有"艺术设计"

这样的名称，而只有"设计艺术学"。这份目录将国家所授专业和授予的学位分成了如下十二大门类：哲学、经济学、法学、教育学、文学、历史学、理学、工学、农学、医学、军事学、管理学。其中在文学门类中包括四个一级学科：中国语言文学、外国语言文学、新闻传播学和艺术学。而艺术学中又包括八项二级学科：艺术学、音乐学、美术学、设计艺术学、戏剧戏曲学、电影学、广播电视艺术学、舞蹈学。显然这份目录中并没有"艺术设计"这个名词，而使用了"设计艺术学"。更让人奇怪的是，"艺术学"被纳入"文学"这一大门类之下，这与一般所说的"艺术"和"文学"的范畴有明显不同。我们无法得知当初设置这份目录及层级的确切原因，但在实际工作中我们真切地感受到了由于专业"级别低"而导致的艺术设计专业和院校在教学和科研工作中所受到的种种限制。更宽泛地说，被列入"艺术学"的几个专业在当代中国的文化产业中都占有重要地位，无论是从经济、文化还是国际影响上来说，都如此。只能说，现行的教育学科设置体系的确显示了对艺术设计的轻视，从而使艺术设计专业的发展有举步维艰之感。

我们今天在理论体系中谈论的"艺术"观念是建立在西方的或西方化的艺术理论和艺术史基础之上的，所以我们有必要回头看看"艺术"在西方历史中的发展轨迹。古希腊时期，人们对艺术的理解跟今人是完全不同的。那时候艺术的概念还等同于"技艺"（technê）一词，是一种特殊的、有用的技巧，意指木工、铁匠、外科手术等技艺或专门的技能。这种具有含混意义的艺术概念一直持续到18世纪。18世纪初，艺术的概念被逐步"纯化"，即艺术与工艺技术概念的分离。在那之后，西方的艺术特指音乐、绘画、诗歌、舞蹈、建筑、雕塑六大门类表现"美"的艺术。从那时起，艺术便与"实用"分离，与"美"联姻。

关于设计概念的起源，持广义设计观的人倾向于将设计起源追溯到原始先民第一次将两块石头互相敲击来制造石器的时代。不过若从学术角度来说，这种解释很牵强，毕竟那时的设计范畴无论从理论，还是在实践中都与社会生活的方方面面难以分离开来，我们自然也就欠缺一个深入讨论的平台。而持狭义设计观的人，认为设计始于工业革命之后，因为社会分工的细化，使得职业化设计师出现。这是一个业内基本认可的观点。

撇开传统意义上的艺术与设计概念不谈，单就现代意义上讲，设计与艺术是非常不同的两类活动，设计师与艺术家也往往被要求具有不同的素质和气质。其根本的不同在于：艺术通常表达的是"自我"，而设计的目的则是为了"他者"。当然这并不是说艺术家们只关注自己的心理感受，事实上许多伟大的艺术家都有极强的社会责任感；也不是说好的设计师难以展示个人品味和风格特征，恰恰相反，好的设计作品往往具有设计师可识别的外在特点，同时又能很好地满足使用要求。

不过在当今世界中，艺术与设计的界限看来并不是愈加清晰，而是更加模糊了。充满了艺术气息的设计和带有设计味道的艺术品，在现实社会中更引人注目，比如斯塔克的榨汁器或诸多公共雕塑。对于这种现象，不同的设计师、艺术家或理论家有着不同的观点。有人认为这种现象其实更加证明了二者的同源；有人相信这开拓了第三个领域……但在本质上这其实说明了二者发展的轨迹渐行渐远，二者的发展空间也更加广阔。否则人们对这种"跨专业"的领域也难以投入如此之大的关注。如果我们找到另外的"参数"将会发现，二者似乎都在急于与"第三者"建立联系而为自己的发展找到更广阔的发展空间，比如高科技。一般说来，设计更容易直接与"科技"结合，以科学的视野，使用科学的方法，采用新技术，成了当代设计的一个重要主题和工作范畴。艺术则是更多地站在对科学和技术进行批判的角度来进行创作。后果是可以想象的，艺术往往带有对设计的怀疑和批判色彩……慢慢地二者演变成了"思考者"和"行动者"，而且日渐分化。而这种分化又加大了二者间的张力，形成一种辩证的（以西方的观点）或内在和谐的（以传统中国的观点）的关系。

我们最好把"艺术设计"仅仅当做一个标签，它的所指就是现代意义上的design。我们强调设计与艺术的专业差异性，强调设计本身的独特性，目的是指向设计教育。

1.2.2　"人文学科"和"人文科学"

"人文学科"（humanities）这一名称本身就是科学所界定的，是20世纪对那些被排拒在自然科学和社会科学之外的几门学科的简便总称。现代哲学是由科学形成时清除出来的东西界定的，其他现代人文学科则首先以古典语文学的形式出现，其后衍生出历史、现代语言甚至艺术史。从词根的角度看，人文是从"结绳记事"起步的，而人文学以"人文"为根本。科学以"类"区分事物，先有"类"的科学，后有分类的学科。人所创造的文化和文明是人文科学的两个根本层面，人文学科随着社会的发展在发展，词语亦随着社会的变化而变化，相对而言，人文词根及其意义则变化不大。

"人文科学"一词来源于拉丁文humanitas，是人性与教养之意。它作为一门综合性的学科名称，是12—13世纪意大利出现世俗性的学校时开始确立的。14—16世纪欧洲文艺复兴时期，人文研究与神学研究相对立，提出了人是宇宙的主宰，是万物之本，是一切文化科学之中心的世界观。19世纪，人文科学成为英美学院和欧洲大陆大学预科的基础教育学科，其基本目标是训练人的知识技能，并使人"更富于人道精神"。20世纪以后，西方世界已把人文科学作为人类社会三大类型科学（自然科学、社会科学、人文科学）之一的综合性科学，但关于它的性质、特征以及与其他科学的关系都存在很大分歧。有的人认为，其他科学是"抽象的"，目的是得到一般规律，是从多样性和特殊性走向统一性、一致性、简单性和必然性；而人文科学研究的则是"具体的"，它关心个别和独特的价值观，突出独特性、意外性、复杂性和创造性。还有的人认为，人文科学与其他科学在探究和解释世界的方式上存在根本区别，两者属于不同的思维，使用不同的概念，并用不同的语言表达形式，其他科学是理性的产物，人文科学是想象的产物，它使用现象与实在、命运与自由意志等概念，并用情感性的和目的性的语言来表达，因此，两者无法比较，但可以互相补充。区分社会科学和人文科学的标准，大多建立在定量化和经验性的基础上，即凡属于定量化或经验性的研究就不能算作人文科学。这种区分原则认为，社会科学是实证性的科学，人文科学是评价性的学问。

"人文学科"和"人文科学"的英文表述是相同的，作为普遍性的学术表示，二者的意思也是相同的。本书采用了"人文学科"的说法，这种选择也是有原因的。一般说来，人们倾向于使用"××科学"来标榜某学术领域的成熟和严谨。但几乎所有真正的"科学"都被要求有较完整的学术结构体系，而且许多观点、假说在体系内部可以获得证明或被判定为谬误。但是很多人文学科并不具有这种相对完整的体系，其学术的边界也颇为含混，体系建构也往往并不清晰，甚至一些人文学者本身便对严格的科学体系有所怀疑……在这种情况下，再使用"人文科学"一词似有矛盾，反而易引发疑惑。本书中，我们并不着力强调这些人文学科的科学性和理论体系的严密性，恰恰相反，本书倒更倾向于人文学科中众多难以明确归类的课题、研究方式和众多无法同一化的结论。

为什么本书要把讨论重点放在"人文学科"的范畴中呢？毕竟当代艺术设计的知识基础涵盖面很广，事实上它的确涉及了自然科学、社会科学和人文学科三个领域，而且这还是艺术设计教育对培养创新型人才具有重大积极意义的基础。这种选择基于两点考虑：第一，虽然艺术设计的实践过程的确涉及众多学科领域，但其本质属性仍为人文学科，它对人、社会、自然、科技等关系的考虑和探索，是这个行业最有价值的方面，也是应担负的社会责任；第二，艺术设计教育还应更遵从教育的普遍规律。既然本书的重点放在了艺术设计教育方面，其与整个教育的理想和追求就应是一致的、合拍的。而人文学科在这一过程中占据着更加重要的位置。

1.2.3 "创新"和"创新型国家"

"创新"是一个非常古老的词。在英文中，innovation起源于拉丁语。它原有三层含义：更新；创造新的东西；改变。今天，不同职业、文化和年龄的人们，对"创新"的理解很可能有所不同，而且也往往以自己的理解为基础谈论"创新"、"创新型国家"。不过，我们必须说明，在当代中国讨论的"创新"、"创新型国家"等专题，并不是来自拉丁语的这个起源，而是来自现代社会中的创新理论。

创新理论形成于20世纪。美国哈佛大学经济学、管理学教授熊彼特1912年第一次把创新引入了经济领域。他认为创新就是要建立一种生产函数，实现生产要素从未有过的组合。20世纪50年代，美国管理大师德鲁克第一次把创新引进管理领域，有了管理创新。他认为创新就是赋予资源以新的创造财富能力的行为。从这个角度看，我们发现原来广义的、抽象的"创新"通过与经济学和管理学的联姻进入了人们的日常生活，而且也因其能在经济上带来收益，在工作方式上影响人们的活动，在思维模式上对习惯造成冲击，进而进入到社会生活的方方面面，各种各样的"创新"也便出现在我们面前，比如理论创新、制度创新、经营创新、技术创新、教育创新、分配创新，等等。这是我们今天得以讨论创新及创新型国家问题的一个重要理论来源。

"自主创新"是相对于引进、模仿而言的一种创造活动，即创新所需的内核来源于体系内部，是摆脱对外部技术的依赖，依靠自身力量，通过独立的思考、分析、判断、研究开发活动而获得的成果。我国"十一五"规划中提倡的"自主创新"主要是针对经济、技术领域的，但又不应当被片面地理解为技术创新，还应包含哲学社会科学层面的创新、管理体制与政治机制的创新等。它应当涵盖我国经济和社会生活中的各个方面，是一种全方位的创新。自主创新是一个民族发展的不竭动力，是支撑国家崛起的筋骨。没有自主创新，我们就难以在国际上争取平等地位，就难以获得应有的国家尊严，甚至难以自立于世界民族之林。相较于自主创新的成果，我们应更重视自主创新的意识和能力。当然，自主创新不等于"独自"创新，创新不可能在完全封闭的、孤立的条件下完成，自主创新不是要求事事从头来，样样自己干。提高自主创新能力，更需要开放——开放的心态和胸襟，开放的眼界和胆识，开放的制度和政策，开放的社会人文环境。

我们这里谈到的创新大致包括三种形式：原始创新、集成创新和引进消化吸收再创新。这种分类方式和名词的使用借用的是中国企业技术创新的模式，应用到人文学科中，仍具有较强的实用性和适用范围。

原始创新是指重大科学发现、技术发明、原理性主导技术等原始性创新设计。原始创新是创新中具有战略突破性的活动，它是一种超前的思维挑战现有理论和观念的重大创新。原始创新是最具有革命性的创新，它最终可能不仅导致学科、专业的发展，带来巨大的经济或社会效益，而且可能导致人类社会关系、生活方式或思维模式的重大变革。

原始创新的主要特点是：

（1）革命性与继承性——原始创新最显著的特征是其革命性。原始创新既是在前人成果基础上的思维成果，又是打破前人成果基础的思维创新。

（2）连续性与广泛性——在对客观事物本质和发展规律不断认识、挖掘的过程中，人类生产与生活的各个领域都会源源不断地涌现出各种原始创新成果，其中既包括对自然现象发展规律的研究导致的发展、对技术探索导致的发明，也涵盖了对社会现象的总结而产生的观念变革和组织活动创新。

（3）综合性和风险性——原始创新得以实现的基础之一就是对现有体系的"创新"，可能是思想体系、行业体系、行政体系等，往往涉及学术、行政、人等方方面面，而且其影响所至之处也并不局限于某一确切的范围。创新活动蕴涵着巨大风险。由于诸多条件的限制，不是所有的创新活动都能取得预期成果：有些创新须经历千锤百炼，有些创新则始终未能实现预期目标。媒体中或书籍中总是记载着那些成功创新的动人故事，对那些失败的英雄们却鲜有关注。是时候反思一下我们的当代文化和民族传统是否鼓励创新（尤其是原始创新）了。

在科技创新领域中，集成创新是指将已有技术、已有知识产权（如有效专利）和部分创新技术，系统地组合成一个新的创造性方案的研发行为。具体包括五个方面：一是知识集成；二是技术集成；三是产品集成；四是信息集成；五是人力集成。集成创新是自主创新的一个重要内容，它把各个已有的技术单项有机地组合起来、融会贯通，构成一种新产品或经营管理方式，创造出新的经济增长点。集成创新的主体是企业，集成创新的目的是有效集成各种要素，更多地占有市场份额，创造更大的经济效益。

引进消化吸收再创新是指在引进国外先进技术的基础上，学习、分析、借鉴，进行再创新，形成具有自主知识产权的新技术。

事实上，集成创新和引进消化吸收再创新的模式似乎更适用于人文学科。因为人文学科在理论和现实生活中很难有像自然科学那么明确的边界，不同的观念和理论总是相互影响和撞击。研究者和从业者便总是在这种相互的碰撞中寻找自己的发展出路。艺术设计行业和理念似乎更能说明这两种创新模式。人类的设计似乎都来自某个"原型"。这个"原型"可能是造型，也可能是功能要求，还可能是观念和理论。设计理论家和设计师们便总是在诸多原型中寻求各自的原点和归宿。

创新型国家包括狭义和广义两个层面。狭义的创新型国家主要是指科学技术和经济的创新以及由此产生的经济发展。而广义的创新型国家则是指整个社会结构的创新以及由此带来的社会全面进步。不过，我们在阅读一些相关文章、文件时，会很容易发现：目前的一些流行指标，其实指的都是狭义的"创新型国家"。事实上这不仅会导致人们认识上的偏差，更可能将建设创新型国家的理论、观念和社会实践引入误区。本书的重点将放在对广义创新型国家建设的讨论上，同时我们也认为建设广义创新型国家，才是我国长期发展的动力。

　　创新型社会由创新型组织和创新型个体构成。创新型社会强调人人具有创造意识、创造精神和创造能力；人人敢于创新、善于创新、勤于创新；社会尊重创新、鼓励创新。建设创新型社会的核心是培育创造性人才。简言之，这是对中国社会风尚的一次洗礼和重组。

　　从整个文化体系、整个教育制度来看，我国还远没有形成适宜提升公众科技素养、培育公民创新意识的文化环境。国家正在号召全社会对创造发明者要多一分关心、多一分理解、多一分支持，鼓励成功、宽容失败。这说明建设创新文化的过程，本身就是头脑的革命，也是心灵的革命。如果换个角度，我们也很容易发现，这种所谓宽容的说法，其实本身就对创造者持有偏见，或者说是一种长期无法接受新鲜事物、人物的直接反应。

　　为了建设创新型国家和社会，大学被赋予了更多的工作内容。其中一项就是要求建设创新型大学。事实上进行教育研究的人们很快就会发现，其实这种提法有些多此一举，就如同说我们需要"能治病的医生"一样。我们必须明白这更多的是一种政策性的语言。高等教育中的"创新性"一直是必需的，无论是教师还是学生，都应该如此。但是只将建设创新型大学的重点放在"研究型大学"上，恐怕有失偏颇。就是说，我们应将目标定位在建设创新型社会和创新型国家上，而对大学创新能力的追求应该只是一条重要途径。当然，在这个过程中，研究型大学应该为国家贡献更多的智力成果，但这是与学校的社会功能相关的结果。

上篇　艺术设计教育与建设创新型国家的关系

第2章　创新型国家

2.1　文化创新是原动力

不可否认，建议创新型国家的最现实切入点在于技术层面，以及与此紧密关联的经济层面，但若要满足于此，恐怕不仅是对建设创新型国家的理解有误，也最终无法保留技术创新的成果，尤其对于中国这样的大国而言，文化创新才是原动力。

2.1.1　技术在近现代社会中的胜利

1.技术在近现代社会中的胜利

通过控制自然和所有人类活动而将共同的人类理性有系统地运用到解决问题的过程之中，这种运用便是技术。虽然许多技术成果看来是偶然发生的，但实际上并不尽然；尤其是在工业革命之后，技术往往需要以科学理论或社会需求为先导。技术不仅是一种智力推测或者理论模式，而是可以被运用到解决实际问题过程中的知识。另外，我们还发现那些散在的"技术"因没能进入社会生活，往往并不能发挥作用。所以技术史的研究范畴主要是那些能够被其他人作为工具、加工过程或者工作对象而使用的理性系统。技术活动具有帮助人类控制自然和社会力量的能力。

在"追求社会发展"成为所有社会的共同目标之前，大多数人类社会并不重视技术，而是更看重其他价值，如怎样与自然协调，如何保证社会仪式不出差错，或者如何保护现有的权力机构等。从真正意义上说，只有在现代社会里，技术才担负起了支配性作用。由于在近现代社会中，技术被认为与科学直接关联，而科学又拥有极高的声望，更何况技术有其明显的实用性，因此技术在当代社会价值中也享有崇高地位。现代社会犹如孵化床，孕育了对其发展影响最大的那些技术。

科学史学家大都倾向于认为，西欧在历史上出现的某种特殊环境孕育了现代科学技术。自然力量所发起的挑战是面向全人类的，但并不是所有社会体系都会因此就求助于技术的改进，而作为人类社会一部分的西方社会却接受了（或者说孕育了）技术思维，并且将其视为解决问题的当然手段。这无疑是一种特殊反应。即使我们未假设西方对自然界挑战的反应异乎寻常，我们也必须承认这样一个重要的事实，即以技术思维为主体的社会结构并不多见，并且这也只是在近代才发生的事情。因此，这种以技术发展推动社会进步的思维模式和发展观，带有极强的西方文明特征。

现代技术在全球的传播所带来的趋势是，所有社会将按照西方社会特有的效率、理性和解决问题的思维方式而建立标准的"存在合理性"。而此前的不同人类集团往往有着不尽相同的存在逻辑。于是在不知不觉或者有意无意之间，西方的发展观和思维模式随着技术的无孔不入而迅速扩展到全世界。现代化指的不仅是建立工厂，而且是关于工厂的全新观点，无论这些工厂以前存在与否。这种"存在的合理性"在现实社会中并不是那么容易达成的。在一些原先并不支持技术思维体系的社会文化中，这个过程是充满矛盾和痛苦的。

在现代社会里，技术已经代替自然成为评判何种事物是否可行的标准。对很多人来说，技术已成为度量可行和不可行的重要标准参照物，有时还是唯一的标准。于是现代人所敬畏的是技术而不是自然。在一些"发达"文化里，赞扬技术和通过称颂技术在艺术、文化和社会崇拜中的作用而使技术合法化的行为已经成为一种"强迫症"。

技术在转移过程中，也绝不是"中性的"，而总是带有价值判断的色彩。毕竟，技术不是免费品，而是一种经济商品，只出售给那些愿意花钱购买的人，而未必是那些最需要它的人。发展在本质上是围绕着三个重要因素所作出的道德上的选择：舒适生活的标准、公正社会的基础、对待自然界力量及技术时所采取的立场。任何一个国家所采用的发展战略及其技术政策肯定与其价值选择有紧密联系。

在我们的主流的话语体系中，一直强调近现代科技之于中国近现代以来的苦难和独立，具有如何重要的作用。自然而然，这使得生活于这一话语体系下的大多数人愿意相信：技术是友好的（至少是可以被有效控制的），能解决我们生活中的各种难题……这种只强调事情一个方面的话语体系，其实掩盖了技术那些可疑甚至可怕的方面。它最终掩盖了一个真实的"技术世界"。

2. 作为社会控制工具的技术

技术在四个方面影响发展：它是创造新财富的主要资源；它是允许其拥有者以不同方式控制社会的工具；它对决策模式具有决定性的影响；它对富裕社会中存在的矛盾形式有直接的影响。

由于工业资本主义的出现，能够被视为"资源"的社会内容激增，它们甚至包括创办企业的才能、多种多样的市场销路以及谈判技巧等。今天我们谈论的个人或国家的创新能力，其实也成了一种"资源"，而且是愈发重要的资源。技术的延续和创造都成了一种经济活动，对应市场供求的压力。技术成了资源，因为拥有技术的人被认为有能力拥有金融资本和其他资源。由于有了技术，我们还可以制造出很多自然资源的替代品。

技术也常被利用来作为社会控制的工具，如果技术丧失了这种特征，我们也便无法理解各国政府不遗余力地推动技术进步的种种努力了。技术权威们往往故意使用一些莫测高深的专业术语和符号，这在很大程度上能帮助他们实施控制权。如果知识是力量的话，那么冷僻深奥的知识显然便是大多数人难以企及的力量。这使得技术拥有者们感到自己有如原始社会中的巫师一般，具有"通灵"的魔力。而且当技术精英们与政府合作——通常双方都乐于如此——技术的力量和国家的力量也便合二为一了，成为更有效的社会控制工具。这个过程不仅存在于政治决策中，而是已经渗透到社会生活中，比如现代社会颇为流行的"专家点评"现象就是如此，人们似乎已经习惯将专家们的话奉为金科玉律。事实上，技术的进步并不必然使社会走向"民主"，而可能形成一种更为分散的"独裁"，一种以某种技术知识、学识范畴为中心的独裁。如果我们相信，只有在"专家"分析之后我们才能得到正确决策的话，那么关于民主参与的讨论都会成为无聊的说教。

技术更方便那些具有强烈欲望的人作出决定。由于有了技术，人们可以按照自己的欲望生产新的产品，甚至创建新的生产过程和新的系统。但技术既不会创造对优秀决策起重要作用的几个因素，甚至也不会容忍它们的存在，比如情感、对社会正义的关心、直觉等。由于决策的制定过程越来越依赖于技术，我们便看到这样的一个危险出现：那些有强烈权力欲望的决策者会取得强大优势而凌驾于那些主要关心社会公平或者人类情感的同僚之上。在这个过程中，生产厂商可以更加无所顾忌地控制消费者，这在电子产品的设计和销售中尤为明显。那么设计师应该扮演什么样的角色呢？现在重提设计中的"左派"可能恰逢其时。

技术给人类心理所带来的重大影响是：它剥夺了社会及其成员的生活意义。而且越是处于所谓"富裕"社会中的人们便会有更广泛的在生活中"迷失"的感觉。迄今为止，由文化系统所支撑的生活意义并不能被技术所代替，但技术的确可能让更多人远离这种意义。

不过，当我们把目光投向那些贫困的、虚弱的、无力的人群或国家时，我们发现帮助他们摆脱困境的唯一有效方法，还是技术。任何人类美好愿望或社会观念的说教，都不具有技术的现实针对性和实用价值。这也就难怪发展中国家的领导人们往往相信，自己的国家在重要的决策领域听人摆布的原因是科技落后。因此，寻求现代技术不仅仅是由于经济原因，同时还希望以此减少技术先进国家对自己的控制。这也是许多中国的决策者和大多数民众所持有的观点。

3. 技术与科学的分野

人们往往相信技术是科学的"成果"，科学也能为技术的发展指明方向；没有科学的发现，便没有技术的发展。在某些特定的时期和文化背景中，这种情况的确是存在的。但在人类历史的更长时间中，这种说法未必完全正确。古代社会中，并没有完整意义的"科学体系"或"科学理论"，而与此同时，技术的发展并未停滞不前。回想一下中国历史上那些杰出的技术成果，我们就不得不承认：在历史上的更长时间内，在许多文化中，技术的实践和发展往往先于科学理论和体系而存在。所以科学的发现并不能为技术体系由潜在向现实的过渡提供解释，至少这不是一个绝对化的过程。技术发明不能被简单地归结为科学发现的发展和应用。即使是一种"应用"，它也是一种独立的、创造性的应用，它具有和科学完全不同的逻辑。

技术发明的逻辑有其特殊性，勒内•博瓦莱尔称之为"扩散理性"。所谓理性，是因为技术的运用遵循因果关系这一理性原则，它既改造现实又属于现实。但是这种理性又是"扩散"的，尤其是和科学的理性相比：由于技术的发明并不受一个先于应用的理论程式的引导，所以它是经验性的；但是我们又不能因此断言，技术发明的行为纯粹偶然，因为技术发明的一个重要部分是通过转移来实现的，即根据类比的原则，将一个技术体系中的运行结构移植到另一个技术领域之中。技术发明具有一种组合特性。技术创新的目的性总是比科学发现和科学发明的创新性显得更具体、更实用。

技术体系和技术思维可以是松散的、发散的，而科学思维总是被要求具有理性的、体系化等特征。技术发明通常是有明确目的性的，而科学发明和科学发现则未必如此。科学史一再告诉我们，许多科学发明和发现都不是有意为之，或者意不在此的。而且对许多既有的发明和发现，最初人们并不清楚它们到底能给技术世界、社会生活和文化发展带来怎样的影响。但技术发明通常是以明确的现实目的为出发点的，而且以是否能达到这个目的作为衡量其是否成功的标尺。至于其成果能否被其他的技术发明所使用，则是下一个技术发明过程应讨论的问题了。

不过，科学与技术最大的区分还在于：科学本身就是文化和精神世界的重要组成部分，而技术往往需要通过对现实世界和人类生活产生影响之后，才有可能进入人类的精神世界。科学精神本身就是人文思想的一部分。科学的发展往往预示着思想的解放或作为其结果而存在。而技术对人们的影响往往必须通过进入社会生活或日常世界才能达成，相对来说更具有世俗性，与物质世界的联系更紧密。

研究科学技术史后，我们发现科学与技术的联系原本并不那么紧密，而是欧洲的理性时期之后，随着世界的发展，二者才被愈发紧密地绑定在一起的。当然，科学与技术的结合不仅更有效地促进了人类文明的物质和文化发展，更重要的是它促进了人类物质与精神世界的融合。虽然从现实角度看，技术的要求和发展往往是首要的目的，科学只是被要求不断地为其提供理论依据；但就一个社会和国家的文化建设和精神建设而言，科学必须被放在更突出的位置，否则人类社会便会沦为物质驱动的奴隶。

古代的中国社会有着丰满的技术体系和相对单薄的科学架构。这个现象支持了我们在前文已经提及的观点：科学体系与技术体系的发展并不必然一致。不过，我们还能从近代世界史中找到其他例证：英国在1850年之后，工业发展日益落后于美国和许多欧洲国家的例子，应该更能说明问题。

在欧洲大陆国家，工业化一般是在国家的保护下进行的，科技教育作为经济发展的必需附属物也得到了根本提高，因为那些希望赶超英国在工业界领导地位的国家认识到科技教育不可或缺。相比之下，英国早期进行的工业化没有借助于国家的直接参与，而是在一个自由发展的框架下取得了成功。这样辉煌的工业化开端对英国技术教育产生了两个影响：第一，早期工业化对技术的要求较低，传统方法足以应付。这使人们认为没有必要让国家参与到提高技术能力中来，甚至当时英国主流的政治经济学认为，国家干预肯定会造成负面影响。第二，英国早期工业扩张的成功鼓励了人们对科学技术和理论知识的蔑视，当后来经验知识和经验方法不能满足经济发展的需要时，先前的自傲便给英国人带来了麻烦。

到19世纪50年代，英国科技教育方式的局限性就越来越明显了，因为当时的工业发展进入了一个新阶段，对教育也提出了新的要求。正如霍布斯鲍姆写的："19世纪下半叶主要的技术发展本质上都是科学的发展，也就是说它们需要与发明有关的最起码的有关纯科学的最新发展的知识，较一致的科学实验和测试手段，一条在工业家、技术人员、专业科学家及科学机构间的较紧密的联系纽带。"[1]英国所欠缺的正是这条联系纯科学及其应用的纽带，简而言之就是技术教育。随着新技术的发展，这一缺陷越来越明显。

在此，我们必须对科学与技术的分野有更清晰的认识：

第一，科学与技术的思维和追求目标不尽相同，相应地二者要求的工作要素也不尽相同。总体说来，科学更注重理论的完整和论证的严密，具有更强的精神和文化属性；技术思维则更发散，并不必然要求完整的理论建构，与日常生活，特别是物质世界的联系更紧密。

---

[1] [英]安迪·格林：《教育与国家形成：英、法、美教育体系起源之比较》，319页，王春华等译，朱旭东校，北京，教育科学出版社，2004。

第二，二者的兴盛繁荣时间段和影响范畴未必完全一致。以科学的发展推动技术进步是19世纪中期以后的经验，也的确对国家和文化的发展有巨大影响。将科学、技术和市场等因素连接起来的经验，更是西方工业革命之后的成果。

第三，生活于现实社会中的人们未必能看清事物的本来面目，大多数人对技术的希冀高于对科学的热衷，甚至还可能把对技术的要求错误地理解为对科学的追求。这使得在意识形态层面科学与技术进一步分野。这完全可能使得资金的流向、人员的投入、舆论的关注等，更有利于技术的发展而不是科学。

第四，科学在人类历史上的价值观绝不仅是技术的知识来源，它在本质上更是思想解放的成果或前奏。一个头脑清楚、有长远眼光的民族绝不会将国家的发展重心只放在技术发展上。中国的历史已经证明，这个办法并不能让我们国家的文化更有活力、更具有自我更新的能力。所以科学的发展应是未来中国发展的重要目标和动力。这也是民族文化自我更新的必然要求。

2.1.2　技术是价值观的携带者和摧毁者

1.技术是中立的吗？

人类必须屈从于机械的苛刻逻辑吗？或者能否从根本上重新设计技术，以便更好地服务于它的创造者呢？这是关系到工业文明前途的最终问题。假如技术是中性的，那么它的巨大而且常常是令人烦忧的社会和环境影响就只是进步中偶然的副效应。当前，围绕着这些副效应是否超过了技术的益处这一问题展开了许多争论。持续进步的拥护者们以"理性"作为他们的同盟，而反对者则为了维护"人性"而反对机械化的社会组织。这就促成了支持和反对技术的斗争。在最高层次上，公共生活包含有关它对人类意味着什么的选择。现今的这些选择逐渐以技术决策为中介。人类是什么和将会变成什么不仅取决于政治家的行为和政治运动，而且也取决于我们工具的形态。因此，技术的设计是一种充满着政治后果的本体论的决策。现代技术跟中世纪的城堡或万里长城一样，都不是中性的；它体现了一种特定的工业文明的价值，特别是那些靠掌握技术而获得霸权的精英们的价值。

马克思的著作中包含两种对资本主义的相关批判。这两种批判分别为"所有制理论"和"劳动过程理论"。前者建立在资本主义经济分析的基础上，后者建立在资本主义组织形式的社会学基础上。但后一点长期以来被人们所忽视。在马克思的分析中，收入的连续性掩盖了明显的权力不连续性：私人资本家的个人财产与工人同生产方式的"分离"密切相关，因此也就与劳动过程中工人从属于财产所有者密切相关。

研究劳动过程的理论家们将资本主义劳动组织的本质描述为"去除技能"，即自主的手工艺劳动的解体。去除技能的目标就是将工作简化为很快能学会的机械步骤。尽管引入对技能的去除只是为了降低劳动力成本，但它所影响的却不仅仅是经济，同时还影响到了政治和整个社会生活。它是在工作场所和全社会中为资本主义的霸权提供基础过程的一部分。它也在本质上割断了工业化、现代化了的人类历史与之前人类历史的连接纽带。

只要资本主义的劳动分工限制了每一种工作相关的智识范围，资本就成了生产的"主体"，成了这一生产过程的真正来源和统一体。工人因为逐渐丧失了掌握生产过程的能力，而愈发导致文化上的无力。而这种无力正是资本主义霸权得以建立的可靠基础。

技术工人具有工作所需要的知识，但是机械化却将这种知识转化为一种被他人所占有的客观力量。因此，机器工业中工人对劳动条件的从属看起来就不是强制的结果，而是技术应用的结果。资本主义的生产关系和霸权就通过技术形式被彻底地贯彻了。随着劳动者变成仅仅是一种已经现存的、生产所需物质条件的附属物，劳动过程中的特殊的资本主义组织第一次获得了技术上的和明显的现实性。

资本主义的劳动分工是个熔炉，资本家和工人在其中各自作为一个阶级而得以形成。资本家获得了对生产进行自由支配的权力。作为集体劳动者的代表，资本家有权实施出于自身考虑的工作计划。随着逐步重新设计的工作提高了劳动人民的依赖性，这种自由支配的权力随之提高。资本家通过以集体的名义在协调集体活动中所实施的权威和在给集体成员提供工具和设备中的作用，进一步提高了自己的等级地位。资本家通过这些活动获得了再生出自己领导权的操作自主性，而这种领导权本质就存在于这些活动中。因此，集体劳动就成了一种社会组织的形式。在这样的社会组织中，整体通过其中一部分人的活动统治了整体的组成部分。

劳动人民的技能和知识是社会的文化基础结构，它与生产的机械化基础结构是相互对立的。现代工业本质上需要劳动的变化、功能的不固定和劳动者的普遍机动性。经济生活的"新规律"随着新技术而出现，这种规律要求劳动者适应不同的工作，因此就要求劳动者各种能力的尽可能发展。然而，资本主义在本质上所需要的正好与此相反，它需要的是束缚于高度特殊化工作上的无知的和驯良的劳动力。这是现代工业的技术必要条件与现代工业的资本主义形式所固有的社会特点之间的绝对矛盾。劳动者的技能和知识，甚至直觉、感受等，不仅是生产中必需的，也是社会生活和时代文化的重要组成部分，改变了生产模式意味着社会生活方式、思考方式和生活习惯的相应变化。所以这种生产方式必然产生和消除劳动力，它们来自制度本身。从事琐碎工作的工人由于终身从事同一种单调操作而丧失了劳动力，并因此降低为仅仅是一种"人的碎片"。

必须说明的是，当我们引进西方工业化的生产模式和机器设备时，其实也将这种"绝对矛盾"引入中国社会。大批工人的下岗，及其未能"与时俱进"是工业化的必然结果；在中国传统的儒家文化影响下，在新中国成立初期对劳动者的职业教育基础上，这种矛盾还可能会愈发明显。

一些人认为，马克思不是一个技术决定论者，而是同时考虑到了劳动关系和作为生产力的技术，并且认为两者都依社会利益而定。按照这种观点，社会主义必须改变生产机器而不仅仅是对机器的管理。中国当代社会还应考虑机械化大生产方式是否符合中国历史文化和政治制度的要求，重新设计生产流水线和管理模式过程的本身，可能就是抵制外来侵扰或更深刻理解"自我"和"他者"的过程和结果。

根本没有所谓的技术"本身"，因为技术很难与其所处的应用情况完全分离。说技术的"不良应用"可以指下列不同的问题：①应用特定技术所要实现的目的是什么；②不管出于什么目的，特定技术是如何被应用的；③在设计这些技术中应用技术原理的方式。生产过程不仅仅是实现目的的手段，而且也构成了从事整个工作过程的具体环境。这种环境有利于阶级权力的要求，但对必须生活在其中的人却构成了一种威胁。

我们今天所了解的人们对技术的认识，到底是马克思的观点，还是被误读了的马克思主义？如果技术只有其服务目的的差异，那么就不存在由这种技术方式而引发的社会关系和文化传统的巨大改变，中国的封建朝廷当然也根本不必敌视现代技术。中国传统技艺的退却过程，其实就是生产过程的资本主义化过程。如果我们相信资本主义制度是指政治制度和经济生产过程的话，那么我们必须慎重地使用其成熟的生产过程而尽可能抛弃其制度的硬壳。如果我们将从业者、管理者的生活内容也加入考虑范围的话，发现问题将会变得更加复杂。

技术的发展是由资本的社会目的所促成的，特别是由维持劳动分工的需要所形成的，而这种劳动分工能够安全地将劳动力置于控制之下。资本主义在政治上追求平等，但在生产流程设计上却并不如此，越是技术程度高的领域，男性的、等级森严的、独裁的色彩越浓厚。社会生活中追求的民主化更像是对这种高度技术化过程的一个补偿。

技术的进化不能再被认为是一种自主的过程，而是根植于利益和社会力量。这个结论同样可以用于解释中国现代化的历程。中国的技术革命是自上而下的，执政者在这个过程中，成了技术体系中的主导力量。但在启蒙时期的这些技术革命的倡导者或参与者，几乎都具有中国传统知识分子"经世济国"的愿望，也往往都抱着"强国富民"的理想。现代化和工业化在中国的发生绝对不是一个国家经济发展的必然结果，而是一个典型的遭受外力冲击之后的自我嬗变过程。技术的"功能性"在这个过程中才是最重要的，为了能推广科技救国的理念，将技术描绘成"中立的"，或者说任何国家只要掌握了这样的"武器"即可日渐富强，便成了最鼓舞人心的美好画面。

2. 人们为什么相信技术的中立？

为了说清楚这个问题，我们可以从已经建立起来的技术理论形式入手，它们是工具理论和实体理论。

工具理论提供了一种最广为接受的技术观。它建立在常识观念的基础上，这种观念认为技术是用来服务于使用者目的的"工具"。技术被认为是"中性"的，没有自身的价值内容。技术只是偶然地与它们所服务的实质价值相关联。技术作为纯粹的工具，与它被应用而得以实现的各种目的没有关系。技术被看成与政治也没有关系，至少在现代世界中是这样，特别是与资本主义或社会主义制度没有关系。转移技术看来只是取决于转移的成本。

技术在社会政治中的中立性往往来源于它的"理性"特征，即技术所体现的真理的普遍性。技术所依赖的可证实的因果命题看来不仅与社会和政治无关，而且它们像科学观念一样，在任何能想象出来的社会情境中都能保持它们的认知状态。因此人们期望在一种社会中有效的技术在另一种社会中也同样有效。这其实在潜意识中，还是把科学与技术看成是同一的、同源的和均质的了。因此，技术的普遍性也就意味着同样的衡量标准可以应用到不同的背景中。

不过这种工具理论似乎只关注了技术的一个方面，而忽视技术得以存在发展的更广泛的内容。任何社会生活的内容都包括了多方面的内容，技术只是其中的一个方面而已。要实现环境的、伦理的或宗教的目标等是要付出代价的，必须降低生产效率。按照这种解释，技术领域能被非技术的价值所限制，但不能被这些非技术的价值所转化。于是技术的快速推进就与既有的伦理、宗教、习俗等形成了对立甚至对抗的关系。

无论技术被解释为"中立"的原因为何，总之，披着"中立"的外衣，人们就可以想入非非了，以为自己的所有理想都可以使用技术手段来获得。这可能是人们愿意相信技术之中立性的最重要原因。

不过，仍有少数的观点否认了技术的中立性。因雅克·埃吕尔和马丁·海德格尔的著作而闻名的实体理论认为，技术构成了一种新的文化体系，这种新的文化体系将整个社会世界重新构造成一种控制的对象。这个体系具有一种扩张性活力的特点，它将最终侵入每一块前技术的飞地和从整体上塑造新的社会生活模式。因此，总体的工具化就成了一种天命，我们除了退却以外没有别的出路。只有回归传统或简朴才能提供一种对进步的盲目崇拜的替代形式。这种观点其实已经暗含在马克斯·韦伯的理性化的

"铁笼"这一悲观概念中了。埃吕尔认为不管社会的政治意识形态是什么,"技术现象"已经变成所有现代社会的明显特征。他断言,技术已经变成自主的了。海德格尔认为技术正在无情地压垮我们,我们正在将包括我们自己在内的整个世界转化为"持存物",即在技术过程中被动员的原材料。

问题不是机器已经"接管"了一切,而是在选择使用机器时,我们承担了许多没有意识到的义务。技术不是简单的手段,而是已经变成了一种环境和生活方式。这是技术的"实质性的"影响。

尽管技术的工具理论和实体理论有很多不同,但这两种理论都对技术采取"接受它或放弃它"的态度。一方面,假如技术仅仅是工具——与价值没有关系——那么技术的设计就不是政治要讨论的问题,需要讨论的仅仅是技术应用的范围和效率;另一方面,假如技术是一种统治文化的手段,那么我们注定要么将技术朝着"反乌托邦"的方向推进;要么退回到一种更原始的生活方式中。在任何一种情况下,我们都不能改变技术:在以上所有理论中,技术是一种天命。以技术形式出现的理性超出了人类所能干预或修正的范围。

当我们试图从理论上定义"现代性"时,我们会发现自己进入了一个概念的领域。在这种概念领域中,一些在某些特定的社会中存在的特性被迅速放大,成为人类社会的普遍特性,成为人类社会发展的必然趋势了。现代化的最主要的观点是建立在技术自身具有发展的自主逻辑这一决定论假设的基础之上的。根据这种观点,技术是一种不变的要素,一旦被引入到社会中,就会使接受它的社会体系屈从于它的律令。这对于向社会主义过渡的可能性颇有弦外之音,因为这意味着每一种建立新型现代社会的企图,都不得不迂回到先前的道路上来。

技术决定论是建立在以下两种论点的基础上:第一,技术进步的模式已经固定,技术进步在所有的社会中都按照相同的道路发展。第二,社会组织必须在发展的每一个阶段上,根据技术"律令"的需要来适应技术的进步。这种适应执行了一种潜在的技术必然性。按照这些假设,所有社会都能依照一个单一的连续统一体被组织起来,比较发达的国家就是欠发达国家的楷模。文化在塑造技术发展的历史中发挥不了什么重要的作用,只能按照一条固定的路线促进或者阻碍进步。技术似乎是将自然的规律应用到生产问题中,而这种应用就像天体的运动一样独立于人的意志。一些科学的光环就能转移到依赖科学原理的机器中。自然规律的铁定必然性就被曲解为技术发展过程的必然性,并由此曲解为整个社会的必然性。我们必须意识到:追求国家富强的强烈愿望,可能使我们有意地忽略了这种技术决定论的危险性。这种技术决定论还隐含着资本主义的生产方式和社会逻辑,如果不加取舍,我们将会被看起来中立而无害的理论带入歧途。

决定论不是社会主义的批评者们所独有的，它与今天的绿色运动联系最紧密，但是它却有着悠久的历史。威廉•莫里斯最先对比了"有用的工作"和"无用的苦工"，他号召复兴手工劳动，以此作为恢复劳动者的技能和重温传统共同体美德的唯一方式。相同思路的更加精致的论点成了刘易斯•芒福德研究技术史的基础。芒福德希望劝说那些关注保持民主制度的人也能明白，他们的积极努力也必须包括技术本身。他对比了小范围内的"民主的技术"和大范围内的、一直可以追溯到古埃及的"权威主义的技术"。如果到了今天，莫里斯和芒福德无疑都将是"替代技术"的支持者。艾默里•洛文斯在"软"技术和"硬"技术之间所做的区分与莫里斯和芒福德所确认的两极划分相符合，同时将他们的方法进行了更新。

替代技术的理论试图建构一种新的技术代码来指导未来技术的设计。如果我们相信技术的发展是由社会决定的，那么这就是一种貌似合理的事业。然而，在很多这样的著作中有一个重要的含糊之处：是否工业技术能被重新建构，以便实现他们的目标，或者是否他们像莫里斯所主张的一样，为了回归到更简单的手工艺技术而拒绝了工业技术。技术的社会决定论关注的是在工业主义的范围内的替代形式，还是在工业和手工艺之间作出选择呢？

宣称社会必须在工业与手工艺之间选择就是承认现存的工业体系是唯一可能的工业体系。很显然，这完全不同于赞同通过将新的价值融入工业设计中，从而重新建构工业体系的观点。技术形式是否必然以继替形式来演变，是个值得讨论的问题。

技术发展是一个社会斗争的舞台，各种相互竞争的群体在这个舞台上都试图推进它们的利益和相对应的文明规划。许多在技术上可行的结果都是可能的，而并不是只有斗争中的胜利者所施加的那一种结果才是可能的。现存工业社会的技术必须被认为是工业主义的一个特定情况，它与占主导的资本主义文化有关，而不是普遍的范式。这种文化的制约解释了为什么不可能从现存的现代社会中先天地总结出对所有社会都有效的结论。工业主义的内容和含义没有被我们对工业主义的经验所穷尽，因为技术含有可在不同文化情境中实现的潜能。

3.技术是价值观的携带者和摧毁者

当代西方技术体系中嵌有四个基本的价值：

第一是对待理性的一种特别态度。在西方的技术界人士看来，"有理性"是指将每一种技术过程先看成一个问题，随后可以将其分解、组合，可在实际中操纵它，并可以对其结果进行度量。在现代技术背景下，人们的认识论已被彻底改变：能证明性（最好是可以反复证明）代替了真理。越来越多的人们对古老传统中所谓的真理不屑一顾，因为毕竟不是所有的真理都能被反复证明，比如是否应该追求人类的共同幸福，人与自然该怎样和平相处等。西方技术对待理性的态度已流行日久，但其实这是一种已经简化到变形了的"理性"。

镶嵌在西方技术中的第二个价值是其有关效率的独特观点。任何考虑到效率的人都会作出关于比较什么和排除什么的判断。在计算效率时，有些因素被认为是"外因"；另一些因素则被认定为"内因"。使西方技术得以生长成熟的西方社会经济系统决定了工厂必须按照获取最大利润的计算方式来对产品数量进行计算。因此，从逻辑上说，重要的，但无法纳入计算体系的社会价值就被有系统地排除在外，归于"外因"之列。处于这种思维底层的是一种"机械"心态。大部分非西方社会在进行如农业、狩猎和捕鱼等"经济"活动时，仍然将宗教、宗族、审美及娱乐价值等计算在内。而以工厂化生产作为基础的"现代"生活逻辑则将这些价值观看做"外因"，把经济逻辑粗暴地应用于社会生活，所有"外因"也便成为次一级，甚至可以被忽略的内容。如果没有清楚地了解这种差别的话，我们就不可能理解在向西方学习"现代化"成果时，我们到底抛弃了什么。

西方技术的第三个价值是，每当自然界及人类社会出现重大事件，"技术体系"总是以解决问题的面孔出现。技术的兴趣在于解决问题，因此它讨厌久而不决的思考，也不大乐于与自然融洽相处。同时，它还讨厌在有问题出现或预见问题将出现时有人所持的漠不关心、被动消极或者听之任之的态度。当这种价值观内化到国家文化中时，我们也就时常看到技术发展程度高的国家，打着"替天行道"的名义，对他国内部事务进行"技术干预"，或以技术价值驱动的政策干预。

技术所携带的第四个价值是它对宇宙所持有的普罗米修斯般的独特观点。对技术界的专家来说，自然力量和社会制度是可以被利用和操纵的对象。与此相反，绝大多数传统社会都与自然界和自然力量有某种协调关系，而且努力减少对自然的损害。

当然，近现代技术的发明者们未必都是故意要摧毁先前存在的价值。他们公开的目的仅仅是要以更有效的方式来解决问题，按照与以往不同的数量与质量标准来创造产品或者提供服务。然而，作为发明者，他们无法避免与现有的价值发生冲突。更糟的是，他们打破了那张旨在维系前现代社会价值观的脆弱网络。在传统社会里，工作是一种宇宙行为；而在"现代"社会里，工作则有其专门的功能。

一旦这样的联系被打碎，受影响的社会必须在下面两者之间作出选择：①继续坚持古老的价值体系，即使这些价值与不断在日常生活中起决定作用的行为标准相矛盾。由于新行为带来严重的社会认同难题，改革要么会被彻底拒绝；要么会被不加批判地完全接受。这两种反应都会带来有害的影响。"过渡"社会处于一个价值体系被打碎的阶段，在这个阶段，人们所珍惜的意义系统每天都要受到新的行为规则的挑战。这大概正是当代中国社会所处的阶段。②在意义价值和新的行为规则之间创建一个新的联系。但在短期内，这样的构想实际上行不通。因为西方的技术发明者没有提供这种有效联系的蓝本，而技术的接受者们还没成熟到能自己找到出路。在社会变革中处于危险之中的是那些最基本的价值。与对理性的不同认识相比，与效率或者解决问题的方式相比，这些价值更具本质性。技术破坏了无数社会赖以生存的关于需要与满足的规范。新的欲望的产生总比新的资源的挖掘容易得多。

技术所带来的重大影响是，它最终将所有的价值都具体化。虽然技术将社会从一种枷锁中解放出来，但它同时也制造了新的宿命论。就是说，我们几乎不可能在现有的体制和逻辑下，寻找到一种既能减少对本民族文化的伤害，又能在现代化道路上不断前行的可能。因为输出给我们技术的社会体系不关心这个问题，我们自己又没成熟到这个程度。于是，文化便被要求解决更多的问题：只有"改造"——而且是没有先例的、创新性的"改造"——我们的文化，才能使技术的发展和创新成为民族文化的有机成分。

2.1.3 关于新文化

1. 我们能解决"技术"带来的难题吗？

在面对技术挑战时，只有特别强大的国家才能为了推进原有的文化目标而创造一个文化和经济的封闭区域。然而，强大的国家只能通过利用资本主义的权威技术遗产才能维持自身。可以预见到的是，在这样做的过程中，手段颠覆了目标。民族文化精英们试图假装技术只是中性的、工具性的，来改造中国社会，当然最终"中国心灵"也被改变，目的是为了求得"国富民强"、"国泰民安"——一个典型的、传统的、中国士人的目标。但这种"中立"又在反过来威胁精英们的权威性和现有制度的合法性。

只有一种改变了"投资"和"消费"模式的新文化才能打破现存文明的经济前提，从而产生一种更好的生活方式。因为文明的变化有效地重新定义了"人是什么"，它对道德和经济进步都有影响。社会潜能同时以经济形式和道德形式被提升到意识层面上。因为经济和伦理是同一个过程的不同方面，所以哪一方都不能被还原为另一方。文明变化的过程建立了一种同时带有伦理含意和经济含意的新的生活方式。

一个制订国际发展计划的人士很少会把为全体民众谋取更多的平等与公允这一目标作为头等大事，即使他（她）这么想，也很难通过具体的执行步骤来保证其在操作中不变质。我们没有唯一的或者说简单的标尺来衡量什么样的发展才算"公正"，但在普遍意义上说，真正的社会公平起码包含三个因素：平等、公允和参与。如果技术迁移未能给大众带来利益的话，那是因为这些技术不是为了大众而设计的，比如目的可能是为了扩大市场。所谓"市场",即是存在购买力的地方,它更多地存在于那些基本需要早已得到满足的人手中。我们已经从现代史和新闻影像中一次次地发现,真正需要这些产品的地区可能尚未形成"市场"。现今所进行的技术迁移方式往往只改善那些能够直接从中"得益"人的相对地位。而提高那些已经处于上层的人们的相对地位,这就意味着上下不平等被拉大了。在这个技术的迁移过程中,社会还必须付出其他代价,比如在文化领域失去自主权。这是由于现代技术的标准化趋势而导致的,它欲使所有的产品、过程、期望、设施、工作方式、工具和整体生活方式标准化。没能很好地满足社会公正的需要,可能是我们引进发达国家技术多年后才发现的一个后遗症。为此,我们不得不以推行"自主创新"的技术发展模式来应对。我们通常只看到了国家和政府的决心,但未看到背后的无可奈何。应该说这个过程本身已经带有了文化寓意。

西方技术的传播所带来的一个显著社会影响便是生活方式的纯一化。传统的技术迁移不仅改变了观念,而且也改变了大多数人可以得到的消费品的数量和内容。由于现代技术,特别是广告技术,给大众消费欲望带来很大影响,它严重影响了大部分欠发达国家的大众文化。事实上,人们获得的关于消费欲望改变的信号要远强过社会能够提供的价值和心理满足。这一方面拓展了"市场"发展的后备力量;另一方面也强化了人们因欲望无法满足而导致的躁动不安。

无论是技术输出国对输入国的宣传,还是输入国自己所宣称的所谓保护文化的"多样性",其实都是不可靠的。它们赖以为生的技术逻辑在本质上是一致的,因此也是高效的,又怎么会以牺牲效率来保护文化的多样性呢?如果真的如此,这种技术本身便丧失了价值,技术的迁移也就不可能了。可见,技术迁移会给文化的独立性带来巨大挑战。只有在我们清醒地意识到不加选择地购买技术会导致文化单一性这样的危险之后,我们才能主动地采取措施尽量减少这种代价。

所有诊断和解决问题的努力都集中在关于什么是比较好的人类社会这一判断上。对某些人来说,在比较好的社会里,人们有更多的机会,哪怕他们得不到更多的实际好处。对另外一些人来说,比较好的社会意味着人们有更平等的参与权。还有一些人认为,在这样的社会里,人们基本的目标是在维护人类自由的同时维持地球的生存。比意识形态更关键的问题是:一个社会是否将发展看成自己的追求目标,还是视其为追求这些目标而必须采用的模式。

必须在一定程度上控制经济才能使人们不会受到市场的左右。今天看来,"自力更生"又有了新的含意:自力更生的中心点是,依据本地的条件、价值观、传统和问题的轻重缓急而进行创造性的工作或者改编。任何追求自力更生发展战略的国家都应当经常地评估国外现有的发展模式,不管这种模式是资本主义的还是社会主义的。它还必须拥有一套标准用来选择什么样的技术以及使用技术的方法。自主创新不仅要学习，更重要的是思考和不断地评估。

在国家层面上追求自力更生并不是贫穷小国或者社会主义国家的独有特权。即使像美国这样的大国也在大肆宣扬要在几年内满足它自己的能源需求。它们这样做是因为觉得有必要减少对外国市场的依赖性，任何一个国家在与外界市场接触之中都会体验到这种致命弱点。更准确地说，在发展模式方面，在资本或者技术来源方面，它们向往自力更生的动机是希望减少难以接受的依赖形式。如果当前主要的交易形式是互相依赖、互利互惠，那么对自力更生的需要程度便会降低。相反，如果交易双方力量不均（或者说不能互利互惠），那么人们便会希望有较高程度的自力更生。

然而，自力更生不可能是一个绝对的原则，我们不能把它理解为排除外来影响。另外，即使国家计划官员并未选择自力更生作为他们的主要政策，但某些领域（如工业、农业或者住宅建设）还是会采取自力更生的措施，而这一措施则会给技术选择和技术模式带来重要影响。制订国家发展计划的人士只是到最近才开始将科技政策与他们的基本价值观和发展战略融合在一起。毫无疑问，自力更生的政策会牺牲效率；同样，高度整合虽然会改善效率，但它也是有代价的，可能会牺牲社会正义，同时导致工业过度集中或者易受价格波动的影响，这种波动不是某个国家的决策人所能控制得了的。

在解决技术带来的难题时，"技术创新"看来是不错的，可能也是现在唯一可行的办法。但我们当然不能把所有注意力都只放在"技术创新"一个方面，否则我们的国家特征和民族文化将沦为西方技术逻辑的附属物。相对而言，技术创新的成绩较容易度量，但文化创新如何评价呢？又怎样将创新与利润挂钩呢？我们很清楚许多在当时不容于世的艺术家和艺术作品，后来被认为是传世之宝，我们如何在第一时间就认定其与"发展"和"进步"是一致的呢？事实上，文化上的创新在更大层面上不是靠"评价"能推动的，一个相对宽松、适宜的环境，任其自生自灭，最终由历史来判定，才是最根本途径。当然，任何国家对于艺术、文化都会有相应的政策或经济补贴来促进本国文化发展，但关键在于两点：第一，不能撼动文化发展的根本规律，而只是做一些丰富、拓展的工作；第二，不能以急功近利的想法开展工作，尤其不能想当然地以为可以"买"来伟大的艺术品或艺术家，我们常说真正的文化是"无价的"，另一种更实际的说法是，真正的文化是"不可购买的"。

我们现在所谈论的"创新"带有很强的目的性：为了增强国家竞争力。那么一些看来与这个目的并不直接相关的领域是否需要创新？这里是不是暗藏着一个所谓的"创新等级"，将非常明显有利于这个目标的领域排位靠前，否则就稍后处理？是不是有一个短期见效和长远目标的差异？如果要迅速提升国家的国际竞争力，我们至少应该将更多精力放在前者上，对于后者可以稍后再谈。可是文化发展和教育的规律是不允许我们这样做的。还有，如果到2020年，正如我们自己设定的那样，我国进入了创新型国家的行列，我们还要继续"创新"下去吗？

如果我们仅停留在技术创新或仅以是否能带来丰厚的经济回馈作为出发点，那么大学其实可做的工作极为有限。把大学的力量牵扯其中其实倒显得不明智了。特别是在一些综合性大学中，每一个专业、每一位教师如果都按照"创新"思路来培养"创新"人才的话，反而会成为这种目的性极强的创新目标的消解力量。大学所应做的事情是培养创新人才，容忍创新观念和思维的存在。最终之于国家社会到底是具有经济、政治、文化或其他什么意义，恐怕不是大学自身可以评价的。

2. 为什么需要塑造"新文化"？

技术体系的转换会引起社会体系的相应动荡，当一个新的技术体系促使一种完全不同的活动取代一种现有的活动而获得主导地位时，它就会彻底打乱社会体系的平衡。这就涉及技术转换的普遍性问题。值得注意的是：由于20世纪以来，经济活动建立在越来越频繁的技术革新之上，所以就必须不断地解决技术转换问题。技术体系和社会体系之间的关系问题是作为消费问题被提出来的。在这个问题中，经济体系是第三个组成部分。伴随技术的不断革新而发展起来的消费保护主义改变了消费的习惯，使它越来越快地适应新的环境。这种变化自然也会影响文化领域。20世纪的现代化特点就是"去根"，即异化或退化，这将成为关于技术思想的主要论点。

根据西方政治理论的一种古老传统，社会不能同时实现公民道德和物质繁荣。这看来是一种"发展的两难困境"，即在公共领域和私人生活中所追求的两种最高价值之间的相互排斥。平等和效率在民主国家中的有效调和只是一种现代乌托邦，至今还没有在任何地方完全实现。

马克思的著作属于一种不同的传统，这种传统寻求超越两难困境，调和自由与财富。"将文化转化和文化建设的过程作为'发展'在它的共产主义形式中的中心内容。我们不是将共产主义作为一种现代化的运动，我们将在西方人所说的'现代化'的一定成分在共产主义社会中表现出可察觉的定向的文化变化的过程中时察觉出这些成分。总之，我们将注意不要假设共产主义者将以他们特有的方式使我们的发展历史重新出现；我们的理论视角本身将成为文化的意识。" [①]

马尔库塞的合理性理论为讨论技术功能和社会功能的聚合提供了一个一般性的

---

① [美]安德鲁·芬伯格：《技术批判理论》，170~171页，韩连生，曹观法译，北京，北京大学出版社，2005。

框架。一旦合理性被当作一种社会现象，它的具体的社会学的形式就容易研究了。福柯的方法也是类似的，他也认为权力是通过合理性的形式而得以组织、实施和合法化的，而这些合理性形式很容易从历史的角度进行研究。

福柯拒绝了中立性的命题：知识和技术不是可以用于好的目的或坏的目的的价值中立的工具。真理和权力不是在应用时才偶然地联系起来的两个独立的事物。新的知识形式和新的社会控制形式在起源上是相互联系的。按照福柯的理论，权力/知识是一个社会力量和张力的网络，每个人都作为主体和客体深陷其中。这个网络是以技术为中心来构造的，这些技术有些具体化在机器、建筑或其他设施中，另一些则体现在举止行为的标准模式中，后一种类型的技术与其说是强迫和压制个人，不如说是最充分地利用个人的生产能力。这就解释了为什么资本主义的社会律令被体验为技术的强制而不是政治的高压统治。监督、规训权力、标准化为工厂体系和资本主义社会的建立奠定了基础。它们在日常举止的层面上"聚合"了技术功能和社会功能，甚至在功能的二元性被转移到机器的设计中之前就完成了这种"聚合"。最终，这些强制性的社会技术体现在机械的结构中，这就比决定工人的习惯性思维方式、技能和态度的规则和命令更能有效地决定工人的行为。

现代性是对反对任何传统的或社会权威的自主性的肯定。这种体系不偏袒某种实质性的价值，而是将自主性普遍地最大化，承诺将人的本质从固定的定义中解放出来。合理性只是作为手段进入这种计划的，它既是个人用来实现特定目的的手段，也是社会用来作为个人之间关系的中介手段。这些手段被归入到效率和平等的形式规范中。

在卢卡奇看来，形式合理性是资本主义文化的基础，与此相反，辩证理性则支持社会主义社会。因此，形式合理性与资本主义的关系就如同辩证法和社会主义的关系一样。就像社会主义不会拒绝资本主义的遗产，而是将它作为一种发展的两重性的基础一样，辩证法在一个更大的框架内包含了形式合理性，而这一框架决定了形式合理性的限度和意义。这种方法超越了双重服从，表明了将社会主义建立为一种替代的文明形式的可能性，这种文明像资本主义一样是连贯的和理性的，但却具有自己的方式。

初级工具化是面向现实的技术倾向，海德格尔将它看作一种技术的"揭示方式"。然而，如同我们看到的一样，技术不仅包含一种倾向，而且还是在世界中的一种行为，这种行为完全是以社会为条件的。因此就需要一种次级工具化的理论来使概要的初级工具化在社会情境中的实际设施和体系中得以成形与发挥作用。初级工具化和次级工具化的相互补充是技术领域的一个正常方面。次级工具化位于技术行为和其他行为体系的交叉处，只要技术是一种社会事业，它就与这些其他的行为体系密不可分。因此，技术的辩证法就不是一个神秘的"理性的新概念"，而是技术领域的一个一般方面。

不过实际情况并不像文字分析那么清晰。因为资本主义的霸权是建立在形式偏见的继承上，所以它就努力将技术降低到去除情境、计算和控制的初级层次上。"技术"的定义尽可能狭窄到初级工具化上，而技术的其他方面则被认为是非技术的。于是，技术辩证法在资本主义的一个特别重要的领域中被阻碍了：对劳动力的技术控制。这个技术中被压制的方面体现的是技术的综合潜能，它们完全可以补偿初级工具化中的一些消极的影响。在资本主义经济和生产模式的支配下，一旦次级工具化过程影响了其社会模式的稳定，次级工具化就会遇到特殊障碍。这些障碍不仅仅是意识形态的，同时还融合到技术代码中，而正是这种技术代码决定了在形式上带有偏见的设计。此时的技术批判理论揭示了释放技术的综合潜能的障碍，因此它就成了政治话语和技术话语之间的联系。

在传统社会中，技术总是嵌入在社会关系的更大框架中。技术实践不仅要满足外在于技术的价值——包括资本主义社会在内的所有社会都如此——而且还不止这些，技术还被实践情境化了，而这些实践就规定了技术在周围的非技术行为体系中的位置。尽管行为者可以将他们使用的技术合理化，但是这些技术所嵌入的更大的体系却抵制合理化，并且不受效率准则的支配。资本主义的劳动组织不再嵌入在它所服务的各种社会子系统中，不再受宗教或父系道德权威这些非技术的行动形式的控制。资本主义将技术从这些内在控制中解放出来，在对效率和权力的追逐中组织社会工作，并且将其影响不断扩大到社会体系的其他领域中去。

资本主义生产流程在去除情景化方面的能力是独一无二的。基本的技术要素是从所有特定情境中抽取出来的，这些技术要素可以在设备中结合起来，并且可以重新嵌入到任何可以促进霸权利益的情境中。所有早期的社会都是在生产的社会条件情境中使用人的劳动，这些社会条件包括家庭、习俗、宗教和共同体等。劳动的创造力是通过手工艺职业和技能的代代相传而发展的。因此，工人无论怎样贫困和被剥削，他们总是技术行为的组织者而不是技术行为的对象。与之相反的是，生产线上的工人本质上不是共同体的成员，在尽可能的范围内，他们是机器的组成部分。如果我们将社会生产、运输和销售也看成一条流水线的话，我们会发现，整个社会也是按照流水线的方式在运转，任何人或组织都不过是这条流水线的衍生物。

马克思主义首先提出，由工人控制的经济将能够重新设计技术，以便把高水平的技能应用于生产。他相信通过劳动力重新获得资格，会在教育、政治和社会生活中引起深层的变化。这种方法通过马克思的劳动过程理论获得了新生。哈利•布雷沃曼和追随他的一代理论家们指出，经济利益决定了技术设计的主要特征。技术可以逐渐地被重新设计，以响应这种更顺从的、没有技能的工人代替有技能的工人的新的控制形式。

为了给资本主义的工业制度提供它所需要的工人类型，教育体系被重新组织。

"不同等级的教育把工人安置在职业结构的不同等级中，与此相对应，教育趋向于成为一种与劳动的等级分工相适应的内在组织"[1]。因此，由布雷沃曼指出的问题就不仅局限在工作场所中，而且塑造了总体的文化和社会生活。

文明的变化需要技术的变化是起码自芒福德和马尔库塞以来就为人所熟知的思想路线。不过我们可以进一步说，现存的社会中包含着被压制的潜能，这种潜能在制度、意识形态、经济观念和技术的互补转化的基础上，可以实现一种连贯的文明替代形式。

马克思通过把对异化的哲学批判和对工人运动的渴求结合起来，创立了马克思主义。这种哲学批判指向了现代工业文明中机器对人类的束缚。马克思也许可以被看作第一个抵抗现代技术的严肃学者。马克思认识到，以技术为中介的工作在加速经济发展的同时，也造就了新的社会等级制度。同时，他认为技术产生了一个能够将经济民主化的新的下层阶级。随着市场资本主义的经济不稳定性已经明显降低，技术延伸到什么地方，中央集权的、等级分明的社会结构就随之产生。尽管对资本主义劳动过程的分析并不是马克思主义思想最重要的部分，但是这一分析却意外地与当代对技术社会影响的讨论相关联。马克思甚至还讨论了被后工业社会的批评家们当作自由的报应的特有现象：生产和管理的科学化、劳动力被剥夺资格，以及由此产生的劳动力从属于机械化和官僚化的政治体系。

再往前推进一步，社会主义与其说是一种政治的替代形式，不如说是一种文明的替代形式。一种文明向另一种文明的转化无论多么激进，从本质上来说它与政治革命并不完全等同。社会不是通过政治革命这样的事件就能立刻转化的，而是不断地、或不时地在这些事件的时间段之间朝着新的形式发展。于是我们会看到人类历史总是在"激变"和"渐变"中交替发展。

社会主义作为一种文明的转化成果，它的目标是在劳动力和所有其他附属的社会团体的文化层次上实现一种有意义的增长，以及由此在工业社会成员的人的类型上引起一种变化。要想重新建构通向这一结果的马克思理论道路是不容易的，这条道路在于三种过渡的步骤：社会化、民主化和革新。研究了中国近现代历史，我们会发现：①当代中国的政治转型似乎总是走在文化转型之前，因为近现代的中国历史其实就是以国家力量追求民族独立、富强的历史；②快速、有效的政治转型是保证这一目标得以达成的最重要手段；③因为文化转型的能力和成果没有达到相应的水平，政治转型的道路也一直是磕磕绊绊；④在相对稳定的国际和国内背景下，以政治力量促进文化的转型是必需的，这是文化的需要，也是政治的需要。

---

[1] [美]安德鲁•芬伯格：《技术批判理论》，25页，韩连生，曹观法译，北京，北京大学出版社，2005。

3.教育和文化创新

社会所有制不仅包括机器、建筑和土地，而且还必须包括工业管理所需要的垄断知识。因此，文化的分配就成了社会化过程的一种职能。但是文化资本的社会化不可能一蹴而就，这就意味着知识体制要根据下述两个目标发生一种根本的变化：①即使是最发达的技术也不能自发地将社会民主化；②教育的消费价值将首先在与这些公共职能的关系中得到实现。教育即使不能从经济上"赢利"，至少也可以从扩大的文化影响和更好的社会结果等方面来"赢利"。

早在1958年，康茨便指出，"有关教育的最深刻的问题以及与价值和目的有关的问题，这些只能在学校课堂之外和科技知识范畴外出现。技术在前所未有的大范围里又重新提出了一个古老的问题，即人类生活的价值标准是什么"[①]。康茨说得很对，什么样的学校和什么样的普通教育基础设施并不是由科学知识的需要来决定的。

整个世界利用技术为贫穷人士服务的能力应当成为检验人类是否能够生存和社会能否进化的试金石。技术迁移中的价值冲突只不过反映了每个社会在实现使技术服务于人类目标这一过程中所遭遇的更深层的矛盾。技术引来了科学怪人的幽灵，它摧毁了曾将它制造出来的人类，征服了它自己的祖先。人文主义的未来取决于人类是否有能力驯服这一幽灵，控制这一机器化了的"动物"。马尔诺克斯的警告正是时候："人文主义不仅仅是说，'我做了动物所不能做的事情'，而是要说，'我们抵制了内心深处的野性驱使，我们有决心在所有人类被摧毁的地方重新发现人类'。"[②]只有那些不再视技术为主要价值源泉的个人和社会才能控制现代技术。

应该采用哪些具体的价值来控制技术过程呢？以下这些价值观念可以考虑在内：维护文化的完整性，相互交往时互利互惠，为人民带来充足的物质。富裕国家中的反文化者和持不同政见者则更重视企业的适当规模、工作满足感以及朴素的共产主义生活。最关键的问题不是技术本身而是能否成功管理技术，这就需要有智慧和对需要一个什么样的社会有清楚的了解，以及知晓技术如何能够帮助建设这样的社会。这都是文化范畴的事情：我们希望拥有什么样的生活？什么样的世界呢？

"技术能够被控制吗"这一问题的唯一回答是：可以，但条件是只有在各种训诫、文化和各阶层之间建立新的对话的时候才能做；只有在决策者的实践克服了精英阶层的障碍，并且回答了人类最深层的期望之后；只有在现代人发现了与科学相适应的智慧之后；只有在传统认识面临现代挑战的情况下使古代智慧重现生机之后；只有

---

① [美]丹尼斯·古莱特：《靠不住的承诺——技术迁移中的价值冲突》，201页，郑立志译，北京，社会科学文献出版社，2004。
② 同上书，270页。

在政治与神秘信仰间建立新的联盟之后。

技术是文化和亚文化要么生存要么被摧毁的关键领域。正是在这里，文化的吸收能力得到检验。技术决定论所带来的根本挑战是向文化提出的挑战。统一思想对付变革是每个文化的重要成分。所有文化的中心点是集体身份、包含或者排除某些个人的边界（无论是以空间、家族还是血缘为标准）、连续性以及共同的历史经历。除了这些特点之外，还需要加上共享的责任感这一点，即对本团体的维护、尊严和自由负有共同责任。技术对文化提出了独特的挑战，全球化是按照西方框架进行的，不过也有人（比如汤因比）相信，现时的西方优势肯定不会持续长久。汤因比视西方技术是一种建筑脚手架，所有的社会都在上面将自己筑进统一的世界。但这种脚手架本身却并不耐久。英国经济学家怀特对此解释道，虽然追求物质财富和崇拜物质成功的病毒已从西方传播至世界各地，但西方几乎未能在任何地方赢得人心。即使是那些紧随西方之后的人也并不对西方文化表示出多大的尊敬。

由于任何人类群体的精力毕竟有限，如果将大部分精力用于解决技术问题的话，就不会有太多的精力用于文化和其他精神领域的文明创造。技术上取得成功的代价常常是其他一些更重要方面的衰败。我们在这个时代常见的一种悲剧是：一个人也许是聪明的科学家或者企业家，但在情感上却是一个孩童，在政治上也可能是个白痴。汤因比写道："对人类来说，知识与技术成就非常重要，但它们本身并不重要，只有当这些成就迫使人类正视并且认真思考道德问题的时候，它们才显得重要。现代科学因此提出了意义重大的道德问题，但它尚未也不可能在解决这些问题方面作出什么贡献。人类所必须回答的最重要的问题也正是科学无法提供答案的问题。"[1]

如果我们不把技术看成绝对的东西来追求，我们就可以控制它。令人不可思议的是，在与因不发达所造成的苦难作斗争中，技术不可或缺；同时，在与因过度发达而带来的特殊疾病的斗争中，也离不开技术。但是，只有在那些意识形态、价值和决策结构拒绝技术本身施加的影响的社会里，技术才会起到上述崇高的作用。技术确实是一柄双刃剑，但是社会发展本身也如此。

除了采取大范围的价值转化措施之外，其他任何措施也无法阻止技术成为文明的对立面，其结果便是"文化的死亡"。古莱特聪明地看出，最为困难的任务也许是把教育工程师、设计师和计划人员，从技术训诫的奴役中解放出来。[2]文化创新不仅是大趋势的要求，也是我们最后一次奋起反击的机会。

---

① [美]丹尼斯·古莱特：《靠不住的承诺——技术迁移中的价值冲突》，288页，邾立志译，北京，社会科学文献出版社，2004。
② 同上书，300页。

2.2 创新型人才的基本素质

2.2.1 创新型人才的基本素质

1. 关于"创新型人才"

人们关于何谓"创新型人才"的说法并不统一。在《教育：塑造未来奇迹的创造者》一书中，研究者将创新型人才定义为：能够运用智慧和技能创造产生经济、社会价值的新奇迹的各种人才。一般来说，创新人才特别是优秀创新人才具有的素质和特征可概括为以下四个方面：①强烈的创新意识；②旺盛的创新精神；③卓越的创新能力；④杰出的领军素养。但在现实生活中，我们必须注意不得将"定义""套用"到具体的个人身上。对创新人才的评价也应具有"创新性"。

在本课题中，所谓创新型人才，是指既能继承前人的知识和成果，又能超越前人的成果，能够创造性地分析问题和解决问题，具有首创精神的人才。从根本上说，创新人才的可贵之处并不主要在于深厚的专业功底和广博的知识（虽然这的确可能有助于他们的创新思维和创新实践），而在于他们不会被已有的知识、规矩和常规束缚住，有着能够超越前人和习惯的勇气和能力。"创新型人才"最有价值的方面很可能并不是学问和知识的多寡，而是能力和信念。

创新型人才一般具有这样一些特征：

第一，有强烈的探索问题的兴趣和欲望。这种兴趣和欲望，是促使他们在各学术和工作领域不断发现问题、分析思考和寻求真理的强大动力。但这一点也最容易引发争议，因为这种兴趣和欲望是很难通过"训练"而得到的。所以这很容易导向一种认识：创新型人才是天生的，或者至少是先天因素很重要。虽然我们不能否认先天因素的重要影响，但我们也必须看到，后天教育的确可能激发或抑制这种因素的发展。良好的教育（包括家庭的和社会的）应该激励学生发掘、保有和发展自己这方面的能力。

第二，良好的个性。个性发展是培养创造性的基础，创新型人才必须具有进取心、自信心，有远大的理想和抱负、锲而不舍的毅力，有不畏权贵、坚持真理的勇气，有自由的意志、独立的人格。对个性发展的重视，其实彻底否认了单纯应试教育在创新型人才培养中的位置，也由此与固有的强调意志品质培养的教育模式有了更广泛的联系。但二者之间也有不同：过去我们强调的意志品质培养总是将最终目标定位在为国家和社会做贡献上，换句话说，如果对国家和社会的发展并不明确有利的个人品质，是不值得花大力气培养的；但在以全能型人才培养为目的的新形势下，个人的意愿和理想受到了尊重，这在某种程度上说明了社会文化对个人价值的认可。不过我们也不应因此而将为国家、社会服务的目标完全抛弃掉，毕竟这才是国家教育事业的理想所在。我们应该明白，在新的历史时期，创新型人才为国家和社会做贡献的途径和方式将不再是"一元的"，而是"多元的"，在这个过程中，个人意志和特点应与社会需求进行更有效的结合。

第三，批判精神和批判性思维的能力。大凡创新型人才，都敢于对已有知识、结论甚至主流社会思想提出质疑和挑战，或者能对某些事物和社会现象、社会弊病甚至政府决策进行评判，形成独到见解。他们关注社会生活，有社会理想，有着透过现象深刻地洞察事物本质、预测事物变化趋势的能力。无论是在以往的教育体系中，还是在我们的传统文化中，批判性思维都不被鼓励；在更多的情况下，反而受到抑制。批评性思维能力是创新型人才培养中的核心内容，但在我们的文化和教育环境中，却是很新鲜的内容，也是我们培养创新型人才过程中最容易引发争议的部分。

第四，创造与实践能力。实践过程并不是检查每一个创新成果是否有价值的唯一有效方式，因为的确有一些太过超前的创新成果未必能在当代的技术条件和社会背景下得以达成。但创新的规律的确要求"实践过程"的参与，无论这种"实践"是发生在工厂中还是社会人群中。这就要求创新型人才一方面具有强烈的开拓精神，思想解放，勇于竞争，具有为实现社会理想而献身的精神；另一方面又头脑冷静，能客观准确地分析、判断问题，在多种可能性中选择较优的行动方案，并付诸实施。需要注意的是，中国传统文化在其成熟后期，似乎对"实践"和与"实践"有关知识领域颇为不屑（当然也许是恐惧）。事实说明，这种远离"实践"的文化取向的确为我们的文化和社会发展带来了灾难。所以，重视实践，尊重实践，既是创新人才所必需的素质，也是当代中国文化重塑的必要内容。

2. 关于"创新思维"

思维是人类的一种特殊活动方式，是在实践基础上发生的精神活动，是精神生产的过程。思维活动需要如下几个关键的要素：其一是思维的主体，也就是人。人是思维活动的发起者，也是这一活动的物质承担者。其二是思维的客体，也就是思维对象。这个对象并不是指直接的客观物质世界，而是指人们从客观世界中获得的大量感性材料，即感觉和知觉。人的思维过程就是对这些感性材料的加工、改造、复制、分析、综合的过程。其三是思维的方式和方法，它们是既相联系又相区别的两个内容，但它们都是人们进行思维所不可缺少的工具、手段和中介。思维方式是体现一定思维方法和一定思维内容的思维模式，是人们进行思维的具体形式。思维的方法包括三个层次，一个是在比较广泛意义上使用的哲学方法；一个是一般科学应用上的思维方法（如系统方法等）；另一个是个别思维方法，即是应用于某一特殊学科领域的特定思维方法。但是，在日常生活中，人们很容易忽略思维的存在。因为在日常生活中，人们往往没意识到感触、觉悟、认识等，其实都是思维的结果。许多结论的得出看上去都是"下意识的"，好像是人人都会有的自然反应。

创新思维是一种高级的思维形态，它既是指一种能动的思维发展过程，又是指一种积极的自我激励过程。思维活动积极主动，思维创新才能广泛持久。创新思维是人们创新能力的基础和前提，它具有以下基本性质：

第一，自信性——根据心理学的解释，自信虽属非智力方面的心理因素，但它可以对人们的思维产生非常重大的影响。它不但可以激发人们的思维热情，引起人们的创新欲望，而且可以巩固人们的思维热情，使人们的创新冲动持久地延续下去，成为一种带有稳定性的自觉行动。从某种意义看，自信性是一种带有创新意识倾向的动机因素，而这种动机因素将对人们的创新思维产生强大驱动作用。

第二，批判性——出于创新的本能，创新思维敢于对现存的事物提出疑问，它敢于在一些人们看来"完美无缺"、"理所当然"的事物身上挑毛病、找缺陷，甚至敢于批判或否定人们视为"金科玉律"的理论和学说。敢于怀疑、敢于批判是创新思维的本质特点，因为只有敢于怀疑和敢于提问，才能帮助人们发现问题。实际上，任何新事物都是在批判或否定旧事物的基础上发展并完善起来的。所以，不疑不破、不破不立。不过，需要强调的是，批判性的最主要支持力量来自辩证思维。这是一种勇敢、独立的思维过程，绝不是不负责任的挑剔和埋怨。因此这种批判性在本质上是具有建设性的，虽然在短期内未必显现。同时，真正具有批判性的创新型人才，还应具有"自我批评"的能力，对自己的思维成果也能做到辩证批判。

第三，独特性——独特性代表着新颖性，代表着从不同寻常的角度和不依常规的思路思考问题。它既不刻板地复制他人的思考，也不机械地重复自己的思考，更不简单地再现前人的思考。其思维角度、思维方法和思维路线别具一格，体现出方法论上的区别。

第四，认识性——创新思维必须建立在一定的认知水平与合理的知识结构基础上。根据认识论的观点可知，认知理论是对事物本质的概括，是创新思维的前提和基础；而知识结构不仅应该具有综合性，还应该具有合理性，才能保证人们的创新思维具有一定的实效性。

第五，好奇性——好奇是一种思维上的动力，它促使人们对未知事物的内部特性展开探索，促使人们对神秘的事物运动规律展开研究。当旧的问题解决时，人们的好奇得到一定满足，心理产生满足感和愉悦感；但新的问题产生时，又将引起人们新的好奇，于是重新推动人们好奇不止、创新不已。

第六，专注性——具有创新思维的人，在思考问题时往往能够精力集中。只有当人们已经完全进入创新的角色，才有可能在排除杂念和干扰的情况下取得创新的突破。在日常生活中，具有创新能力的人，也往往能有效地排除琐碎事务的干扰，集中精力进行研究。

第七，多向性——人们思考问题的第一角度往往会偏向于常规模式，容易落入"俗套"和"窠臼"，因而不利于创新。多向性有助于人们消除思维定式。一般说来，从多种角度出发考虑问题，其思维的触角容易向各个层面和方位延伸，具有广阔的思维空间和灵活的选择范围，从而为人们提供在众多思维方案中择优选择的可能性，为进一步的思维创新铺平道路。

第八，形象性——思维想象中必然伴随着大量的形象，它们既包含了丰富的信息，又启迪了人们的智慧。因此，思维的形象性有助于人们开辟新思路、进行新构思并产生新设想。在很多情况下，直观形象的空间表示方式能极大地促进人们进行创新思考。

第九，突发性——当人们的思考达到极致或思维达到高潮时，往往会豁然开朗，于是有可能突发奇想并妙思泉涌，使久思不决的问题在顷刻之间得到解决。这就是所谓"灵感降临"，它是创新思维过程中特有的一种思维现象。思维的突发性的确能使思维的过程出现跨越，并能使思维的结果实现飞跃。不过，这种思维也往往是可遇而不可求的，所以在对学生进行创新能力培养，或者进行人才选择时，这种灵光一现式的思维最好不要成为创新能力判别的主要依据。

从本质上来说，创新思维既是一种高级的人类本能，又是一种高级的社会产物，也是一种创新人才必须具备的思维品质。但仅仅具有创新思维还不足以保证人们成为创新人才。只有在创新精神的指导下，经过创新思维和创新行为的联合作用，勇于创新、善于创新，才能形成一个人的创新能力，从而为塑造新世纪的创新人才奠定基础、创造条件。

在很大程度上，学校能提供给学生的创新能力的培养其实是创新思维的训练。艺术设计教育的价值在这个过程中表现得非常明显，它几乎在潜移默化中涵盖了这种思维方式的方方面面。

3. 关于"创新劳动力"

"创新劳动力"是美国竞争力委员会提出的。其对新世纪中的劳动力要求有明确的描述，现将具体内容摘要如下：

> 劳动力特征
> 21世纪理想的劳动力将拥有良好的素质和创新能力，它正像一部正在运作的机器，这部机器能够促进新事物的发展以及就业机会的增加。

这样的劳动力将展示以下三种特质：

深度——一个强大的训练有素的基础——每个人应该"懂得某些知识或技能"，能够为合作做出自己的贡献。理解能力与专业知识掌握的深度是必须保持的实质性内容。

宽度——团队协作的能力，它能够理解创新的本质及与创新相应的前后附属关系——有效的合作产生在个体之间，这些个人懂得大量不同学科的相关知识，并能将这些知识运用于特定领域。为了个体行为和制度执行行为的一致，他们必须使用通俗易懂的语言，并为个人和机构的行为负责，坚持标准。

广度——包括多样性的观点——创新性劳动力的素质应该具备智力上的多样性，应该利用来自交叉科学的专家的不同的观点，以及人口统计的多样性，应该最广泛地利用人力资源。21世纪的创新具有全球化的特点，这将对美国劳动力素质的多样性提出更高的要求。

个人技能

为更好地定义创新型劳动者技术技能，我们引入了类似智商测试（IQ）的方式，建议使用四项鉴定指标来支持创新过程：

技术份额（TQ）——在特定领域技能的掌握深度。在各学科之间我们对此不加以区别。在经济、金融或服务领域知识掌握的深度与在数学、计算机、自然科学或物理领域知识掌握的深度是同等重要的。

情商份额（EQ）——处理周边人际关系的能力，尤其是那些能够将个人有效参与到团队中去的能力。

商业份额（BQ）——懂得如何为顾客群体提供商业价值，尤其是对顾客、市场、经济运行状况的领悟能力。

系统份额（SQ）——懂得系统如何运作的能力，如企业团体或机构之间如何通过共同合作来为顾客获取价值。

——摘自美国竞争力委员会《国家创新倡议》工作报告

我们并不明确知晓此前美国政府或研究机构如何界定和要求劳动力的主要水平和能力。如果仅从这份材料来看，美国政府无疑是在试图打造一个能力全面、具有很强创新能力的劳动力大军。美国人的研究提醒我们，普遍劳动力水平的提升才是一个国家增强创新能力的最坚实基础。而对于这一点，仅有热情是远远不够的。将重点只放在学校（尤其是高校）中和泛泛提及人民群众创新意识的培养，可能并不真正有利于问题的解决。美国人的具体经验是否可以借鉴，如何借鉴，的确值得探讨。不过，我们在创新人才结构和层次的构建方面是否有欠缺，可能是个更迫切需要回答的问题。

2006年11月6日，新华网上有一篇文章引起了人们的注意，题目为《李开复致中国高校：请培养21世纪企业需要的人才》。如果仅从题目看，我们能有如下两个预期。①这是一个中国版的针对21世纪人才素质和能力的概述或说明，虽然这不是来自政府或权威的研究机构，但至少代表了一部分人的观点。②这种创新人才针对的可能主要是"企业"，这可能意味着作者的两种假设：要么针对企业的创新人才培养应是中国今后创新人才培养的主体；要么文章只针对企业人才的探讨而非其他。

"融会贯通：仅仅勤奋好学，在今天已经远远不够了。因为最好的企业需要的人才都是那些既掌握了丰富的知识，又具备独立思考和解决问题的能力，善于自学和自修，并可以将学到的知识灵活运用于生活和工作实践，懂得做事与做人道理的人才。

"创新与实践相结合：从根本上说，价值源于创新，但创新只有与实践相结合才能发挥最大的效力，'为了创新而创新'的倾向是最不可取的。反之，在实践过程里，我们也不能只局限于重复性的工作，而应当时时不忘创新，以创新推动实践，以创新引导实践。只有这样，我们才能不断研发出卓越的产品。

"跨领域的综合性人才：21世纪是各学科、各产业相互融合、相互促进的世纪。现代社会和现代企业不但要求我们在某个特定专业拥有深厚的造诣，还要求我们了解甚至通晓相关专业和领域的知识，并善于将来自两、三个甚至更多领域的技能结合起来，综合应用于具体的问题。

"三商兼高（IQ + EQ + SQ）：21世纪的企业强调全面与均衡。一个人能否取得成功，不只看他的学习成绩或智商（IQ）的高低，而要看他在智商（IQ）、情商（EQ）、灵商（SQ）这三个方面是否达到了均衡发展。

"高智商（Intelligence Quotient, IQ）：高智商不但代表着聪明才智，也代表着有创意，善于独立思考和解决问题。

"高情商（Emotional Quotient, EQ）：情商是认识自我、控制情绪、激励自己以及处理人际关系、参与团队合作等相关的个人能力的总称。在高级管理者中，情商的重要性是智商重要性的9倍。

"高灵商（Spiritual Quotient, SQ）：高灵商代表有正确的价值观，能否分辨是非，甄别真伪。那些没有正确价值观指引、无法分辨是非黑白的人，其他方面的能力越强，对他人的危害也就越大。

"沟通与合作：沟通与合作能力是新世纪对人才的基本要求。在21世纪，我们需要的是'高情商的合作者'，而不再是孤僻、自傲的'天才'。因为随着全球化、信息化进程的不断发展，几乎没有哪家企业可以在脱离合作伙伴、脱离市场或是脱离产业环境的情况下独自发展。要想在21世纪取得成功，就必须与分布在世界各地的相关企业、社团乃至政府机构开展密切的合作，这种全球化合作当然离不开出色的交流和沟通能力。

"从事热爱的工作：在全球化的竞争之下，每一个人都要发挥出自己的特长。而发挥特长的最好方法就是根据自己的兴趣、爱好来选择工作——因为只有做自己热爱的工作，才能真心投入，才能在工作的每一天都充满激情和欢笑。这样的人才是最幸福和最快乐的人，他们最容易在事业上取得最大的成功。

"积极乐观：在机遇稍纵即逝的21世纪里，如果不能主动把握机会甚至创造机会，机会也许就再也不会降临到你的身边；如果不能主动让别人了解你的能力与才干，你也许就会永远与你心仪的工作无缘。同样的，畏惧失败的人会在失败面前跌倒，并彻底丧失继续尝试的勇气；而乐观向上的人却总能把失败看作自己前进的动力。显然，积极乐观的人更容易适应21世纪的竞争环境，更容易在不断提高自己的过程中走向成功。"

李开复的建议在本质上与美国竞争力委员会报告中的主旨并无相悖之处，不过他的建议对我们之前的两种假设并没有明确的说明。而且就李开复的这个说法中，还有两点值得商榷：

第一，我们应如何理解"为了创新而创新"？许多今天看来属于"创新"范畴的事物，可能起初并没有什么特殊意义，或者意不在此的，或者仅是个人或小群体的兴趣所致，的确带有"为了创新而创新"的意思。这就牵涉一个如何衡量创新价值的问题。那么"创新工作"和"创新局面"的开展，到底应该把重点放在"人"还是"物"之上，就是个战略问题了。如果我们再将创新的环境放大一些会发现，若不能在社会上制造一种宽容创新、理解创新的社会舆论和氛围，我们的创新人才和创新过程就很难游刃有余。就是说，针对一个创新过程而言，"为了创新而创新"可能非常不足取，但就创造社会环境而言，"为了创新而创新"的过程可能是很难逾越的。当然针对这个问题的讨论可能有多种层次，我们必须明确其具体有效的讨论范畴。

第二，文中的"高智商"、"高情商"和"高灵商"的说明似有武断之嫌，尤其是针对"高智商"的部分。如果按照他的说明，那我们通常所说的创新能力培养其实也就是高智商的培养，但这与我们已知的，创新能力是一种综合能力，是智力和品德的综合体的观点显然相悖。还有一点值得注意，这种"三商兼高"的观点多少带有"精英意识"——虽然在实际工作中，人们总是乐于与"三商兼高"的人士合作。这就意味着创新型教育针对那些综合素质更高的人群，才会更加有效。我们先不讨论这个观点是否正确，必须明白，从逻辑上这会使得创新教育成为"少数人"的事情，于是，创新教育将既得不到"道德上"的支持（因为人们更希望进入创新教育体系，以期更好地培养自己的综合素质），也无法获得"政治上"的支持（因为国家总是希望更多公民有获得创新教育的机会，这有利于国民素质的提高）。

4.小结

许多对创新人才素质、能力等方面的说明，其实只是指出了"结果"，并未说明"过程"或"原因"，这就如同一种道德说教，比如人们应该诚实、正直等，但道德说教并不能帮助每个人自行达到理想的境界。所以，创新人才的素质特征在很大程度上讲，也如同道德教化一般，并没有很强的可操作性。

从以上的几种说法，我们可见，平常所说的情商和个人品质，在对人的创新能力的评价中扮演了非常重要的角色。应该说，这种提法对于个人评价以及个人的全面发展具有更积极的意义，也是当代教育与过往的教育体系价值观之间可以相互衔接的重要方面。不过，这也对我们一直以来对教育、对学校的习惯认识提出了重大挑战：①对学校的评价方式不应再以分数评价方式为主，尤其不应仅以学习分数来进行评价；②学校（特别是某一具体的学校）在这个过程中，不再是教育的最主要角色，而学生的家庭教育和社会环境扮演了更加重要的角色，教育也便真的成了全社会的集体工作。遗憾的是，社会大众尚未认识到这一点。

许多讨论创新人才和教育的书籍对于创新人才各种素质的说明很全面，但也很概括，并没有明确的专业或行业指向性。其实，针对不同的专业领域和工作实践，我们真正需要的全能人才的素质及其侧重点是不同的；而处于不同位置和专业范畴中的人们在看待和分析这些基本素质时，也往往带有本专业特征，甚至个人色彩。这一方面会让我们针对创新人才素质的讨论更加复杂；另一方面也说明针对这个问题的结论很可能不唯一，创新人才的培养必定导向一种"多元化"和"多样化"的结果。

2.2.2 学生创新素质的培养

创新人才的各种素质大致包括了智力方面和品德方面，而且更加侧重于后者。这在很大程度上是对中国现行的教育观念、体制和评价模式的质疑。当然，并不是只有在培养创新人才的背景下，我们才提出了这些智力和品德方面素质的培养目标。

1.学生创新意识和创新能力的发展及抑制[①]

关于一个人从学龄前、小学、中学到大学，到底哪个阶段的创新能力最强，人们可能有不同的猜想，不过调研结果显示：学生的创新意识和能力并不是保持不变或直线上升的，而是由于年龄、课业压力等原因，有很大不同。[②]

———————————

① 本部分所列出的学生创新意识和创新能力发展方面的不足，并不仅限于大学阶段，主要内容参见《教育：塑造未来奇迹的创造者》一书。
② 李宣海、沈晓明主编，余国平副主编：《教育：塑造未来奇迹的创造者》，21~22页，上海，华东师范大学出版社，2007。

第一，在中小学阶段，学生的创造力随着学段的上升而减弱。从具体年级看，五年级至高二年级学生创造力的发展趋势呈W形，五年级为34％，属最高，六年级和高一年级分别为25.7％与20.4％，明显低于其他年级，这恐怕与初考和中考有关。

第二，不会或不愿意进行创新思考。随着学段的上升，学生的好奇心减弱，创新思维能力也随之减弱，开始出现思维障碍。具体表现在以下两个方面：一是不会创新思考；二是不愿意进行创新思考。这一方面与中小学生的心理成长规律有关；另一方面与我国现行应试制度的影响以及传统权威观念有关。学生由于对课本、教师和专家等"权威"以及标准答案普遍有尊崇之情，在思维上形成对权威的依赖性，从而失去了主动、独立思考的能力。不过，从孩子们的角度来看待这个问题，可能会有不同的发现：具有创新价值的思维过程是需要花费时间的，且不说其在表象上是否具有可被家长和教师看得出的"创新"价值，至少从时间和精力上会占用学生准备考试的有效资源。直接后果就是那种不可判定的"创新"思维将直接威胁学生们的"个人前途"，成本的高昂使得学生们经过权衡必然放弃创新思维。

第三，高校在校生科研实践参与度低，创新实践活动偏少；学术论文数量偏少，质量不高，原创性成果稀少。高校学生（本科生、研究生）创新能力不强的原因有很多，其中高校生师比偏高，导师的学位层次低、综合学术背景差、年龄结构老化等是重要原因。当然在校大学生能分配给研究类课程的时间很有限，也是重要原因。而且，在愈发追求短期获取学历的教学思路影响下，学校也不愿意给学生安排更多的研究类课程，因为从人员配置角度讲，这需要更高级、高效的教师队伍；从行政管理角度讲，又很难对学生的科研成果进行明确有效的评估。

在"学历＋职称"型的人才评价体系中，许多家长在培养孩子的过程中只关注"知识"技能的教育，而忽视了世界观、人生观、思想品德和情商等多方面和根本素质的培养。这其实是与"创新"人才培养背道而驰的，甚至这根本就是与教育规律相违背的。学生创新能力的欠缺，很可能直接导致国家未来建设中创新型人才的匮乏。这不仅是教育中的隐忧，也是国家发展中的隐患。

2.造成不良状态原因的初步分析

造成创新人才不足的关键，是我国在教育观念、人才培养理念模式上存在着比较严重的问题，其深层次的原因则是我国招生考试评价制度的导向偏差、学校教育体系封闭、教育管理体制僵化、学校与社会合作的机制缺乏，以及我国传统文化的负面影响等。

1）学校：教育体系过于封闭，人才培养模式单一

这一方面表现在学校教育仍囿于正规的学历教育和职前一次性教育，重知识、轻

能力，重职前学历、轻职后培训，各级各类学校教育保持着统一要求、统一步调。另一方面，各级各类学校教育资源条块分割明显，校际之间缺乏必要的协调、转换与衔接，校际资源、教育层次之间缺乏有效共享与联系的机制，这使得学生无法在有限的时间内选择最适合自身潜能发掘的教育资源，从而使人才的有效培养受到局限，并造成学校热衷于升学，学生习惯于考试。第三方面表现在，学校教育面向社会的教育、培训力度不够，使庞大的继续教育及职业培训在教育部及劳动保障部缺乏有机协作的条件下，造成教育资源浪费和效率低下，使人才的可持续成长受到很大影响。另外，长期以来，我国学校的人才培养都是以"课程/学科专业为中心、课堂教学为主"的单一模式进行，也是重要原因。不过，为什么会造成教育体系的封闭和人才培养模式的单一，倒未必是单纯的教育问题了。

　　教育体系及各个学校打破原有界限的努力通常是不被鼓励的，因为这必然超出上级主管部门的管理界限，更何况这也并不必然保证结果的有效性，特别是在实验阶段和短时间内。所有人（教育界内部、外部都如此）都知道我们的学生培养一直是重知识、轻能力的，而且也明白这不利于学生的成长和为国家输送更有价值的人才，但在实际针对学校的评价、学校内部自评中，没人真正对能力的培养和评估有兴趣，因为这会带来翻倍增加的工作量和无穷无尽的麻烦。应付一次次的检查或学校内突发事件已让人焦头烂额了。"能力"的培养成了最可忽略的部分——反正我们这样也相安无事许多年了！于是，谁都明白的事情，成了谁都不愿触碰的事情。

　　2）课程：高校陈旧封闭

　　目前高校的课程以及教材，总体比较陈旧，既不适应科技的快速发展，也不适应中国当代文化的迅猛发展；教学模式和教学方式不利于学生创造性学习。教学基层组织往往存在着学术和行政二元化的现象，学科专业之间各设壁垒，自成体系，人们对交叉学科的"兴趣"不过像是在看"西洋景"，到动真格的时候，大家都意识到只有在已有的体系内有所成就才真正有利于个人发展——既有的评价体系就是由这些已有圈子中的专业或行政人员组成的，谁也不能，也不乐于对所谓的"交叉"进行评价。耕耘在交叉学科、边缘学科和新兴学科的教师，由于受学位授予点的限制，往往会因为从事的教学科研工作与传统学科不是百分之百对口，而被排斥在博士生导师、硕士生导师行列之外。从某种角度上讲，所谓创新人才的培养，在目前的情况下，其实不是如何去促进发展的问题，而是如何去减少限制。

　　3）教师：知识结构老化，自身创新素质欠佳

　　有相当数量的教师知识结构陈旧老化，能够了解和掌握学科前沿最新动态的教师数量十分有限；有不少教师存在惰性和创新能力明显不足的缺陷，希望教材长期不变的惰性思维严重，知识面窄，学科之间的融合能力不强；不少教师对科学的教育方

法掌握运用不够，指导学生心有余而力不足；一些教师解决问题、思考问题的能力有限；许多教师采用的教学方式仍是知识传授、课堂教学为主，注重规范、灌输，启发激励不够，重视使学生知之而轻视使学生好之、乐之，实践教学比例总体偏少，缺乏灵活多样的教学方式，致使学生的知识结构可能比较系统，但灵活应用差；还有许多教师尚未很好地做到用发展的眼光看待学生，致使学生注重求同，轻视求异。

归根结底，自己没有强烈求知欲和创新能力的教师也很难培养或欣赏学生的求知欲和创新潜能。这不能不说与过去几十年间我们挑选、引进、培养教师的主流观念有关。我们在前文已反复提及了创新素质中许多情商、非智力因素的影响，而我们的许多教师，尤其是高校教师，对青年学生的心态、世界观等缺乏了解，更缺乏了解的兴趣，这将使一些正常的教学工作都难以顺利完成，更遑论创新人才的培养了。

4）评价：单一僵化和急功近利现象严重

长期以来，我国对学校的教学采用自上而下的单一的政府评价方式，而且这种评价还通常与学校领导的能力、计划拨款多寡、招生人数的限制等方面进行直接或间接的挂钩。于是本来意欲促进学校发展的评估在客观上却对学校发展的主体性、多样性形成了制约，不能有效地调动学校发展的积极性和主动性。从内容与方式方法看，评估过于关注学校的硬件建设，轻视学校的软件建设，特别是在高等学校教学和科研评估中，普遍存在急功近利和简单量化的倾向，重论文发表，轻人才培养和社会贡献，以发表论文多寡简单论英雄，致使许多教师和科研人员急功近利、心浮气躁，乐于打"短、平、快"，不愿搞"高、精、尖"，甚至还催生了种种学术不端行为；过于注重静态的现状认可，轻视动态的发展性评价，注重采用定量评价，轻视定性评价，对知识与技能的关注强于对过程与方法、情感态度与价值观的关注……至于某专业的内在规律、学生和教师的思想发展等，根本无暇顾及。

在这种情况下，政府及政府任命的评估机构很容易成为众矢之的。虽然我们并不相信他们的做法和评价标准是完美无缺的，但由此而导致的评价标准的简单化倾向和学校、教师、学生的急功近利，如果都归咎于他们，其实也不公平，甚至反而掩盖了事情的真相。正是整个社会的浮躁之风和教育界所有参与者（官员、校长、教师、学生甚至其家长）的愚蠢和短视，共同导演并演出了这场闹剧。政府部门的错误只在于没能起到中流砥柱的作用，在有些领域内反而在推波助澜。

5）社会：支持并参与学校教育的机制缺乏

虽然许多教师均有所谓社会服务的项目，但总体而言，社会与学校之间的联系仍是松散的、缺乏成效的。社会对于教育和学校的支持大致可以体现在如下几个方面：①资金的流入将使得办学经费的来源更多样化，学校可以有更多的资金投入到教学条件或教师科研、福利条件改善上；也由此可初步消解评估单一（仅以政府的指令为准）的现状。②社会与学校的广泛接触，有助于学科体系建设的调整和成熟，尽可能改变教学与社会需求之间的割裂，也能促进学校真正成为相关行业、领域的智力领军人。③社会评价的介入有助于建立中国社会整体对教育问题的更广泛、更深入、更有效的讨论和监督。社会之于教育不再只是"看客"，而是真正的参与者，这也有助于教学、教育改革的推进。

社会对学校的支持在目前的情况看还显然缺乏动力。从一个较表象的层次讲，社会机构并不能从中获得人员、资金或声誉方面的收益。支持贫困生的做法更多体现的是社会价值，而并不能从根本上对学校的发展和专业的提升有长远的价值。从更深层次来说，社会力量的介入必将在很大程度上削弱国家机构、政府主管部门在学校内的影响力。这是我们希望看到的结果吗？这是一个谁都明了但不便出口的发展趋势，政府主管部门、学校和社会各机构，在这种可见的未来面前显然都在盘算自己的处境。

6）文化：传统文化的负面影响制约创新人才培养

相当多的人习惯于传统的经验式思维，而不是突破性、批判性思维；善于"中庸"平衡，不求冒险突破，强调学而优则仕。反映在教育领域，就是在师生关系上强调师道尊严，而忽视教学相长，忽视学生的个人价值和个性独立；在教学行为上形式刻板，压抑了对情感的表达，重理论轻实践，重分数轻能力等。这些文化特性顽固地存在于人们的人格特征中以及整个社会框架里，对全社会创新精神与创造力的培育产生了很大的负面影响。

中国历史上的确有过许多伟大的发明创造，但这绝不可以作为中国传统文化天生具有创新意识的佐证。即使在创新高峰的朝代或时期，在中国历史中被大书特书的仍然是那些有明确目的性、更利于提高效率的、利于国家"大一统"体制的，尤其是不危及官僚阶层和王权统治的发明。中国历史上的发明创造与我们今天所说的创新型国家或创新型社会，在社会结构基础、文化取向等方面，有着本质的不同。历史经验当然应该借鉴，但我们目前正在做的事情绝对不是"复兴"工作，而是崭新的事业。

3. 解决方式的初步分析

无论是在中小学基础教育中，还是在大学及以上的高等教育中，对学生基本素质和创新能力的培养应是一脉相承的。的确，与这个目标相比目前我国的教育体制还存在各种各样的问题。所以，我们在今后的改革中应注重多方治理，全盘考虑。

1）在学校中，我们应教会学生什么？

当我们讨论创新教育问题或应如何改革时，往往忘记了最根本的问题：我们应让学生在学校中学会什么？

- 使人学会学习——在知识经济时代和科技创新社会里，面对"人生有限、知识无限"的矛盾局面，人们应该学会怎样学习，创新能力能帮助人们掌握获取知识的方法、开辟创新知识的途径，因而它能教会人们怎样学习。甚至我们可以夸张一点说，一个具有"再学习"能力的人，通常也会具有较强的创新能力。

- 使人学会思考——一个不会独立思考的人，将永远不可能进行创新。创新的核心就在于创新思考。创新能力的本质和核心是创新思维，其动力来源是人们的求知欲和好奇心，也来自人们对现实的不满或怀疑，它们能驱使人们不停地思考问题、不断地探索问题。

- 使人学会实践——根据心理学、行为学和创造学的理论可知，能力是人们在各种实践中逐步形成并完善的。实践（尤其是创新实践）对人们的能力要求很高，同时它又对人们的能力促进很大。一方面，具有较高的创新能力可以使人敢于实践、乐于实践、善于实践；另一方面，实践又会使人们的创新能力得到改善、发展、提高。在影响创新人才创新能力发展的诸多因素中，实践始终是最重要的影响因素。但必须承认，即使投入到相同的实践项目、层次、程度中，不同的人也将有不同的收获，有些差异是方向上的，有些差异则是程度上的。而且，我们也不应想当然地以为"成功"的实践对于促进创新能力的提升才最有价值，对于具有或即将具有很高创新能力的人才而言，实践的过程才更重要。

2）如何培养创新型人才

创新型人才的创新能力也是经过锻炼、培养提高的。培养创新型人才，除精神因素外，具体表现为培养他们的下述各项能力：观察能力、记忆能力、思维能力、想象能力、操作能力和自学能力等，它们在创新型人才的思维结构和行为结构中的作用各不相同。

- 观察能力的培养——观察是一种受思维影响，具有系统性、主动性、意识性的知觉活动，是每个人随时都在进行的认识过程。人们通过长期的观察活动，形成了带有观察者个性特点的观察方式，逐渐提升观察能力。良好的观察能力，在很大程度上表现为：不仅对事物的表象发展有兴趣，还对于其后的规律、动力等有探究的热情。

- 记忆能力的培养——从科学的角度考察，记忆是人脑对过去经验中发生事情的反映。它的基本过程是识记、保持、再认或重现。记忆具有效果性，人们常用记忆力作为记忆效果的衡量标准。记忆力是创造型人才工作学习和发明创造不可缺少的基本条件之一，它是人脑储存和重现过去经验知识的能力。人们应当运用科学的记忆方法，为创造发明服务。

- 思维能力的培养——思维能力是创新型人才智力结构的核心部分，它在发明创造活动中占据重要地位，起着主导和决定的作用。因此，有志于发明创造的人，都应该掌握科学思维的方法，培养独立思维的习惯，积累深入思维的经验，建立合理思维的结构，发展全面思维的品质。

- 想象能力的培养——现代科学证明，想象力是人们在进行想象活动时，表现出来的个性心理特征，是人类主观能动性的高度体现，是创造力的特有属性和主导成分。它以敏锐的观察力和良好的记忆力为基础，使人们能在发明创造实践中，运用分析力、综合力、判断力、推测力、注意力和选择力，进行丰富的思维想象活动。没有想象，就没有创造的意向；没有想象，就没有科学发明、技术创造的顺利进行。

- 操作能力的培养——现代科技的发展，需要既能动脑，又能动手的创新型人才，这种动手能力就是操作能力，它是创造者必不可少的基本素质之一。我国主流教育体系中对操作能力的关注和培养一直不够，至少将其视为个人能力中相对低等的能力，似乎思维、想象等能力更重要。这无疑是创新能力和个人综合素质培养的大敌。这种认识是受了中国传统的社会等级制而导致的文化和思维等级化的影响；当然，实践教学中场地、设备和培训人员的缺乏也是现实困难。并不是所有的概念和想象都具有可操作性，但操作过程是创新者、创新观念与社会发生联系的过程。它将带给社会的很可能并不仅是创新成果的实现这样唯一的成果，它对人们观念的影响可能更深远。

- 自学能力的培养——自学能力是人们获取知识并促进成才的最基本、最重要的一种能力。未来的文盲可能指的不是不识字的人，而是没有自学能力的人。古今中外，无数发明创造的成功事例都说明，自学能力是创新者披坚执锐的有力武器，培养和强化自学能力，才能使人们走上创新型人才的成才之路。

3）使人才培养模式从封闭走向开放

使人才培养模式从封闭走向开放，大致有四个方面：

一是使学科专业设置结构与社会发展相适应。目前，学科专业设置处于结构性失调和失控状态，高校缺乏必要的学科专业设置自主权，不能及时依据人才市场需求进行专业调整，势必造成专业重复设置，人才培养的规格、层次、类型脱离和滞后于经济与社会对创新人才的多种需求。当然这并不是说学科设置必须完全按照市场要求而变，有些专业反而应更强调自身的完整性。但是学科设置绝不可在对市场不闻不问、毫不知情的情况下展开，这必将导致整个教育体系与社会现实的脱离。

二是课堂教学体系与社会教学、实践体系初步实现衔接。这种衔接因学校办学宗旨和专业的差异而有所不同，所以这个过程只能逐渐展开，不应操之过急。同时应该注意，学校中的课堂教学体系与社会及实践中的专业体系之间并不必然一一对应，学校也不是企业，二者必须服从于不同的工作准则和办事规律。

三是允许建立"产学研"合作模式的体制，并加强相关的法律、法规建设。在一些综合性大学中，建立有效的"产、学、研"体制，是保证学生和教师有更大施展空间、多专业交叉合作的重要渠道，在法律、法规健全的条件下，必将有很好的发展前景。不过，这个体制未必适用于所有级别和类型的大学，在实际操作中，绝不能放弃"教与学"在学校中的核心地位。

四是建立大学生国际流动、游学体系。目前的中学生和大学生的留学具有较大的盲目性，国家在这方面的指导和疏导应更深入；即使在国内上学的学生，也可设立短期的游学机会。国家指导意见的加入，不仅可使投资留学的民间经费有了更有序的流动，也能为那些希望以留学来改变就业前景的学生及家长减轻烦恼。

4）政府宏观管理体制从内部管理转向公共治理

必须打破政府行政管理部门之间的体制壁垒。具体途径有：政府行政管理部门打破各自垂直管理的体制壁垒；或允许高校、科研院所、企业在所有制实现形式上自我融合。

政府宏观治理结构由单一主体转向社会多元主体。创新人才体系建设是一个巨大的系统工程。纵向需要从基础教育到终身教育形成系统；横向需要社会各部门、行业系统的广泛参与。对于我们这样一个大国，只有纵向的模式，而缺乏（甚至没有）横向的贯通是很难想象的。个人（无论是学生，还是教师）看上去虽然有广阔的空间，但在实际中却好像生活在无形的框框中。即使我们不提在工作中可能遇到的种种限制，也必将使人们在心灵中产生隔阂与压抑感。这都是非常不利于创新人才培养的。

不过我们也不应从一个极端走向另一个极端：政府的确应该将某些权力下放到学校、企业或科研院所，以激发各自的积极性；但在对于诸如办学原则一类问题的引导反而应该加强，应该具体化。

5）高校人才培养从自我出发转向融入社会

这是专门针对社会环境与高校体系之间的有效互动的途径。

高校服务社会的办学使命有待明确。高校对各自的大学精神、大学理念、大学使命、大学责任缺少自主、独特的定位。大学尚未明确自己与社会的关系。比如，大学是引领社会发展还是迎合社会需要，是服务社会还是脱离社会发展，是融入社会还是自我完善发展等认识上不尽统一，等等。办学理念等根本问题的不清晰，影响了高校从传统人才培养体系向创新人才培养体系的转型。

高校人才培养的学科专业特色与类型定位有待明确。院校类型按其培养的人才类型大致可分为基础创造型、多重复合型和专业技能型人才等类型；院校的学科专业类型按通才教育、复合型人才、专业技能型人才教育大致可分为综合性、多科性和单科性等主要类型。

对各类院校都有创新人才培养的功能和任务认识不明确。高等院校的人才培养、科技研发、社会服务和国际合作四大功能是在高等教育的历史发展中逐步形成的，各功能之间相互联系，不可分割。各类院校由于发展阶段和发展水平的差异，侧重或选择的功能会有不同，但是都具有创新人才培养的功能和任务。

6）教师队伍建设从封闭式超稳态转向开放式流动态

目前我国教师队伍呈现一种超稳态运行的模式。而且这种稳定的基础并不是因教师待遇良好或教师对教育事业矢志不渝等原因而导致的，它的最主要动力其实是"优胜劣汰"制度的缺失。许多不适应教师工作的人仍留在岗位上，甚至占据要职，这不仅会纵容这些人的不思进取，更会打击那些认真工作的教师，使整个教师队伍中形成一种得过且过的不良风气。

教师队伍来源结构单一、固化。高校教师来源结构多元化未见起色。许多地区的高校教师队伍结构虽然已有巨大改善，但仍停留在传统的年龄、职称、学历结构为主导的状态。这种考评体系下引进教师有很大的风险，因为无论是引进者，还是被引进者都不清楚自己与对方在学术观念、治学态度上是否合拍。即使后果不佳也因超稳定的用人方式，双方都无法解脱。

教师流动未成制度。由于教师流动的法律依据、人事社会代理、社会保障体系等相关配套体制问题尚待解决，高校与社会、校级流动、校内流动体制平台尚未建立，割断了教师与社会实践的联系，窒息了学校的创新空间。教师年龄越高，流动的可能性越低，不利于形成平等的学术竞争环境与探索创新环境。

普遍说来，教师队伍国际化水平低。主要表现在：外籍教师直接任教比例较低；教师与相关领域国际前沿同行直接交流联系的人次、机会太少；专业教师和行政管理人员的国际学术视野相当有限。当然，针对不同专业，国际化的程度、国际化要求的形式等，多有不同。从长远看，国际化更应是一种学术视野，而不能片面地理解为是否具有国外学历。

7）建立以创新为导向的人才培养体系

在培养创新型人才（包括教师和学生）方面，政府（主要是教育主管部门）应做哪些工作，做到什么程度等，需要建立有效的评估体系。这显然不是政府可以自行完成的工作，应被看成学校和社会帮助政府工作的机会，甚至可能就此初步改善政府、学校和社会三者之间的关系。

对高校分类的评价机制亟待解决。所有学校统一标准，不分学科、职能类别的评价机制和模式必须改革。现行评价体系逼迫学校向一个标准、一个目标努力，严重制约了高校向创新人才培养体系的转变，无法实行个别化、差异化、特色化和多样化的办学。这种本欲促进学校正规化的评估方式，可能最终反而更加抑制学校的发展和创新型人才的培养。

对教师队伍创新的评价机制亟待建立。现行高校教师评价机制与创新人才培养的社会需求严重脱离。以职称为导向，只注重教师发表论著数量、获奖数量，与国家和社会发展的迫切要求无任何联系，与创新人才培养体系的建设也无任何联系，也不利于引进企业、科研与行政部门或其他高校人士到高校任教。当然这种评价绝不是单方面的：就是说评价不应只来自政府机构，也不应只来自院校领导或只关注专业能力这一个方面。只有培养一大批具有创新能力的教师，才能真正培养出更多具有创新能力的学生来。

任何庞大的社会体系都不可避免地要受到社会舆论、政府部门及评估体系的检查。这是现代社会走向愈发民主的必然结果，创新教育体系也不例外。但必须明确，既然学生创新素质中的许多方面并不能在短期内以量化方式呈现，所以针对创新教育过程及结果的评估也不得急功近利，必须慎之又慎。评估的范畴、方式、介入深度都必须有所考虑。在不确定某项评估可能的正负面影响时，甚至宁缺毋滥。毕竟我们已经看到很多这样的事例：制度的严格化、精细化，在某些方面可能反而成为个人和体制创新发展的障碍。

2.3 艺术设计行业及教育的角色

2.3.1 艺术设计行业的社会角色

1.艺术设计行业的形成

在一般的设计史书籍中，虽然艺术设计各个行业的形成时间并不完全一致，但基本上都暗示了这样的规律：在工业文明快速发展之时，人们来不及形成新的审美意识，迅速丰富起来的各种物质产品需要可被"物质化"的审美观作为促销手段——当然也有许多艺术家试图将人类从物质的冰冷中拯救出来——于是现代艺术设计便在这样的物质和文明急剧变化的夹缝中产生了。

这种艺术设计兴起和成熟的规律其实是西方（尤其是西欧和美国）艺术设计发展的历史规律，我们今天发现这种理论似乎并不具有普适性：对照当代中国相对发达的制造业和加工业及颇为蹩脚的设计行业和运转模式，便会发现事情并不那么简单。事实上，物质产品的丰富和人们审美要求的提升并不必然联系，也并不必然促成艺术设计行业的繁荣。对艺术设计行业来说，从动机和动力来看，文化和社会心理的需求可能是更重要的方面；而在生产与传播之间的链条则是经济利益策动的。

现代设计的大力发展建立在这样的认识论基础上：大批量生产的产品也可以具有审美和文化价值；这种审美习惯应该更多地与生产方式、流程等紧密结合，而不是某国或某地区从前的文化和习俗；设计必然被要求与产品的销售情况及与之相关的赢利情况挂钩。总体说来这个行业是为了更好地满足商品竞争和推广而存在着的。这一现象非常有趣：艺术设计行业的运作过程与其本质属性似乎并不完全一致。

在这样的情况下，现代艺术设计虽然打着"艺术"的招牌，其实是在推销某种生产方式和生活方式。不过在今天的全球化、精细化等不同生产方式的组合中，艺术设计的追求也便显得更加多样。而且，那些能够保证艺术设计的成就与经济收益相联系的物质、法律或精神支撑，会受到极大的保护（比如知识产权保护）。这是设计行业存在和发展所必需的。

如此看来，直至今天，中国的艺术设计行业——如果我们以西方的模式做参照的话——也没能享有我们自己所渴望的成功。那么，我们只有两条出路：要么在不那么美好的现实中摸索，沿用西方的模式在本国生产方式和相应制度的逐渐成熟中日益成长；要么便索性抛开西方的模式，找到建设中国艺术设计行业的独特道路。两条道路其实都很冒险。

艺术设计概念的产生源头可追溯到约翰·拉斯金或威廉·莫里斯在一百五十多年前形成的"设计"思想，这可以被视作现代设计的原点。不过这种提法可能会引发一些设计艺术理论家的反对。因为如果我们以设计工程的实际情况来看，特别是若把建筑设计也列入广义的艺术设计范围的话，那么现代设计的思想源头可能应回溯到18世纪中叶。

这两种观点的差异主要源自不同的基本判断。拉斯金和莫里斯是把工业革命对世界的巨大影响（而且这些影响包含着诸多的负面因素）看成一个既成的事实、一个时代的背景来讨论。凡是以拉斯金和莫里斯作为现代艺术设计源头的理论，也都或多或少接受了这个逻辑，并试图将其套用到本国的国情和艺术设计发展问题的探索中。包豪斯是这样的，我国早期艺术设计先驱也基本持相同态度。不过，若我们真的想从西方（主要是西欧，之后还有美国）的思想、文化和工业发展方面看到艺术设计的源头的话，柯林斯的主张便看来更有道理。事实上，他也在无意之间向我们说明了西方文明、技术和经济逻辑是如何与艺术设计行业的起源、发展纠缠在一起的。

当然，此后的包豪斯设计学院及由它引发的包豪斯设计运动，已经被各国的设计理论家讨论多年，我们在此不再赘述。需要说明的是，在当时的欧洲，艺术设计学院并不只有包豪斯一所，而且与其有类似追求的学院也不只于此。而包豪斯一直在生存边缘抗争，一直被来自国家的、政党的、经济的压力困扰着。他在艺术设计界能够"名垂青史"，在很大程度上并不是因为学生作品的影响力，或者学院管理水平有多高，而是因为其理论的传播和后来散布世界的、曾在包豪斯任职或就学的设计师而享有盛名。它在一个动荡的时代短暂存在，它的朝圣者们又在之后的国际风云中独立寻求各自的未来。包豪斯的历史总是令今天的艺术设计研究者们着迷，这恐怕不仅来自其影响之大，也来自其有如"一场春梦"般的宿命。

值得注意的是，虽然艺术与手工艺运动和包豪斯均被视为现代设计的先驱，但二者在志趣和手法上还是有明显差异的。英国的许多先驱者们对工业化和工业社会是持有怀疑甚至是敌视态度的，当然他们并不能否认工业化给国家进步和物质水平的提升带来的重大影响。于是，他们总是试图在美好的乡间生活和发达的工业文明之间架设起桥梁，试图保持文化属性上的传统和新材料、新技术的引入之间的平衡。无论如何，他们的文化诉求高于对新技术和工业文明的向往。而那些德国的先驱者们似乎就没有英国人的顾虑，在国家利益和政策的鼓励下，各种服务于新技术和工业革命的观念、政策和艺术成果都得到了支持。他们毫不犹豫地推广着新技术所引领的新型社会、文化模式，艺术设计在这个过程中，似乎还在努力帮助国家创立一种新型文化体系。从这个角度来说，艺术设计其实都是那个时期、那个国家文化政策或主导社会阶层的文化要求的集中体现。这就不仅是策略性的选择，而具有政治属性了。

2. 艺术设计的文化差异

一直以来，艺术设计被认为有"两条腿"作支撑：技术和美学[1]。审美习惯与文化有着紧密的联系，这是不证自明的事情。但实际上，技术趣味和取向上的差异可能是文化更本质也更隐晦的方面。

享有盛名的中国明清家具似乎就是一个很好的研究对象。比如，我们已知那些家具是以一块块不同的部件插接而成，但整个家具看来是浑然一体的，以今天的观点看，更像是"铸造成型"的。如果我们相信艺术设计作品的造型应忠实地体现技术特征，那么明清家具无疑是个"反例"。同时，存世的明清家具中大多为硬木家具，而这些作为原料的"硬木"，大多并不来自中国本土，而是进口原料，更何况这种木头的加工难度更大，对工具和技艺要求更高。在这个过程中，现代艺术设计所遵循的就地取材或材料的易加工性就不存在了。我们看到的似乎是有人为了达到所需的审美和心理要求，而对单纯的技艺和材料特征的有意忽略。这个"反例"的存在，也更好地说明了造型与技艺的关系，技艺的选取有很强的文化背景差异；今天看来已成为"金科玉律"的设计原则，未必是人类历史上的普遍规律。

除了国家和民族文化的惯性，其实地缘特征的差异也是艺术设计具有特殊性的原

---

[1] 当然随着设计对人们生活介入程度的加深，社会学、人类学等方面的知识和分析方法也在被用来分析设计问题。因篇幅所限，本书不再详细论述。

因。比如自然条件如何、宗教信仰如何、与哪类文化和群体的联系更紧密等，城乡差异也属于此类。我们很惊异地发现，随着经济的全球化，地方文化不仅没像我们想象的那样式微，反而有抬头之势。显然人们在"全球化"中找不到心灵和精神的寄托，对地方文化的向往不仅是一个政治问题，也是一个社会心理问题。

艺术设计具有文化差异的另一个原因是年龄、性别和文化层次的差异。这主要由不同人群的社会活动情况、心理需求、消费习惯的差异来约束。越是年龄低的人群，越容易受媒体的蛊惑，成为一个统一的群体，时尚类产品尤其如此。这一特点的表现几乎在全世界的商业化社会都能找到例证。看起来，这种差异只是将某一具体的社会人群进行了划分，实际上这也是艺术设计风格最容易被其他文化影响，甚至改写的途径。随着资讯量的暴增和渠道的多样化，人们越来越容易从"异质"文化中获得心理的满足，甚至可能获得心理认同。不同的文化便在这样的社会心理背景下互相影响。但这种影响的强度、实质内容的多寡并不完全一致。总体说来，的确是那些在经济上占优势的国家和文化在此过程中更强化了优势，而且他们往往使用艺术设计手段来加强效果。而且，随着国际间交流的频繁，我们还会发现，即使在传统上的同一类群体中，因性别、年龄等差异也被文化或风格划分成不同的，甚至互相敌视的亚群体。比如，丈夫们会对妻子们迷恋韩国男影星感到迷惑不解；父母也对孩子们热衷于过"洋节"而惴惴不安。

设计作为"品质"、"新奇性"、"自我存在"的保证，受到了越来越多的期待，而设计也越来越热衷于满足这种期待。随着我国经济和当代文化的发展，人们虽然对设计的本质和初衷仍未有清晰、明确的认识，但的确已有一些社会群体开始以设计、品牌等来区分不同人群的阶层、品味和个人志趣了。在这样的社会中，人们热衷于追求最新的信息和产品，唯恐落后于时代潮流。我们仍然不能确定中国当代艺术设计的未来走向为何，但我们的确可以预见到艺术设计业的真正繁荣期就要来临了。这是值得设计师们欢欣鼓舞的时刻，但对于由此而可能产生的社会后果，人们却仍未有清晰的思考。

美国在世界经济发展格局中的领导地位，使其经济、实用、踏实的设计观也随其经济的影响而波及全世界。美国的经济给予其设计的思想，就是将设计当做一种经营资源来使用。制造商们对消费者喜新厌旧的心理了如指掌，设计在他们那里得到重视的原因在于可以不断变化产品的风格以持续地占有市场份额。一个新造型的登场，会使得已有的产品变成"旧东西"。在"今天的产品将在明天显得过时"这样一种观念的影响下，消费动机是一切计划努力要实现的目的。在这个过程中，设计充当了计划的具体执行者这一角色。设计中总有一条明线和一条暗线在纠缠：明线是经济、技术及其引发的一切变化；暗线是所谓的文化和生活。在美国，那种通过变化（设计的变化）来保住，甚至扩大市场份额的做法并不仅存在于艺术设计领域。几乎在所有的文化产业中都存在这样的情况。虽然美国并没有像英国那样率先明确提出"创意产业"，但他们的作为其实早已达到了这样的目标。当今世界中，美国提供给世界的绝不仅是几个国际品牌或先进技术，而是一种生活方式。这是谁都无法回避的。

仔细观察欧洲设计的风格，不难发现，设计师们在展现各自独创性的同时，不约而同地保留了一些手工生产的气息。这也许是因为工匠式的制作方法被设计师们继承了下来，最终成为其设计意识的一部分。对资深工匠的手工制作保持崇尚一直存在于欧洲制造业的传统中。这种传统，若是发展顺利，可以成就极具独创性的好设计；但若不顺利，则会让人感觉个性被过分夸大，使用者则成为产品或设计的"奴隶"。通常，将设计师的个人才能和工匠品质熔铸在一起的优秀产品，都会在市场竞争中获得优势，因为极具特色的"价值"被保存了下来。最近几年，那些在设计和文化上占有优势的欧洲（尤其是西欧）国家，一直在试图将一些电子产品或网络技术与欧洲特有的文化和生活方式相结合，宣扬一种欧洲人特有的、含蓄的、高贵的、精致的文化形象，以区别美国那种随意的、大众化的、强烈的文化推广模式。如果把美国和西欧的经验作比，我们很容易便能发现，实际上美国人把"大生产"进行得更彻底，他们的许多设计单位也采用的是企业化或公司式管理；而欧洲人一直未能完全摆脱"作坊制"的方式，许多欧洲设计品牌仍是家族产业，设计师的培养和成熟也采用师徒传承的老办法。这种差异至少来自三个方面：历史和文化习俗；生产方式的不同；生产规模的差异。那么美国和欧洲在这三点上的差异，能给当代中国的艺术设计发展带来哪些启示呢？

在我们看来，日本设计的整体风格已经很成熟，也有很强的文化特性，但一些日本设计师对日本设计却不那么认可。原研哉认为，日本的产品设计并非以生活文化为发展方向，而是明确地朝着经济方向走去①。综观当今日本的产品设计，除了极个别的情况以外，绝大部分是规格化、量化的产品，制造商的利益驱动是其重要背景。第二次世界大战后的日本成为世界工业品的生产工厂，经济虽然得以高速发展，却也因此导致了产品设计与文化的分裂。设计师在产品设计的过程中，个性受到极大的抑制，产品只是反映出了按计划生产、按计划销售的企业的意志与战略。

在原研哉的眼中，日本设计似乎太关注经济成效，而忽视了其对本国文化的重新塑形到底应承担何种责任。作为一位日本设计师，原研哉对于本民族文化的关注和担忧是很真切的，也是值得我们学习的。从某种程度上讲，有一批像他这样对本民族文化进行自觉关注的设计师，才是一个国家艺术设计行业真正成熟的标志。同时，他所

---

① 相关论述请参看[日]原研哉：《设计中的设计》，24～25页，朱锷译，济南，山东人民出版社，2006。

谈及的日本设计与文化的分裂现象也值得当代中国的设计师、文化界、企业界和国家主管部门重视。

与设计的国家和文化背景差异相并行的是设计的风格变迁和共存。在同一个社会和文化背景中，完全可以有众多不同的设计风格的变化、替换或并存。它们通常都代表了不同利益或文化群体的心理或精神追求。如同人际关系的复杂多变一样，这些所谓的不同风格也可以相互影响、相互融合，或相互对抗。关于设计风格的变迁，许多介绍性书籍都乐于从"造型"入手，因为它直观，令人印象深刻，而且也似乎更具有审美价值。而从风格与技术关系入手的表述则颇为罕见。因为许多艺术设计的评论家并不是技术（尤其是某一特殊领域的技术）专家。另外，风格与技术的关系并不总是一一对应的，这样分类还可能导致对风格和技术谁占主导地位的争论。再者，风格和技术其实都是"变量"，我们几乎无法把它们作为"静态"的对象进行研究和分析。更何况，我们搞不清楚国家风格、地区风格与设计师风格在讨论设计风格的专著中，到底应如何编排，确定位置。

不过，即使我们并不着意于深入探讨二者之间的互动关系，也会很容易发现：不同的设计风格的确可能与技术的联系程度有所不同。这种不同既可能因产品的本质特征差异而不同，也可能因设计目标或设计师的处理方式差异而不同。通常，在主流的评价体系中，那些与技术联系紧密，尤其是展现了新技术出色特征的设计风格往往会在当时获得更高的评价。这里便有两个问题呼之欲出了：第一，以同样的技术条件为基础，不同的设计师或生产单位完全可能设计生产出风格迥异的产品。它们可能指向不同的使用方式、文化前景。这至少提供了一种生活中，尤其是文化取向上的多样性可能。我们能否把它们之间的差异简单地看成设计师个人趣味或公司品牌的差异？第二，与新技术紧密相连的设计风格是否一定比与旧技术相连的风格"更先进"、"更革命"？我们能不能以"先进"或"落后"的定式——特别是技术层面的先进或落后——来看待设计风格呢？

事实上，无论是那些与技术联系得更加紧密，还是相对稀松的设计，其实都或明或暗地展示了文化的取向。不同的民族和文化，对待技术的态度及表现这种态度的方式都是有差异的，而这种差异如同习俗一样，具有稳定性和不易察觉性。

作为现代设计一个重要支点的技术，一直是以工业化生产和西方的技术逻辑为主而呈现出来的。如果我们以此为准，会发现包括中国古代技术在内的许多前现代时期的"旧技术"，是很难被纳入艺术设计范畴的。但随着后发达国家的经济和文化成长，人们越来越意识到，艺术设计不应仅与"新技术"相联系，还应与"旧技术"保持良好的关联。艺术设计的文化属性和审美取向在这个过程中日益强大，它也不再满足于按照已有欧洲经验的模式发展了。

3. 艺术与设计

所谓设计，就是将人类生活或生存的意义，通过制作的过程予以解释。艺术也经常被认为是发现新型人类精神世界的有效途径。一般说来，这两者皆使用了"造型"手段。于是这里就出现了一个问题：艺术与设计的区别到底是什么？将艺术与设计统一起来或区别开来有什么实际意义？从事实际创作的设计师或艺术家本身并不总是有意地将二者进行区分和讨论。有时他们的作品甚至并不明确地属于设计或艺术的范畴。但至少有两部分人仍对二者的区分进行着不懈的讨论。第一拨人是理论家和批评家，没有二者的区分，理论的建构和比较便难以完成，艺术批评或设计批评就总是陷入一种乱糟糟说不清的状态；另一拨人自然是艺术和设计学院的教师们，他们需要将艺术与设计进行区分，据此进行课程安排，甚至据此进行教师们的身份区分。现代化的大学总是倾向于把专业肢解成越来越细碎的"科目"。

艺术是艺术家在面对社会时的意志表达，其发生的根本立足点是作为个体的个人。因此，只有艺术家本人，才能够掌握其艺术发生的根源。这就是艺术的孤傲与直率之处。而设计的目的通常是解决社会上一部分人共同面临的问题（当然有物质方面的，也有精神层面的）。在问题解决过程——也是设计过程中产生的那种人类能够共同感受到的价值观或精神，以及由此引发的感动，就是设计最有魅力的地方。设计的初衷更有"拯救人类"的意味，也容易陷入一种救世主的热情中。不过，设计过程更容易被具体的经济、技术因素所困扰，这使得设计师在工作中，常常陷入到理想与现实的矛盾中。当然，设计师也很向往"自我表现"，只不过这种"自我表现"往往更加微妙：操作得宜，会使得整个设计更具品味；稍有差池，则会功亏一篑。设计师的小心翼翼并不是毫无来由的。

艺术家会认为设计和设计师不够独立，甚至有些趋炎附势；设计师则更容易认为艺术家太自命清高。但实际上，既存在向市场低头的纯艺术家，也存在保有个人风格和气质的设计师。二者的根本差异在于追求的目标和所处的社会位置不同。一般说来，理想状态中的纯艺术家更忠于艺术，尤其是其本人的艺术。艺术家往往显得很自我，他们对于自己的艺术及理念是极为执拗的。在我们目前的教育体制下，绝大多数热爱艺术的年轻人都渴望进入艺术院校，接受正规教育（基本是学院教育），之后再从事专门的艺术创作，对于许多纯艺术家而言，大学阶段是他们不能回避的、必须遵守社会规范的时期。而他们的毕业去向往往是不确定的，也是难以掌握的。所以对从事纯艺术创作的艺术家的培养，是目前高校管理中的一个"难题"，他们的许多成绩和成果无法按照常规的方式来划分，即使划分出来，也很难以数据来说明具体问题。

与此相对应的设计师的培养，离校后的个人成绩的取得，甚至所谓"成才率"的计算等，则与许多工科专业更有相通之处。设计师与艺术家比起来，更具有"社会化"特征，也必须更尊重和遵守一般的社会规范。设计师总是被要求通过很好的"功能"完成的途径，来达成业主的要求，为使用者提供方便。不过在实际的艺术设计教学中，教师们往往搞错了自己的身份，按照艺术家的取向来培养设计师，这很可能会使很多未进入社会生活和专业领域的大学生们忽视了专业的本质特征，而投入对个人理念实现的追求中。在当代中国的话语背景和年轻人所受的普遍教育中，这种指向可能会带来更加不利的后果。

艺术设计的许多理论是从艺术理论中借用的，当然艺术设计理论也并不仅有这一种借用渠道，但无论如何艺术往往由此就认定设计是自己的直接后裔。在造型语言上，二者的确有不可分割之处，所以艺术设计总认为艺术训练是基础课。不过如果艺术不再追求"造型"或"具象"，艺术和设计是不是也就真的开始分野了？

二者的矛盾还将继续存在；不过二者之间的张力，其实也是二者互相促进的动力。

4.商业与设计

前文已经提及，商业因素是设计业得以起源和繁荣的重要支点。在现代设计产生之时，这里所提的商业其实就是资本主义商业。资本主义商业与设计的紧密结合既是资本主义社会发展的一个重要阶段，也是现代艺术设计起源的重要时期。此时，如果我们反观柯林斯关于现代设计思想起源的论述，会发现这是另一个有利于其理论成立的例证。

在中世纪的基督教国家中，以营利为目的的商业活动并不受到主流教众的拥护，因为人们认为对商业利润的追逐可能导致人性的堕落，让人们远离上帝的召唤。同时，当时为许多国家和地区提供大量生活用品的是各种制造作坊，这些作坊的主人和工匠又通过手工业行会互相联系，共同获得利益。在18世纪的制造业领域，手工业与资本主义企业泾渭分明。在这样的情况下，所谓的"工业化大生产"并没有实现的自然可能。在人类历史的许多时候，"市场"都不是自然而然形成的，而是需要创造和拓展的。

后来的事情发展的确有些戏剧化：对经济利益的追求、对奢侈生活的追求突然变得不再那么"不道德"了，甚至有许多知名人士还纷纷为其可能带来的商业繁荣唱赞歌，几乎与此同时，许多奢侈品的制造迅速进入了工业化生产的体系。奢侈与资本主义达成了一种长久而狡黠的关系。

在工业生产领域，奢侈的影响表现得最为明显。早期资本主义工业中很大一部分都是拐弯抹角地通过奢侈的途径产生的，当时的许多工业应被称为"奢侈品工业"。

比如建筑工业。因为在教皇统治下的文艺复兴时期，大宫殿和大教堂的建造已走上资本主义轨道，所以17世纪法国皇宫的建造过程中，承包人拥有巨大的资金来源也就不奇怪了。当时建筑账目的记录已经极为详细。17世纪末18世纪初，在巴黎建筑工业中，石工业和木工业已完全建立在成熟的资本主义基础上。此外，盖屋顶业也在逐渐地采用资本主义的组织形式。18世纪末巴黎建筑工业的组织形式表明，大型奢侈建筑工程已呈现出某些成熟的资本主义特征。

家具制造业一旦开始制造奢侈品，总是想要破除各种行业障碍。17世纪，高档家具制造业开始采用大规模工业形式。路易十四时期，这些工厂的产品令人叹为观止。他们往往雇用大量的工人（仅制作地毯的工人就有250个），而且由著名艺术家作指导。巨大的奢侈消费导致了工业的根本变革，而这种变革又进而对现代资本主义的发展产生极大的推动作用。德国的奢侈家具制造业在18世纪也已经走上资本主义和大规模工业的道路，而且在当时的德国，走上这一道路的仅限于这种奢侈品工业。

奢侈品工业更易于接受资本主义组织形式的原因如下：

第一，特殊生产工序的要求。在多数情况下，奢侈品需要贵重原料，而且常常必须从远处获得。奢侈品的生产工序常常比一般商品的生产工序复杂、费用要大。在多数情况下，奢侈品生产工序也更复杂、更带有艺术成分。它需要更多的知识、更广的见识和更卓越的管理才能。因而，一些才智超群的人涌现出来。这是一个增加了商业附加值的过程，奢侈的要求使得艺术品质的保持和上升有了助推力。

第二，特殊销售方式的要求。奢侈品贸易的市场波动无疑比大众消费品贸易的市场波动要大得多，所有奢侈品工业的历史告诉我们，富人的想法是经常变化的，他们的口味在早期资本主义时代便开始受"时尚"的影响。一方面，这种多变的口味常常导致销售的缩减；另一方面，要使自己的产品不断适应经常变化的需求，制造商必须做到足智多谋，甚至引导时尚。在这种情况下，资本主义的组织形式能在不利的市场条件下维持自身的生存，在有利的市场条件下获取利益，因此比手工业具有更大的优越性。

第三，在中世纪，欧洲所有奢侈品工业都是由业界巨头或有胆识的外国人创立的。在现代工业的发展中，外国人更是充当了主角。实业家的移居及其建立的工业企业的流动从未停止过。所有这些由外国人潜心建立的工业，立即呈现出理性的特征。它们大都建立在行会之外，而且常常对本地工匠的根本利益构成威胁。这些外国人都不隶属于某个城市或地区的行会组织，甚至有着不太相同的宗教或教派信仰，他们当然不受一般市民生活的限制。而且他们的"外国人"背景也有利于生产和销售的国际化。

第四，合适的市场仍然是维持这种工业体制的最重要的先决条件。既然其他大量销售的可能性，即低档或复合商品的批量销售在很久以后才出现，因此，只有奢侈品工业才能提供投资的机会。这就是最终的原因。

可见在西方的历史中，商业与艺术设计的纠缠是由来已久的。在当代世界中，商业的这种影响力不是更小，而是更大了。今天看来，20世纪后半叶，设计发展的主要动力来源都是"经济"。

带有一些理想主义成分的社会伦理关系是设计概念得以生成的一个前提。这种思想观念越纯粹，在以经济发展为圭臬的土地上的实施难度就越大。经济发展的原理其实非常明了：为了拉动现代人的消费发展，新产品层出不穷；为了使这些产品能够作为消费对象流通，各种媒体竭力进行宣传，广告传媒随之迅速进化。设计被非常有效地组织到了经济发展的过程之中。

制造企业的核心机能正在从生产能力向商品开发转移，市场营销和设计的重要性得到了凸显。如果设计工作的重心仅停留在"造型"上，就会使设计总是局限于制造业的下游。在这样的情况下，艺术设计行业也在为自己找寻出路，它将更紧密地与经济生活相联系，而且行业范畴也将越来越不再囿于"造型"设计的范畴中。从一个方面讲，艺术设计将攀附"经济"的渠道和平台，有更大的发展，在社会生活中发挥更大影响。从另一个方面讲，这个过程也将使艺术设计与艺术的分野愈发明显，甚至在艺术设计行业内并未接受过艺术训练的群体比例可能愈来愈高。这对一直以来的艺术设计人才培养模式和衡量标准，都是不小的挑战。其实，这个过程也是艺术设计行业细分的必然过程和结果。这个结果带来的是设计过程的"工厂化"或"流水线化"，在某些情况下，也会有"工厂"和"流水线"的通病。程序的细分和市场化的完整，并不必然导致艺术设计水平的提升。有时候，反而是掌握在少数设计师手中的审美或文化标准才更有生命力。

商业的大规模发展一般被认为是艺术设计得以大力发展的基础，但在最近三十年中国经济的飞速发展中，我们发现艺术设计的发展（尤其是品质的提升）并未与之相匹配，而且艺术设计水平还在局部有庸俗化泛滥的情形。事实上，商业的自由、市场的细分对物质品质要求的精细化才是艺术设计得以快速发展的原因。在很多情况下，这并不是自发生成的社会需要，而是需要强大的外力推动的。甚至国家意志和民族文化复兴的渴望，可能才是更大的驱动力。

当然，商业的发展也会对艺术设计的本质和发展有着更为隐蔽和深远的影响，而这些却往往被人们所忽视。

第一，设计不能只满足于一味地迎合社会要求。如果这样去做，在最好的情况下设计也只是能在瞬间抓住人们的眼球，随后便销声匿迹了。在更多的情况下，迎合意味着乏味和无聊，可能在一开始就没能引起任何关注，也不利于任何问题的解决，这是一种偏离设计本质的做法。从文化层次看，一味迎合社会需求，不利于民族新文化的塑造；即使从经济利益角度看，我们也应该明白，这种迎合并不是打造产品品牌或设计师良好声誉的长远之计。

第二，设计行业整体越来越分散，越来越不属于同一个工作范畴。只有在更高一级的，比如社会学、哲学、美学等层面上才能找到共性。我们在上文中提到的某种设计过程的日益精细化只是其中的一个表现形式。我们可以将其看作"纵向"的细分。另一种细分是"横向"的：不同的艺术设计领域愈发紧密地与各自的行业和产业相联系；甚至传统上属于某一种艺术设计领域的专业也不得不愈加分化，服务于不同的群体。比如平面设计中的书籍装帧和商业摄影专业、工业设计中的产品设计和汽车造型设计等。在这些设计领域的工作中，工作的程序、范式等，愈发被行业规范所统领，自由设计的范围已经被大大挤压了。达到这种状态的最佳途径，就是对工作媒介形式的改变，具体说就是电脑和网络的大力引入。这种"新"的媒介形式，不仅将设计师与作品割裂开，也将行业与个人自由割裂开了。

2.3.2　艺术设计教育的社会角色

艺术设计行业与艺术设计教育的关系自然是紧密的。但是，我们不能仅将艺术设计教育的课程、院系和系统看作为相关行业输送人才，甚至简单地将教育系统看作行业结构的复制。

事实上，在许多方面二者还有根本性的矛盾。这种矛盾至少体现在如下两方面：

首先，我们已知艺术设计行业其实是诸多行业和领域的泛指，随着社会生活的变迁和各项工作的细化，各设计分类与行业的结合将愈发紧密。行业之间的差异往往是行业得以存在的基础，也是该行业获利的基础。在这种逻辑下，投身于社会实际工作的设计师们往往更热衷于在身份、能力和工作特性上的互相区别，而不是对共性的探求。而艺术设计教育既然被统一设置在大学中，在理论、教学、管理模式上总是试图找出其"共性"，在很大程度上其实是以抹杀不同专业、行业的差异为代价的。如果没有对艺术设计不同或不完全相同行业的整体把握，不仅无法完成正常的课程设置和执行工作，而且相应的艺术设计理论建构也会寸步难行。学术机构的存在之于实际工作的价值就在于给人们提供了一个完全不同的看待事物的角度，而且这种视角的变换并不仅仅是理论中的"宏观"和实践中的"微观"这么简单。没有理论的有效建构便不会有行业发展的后劲儿。

另一个非常棘手的问题在于"技术"。在艺术设计行业中，许多实际工作都需要对"技术"施以狂热的粉饰，而且也的确需要技术的支持，方能达到预期的经济和社会效益；但这种对技术的狂热恰恰是在学校教育中必须进行"冷处理"的内容。因为教育总是担负着某种"文化"责任，这虽然看来虚幻，却是学校得以存在和发展的保证。学校对技术的不信任同时也是其应担负的责任。就是说这种怀疑的态度，有时比怀疑本身更重要。当技术不再有其他文化力量和群体对其进行限制，我们真的很难说清技术会把人们的社会生活和文化世界带向何方。市场的"肆无忌惮"和教育中的"瞻前顾后"必然形成鲜明的对照。

1.培养艺术设计人才

为国家培养大批艺术设计人才是艺术设计教育最重要也最直观的社会价值。我们没有必要就此问题进行过多论述，但中国现代艺术教育在国家和社会发展中的起落，则折射出这个行业的命运多舛和我们今天工作的艰巨性。

中国现代艺术设计有两个源头[①]：一是脱离传统绘画、学习西洋画的努力和成就；二是近现代民族工业的艰难求生。

从已有的关于中国现代设计教育兴起的研究成果看，推动中国现代教育兴起的条件和途径是多方面的。其中，以清末洋务派和维新派倡导实业、创办实业学堂最具影响。实业学堂的工艺技术教育为中国现代设计教育的兴起奠定了重要基础。

除了实业学堂重视工艺技术教育外，在清政府颁定的各类学堂章程中，从大学堂、高等学堂（清末的高等学堂相当于大学预科）、师范学堂、中学堂到小学堂等，都贯穿有图画手工教育。高等学堂分政艺两科，艺科培养"格致、农业、工艺、医术"方面的人才。在艺科所学的十门课程中，专门列有"图画"一门。并且，"图画"课贯穿在艺科三年的学业中：第一年学习用器画、射影图法、图法几何；第二年学习用器画、射影图法、阴影法、远近法；第三年学习用器画、阴影法、远近法、器械图。大学堂的"工科"包括九门：土木工学、机器工学、造船学、造兵器学、电气工学、建筑学、应用化学、火药学、采矿冶金学。这九门工科专业都设有"计画与制图"的课程，其中"建筑学"还设有建筑历史、自在画、美学、装饰画、配景法及装饰法等课程。

不过清末的实业教育有很大的缺陷，毕竟洋务派和维新派的"开明"是有限的：他们主张发展实业和技术教育，都是以维护传统的社会制度和思想体系为基础的；他们并没有做到在采用新的社会生产技术时，同步推进与之相适应的新的社会制度和社会思想，而是以内外之别，将传统的体制之"道"与现代的制"器"之术区分开来。

随着西学东渐走向深入，中国人留学海外学习西方美术的帷幕被拉开。继留学日本的潮流之后，留学欧洲，成为中国人学习西方美术的另一个重要选择。到欧洲去，到世界艺术的中心——法国去，成为中国美术青年学习西方美术的强烈愿望。

---

① 本文中关于中国近现代艺术教育的发展史，参考了周爱民的博士毕业论文：《庞薰琹艺术与艺术教育研究》（未发表），特此致谢。

蔡元培认为，中国要大力发展科学和美术，应该以法国为师，多得法国教育之助力。大举向西方学习，成为了新文化运动兴起的重要条件。在新文化运动兴起之际，陈独秀称，"若想把中国画改良，首先要革王画的命。因为要改良中国画，断不能不采用洋画的写实精神。"[①]王国维认为美育是造就"完全之人物"的教育不可分割的重要组成部分。将美育引入中国现代教育具有重要的意义，它扭转了将图画手工仅仅归于实业教育的局面。并且，它也从深层次表明，中国社会在向西方学习实业和科学技术的同时，也必须对自身的文化及价值观念予以更新，以建立与新的社会生活和新的技术生产相应的审美意识及文化观念。随着美学思想的传播，许多新式美术学校创办起来，中国现代设计教育由此兴起。

随着五四新文化运动的发生，中国人留学法国达到高潮，吴法鼎、李超士、徐悲鸿、林风眠、林文铮、李金发、庞薰琹、张弦、吴大羽、郑可、王临乙、常书鸿、刘开渠、颜文梁、雷圭元、吕斯百、唐一禾等人先后赴法国。这批留学生大多在20世纪20年代中后期和30年代返回国内，登上中国美术舞台，他们从事新的艺术创作，开辟新的艺术运动，创办新式美术学校，他们成为推动20世纪中国现代美术发展的举足轻重的人物。

上海是中国近代开埠最早的沿海城市之一，西方文化最先通过上海进入中国。并且，上海也是中国最早步入工业化和商业化的大都市。正是在这样的社会经济条件下，中国现代设计最早也兴起于上海。其工业化和商业化是在西方列强垄断市场的条件下形成的。因此，在20世纪早期上海的工业化和商业化，乃至由此激发起来的中国现代设计不可避免地带有殖民地的文化特征。随着西方殖民势力的侵入，中国人的民族意识高涨起来，拯救民生、挽回外溢权利的呼声一浪高过一浪，民族工商业在此基础上建立起来。在这两种力量的支配下，以市场竞争为核心的广告业和商业美术得到了发展，大量的商业美术人才在实际的广告宣传活动中成长起来。另外，一些有着先进思想理念的美术知识分子带着艺术强国、振兴民族实业的信念参与到设计艺术领域。他们既传播新的艺术思想及设计观念，又在有限的范围内展开设计实践活动。这就构成了中国早期现代设计的基本形态，形成了中国早期现代设计特点及面貌，在此之中也隐含着制约其发展的种种问题及困境。

工业化生产是现代设计产生的基础，中国现代设计必须建立在本民族工业化的基础上。而当时的民族工业实际上是在进口替代工业的基础上发展起来的。进口替代工业主要集中于那些工艺简单、技术含量少、附加值低、资金投入有限的行业，品种范围也较狭窄，其发展还处于较低的层次。这就决定了与工业化生产相适应的中国现代设计的发展极为有限，替代性的民族工业大都是在外国开发的新产品压迫之下的一种被动反应，很难谈得上自主开发的新产品造型和技术创新，即使有也是聘请外国技术

---

① 陈独秀：《美术革命》，载《新青年》，第6卷第1号。

人员去解决这些问题。民族企业家尚无能力，也无条件去建立与工业化生产相适应的专业设计队伍，他们的意识只能局限在以广告宣传扩大市场方面。当时的民族企业为了与国外企业竞争，大量聘请商业美术人才为其从事广告宣传的设计工作。

在广告行业得到发展的情况下，相应地出现了一些广告和商业美术社团。1927年春天，张光宇、张正宇、叶浅予、鲁少飞创立中国美术刊行社，这是一个经营性的商业美术社团，承办美术印刷出版、橱窗设计、广告招贴、代售古今书画，并设有滑稽画、讽刺画函授部。这一时期在上海创办的商业美术社团，规模和影响最大的是中国商业美术家协会。该协会聘请汪亚尘、雷圭元、陈之佛、张辰伯、颜文梁、潘玉良、郑可等人为会董。

以西方现代设计的发展而言，工业化是现代设计诞生的基础。中国现代设计明显是在缺乏本土工业化基础条件下产生的，它的兴起与资本主义的市场扩张和商品经济的兴起联系在一起。"过度商业化"与"工业化不足"，造成了中国现代设计和产业经济发展的弊端，一方面出现了大批的商业美术人才；另一方面与工业化生产相适应的设计人才（工业制品设计、环境和居室设计、印染设计等）则严重缺乏。中国人独立开发的产品设计几近空白，而参照模仿外国的设计比比皆是。所以说，中国早期现代设计缺乏合理的结构，设计没有参与到生产领域中去，也就是没有贯穿到产品设计、制造、销售乃至服务的整个过程，它只是单一地服从于占有市场和商品销售的需要。

20世纪20—30年代上海民族工业的挣扎和中国艺术设计的挣扎和求生，是互相映衬的。艺术设计者们在表面的繁荣下，的确感到民族工业生产和原创能力的不足，使得他们通过艺术设计来参与实业兴国的理想，显得如此遥不可及。于是，他们不得不另寻出路。另外，中国的现代设计尚处于理论和方法上的引进阶段，大部分美术青年因留学归国不久，无论是在艺术经验和社会实践经验方面都处于成长过程中，尤其是如何把他们在国外所学的设计理论及方法具体地与中国现实社会的问题结合起来，还需要经历社会实践的磨炼。美术知识分子经受的挫折也的确启发了他们进一步联系实际的社会生活、探索中国现代设计的道路。

这个时期中国艺术设计还为后来的艺术设计教育留下了许多遗产：第一，大批设计师和理论家投身于教育事业；第二，艺术设计的分类模式一直被继承了下来，直至今天也只是在此基础上不断丰富而已；第三，也许是最重要的，随着中日战争的全面爆发，中国的土地上已经几乎没有进行民族工业生产的场地了，而在短短十几年间的所有艺术设计实践和思考的成果，就随着那些进入艺术设计教育学院的教师们，被带入了相对封闭的学院中，并开始了延续至少半个世纪的学术理论超越社会真实需求的艺术设计教育史。

新中国成立初期，手工业生产在整个国民经济中占有重要地位。当时，工艺美术主要以手工业生产为主，因此，工艺美术被纳入手工业生产管理部门，政府力图从生产的角度大量发展工艺美术。当庞薰琹等人为筹建工艺美术学院积极做准备工作时，手工业的社会主义改造运动在全国范围内轰轰烈烈地开展起来，这一运动对工艺美术学院的创建起到了直接而有力的推动作用。1956年5月，国务院批准了文化部、高等教育部、中央手工业管理局、中华全国手工业合作总社联合呈报的，关于建立中央工艺美术学院的报告。报告明确指出，中央工艺美术学院行政上归中央手工业管理局和中华全国手工业合作总社领导，业务方面归文化部领导。创建之初，学院设染织、陶瓷和装潢设计三个系，聚集了雷圭元、张光宇、郑可、祝大年、高庄、柴扉、袁迈、常沙娜、程尚仁、田自秉等一批优秀的工艺美术家。

在当时国家领导者的观念中，中国广大范围内仍是以手工业为主，工艺美术自然应与手工业相联系。同时，这又是一个能给国家换取建设新中国所急需的外汇的行业。因此，工艺美术家、设计师、理论家群体与国家领袖们之间，在设计的行业定位上产生了重大分歧。新中国初期，工艺美术是在恢复生产和保存手工技艺的前提条件下兴起的，生产的观念贯彻在工艺美术教育中。与生产相结合，是工艺美术及工艺美术教育的特点，但是片面的生产意识显然又会制约工艺美术教育的发展。在恢复工艺美术生产的过程中，面向外贸需要成为工艺美术生产的主导方向，以工艺美术产品出口创汇，换取国家工业化急需的资金。在保存优秀的传统技艺时，没有注意克服传统手工艺在思想意识上的局限，而是以特种工艺美术的特殊性代替了工艺美术的普遍规律，从而导致对工业美术的误解，致使工艺美术生产只注重技艺，忽视艺术规律和审美原则的问题大量出现。在日用品的生产方面，工艺美术设计的意识淡漠，设计、生产和销售之间没有建立合理的结构关系。

新中国工艺美术事业存在的种种问题，导致了工艺美术教育的困境。其中，突出的问题就是办学方向的问题，当时存在两种不同的办学意见：一是围绕行业生产的要求，制定工艺美术学院的办学方向；一是从满足人民日常生活需要出发，确立工艺美术学院的办学方向和办学重点。前者反映为，从全国手工业生产和手工业品的外贸出口生产需求出发，主张工艺美术教育应采取师傅带徒弟的作坊制方式，学生的主要来源是手工业工人，培养学生掌握手工业技能直接为手工业生产服务。后者以庞薰琹的教学主张为代表，他指出："工艺美术既为人民的精神生活服务，同时它又为人民的物质生活服务"，从根本性质上讲，它属于文化事业。工艺美术教育与文化、教育和科学研究等部门有密切的关系，又因为与生产有关系，所以与轻工业、纺织工业、手工业、化学工业、建筑工程、商业等部门都有关联。因此，工艺美术的对象范畴广，与人们的吃、穿、住、行都有关系，工艺美术跨行业和分工协作的特点，使工艺美术事业需要加强统一领导。另外，他又指出，"有些人把统一领导误解了，以为统一领导就是由某一个部门单独管起来，这样的想法实际上是行不通的，这样不仅会打乱各个部门的工作，同时会使得工艺美术事业变得非常狭窄。"他认为，艺术与技术有关系，但两者又不能混为一谈，可将工艺美术学校分为中等学校和高等学校两级，中等学校是培养技术人才的，高等工艺美术学院以培养设计人才为主。他主张，高等工艺美术教育应该兼顾发展现代工艺和传统民间工艺，不能将工艺美术只限制在特种工艺的狭小范围，单方面以满足外贸需要为目的，而应该在经济、实用、美观的原则下，重点发展日用品的设计与生产，以满足人们日常生活的需要。

1957年4月，庞薰琹起草了《关于怎样办中央工艺美术学院的建议》，他提出："学院的任务是培养工艺美术的创作设计人才，要使学生对我国民族民间艺术的传统进行系统的学习，并有所心得体会，这是学习工艺美术必须具有的基本知识；要使学生具有精确而熟练的描绘对象的技巧，这是设计工作必须具备的技术基础；要使学生在基础中掌握图案的原理法则，同时能够举一反三灵活地运用和变化，这是创作方法上必须具备的技术基础；要使学生通过各项专业学习，从开始就不断地、循序渐进地培养和提高艺术修养和审美能力，并掌握专业的科学理论和技能；要使学生通过生产实践，熟悉我国固有的技术传统并掌握近代新的特质材料的处理和生产技术；要学习其他国家的先进经验。"此后，《工艺美术通讯》发表了《关于工艺美术事业的几点意见》，由庞薰琹与学院各专业教师共36人在建议上签名。这场有关工艺美术是什么，以及工艺美术学院办学方向的讨论，在当时的政治环境下，逐步升级为意识形态斗争——一场声势浩大的"反右"斗争在知识分子中间全面拉开。在"大鸣大放"的过程中，庞薰琹在《人民日报》上发表的《跟着党走，真理总会见太阳》的文章被定性为右派言论，他成为美术界第一个被揪出来的右派分子，副院长职务被撤销，他被批判为"极右分子"，关于设计艺术教育的种种计划及设想被打入"冷宫"。

庞薰琹及其同时代的艺术家、设计师们一直在力图把中国艺术设计和教育纳入正轨。然而他们的理想总显得与现实格格不入，这既来自国家生产模式和工艺水平的限制，也来自国家主流认识水平的低下。但是我们也必须明白，很多今天看来天经地义的事情，在历史的语境下往往未必如此。中国第一代艺术设计理论家和教育家的坎坷，不仅是个人命运问题，也折射出了中国当代工业发展的曲折不幸。文化取向和政治话语在当时有着不可调和的矛盾，我们甚至可以说，当时艺术设计领域的知识分子甚至没有所谓"正确"的道路可以选择：不是文化上不正确，就是政治上不正确。中国艺术设计和教育的发展是曲折，甚至是不幸的。这种不幸既来自有抱负的一代人被冷落，也来自整个社会只满足于表面繁荣，而对文化深层危机的漠然。直至今天，这个问题仍没得到足够的重视。

2.思维方式、思维训练、思维定式和思维惰性

所谓思维方式，是指体现一定思维方法和一定思维内容的思维模式，是人们进行思维的具体形式。由于每个人的思维看来都是一直与自己同在的，而且也往往让人

觉得并不受自己控制，所以人们常常以为思维方式是恒定的、同一的。殊不知，思维方式本身就是文化和时代的产物。思维方式是人类精神产品的生产方式，是受物质资料生产方式和社会历史条件制约的。一个时代的人为什么喜欢用某种思维方式去思考问题，与该时代的物质生产的发展水平、科学技术水平及社会和其他条件是密切联系的。人的思维方式并没有绝对的独立性，其独立性是相对的，这是思维方式的社会性质。思维方式是人的理性认识或反映形式，是在该时代能被人们所普遍接受的对信息的反映、加工和改造的思维转换方式。从整体上看，人类思维的发展是一个漫长的过程，而随着人类思维的发展，人类的思维方式也在不断变化。从个人的小范围来看，人脑也并不是永远被动地接受来自外界的思维方式的塑造。一个能清楚认识自身思维方式特征及优缺点的人，更容易看清自己所处的时代和文化的本质。

所谓思维训练是指针对人的思维方式和方法的训练。人们思考问题时采用的方式方法并不是与生俱来的，而是在后天的社会实践中逐渐发展起来的，并且这个发展过程并不是一个完全自发的过程。思维训练实际上就是人们学习和掌握思维的方式和方法，开发大脑的功能，提高大脑思维能力的过程。理论上讲，思维训练的内容包括一般思维方法的训练（例如逻辑思维方法）和创造性思维方法的训练（例如发散思维方法和形象思维方法等）。一般说来，前者的训练比较容易，后者的训练则比较复杂。这是因为创造性思维的方法较多且没有固定的模式。思维训练的方法包括理论学习和亲身实践，特别是创造性思维方法的训练必须结合实际来进行。不过我们也必须理解，实际上人们在接受训练时可能并不能明确说出自己到底正在接受哪种类型的训练。

虽然我们未必非常重视思维训练这个问题，但从广义上讲，这个过程在人的一生中都是存在的。主流的话语模式、日常生活中的种种细节，都可成为思维训练的手段。不过在这个过程中，人们的思维往往可能走向片面或随意，并不必然导向我们要求的具有批判性的思维能力。所以，无论是学校教育，还是有志于自我提升的人们，都应该有意识地通过思维训练来提高自己的思维能力。

思维定式简单说来就是一种思维习惯或一种相对固定不变的思维模式，是一个人反复思考同类或类似问题时所形成的定型化、程式化的思维程序或思维模式，是过去思维对现在思维的习惯性影响。思维定式是一种思维现象。当人们在遇到某一个需要加以解决的问题时，一般就会先入为主地、自觉不自觉地沿着自己所熟悉的某种方向和途径去联想，把所面临问题纳入自己的头脑中，把此类型问题放到已存在的某种比较熟悉的框架内加以思考分析，由此形成了一种相对固定不变的思维定式。当一个人在头脑中形成了思维定式后，就如同在大脑中筑起了一条思维惯性轨道一样。有了这种轨道，当人们再遇见同类问题时，其思维活动就会凭着一种惯性，不由自主地在这条轨道上滑行。

思维定式并不必然导致问题解决的无效或不利，有时以往的经验的确使得问题的解决更快速、更有效。既有的经验还可能帮助人们更快地看到表象之后的内在问题。但是人们往往意识不到思维习惯、思考内容和个人之间的关系并非恒定不变的，常常把思维定式当成经验的一部分，不加分辨地加以继承。这就可能导致以"旧办法"处理"新问题"或以一种办法应对多种问题的情况。这时的思维定式便可能是有害的。当然，即使面对"旧问题"，我们也未必一定采用旧办法，毕竟我们的信息来源、技术基础、追求目标等都有极大的变更。所以，我们应尊重和学习已有的经验，但切不可因此而囿于某种思维定式中，这的确不利于"新问题"的解决，有时甚至不能有效地解决好"旧问题"。

思维惰性是一种封闭的思维状态，是一种严重的思维疾病，它是由于人的生理和心理惰性而产生的一种思维闭锁症。患有思维惰性的人一般表现为思维懒惰，不愿意深入思考问题，遇事不勤于动脑，甚至大脑处于思维迟滞的状态。思维惰性受到思维定式的消极影响，患有思维惰性的人习惯于按照常规去思考问题，思维倾向于简单化。长此以往，易于造成思维僵化，行为保守，不思进取。有思维惰性的人，面对困难或新情况、新问题时，往往束手无策，难以冲破思维定式的束缚；或认识不清乃至于回避问题，干脆把问题留给别人去解决，缺乏创新意识和创新勇气。

思维定式其实是绝大多数人都无法避免的情况，但思维惰性是一种病态。而且这种思维上的懒惰，往往来自个人的心理障碍，对任何新鲜事物存有恐惧和担忧。目前我们还无法确切说明这种恐惧心理到底来自何处，但个人性格和青少年时期所受的教育绝对是重要原因。我们在前文已经讨论了创新思维和创新素质中，许多能力其实往往并不来自智力和知识学习，而是个人意志品质的体现。如果意志品质的培养不足，便会产生诸如思维惰性这样的不良后果，这不仅是创新思维培养的失败，也会对个人生活和发展产生负面影响。

3. 直觉和灵感

直觉是人脑基于有限资料和事实，调动已有的知识和经验储备，摆脱习惯的思维方式，对新事物、新现象、新问题进行的一种直接的、迅速的、跃进的、敏锐的洞察和判断。直觉在帮助人们确定研究方向、选择研究课题、识别研究线索、预见研究发展、提出研究假设、寻找研究方法、领悟研究价值、决定研究方案等方面都可起到重要作用，而这些作用往往借助灵感这种表现形式体现出来。

直觉既是一种能力，也是一种思维方式。作为能力，它表现出人们在面对困境时依据长期积累的经验，可以几乎不经思考就作出相应的反映和选择，似乎灵机一动，立即就解决了问题。作为一种思维方式，直觉指的是不经过有意识的逻辑思维而直接获得结论的思维过程，或者说是通过下意识的思维活动而直接把握对象的思维过程。直觉一般可以分为三类：其一是本能直觉，它是依据人的生理本能或条件反射而产生的直觉。这种直觉的反映一般属于消极的反映、被动的反映。其二是感性直觉，它是依靠人们的感觉和经验而形成的直觉。当一个人在自己的实践中遇到同以往曾经历的情形相似的境况时，就可能在头脑中迅速找出与其相应的曾经采取过的政策。其三是理性直觉。它是在对事物的本质有了深刻认识的基础上所形成的直觉。它来自经验，但又冲破了经验的束缚，可以达到对事物本质的认识，即透过现象看到本质。

灵感是指人脑有意或无意地突然出现某些新的形象、新的思想或新的认识，从而使一些经人脑长期思考但久拖未决的问题顷刻间迎刃而解。脑科学的研究成果已经证明，灵感是人脑的一种属性，也是人脑的一种机能。从脑功能的角度分析，当人们经反复思考和长期探索后，思维进程将产生一些关节点。若能在这些关节点处给思维施加一点刺激，思维就将产生质的飞跃，从而形成灵感。由此可见，灵感是人们长期思考、紧张思考和过量思考的结果，只是由于其出现的时机或地点带有随机性，因而给人们察觉灵感、把握灵感和利用灵感带来难度。但无论灵感现象如何复杂，它仍是人脑在创造性活动中出现的一种心理现象。从根本上来说，灵感既是一种短暂的创造状态，还是一种良好的创造效应。

无可置疑，直觉的产生需要一定的条件，灵感的出现需要一定的机遇。在发明创造活动中，人们如何引导直觉，如何诱发灵感，是要讲究方式方法的。因此，人们应当了解并掌握那些能够帮助自己把握发明创造机遇的直觉、灵感式创造方法，应从这些方法中汲取理论的精华和实践的技巧，牢固掌握其技法原理和运用要点，让直觉和灵感的光辉照亮自己的发明创造之路。不过问题的另一个方面也必须引起注意。在日常工作中，直觉和灵感往往是可遇而不可求的。而且即使通过直觉和灵感找到了问题的非常规解决方式，工作也通常并未就此结束，方法的可行性和有效性，还是需要理论的求证或常规方式的检验才能最终付诸实现。更何况这种直觉和灵感很难通过学院化的课程讲授或训练而获得或日益提升，它往往表现得很有个人特征，与个人的经历、性格等有直接关系，而不是与普遍理论联系得更紧密。在某些艺术家或设计师眼中，直觉和灵感的重要性恐怕远超过科学家或工程师的比例。在很多时候，他们会更强调这一点，甚至有些夸大。在学校中，这种观点可能会给青年学生带来困惑，使他们更追求直觉和灵感，而不是正规的工作程序训练。其后果就可能弊大于利了。

4.创造教育

创造教育于20世纪40年代发源于美国。但至今创造教育仍是一个正在形成和发展中的新事物，要想进行完整、准确的定义十分困难，因而有多种定义存在。这些定义从不同角度看问题，其结论也有所不同。例如，从培养人才角度来说，创造教育是培养创新型、开拓型人才的教育；从开发能力角度来说，创造教育是开发人的创造力的教育；从解决问题角度来说，创造教育是培养创造性地解决模糊领域问题的能人好手的教育；从普通教育的基础教育特点来说，创造教育是为创新人才从事发明创造打基础、做准备的教育。要想全面地给创造教育下定义，必须从创造教育的性质、目的和任务三个方面来理解。所谓创造教育，就是依据创造学的理论和方法，并将其运用于教育实践，开发学生的创造性思维和创造能力，培养和造就大批创造型人才的新型教育。所以从广义来说，凡是有利于受教育者培养创造意识、树立创造志向、激发创造精神、锻炼创造性思维、增长创造才干、开展创造活动而进行的教育，都可称为创造教育。

创造教育包含下述10个方面的内容：

（1）思维教育——一个人是否具有创造力，关键看其能否进行创造性思维。所以创造教育的首要任务是开展创造性思维教育，而创造性思维教育又包含各种思维形式的培养以及各种思维技巧的训练。因此，创造性思维教育其实就是多种思维教育在创新形式和创新高度上的有机综合。应该指出，创造教育中的思维教育，是以培养学生发散思维能力为主，兼顾集中思维能力和其他思维能力的。在各种思维能力都得以提高的基础上，使学生的创造性思维能力获得突破性的发展。

（2）发现教育——所谓发现是指人们在认识自然、认识社会的过程中，领悟和发现了某些自然规律和社会规律。发现客观存在的事物、认识客观存在的规律，都有利于人们创造性思维的培养和创造性才干的提高。因此，要开展发现教育以树立学生的求知精神和探索精神，鼓励学生带着问题去有所发现、有所前进。

（3）发明教育——所谓发明是指人们采用科学原理和技术方法，创造出新事物或新产品。发明教育是将人们在发明创造过程中成功的经验充分传授给学生，培养和训练他们从事发明创造所需的思路与方法、技能与技巧，使其能在创造活动中有所发明、有所创新。

（4）信息教育——发明创造必须以一定的信息为基础。信息教育着重培养学生获取信息和运用信息的能力，并使他们形成敏感的信息知识。此外，信息教育还要教育学生掌握现代化的信息分析手段和高效率的信息处理方式，从而在信息社会中，把握发明创造的有利信息并转化为发明创造的实际成果。

（5）学习教育——学习教育的任务是教会学生怎样进行有效的学习，让学生做学习的主人。传统教育最遭人诟病的方面就在于"填鸭式"、"满堂灌"的知识传递方式。学校只注意老师如何教，不注意学生如何学，因而学生对学习方法和学习技巧都知之甚少。学习教育就是要改变这种状况，使学生具有良好的学习方法和有效的思维技巧，早日跨入创造领域。

（6）渗透教育——目前，科学技术高度交叉、高度渗透，各种横向学科、交叉学科、边缘学科如雨后春笋，茁壮成长。要使自己在这种形势下不落后，就必须进行科学的整体性教育和现代科学技术的渗透教育。在这种教育中，不仅要注意科学和技术间的渗透，也要注意科学技术与社会生产间的渗透，还要注意它们与创造活动间的渗透，使学生能够充分认识科学知识、社会生产和发明创造之间的相互关系和渗透原理。

（7）艺术教育——创造力可分为科学创造力和艺术创造力两种，它们都可能指向伟大的创造。开展艺术教育有助于提高学生的艺术鉴赏力和艺术创造力，并进一步转化为学生的全面创造才能。现代优秀的发明创造成果，不但要求社会价值高、功能价值高、经济价值高，还要求艺术价值高，这就迫切需要学校广泛开展艺术教育，使学生的理论水平和艺术修养水平均达到创新型人才所需的高度。

（8）参与教育——所谓参与教育，是引导学生参与社会实践，用生动现实的生活素材来教育学生、启发学生，调动学生的创造热情、引发学生的创造兴趣，并在现实中找到创造的目标。这样，既可培养学生发现问题、认识问题、分析问题、解决问题的能力，又可培养学生理论联系实际的精神。

（9）未来教育——未来教育是创造教育中适应社会发展需要必不可少的组成部分。让学生了解人类社会的未来，了解科学发展的未来趋势，对于帮助他们树立远大志向和明确的奋斗目标都大有好处。

（10）个性教育——创造教育不仅要培养学生的创造才能，更要培养学生的创造个性。这就需要人们在一切教育工作中，懂得爱护、尊重和激发学生学习的主动性、积极性和独立性。创造教育的个性教育要改变以前在个性问题上的陈腐偏见，把培养积极进取、各具特色的创造个性作为一项重要任务来认识。

创造教育是一种不同于传统教育的新型教育模式，它既不以知识积累的数量为目标，也不以知识继承的程度为目标。与传统教育相比，创造教育同样强调必要的知识积累，但更强调合理的知识结构以及获取知识的方式；同样强调培养学生的各种能力，但更强调学生创造能力的培养。创造教育不仅相信人人都有创造力，而且认为创造力是可以通过创造教育培养出来的。创造教育坚持应该根据学生的思维特点和才能情况，因材施教，把他们培养成不同层次的人才。创造教育全面地去开发学生的创造力，更多地培养创新型、复合型、通才型的新型人才。

创造过程三阶段论是由美国著名的创造学家奥斯本提出来的。他将创造过程分为以下三个阶段：①发现事实阶段；②提出创意阶段；③寻找解决对策阶段。奥斯本还对他自己的三段论做了如下的补充说明：发现事实以前，必须先对问题下定义；而定义问题时，又必须先选择并讨论问题，搜集相关资料，然后加以分析、综合。提出创意之前，先要联想相关的事，越多越好，等到要提出创意时，便追踪过去所想到的创意，然后加以分析、组合。要找出解决的对策，就不能缺少评价与选择。评价有赖实验或其他方式的测验完成。决定了以后当然要付诸实行。姑且不论顺序如何，每一个步骤都必须不断努力，并作出独创式的想象。后来，奥斯本又把创造过程细化为七个阶段。①定向：强调某个问题。②准备：搜集有关资料。③分析：把有关材料分类后分析研究。④观念：用观念进行各种各样的选择。⑤沉思："松弛"促使启迪。⑥综合：把各个部分结合到一起。⑦估价：判断所得到的思想成果。

英国心理学家沃勒斯的创造过程四阶段论是一种影响较大、传播较广，且有较强使用价值的创造过程学说。他认为无论是哪一种创造活动，无论其规模大小，创造过程一般都必须经过准备、酝酿、明朗、验证四个阶段。

（1）准备阶段——这个阶段主要工作是明确提出问题。一切创造都是从提出问题开始的。明确地提出问题并非易事，需要有创造性的想象力。奥斯本认为，提出问题的关键在于对问题的感受性；对问题的感受性是重要的人格和能力特征。准备阶段要做以下三项工作：①发现问题。问题是现状与理想的差距。一个有强烈创造意识的人能不断地发现问题。②明确问题。明确问题就是认识到问题的实质。这要通过收集资料、整理平时积累的知识和经验，界定问题的范围，明确问题的性质，提出问题的关键，初步确定其可行性，作好充分的技术准备来完成。③分析问题解决后的价值。分析所提出问题的社会价值：能满足社会哪方面的需要，它的应用前景如何，能给社会带来什么样的价值。通过上述三步，使问题概念化、形象化、具体化、明朗化。创造的准备阶段是外部信息的输入、加工期，心理处于活跃、不安和专注的状态，常常要经历肯定、否定、再肯定的循环过程。

（2）酝酿阶段——这个阶段主要工作是提出许多个解决方案。一切创造都是以找到解决方案，最后将问题解决为止。但是，找到解题方案绝不是一蹴而就的事，要经过大量的脑力和体力劳动才能奏效。在这个阶段要交错地试用不同的思维方式，改变思维的方式和切入点，探索各种可能的解题方案，尽快找到解题方案。

（3）明朗阶段——这是找到解题方案的阶段。经过长时间的酝酿后，偶有机会，解题方案就可能会突然地出现在面前。

（4）验证阶段——这个阶段的主要工作是验证解题方案是否正确。在这个阶段，主要是通过逻辑论证或实验来验证创造成果的正确性和可行性。

5. 思维能力的训练

我们很容易就发现，艺术设计行业的工作过程其实与创造过程完全贴合。所以，艺术设计教育完全可能在有限的学校教育过程中，为学生提供更多样性、更有效的思维和工作程序的训练机会。这可能是其他专业很难提供的机会，也是艺术设计与众不同之处。

从前文的介绍和分析可知，艺术设计行业是一个范畴宽泛、实际操作性强，又对从业者的综合素质有很高要求的行业群。艺术设计教育的复杂性表现在如下几个方面：①具体的培养课程和专业设置方式如何应对这种相对松散且不平衡的行业布局。②艺术设计思维的发散特征往往在过程中使得原初的设想被引向多种不同方向，从而可能导向不同的、无法预期的后果。身处其中的人们往往看不清方向，也不知该如何应对。③愈发市场化、商业化的外部环境，实际上要求的是更加理性、程序更加严格的工作模式。这在本质上是与一般意义上的艺术家或设计师的思维和工作习惯不相符的。④也许是最重要的一点，艺术设计及实践过程要求的思维能力和思维方式极为多样化，也极为全面。它在客观上强迫从业者必须不停地转换思维方式，以不同的手段检验自己设想的可行性。所以，从事艺术设计实践、教学或理论建设的人们，无时无刻不处在自我矛盾中。这种矛盾既存在于外部环境与行业规律之间，也存在于每一个个体自身。

以一般的工作程序而言，设计过程通常包括以下几个步骤：调研、发现问题——分析问题产生的原因——寻找解决问题的方法——解决问题——实施——意见反馈。在这个过程中，我们可以意识到如下几点：

第一，艺术设计的工作过程与上文提及的创新过程，尤其是沃勒斯的创造过程四阶段论极为相似。我们甚至可以认为艺术设计和实践的完整过程是对所有人进行创造教育的最好办法。在这个过程中，每一个参与其间的人都必须调动头脑和身体的方方面面，才能保证过程的顺利完成。当然，这也提醒了从事艺术设计的院校，我们绝不能把设计教育和教学只限定在图纸阶段，否则这不仅违背了艺术设计行业本身的逻辑，还不利于学生创新思维和能力的培养。

第二，为了艺术设计成果的达成，设计师必须关照到与设计相关的整个过程的方方面面，而不能只针对局部、片面的部分来操作。在这个过程中，设计师很容易发现自己在哪个方面的知识、技能或经验有所欠缺，而与其他专业人员的配合则是必需的。而且有经验的设计师还往往能预见到问题最可能产生在哪部分、哪个环节，甚至哪部分工作群体中。只有这样才能未雨绸缪，提前做好准备，至少不会导致整个计划的失败。在设计过程中，尤其在实施过程中，设计师往往会发现有数不清的问题困扰着自己，他（她）必须对所有问题有通盘的考虑、理性分析，在最短的时间内确定针对哪一类的问题应由团队中的何人、以何种方式进行解决，以及不同问题解决人员之间如何沟通。

第三，艺术设计的另一个有意义之处在于其对从业者的形象思维能力要求很高。人类在很早以前就已从人的身体偏瘫等现象中发现，大脑是分为左右两个半球的。但系统地建立起"大脑两半球理论"的则是1981年获诺贝尔生理学医学奖的美国人罗伯特·斯佩里。20世纪60年代初，斯佩里借助于临床上的裂脑人，采用一系列独具一格的、经过精心设计的实验分别考察了人脑左右半球的功能。实验令人信服地表明，人脑有两套信息加工系统，两个半球的功能是高度专门化的，分工明确、各有优势，从而纠正了人们已持续一个多世纪之久的"右脑是进化上落后的劣势半球"的错误观念。由于人是靠右半球感知客观世界，靠左半球对获得的信息进行抽象加工，因而右脑被称为感性半球，左脑被称为理性半球。又由于右脑管理形象思维、综合、组合一类的层面性、立体性的思考活动，所以它是产生创新设想的关键。人们的创造性思考活动首先是由右半脑起作用，因而右半脑又被称为创造半脑；左脑的任务是对获得的信息进行整理加工，并分门别类地纳入一定的信息、知识体系，因而左脑又被称为知识半脑。艺术设计的过程能在很大程度上拓展右脑的能力，还能强迫左、右脑半球的协调配合。这是单纯的左脑或右脑训练都难以达到的成果。更何况，艺术设计过程中的形象推敲，本身就要求从业者具有较高的审美水平，这是一般的研究项目很难涉及的思考范畴。

第四，在任何的工作和创新过程中，都存在"灵光一现"的可能，这也是我们上文提及的直觉和灵感的成果。而且面对一些棘手问题时，有时灵光一现的方法似乎更能解决问题。于是很多设计师，甚至教师和评论家们也对此津津乐道。但我们都知道，灵光一现的思维成果很难"培养"出来，而且即便是有这样的成果存在，其是否能真正解决问题，还需要深入缜密的理性分析方可作出决定。所以，在学院教育中，我们不应将重点放在"灵光一现"的思维过程上，而应该放在一种常规化的、更具操作性的工作和思考方式之上。我们在上文中提出的艺术设计的一般工作过程其实就是这种相对可行的推广模式。当然，这并不是说每一种设计，每一位设计师在这个过程中精力、时间等的花费都是均分的，也不意味着在这个过程中不存在"灵光一现"的可能。而且即使是以个人经验为参照，我们也会发现，灵光一现也往往不是完全的突然而至，它通常来自长时间的思考和大量的基础工作，正是这种常规的工作过程为灵光一现提供了实质基础。当然，我们也不赞成将类似"灵光一现"的思维或工作方式一概否认，这不仅不符合思维规律，客观上也否认了思维世界的多样化。

第五，也许这是最易让人忽视，但却是在艺术设计教育中最有价值的一个方面：批判性思维能力的训练。批判性思维绝不是漫无目的或毫无来由地发牢骚，而是通过对事物表象、内容，及其背后的成因、逻辑等进行深入研究、推理、分析之后而找到的事物内在的问题，在最好的情况下还能为问题的解决指明方向。在当代中国的社会背景下，后者似乎显得更加重要。同时批判性思维的产生和能力培养还不仅是一个思维习惯的培养问题，它更是一个人综合能力，尤其是胆识和勇气的体现。没有丰厚的知识基础、很好的分析能力和打破常规的勇气，任何批判性思维过程都无法进行下去。更重要的是，批评性思维是几乎所有类型创新活动的基础。发现不了问题，没有能力解决问题，便几乎不可能存在任何形式的创新。在艺术设计的思考和工作过程中，我们很容易发现，几乎每一个阶段的向前推进，都需要批判性思维的主导，这就从根本上否定了那种人云亦云、不假思索的信息接纳模式。首先，设计师们必须发现问题；其次，他们要对可能的解决方案进行甄别筛选；再次，在工作过程中，他们必须不时地对自己的解决方案、执行工作等进行反思和修正；最后，即使作品完成，投入使用，还需要听取反馈意见，再不断修改或完善，为下一批产品或今后的工作积累经验。这每一个过程其实都有赖于"批判性思维"的成果来推进，而且在更多的情况下，批判性思维往往是针对设计师自己和工作团队的具体成果而展开的。这种自觉的自我批评过程是取得成功的必由之路。

在建设创新型国家的大背景下，如果我们以艺术设计训练作为培养学生创新能力的手段，可能会收到意想不到的效果。

第3章 艺术设计学院

3.1 定位与扩招

3.1.1 关于扩招

1.扩招的背景

1）扩招幅度

1999年6月24日，教育部和国家计委联合宣布，1999年普通高校招生从上年的108万人扩大到159万人，扩招幅度高达48%。2000年，高校招生规模在1999年的基础上继续扩大，全国各类高等教育年度招生达300万人，其中，普通高校招生规模为204万人。两年招生总量翻了近一番[1]。

为搭建扩招舞台，1999年以后的两年间，教育部共设置182所新的高等学校。其中，合并组建了57所高等学校；新设置本科院校52所（其中师范学院30所，非师范本科院校22所）；新设置高等专科学校12所；新设置职业技术学院61所；新设置民办高校16所。

---

[1] 不同资料对于每年大学招生数量有不同的说法，另有资料说明如下：1990年全国高校招生人数60.89万；1991年全国高校招生61.99万；1992年全国普通高校招生75.15万；1993年全国高校招生人数92.4万；1994年全国高校招生人数89.98万；1995年全国高校招生人数92.59万；1996年全国高校招生人数96.58万（其中本科50.53万）；1997年全国高校招生人数100.04万；1998年全国高校招生人数108万；1999年全国高校招生人数160万；2000年全国高校招生人数220万；2001年全国高校招生人数260万；2002年全国高校招生人数320万；2003年全国高校招生人数382万；2004年全国高校招生人数420万；2005年全国高校招生人数504万；2006年全国高校招生人数530万（其中本科260万）；2007年全国普通高校本专科计划招生567万；2008年全国普通高校本专科招生计划安排599万人（其中普通本科300万，高等职业教育299万），比2007年增长5%。

经过三年大扩招，我国高等学校在校生总规模从1998年的643万人，增加到2001年的1214万人，净增571万人，四年间几乎翻了一番（参见表3-1）。2001年与1998年相比，在校本科生规模增幅最大，专科（高职）生增加人数最多。

表3-1　1998—2001年高等学校在校生规模情况[①]（单位：万人）

	1998年	1999年	2000年	2001年	总增长幅度/%
在校生人数	643.0	742.2	939.9	1214.4	88.86
研究生人数	19.9	23.4	30.1	39.3	97.49
本科生人数	257.6	320.8	411.8	535.4	107.84
专科生人数	365.5	398.0	498.0	639.7	75.02

在高校大扩招的最初阶段，教育部发展规划司有关负责人认为[②]：由于长期毛入学率很低，独生子女进入高校的愿望又很迫切，供需矛盾突出，社会需要和群众需要构成了强大动力；而重视高等教育，希望子女进入大学深造，是中国发展高等教育极其有利的宏观环境；国内推行积极财政政策，消费需求不足，鼓励社会各界把资金用于高教，无疑是正确的。可以说，高校大扩招，大的背景是科教兴国，加上强烈的需求拉动，普遍的社会舆论，高等学校也倾其全力，千方百计完成历史性任务，各省市所表现出的空前积极性，这是单纯的扩招所不能想到的。可以说，高等教育正在向着大众化迈进。

随后的几年，媒体中关于扩招及其对高校和社会的影响等问题，进行了长期广泛的讨论。在这个过程中，各学校扩招操作手法也有变化，许多人对扩招不再抱有全然的信任，而是越来越乐于指出其中潜藏的"隐患"。直到2007年3月，国家审计署副审计长石爱中在接受记者采访时表示，这两年的审计发现，由于不断扩招，不少高校都进行了巨额贷款，并因此负债累累。石爱中进一步解释，"一般高校的贷款都在4亿~8亿元，一些大院校更是高达10亿元以上。其原因就在于国家近年停止给高校拨款，着重于补贴基础教育，而各个高校又在不断扩招，因此，高校都想方设法自己捞钱并加大贷款额度。"[③]

2007年6月5日的《北京晨报》撰文宣称"5年内中国大学将再扩招438万人"。文章进而解释道，"昨天，教育部召开新闻发布会，介绍国家教育事业发展'十一五'规划纲要，……教育部副部长袁贵仁称，到2010年，高中教育毛入学率将达到80%左

①　资料来源：1998—2000年数据摘自相应年份《中国教育事业统计年鉴》；2001年数据来自教育部计划发展司《2001年中国教育事业统计分析》。
②　原文参见钟欣：《控制高校扩招已先行》，载《南方日报》，2008年10月10日。
③　原文参见《今年起控制高校扩招》，载《信息时报》，2007年3月9日。

右，高等教育毛入学率将达到25%左右。……到2010年普通本专科将达到2000万人，将再扩招438万人。教育部相关负责人说，与前5年高等教育跨越式发展相比，在今后5年中，高等教育要适当控制招生增长速度，相对稳定招生规模，而把重点放在提高质量上来。同时也要适度控制高校数量的增长，优化结构与布局。"①

　　最近我们又获得了更明确的说法："教育部承认当年高校扩招太急促，明年（2009年）扩招不超4%"②。其具体解释大约包括如下几点内容：①其实在大规模扩招的决定出台前，国家本来已经有一个扩招计划，但国务院立足于现代化建设的全局、科技和社会发展形势的变化，作出了"扩大高等教育规模"的重大决策。②但由此引发的另一些问题也接踵而至：扩大规模的辅助性政策和措施跟不上，学校教学和生活条件的约束威胁了高校的稳定；一些学校由于扩招造成学校升格或教学条件下降而导致教学质量的滑坡；造成高校毕业生的就业困境等。③关于当年为什么要在临近高考的时候急迫作出这样的重大决定……专家认为，一是宏观社会需求，二是解决经济困境，三是走出"应试教育"怪圈。从近期看，它作为我国实施积极的财政政策的措施之一，成为政治经济全局战略中的一部分，是教育主动适应经济的直接体现；从深层次看，它与当前我国宏观背景有着密切的联系，是我国经济可持续发展的客观要求和跨世纪教育适应全球变革的必然反映。

　　2）"精英化"向"大众化"的转向

　　中国高校扩招之所以会在公众中引起较大的心理反映，主要是由中国公众高等教育需求的性质决定的。一般而言，中国公众的教育需求是基础性的生存需求，即为了求得基本的社会生存能力，必要时甚至可以在其他方面作出牺牲。扩招之后，我们发现这种生存需求的能量如此巨大，并没有因本科招生人数的增加而有所减弱，反而日渐增强。当越来越多的年轻人进入大学后，他们很快发现本科教育无法再带给他们自己和家庭期望的更多更好的就业机会，于是硕士和博士生学位就成了他们中许多人力图"脱颖而出"的唯一"正当"出路。或许曾经存在过的、以对专业和事业的热忱为动力的更高一级学习，也成了追求高学历、高学位的"谋生"途径。受这种需求的影响，基础教育现在也出现了一些令人担忧的现象。据调查，多数中小学生已经把"将来找个好工作"排在了读书动因的第二位。当今社会，人们的主要目的是通过增加教育投入，换得高于一般的回报。对于许多家庭来说，让孩子接受高等教育，是摆脱现有处境的唯一正当方式。

———————————

① 原文参见代小琳：《5年内中国大学将再扩招438万人》，载《北京晨报》，2007年6月5日。

② 原文参见李莉：《教育部承认当年高校扩招太急促，明年扩招不超4%》，载《北京晚报》，2008年10月9日。

从国家的视角看，扩招还有别的意义：这是教育由"精英化"迈向"大众化"的最直接手段。因为政策制定者们相信：高等教育从"精英化"向"大众化"的迈进是国家发展的必由之路，对很多家庭而言，子女有更多进入高校的机会几乎等同于这个社会对自己的最大承认。

不过从国家的视角出发来看问题，特别是以行政手段推进政策的过程中，工作手法难免有过于"粗糙"之嫌。比如说，即使我们相信"大众化"比"精英化"的大学教育更能满足民众的需要和国家的发展，我们也并不必然明了，在当代中国的大学教育中，是不是所有大学和专业都应走上"大众化"之路；是不是全国所有地区都应力促大学的"大众化"……我们现在看到的大学毕业生就业难的问题，经常被归因于大学的专业设置与社会需求间存在巨大差距。

认定扩招之时政府和专家可能根本没有考虑过大学毕业生的就业问题，没有考虑过大学专业与就业结构之间的错位。政府和专家显然采用了一种"国家的视角"来看待问题，而没有真正明白"小民的世界"。国家的计算通常以人均大学生的比例，以及这一比例与发达国家的差距作为政策出台的依据，却往往忽视了人们的真实考虑：①家长们通常希望孩子通过大学文凭获得留在城市（尤其是大城市）中生活和工作的机会；很多时候回到家乡的年轻人被认为"没有出息"的，于是大学成了城市（尤其是大城市）无偿占有小城镇和乡村较优秀年轻人智力和时间的过滤器。②如果可以的话，孩子最好离父母居住的地方不要太远，或者可以帮助父母摆脱现有的、不佳的生活环境：孩子必须以自己的学历和能力在新城市中扎稳根基，最后帮助整个家庭"移民"到更大的城市中。③愈是发达的地区（经济、工业等）愈容易吸引年轻人，因为这些地方被认为机会较多，至少有一个大致不错的基本生存条件——这可能是他们进入大学的最大动力。于是我们发现扩招的结果并没有真正使待发展地区"平均"到更多的毕业生，而是不断把自己的优秀年轻人送到城市中去，而发达地区的大学毕业生却经常被降格使用。在这个过程中，根本没有人关注国家关于人均大学生数量的计算结果和政策出台背景。

高等教育供求总量的失衡，特别是结构性失衡，对社会发展会产生许多不利影响：不仅会带来社会资源的浪费，更可能会造成劳动力市场上的结构性失业，甚至有可能造成社会的不安定。对于当代中国而言，这三种不利影响中的任何一点，都是极为可怕的。因此，必须形成一个良好的机制，使得高等教育规模结构政策与实际供给和社会需求比较接近。在大学教育"大众化"的背景下，应把目标群逐渐细化，还应确定不同学校的定位，或许有些学校或专业仍应保留"精英化"特质。

高等教育的结构性失调既与用人制度有关，也与国家经济发展的地区不平衡有关。在最好的情况下，教育的发展模式应与国家的经济规划同时考虑，甚至教育结构的调整还应先于经济政策，因为人才的培养周期通常比经济发展周期长得多。但绝不能拿经济规律来分析教育问题，这无异于缘木求鱼，可能带来灾难性后果。

3）经济方面的考虑

"拉动内需"是高校扩招、大学收费的一个重要原因。虽然我们并不知道这个原因在国家决策中占有多大比重，但几乎在所有的官方或半官方的文件中都提及了这一点。不过看起来，中国的"高等教育经济"与国家整体经济发展的关系并不那么清晰。

教育经济学研究结果表明：教育投资收益率的大小，是衡量教育对经济增长贡献大小的重要指标。根据美国经济学家的研究：初等教育、中等教育和高等教育的收益率分别是35％、10％和11％，社会平均教育收益率为17.3％。这一结果暗示我们，初等教育对经济增长的作用，要大于中等教育和高等教育的作用，因此，在没有广泛普及初等教育和中等教育的前提下，盲目发展高等教育，势必影响教育对经济增长的作用，进而也影响教育的经济效益。

其次，世界上许多经济水平大致相当的国家，其高校的规模往往有所不同；我国高校规模跃居第二位，但GNP（国民生产总值）却仅相当于高教规模列居第十一位的西班牙。在《1993年世界教育报告》中，列举了21个高收入国家和5个中等收入国家的经济发展情况与其高教规模的关系，其结论是：实际收入与高等教育的入学人数之间没有太大联系。报告中显示：瑞士、日本和瑞典的收入水平大约是新西兰、西班牙和爱尔兰的两倍，但他们的大学入学率却比后者要少；而挪威和芬兰的收入水平近似于日本和瑞典的收入水平，但其入学率却高得多。而菲律宾、秘鲁、委内瑞拉、阿根廷和韩国5个中等收入的国家，其学校入学率都高于大多数经合组织国家。特别值得一提的是，除韩国外，其他国家的经济发展反而呈下降趋势。

再次，高教规模的扩大固然与经济发展水平有一定关系，但不是导致GNP增长的决定性原因。根据我国著名的教育问题研究专家周贝隆研究员的研究，高等教育应与经济持续、稳定、协调发展，其发展速度一般应低于经济增长。他的研究以1980年为起点，一直持续到2050年，用我国人均GNP增长的数量及其比例与高校毛入学人数及入学率进行了比较，然后加以估算。他认为，"人均GNP的增长意味着劳动生产率的提高，而创造同样的GNP所需投入的专门人才越来越少才是效益提高的表现"[①]。因此，高教规模即使在GNP不断增长的前提下，也不易盲目随之而扩大，否则会造成人力和财力资源上的浪费。

最后，高校在扩大招生规模的同时，必须充分考虑高校内部的专业结构与产业结构、劳动技术结构之间的密切关系，使各方面能互相适应，以确保高教对经济增长

---

① 杨平：《高校扩招与经济增长的理性思考》，摘自"中国教育和科研计算机网"。

的积极促进作用。据全国72个部委局公司统计，我国目前助理工程师及相应职称以上的人员同技术员及相应职称人员之比为1：0.67，有的企业工程师与技术员之比严重倒挂，比例为7：1或9：1，而发达国家一般为1：3至1：10。这说明我国现阶段并不缺乏那些相对高级的专门人才，而急需那些具有中等教育或专科教育水平的专门技术人才。

当然，我们也应该清楚：就中国的具体情况而言，高等教育经济的发展是一项长期任务，需要专人花费大量时间来进行分析、总结。以"拉动内需"作为扩招的重要目标，似乎更倾向于"短期"发展。

高校扩招以来，政府主导了三大改革。

第一大改革：深化办学体制改革，形成多元化办学格局，依靠社会资金扩大高等教育供给能力。包括中外合作办学在内的多种形式的民办高教以及公办学校面向社会自主办学体制的建设，是支持，并保证扩招平稳推进的一项重要保障。三年间经教育部和地方政府批准的、具有学历文凭发放资格的全日制民办高校新增67所（尚不包括举办学历文凭认定资格考试的全日制民办教育机构数百所），相当于1998年前批准总数的3倍以上。一些地区将老大学品牌和智力优势与企业集团、基金会等非政府机构的资金优势相结合，合作创办了一些相对独立的、具有新运行机制的大学分校或二级学院，如浙江大学城市学院、华中科技大学武昌分校等100余所。一些重点高校也主动吸引企业资金，走与企业联合办学的道路，如北京航空航天大学安博软件工程学院，就是全国首家校企合作培养软件工程硕士学位专业人才的机构。

第二大改革：高校后勤社会化改革。在教育部直接指导下，高校后勤管理工作引入了企业化管理模式，提倡运用竞争机制提高服务效率和服务质量；并逐步减少事业经费的补贴，实现自负盈亏、自收自支。据不完全统计，全国高校后勤经费占学校支出的平均比例，由改革前的10%降至目前的3%以下。同时，各地教育行政部门和高校还吸引大量社会资源进入高校后勤服务产业，参与物业管理和餐饮服务。不过必须说明，这种改善并不均衡，有些学校的后勤改善较好，有些则因扩招而恶化。而且虽然许多高校的后勤部门在经济上"独立核算"，但在人事制度上并未与学校完全脱离。

第三大改革：筹资体制改革拓宽了经费来源渠道，增加了高等教育经费总量。从表3-2中可见，四年（1998—2001年）扩招期间，全国高等教育经费收入来源呈现以下几个特点：第一，政府财政性高教经费投入大幅增长。政府拨款增幅近80%，但政府高教拨款占普通高校总投入的比例却下降10个百分点。第二，学校自筹收入增幅强劲，增长了1.7倍以上，占普通高校总投入的比例也相应提升10个百分点。第三，基于成本分担之上的学杂费收入增幅达3倍以上，成为支撑我国高等教育筹资多元化体制快速形成的最重要因素。

表3-2　1998—2001年普通高校教育经费收入来源构成①

年　份	1998	1999	2000	2001	2001/1998
（1）总计／亿元	544.8	704.2	904.4	1166.6	214.1
（2）财政性教育经费／亿元	342.6	429.5	512.7	613.3	179.0
比例／%	62.9	61.0	56.7	52.6	−10.3
其中：基建拨款	65.0	74.7	71.4	70.9	109.1
（3）学校自筹收入／亿元	202.2	274.7	391.7	553.3	273.6
比例／%	37.1	39.0	43.3	47.4	10.3
其中:学杂费	73.1	120.8	192.6	298.7	408.6
比例／%	13.4	17.2	21.3	25.6	+12.2s

　　如果仅看表格，我们的确应该为高校经济的快速发展而欢欣鼓舞。但表格往往展示了问题的一个方面，却可能更深地遮蔽了另一个方面。一个重大问题在于国家和地方政府的投入和学校自筹资金的来源。为了追赶国际一流大学，2000年，全国刮起了并校风，各地争相开发各种"大学城"。另外，教育部门有评估硬指标，每个学生要占一定校园面积，每个专业达到一定招生量，达不到这些硬指标，一些专业就被停招，所以，学校不断圈地扩大规模。由于政府投入的增长赶不上大学扩张的需要，学校扩建资金的主要渠道就是银行贷款。但现在看来，其中的隐患已经愈发明显了。

　　《重庆晚报》报道了厦门大学教授邬大光的一项调研②，结果表明中国公办高校贷款规模高达2000亿~2500亿元。为此，国家发改委、教育部、财政部等部委组成了联合调查组，当年年底已完成了对教育系统贷款的调查摸底，有关报告已经上报国务院。"如果加上未计算的项目，数字可能更大。"邬大光说，"一是工程未付款，一些在建项目是基建单位先垫付的资金，几乎所有高校都有工程未付资金；二是校内集资，多是学校从教职员工那里的'高息揽储'；三是学校沉淀基金，比如未用的科研经费等。"邬大光调研的结论是："银校间热恋的甜蜜时期已经结束了。"银行从2004年开始逐渐收紧贷款，但一些学校的工程只完成了一半，因此卖地、集资、高收费现象普遍。更有研究单位指出，发现高校贷款还存在"统计黑洞"。虽然我们不能

---

① 资料来源：教育部财务司历年教育经费统计资料。
② 详细内容参见《高校扩招引发2000亿债务》，载《重庆晚报》，2006年12月18日。

说扩招与巨额贷款本身存在绝对化的联系，但在某些地区的确存在着高校、地方、银行三方共谋利益的状况。

2. 扩招背景下的艺术设计学院

我们很容易把许多大学中的教学质量下降、学术腐败等成因归于"扩招"。扩招可能是原因之一，但我们不禁要问：如果没有扩招，高校的教学质量是否就肯定不滑坡？国家希望更多的年轻人能进入高校，学有一技之长，至少可以减少社会的不安定的因素。这显然不仅是教育问题，而且是个政治问题。在这个过程中，教育体系、高校内部的组织模式、教学方式如何调整，便成为学校的棘手问题。由此引发的学校内部管理不善，与社会舆论的沟通不力几乎是难以避免的。于是社会很容易将不满的矛头指向学校，指责学校在大肆"敛财"的过程中早已忘记了自己应担负的社会责任，更何况这种指责也并不总是毫无道理的。许多以国家或教育部名义出台的文件或公开言论其实还常常暗示着这样的逻辑：决策者将教育过程看成了生产过程，以为高校可以像工厂一样，先上"规模"，再上"档次"。虽然他们在任何时候、任何情况下都会强调学校不得以降低教学质量为代价，但谁都清楚，如果没有真实可靠的保证措施，这种表态不过是"说说而已"。

其次，在这个过程，学校也并不总像看上去那么无辜，甚至也有推波助澜、"趁火打劫"之嫌。如果没有学校的主动参与，艺术设计专业的急速扩招也是不可能的。从经济效益角度来看，许多大学开办艺术设计专业的确划算：①艺术设计专业属于艺术类招生，学费较高，这使得学校可以有更多的学费收入。②艺术设计学院的师资也较易获得，只要连续几年从有较长历史的设计学院中接收毕业生即可。这就使得艺术类专业扩招，有点像"传销"，大家只要找到"下家儿"另外开办艺术设计专业就可以了，至于其能否为教育和社会发展带来益处，则无人考虑了。③相较而言，艺术设计专业要求的办学设施（空间、设备等）较之一些理科的基础研究实验室和纯艺术创作工作室要便宜得多，也容易购置，更何况许多学校也并不指望开办所有的艺术设计专业。④当然，任何一所非艺术类的大学，有了艺术设计专业还可增加学校的所谓艺术或文化氛围，很方便就能对外宣传自己是"综合性"大学了，何乐而不为呢？

最后，一拨拨渴望挤进大学门槛的学生和家长们，都会在心中给孩子确定一个位置，这个位置的参照系就是某大学或某专业的分数等级。技术上讲，如果孩子的文化课分数不高，艺术类院校是比较现实的选择。更何况，艺术设计专业，对学生的外貌、身材等要求，相较于舞蹈、影视、戏曲等专业要低得多。这种说法不太"厚道"，但对于许多人来说，做不了明星，做设计师也行，好歹也算半个"艺术家"了。

在扩招的大背景下，艺术设计院校的内部"变迁"一点不亚于校外变化，只是因为生活其中的教师容易对周遭事物变得麻木，校外人士又不了解情况，最终导致所有人都对这种"变迁"视而不见。

首先当然要面对专业教师们的抱怨，许多教师认为扩招后学生的平均专业水平下滑严重；而且许多考入艺术设计学院的学生并不是因为热爱这个专业而投身其间，常常只是为了获得大学文凭，或者在名校学习的经历。尽管我们并不能说其他专业的优秀就业者在入学之初不需要了解或热爱这个专业，但就艺术设计专业而言，"热爱"几乎是学好专业的最重要前提。不过对教师们的抱怨来源，还应有更进一步的解释：第一，艺术设计专业的优秀从业者的确往往有"天赋"，这是难以在学院教学中从无到有地培养出来的，而有天赋的人一定不是人群中的多数。当每一个艺术设计学院都希望有机会更多地招收这样的学生，艺术学院的急增和招生人数的扩张势必"稀释"了这一部分年轻人在新生中的比重。对于一些具有传统优势的院校来说，这种有天赋者比重的下降几乎是难以容忍的。第二，在大量考生面前，从前那种更关注学生基本素质和艺术感受能力的评价方式往往因带有很强的"主观"色彩而显得不够公平、公正——而这正是在"平权意识"高涨的时代中人们所不能容忍的。在大批量的、工业化的过程中拣选学生的方式，的确不能保证学生个人的专业素质符合艺术设计学院的要求。更何况，为了适应这种专业考试的要求，学生们在进入大学前的准备工作也往往并不把重心放在入学后的专业能力训练上，而是为了能顺利通过"公平"的考试。其实，扩招后的招生方式才是导致学生素质"下滑"的最直接原因之一。

以这种体系培养学生，势必加剧了就业难的局面。一方面，艺术设计行业的市场需求量的增加并不总是超越大学专业的扩招速度；另一方面，因为平均专业素质的下降，考虑到教学的可操作性，学生们往往只在一些较低层次上完成学习任务，而社会要求的设计人才素质则是越来越高，越来越综合，这无形中又增加了学生就业的难度。与许多其他专业毕业生的入学"动因"相似，艺术设计学院的学生及家长也希望年轻人通过接受高等教育而获得更好的就业前景和更高的社会地位。更何况，艺术设计专业的学费往往比一般专业的学费高1~2倍，研究生的学费甚至高出更多。这在实际上往往还会"催高"人们的预期。理想与现实之间的巨大落差，对许多学生、许多家庭都会造成极大的困扰。

学生数量增加了，而教师的有效人数往往并未有相应的提升。这种情况的出现来自三个现实：①有经验教师的成长需要时间，并不是任何所谓高学历的专业对口毕业生便能胜任教学工作。更何况在大扩招的背景下，对许多年轻教师的"使用"也并不真正"对口"。②在一些综合性大学中的设计学院处境更加不利，学校通常只在收取高额学费时考虑了艺术设计专业的特殊性，在师生配比时却忘记了这一点，完全以工科学院的师生比来进行配置。教师们不得不疲于奔命地上大课，尊重学生的个性、深入辅导则成了奢望。在这个过程中艺术设计的专业特征及其在培养学生创新思维方面的优势，便荡然无存了。③ 办学的经费压力成了长期负担，大学办学要求的各种人才、物资的成本都在持续上涨，但学费的上扬速度并不及此。于是，压缩课程数量，增大课堂容量，甚至将个性化训练也以标准化形式完成，成了不得已的选择。课程量的翻倍增长，也使得教师们很难在课余有时间进行专业和教学上的思考。

学校对教师的要求远不只是教学这么简单，每个人发表的论文数、专著多寡、是否参展、展览级别、有哪些地区或国家级别的设计成果……都成了衡量教师水平的重要指标。在很多情况下，教师的授课水平反而显得不那么重要。于是，学术造假的情况屡见不鲜。必须说明，我们不能将学术造假的产生原因统统推给扩招，但扩招的确在客观上为这种不良状态制造了泛滥基础。另外，在伴随扩招而出现的高校大量升级、合并等过程中，学校也的确需要教师的所谓学术成果来"装点门面"，让人们相信这种迅速升级是可靠的、可信的。可以说大学的野心在很大程度上怂恿了教师们的"造假"行为。

教师们（尤其是教授们）可以平均用在每个学生身上的时间也被大规模缩减了。在理想的大学教育中，学生在教师周围的生活并不仅限于学术内容，学术思想的形成过程，具体工作的进行方法，待人接物的基本原则等，有时候更重要。但这些内容已都被抹去了。即使有补充进来的辅导员或班主任力量，也不能重建一种师生团队亲密合作的氛围，更有可能让学生产生误解——专业水平和人格品质是可以割裂的。这种可怕的后果我们正在亲历。

学生人数的增加给学校的各级管理部门带来的不仅是人员数量上的增加，而完全可能改变学校的管理模式，比如工作部门必须更加细分——否则单个部门要么权力过大，要么工作量太繁重；或者管理的层级不断向纵深延展。从前简单的部门成了一个更加复杂的官僚机构，对具体工作的反应速度必然下降，而且职责不明、互相推诿的现象颇为常见。扩招使得管理人员和新进教师数量增加，如果他们进入比较关键的决策和执行部门，学校原来的管理模式和思路必然被"稀释"，甚至有可能从根本上被改变。虽然许多学校设想的是通过这样的方式，在短时间内提升学校的管理水平和工作效率，但事实上，学校的文化传统也将随之发生变形，甚至被人为斩断。如果我们在管理层面上有所调整了，必须考虑到由此引发的连锁效应，而不能天真地以为这只是一个管理方式或工作效率层面的问题。

高额学费和相对下滑的教学和管理水平成了学生对学校不满和怨恨情绪的最直接来源。在这种先天具有的对立情绪中，大学决策中的任何微小失误都可能成为引发学生不满情绪的导火索。教师们感到的是学生越来越不好"管"，学生们则感到自己受到了忽视，在硕士特别是博士生中的孤独感非常常见。这种学生与教师乃至与学校之间的矛盾起因并不主要来自扩招，但扩招的确加剧了矛盾，甚至使得麻烦劈头盖脸地扑来，我们几乎无暇应对。

仅就目前而言，艺术设计学院在办学理念中大致存在三个方面的缺失。

首先，文化理想的缺失。许多讨论高校文科或艺术设计教育的文章和书籍，显现缺乏文化理想。我们可以很容易把责任推给社会整体文化理想的缺失。但如果高校及知识分子群体不能正视这个问题，并为改变现状身体力行，那么我们怎么能算得上是民族文化和民族精神的中坚呢？艺术设计的从业者和教育者们若不能在这个过程中宣传自己的理想，我们想象的设计师和知识分子推动社会进步的景象岂不是痴人说梦？

其次，艺术设计学院尚未看清自身的处境。无论是独立的艺术设计学院，还是置身于综合性大学中的艺术设计学院或专业，我们都必须清楚自己的处境已与从前大不相同，问题的复杂性翻倍增多。大学不仅给学院拨款，提供晋升指标……也相应提出了各种要求。这看来很公平，但许多拨款方式，或管理模式未必适合于艺术设计学院的专业特征。如何能为自己争取良好的外部环境，尽快理顺内部关系，是任何艺术设计专业和学院亟待解决的大问题。

最后，我们还必须关照学院的生存状态，不仅是物质层面，应尤其是精神层面的。无论对于个体，还是一个文化群体而言，在当代社会中，最迫切的问题其实是对生存方式的选择，而不是急功近利地"塑造"所谓"大师"。

3.1.2 关于定位

1. 变化的背景

一些高校教师面临着现实的教学、科研和管理等方面的压力时，不大愿意从自身找原因，而乐于宣称"扩招"是罪魁祸首——这当然可以看成造成教师"超负荷"工作的外部不利因素；或者将矛头指向院系领导——这可被看成院校内部的不利因素。虽然教师们的指责并不必然源自对社会或领导的不满，有时只是出自一种中国知识分子特有的思维定式——做着具体工作，却喜好国家领袖似的思考模式，试图能清楚地界定"内部"、"外部"和自身的位置……不过，无论教师们的这种指责到底源自哪里，院校定位不明的确是目前高校（也包括艺术设计学院）存在的极大问题。

在计划经济模式中，大学的定位显得并不重要。学校和专业如同国家、单位和岗位上的个人一样，都是被预先规定和规范好了的，也会如计划般地运转。偶有试图逃脱者，便会被视为体制和群众的敌人。1978年以来中国经济的快速增长，其主要动力来自执政者的决心和国家的力量，而并不来自以文化修养高、欣赏品味雅而自居的知识分子团体，尤其并不来自高校。直到国家要求大学扩招之时，从总体上看，高校都仅是社会变迁的"看客"。虽然大学中的教师或研究人员也常在课余从事一些"社会服务"或"研究"工作，但这与整个高校系统在体制和人事任用制度上都转向围绕学校的定位来运转，还是大不相同的。

说来具有讽刺意味，真正让从业者意识到大学的定位问题已经刻不容缓，其实恰恰源自扩招。在连续扩招的情况下，学生的扩招及相应的教师、职工数量的增加和经费的缺口，成了大学校园内各种问题层出不穷的两个重要原因。大学中一向清高自负的知识分子群体有些吃不消了，急急忙忙跑来应战，却往往忽略了三点：

第一，计划经济体制下，大学只要完成国家交付的工作即可。就是说，当时的国家其实对学校是有定位要求的，而且这种定位是自上而下的，也往往是通过行政手段来达成的。显然这种定位具有"同质化"倾向；各大学中的相同专业应具有大致相同的课程体系、培养目标等；高校中培养的大学生都是能按照国家的计划认真工作的"螺丝钉"。学校特点和地区的差异在此过程中几乎没什么作用。

第二，今天我们所谈论的定位缺失非一朝一夕之事，若仅以"应付"问题的观点来讨论定位，反而可能适得其反。定位的过程其实是中国当代大学、学院各自寻找位置和出路的过程，并不能一蹴而就，应是长期的工作。"大干快上"的做法绝对要不得。

第三，定位和理念（或理想）并不完全相同。理想可以也应该是稳定而持久的，但可能不必太多地考虑现实的变动和困境，而定位——特别是在我国目前的情况下——定位可能只是阶段性的，而非一劳永逸，必须随着时代和国家的发展有所调整。换句话说，如果我们以为有了较为清晰的定位，便可基本解决目前高校内部教育、管理等方面的问题，恐怕太过天真了，有时这可能只是个不怎么善意的开始。而且即使有了明确、明智的定位，这种定位与管理模式、执行手段之间如何衔接、磨合，也是大问题。

高等教育的生存状态已与以往有了很大不同。从规模上看，这似乎是一个高校发展的黄金时期，但如果从学术的严肃和深沉角度而言，则是不幸的时代……教师、管理者和院校领导因各自专业和位置的差异而各怀心事。毫无疑问，从业者们的内部争论无法获得统一的成果，因为大家并没意识到，当代大学教育与工作世界之间的关系已经被改变了，大学教师们在这个变化了的背景下并不是愈发地团结，而是愈发分裂了。

2.高等教育的大众化

无论中国大学扩招的最初动力是什么，大学的大众化已经几乎是在瞬间就完成了。而且即使当毕业生的供给看似已超过了适合他们的工作岗位数量时，高等教育扩张的趋势并没有因此而停止或减速。于是，受教育的人往往感到失望，因为高等教育扩张最为明显的结果是高等教育独特地位的丧失。花费大量时间和金钱投入而获得的大学文凭的"含金量"似乎在节节下滑。同时，学术界也感到在系统知识的生产和传播方面已丧失了专有地位。大学中的学术精英们于是陷入不安之中，不安又最易滋生不满，不满的情绪既弥漫在教师中，又会通过教师而给学生带来更多的不安。

无论是国家还是学者们，在讨论大学的"大众化"之时，往往将最大的注意力放到了未能进入大学的年轻人及其家庭上，虽然这也很正常，毕竟这是一个庞大的群体。但当大学持续几年扩招之后，进入大学的年轻人数量也增加到了不能忽视的程度。此时的大学生与5年、10年前的大学生已有本质上的不同，伴随着大学收费和独生子女进入大学，学生和家长很难较好地面对大学毕业生的就业现状。这其中的矛盾并没有引起足够的重视。

教育大众化的过程其实也是一个"神话"破灭的过程：我们以为国家可以借此更加繁荣，人民更加幸福；却没人告诉我们，人们可以一方面获得了机会，却可能在另一方面丧失机会。从这个角度上讲，大学院校的定位更像是一场"防御战"——既然大学不能解决所有问题，那就先列举出能解决的问题吧。

3. 知识型社会和人才素质"多极化"的要求

当今世界中，关键的技术和关键产业的名称以前所未有的速度转变着。这不仅对许多行业的结构有重要的影响，对工作所需的能力和个人的职业也有重要影响。知识老化加快，使越来越多具有较高职业资格的人，也不得不开始担忧自己的未来。所以许多有识之士指出大学中学生必须学会不断学习、充实自己，否则无法适应知识型社会的要求。不过这句话也可以这样理解：一名"新鲜出炉"的大学生实际上不值一提，大学不仅不再能给他（她）提供饭碗保证，而且也不代表他（她）能有较为乐观的未来。

关于大学应培养"通才"还是"专才"的问题一直争论不休。在这个过程中，文化的发展、国家的利益、大学的理想等因素都会被扯进来。实际上，即使只从"功利性"上考虑，通才教育也是必需的。①专业知识老化的速度比过去更快。一名毕业生没有较好的"通才"知识做基础，这些后续的学习也很难见成效。②越来越多的职业岗位是以不同学科的知识为基础的；具有同样岗位名称的工作，不同地区、公司或企业中对它们的要求可能相去甚远，高等教育要想目标明确地为这些岗位作准备似乎越来越难。③高等教育大众化、普遍的就业问题以及经济的不断变化，可能导致毕业生技能与就业系统需求的不一致——而且长远看来，这种不一致是必然的。受过"通才"教育的人因有较大适应性，对于这种不一致的失落感较轻；对于接受"专才"教育的人来说，新的工作岗位则较难适应。

但是当我们深入分析用人单位对高校毕业生能力的要求时，会发现他们的说法有时显得互相矛盾。用人单位的负责人在谈到毕业生素质的时候，往往低估了专业技术的分量，而高估了一般技能的作用。这部分是由于大多数调查针对的是人事部门的负责人，而不是其他部门的专家。另外，招聘人员往往高估了一般能力的作用，因为他们自己在评估毕业生一般能力上所花的时间比在评估专业知识上所花的时间多，毕业生的专业知识一般只依据证书来衡量并且经常在选拔过程的初始阶段才起重要作用。还有，专业技术被放在最后，仅仅是因为专业技术因工作的不同而不同，而一般能力却可能在各种工作中相同或相似。所以，着重强调一般技能在一定程度上是方法论的人为产物。实际的情况是，用人单位其实既重视毕业生的专业水平，又强调他们的一般能力。但在无意中，他们往往引导二者向不同的方向发展。具体说，他们衡量一个新进人员的基本标准能拿上台面的往往是专业水平，但真正能"留住"这些人的素质往往是一般能力。

许多雇主强调的能力类型看上去也并不与"通才"或"专才"的特点相符。于是有些人又提出了一类新的要求，例如：解决问题的能力；关键的资格和关键的技能……不过，这种描述往往会使大学更摸不着头脑，因为这几乎是不可度量的，而且尤其不是大学教学中可以衡量的。

学校培养方案的确立往往源自这样的模式：对用人单位分别进行调研，将调研结果进行分析整理，与现有教学情况进行对比，最后确定学校教育和教学的修改方案。这种办法看来"科学"，但却过于片面地将用人单位看成"客户"，将学校自身看成"生产企业"。事实上，培养人的工作不仅是学校的责任，也是企业和社会的部分责任。学校并未从更高的视角来寻求自己在整个社会、在文化发展史中的位置。院校的定位过程在某种程度上，也是在与用人单位"勘定边界"的过程。学校必须主动出击，而不能满足于"防御战"。

4. 工作世界与学术责任的关系

按照洪堡的理想，为有利于学术发展和大学保有较高水平，大学与社会保持相当的距离可能最有成效，但这需要一个相当严格同时又自律的国家体制作为"守护天使"来确保合适的平衡；当然，学校的实质掌权者也必须有能力预见和解决问题。而以上这两点在当代中国的现实社会中都很难达成，因为二者都无法衡量，又无法在短期内生效。

在高等教育大众化的过程中，越来越多的毕业生从事的工作要求其具备"实用性的"知识。知识越成为生产力，高等教育就越被期望能培养出更多有"实用价值"的人才。虽然漂亮话谁都会说，但政府对学校的许多明确的"责任"要求，其实显现出的是一种狭隘的工具主义倾向；而且不要以为这种情况只在中国存在，在那些曾经以"大学的独立"自诩的国家中，这种情况也愈发明显。比如许多国家都关注这个问题：高等教育机构已经和工作世界分离得太远，而学者也没有努力去寻求一种恰当的平衡。当然即使高校和教师试图努力达成上述要求，也会遭受批评。因为当高等教育的教学追求与社会的直接需要颇为吻合时，就很难避免高等教育可能失去其培养批判性思维的功能、失去促进社会变革的功能。

无论是学生还是教师，在这种看上去"多元化的"，实际上是被不断向不同方向拉扯的现实中愈发"分裂"，形成了"现代化"中的"分裂"人格。具有讽刺意味的是，大学又被赋予了另一项工作：培养学生们的健全人格，毕竟我们再也找不到比大学更适合承担这项工作的机构了。不过同时我们必须明白，这并不是解决问题的途径，而且这似乎也不是一个可以被"解决"的问题。现代化的大学与社会的其他行业和部门一样，必须承担现代化的一切后果，社会人格的分裂也是其中之一。以一个已被分裂的机构，去弥合整个社会的分裂，是不可能彻底解决问题的。在这个过程中，支撑大学的唯一支柱，就是大学的理想。从这个意义上讲，大学定位的价值便更明确了——达成理想与现实之间的桥梁。

5.艺术设计学院的定位

1）定位的原因

在大学需要整体重新定位的大背景下，艺术设计学院的定位问题也自然不能回避，而且因为行业的特点和特殊的发展前景，使得艺术设计学院的定位还存在特殊情况。

第一，大学扩招之后，教育"市场"竞争日益激烈，办学科目日益大众化、市场化，许多院校在某些方面也不可避免地庸俗化。因为艺术设计学院的较高收费和便于达到的招生条件，艺术设计教育在这个过程中往往成为首当其冲的受害者。

第二，无论是学生，还是掏钱付学费的家长们，都日益现实：在选择专业和学校时已考虑到就业甚至薪酬问题。学生和家长的这种心态是对现实社会的一种自然反应。他们不得不考虑孩子毕业后继续修习更高的学位，还是在大城市安居下来，再或者回到父母身边。当然这里边还牵涉买房子和福利待遇，甚至交男女朋友等诸多问题。与之相匹配的学校所处的地理位置，及其既有的就业分配渠道就成了学生考学无法回避的内容。于是，以就业前景来招徕学生成了几乎所有大学的法宝。在这个过程中，我们既可看出教育市场竞争的激烈，也可看出，几代人坚持的"通识教育"正在被逐步瓦解。

第三，大学的合并和升级之风盛行，新来者与既有者如何分配生源、资源、资金等，是重大问题。人们都知道在这样的情况下，无论新旧学校，若没有明确的、得宜的定位，将来学校一定会遇到大麻烦。有了明确的、成文的学校定位说明，就如同给了同行一个明确的交代：声明哪些领域可以共享，哪些是各据一方。因为当代中国的艺术设计领域也在快速发展，这使得一些办学历史较长的院校也不得不投入到抢夺"新地盘"的争斗中。

第四，学校常常生存在政策、学生、家长、舆论甚至教师群体等多重力量的挤压中。而一些介绍"西方先进经验"的书籍一直都把"大学的独立"看成解决现实问题的灵丹妙药。于是我国的高校要求办学自主的意愿越来越强烈。如果没有清晰的定位和与之相匹配的招生、授课、管理、毕业疏导等具体环节的保证，学习先进理念之后的结果可能是不堪设想的。尽管无论是从理论上，还是实际中，我们都认为国家的许多政策和管理模式统得太死，不利于各个院校在社会中的自由竞争，但我们必须坚持如下一点：即使在最理想的状态下，国家对高校的管理也是一种实质性存在（欧洲和美国的发展趋势甚至说明这种介入日益深入），只是存在方式、管理模式上或可与现在有所不同。但这个调整过程必须是渐进式的，激烈的调整只会使整个高等教育陷入混乱，别无其他。

第五，高校学费的提升甚为迅速，在艺术设计学校中更是如此。2007年9月清华美院的本科生收费为1.2万元/年，普通硕士为2万元/年，中央美院本科生收费为1.5万元/年，普通硕士为2万元/年。但高学费带来的不仅是学生家庭的经济压力，它还带来了学生更高更多的期待，社会的更多关注。如果没有相应提高的教学水平和较好的就业前景，学费门槛的提高就足以引发"愤怒"了。考虑到艺术设计院校就业前景的不确定性，这种愤怒完全可能加倍。各院校有了明确的定位后，付费上学的学生便明了他们将学习到哪些方面的知识和技能，另外也在敦促学校内部管理模式的调整，改善服务（为教师，为学生），尽量使得学费的增加不要成为学校稳定的消解力量。

实事求是地说，包括艺术设计学院在内的高校近年来一直讨论的定位问题，在很大程度上，是对高等教育市场化的一种应对。高等院校的数量激增，更要求一种精细化、集约化的发展模式。但所有的教育从业者和研究者都必须明白，我们在这个过程中，必须坚持教育和学术的本体位置，否则，学校就会成为一个大公司或大企业——可能有严格、正规的管理模式和商业定位，却丧失了学校成其为"学校"的本质特征。

2）定位的方向

在计划经济模式下，中国的大学基本上只有一个相同的定位目标：为国家培养人才。即使今天看来，这个目标也并不是错误的，只是在很多方面有待深化和加强。当代社会和经济关系日益复杂化，于是不同的院校便纷纷在自己可以掌控的范围内，为这个目标加注脚。然而就如同现代化过程中的许多其他事物一样，人们在追求远大目标时往往先将其按不同的步骤和层次来划分，不幸的是许多人在这个过程中便迷失了，往往错误地将一个短期或片面的目标看成高等教育或某个学校的终极目标。从这个角度上讲，虽然每个院校都在想办法找到自己合适的定位，但国家的职责不是减轻了，反而是加重了：应该在整体上保证我国高等教育的既定方向。

当然，试图将国家的教育管理渠道直接深入学校方方面面的想法是不切实际的。高等院校是一个以知识人为主体，以知识和信念的流通为主要特征的社会群体。我们几乎找不到放之四海而皆准的原则，能告诉我们如何界定教育与非教育的界限。在人文学科中，这种情况更加明显，艺术设计专业也不例外。同时，我们还必须认识到，人类的终极理想（如果可以这么说的话），应是教育、教育者们尽全力追求的，这里面颇有"世界大同"的味道。但这未必是国家的迫切任务，而且国家间的激烈竞争甚至可能威胁到这个理想的达成。在某些情况下，教育的理想要比国家的理想更加长远和宏大。

如果国家的教育原则一统到底的话，各学校、学院、专业最终到教师都有着与国家一致的目标和理想，也只有一种路径——虽然我们怀疑这种设想是否能够达成——那么大家也便不再追求批判性思维和视角，创新性也自然无所凭借，甚至教育者们也最终对教育事业丧失责任感。在最好的情况下，也只能是国家的教育主管部门忙于制定政策、检查工作、处分官员，教育行业的特殊性没有丝毫显现。教育界充满了少数人东奔西跑、大多数人满腹牢骚的奇怪现象。如果我们把大批量的教师和工作人员看得那么不可信，不能给他们以相应的学术自主权，我们又为什么要引进人才做教师、教授呢？一个得不到真正信任和尊重的群体，是不能培养出人格独立、有创新性的人才的。这样的用人模式和人才结构绝不可能对国家未来的强大有所贡献。

"一统到底"的做法进入学校群体还有一个无法跨越的障碍——很多事情自上而下看是一个样子，自下而上看又是另一个样子。一般而言，教育主管部门的意志是通过校长、院长或书记的渠道进入学校。教育领导者们往往会自以为是地认为：这些校内的领导既然是学校选举出来的，必定对学校方方面面都很了解，既然这些领导也担任教学工作，他们就一定能代表教师的权益……殊不知，在大学中，每一个专业都有自己的学术规律和特征，有些专业的相似度较高，有些则很难对比，处于综合性大学中的人文学科、艺术类和艺术设计类专业就时常面临这种尴尬。主管部门的意图沿着一条轨道进入大学，但在大学内部，不同学术领域的轨道宽度和调整方式不尽相同，而且即使校长担任院士，也不代表他（她）能明了每一个地段的轨道敷设方式。这个比喻说明：第一，许多上级的指令在大学内部因无法畅行无阻而常常大打折扣。这种上层意志的消解既消耗了大学内部的能量，也威胁了教育主管部门的公信力，甚至加剧了院校领导与教师或学生之间的龃龉。第二，学术特征的保留，在某种程度上看与"地方割据"有相似之处。于是我们必须在学术规律为基础的"割据状态"和"地方归中央"的管理模式两者中寻找平衡。既然知识体系和社会分工的建构已经把人们分配在不同的领域中，那种大规模可行的、既保有学术充分自由又保证政令畅通无阻的模式，在现实生活中，其实是不存在的，这方面的例证我们能找到很多。

既然不同的大学、学院在发展中必须考虑自身特点和所处的位置。那么学校的"分层"便呼之欲出了。不同层次大学的发展，应该有不同的"功能"定位。这种"功能"主要指学校培养的毕业生应大致指向社会或专业的哪个层次。事实上，几乎所有的专业和领域的健康发展都大致应有一个相对宽大的基础（无论是在专业知识，还是从业人员数量来看都如此）和相对较少的精英部分。如果某行业、某领域的上下层之间没有良好的流动和沟通，长久来讲，是不利于专业发展的。但是，如果专业的发展相对而言并不能比其他因素更能影响大学中的专业设置——比如教师的待遇、可以晋升的人员指标或是否可以带研究生等——那么，大学中的专业教育就会与现实生活渐行渐远，而与有利于教师和学校群体利益最大化的体系更加亲近。所以我们也便不必责难很多专科学校一味追求升本科，本科学校追求硕士点、博士点的设置了。就是说，当代中国的大学愈发面临着专业要求的提升和行政管理力量之间的拉扯，而且即使在将来，二者之间的张力亦不会削弱，而且更可能加大。学校必须在两者间找到一个平衡点。这是社会发展的必然过程，也是各高校必须面临的问题。

一般而言，大学有三重功能：人才培养、科学研究和社会服务。但并不是所有大学均应在这三个方面力量均摊。有时，只要做好其中一点，便能成为很有特色的大学。各个大学应根据各自掌握的资源和可能的前景来考虑应在哪些方面有所侧重。不过，这个过程也是有风险的，并不是所有学校都能很好地解决这个问题。原因有三：第一，普遍说来，学校的领导层缺乏在大方向上自行决策的能力。我们并不是要污辱校长或院长们的智慧，只是说通常在我们现行的体制下，校长或院长是否有决断力和宏观掌控能力并不是必需的（至少不是首要的）素质。而且在工作过程中，他们在这方面的能力也并不总是被鼓励的。第二，大学内部也缺乏集体讨论和决策的意识和渠道。无论是校长还是教师，总是搞不清楚到底哪些事情的决策和讨论应该在哪些部门和哪些层次展开。即使有广泛征集意见和建议的意图，也往往因范围不当或层次不宜而招致非议。第三，最重要的是在这个过程中，持不同见解的人（甚至有不同利益需求的群体）很可能采用非理性的、带有很强随意性的方法。参与讨论的教师或学生也往往并不以决策参与者的身份来看待自己；相反，他们可能只将决策过程看成对某些人、某些现象的抱怨之所。议而不决是任何广泛的民主评议都可能面对的结果，这在客观上的确会导致行政效率的低下。

除了层次上的定位，大学的定位还应包括学科发展方面的内容。对学科的定位至少应考虑两个方面的要求：社会需求和专业发展规律。在当代中国，督促大学认真思考这一问题的现实驱动力其实是毕业生的就业情况。我们已经通过各种媒体途径得知大学毕业生的就业市场有多么严峻。我们可能会以为这完全是人才"供过于求"所致。但如果我们以中国每年的大学毕业生总数和人口基数作比较会发现——其实大学生和研究生毕业生的绝对值并不大。那么就业难的抱怨又从何而来呢？原因大致有三：第一，国家的产业结构调整尚未完成。我们虽然不能将高等教育等同于职业教育，但是人们在讨论高教问题时，往往倾向将其他因素看成静态的、既定的，容易按照已经确定的外部条件来探讨因应对策。当国家产业结构尚处于较大变动中时，大学教育中的学科发展定位也便难以找到准确坐标。更何况，即使产业结构已大致调整完成，高教体系与产业结构的关系也是多重的，不断变化的。第二，毕业生及家长对就业前景的预期与现实世界有差异也是重要原因。媒体往往把学生的期望值过高看成一个重要原因，但面对大学生就业"零薪酬"的新闻，我们发现事情其实并不是这么简单。我们的舆论和思维很容易陷入"国家视角"的模式中，然而这种看待事物的方式并不能帮助每一个学生个体及家长对自己和专业的现实和前景进行真正有价值的分析和选择。第三，在校生的专业培养也有问题，主要反映在专业培养中的课程设置方式和讲授方法偏于老化，以及对学生综合能力提升关注不足几个方面。有专家将这种差异归因于学校办学缺少特色，认为社会对大学生的需求不仅仅是"规格"的问题，还有"品种"的问题。如果学校过于趋向于某种"规格"的话，就会出现有些大学生找不到工作的现象，因为毕业生的"品种"过于单一了。就是说在我们的教育体系和课程设置中，也应该有一个从"粗放型"的人才培养模式向"集约化"和"精细化"发展的过程。

艺术设计是一个集理论和实践为一体的专业门类，这也是其在相当大的程度上能培养学生独特的思考习惯和创新能力的好办法。但在艺术设计专业市场愈发细分和艺术设计教育面临多种难题之际，有人便提出：艺术设计院校应考虑以实践为主和以理论为主的学校（院系）。虽然，越来越多的教师、毕业生和管理者已经认识到：理论的钻研和提升对专业的发展越来越重要，但偏于任何一方的学校还未见成型。这一方面是因为国内艺术设计理论的研究还未达到较高层次，难与实践领域相比肩；另一方面也因为传统上讲，实践训练在设计学院一直占优势，很难有院校会主动放弃自己的既有成果。

当然对艺术设计学院而言，还有一个差异应引起注意：设计学院是独立存在，还是设置于综合性大学中，这可能会从根本上改变学院的基本属性。从前中国著名的艺术学院和艺术设计学院都是独立的，在一个较为单纯的环境中，相对自主地组织教学管理工作也更容易。但随着教学规模的扩大，即使仍保持相对独立，艺术设计学院内部的学科划分也愈发复杂；那些加入综合性大学的设计学院，和在综合性大学或工科大学中增设的艺术设计专业面临的问题就更复杂了。虽然三者都有可能追求所谓的"高层次"。但显然，途径和目标必有差异。它们都必须面对已经改变了的内外环境。

在服务社会和招生渠道中，还隐含着一个地方经济和地方文化提升的趋势。随着国家开放程度的加大，经济发展规模的增大，许多省市的经济力量均有很大提升。

与此同时，地方文化的繁荣便顺理成章了。于是他们会主动地投资给本地区所辖的大学、学院等教育机构，希望获得更多更好的服务于地方经济、文化的毕业生。但各地的经济结构、文化特色各有不同，于是地方化夙求成了各地高校学科设置和调整的一个增长最为迅速的外部力量。在今天的高校教育及改革的各种文件、专著中针对此问题的论述极少，这项理论研究方面的欠缺是值得警惕的。

3.2 教学—科研—学习

3.2.1 教学—科研—学习连结体的确立

事情从19世纪初的德国开始。与英国和法国的资产阶级革命相对照，德国的工业化姗姗来迟，经济发展缓慢，与拿破仑战争的失败对德国人来说是沉重打击，战后各公国不断改组，但君主制和容克资产阶级的专制统治并未削弱，于是社会气氛颇为动荡，处处充满危机，德国的民族文化特征尚未形成。德国中产阶级虽然在理智上觉醒，但他们地位低微，没有政治权力，还基本上停留在封建社会的框架之内。他们不得不在艺术、文学和哲学中寻找身份。德国受过教育的教士、教师、高级公务员、大学教师和诗人并不倾向于为政治解放而斗争，而是期待"开明君主"的改革。

当时德国对大学发展极其有利的因素是鼓励学术竞争和增加研究型大学的政治结构，这与同时代的意大利、法国和英国的情况很不同。当时的德国政府极端分裂。在俾斯麦于1870年统一德国以后，新的帝国仍旧由20个以上的公国、王国、公爵领地和自由市组成。根据新的国家宪法，这些不同的政治实体保留对教育、文化和宗教事务的控制，从而保证在19世纪余下的时间，正式的政府控制将保持根本的地方分权。由于大学可见的能量和声誉影响，各州教育部长寻求把一个个学科，以及探究新事物的既有和新生人才吸引到自己的州和大学，这导致了一个学术劳动力市场的建立。在这个市场中，以科研为方向的学者能够按照吸引力的大小，从一所大学转移到另一所大学；杰出的人物占有一个讲座和领导一个研究所或研讨班。公国和大学之间的竞争成为系统发展的首要条件。

在这样的社会背景下，开明的受过教育的资产阶级缓慢地完成了德国民族文化的方向确立工作。这种政治和文化的发展，对一所新型德国大学的未来观念具有重大影响。在18世纪，德国教育已有相当大的进步。当时许多大学成为对智力活动和对政治感兴趣的资产阶级比较有吸引力的工作场所。不过到了19世纪初，多数大学在许多方面还是过时了。在这样的背景下，一些主要的普鲁士行政官员，如威廉•冯•洪堡，因受到了法国的政治事件的影响，深信只有在有理性和有知识公民的协助下，国家和社会的理性发展才有可能。这是近代大学起源的一个主要来源。

它的另一个来源是唯心主义哲学，源于康德，又超越了康德。唯心主义者黑格尔、施莱埃尔马赫、费希特和施雷格尔坚持认为世界能从现实的先验的概念化推演出来。他们相信存在和人的二元论。世界在理论上的理解只能在普遍的或绝对的认识中发现，"实践"被看做一个相对的变量，现实的组织能从这种绝对的认识推演出来。根据唯心主义者所说，哲学的任务就在于发现和分析"真理本身"。因而，一切学术研究和科研（Wissenschaft）被唯心主义者解释为哲学。他们把Wissenschaft概念化，并按照这种概念组织现实的道德和实际的义务，对年轻人来说，发现这种概念的地方就是大学。

大学仍须训练学生成为公务员、教师和医生，但是这种训练必须采取一种明显的无目的地寻找真理之过程的形式。学术共同体被费希特解释为一个理性社会的范式，因而它是一个自由思想家的理想共同体。18世纪的德国学院和职业学校制度，主要是为了满足专制主义官僚政治的需要。和这种制度相对照，新的大学的概念旨在自由地和独立地决定它与国家和社会的关系。

就洪堡来说，在实用的职业教育和以纯粹的科学研究为基础的普通教育之间，存在着根本的区别："这两种教育模式决定于不同的原则。普通教育在加强、尊崇和指导人本身，专家教育将只提供实际应用的技能。"[1]所以，按照洪堡的设想，必须这样改革：使学生和教授能追求这个永恒的目标——"真理本身"，进而能凭这些理性原则改革国家和社会。洪堡称这种教育计划为"通过科学进行教育"（Bildung durch Wissenschaft）。对于洪堡来说，这种教育也必须对教师和学生的作用有不同的理解，师生之间传统的权威关系必须为不同认识水平的学生之间的非命令式的、自由合作的观念所代替。师生之间的协作关系和目的，在洪堡的规划中已经被预先设定。如果没有这一点，他的设想便会被全盘推翻。这里面还有一个隐含的主题：在真理面前，师生是平等的。"高等学校的一个独特的特征是，它们把科学和学问设想为最终无穷无尽的任务——它们从事一个不停的探究过程。低层次的教育提出一批封闭的和既定的知识。在高层次，教师和学生之间的关系，不同于在低层次教师和学生之间的关系。在高层次，教师不是为学生而存在；教师和学生都有正当理由共同探究知识。"[2]

---

① [美]克劳迪亚斯·盖勒特：《德国科研和高等教育的模式》，见[美]伯顿·克拉克主编：《研究生教育的科学研究基础》，6页，王承绪译，杭州，浙江教育出版社，2001。
② [美]伯顿·克拉克：《探究的场所——现代大学的科研和研究生教育》，19页，王承绪译，杭州，浙江教育出版社，2001。

当威廉三世于1809年为柏林创办一所新大学时，这所大学就是根据洪堡的这些概念而设计的。学科而不是学生被放在了更重要的位置——用洪堡的话说："教师和学生之间的关系正在变化。前者并非为了后者而存在。他们在大学都是为了科学和技术。"①柏林大学的理想可做如下概括：它的原则必须是自由和独立。教授必须是独立的学者，而不是从事教学和考试的国家官员。教学必须以教和学的自由的观点来进行，而不是按规定的顺序进行。教学的目的是真正的科学文化，而不是百科全书式的信息。学生不是仅仅被看做未来的国家官员来培养，而是被看做年轻人，通过不受限制地学习科学，训练他们独立思考的能力和高尚的道德情操。

洪堡的设想及根据他的设想建立的柏林大学，给我们提出了许多值得深思和探讨的问题：①洪堡理想的一个基础来自唯心主义哲学，在这样的思想指导下建立的大学居然可以在自然科学的进步方面作出重大贡献。这与今天许多中国人的观念多少有点冲突，其内在联系值得探究。这种唯心主义的理念其实与大学的历史纠缠不清，这是一个典型的"头脑决定身体"的伟大事件。②学生和教师在真理面前是平等的，师生间传统的权威关系被废除，学校有教师并不因为学生而是学术。这种突出研究价值的观念在我们看来很难理解，但充满了人文主义气息，也显示了洪堡理念的乌托邦色彩。

强调科学研究居于首位的原则为德国大学的发展提供了一把保护伞，德国的大学越来越成为首要的教育中心。在19世纪后半叶和20世纪相当长的一段时间里，德国掌握讲座的教授被认为是伟大的。他们站在德国文化的顶峰，在国际上被认为是以科研为基础的高等教育新世界中的领袖。洪堡的原则从开始就是多方面的，几乎没有一套明确的指令，它所包含的思想给予自己各种不同的解释和追求。为研究而研究是最重要的形式，和它有联系的是坚持教学自由和学习自由，这两个概念一直持续到今天的德国。同时，洪堡的原则把重新强调无限制的和无拘束的探究放在宽厚的人文主义关怀之内，相信科研应该启蒙和有助于创建一个合理组织的社会。洪堡思想的人文主义方面足够宽厚了。

洪堡关于大学的理想包括四个方面：①它将不仅把科研和教学联合起来；②而且也将通过哲学把各种经验科学联合起来；③把科学和普通教养统一起来；④把科学的和普遍的启蒙结合起来。他的设想似乎预示了今天这个复杂的社会现实，也预示了当代大学面临的种种压力和困境。

不过，我们对于洪堡理想的褒奖可能只是事情的一个方面，他的理想在现实中是否可以真正实现一直是可疑的，即使在当时似乎也并未被彻底贯彻。不管是在柏林，或者是在德国其他地方，大学仍然主要是一个以功利主义教学为主的地方，生活在学

---

① [美]克劳迪亚斯·盖勒特：《德国科研和高等教育的模式》，见《研究生教育的科学研究基础》，6页，王承绪译，杭州，浙江教育出版社，2001。

生公寓中的学生们沉浸在容克贵族地主的生活方式之中，他们一直试图避免和洪堡原则所描绘的理想生活相接触。

最为重要的是，从19世纪早期起，教授们对广泛建立的哲学学部的兴趣，受到新出现的近代科学的工具性学科的影响，这是科研问题和为回答这些问题所必须学习的专门技能，是从科学中分化出来的一个特殊的知识领域。学科的专门化逐步发展出了它们自己的驱动力量：由于集中的科研产生了新的成果，它建立了比教和学的范围更大和内容更深的专门的认知材料；从扩大的和更深奥的基础上，教授和学生更加努力地推进尖端研究，生产更多的专门化知识。在科研与教学相联系的思想指导下，这种趋势甚至得到了鼓励。新一代的自然科学家极力投入到基本的实验室工作中来，并讥笑那种试图建立纯理论体系的努力。围绕科研的需求，新的学术兴趣不再是洪堡的理想，但成为驱动19世纪德国科学和学术发展的发动机。可见，洪堡理想的四个方面被后来的科技发展和功利主义篡改了，只有科研与教学相联系这一点被保留了下来。

到19世纪下半叶，不管洪堡和当时的理想主义者希望什么，教学—科研实验室塞满了经验的甚至功利主义的科研，而且这种影响一直持续到20世纪。于是，德国大学和受其影响的其他国家的大学，也便在实际中抽离了应该作为大学精神内核而存在的"通过探究进行教育和教学科研的自由"这一精髓。于是，大学便不再主要与宽厚的人文主义教育和普遍启蒙相联系，而是与不断增加的专门化行业和专门化知识相联系。于是，欧洲在19世纪所发生的科学从"有闲和富裕的个人的消费到正规的职业追求"的转变，在这个过程中，德国便处于优势，德国的大学实验室发挥了很大的作用。实验室成为教授—科学家唯一的组织工具。在实验室内，训练程序得到开发和实施。在那里，证明科学能力的专家资格得以建立。大学实验室给学生学徒们提供通过跟师父学习实际技能进入"科学行会"的机会。德国模式的大学实验室成为学生们从实际经验中学习科学语言的场所。

在洪堡的美好理想遮掩下的现实世界是如此的功利和乏味。大学的理念及其建设，成了不同企图集团互相竞争的工具，这其实已经预示了一种未来趋势：大学越来越成为国家机构的一部分。最为重要的是，19世纪末德国大学的国际声誉，掩饰了教授统治下研究所的等级结构和权力主义的特征。当时多数教授与地主和正在发展的实业家组成反对工人阶级和小资产阶级的非官方同盟。在完全以科学或学者词语解释一切的态度掩护下，许多教员和有学衔的行政人员都是权力主义国家的坚决支持者，而且放肆地反抗可能改变社会和政治制度的社会运动。

洪堡的人文主义大学理想在很多重要方面被歪曲。大学在双重意义上变成国家机构——它们不仅被国家直接控制，而且也是政权的忠实支持者。洪堡理想主义设想中德国大学的科研功能，在19世纪末被它导向工业和军事的需求歪曲了。洪堡的教育意图（通过科学进行教育）未能顺利贯彻。相反，原先打算培养能够对国家和社会的合理组织作出贡献的开明和自由的公民，自由地追求知识和寻找真理的意愿，被具有等级结构的大学和社会化影响所取代。

今天，我们已经认识到，大学与国家政权的关系总是若即若离的，不存在政权之外的大学，就像并不存在政权之外的知识分子一样。但对大学而言，学术维度的丧失将导致致命的后果。德国大学的命运倒从另一个方面说明了洪堡坚持科研之崇高地位的真正价值。虽然洪堡的设想并不具有什么可操作性，也难以真正实现，但他对于文化的充满人文气息的设想仍长驻在德国知识分子心中，也传播到了全世界。今天研究大学教育的人们绝不可能绕开他和他的理想去讨论大学的历史和本质。

因此我们应该明白，在格罗皮乌斯对包豪斯学校的设想中，坚持教学和实践相结合，在很大程度上是德语区高等教育新成果的延续。在他的文章中也的确并没有为此事大费口舌，这恐怕在他的意识中，是一个并不需要证明的前提。在他和他的同道者看来，艺术设计教学和科研不可能避开实践过程。实践是教学、科研和学习最好的统合方式，应该说这种理论逻辑与洪堡的设想是一脉相承的。但他们的坚持便不会被歪曲吗？也许我们没有意识到，也许我们正经历着这一切。丧失了文化理想和社会理想的大学是可怕的，丧失了文化理想和社会理想的艺术设计学院和行业将很快地滑向"工具化"的深渊；而且因为行业自身的经济规律所限，这种工具化往往意味着艺术设计行业逐渐成为有钱阶层的"玩物"。这反过来又提醒我们：理想或许不可为，但丧失理想是断然不可的。

洪堡倡导的教学—科研—学习的连结体是近现代高等教育史上的伟大事件，它带来了一个全新的学术观念，也预示了一个充满矛盾的新时代的来临。

3.2.2 教学—科研—学习之间的分离

如果我们只学习洪堡和格罗皮乌斯的理论，并不会发现这个"三位一体"的连结体有什么不妥，但在现实生活中，我们会惊讶地发现这种连结体设想的达成几乎举步维艰。于是有人主张将三者分离。随着我国教育系统工作正规化程度加深，这种要求分离的呼声似乎越来越高。

1.科研的分离

科研需要本身就包含着强烈的分裂趋势。大学中科研单位的主要业绩和工作内容并不是教学，它们常常而且越来越多地由不从事教学的科研人员来承担。重要的是，科研激增，扩散到大学的疆界以外，成为政府机构、军事单位和各种企业的一项共同活动，在结构上都和大学分离。同时，从医学到时装设计，每一个专业或者想要成为的专业，都发展出了具有科研性质的一部分。

永不静止的科研，朝着很多方向走出传统的大学，建立新的"前哨阵地"。教学和学习被远远地抛在后面，被固定在古老的"驻地"，只有那些在前哨阵地中被系统化了的知识和理念才可能被输送回大学。这样看来，科研的众多领域便有如章鱼的触角，在最好的情况下，章鱼的各个触角可以团结、协作，推动身体行动，但若总是有新的触角生长且中枢神经指挥不当，学校就成了一个张牙舞爪的怪物。

科研的分离一直在侵蚀教学和学习联合的基础，这一点在法国很突出，在德国也非常明显。在英国，科研的分离力量比在法国和德国稍小一些。科研的分离也发生在美国的高等教育系统内，但是没有像在欧洲系统中那么严重。美国研究型大学作为研究场所的历史惯性，已经放慢了科研向大学外部的分离。美国的成百个国家实验室中，很多实验室由大学行政管理。总的说来，即使在很受研究型大学思想支配的高教系统，很大份额的科研仍然出现在大学的框架之外。①

当然，如果在校外有高层次的科研机构存在，势必对高校内部的科研能力和涉猎范围有所抑制。目前我们还无法预知学校中的科研单位与校外的科研单位之间的关系最终会如何，但许多人倾向于认为二者必将占领不同的研究领域、方向和资源等；但二者都必然共同为国家利益服务。如果真是这样，这将意味着科研对大学力量的分化不仅以教师个体或单独的研究项目而存在，甚至会以校内整个科研体系的集体力量而存在。

不管什么样的高教系统，科研需要本身就包含着科研与教学和学习相分离的种子。越来越专门化的科研常常要求独立的场所。它需要自己的资助模式和方针，不受大学内部各种渠道和复杂办法的束缚。对那些投身于科研的教授们来说，放弃教学、备课、批改作业的时间似乎是他们为保证科研过程顺利、高效而必须作出的"牺牲"。事实上科研项目及成就能带给研究者们的专业声望，乃至经济回馈都比只担任教学工作或二者兼顾的教师们更多。从事科研工作的教师并不只为了"名"和"利"（虽然的确也有许多这样的人），其实通过接近科研而带来的更具学术色彩的个人形象和影响力具有更大的吸引力。当然，我们可以说他们太过关注自己的形象，而不是对年轻人的培养，但在"为学术献身"的大伞下，这种追求便理直气壮了。科研与教学在教师时间和精力上的分配矛盾其实是许多教师对学校"占用"其时间极为不满的真正原因。

---

① 具体说明参见[美]伯顿·克拉克：《探究的场所——现代大学的科研和研究生教育》，224～225页，王承绪译，杭州，浙江教育出版社，2001。

2. 教学的分离

高校学生人数的激增给学校带来了各种各样的压力。即使我们不考虑其他，而只是从学生人数的增加上，就可看出教学正在受到不断游离的压力。这种分化至少有三种主要形式：一是在高校类型之间的分化，二是在大学和学院内部各专业层次的分化，三是在大学学习本身不同层次内部的分化。

纯粹的教学型高校应该有意与以科研为中心的高校分开。那种认为所有学生都将为科研接受训练的想法不得不被现实所抛弃。结果可能不仅是放弃了更多的高层次的人才培养，而且整个系统主要培养"技能型"或"专业型"的学生。甚至在大学内部也发生很大分化：一些大学被指定或者以无计划的方式演变为完全的研究型大学，而其他一些大学只是部分投资科研，还有其他一些大学主要从事教学工作。这也可被看成高校之间不得不"分层"的内在原因之一。麻烦的是艺术设计学院该怎么办？不知该参与到"分层"中还是拒绝——因为无论是教还是学都必须统合在实践中，专业的特殊规律，的确让我们搞不清楚到底如何能让科研与实践分离，又不至影响教学和学习的质量。

第二种形式的分化发生在大学内部，主要指教学和学位造诣的层次。在大众化高等教育中，学校不得不把很多精力放在入门性的教学上。因为学生在入学之时是被看做对专业一无所知的，即使偶有一些有特殊经历或家庭背景的学生，也不得不向最低水平倾斜。所以在中等教育所提供的教育以外，需要更多的准备工作把学生提高到最初阶段的专门化学习水平。刚入学学生的知识水平不足，靠这样的知识要沉浸于科研，或者直接进行科研训练，是不合适的。现代大学的大部分教学中，都把以科研为基础的教学保留到最高层次。通常科研能力的培养和参与只停留在本科生高年级，甚至研究生阶段以后。为更好地适应这种现状，很多国家设置了"大学讲师"的职位，这些教师以全部时间从事教学，很少参加或完全不参加科研。大学建立了（或正在建立）两个等级的教师：一个等级是传统意义上所理解的教授，学校指望他们搞科研，并给予适当的时间和资源；另一个等级则指那些只从事教学工作的教师，教书才是他们的本分，而且他们通常也没有足够的时间参与科研。

在这个分化过程中，不仅学生的教学—科研—学习连结体被破坏了，连教师群体也被分化了。这种分化在艺术设计学院中将引发怎样的震荡我们现在还很难预见。如果从事艺术设计专业学习的学生不能拥有科研工作的思维、实践工作的双手，甚至教师们也是"跛脚的"，那么学习艺术设计专业的学生们又能在大学中获得什么呢？

第三，教学计划也有减少科研基础的倾向，而且这种倾向正在扩展到更高层次。研究生的种类也变得越来越多，越来越复杂，有些研究生的学习只需要很少的科研基础，甚至完全不需要。这种专业可以采取两种形式：一种是显然为不从事科研的学生设计的文理科终结性的学位专业；另一种是在一大批扩展中的以实践领域为方向的职业性学位专业。这两类学位专业反映大量职业中的不断增长的专门化知识，而这些职业被劳动力市场界定为可公认能力的起始门槛。这两类学位专业合起来导致我们所谓硕士学位的胜利。研究生入学人数的扩张，发生在硕士阶段的比博士阶段为多，在直接与劳动力市场有关的职业训练专业中，更容易看到这种情况。目前，人们对于艺术设计院校中的研究生（尤其是硕士生）应具有怎样的学识基础、科研能力，及其最后应达到的水平莫衷一是。许多学院都自我标榜是研究性学院（或大学），但他们能提供给学生的正规课程往往都是相对大型的公共课，而鲜有根据自身特点和研究方向而拟定的专业课程，导师的单独培养往往难以评价，甚至有些教师能分配给学生的有效时间极为有限。顶着"科研"的虚名，培养一些只会听课做笔记的非科研型毕业生，是我们面临的最隐蔽、最危险的麻烦。

可见，即使在研究生阶段，许多专业也越来越偏离科研的初衷，而往往以听课的形式来让学生获得学位。作为大众化高等教育最发达的案例，美国高教系统也在研究生阶段最尖锐地显示出教学分离的现象。美国研究生阶段以庞大的博士学位生产者闻名，5人中有4人和专业学位学生一道，并不接受大量的科研训练，更不用说参与科研了。他们处于英国所谓以听课为主的硕士学位的地位，这种专业多数只传授已经整理好的知识。同时，美国绝大多数教授和学生现在都在研究型大学，而不是在大多数公立和私立的四年制学院，特别不是在占有全部学院学生1/3的众多社区学院。就是说即使是在科研型的大学中，美国的大多数研究生也不是以通过参与科研，达到相应的科研水平来获得学位的。

3. 外部利益

现代政府在指导高等教育的过程中，也一直在暗中破坏科研—教学—学习连结体，虽然我们不能说这一定是政府有意为之。最重要的途径是限制费用，特别是在研究领域。以科研为基础的教育方案越来越花钱，这些资助加起来常常远超过政府的预期。遏制费用鼓励了政府官员采取不同的方法资助大学，他们按科研承诺的程度区别对待。而且政府还很倾向于把科研拨款和教学拨款分开，特别是如果大学中有专门的讲师群体，政府的科研经费就不需要"支付"这一部分人的工作酬劳，而只针对从事科研工作的研究人员。从遏制费用的目的出发，政府通过限制科研在各大学的分布和迫使科研比较差的大学担任更多的教学工作，以促进节约和效益。普及了的高等教育意味着针对更多人的、可便宜地进行的教育。于是原来的科研—教学—学习连结体被贬低。从这个角度讲，不同大学之间的分层，可能在很大程度上也来自政府的导向。

另外一个途径是从资金和人员上强化科研工作，从而使其整体或部分地脱离于大学。这也是我们许多高校教师鼓吹的模式，却不知这将会为大学未来的解体埋下伏笔。有些基础性研究由于费用很大，通常由政府正式指定设在大学校园内，但却与教学单位分离，最好的情况下也只是邀请那些专业能力出众的学生参加。的确，集中的实验室能更加高效地出成果。而且，当科研成绩与教学和实践活动分开时，科研成果的评估相对清晰。结果是由于这些投入往往不进入大学决策的程序，政府也可以绕过大学学科完整发展的意愿而加大对科学和技术等优先领域的投入，客观上减少了对人文学科和某些社会科学中有争议的、和明显无生产力指向学科的资助。对政府而言这是一种"好办法"：第一，可以避开大学管理的条条框框，更好更快地获得研究成果，当然投身其中的教师和学生也会非常欢迎；他们通常还沾沾自喜地认为自己工作的地位要远高于其他教师或其他专业。第二，那些看来没有明显生产力指向的专业和课题完全可以被置之不理，而且不会招致大学学术委员会的指责。当然，这里还隐含着另外的事情：研究项目的负责人和参与者等于为学校赚取了"外快"，学校一方面要"提留"一部分资金；另一方面要为这些教师减轻一定量的教学任务和其他行政事务的工作量作为回馈。这是投身其中的教师们非常欢迎的，完全可以"名利双收"。

最后，科研—教学—学习连结体的政府操纵，往往允许比在大学正常情况下要短得多的时间周期。政府面临很多迫切要解决的经济、技术和社会问题。因此，愈是能在短时间内完成工作，拿出科研成果的组织模式，愈是会受到资助者的欢迎。相应地，研究者也能更快地获得经济、名誉等方面的回报。而且，拨款方式往往根据课题的差异而有一年、三年或五年等的分期处理，这也必然促进一种专门围绕科研拨款而运转的专门化机构。

除了政府力量的介入，工业和商业企业也是教学—科研—学习连结体被分化的重要力量，这一点在今后的中国会越来越明显。

从全世界范围看，在20世纪后半叶，工业发展使得相关机构对以实际成果为中心的科研越来越感兴趣。在发展国家核心竞争力的背景下，中国企业对科研的兴趣也必将愈发浓厚。研究和开发的程序也把科研首先与经济领域和追求利润联系起来，其次与军事机关和追踪它的使命联系起来。在这样的定位逻辑下，研究不再是大学存在的中心，不再主要服务于教师和学生的学术训练和人格培养，在相当程度上是科研开发或市场拓展的"侍女"。而这种定位显然与大学的理想是针锋相对的。工业利益的卷入，增加了一个看待问题的维度。当然，也加速了教学和科研的分离。虽然工业投入科研并不总是追求短期效益，但这个趋势是不可逆转的。

工业企业和政府各部门也越来越试图和大学发展直接的联系，鼓励那些对他们来说有价值的科研，建立了众多他们出资并达成他们要求的实验室或合作中心。这种合作中心首先为做研究，不是为从事教学而存在；它们任用非教学人员；它们或许也会选择少数研究生作为兼职的科研助手，但这都肯定不是多数研究生所能及的。而且学生即使能参与这样的科研，也未必与自己的研究方向和毕业选题有直接关联。通常教师会指导学生为了更好地配合科研要求而调整自己的学习计划。在大学内部，旧式基础科学和应用科学之间的区分，通过不同形式的科学和技术研究之间与研究技术和产品开发之间的复杂的相互影响，已经模糊不清："工程"的实际领域已经成为"工学"。

目前我国将企业创新定位为建设创新型国家的主体，这种发展策略显然是瓦解本已不甚稳固的中国高校中的教学—科研—学习连结体的巨大力量。学校不仅要考虑高校内部的科研项目和单位与独立的科研单位的竞争和谈判，还要考虑校内科研与企业内的科研单位如何相处。显然学校没有能力将以上二者纳入自身体系，当然也绝不愿意拱手让出自己的阵地。我们今后将陷入更大的困境。

4. 对教学—科研—学习连结体的否定

我们很不幸地看到，有相当部分的"教师"和"科研人员"被任务和工作场所分开而成为两个群体。指望所有大学生（即使在最高级的层次）和导师在实验室中一起工作也越来越不现实。"认为教学和科研是不可分的欧洲大学的传统的精神气质"至多只能是一种不大主流的选择而已。洪堡的理想不再占领统帅地位，科研和教学、科研和学习将在不同的道路上前进。科研群体未必是以"系"为基础的，其实越是跨系的组合越能带有创新的因素。当科研工作能够更有效地获取学术声望和经济回报时，科研组织必将削弱"系"的影响力，并生成另一种行政结构体系。由此，大学对于系和科研单位，特别是学术精英分子的管理难度必将增大。这种方式很容易被理解为是对现有"系"的僵化方式的补充，甚至还可能有人认为这种打破隔阂的方式值得期许。也许是这样，但我们也不应忽略它的另一个可能结果：对稳定的威胁。教师（或研究人员）们不再被"钉"在系里和本专业之中。就工作来看，他们完全可能游离在"系"、学院和大学之外。于是，我们如何评价他们又成了一个火上浇油的问题。客观上，也使得教师内部的分化和矛盾更趋严重。

3.2.3 教学—科研—学习之间的聚合

教学—科研—学习之间的聚合性看上去远不及三者分离的力量来得那么强大。尤其是在日常的教学、科研和学习中，我们感受到的分离力量要远强于聚合力量。本达维在《学习的中心》一书中提出观点，"科研和教学只是在特殊的条件下能够在单独一个框架内组织起来，远远不是一种自然的相配"[①]。他的话既可能是一种缜密分析后

---

① [美]伯顿•克拉克：《探究的场所——现代大学的科研和研究生教育》，242页，王承绪译，杭州，浙江教育出版社，2001。

的结果，也可能是对现实无可奈何的描述。不过我们知道，自从洪堡时代开始，一直有许多教授、知识分子或文化教育界的官员们认为三者的连接是天然的和必需的。对此我们只能解释说，当人们从不同角度看待同一事物时，完全可能得到不同的结论。

1.国家系统使之成为可能的条件

在现代普及高等教育体系内部，对统一原则支持最有力的主要特征基本围绕四个概念：分化、竞争、观念形式和拨款方式。在最广泛的层次，有利的条件由如下几个方面构成：产生和保护一个集中的研究型大学体系，在这些大学和它们的组成单位之间有可以相互影响又相互竞争的模式；以洪堡原则作为这一特定大学部门的合法观念形态，有意识地或间接地支持科研与教学和学习结合的全国拨款模式。

当企业以赢利表示成功时，大学便以赢得声誉取得成功。正如克尔所说，"声誉一旦建立，它就是一所大学的独一无二的最大的财产"[①]。声誉是大学与外部环境之间的桥梁，它将有利于财政资源、教授和学生的自然流动。声誉可以主要由中央政府指定，但是这种由国家规定的垄断者或两家卖主的垄断，总有一天会导致近亲繁殖，大大地限制其他大学发展的机会。所以国家必须把权力下放到次一级（或两级）的学校中，使得各次级单位也争取能吸引教授和学生。美国高等教育发展的这条主要轨迹，值得我们深思。

权力下放的控制导致大学之间的竞争，所有大学都试图通过竞争获取更好的声誉。声誉的来源是这样的：首先要有一批在国内外学术界有影响，尤其是已经取得了相应的奖项或其他方式承认的学术人员（教授或研究人员均可）；还要有能留住这些人的工作场所，甚至能从其他单位或领域吸引更多的、有影响力的学术精英；这种群体的形成、稳定和相应较高水平的工作场所，还能吸引更多有才华的本科生和研究生。这种良好的循环将有助于学校声誉的保持和进一步提升。

重要的是，大学的声誉市场应该与教授的劳动力市场紧密相连。大学的声誉主要来自某个或某些具有特殊成就和才能的学术人员，且由此而形成某所大学独特的吸引力。如果高端学术信息获取不便利，学术界同仁无法快速了解他人的学术成果，或者人员流动渠道不畅通，大学的声誉便很难形成有效的吸引力。甚至大学之间的竞争最终并不必然导致大学声望的提升。

在研究型大学中，长期存在的对统一原则的信念，既指导行为又使行为合理化。引用马克斯•韦伯的著名比喻：信念就像扳道工，可以使火车向着一个确定的方向驶去。科研应该是高级教学和学习的基础这个信念闪耀着光芒。统一的信念是一个基本

---

① [美]伯顿•克拉克：《探究的场所——现代大学的科研和研究生教育》，247页，王承绪译，杭州，浙江教育出版社，2001。

的方向点，它本身是一个掌舵机制和内在动机的来源，统一的信念也是为教授的自由、权力和权利辩护的强有力的意识形态。统一的信念就像一条保护的毯子，可以把它披上一系列个人和学校的行动，而这些行动可以包含或不包含与教学和学习相联系的科研活动。

我们在美国高等教育中看到的是：美国大学建立在科研和研究生教育携手并进的前提下，因为彼此可以互相充实自己。所以，科研和研究生教育最好由同样的人在同样的地方进行。美国的经验说明，这种制度行得通；而且这个原则不仅在表面上合理，在竞争中也合理。

为支持科研—教学—学习连结体，大学可以争取多来源的经费资助。这种模式有利于大学的自治和地方的决策，因而很为教授们和鼓励大学"自治"的学者们所喜爱，尤其可与政府核心拨款的形式区别开来。当大学开发很多资金源流时，把它们汇总一处，再由大学根据各自的办学理念和现实问题分配经费。

拨款方式是保障科研—教学—学习一体化的好办法。因为这个过程和渠道日渐复杂，很难由高一级的行政机构统一管理，于是学校将在事实上获得资金管理的更大主动权，可以根据各自的办学目标和宗旨进行分配。一般而言，学校会乐于保证这个三位一体的体系良好运转下去。第一，科研—教学—学习的统一是长久以来存在于知识分子头脑中的"信念"，它很可能在下意识间仍然支配着大学决策层和一般教师的思考模式。第二，大学保证研究—教学—学习连结体的稳定，就如同企业有了"多种经营"的模式，必定能提升学校的"抗风险能力"，在面对变化的经济和政策背景时，学校能更加游刃有余。其实越是单纯、纯粹的形式，越容易被毁坏。第三，一旦这种模式能在大学内部有效运转，也的确会在宏观上有利于课程改革的进行，因为大学可以省去许多与政府、企业机构多方协作的麻烦，而能够通过科研项目直接了解专业发展的最新动态，以利于教学计划的调整等。第四，虽然政府或企业倾向于只针对科研项目本身投资，但大学宽泛的学科背景和多样化的学术模式，的确会成为政府和企业权衡投资去向的重要砝码。学科建设完备，科研—教学—学习一体的大学当然更具有吸引力。第五，当大学能有效地吸引多方投资和关注时，客观上还能更好地保证大学的学术"中立"。事实上，中立往往并不来源于大学的完全"独立"，而是来源于不同利益群体力量的相互制衡。

不过，诸多益处的达成并不是轻而易举的，是颇为脆弱的。一旦建立大学科研—教学—学习一体化的政策有失偏颇或执行不力时，这种联合体的瓦解趋势可能很快就显现出来了。虽然我们可以制定相应的政策和规程，但保护这个联合体不被破坏的最有力支撑，几乎都来自大学的决策层。他们需要关照学术，经营学校，还擅于与政府和企业维持良好的合作态势……学校领导的工作范畴早已超出了他们的学术身份。

2.大学内部的形成条件

大学内部也有几种因素有利于教学—科研—学习连结体的形成和稳定。第一个因素是高等教育的分层趋势，这种趋势将使得研究型大学中研究生阶段的教学与科研和学习之间的联系更紧密。第二个因素是大学有争取更多资金援助的要求和实际能力，更何况国家也常有这方面的意愿。这将使得学校会有更大的自主权来考虑校内不同层次的教学、科研、学习之间如何更有效地协调整合。第三个因素是，随着各大学和学院之间的分层和竞争的实体化，学校将更能在规模和能力范围等方面进行自我控制。在这样的情况下，学校对本科生和研究生的训练将更有效。

在学校层次，实现科研与教学和学习统一原则的最重要的有利条件，是正式建立一个研究生教育层次。研究生院提供与在本科领域根本不同的教学、科研和学习的价值取向。按照美国的长期经验看，教授们一般都喜欢在研究生阶段担任教学工作，因为正是在研究生阶段，科研、教学和学习能够明显地结合。

综合大学往往比专科大学更容易具有世界性，而且还能在它的多样性中提供更加丰富的文化。作为一种组织形式，大学具有令人惊异的适应性，它在横向通过增加新的领域延伸，在纵向通过增加更多学位层次和训练层次扩展，特别是位于本科学位以上的层次。

总之，一所大学的宽度，与它自己的科研和教学活动所能产生的新知识成果有很重要的关系。综合性也是大学声誉的一个重要成分。综合性也增加了混合资金的可能性，把不同学科、专业和教学层次的经费放在一个组织以内，而不是分散在许多专科大学。同时，由于现代综合大学实际上的规模太大、太深、太复杂，以致任何人不能从外部详细了解大学运作的具体细节。它的宽度，能为政府或其他赞助者，为实行科研、教学和学习的操作单位的自上而下的严密检查提供纵深防御。越是"综合性"强就越容易保持"强大"。这样"航空母舰"式的大学，客观上更增加了大学的神秘色彩，也越发不可控。没有人了解它的全貌，甚至校长也很难。它就成了一个自我生长的庞然大物。

3.基层单位的实行条件

人们的学习过程总是体现和围绕两种形式的知识而存在：有形的知识和缄默的知识。在现代条件下，每种类型的知识都需要一个特定的运载工具作为它的主要促进者。这两种工具被简单地界定为教学集体和科研集体。这些工具的日常融合就是"大学的连结体"。

有形的成分包含高级知识和科研技能，通过已经大体上经过整理或形成文本的材料而传递。而无形知识的传达则难以捉摸，洪堡以来的教育学家或知识分子便倾向于认为，通过科学研究的各种具体工作，将有助于这种知识的有效传达。无形的知识不能被正式界定和公开施教，它们是缄默的，在传递时往往是难以表达出来的和默不作声的。缄默的知识包含科学的体验、实际成就的标准、对有意义的东西有比较好的感受和发现观察重要事情的诀窍等。就培养有创造力的人才，就艺术设计专业的特征来看，无形的知识其实所占的比例和重要性都更多，而且愈是走向学习和研究的"高阶"，这种情况愈突出。

朱克曼通过对90位以上诺贝尔奖金获得者的深入访问，对"科学精英"进行的研究，很有启发意义。"诺贝尔奖金获得者们主要同意的一点是，他们的学徒期最不重要的方面是从他们的师傅那里获得的大量知识。有些人甚至报告说，在科学文献的信息和知识的有限的意义上，集中注意一个或者另一个问题的学徒，有时比他们师傅'知道得多'。"他们自认为从其他"学徒"身上学到的许多东西虽然难以捉摸，但对以后的工作更有意义。正如一位诺贝尔化学奖获得者报告所说，"这是接触：看他们如何操作，他们如何思考，他们如何干事情。（不是特定的知识？）根本不是。我猜想，这是学习思想风格。当然不是特定的知识；至少在劳伦斯的情况不是。周围总是有好多人，他们比他知道得多。这不是那回事。真正把事情做好的是工作的方法"[1]。

综合起来，诺贝尔奖金获得者认为他们早先和一位师傅一起学习的主要好处是"包括工作的标准和思维的方式在内的一种比较广阔的方向"。这比通常所理解的"教育"或"训练"要多得多，除了特定的知识和技能以外，还有规范和标准、价值观和态度的影响，这些内容都是在缄默中传递的。正是在科研机构的"工作台"关系中，那些无法表达的、非正式的品质能够在潜移默化间传递给年轻学生，使他们慢慢开始对某个问题的关注，形成特有的研究风格、一种批判态度，甚至帮助他们达成智力成果。

在大学内部的许多基层科研和教学单元中，教师和许多已经毕业离校多年的学生都认为"工作台"式的集体研讨和工作方式对每个人的学术水平的成长都有帮助。所以当我们获知几位现代主义建筑设计大师都曾在彼得·贝伦斯的工作室中工作，也便不足为奇了。

4.教学—科研—学习连结体的肯定

科学家和学者们都热烈地谈论他们和他们的导师亲密相处、互相影响的日子，诉

---

[1] [美]伯顿·克拉克：《探究的场所——现代大学的科研和研究生教育》，269页，王承绪译，杭州，浙江教育出版社，2001。

说有关在一个科研群体的紧密关系中所发生的故事。现代科学史家和科学的社会学家们已经把"科学共同体"和"实验室生活"本身作为一个实体，追踪它们的准则和实践。科研群体的主要性质是无可怀疑的：它是传递无法估价的缄默知识的主要运载工具。这是一种真正的建立在"工作台"上的关系。按照这个意义讲，艺术设计的科研小组应该建立在设计师的工作室（或设计公司）内。当然小组中的成员可能不仅包括参加设计工作的学生，还有工作室（或公司）的雇员和其他专业的配合人员等。事实上，有些设计学院也的确是这么做的，而且认为这样做的效果很好。

但是作为一种开销越来越大的关系，科研—教学—学习连结体一直检验着资金投入的极限。连结体的应用范围也随之收缩，比如从整个系统收缩到某一种层级，或从分散到现代高等教育系统的所有院校到一部分院校。由于科研项目实质性的内容越来越深奥，连结体也检验着大学教育的极限。由于在制度上划定了界限，科研—教学—学习连结体事实上成为高等教育在院校类型之间和全部学位层次中进行分化的唯一基础。

政府和学术系统对促进科研、教学和学习之间富有成效的联系有着十分重要的利益，因为他们担负不起放弃这个基本思想的最终代价。于是使三者的整合成为可能的、形成的和实行的条件，成为战略决策议事日程的基础。最终最为起作用的是大学内部实行的条件。在大学内部，在基层单位，有着不断增大的有形的和缄默的知识荷载。在这个过程中，基层的教学单位更倾向于将有形的和缄默的知识都融合在教学和学习中，途径就是通过研究这一必由之路。而且，有形和无形知识的更紧密结合将有利于专业领域的重新建构。

本节中分析的教学—科研—学习连结体的发展趋势和各种矛盾在今天中国的艺术设计学院中都可见到。对这种普遍规律的探究有助于我们分析艺术设计教育面临的困境。

但艺术设计专业还有几点不同之处应该指出。在相当长的时间中，我国的艺术设计教育中并没有今天所说的"科研"内容或相应的理论高度，而只停留在"实践"的层次。今天我们在反思这个问题时发现，艺术设计学院中的科研应大致包括四个类别：纯理论研究、学习实践和社会实践、工艺过程的实验和艺术设计的前期和后期工作（如市场调研等）。

第一种科研更倾向于文字性的成果：论文写作、著书立说是必需的。第二种保留了原先艺术设计学院的传统（教学实践），也提倡一种社会服务的过程，在最好的情况下，二者可以互相促进。第三种目前较为少见，但随着设计行业的发展，许多新材料、新工艺的涌现及其之间的"嫁接"可引发创新性的设计手法，都可能产生在艺术设计学院中。第四种类型其实在一些艺术设计专业的训练中已经长期存在，但毕竟在当代中国的经济环境下，设计师或学校研究中的这种工作与市场的实际衔接尚不够紧密。这是一个建立于社会经济发展具有较高成熟度上的研究领域。

3.3 课程设置的难题

3.3.1 职业化与课程设置

1. 职业化的代价

近现代世界高等教育的发展，几乎无法回避职业化教育要求的高涨。尽管有很多人对大规模的高等教育职业化倾向表示担忧，甚至极为反对，但至今仍无有效手段能阻止职业化需求的膨胀。甚至，当代社会能大力扶持高等教育的根本动力之一，就在于其日益壮大的职业化需要。但任何"好处"都是有"代价"的。当大学获得了更多的关注和资金投入时，就不得不在"大学的理想"层面大打折扣。职业教育的巨大发展转变了很多学生的兴趣，他们不再是为了教育本身而受教育，而是为了找到好工作，至少能谋得一个出路。而且来自学生、家长和社会舆论的压力还在强化这一点。这至少说明了公众对大学的期望与大学对自身的期望，有很大不同。具体表现为：

第一，本科学位越来越要考虑到学生未来进入专业领域和市场的要求。对于职业化的关注和事业成功主义，在本科阶段一开始就产生影响，这严重损害了本科经历的多样化和活力。能够对学生心灵和智慧产生重要影响的多样化体验过程，被故意忽略掉了。因为这既要耗费大学极大的人力物力支出，又无法获得学生和家长的好评。

第二，职业化导致专业知识成为可供人们竞相购买和使用的物品，于是知识本身便成了商品。教育便日益成为职业培训和技能训练，而不再是思想启蒙。人们将领悟过程视为操作性的，而非理解性的；视为工具性的，而非洞察的。曾经是大学存在之核心的道德标准，如今是社会舆论对大学的强加内容，而不是大学自身所具备的。虽然我们不能把公民道德和职业道德教育的缺乏，完全归咎于职业化发展的不良后果。但对职业化的追求和强调的确是使这种优秀传统被遗弃的重要原因。如果我们把学生的专业水准和技能看做高等教育的重要成果，那么职业化是保证这种成果得以有效达成的重要动力；而对道德的追求在许多情况下反而成为效率的阻碍。在具体操作中，二者常常有着不可调和的矛盾。

第三，职业化减损了通才人文学科自身的影响力，转而又削弱了公众讨论和专业实践。我们在任何领域都需要通晓多种知识的专业人员，无论是评估环境保护的成本，还是评定基因工程的道德标准。狭隘的职业化所引发的危险，就是它将专业人员从跨专业对话中孤立起来了。说得更极端一些，它甚至可能使专业人员的注意力偏离了学科的基本目标，而正是这些基本目标造就了学科本身。学生们，甚至教授们都沉浸在一些技术性知识的炫耀上。这在任何专业领域都是危险的；对人文科学来说，更是个灾难。

第四，职业化使大学教职员的"忠诚"远离了大学。成功的教授认为自己的存在帮助了大学（获取资金支持或更高的声望、社会影响力等）。大学是他们的基地，而不是他们的雇主。更确切地说，他们是老板，大学对他们的服务要付费用，而讲授和研究的内容、方式，甚至是时间，都可以由他们自由地作出决定。他们不效忠于他们的专业、系、学院……他们效忠的大部分对象在大学校园之外，是那些能够提供给他们研究经费或学术荣誉的单位。因此，学院共同体被削弱了。虽然目前我们还必须听从学校的评委会来给教授们提供职称和晋升的机会，但有迹象表明未来的教师聘用制度正倾向于削弱这种力量。于是教授们并不追求因其研究工作和成果而给学校和学生带来什么建设性的帮助。不仅是专业教师，即使行政管理人员也并不像表面看来那样"服务于"大学。事实上，对于许多人来说，能够通过进入大学中不同的"级别"，再进入政府部门，也是不错的选择。这时他们"效忠"的是一种国家行政模式，而不是以学术发展为中心的大学管理模式。这种差异更不易被察觉，也是大学中大规模"职业化"的一个重要分支。克拉克•克尔认为现代大学已经变成了仅仅由中央空调系统松散地控制在一起的一幢幢大楼。这个比喻虽然尖刻，但也不无道理。

第五，职业化削弱了以前对于单个学生整体个性发展的普遍关心。现在，大学对学生的管理（或者服务）内容几乎无所不包，从恋爱咨询到社区服务，从社交生活到出国留学……然而人们却忽略了最重要的一点：将学生作为完整的全面的个体来对待。所谓"学生工作"，在很大程度上是对这种职业化发展导致的教师影响碎片化的一种补偿。然而这种办法并没有解决问题，在很大程度上还加深了这种裂痕，学生们会自然而然地以为道德与专业学习完全是两回事，也可以有不同的对待方式——因为他们的确是从不同的教师那里获得提示和忠告的；更何况在现实生活中，这两拨教师因为个人经验、所处地位不同，甚至个别教师的素质低下，不仅不能给学生一个完整的社会观、学术观，反而使他们更加迷惑。在这个过程中，职业化通常不能使各部分工作更加深入有效，甚至适得其反。

第六，一些西方学者认为，职业化是大学去基督教化的最有力的助推力，在职业化过程中，曾经为众人接受的一系列精神层面上的假定都被推翻了，而正是这些假定给大学课程以精神情境和教育框架。目前这种框架已经被取代，取代它的并不是另一种架构，而是道德和理智上的模棱两可。共同理念的缺乏几乎成了学术界的新特征。于是各学科（尤其是人文学科）的研究者们更关心的不是"应该如何"的问题，而是"不要如何"。学术讨论和研究的最终目标主要是避免犯错，而不再是寻求真理或道德提升。于是基督教精神世界的坍塌也便成为西方学术群体理想世界解体的原因。虽然近现代中国并没有一个"去基督教化"或"去宗教化"过程，但是我们却几乎可以看到类似的过程也在中国发生。五四以来（甚至可能更早），中国的学术界就在救亡图存和文化复兴的道路上坎坷前行。无论因历史必然还是社会动荡，总之中国古人赖以存在的古老精神世界已被完全摧毁，但即使到今天，我们却仍未建立新的精神价值体系。这套新体系应包括如下几个特点：①它应指向人类的终极理想，因而难免有乌托邦色彩。②在形式上可以超越时间、国别和政党范畴。③可以为社会全体成员提供精神庇护。只有同时做到以上三点，文化群体的普遍追求才能有一个预先设定的"共识基础"。没有这一共同的基础，大学这个日益壮大的复杂体系将永远处于杂乱无章的状态。唯一有效的、可见的统领，只能是"职业化"发展的趋向。

第七，艺术设计学院中的职业化可能招致更加不利的后果。随着市场对艺术设计需求的细分，设计专业的教师越来越发现已有的课程设置方式不能满足学生的就业需求，甚至不能让他们在专业发展的前沿占有一席之地，于是他们陷入了深深的焦虑中。很快他们便忘记了自己在各种会议和文章中，是如何赞颂通识教育的可贵和职业化的阴谋。事实上，这使得他们的学生陷入更深层的矛盾和不解中，而且这种越来越强烈的要求专业细分的意愿也会成为学校愈发庞大，甚至分裂的不可遏止的力量。阿尔弗瑞德•纳斯•怀特海曾评论说，职业化造就了领域意识。每一个专业所取得的进展仅仅是在其自身领域，而且这种领域意识很容易导致只在自身领域生活——怀特海称之为"智力独身主义"——丧失了专业本应包含的完整性和丰富性。试图在通识教育和创新教育中有所成就的艺术设计专业，从实际情况看，其野心远大于实际能力。

2.弥补职业化的不足

我们并不是反对职业教育本身——事实上，大学的重要讲授内容就是职业知识——但为了保护高等教育和人类的精神世界，我们必须反对它所造成的使教育降低为狭隘的工作培训的这一结果。无论如何我们也无法回到从前了，虽然我们对于共同教育目标和普遍的道德假定的丧失抱有很深的遗憾，但是我们必须接受和适应现在的情形：世俗的大学，专业众多，涉及的范围广大，但取向是职业化。问题在于我们能否重新把握住通才教育之目的、关注学生的个性发展。

大学应该以它所代表的广泛的人类关怀，在专业课程和计划中设置通识教育。我们可能并不需要一个全新的课程，但是需要一种全新的学习精神——简单的、富有意义的、可完成的教育目标。比如我们可以从一个简单且所费不多的举措开始做起，那就是设置一些入门课程，建立学习共同体。这种学习共同体是围绕着一些宽广的课题形成的，如人性、法的本质、社会和语言等[①]。在这些学习共同体中能将自然科学、人文科学和社会科学的课程有机结合，这样就可以在不同的学科之间探讨共同的问题

---

① [美]弗兰克•H.T.罗德斯：《创造未来：美国大学的作用》，51页，王晓阳、蓝劲松等译，北京，清华大学出版社，2007。

了。从一个颇为悲观的角度讲，在许多人的人生中，或许只有大学还能提供给年轻人思考这些带有终极关怀色彩的课题。如果大学不能保有这块"阵地"，我们真的很难设想国家和民族的未来。对中国当代的高等教育而言，通识教育及其相应课程的建设可能具有更深远的民族意义和文化价值。这至少有两个方面的原因：

第一，中国现代大学中通识教育的有效实施时间很短，大致在20世纪的20—30年代末。新中国成立后，特别是1952年以后，通识教育几乎不存在（至少形式上如此）。直到今天，虽然有大批学校改称为综合性大学，但其思维逻辑和管理模式仍是条块分割、互不往来的。我们已经看到了在这种状态下培养出来的学生，甚至执教者有诸多个人素质上的欠缺。在我们这样一个人口众多、面积广大、地区发展不均衡的国家中，这种通识教育的短缺在实际上往往更加剧了人与人之间的隔阂和矛盾。毫不夸张地讲，这是建设"和谐社会"非常大的阻力之一，如果不是最大阻力的话。

第二，中国古代的文人和儒生其实反而更接近我们今天所说的通识人才，虽然其道德取向和学习内容与今天的要求有很大不同。我们在反抗中国古代礼教的同时，也把这些带有通识色彩的科目设置方式和内容一并抛弃了。关于这段历史及其对教育（尤其是高等教育）的影响是怎样的，我们一直说不清楚。但无论如何，这种带有"挥刀自宫"性质的"武功"提升方式是极有效的，尤其是以国家独立和经济强大为目标来看这个问题，更是如此。但我们在抛弃了传统通识教育的过程中，也抛弃了传统文化的精神结构。现在我们甚至更容易理解国外的同行，而不是自己祖先的精神世界。这可能是"进步"和"发展"中不得不付出的代价。

在纽曼的大学理想中，专业化是没有生存空间，也得不到尊重的；虽然允许自然科学的存在，但应处于大学的边缘。人文学科——通识的、传统的、博学的——不仅是大学的核心，而且就是大学本身。正是人文学科构成和塑造了绅士，也正是绅士——有知识的、仁慈的、深思的、开明的——界定和体现了专业。不是专业塑造了人，而是人塑造了专业。英国教授的作用"不是著书，而是造人"。纽曼的理想一直存留着，但是它只在少数学院中持续着，而且这类学院的数量正在减少。甚至纽曼向往的有着隐居的住宿学院和梦想塔尖的牛津大学，也从未如他所想的那样纯净。现在人文学科的价值，反而需要讨论和重新界定，不知这到底是一种进步，还是倒退。

从教师群体，以及通过科研而紧密相连的师生群体而言，弥补过度职业化趋向的最有效办法就是重新建立学术共同体。不建立学术共同体，知识就会变成孤僻的东西：在孤立中进行研究的孤独学者，其狭窄的研究范围、独断主义和未经考验的假设都是脆弱的、站不住脚的；其知识无法得到扩展和传播，无法与相反的意见进行争论，无法接受不同经验的影响，也无法用另外的视角对其加以磨炼。不建立学术共同体，个人的发现就是有限的，这不是因为个体研究者的创造力和开拓性不及研究群体，而是因为他或她的结论没有接受质疑，也无法得到更多的检验；这样，个人的知识就是不完整的。

在美国研究型大学的前身——早期的学院中，学术共同体是由各基督教派设计和建立的：公理教派建立哈佛，长老教派建立普林斯顿，清教教派建立耶鲁，圣公会教派建立哥伦比亚学院。这些学院最早的教职员工有着共同的信仰和使命感，学院是保持一致的共同体。学生们至少在名义上拥有相同的信念，攻读相同的课程，这样就从中获得了和谐和一致。他们通过机械地背诵知识来达到一致，这样就不会减弱其共同体的紧密性了。19世纪末以前，在高等教育中长期确立的受基督教影响的教育模式衰落了。使其衰落的是世俗州立大学的建立。基督教影响的减弱所留下的空白，不但是智力的，在一定程度上也是道德的和社会的。不过，美国大学的例子似乎也暗示了这样的矛盾：学术共同体应建立在基本相同的价值观基础之上，那么，我们今天所提倡的多元化价值观的大学，是不是对学术共同体的建立和存在本身就是威胁呢？二者间我们又应如何取舍呢？

由于缺少基督教的影响，人们就希望依靠人文学科来为文化、品质和价值提供新的智力框架和相似的精神尺度。也许通过对伟大的文学、美术、戏剧和音乐作品的审美过程，我们还能够把握生命的意义问题。所以对通识人文学科多样化的界定，代表了新文明品质的希望。起初，这种希望似乎是有根据的。它所需要和预先假定的就是：只要将人们汇集在一起，其中包括教师和学生以及各领域的学者，就可以形成意义深远的学术共同体了。但这个历史瞬间在西方大学历史上看起来是非常短暂的。现代化先是攻破了宗教防线，人们在不可抵御的现代化进程中，以为美学、艺术可以拯救一切。此时的现代性不发一语，因为它很清楚地知道，当技术与经济因素纠缠在一起的时候，人类以往的文化、艺术、宗教信仰等一切，都只能退却。我们看到今天的艺术也没有统一标准了——人们当然可以为此欢呼；但无论如何，我们不能以此作为救命稻草来拯救学术共同体了；甚至如果一味地以艺术和审美作为标准，很可能还会陷入更大的混乱。

在当代大学中，随着规模的扩大和日益发展的专业化，学生共同体的观念变得不那么普遍了。就大学自身而言，损失了学术共同体，就破坏了大学建立的基础——信念。今天我们已经认识到作为大学精神重要基础的"信念"的重要性，但我们也知道无法再回到从前的时代，无论是基督教引导下的西方大学，还是儒家学派统领的中国传统教育。同时，即使我们重新号召建立新型的大学信念，这种信念的建立基础也往往可能并不来自普遍的信仰，而是"地缘"了。就是说这种将人们集合起来的信念并不再主要来自具有普世性的文化或宗教的力量，而是由学术领域、社会圈子或地域差异等来决定的。于是"学术共同体"在这个时候就变成了"学术社区"。不过，虽然这个结果与许多人文主义者的预期并不相符，但也好过一盘散沙的学术环境。人们可以在这种世俗化了的群体中寻找到在孤立状态中无法获得的心理和精神依托。

与取得的众多成就相比，现代大学在学术共同体方面的损失是具有讽刺意味的。这些大学在无数方面都有了超越性的发展，却比以往任何时候都更分裂，在智力方面划分得更清楚。这部分是大学规模扩大造成的，也是大学目标多样化的结果，还有就是课程所包含内容增多的结果。日益发展的职业化趋势所造成的结果，不仅发生在专业领域里，也发生在那些我们一度认为是通识教育核心的领域里。

3.自然科学的成功

学术共同体衰落的最重要原因可能就是自然科学和技术的发展。这不仅由于它的专业术语、假设和结论难以为大众所理解，也由于其他学科大量地，有时甚至是愚蠢地学习了它的研究方法。如今，自然科学和大量涌现的专业学院一起，在校园中产生了巨大的影响。它设定了大学的发展速度，为专业技术教育提供课程基础，享有广大的研究支持，还改变了我们对待知识的态度，事实上也改变了我们对待生活的态度。

当今生活的每一个方面都变得越发依赖科学的发展了，有时人们会狭隘地将"科学"理解为"自然科学"。而这些发展又极大地扩展了科学在大学校园中的势力。也许科学发展造成的最大冲击就是改变了我们对待知识的态度，其最为巨大的影响就在于对学术共同体成员无意识认识的影响。正因为其是无意识的，所以常常是不易察觉的。

人们太过轻易地就相信科学产生真理的假定。但科学史一再告诫我们：许多看似真理的谬误都产生于科学家中间。事实上科学通常产生的是模式：进行审慎的假设、界定其范围、得出暂时的结论、为特定目的提供有效的服务。但是如果我们对这些模式太过推崇，极力强调它们的尽善尽美或者将它们等同于真理，我们就会陷入困惑中。模式是有限的，也是可以淘汰的。它们的作用在于帮助理解和支持解释。但它们既不是排他的，也不是无所不包的。

科学是建立在深思熟虑的提取基础上的知识。科学家从我们的大量经验中抽取出其中的一部分。这部分经验的一般特点是：可以为受过专业训练的观察者所认识、可以用数字来表示、有可重复性。但是庄严、崇高、神秘、记忆——这些我们在日常生活中视为珍宝的东西——是不在科学字典之内的。这不是因为它们没有意义，而是因为它们是不可测量的、不具有同一性的、不可重复的。而在我们的头脑中，这些看来不可确定的东西已经成了"科学"的大敌，也是应该被怀疑和压制的。在科学的态度和人类全部反应之间存在着一种冲突。

科学之所以取得巨大的成功，主要是因为它的还原主义和方法论上的唯物主义，但是这种抽象有其局限性。科学的发展依赖于一般性和抽象。文学、艺术和生活本身也包含一般性，但赋予它们意义和主旨的则是它们的特殊性。

科学是个令人讨厌的邻居，尤其是在缺少另外一种有支配能力的模式或文化的情况下。科学太容易走向科学主义：断言对万物的科学描述是唯一可信的。今天的大学正在走上这条危险的道路。高等教育的决策层或许对人文学科和艺术还有较为理性的判断，至少是深表同情的。但他们似乎并不清楚在日常生活和工作中，科学技术类的专业是如何扩张并干扰艺术设计学院的工作，甚至办学方针的。在进行具体工作时，他们就把同情心放在一边而以"科学"的方法来衡量和判断了。

虽然职业化是科学发展无法回避的走向，但它也是一种近于残忍的践踏。"由于它实行得太过极端，以至于将美好的和具有启发意义的东西排斥在世界之外了。"[①]然而，由于职业化造成的对经验的认识少得可怜，唯科学主义在学术界的一些人中已经成为占有统治地位的范例了。这并不是经过深思熟虑之后的选择，而是由传统信仰崩溃所造成的空虚状态导致的。在今天，关于爱情、信任、公正和责任的讨论，甚至是关于真理的讨论都是罕有的。这不仅因为流行观点认为坚持任何"文本"教义都是愚不可及的，也因为整个社会群体都倾向于：只有科学的结论才是"真实"的。在这方面，科学不仅是"加害者"，也是"受害者"。

也许对人们而言，最大的不幸并不存在于被剥夺了学习的机会，而在于接受过度的训导；只精通某一学科狭窄领域知识的学者已经不再致力于更为宽广的生命问题了。

人们对科学，甚至唯科学主义大唱赞歌的一个内在原因：大多数人都天真地以为科学的发展是技术进步的基础。但早已有敏锐的科技史专家指出，在当代世界中，科学已越来越沦为技术的"婢女"。因技术与社会变迁和人们生活的联系更紧密，更能迅速、有效地对此作出反映和获得成果，自然而然地也便获得了更多的社会和政府支持。科学研究反而成了服务于技术进步的辅助者。然而人们仍然不放弃用"科学"的概念来概括以技术为主的整个科学技术领域，这或许来自一种习惯称呼，更可能来自人们认为"科学"更具有哲学和人文情怀的心理暗示。于是人们因为获得了成果和心理上的满足，而对唯科学主义和技术（特别是实用技术）对真正科学地位的篡夺而听之任之。

3.3.2　课程的重构

研究型大学的核心事务是什么呢？考虑这个问题就要注意到大学任务的多重性——本科教育、研究生和专业人才的培养、对创新性研究的追求，以及为社区、政府、商业和更大范围内的社会提供服务。虽然如此，大学的核心任务仍然是学习，而且最重要的是本科生的学习。大学产生于学生对教学的需求。没有学生，可能会有研究院、学术研究中心，但绝不会有大学。在这一点上，我们不能完全赞同洪堡。

① [美]弗兰克•H.T.罗德斯：《创造未来：美国大学的作用》，64页，王晓阳、蓝劲松等译，北京，清华大学出版社，2007。

1. 课程设置

目前我国艺术设计专业课程的基本结构与20甚至30年前并无本质差异。这种课程设置的基本思路甚至在20世纪30年代就成型了。最近这10~20年，尤其是扩招后，大学办学思路上的不甚清晰，加大了艺术设计学院内部在课程研究问题上的复杂性。于是，许多教师、系主任、院领导等便试图通过调整具体课程的内容、课程量、授课方式等来获得"与时俱进"的成果。现在看来，我们虽然不能说所有的尝试都彻底失败了，但几乎都没有获得改革之初预设的成果，甚至适得其反。

传统上，我国的艺术设计专业都设在美术学院中，虽然目前一些综合大学或工科院校也开设艺术设计专业，但课程架构和体系还是基本沿袭美术学院的做法。不过，随着市场细分和技术、材料水平的迅速提高，单纯的美术学院的教育愈发显现出知识结构上的不足。针对技术、材料、法律等方面内容的教学不足、教学更新速度不佳，不仅使得学生的就业前景不妙，关键是无法帮助学生建立起完整的思想体系，更谈不上了解学科的本质。随着一些综合性大学开设艺术设计专业，工科、理科在知识体系和思维方式上的特点也将逐渐渗透到艺术设计专业中。发掘和激发设计师的艺术感悟能力，不是一蹴而就的；同样，培养一名基础扎实、德才兼备的工程师，也不是一朝一夕的。实际上，我们的社会更需要的是两个方面的基础和素质都很突出的人才。于是问题就转化为，在艺术院校和综合性大学（特别是以工科为基础的大学）之间的长跑比赛中，谁能更快更好地学习对方的长处，继续发挥自己的特长，谁就能获胜。

课程设置的有效调整必须建立在学院的准确定位之上。而且这种定位还必须随着时代和社会的变动，有自我调整、自我更新的能力。在很大程度上，这是一种超越了专业范畴的高层次智慧。必须承认，不是所有的学院和大学都能首先具有这样的智慧和能力，所以最终的结果，很可能不是大批的艺术设计学院或专业能在较为一致的时间段内完成"定位"任务，而是只有极少数的院校走在前列，后来者只能在他们圈划好的学术领地缝隙中求生。这将是艺术设计学院即将面临的一次"洗牌"。理论上讲，"生还者"应该并不依靠其以往的"级别"而获利。但技术上却未必如此：传统上强势的学院和大学一定会更容易保持优势，除非他们完全忽略了这个专业和领域。

接下来才谈得上课程设置问题，在这个过程中有四点值得注意。

第一，当然是检验以往的课程结构到底在哪些方面显得历久弥新，哪些应有所调整，为什么？没有明确的概念和理论分析之前的仓促调整都可能导致混乱。事实上，在一个庞大的教育系统中，无论是教师还是学生，往往最担忧的并不是"落后"，而是"混乱"。虽然在一些公开的话语体系中，人们可能听到的是相反的结论。在一个人文色彩浓厚的专业中，许多现在看来"先进"或"落后"的课程或内容，换个角度看，也没有那么绝对。在这个过程中，我们必须明确反对"行政先行"，而应尽量做到"理论先行"——学术理论和教育理论。这其实也是一个课程结构调整的主要参与人员的调整过程。

第二，为了满足学生们对大学课程多样性的要求，也为了减少校方和学生（及家长）在这个问题上的摩擦，甚至为了向所谓的西方先进经验学习，许多艺术设计学院表示要大幅度地增加选修课的比重。在这个问题面前，教师们立时分成了两派，一方强调选修课对学生知识面拓宽的益处，尤其希望由此进行"通识教育"；另一方则担心本已不甚充足的专业学习和训练时间被无限挤占，学生也许只在听了一大堆稀里糊涂的课程之后就离校了。无论是在理念还是在现实面前，选修课的设置都是必需的，但在这个过程中，我们必须清楚：①选修课不是救命稻草，它不能解决根本问题，而且会带来新的问题。在哈佛大学历史上，人们对选修课设置的批评，对我们很有启发意义。②大规模的选修课是不适合中国国情的，在几乎所有专业都是如此。因为总体而言，选修课的教师配置、课程总量和授课场地总额要超过学生的实际需求量，否则便谈不上真正的"选修"。选修过程的复杂程度越高、范围越大，二者间的总体差距越大。就是说，学校的许多人力、物力、能源消耗超过了学生的实际需求，这对于"穷国办大教育"的我们而言，绝不是好消息。我们的选修课绝不可大规模放开，而应更有针对性。在实施初期，尤应如此。③许多美国教育专家，尤其是大学校长已经明确指出，大学（尤其是综合性大学）中的选修课手册，往往使得学生看不到真正有价值的文化和专业课程，因为每种课程的说明版面和篇幅都大致相当，甚至说明文字本身就无所指。如果我们把针对所谓明星教授的介绍列入其中，那么可能绝大多数学生都会趋之若鹜，而把自己进入大学的初衷抛在一边，更何况这些学术明星往往并不提供通识课程的讲解。④如果没有相应比例的通识课程要求，选修课提供给学生的很可能只是一堆知识碎片，虽然的确有天赋卓然的学生在这个过程中如鱼得水，但更多的学生则可能摸不着头脑。通识课程最有意义的方面在于督促学生们思考，在很多方面这个过程并不那么有趣，更何况这种课程对教师的学术水平要求更高，而又未必能给教师带来现实好处。所以完全放开的选修课体系其实是对通识教育的进一步压制，很可能与最初的设想相悖。⑤高校中的教育不可能与毕业后的实际工作完全吻合，就是说教育和教育结构的设置不需要，也不应该完全针对工作实际。但在课程中，可以直接与实际相衔接的课程应占有一定比例，而比例的多寡可以依据学院的定位而有所不同。高校不是技校，不必强求毕业后随时可以投入具体工作。事实上，高校要求学生在毕业后有进一步适应社会的能力，而这种能力的培养是高校的一项重要工作；同时，用人单位在这个过程中其实也担负了人才转化和重塑的任务。一般而言，用人单位的规模和是否有长期发展目标，决定了他们能在这方面投入精力和时间的多寡。

第三，我们已在前文中多处提到中国文化传统对艺术设计的影响，在课程设置上也必须充分考虑这一点。在课题访谈中，许多毕业生都提到了曾经上过的图案课和构成课，而且都认为所获颇丰。如果仅从专业训练的角度上讲，二者的重要性应是相差不大的，如果考虑到构成课在西方艺术设计专业的发展过程中具有的重要意义，其教学价值似乎更高。但如果想到我们的艺术设计学院是在为中国培养艺术设计从业者，就该理解老一辈艺术设计教育家更强调图案课的良苦用心。一个对自己的文化传统缺乏认识、理解及批判能力的设计师，既不能导致真正意义上的"中国创意"的产生，甚至不会是一个人格完整的中国人。这不是一个单纯的学术问题，更是个民族认同的问题。

第四，授课的内容和讲授方式是课程设置的目标得以实现的最重要基础，而这个基础的执行者就是任课教师。任何有理想、有价值的课程结构设置都必须经由每一位教师的日常工作得以传达。目前许多艺术设计学院也有自己的大纲及教师提交的授课计划，问题在于这些计划未能成为学院定位、课程结构等整体构想中的有机成分，只是教师们的自说自话，也无从检验他们授课是否以此为据，或这个计划与学院的整体设想是否合拍。当然，从另一个角度讲，撰写授课计划等工作也在客观上提高了对教学工作的要求，教师们需要考虑的内容更多、更复杂：①自己所讲授的课程在艺术设计学院的整体课程设置中的位置，及自己的实行情况；②此课程在自己所在专业中的位置如何；③学生的背景有哪些差异，采用何种方式才能吸引更多学生；④课程考查采用何种方式，才能既体现公正原则，又体现课程（和专业）特点。

2.改革的问题

如果不能提供跨专业的课程，那么大学在建立之初所设想的好处就会大打折扣。这种好处是基于这样一个命题：只有在一个共同对话的基础上才能最好地追求知识，尽管人们之间存在种种区别，但都是以共同的人性为基础的。教师们必须解决这个问题，不管他们喜不喜欢。因为除非他们可以在有意义的教育目标上达成共识，否则大学不可能获得完全成功。这是课程改革最重要的动力，也是大学教育的理想所在。但在现实世界中，这种理想的实现总是有各种各样的阻力；而且这些阻力的来源群体和产生原因各不相同，于是这些对改革的阻力掺杂在一起，往往使改革的倡导者和执行者焦头烂额。

第一，改革的目标是以通识教育的目标为基础的，但我们已经看到，在通识教育和职业化教育之间，学生（及其他们的家长）往往会毫不犹豫地倒向后者。因为越来越多的学生和家庭把进入大学看成改变自身命运的方式。没有好的学业和专业，便没有好的工作，我们的社会舆论也在推波助澜。而且，专业教师们为了保证自己授课的成果（或者还想与学生保持紧密联系），也倾向于在这个问题上与学生的联合。矛盾并不只存在于改革的策动者与实施者和受教人之间，而且也存在于教师和学生还会就课程设置等问题指责学校管理制度和学科领袖们对通识教育的漠视。不过，学校及其上级单位也常常搞不清楚状况。当他们要求毕业生有很好的就业前景（这通常被看成学校声望的重要体现）时，便又将通识教育抛在一边了，而往往以就业率和毕业生是否能迅速投入实际工作作为评价专业学院的标尺。

第二，改革模式和步骤的设计者内部也有着极为不同的具体目标和实施方法。在进行高教范畴或其他专业课题的探讨时，我们总是拿中国和西方做对比。在这个过程中，那些可以指导实际工作的更深入的分析和对比被所谓的专家有意或无意地忽略了。他们没告诉我们，西方国家中的高校体制亦有重大不同，他们彼此之间也难以保持一致，他们谁也不能抛弃自己的传统。专家们的研究目的似乎除了展示自己的高人一等，具体做法就是指责中国高等教育的"不入流"，但他们好像对探讨我们自己的改革途径这个问题兴味索然，于是在人们的心目中，改革的目标往往是：德国的大学理念、美国的管理模式与欧洲传统的教授制相结合的混合体，但三者间如何有机结合，及如何从我们现有的制度改进到这种状态却无人问津。更何况，这三者的混合是否是中国大学的切实发展方向，不同学院应侧重哪些方面更是无人理睬，我们怎么能期望改革的胜利呢?

第三，改革必然会成为原有体系的扰动因素，虽然在中国当代的高教系统内，许多扰动力量并不来自改革。我们都相信，一个相对稳定的环境应该更有利于教师的授课和学生的学习，所以绝大多数人并不欣赏一种急风暴雨式的改革模式。渐进的、滚动式的方法可能更可行，这一点我们应该学习瑞典人的经验。对于改革过程中可能引发动荡（尤其是心理上的动荡）的因素，我们应该在改革实施之前有所考虑。在绝大多数的艺术设计学院中，改革的要求不仅来自院校领导及其上级主管单位，也来自教师和学生，但不同群体企望改革的目标和可适应的方法是不同的。在这种情况下，如果上级单位操之过急，尤其是试图以行政手段强行推进他们的改革设想，不仅会招致基层师生的反感和抵制，还会让人们对改革本身丧失信心，也会对学校、学院的管理模式愈发不信任，从而在实质上加深了上层和基层的隔阂——这肯定不是改革的目标。但如果反过来，我们让所有师生无节制地参与到改革问题的讨论中，则不仅会转移学校正常教学、研究工作的注意力，还会牵扯出许多其他方面的内容，使得日常工作和教师之间本来正常的同事关系受到威胁。任何改革都是"破天荒的"，需要勇气和智慧，没有任何"速查手册"可以按图索骥。但也必须看到，在中国现有的国情和体制中，上级领导在这个过程中仍然比教师和学生占有更大优势。只是在这个过程中，学校和学院应该成为"主体"，而且，应明确学校和学院之间谁应在何种情况和哪些方面分别占有决策和执行的权力和义务，否则任何理想远大的改革都将不可避免地流产。

3.3.3 艺术设计学院中的实践和实践课程

1.实践是艺术设计学院中教学—科研—学习的中心环节

本段中讨论的实践，一方面指学生学习技艺、技能的过程，也指具有一定基础学生的研究和设计深入过程；另一方面指教师的工艺和材料的研究过程，也指他们承担的社会服务项目的实施过程。我们在前文中已经讨论了教学—科研—学习连结体是高等教育的一种理想模式，也提到艺术设计学院中科研工作还可细分为四类：①纯理论研究；②学习实践和社会实践；③工艺过程的实验；④艺术设计的前后期工作。

纯理论研究主要包括设计史、设计理论和设计批评等方面内容。不过，因为设计行业的实操性很强，且与社会生活的诸多细碎方面相关联，所以设计理论也便通常并不以完全独立的、自成体系的面目示人，而常常是通过与其他专业或理论体系的"联姻"而达成。有趣的是，如同设计师们的风格常有很大差异一样，设计理论家和批评家们也可能拥有完全不同的理论体系。更进一步说，成熟的理论家必须拥有自己的理论体系，这一点与自然科学的研究可能有很大不同。随着我国艺术设计各行业的发展，拥有高素质的设计理论家和批评家是其必然结果，也是艺术设计行业进一步发展的基础。在艺术设计院校的各科研类别中，这是最符合一般意义上的"科研"特质的一类。当然，即使从事纯理论研究，人们也完全可以从不同角度出发，比如"理论家"和"设计师"的视角和分析方式就可能完全不同。理论家和批评家的角度通常更宏观，设计"应该如何"是必须探讨的问题；设计师更关注设计的工作过程和成果达成方式，"应该怎么做"、"为什么这么做"才是必须关照的。比较而言，以设计师的角度探讨理论问题，既是目前我国艺术设计理论建构中的盲区，也是实践教学最能发挥作用的地方。这种研究还能很有效地与其他科研类别相关联，是艺术设计院校必须重视的研究领域。

学习实践和社会实践的范畴较为含混复杂。就学生而言，一般将专业实习称为学习实践，其目的是保证学生更宽泛或更深入地了解行业现状和发展趋势；社会实践则通常指学生参与一些与专业并不直接关联的社会服务工作，目的是让学生初步了解社会和国家现状。在高等教育的一般语言体系中，"专业实习"和"社会实践"是有明确指向的，本书基本沿用这种方式。这两个过程更关注参与者的体会，希望能对学生未来的工作和人生产生积极影响，并不必然要求其将经历或体会上升到理论层面（比如写出论文），虽然也有个别学校或课程有类似要求。

就教师而言，我们通常把艺术设计专业教师参与社会实际设计工程、从事与专业相关或不相关的其他工作均纳入社会实践范畴。就是说，教师们的社会实践可能是取费的，也可能是义务的；可能在自己专业圈子内活动，也可能与更广泛的社会团体有联系。在一些艺术设计院校中，教师们的设计工作常被列入"横向课题"，被当作科研项目来对待。这样做至少有如下几点好处：①艺术设计行业的实际操作性很强，必须有部分教师具有很强的实际工作和社会经验，才能有效地保证专业教学知识的更新。②重大设计项目的有效达成，将非常有利于院校荣誉的保持和提升，让社会能更快、更有效地认识设计行业和院校的社会价值。③无论是院校还是教师个人，都不大愿意提及这个过程中所产生的经济效益，但在实际生活中，这可能才是最有效的动力。较好的经济回报，既能改善教师的个人生活品质，也能为院校积累一些资金储备。不过这个过程也是很冒险的，因为在整个过程中，教师是否能有效地把工作成果转化为科研成果，特别是应用到教学实践中，几乎是无法度量和无法监督的。事实上，教师的基本素质和工作主动性是唯一决定性因素。学校能做的似乎只能是道德说教。

对于历史较长的艺术设计院校而言，学习实践和社会实践是一直存在的，只是其内涵稍有改变和丰富。纯理论研究存在的时间也很长，但通常是以"理论家"的视角展开工作，对"设计师"视角关注不够，这可能和投身于此人们的专业背景有关。但目前国内对"工艺过程的实验"、"艺术设计的前后期工作"等方面的研究，尚显稚嫩。

从前的艺术设计往往从"造型"与"功能"的关系角度出发，试图达成一个形式与功能的最佳平衡点，至今仍有许多设计师和设计理论支持这一点。但随着技术和材料的进步，随着基本功能有效达成的相对近便，一部分人开始从"消费"造型转化到"消费"材料和技术，这可能是潮流所致，也可能是发展的必由之路。总之人们似乎又发现了一个可以有所创新的途径，而且大多数中国设计师对材料和技术本身的研究一直不够深入，对这个问题的关注既顺应时代需求，也是专业发展所必需的。随着中国艺术设计行业的发展，行业本身也愈发细分，而且这种趋势还将长期存在，甚至不同的设计公司完全可能只针对设计过程的某一具体阶段展开工作，比如前期调研、设计制作或成果分析等。当然，无论是"工艺过程的实验"，还是"艺术设计的前后期工作"，这两种研究过程的确可能与"纯理论研究"和"学习实践和社会实践"过程有所重叠，甚至共享研究过程和成果。我们在这里要强调的其实是四个研究类型在目的和方向性上的差异。在具体的操作过程中，无论是投身其间的教师还是学生，都可能通过一个完整的工作过程，获得多种类别的研究成果。事实上，这才是院校应该鼓励教师和学生们从事科研工作而达成的结果。

在这个过程中，实践不仅是教师科研和教学之间的连接点，也是学生的学习生活与社会生活的连接点，而且可以成为院校对师生进行管理、提供服务的中心环节。甚至可以说，艺术设计院校办学是否成功，在很大程度上取决于院校对师生实践工作的理解和控制能力。

2.实践课程和工房

一般说来，在学校里进行的艺术设计专业的实践课程教学都应在工房（也有称为"车间"）中进行。工房中一般设有工艺较为完整的、可以完成与专业设计实施要求相关的机械设备，有经验的技师进行辅导也是必不可少的。这种在工房中的实践课程，从设计环节上讲，是设计构思得以实现的重要部分，是设计室与生产之间的必由之路。不过，工房真正带给学生的并不仅是一种工作流程上的熟悉，而是一种带有社会终极关怀性质的思考：你是否关注设计思想的实现问题？虽然我们并不能否认一二百年前的某些大师们留在纸面上的无法实现的设计蓝图的确有超越时空的价值，但毕竟个别的天才伟人并不是我们这种学院化教育的最重要目标，更何况这种人才是"可遇而不可求"的，我们课程培养的重点仍然是那些能切实解决现实问题的，生活在这个时代的设计从业者。更何况，在我们的文化传统中，对实践和实际操作历来是忽视的。所以我们一点也不奇怪，在我们周围，坐而论道者从不缺乏，而真抓实干者总是寥寥。从这个角度上讲，艺术设计的实践教学不仅是启发学生创新思维的好方法，也是改变民族性的一个途径。

无论是主要针对社会培养实干型的从业者的学校，还是将更多精力放在学生思维和综合能力培养上的研究型学校，设计实践教育工房都是必不可少的。我们甚至难以区分二者间在工房面积和设备配置上谁应更高，或可降低要求。没有较好的实践设备，当然培养不出技能出众的毕业生；同时，没有较好的实践设备，学生的眼界和思考范围也会受到限制，自然难以培养思维能力出色的学生。当然，从课程设置的要求上看，重实践的学院可以在实践课程的学分数或课程难度上有所提高。在最好的情况下，不同层级的艺术设计学院可以共享工房，互相承认学分。

3.实践基地

在我们的调研中，许多从事设计实践和艺术教育工作的校友都反复强调：设计学院有自己的设计单位是很重要的：第一，丰富教师的实践经验；第二，落实相当部分的学生实践岗位。在这样的设计单位里应有专门从事经营和管理工作的人员，而且他们应能独立决策，不应受到院校行政体系的干涉。教师可以作为兼职人员存在，在设计作品中根据工作能力、工作量有署名权。设计实践与科研成果的产业化，有着极为不同的过程和原则，不能混为一谈。但这种要求长时间以来在许多艺术设计学院难以推行，大致原因有如下几点：①学院担心教师们会将更多精力放在社会服务所带来的经济效益上，而不是对学生的培养上；②学院不想或无法承担由此导致的更加复杂的管理、人员安排，甚至经济纠纷等难题；③学院幻想一种更纯粹的，可以仅以教学和理论研究水平的高低来评价教师的手段，虽然这一点一直未能达成；④外部势力（通过资金或社会制约机制）完全可以通过社会服务类实践渗透到学校的方方面面，这使得学术上的最后一块净土将受到污染，也必然在实质上进一步打击本身已不太牢靠的学院对于教师、教学和科研的主动权。

具有讽刺意味的是，虽然在制度和管理上可以将教师和"挣钱"隔开，但学院无法对"私下"进行的事情一一进行调查和处理。更何况，学院一方面会有一些社会工作交付教师们完成；另一方面也需要以知名教师获得的项目作为提升或维持学院声望的手段。于是便形成了一个古怪的场面：一方面学院担心教师投入社会服务影响了学院教学；另一方面又羞羞答答地帮助教师在"禁令"下暗度陈仓。

不过，我们也绝不应忽略，许多教师们在这个过程中的确有"谋利"的意图，虽然他们中间的大多数更希望由此来确立自己在专业领域中的地位和社会影响。在这个问题上，无论人们如何指责教师们的"唯利是图"都无济于事，因为在当代中国社会中，经济利益的诱惑实在太大了，哪怕对于大学教师而言也如此。①现实生活的压力（车子、房子、养老、医疗等）并不只是侵扰社会生活中的其他群体。当大学学费上涨时，我们经常听说某人拿国外的学费标准与我国作比，却未见拿国外教师收入和福利与我国的教师作比的。对教师们来说，能够以自己的专长获得额外的收入，是最合情合理的事情了。②历年来不断提高的对教师学历、科研论文、参与项目等方面的要求，使得许多人有朝不保夕之感，许多高校教师不得不开始"找后路"。一个已经相对较高的社会地位和总觉得不甚安稳的职业，让许多人不得不"两条腿走路"。事实上，社会服务带来的不仅是"钱"、"声望"，还有"关系"。谁都知道有良好的关系，将给自己后半辈子的生活带来更多"活路"，只是这种生存原则难以见诸学院的官样文章中。③生活在不断改革的学校中，生活在乱糟糟的现实生活中，许多教师开始对自己所处的体制缺乏信任感。虽然连教师们自己都说不清这种信任感的缺乏到底来自哪里，而这种对体制的不信任，一旦产生便很难根除。它很可能不仅导致教师们以教师身份去"挣钱"，而真正可能导致其彻底放弃教育理想，才是最可怕的。

不过旁观者或各级领导很可能会奇怪：为什么教师们不明确说明这种困扰呢？一个简单的理由是：说了也没用，这是由社会现实所决定的。教师们自认为收入偏低，但并不是所有行业中最低的，甚至在国家一次次的工资调整中，还有收入日益增加的趋势。每一个教师都必须考虑"反抗成本"的问题，如果根本划不来，那就放弃吧。

今天我们重提在艺术设计学院中设立单独的"设计院"或"设计公司"的目的，不仅是学习或复兴包豪斯传统的问题了，在很大程度上，这其实是一种妥协的产物。至少在这个包含了学院各种设计门类的综合体中，学院和教师不必再在这个问题上勾心斗角，大家都可以省些力气和时间干些更有价值的事情。

这样做至少能解决或缓解一些矛盾：①我们总是试图增加学生经历的丰富性和复杂性（志愿者、校内外活动、更多样化的课程等），并认为这是增强学生能力和培养创新思维的好方法，为什么我们却吝于给教师们提供更多样化的选择机会呢？还是我们只把教师看成了"工具"，而不是一群可以而且应该不断提高能力和创新思维水平的"人"？以"人"为本难道只针对学生？②虽然不少教师都投入到社会设计项目的工作中，但必须看到，他们中的绝大多数人并不是出色的管理者、协调人，更不了解法律、法规，在日益细分的市场中，他们总是处于竞争的劣势。而学院提供的联合体其实是他们的一把大伞，他们可以只单纯做设计师、策划者，其他事情由更专业的人员来完成。客观上使得管理工作更集约，教师们的精力投入也更有效。在这种情况下，学院收取的管理费也是取之有道的，不必像现在一样，管理费的收取对教师而言更像是"苛捐杂税"。③学院可以通过这种方法，更多更全面地了解教师的能力和工作量。这是在原有体制下无法做到的。④许多学生有了一个较为可靠的实践基地。在这个基地中，他们以合作者的身份与教师共同工作。在这个过程中，他们将获得更多的缄默式知识，而这才是教学—科研—学习连结体中的精华所在。

在实践基地的建设中，我们也必须避免从一个极端导向另一个极端的现象发生，而这似乎是我们的改革一直重复的调调。①不要幻想将所有教师、学生和专业分支都囊括其中，尤其是一开始，总有个人和项目是游离在外的。有些可能是个人意志使然，也有些可能是项目本身特点所致，关键是看我们有没有"容人"、"容事"的雅量。②实践基地的管理和行政原则应是企业化的、与市场接轨的，学院不应将自己的用人模式和管理思路强加其间。否则这个艺术设计的联合体不仅无法获得市场的认可，也无法获得师生的信任。③实践基地必须有为学院培养学生的任务。事实上，即使是纯粹的设计公司也有为社会和行业培养人才的义务，更何况这样一种设于艺术设计学院中的设计联合体。④学院的管理机构等将不可避免地复杂化，对学院的学术定位和管理智慧提出了更高的要求。

3.4　管理与评估

3.4.1　行政管理的体系

1.高等教育与工业制度的联合

20世纪60年代，当时的加利福尼亚大学校长克拉克·克尔系统地阐述了现代大学的概念，但这种阐述并不是一种未来观，而是对可能成为现实的情景的描述和确认———一个庞大的"多科大学"。在那里，知识的生产被功能性地融入了占支配地位的经济、政治和军事结构之中。克尔富有洞察力的文章流露出一种美国知识分子的生活观，这种生活观在相当程度上脱离了传统意义上的知识分子和教育——作为贵族学术圈的一部分和牛津–剑桥模式所独有的对真理的追求。克尔的文章体现了对知识分子和技术专家治国型专业人员的最清晰表述，建立世界上最大的、最富有的大学综合体，是"容纳"和"再生产"知识分子和专业人员的最好途径。这种观念具有极强的美国国家和文化特色，多科大学的设想不仅让美国大学脱离了欧洲大学传统的绝对影响，也在事实上为世界各国的大学提供了新范本。

　　与旧式的、象牙塔式的学术生活相比，现代大学需要将它的努力与工业制度联合在一起，这种联合是前所未有的。大学不但没有自主性，或脱离它的环境，相反，它现在注定要成为一个具有国家目的的主要工具。它的结构和课程经过调节，以满足现代化经济不断提高的技术要求。的确，大学和经济的主要部门正变得越来越相像了。作为一个创新的"智力城"，大学现在被迫向外看，朝一个快速变化的技术世界看——而不是向内看，朝着它自身看。随着学术机构的扩张，"多科大学……表现出它对创造性的新机会有多大的适应性；对钱是多么敏感；它多么渴望起一个新的、有用的功能；在假装什么也没发生的同时，它的变化有多快；它对一些自己的古典美德忽视得有多快"[①]。

　　克尔认为，在这一语境中，教授体现出经理或企业家的特征，或同时兼有两者的特征：科学和技术世界与学术世界相结合，而且这是一个不太可能逆转的趋势。这一活动的快速节奏给现代学术用于进行批判性思考，或真正创造性的知识分子工作的时间，非常有限。甚至可以进一步说：现代大学是国家–公司教育管理的所在地，它管理和控制了知识的生产。几乎所有形式的学术成就都充满了与高度理性化制度相一致的实证主义世界观。无论我们欢迎还是仇视克尔的理论，都不能否定他描述的真实性。技术专家治国化的学院创造了一个不断扩大的知识分子阶层。学术公共领域根本不像传统自由理论所声称的那么开放和多元化。相互分离、各不相关的学科和亚学科在大学中大量繁殖。在这种准行政环境里，绝大多数学者开始像官僚一样思考，并以权力同谋者的身份而行动。不幸的是，人们仍将教授当作"学术专家"来看待，却没有意识到他们的所思、所言在很大程度上还取决于他们在行政体系中的角色。不过，大学教师们其实应该感谢技术专家治国论，因为这是大学继续成长保持活力，并继续扩张的基础。

---

① 克拉克•克尔：《大学的作用》，见[美]卡尔•博格斯：《知识分子与现代性的危机》，137页，李俊、海榕译，南京，江苏人民出版社，2002。

随着对科学准确性的追求使甚至最具人文精神的领域也充满了明确和精确的目标，学术性问题随之变得狭隘了。由于相信通向知识之路存在于耐心和无偏见的数据积累之中，学术讨论总是力争向更严格、更客观甚至更具预言性的方向发展——像哲学反思那种令人烦恼的迂回是不受欢迎的。历史上的知识阶层是一个沉浸在话语形式中的阶层。这种话语通常围绕着人性、社会存在意义等问题展开。哲学的任务是提出有关生活质量的追根究底的问题。现代性通过创造一个单调而重复的环境，改变了所有这一切，在这种环境中，哲学成为一个职业。

高等教育与工业制度的联合是具有极大欺骗性的，因为仅以外观来看，旁观者很容易将其视为"先进"教育模式而加以学习（其实在很大程度上是模仿），其中两个最主要的隐患被有意无意地忽略掉了：第一，大学越来越成为代表国家利益的权力部门之一，之前针对大学的理想和信念的论争只能停留在文字上，或偶尔被拿出来作为某种形式的论据随意使用一番。第二，这个过程也在相当大程度上掩盖了文化和制度的差异。这种对大学现实状态的描述来自美国，具有很强的美国文化和制度特征，但现在已被许多人粉饰为世界高等教育发展的新阶段，似有推行至全世界的意味。我国高等教育的基础和现状既不同于美国，也不同于欧洲，直接赶超"先进"的做法，恐怕将无法获得预期的结果。

在国家体系中，行政管理是必需的，但在当代的文化背景中，行政管理体系的一项主要作用就是保证这种赶超"先进"的高等教育改革能更高效、更有序地进行，而且这一切都被放置在维护和保证国家利益的大前提下。于是，包括艺术和艺术设计教育在内的、具有很强人文色彩的学科都不得不保持沉默，被裹胁在这个浪潮中，翻滚上下而不辨方向。

2.高校教师与学术官僚

雅斯贝斯曾谈到大学的理念和大学的建制之间的关系。大学的理念要由相应的建制来保障。到了20世纪，雅斯贝斯所重视的不是要根据大学的理念来配置大学的建制，而是要防止大学的建制失去大学的理念，沦为空洞的形式。在雅斯贝斯看来，大学的理念要靠每一位学生和教师来实践，成为他们的生活方式，大学组织的各种形式是次要的，单凭组织形式是不能挽救大学生命的。

很多时候，人们都很轻易地将一切错误推给制度，认为制度的不完善导致了不良后果。人们相信只要制度完善，就能避免各种各样的不快。但这种假设对大学却并不起多大作用。制度似有独立于大学而自由生长的趋势。在许多情况下，大学理念反倒成了不能见容于制度的"累赘"。学术与制度最不同之处在于：前者追求多样化，后者追求标准化。而在当代语境下，后者显得更"科学"。

1986年，在海德堡大学建校600周年的时候，尤根·哈贝马斯也发表了一篇以"大学的理念"为题目的演讲。他认为，战后经济高速增长背景之下出现的大学有成为行政系统和市场系统附庸的趋势。这种趋势，或许也可以说成大学的"理念"面临着被大学的"功能"取而代之的危险。对工业扩张的冲动和国家资本主义协调这一扩张的努力意味着，社会的全部生活第一次围绕着生产和工作来展开。对技术进步的着迷与新的（现代化）信念体系、文化和生活方式相一致，与无情的"传统崩溃"相一致。

对马克斯·韦伯而言，将科层制的全面影响、工业主义和大众社会的出现理论化，产生了控制和效率得以达成的新的协调形式，这种协调形式主要通过纯技术手段来实现，而这种手段被认为是最佳选择。韦伯术语中的现代性显示了人类思想和行为的一个新的"理性—合法性"框架：精确、常规、专业化、规则导向、服从、纪律。无论好坏，工业社会的巨大复杂性所要求的是持续的科层组织。没有这种组织，物质发展（更不用说政治稳定）将会遭受重大损失。因此，一方面合理化使知识分子控制和操纵专业领域的能力更强；另一方面也复制了技术理想的标准，并削减了知识分子的自由范围。韦伯的结论是，一旦科层制被牢固地确立之后，它就几乎再不可能被瓦解了。

葛兰西、卢卡其和韦伯都认为，现代性产生了一种新的意识形态霸权的形式——技术理性——它对教育、文化和社会生活整体都有重大影响。

在一定程度上，知识分子要么投身于具有很大诱惑力的技术世界，要么就得冒被边缘化的危险，技术的扩张是这种动力的主要来源。作为物质现实和合法化的意识形态，技术利用了它自己的程序和社会优先权。官僚不仅仅是为了达到某种预定目的技术工具，"是官僚将利益转化为政策的——中立的、慈善的，没有自身价值。因此，官僚不仅是管理的另一个名字，而且其内涵比管理多得多。在现代社会的情境中，它成为一种文化、一种社会过程、一种意识形态、一种生活方式"[①]。最终，现代社会里的各种知识分子工作，要么受制于官僚的仪式化影响，要么受制于市场的商业化影响，当然这些领域也处于技术理性的影响之下。

本来，人文学科可以成为（也一直被视为）制衡这种技术无限扩张的唯一有效手段，但科层制的行政管理体系极大地削弱了这个群体的力量和影响力。甚至某些人文学科在自我评价和学术建构上还非常欢迎那些带有强烈技术倾向的方法（如实证主义、绝对量化等）。于是，即使偶有一些人文知识分子的反对声音，也因其互不关联、影响微弱而烟消云散了。

技术专家治国型知识阶层的成长也许在美国最明显。战后的军事扩张加强了美

① J.P.内特尔：《权力与知识分子》，见［美］卡尔·博格斯：《知识分子与现代性的危机》，101~102页，李俊、海榕译，南京，江苏人民出版社，2002。

国资本主义的"设计"规则，它们已经培养了一个庞大的技术人员（经理、科学家、工程师和学者等）阶层，他们的工作将对社会生活产生极大的工具化影响。这种理性化从总体上看将统治的精神特质与社会进步联系在一起，产生了脑力劳动的工具化观点，这种观点将知识和操纵及控制等同起来。面对那些必须被征服和掌握的主体，人们已经排除了严格的道德关注，而赞成更实用的标准。

科学的发达在工业社会中的作用比以往更具决定性，在物质层面和意识形态层面上是一致的。科学不仅对新型话语的形成，而且对脑力劳动的形成，都是极其重要的。这种新话语与权力的关系就像与知识和交流的关系一样密切。这种技术能力更多地受到机构要求的影响，而不是个人或团体创造力的影响。就科学加强官僚权力和使职业话语合法化的程度而言，创造力的范围变窄了；知识的对象——以及它的具体应用——大部分是事先定好的，与真诚的思考大相径庭。科学技术作为话语的力量，是以实证主义者主宰整个学术生活的世界观为动力的。

作为现代性的一种表现形式，实证主义代表了一种脱离传统主义向世俗理性转变的冲动。马尔库塞在《单向度的人》中说明，作为现代性的核心意识形态部分，技术理性在发达的资本主义社会里已经进入了社会存在的每个领域。

马尔库塞认为，技术理性破坏了反抗的思想和行为，阻碍基本的社会变革和减少批判性知识分子的作用，保证技术理性达成目的的正是它所代表的中立、独立和客观。在现实生活中，技术理性作为资本主义文化的重要内容，已经被上升到政治理性的高度，与历史内容和社会内容纠缠在一起。在技术理性的世界里，任何事情都可以被解释为具有某种"功能"，从而掩盖了社会生活的许多根本冲突。无论是知识分子还是工人、农民的个体，都可以被这个庞大体系吸纳进来，从而制造了一种社会进步和被赋予权力的幻觉。这一困境是资本主义的延续，又是技术理性的胜利。

显然，知识分子不再由著名人士或先锋分子组成，而是由专业化的职业工作者所组成，后者的知识和技能对管理生活和商业生活来说必不可少。比较而言，早期的知识分子阶层是社会发展的主要原动力，是作为社会变革代理人而出现的。但随着技术知识分子、知识官僚的大量涌现，新的知识阶层对社会的控制能力越来越小。作为个人，他们可能获得了大量的收入、地位，甚至还有权力，但他们的批判性改革能力最终被否定了。这里的关键问题是，现代制度同化了脑力劳动。

在这样的时代背景下，身处大学中的教师其实不过是为高校服务的一个个学术官僚。他们被庞大的行政体系固定在各自的位置上，他们通常缺乏针对学术、文化和人类理想的真正思考，因为这不仅于事无补，还会让他们自寻烦恼。人们的创造性和创新能力也往往只能在划定的范围内小打小闹。当然这并不是说在这样的系统内，再没有任何人可以有原创性，具有极强的发明、创造能力，而是说一旦有这样的人或事件发生，我们便更应向他们卓尔不群的人格致敬，而不应以为是优越的制度给他们提供了机会。作为创新人才基本素质之一的"批判性思维能力"在这里便不仅具有学术意义，而更具有文化自觉性和斗争性了。

3. 行政管理的窘境

在学校日常教学管理中，我们经常可以听到教师们对行政管理部门的抱怨。当然，反向指责也是常见的。在行政管理中，有两个基本概念。第一个基本概念是等级性，等级最多、最鲜明的是独裁结构，最平缓的是学院结构或称民主结构。我们很快会发现，几乎在所有大学中，这两种形式都不是单独存在的，而是杂合一处。另一个基本概念是决策的统一性或连贯性的程度，它是一个层次的组织采纳和执行统一政策的程度。

科学的高速发展以及知识在整个社会发展中的中心作用，迫使高等教育承担更大的责任和更多相互冲突的任务。来自大学的压力导致知识按学科不断分化，教育的专门化和研究生教育的迅速发展，使研究不断和教学分离，在某些情况下甚至完全脱离了大学。国家和社会对大学的各种要求和预期常常有不同的价值指向，这在客观上往往加大了大学行政管理的复杂度。

现代组织通常以非个人化的、官僚化的领导为特征，但现代组织似乎都包含着上司对下属的非常个人化的、专断的统治。教授对学生的学习，往往也对初级教学、研究人员的工作，实行广泛的监督，至少形式上如此。他们的裁判，有时可能不受院校机构中的严格约束。教授个人"统治权"的存在有多方面的来源。在历史上，这种权力与中世纪欧洲的学生行会中师傅的优越地位联系在一起；在思想意识上，它受到了"教学与科研自由"学说的支持；在实践中，意味着应该能为所欲为；在职能上，这种权力建立在专门知识和推动科学进步的基础上。另外，由于教授在学术机构和国家机构中的稳固地位，他们又可获得强化个人统治的权力。最显而易见的是，在高级研究和教学工作中——例如在对研究生的论文或课题研究的监督中——个人统治就十分明显。纵然个人化的权力总有潜在的被滥用的可能，但是高等教育体制没有它，似乎就无法有效地发挥作用。因为，它渗透在研究中所必需的个人创新自由和个人教学自由的条件之中。而且，对学生个别化的言传身教，又是培养高级人才的基本方法。所以，没有个人统治权，也应该造出一个个人统治权。这是由大学的学术权力与个人权力之间存在的内在矛盾所决定的。教授与学校之间的互相指责，看上去就像是双方都心知肚明的一场游戏。

现代职业活动有两种主要的组织形式，一种是官僚体系；另一种是专业体系。很多情况下，两者是盘根错节、共同作用的。专业权力与官僚控制一样，被认为扎根于普遍的非个人化的准则之中，但这种权力的准则主要源于专业，而不是某个组织。这种权力被认为是以"技术"为基础的，而不是以"官僚"为基础。但是，论述专业权力的经典著作把这种权力过分理想化了，这些经典著作认为，专业生活的主要特征是利他主义，而且通常仅限于专业领域。然而在实践中，专业人员完全可以通过个人统治、学术团体控制、官僚化的地位和政治斗争等各种方式施展权力。以不同形式表现的专业权力可能是特殊的，也可能是普遍的；既可能朝着有利于个人同时又为社会服务的方向发展，也有可能朝着监督学生和部下并为实现个人理想服务的方向发展。

将行政管理的范围与教师们的专业权限有效分清的设想是不切实际的。这既源自在学生培养过程中二者难以截然分开的现实，也来自高校行政官僚体系自身的复杂性和教师（尤其是教授）学术权力行使过程中的不纯粹。高校中的学术（权力）和行政（权力）有些像处于婚姻中的男人和女人，二者总是有不同的愿望和夙求，争吵和指责总是难以避免的。纯粹的学术或管理体系之所以在现实生活中不能存在，因为它不能导向问题的解决而只会导致关系的解体。从这个角度上讲，学校绝不是一个纯粹的学术单位，其中也充满了斗争和妥协，而且在找到更好的办法之前，我们只能接受现实。

3.4.2　指标体系和评估

1. 创新人才培养评价指标体系举例

《教育：塑造未来奇迹的创造者》是一本比较严肃的探讨创新教育的专著，研究范畴包括大、中、小学和技术学校等，书中也的确提出了许多有见解的观点。它所列出的《本科院校创新人才培养评价的指标体系》（表3-3）具有很强的启发意义，许多方面值得学习和深入研究。

表3-3　本科院校创新人才培养评价的指标体系

一级指标	二级指标	指标内涵
办学指导思想	学校定位	学校的定位科学、准确；学校的发展规划包括学科专业建设、师资队伍建设、校园建设规划等方面，以体现先进性、创新性①
	办学思路	学校教育理念可以使学校的运行具有整体的自觉性、目的性，可以凝聚学校和社会的优秀资源，可以强化和激发师生的精神动力，推动学校可持续发展。学校具有清晰的以培养学生的创新思维、创造能力、进取精神、责任感和坚韧性等为核心的目标；产、学、研结合机制完善②
学校管理	管理制度	学校的管理制度科学民主，刚柔相济，能充分体现广大师生的参与性、灵活性

续表

一级指标	二级指标	指标内涵
学校管理	管理模式	学校管理的理念要以人为本③，管理的方式方法、目标和措施等要体现多样化、层次性；学校的管理队伍素质好、水平高
	管理效果	学校管理对学校的建设以及调动广大师生员工的积极性和潜能的开发发挥的作用④
专业建设	专业设置	专业结构与整体布局符合市科技中长期发展的要求以及高质量的创新人才培养的需求
	专业改革	专业人才培养模式不断进行创新与改革
	教学氛围	课堂气氛活跃、师生互动明显，学生的学习态度热情、充满活力；教师严谨有度、激励有方
	实践教学	实践教学内容与体系有利于学生运用所学，巩固所知；在实践中感悟新知识、培养新能力
		实习和实训基地健全，使学生在实践教学阶段，密切联系实际，培养发现问题、解决问题、创新技能和知识的能力
		专业实验室齐全，开放时间足以满足学生的需要
		开设综合性、设计性实验，学生积极参与
	创新教育基地⑤	学校建有创新教育基地或创新教育中心、课外科技活动中心等，为研究和实践创新人才的培养提供支持平台
教学改革	教学改革	课程体系要具有时代性、探索性、综合性、实践性以及人文性和个别性，教师教学要关注学生智能领域与非智能领域的统一，教学方法与手段要新颖多样
	考试改革	课程考评不单纯按分数定高低，要从多角度、多侧面进行评价，设计并运用多种考评方法全方位地、尽可能地发现学生的闪光点，挖掘学生的潜力
	创新素质测评	学校要开展学生创造力的实验或创新素质的测评活动⑥
教学研究	教研立项	学校要有一支较强的教研队伍和较高的课题立项水平
	教研成果	取得的成果及在推动创新教育教学中的应用情况
教学效果	基础理论与基本技能	学生掌握基础理论与基本技能的实际水平，学生的动手实践能力
	学生的态度	学生具有勇于创新的精神、积极的终身学习的态度、不畏艰难困苦的毅力等
	社会声誉	社会对学校创新人才培养的评价与认可情况
科学研究	学科方向及学术队伍	学校要有优势学科或特色学科，学科带头人及各研究方向的带头人成果显著，可在本学科的创新人才培养中发挥主力作用
	科研项目和成果	学校要有国家级或市级重大科研项目，教师或学生要积极参与科研，扩大学术视野，提高科研技能，为培养创新精神和创新能力发挥作用；学校的科研成果有较高的转化率，有较大的社会影响⑦

续表

一级指标	二级指标	指标内涵
科学研究	科研经费和条件	学校要保证足够的科研经费，有国家级基金项目、重大攻关项目以及横向合作项目等多种科研经费来源；学校的科研仪器、设备、实验室齐全，科研组织与管理方式严谨，经常进行学术交流与国际合作研究，并互派学者、教授访学或进修
	学生参与科研程度	学校领导要重视学生参与科研的工作，为学生积极参与科研提供各种条件和环境，教师要在组织、协调学生参加科研工作中起指导作用

研究表3-3可以发现，表中列出的某些方面或具体提法仍需推敲，这可能是研究者讨论或表述不够深入所致，也可能是在某些方面不得不屈从于流行的话语体系。具体说明如下。

① 没有明确说明学科定位怎样才算是真的科学、准确，如何衡量。作为指标体系，如果无法衡量，就很难操作。原文主旨可能是要求学校定位必须保证软件和硬件两个方面的"先进性"和"创新性"。但在实际工作中，软件的提升的确比硬件的提升更艰难，也更难以度量。一旦这样的评价方式推行之后，各学校对硬件的追求一定会超过软件：毕竟只有这个办法能更快、更有效地获得指标得分。这是一个典型的被评定过程扭曲了评价初衷的例子。

② 并不是所有的学校都适合产、学、研结合的机制，这应与其办学宗旨和实际情况相结合考察，而且，学与研可说是一般大学共有的特征（虽然，"研"的比重可高可低），但"产"则未必是办学的充要条件。

③ "以人为本"是一个说了太多，而意义不明的概念。学校内部事务很纷乱复杂，我们到底在办哪些事情时，以哪些"人"为本？学生，教授，年轻教师，行政人员？……事实上，许多事情的操作中，以一方为"本"就很可能意味着对另一方或另几方的"放弃"。就学校的日常工作而言，这是一句大而无当的话。

④ 这是一种很奇怪的提法：一方面，就评估"管理工作"来说，没有对管理效果的评价，在逻辑上说不通；但从另一方面讲，我们也很难在一所学校和另一所学校的具体管理效果之间进行比较。毕竟各学校所处的具体环境不同，内部特征不同；甚至因为被调查者的个体差异，我们还可能在同一学校中获得完全相反的结论。或者我们可以说，高素质的评估人员完全可能在评估过程中通过参观、谈话、听课等就基本了解了学校的管理水平。私下里我们一般都认可这个观点，但如果上升到"客观"、"公正"等评估要求的准则层面，这些个人体会，又会因其可能带有个人色彩而饱受诟病。

⑤ 本表格中的其他纰漏或不足我们都可以理解，但这一条最让人无法接受。谁都知道创新的思维能力培养（无论是针对教师还是学生）都不会因为是否有这个基地

而有所不同。中国改革的推进也绝不是因为有了"改革办公室"才完成的。也有人会说，虽然"改革办公室"并不具有什么实际作用，但它的存在的确提醒了人们领导对此事的态度。如果这种事情只发生在行政管理部门，我们可以不作评论；但如果类似的机构设在学校中，这无疑是在提醒大家，学校也不过只是一级行政管理机构而已。更严重的是，这很可能导致任课教师不再以自己创新能力的提高和培养学生创新能力为己任，因为反正自己不是那个"办公室"或"基地"的成员。

⑥ 这一点的可操作性也让人存疑。测评的结果一定是要有高低的，我们的问题在于：是不是所有的创新能力都是可以通过测评体现出来？成绩高下确定后，教师应如何对待？学生应如何看待？当我们急于了解自己工作的成果之时，我们是否考虑过学生的感受？学生不是"产品"，不能以更多的检查、测评作为提升质量的主要途径。学校的存在目的是培养"人"。如果我们没能找到既能评价学校工作成果，又不至伤害学生心灵的办法，我们宁可不做。在这种测评中的"以人为本"到底体现在哪里呢？

⑦ 这是最让艺术设计学院头疼的一项。我们几乎无法获得国家级或市级重大科研项目。在当代中国的社会生活中，人们的精神需要、文化重塑常常显得没有环保、航天、能源等学科重要。更何况这种成果难以度量——如同学生的创新能力无法度量一样。

整体说来，这个表格所列的范围和项目较为全面，但也很难避免目前我国教育评估（尤其是高校评估）中的一些常见缺欠：

第一，无论是具体的文字提法，还是设列部门、办公室等办法都有着明显的行政思维痕迹，甚至具有官僚主义色彩，对学校在这个过程中的实际操作方法和难度考虑不够。这种评估很难让教育第一线的从业者们所信服，当然也一定不能达到预期的目标，只关注目的的"好"与"坏"，而轻视操作中的可行性是官僚体系的通病。

第二，因为有了这样的执行方式和一定不会完美达成的收效，这种评估一旦实施，其实加强的是官僚体系的影响力（高教主管部门针对学校，或学校行政针对学术），而并不是保证了学术的自由度，虽然评估的初衷未必如此。

2.目前我国教育评估存在的问题[①]

目前我国教育评估存在以下问题。

（1）政府评价主体的单一性对学校的主体性发展形成了制约。在教育领域，办学主体、投资主体日益多元化，不同的价值主体会有不同的需求，学校从自身的发展需求出发，也会为了尽可能地满足多方面的合理需求而作出不同的判断，从而形成不同

---

① 以下内容的基本结构沿用了《专题报告10：创新人才培养评价体系研究》，见《教育：塑造未来奇迹的创造者》，265~295页，李宣海、沈晓明主编，上海，华东师范大学出版社，2007。

的办学风格，这就对我国对教育评价体系的开放性提出了要求。但我国长期以来单一的政府主体对学校的评价模式不仅无法有效反映这种多样化的市场需求，而且也导致了教育行政部门的政、事不分，在一定程度上还对学校的主体性发展形成了制约，既影响学校的内涵发展，不利于学校创新人才的培养，又削弱了学校主动为社会发展服务的效能。

当然这并不是说评估不可以或不应该来自政府，而只是说政府的评估应只是评估中的一部分，它并不能直接对学校中所有方面兼有指挥权。更何况，如果仅从投资渠道看，许多学校本来就属于政府，来自政府的评估总是会有上级检查工作的意思，评估者和被评估者都会有这样的心理基础。大家唯一想做的就是避免错误，而真正能针对教学、学术和管理展开的讨论，几乎是不存在的。

（2）大一统的评估标准与个性化的学校发展要求不相适应。我国目前的政府评价过分强调了大一统的评价标准，忽视学校发展的差异性，在很大程度上，不能有效地调动学校发展的积极性和主动性。个性化发展的学校、有特色的学校日益被同化为清一色的统一面孔，对学校创新人才的培养造成不利的影响。艺术设计学院成为首当其冲的受害者。目前正在进行的我国普通高校本科教学水平评估，在全国各地高校发展极不平衡、国家财政投资不等、各校拥有资源不均的前提下，对"985"、"211"高校，一般性院校等采用"放之四海而皆准"的、统一的评估指标体系，就显得不够客观、公允。当然，我们相信这个结果并不是政府主管部门的初衷，但是以国家行为为基础的操作模式一定会带有"大一统"色彩，无论是进行评估，还是别的工作，都如此。

（3）政府集"管教育、办教育、评教育"三权于一身的垄断性导致了教育管理责任的模糊性。一直以来，政府对学校的管理是全方位、全过程的。学校的行为动力均来自政府的教育行政主管部门，按照政府的指令办事已成为学校的行为惯性。尽管随着改革的深入，政府有意识地表现出要下放权力给学校，但至今学校的办学自主权仍受到很大限制，学校受政府控制的局面仍未打破。从管理学上讲，权利与责任是紧密相连的，政府对学校具有高度的管理权，政府对学校就应该负有主要的责任。学校只不过是政府决策的执行者，只能负次要责任。学校培养的人才质量不高，政府应该是实质性的责任人，学校只能是程序性的责任承担者，两者有着重要区别。而在现实中，政府主管部门却成为学校管理绩效的评价者、学校教育质量的评判者。这也是许多学校对政府主管部门心生不满的原因。在这样的背景下，政府出面的针对学校的评估，首先就无法获得学校的好感，学校首先考虑的往往不是如何提高教学科研水平，而是如何应付评估。只有把政府、学校之间的权利和责任界定清楚，评估才能真正有效地达成。

（4）政府管理能力的有限性与评价的专业性要求之间存在矛盾。一般而言，在政府部门工作的人员属于公务员，其处理公共政务的能力要高于处理专业事务的能力。政府在计划、决策、组织、协调等方面属于内行，但在专业性较强的评价事务方面却未必得心应手。即使政府有关人员在终身学习的环境下，及时更新与补充有关评价的专业知识，但其评价的质量水平、效率效益以及评价结果的公信度等方面都无法与专业性的评价机构相提并论。这种政府管理能力的有限性与评价的专业性要求之间的矛盾不利于评价功能的有效发挥，长期下去也会给政府的教育管理质量造成负面影响。

（5）被评者与评价者在评价过程中地位不平等。目前我国占主流的政府评价一般都是由教育行政部门直接或间接地组织有关专家"自上而下"地进行。学校在政府行政评价的指令性要求下，无条件地接受评价。在这样的评价过程中，评价者与被评者的地位是不平等的，双方缺乏相互的信任，阻碍了真实信息的交流，评价在这里仅作为一种判断、苛管的手段在运用，而没有作为一种理解、建议的手段得到被评学校的信赖；而且这种评价行政色彩浓厚，容易陷入"就教育评教育"的误区，阻隔了学校与社会相关利益主体的联系。因此，这种评价不仅不能很好地发挥促进学校教育改进质量的作用，在一定程度上还会产生反作用。

（6）社会评价、学校自我评价发育得还不太成熟。如果说我国的政府评价是个二十几岁的小伙子的话，那么社会参与评价、学校自我评价在我国则可以说还是个婴儿。尽管社会评价受到越来越多学校的重视，但现实表明，社会评价还远未成气候。社会评价在这里意指非政府的社会机构或组织部门参与或主持的有组织的学校教育评价。企业、行业领域的人员参与教育评价的活动也很少。当然，我国学校自我评价的意识、能力和水平都十分有限。不过，这两种评价体系为何迟迟不能建立，倒是个值得研究的问题。虽然我们在讨论学校与政府职能部门的关系时，认为学校处于"弱势"，但如果拿学校和一般性社会机构，特别是民间社团相比，学校通常是占上风的。这时任何非政府的评价体系都很难建立起来。更何况，我们都很清楚在中国任何学校内部建立有效的评价体系也几乎是不可能的。就是说，虽然我们可以指责政府的评价有些"恃强凌弱"，但如果没有政府的评价，那就没有任何针对学校的评价了。所以，应该考虑政府评价、社会评价和学校自我评价体系同时建立，不能指望"一个接一个"的完成方式，毕竟三者间是互为条件、互为因果的。

（7）评价机构的资质有待规范，评价人员的专业水平有待提高。目前活跃在各级各类教育评价领域的组织机构主要有政府的相关职能部门和专门的教育评估机构。由于这些组织有的是行政权力部门，有的是行政事业单位，还有的是民营性质的机构，各自拥有的评价权力、评价人员、评价资质、评价资源都不相同，因此，在操作中难免有一定的冲撞与矛盾。从现实看，我国无论是官方的还是民间的教育评价机构都未经过资质鉴定，如此一来，评价结果的合法性、有效性也令人质疑。另外，评价机构的人员多来自教育行政部门机构改革分流人员，退休人员，以及从高校新近毕业的大学生、研究生，他们中间接受过教育评价专业教育与培训的人员相对较少。评估专家缺乏，评价人员的专业性不足是目前评估机构发展的瓶颈之一。评价是一项技术性和综合性很强的工作，要求高水平的从业人员。评估机构自身不过硬，再好的评估结构也不能保证预期效果的达成。

（8）教育评估的运行机制亟待完善。从评估项目的来源看，评估项目资源的统筹还不到位。这种情况会产生几方面的不利后果：第一，造成专门性的教育评估机构内部项目来源多寡不均、部门功能混乱、地位高低不等的矛盾；第二，学校迎评负担过重。由于评估项目比较凌乱，各教育行政主管部门均可安排评估项目，有些学校一年内甚至要接待来自教育行政部门多达六七项的评估，各评估项目又缺乏以培养学生创新精神和实践能力为重点的共同主线，给学校正常的教育教学秩序造成了一定影响；第三，由于没有强制性的项目统筹政策规定，教育行政部门的评估项目有时可能会由于种种原因，被指定给一些不具备评估资质的机构开展，这为教育评估的质量与公正蒙上了一层阴影。

政府与专门评估机构的关系还不够协调。由于评价项目与经费均来自教育行政部门，因此，教育评估机构得看教育行政部门的脸色行事。这与过去计划经济时代的评估有形式上的变化，但没有实质性的差别。

（9）教师评价、学生评价存在缺陷。从微观层面看，学校较多地注重教师的教学成果评价，忽视了教师的专业发展评价，侧重的是以外在的压力来激励教师的教学，而忽略了用内在的发展动力去激励教师的教学热情和创新精神。就学生评价而言，多数评价仍是以区分和筛选为主要目的，以考试为主要手段，学校和社会各界对学生质量的评价过于简单化，基本上是只看分数。评价过于强调认知能力的促进，忽视对学生的精神世界、学生的个体差异、后进学生的优秀品质、成绩优秀生的不足之处等方面的评价。现实中，以昨天的眼光看待今天的学生、以成人之心度学生之腹、看不到学生身上的发展潜能等现象在学生评价中还时常出现。

（10）科研效果与教学成果评价的深入程度不同。针对那些教学、科研并重的学校，无论是针对学校、专业还是教师，对教学和科研的评价都是必需的。但在目前的体系中，科研的成果相对容易评价。教学成果则难以公允评价，使得高校内有着重科研、轻教学的趋势，因为对教师们来说，科研成果往往是最容易与晋升、提级、涨工资相绑定的指标，教学则是个毫无收益的"无底洞"。当然实际上，即使是科研方面也存在着盲区，艺术设计教育中的许多研究课题因难以达到国家、部、省、市级的

"规格"要求，而在经费、评估模式上难以归类，便被搁置起来。而且，即使单独为艺术设计院校设计评价标准，也会遇到各种困难。比如不同的院校可能有不同的系、专业、研究方向的设置和归类方式，两所院校很难在这个框架内进行有效的横向比较；教师们的学术影响力通常也无法量化，难分高下；甚至同一院校内，不同专业的教师可能根本不清楚另一专业教师的主要工作内容……于是，我们也便不难理解艺术设计院校对这种自上而下的评估有诸多不解和无奈的原因了。

3.要不要评估

虽然我们对现行评估模式有着各种各样的不满，但彻底取消评估也是不明智的。

第一，评估是对某学校、学院、专业在一段时间内工作是否正规化的一次督察。事实上，评估前的自查工作比评估的成果对学校发展更有意义，也在另一方面督促教师和领导们重新思考学校的办学宗旨、模式、管理方法等有哪些不足。

第二，在入学人数激增、学费高涨的今天，没有评估作为中间环节，学校无法向公众有所交代，这是在一个人人要求接受高等教育，人人要求付出（金钱和时间等）有所回报，人们日益要求平等、日益重视个人权力的社会中，高校必须付出的代价；如果看得积极一些，这也是高校应承担的社会责任，总之是一种无法回避的社会现实需要。

第三，如果运用得好，评估其实也是制衡。评估可以有多层次、多侧面之分，也可以有针对学校或教育主管部门的评估，而且如果评估的结果能在较大程度上公开、透明，我们便很容易发现在这个过程中哪个部门、哪个学校或哪些教授并未很好地行使自己的职业或学术权力，也可使得置身于庞大教育体系中的每个老师和学生能近似真实地了解国家或本专业教育的发展实情。

不过，在这个过程中我们要谨记：评估中的效率和公正性在很大程度上是不能共存的，艺术设计学院中尤其如此。所以，评估是高校教育工作的一个必要维度，但并不是一个完全可信的维度。

无论来自何方、何种层面的评估，其操作方式必须是行政运转模式的，这种模式的执行人通常有追求所谓公平、公正的动机，而在实际操作中却有忽视它们的趋势。任何评估的成果必然以文字形式存在，但文字并不是真实的世界，而且在现实向文字的转化过程中，调研者和被调研者往往会被公共话语模式主导而有心理暗示。在评估中，为了追求公正，还常采用诸如设置参数或系数的方法，比如教师的科研能力、教学成果各占其自身水平评价的百分之多少……这样一来，我们不仅要对教与研比重的大小争吵不休，还会对更偏重于教或更偏重于研的教师另眼相看。

　　虽然艺术设计院校内部的专业差异大，每个教师和学生又有自己的特点，在决策中的相对公正也不是完全不可能达成的，但这种公正性的达成在相当大程度上是要牺牲效率的，必须花费大量的时间和精力去与之沟通，了解个人的好恶、性格、工作习惯等之后，才有可能达成。而在任何评估过程中，这种做法都是不现实的。

　　还有一种模糊的认识，许多人以为对学校、专业、教师和学生的管理，只要输入电脑被数据库化了，事情就容易多了。按照这个逻辑，学生、教师的学习工作成果、课程讲义、分数评定、个人档案等统统都输入数据库，一旦需对某个人、某个学术群体、某个学校进行考察时，看看数据库及其排序便一目了然了。就评估的真实性而言，这种想法可能更危险。

　　第一，电脑、网络、数据库只有在人们都在使用的情况下，才有实际效果，也才能减轻工作量。当一部分人，尤其是艺术设计院校中，许多教师没有使用电脑和网络的习惯时，这种做法其实只能加大行政人员的工作量，徒增教师的烦恼，而无法建成完整的数据库。这是许多艺术学院和艺术设计学院的共同局面。

　　第二，数据的记录往往代表的是更加"平面化"的实际情况。虽然它看来很清晰，但我们并不是要对数据本身进行评估（因为大小和顺序已经清晰可见），而是要对数据背后的情况进行评估和分析。而找到背后的根由，并不是一般评估参与者能胜任的工作。这个过程一旦处理不好，完全可能导致评估过程和成果的扭曲。

　　第三，数据库的模式其实是行政管理模式的一次深化和强化。它对学术发展有着行政体系的正面和负面影响，但它更具有隐蔽性，在较好的情况下，它并不是通过介入和干扰教师、学生们的生活（比如要求他们不断地填表）而实现的。所以，当事人往往并不知道他们的哪些数据在何时已被集中掌握，他们也无法了解自己的信息被何人、何部门所分享，在涉及授课所用的课件时，还往往引发版权使用的分歧。

　　无论是在学校管理，还是评估过程中，数据库的方式都应慎重使用。高校教育和管理是社会生活的一部分。它也以两种形式存在着：文本状态和真实状态。社会生活的复杂化使得二者愈发分离，渐行渐远。而一旦我们只以其中一方（文本状态）为主要依据，势必导致远离真实的生活，这不仅达不到设定评估方式和体系的初衷，还会使评估与教育分离，导致教育领域中不同群体的相互隔裂和怨怼，使得本已危机重重的高等教育体系还面临着来自内部的瓦解力量。

第4章　多元化大学

4.1　多元化大学

4.1.1　大学忘记了什么

在讨论了当代中国大学，尤其是在人文和艺术设计学科教育中面临的种种难题之后，是时候来想想在当代的世界和国家背景下，大学应承担哪些使命的问题了。

"请记住：我们的大学是为了公共利益而建立的。它拥有辉煌的历史。发展道德和智力是我们的主旋律。大学的发展和真正福祉从来都是与我们国家的命运休戚与共的。这座大学至今取得的所有伟大成就，就需要我们发扬光大。"[①]

"我们需要通过享用自由来考验这个自由的文明社会。但是如果我们以自由之名不务正业，或碌碌无为，或汲汲于一己之利，那就是文明社会的失败——我们的国家如此，美国的大学更是如此……建立文明社会的斗争不仅发生在战场上，也发生在车间、课堂、实验室、图书馆里……建设文明社会最关键的，是把青年培养成为能造福世界的人——他们不仅需要创造富庶的物质世界，更需要成为精神世界的楷模，需要通过教育让他们达到至真至善的境界。"[②]

从这两段话可看出，至少在20世纪早期，即使在美国这样实用主义盛行的国家中，大学仍被赋予了理想主义色彩。不过，如果我们以为今天的大学仍是如此，则大错特错了。在世界上许多国家的大学中，人们不再真心实意地关心年轻人的心灵和品德，虽然在表面上谁都不愿意承认这一点。

---

① 亨利•希金森（Henry Lee Higginson）1901年10月15日在介绍哈佛学生联谊会（Harvard Union）时的讲话，载[美]哈瑞•刘易斯：《失去灵魂的卓越：哈佛是如何忘记教育宗旨的》，侯定凯译，上海，华东师范大学出版社，2007。

② A.劳伦斯•洛厄尔（A. Lawrence Lowell）1916年给耶鲁新生的讲话，同上。

今天的情景一再提醒我们这样的现实：学校的内涵已经发生了变化；课程内容比以前更丰富了，但课程已不再围绕那些普遍认同的价值观和理念来设计，而且无论是教师还是国家的教育主管部门也搞不清楚人们到底普遍认同什么；教授们依旧在给学生们打分，但这些分数已经演变成为找到更好工作或考取研究生的依据，而不是教师向学生提供的教学反馈；纪律制度已经愈发松弛，而且在社会舆论的怀疑中和学生的反抗中已显得支离破碎，不再是进行道德教育、帮助年轻人成长、培养具有责任感公民的途径。简言之，大学已经忘记了更重要的教育学生的任务，忘记了本科教育的基本任务是帮助十几岁的人成长为二十几岁的人，让他们了解自我、探索生活的远大目标，毕业时成为一个成熟的人。

当然我们可以自我辩护：大学作为知识的创造者和存储地，特别是对学术的追求，较从前有了更长足的长进。但这不应成为在实际教育中放松对学生灵魂塑造的借口。两方面不应厚此薄彼。我们并不是说所有大学任课教师都放弃了对学生精神世界的培养，但麻烦在于，科研项目等可以直接为学校和教师个人带来名望和经济利益，在当代社会中，这种驱动力显得更强大、更有效。甚至我们对在校生和毕业生的诸多评价，也往往将重点放在一些可见的，甚至是短暂的、功利的指标上，而年轻人的道德水平、价值观念、人生理想、政治追求都因其难以度量或者易找麻烦而乏人关注。

这样看来，"通识教育"的提出，其实更具有一种折中色彩。通识课程的本意是为了传授共同的价值观。1945年，哈佛大学出版了《自由社会的通识教育》的报告。报告认为，通识教育不是一般意义上的知识教育，而是肩负了特殊的使命。它需要将学生塑造成有责任感的成人和公民，同时培养学生完善的人格和认识自我及世界的方法。任何简单的事实都不能构成通识教育的内涵；公民社会需要不同背景的人们具有共享的价值观。通识教育的核心是继承自由和人文的传统。单纯的知识学习或技能培养都不能帮助学生明白我们的文明得以源远流长的基础是什么。除非在学生成长的每一个阶段，都让他们持续地、带着价值批判地接触这些自由和人文的传统，否则通识教育的理想就是一句空话。简单说，通识教育就是：当你接受了教育，又把当初学到的内容忘记后，最后还剩下的东西。尽管我们对通识教育抱有厚望，但也必须明白，在知识被分割为碎片，知识分子被分化为不同群体的今天，通识教育的价值和实现，其实就像洪堡的大学理念一样，只提供了一种"教义"，但并没有为我们指出达成理想的途径。

具体到中国的实际情况来看，大学应与政府的行政体系保持一种友好而疏离的状态。大学不是政府机构的下辖部门，也不应被要求向政府提供系统化的智力服务。大学的存在价值就在于其相对独立和冷静的视点。不过还要强调一点，在当代中国，那种学术自治的提议恐怕也难逃破产的命运。我们无须再讨论中国的传统社会中，"学术"和"政治"是如何纠缠在一起的，只需了解前文中一再提到的：即使在那些一直倡导学术自治的西方国家，真正的学术自治如今也并不存在了。无论是从历史，还是现实的维度中，我们都找不到中国大学"自治"的坐标。事实上，"友好而疏离"的状态，是政府、大学和教师三者都相安无事的最好模式，而这种模式是否运转有效，几乎都取决于政府官员的胸怀和大学校长的智慧。从根本上说，在大学里理性和真理之风必须压过对权力的滥用，这是大学存在和品质保证的一个重要支柱。其另一个易被忽视的支柱是：教育或学术问题上的不同意见，是通过政治而非学术的方式来平衡的。

负责任的大学更应该鼓励学生们思考一些令人不安却富有哲理的问题；不能只注重向学生们传授知识而不是智慧，但是无论学校、家长，还是社会，都不会真正支持学生们思考和讨论那些令人不安的问题，不管它多么富有哲理。因为我们无法确定，这种讨论会把学生带往何处，我们认为学生们是文化、经济和国家发展的未来，这种不知所终的讨论可能会使他们突破前人划定的轨迹，我们总是不相信他们自己寻找出路的能力和判别力。而且讨论最终可能会超越现有能力和体制的框架，变得无法收拾。当然，谁都清楚，没有这样的讨论，学生们的分析能力、批判思维、人生智慧和创新能力难以有效拓展，但人们对此并不真正在乎，因为他们早已把培养创新能力和学生综合素质的工作交给了学校，学校是一个现成的替罪羊，而且也并不总是那么无辜。

现有课程很少帮助学生把我们共享的文化遗产运用到对当前有争议问题的思考和讨论中。学生们只是在课下讨论一些他们真正感兴趣的敏感话题。但这种讨论往往以谁也无法说服谁而收场，甚至在"年轻气盛"中，学术争论还会导致人际关系的紧张。没有人能切实指出学生在思考和讨论中的缺陷和闪光点。学生们很可能最终是带着那些明显片面或偏颇的观点而离开学校，甚至即使他们能有所谓的正确选择，也是知其然不知其所以然。虽然大家都明白，只有当个人已有的价值观受到挑战的时候，真正的价值观学习才有可能，但在学校生活中，那些大家都不说但大家都清楚的"禁区"还是不要触碰。

当然，学校也有自己的法子，它将通识教育分成了一明一暗两部分："暗"的部分是指对学生中的小团体针对"令人不安"问题的讨论睁一眼闭一眼，只要不越线即可；"明"的方面就是将通识教育偷换概念，化约为"通识课程的教学"。这两种方法是非常实用的，既可把学生的不满降至最低，也可使校方、家长、社会三者的意愿达成共识；更能让学校自我标榜，成为推行通识教育的急先锋。而通识教育本身的厚重和宽泛被以课程的多寡、教师学历的高低、所占学分比重等技术性话语所取代，对通识教育的推崇被对通识教育的推行手法所篡改。

或许有人会想象出这样的情景：在无所不包的现代知名大学里，学生可以各取所需，开列一份"菜单"，让学生可以自主选择所需的教育。在这种"学生自助餐厅式的教育理论"下，人们不再需要权衡什么知识更重要，人们也不用判断对于有教养的公民来说，哪类知识更有价值。这一切试图说明：解决我们日常生活困惑所需的人格、道德和基本的行为准则，都不在大学教育范围内。

在很大程度上，这并不是大学的一次进步，而更是一次退却：面对来自各方面针对大学的指责和国家经济的快速发展，大学已无暇认真思考哪些专业到底应更倾向于哪类课程，于是给学生们提供"套餐式"或"超市式"的课程选择模式，以逃避人们对课程设置方面的指责；面对已经被彻底击碎的伦理观念和价值体系，大学可以将不同理论者的观点和著作罗列杂陈，以逃避为国家、为人类培养具有卓越灵魂的青年人的责任。导致大学教育缺乏系统性的部分原因来自社会。大学不是消费文化的始作俑者，大学也是消费文化的牺牲品；学费上涨也不是大学自己能左右的，大学和其他社会机构一样遭受了相同的经济大环境的影响。大学的失职之处在于：它们没有在合适的领域、以合适的方式抵御这些不良的社会影响；而是随波逐流，甚至为此摇旗呐喊。

4.1.2　学者团体

1. 知识分子阶层的崛起

在过去的一百年里，知识分子的意识形态影响已经有了巨大的增长，尤其在工业化世界里。在那里，现代性意味着孤立的传统精英阶层的黯然失色和扩大的理性化知识分子阶层的兴起，这一阶层依附于启蒙运动的理性价值观、世俗主义、科学和技术进步以及对自然的控制。然而，这一影响付出了很高的代价：现代知识分子已经失去了他们全面的、普罗米修斯式的能力。现代性却以技术、大规模组织、专业主义标准等形式施加一整套新的限制。大学本身正是这类限制最集中的体现。大学在技术专家治国的大众教育时代，已经将越来越多的知识分子作用吸收进了它的领域之中。对现代化影响的感觉没有什么地方比在高等教育体系内更为强烈了。在高等教育体系中，作为古典学者、哲学家或文学人士的传统知识分子，已经被技术专家治国型知识分子所取代，他们的工作与知识产业、经济、国家和军队有机地联系在一起。

现实情况是高等教育正全面地融入与经济利益有联系的并为之服务的企业——国家网络之中。自我封闭的学者团体的理想只受制于那种理性和公正的更高价值观。这种理想今天已经过时了，已成为前工业秩序的一个即将被抛弃的遗产。随着整个社会各个层次的合理化，教育制度也进一步扩张以吸收新的物质功能和意识形态功能，创造新的拥护者，以及培养与企业、政府和军队的伙伴关系。从物质上来说，大学通过产生必要的劳动力形式，进行由税款支持的研究和发展，并帮助吸收剩余劳动来使资本积累变得容易。从意识形态上来说，学术机构是合法性的一个主要源泉；它们将大部分人口社会化（教师、学生、管理人员、科学家、技术员等），并使之融入复制系统的思想和行为模式，如竞争性的个人主义，服从专家和专业化。大学内部的学术工作、课堂社会关系和权威机构都受到了经济利益集团和官僚利益集团的深刻影响。高等教育是一种环境，在这一环境里，技术专家治国型知识阶层接受训练并通过学习获得所有的重要证书。

克尔的"多科大学"的出现反映了教育制度被设计来满足公司资本主义需要的程度，并继而满足国内政治、军队和外交政策要求的程度。也许，这种关系在任何别的地方都没有像在美国一样表现得如此直接和明显；第二次世界大战后的美国学术界在几乎每个学科里都进行了大量的工作，这些学科被用于使既定的阶级和权力关系合法化。

与大众媒体、文化产业和法律制度一起，教育制度（而不仅是大学）在现代社会里发挥着主要的领导作用。与作为一个孤立的学术领域的大学神话相反，它与政治、劳动、文化、法律甚至家庭生活的联系更加广泛了。技术专家治国型知识分子自身是资本主义合理化的产物，在这些领域和学术环境之间存在着部分相同之处：它的优先权是物质增长、制度稳定和社会自主性。这些都与职业专家的标准和科学客观性相一致。这些义务适合社会等级制度，这种等级制度反映了技术专家治国论的精英们在劳动分工中的特权作用。无论在自然科学、人文科学或社会科学里，趋势都是学术话语的日趋狭窄。

专业知识阶层的概念首先是由法国哲学家提出来的。它带来一种希望，即理智的不断成功将促使人性朝社会进步方向前进。与早期的技术专家治国型雅各宾主义者（圣西门、孔德和其他人）一样，专业人员（经理、工程师、学术人员、医生、记者等）能凭借他们的教育、专长和社会作用对权威提出特别的要求。这种早期的雅各宾主义者把新兴的专家当做追求政治理想的知识仲裁人。在美国，专业主义有助于使19世纪中叶业已成形的工业化秩序合法化。在一个具有威胁性的冲突和变革特点的世界里，由于人们普遍担心崩溃，专业阶层的扩张常被视为对制度效力和连续性的一种保证。它的确在实际上为资本主义的危机倾向提供了一种制衡力量。在混乱的世界里，这种提供方式是意识形态稳定的源泉。

许多人认为，专业阶层将很可能阻止资本主义向经济衰退和道德堕落的滑行：集体目的的道德规范和公共责任感可能会最终战胜普遍存在的个人主义和经济自我利益。然而，事实并非如此，专业无私的理想结果变成了一个神话。早期技术专家治国论的乐观主义者"没能认识到，作为对市场经济社会的自我利益问题的一个补救方法，专业主义是以火救火的事，是以一种竞争对另一种竞争，一种自我利益对另一种自我利益"①。

---

① [美]卡尔·博格斯：《知识分子与现代性的危机》，127页，李俊、海榕译，南京，江苏人民出版社，2002。

产生技术专家治国型知识分子的现代化过程也导致了国家–公司权力的扩大。尽管专业技能对经济发展非常重要，但是脑力劳动自主性却被限制在某种程度内。在这种程度内，这种专业技能被动员起来为更大的利益服务。普遍性、开放性和创造性的专业标准经常受到一个从不分享那些优先权的权力结构的破坏。然而，这种自主性的失去，并不意味着特权地位的丧失。相反，正是专业人员维护自己精英地位的能力最终使他们远离了工人阶层，而工人阶层本应是他们的创造性观点和能动性的受益者。这是我们经常看到的情形，工程师和工人虽然可以属于同一个工作团队，但他们所隶属的阶层是不同的，也以不同的选拔方式进入生产过程中。事实上，当人们更注重工程师阶层所代表的脑力劳动和领导阶层时，工人的价值和意志便受到漠视。

到20世纪中叶，在西方国家中专业知识分子已经确立了自己为一种合法性的新来源，这种合法性在它起作用的地方能帮助资本主义毫不费力地面对阶级冲突。事实上，专业性极强的交流方式的魅力在于可以很好地取代自由理论，这种自由理论像技术专家治国论的教条一样，否认了大众民主的可能性。那种认为专门知识如同商品一样是自然的、不受个人感情影响的错觉被用于隔离专业工作，同时又削弱了"外行"在公共论战中的作用。技术专家治国论的意识形态可以而且容易被那些通过获得权力而使自己对专业知识的要求得以加强的人控制。同样，尽管大众教育有赋予权力的一面，但是，就大众可能在意识形态上被剥夺公民权而言，专业主义能产生"反民主"的结果。专业人员的霸权事实上大部分是在自由民主的框架之外得以确保的。

如果专业化而客观的知识在专门知识的领域成为合法性的一种源泉，那么，它就无法为社会提供一种全面的文化方向或政治方向，结果就出现了科层生活中所特有的专业人员工具化的文化形态——这种现象在现代大学里最容易见到。知识分子作用在意识形态范式内得以发挥，这种意识形态范式由专业规则并最终通过官僚权力来实施。批判性思维要么被压制，要么更多地局限于专业活动的边缘。

当然，在社会科学、人文科学和艺术类科学中，由于其自身显得更多元，所以给批判性知识分子的工作提供了更多的空间——艺术领域可能是批判性知识分子得以栖身的最后场所。大学制度完全融入了权力结构之中，所以在所有领域和所有理论派别中的学术性输出将几乎肯定是符合权力逻辑的。一些知识分子问题专家持这样的观点也是不无道理的：在学术生活中，专业主义的精神特质被用来掩盖某种"智力的系统性腐败"，在这种腐败中，知识分子急切地在科学客观性的学术独立性的伪装下为既定利益服务。大学中正在为社会源源不断地培养着的人才都将进入这个庞大的体系。从某种程度上讲，带有批判性的人文知识分子在这个过程中，反对和反抗的其实就是自己"托生"的世界。这几乎是不可能的，同时也是难能可贵的。

新型知识分子群体是资本主义化和当代西方文化的重要组成部分。在不知就里的人们看来，它为大学的迅速扩张（学科门类或招生人数等）提供了良好基础；在反思者和怀疑论者的眼中，它又将西方的价值观念和社会组织模式平移到了中国社会中。如此看来，虽然同处于大学之中，典型的技术专家型知识分子与典型的人文知识分子的价值观是水火不容的。虽然二者在行政管理体系中都可被列入"专业教师"一栏，对二者评价的无法归类，反映着现代社会中知识分子不断分化的深层矛盾。

2.教授经理和企业家特征

始于20世纪60年代的计算机革命，在学术界极大地强化了专业主义的技术专家治国特性。的确，现代性似乎已经影响了整个世界，人与技术竞争霸权，思维和机器之间的界限似乎正在消失。计算机和网络技术在帮助巩固技术人员、营销专家、学术人员、公司经理和军队计划者等精英的同时，又用它前瞻性的乐观主义和积极进取的风格，创造了一个新的知识分子文化。计算机和网络的飞速发展使得人们对其依赖程度越来越高，人类能动性和创造性的空间便相应狭窄了。虽然有人会争辩，计算机技术将为人类的想象力提供更有利的技术支持。这种情况或许可以存在于少数才能出众的人群中，但对大多数人并不奏效。恰恰相反，计算机技术能为控制大多数人的思想提供更有效的方式。计算机的工具化影响在教育领域中是显而易见的。对技术的崇拜鼓励了各级课程越来越狭窄——从小学到研究生院和职业学校——学生越来越少地有机会去接触文科中富有活力的课程。计算机革命给技术专家治国型统治增添了更多的合法性——这种合法性也给予现代专业管理知识分子更大的活动空间。

现代学术环境在教授和学生之间培养了一种工具化关系。许多成名的学术人物凭借着他们控制"强大的象征世界"的能力占据了独一无二的支配地位，并且提供了专业进步观，这种进步观只有严格地信奉这个象征世界才能获得。研究生对各自导师的依赖轻易地复制了一种追随者的心态——一种与独创性或批判性思维很不相同的心态，这种心态以尊敬和谨慎为特征。学生们追求自己学术地位的合法性；寻求进入学术网络的途径，这种网络是以共享的工作标准、专门知识的模式方法论等为根据予以定义的——总是在话语、文本、杂志和学术集会的框架之中。在这个过程中，许多学生没有把握好尺度，在热爱专业的前提下，沉醉于对自己导师学术观点的遵从，而排斥不同或相反的观点，进而排斥几乎所有的"非专业"知识。最终，追随者成了模仿者，学术圈子愈发狭窄，学术领域中充斥着竞争而不是协作。我们不能说教授们欢迎这种情况的出现，但有些人的确在从中"获利"。学生的无限忠诚完全可能强化教师们的"教授经理"和"企业家特征"，这一点已在前文中提及。教授们可以轻而易举地让学生参与到科研项目的"制作"过程中，在获得了学生的劳动和智力成果之后，署上自己的名字对外公布。不过学生们也并不总是被利用的对象，他们完全可能对教授指派的工作阳奉阴违，或者他们也在试图利用教授的名气为自己谋取"利益"。

教授在某种程度上成了科研项目"掮客"，学生则负责"生产加工"，一条"学术流水线"便形成了。可能这个比喻太过耸动，让很多人不舒服。但我们也必须承认，目前高校中的许多科研课题并不是一两个人能完成的，而是需要一个工作团队，经过相当长的时间才能有所成效。于是科研过程便派生出另一个"行政体系"，教授不仅要把握研究的学术方向，还要平衡团队内的人事关系，联络各种部门或人员等。通过政治手段达到学术目的，是教授们必须具有的能力。或者，我们可以进一步说，国家和社会对大学科研的要求，在客观上催生了教授科研工作的"职业化"。研究项目的进行过程的确与企业运转有相似之处，这是教授们必须显示出"企业家"特征的时候。但人们也必须清楚，学术研究团队毕竟不是企业或商业公司，参与者是否能有效地发挥各自的学术特点，保有学术热情，是研究工作是否能顺利完成的最重要保证。此时的教授仍然应该保有"学术导师"的精神气质。对教授们来说，能公允地承认学生和其他团队成员们的贡献和才能，既是导师角色的要求，也是企业家角色的要求。

3.激进与批判性思维

我们这里所谈论的激进与批判性思维并不是指教师或学生个人的行为，而是指整个学校体系。1949年以后的中国教育史，其实跨越了几个不同的阶段：第一阶段通过新型教育塑造新公民，脱离"旧社会"，具体方式就是把孩子们集中到学校中，灌输给孩子与他们父母所不同的价值观；第二阶段则是以更为激进的方式进一步否定中国传统价值观，甚至新中国初期的教育观念；第三阶段则是1978年以后，学校越来越趋向于保证已有社会关系的稳定，而不再倾向于激进的革命方式。教育的这种"双面性"也是当代世界上几乎所有国家都愈发重视教育的原因。

无论是在中等教育还是在高等教育的水平上，大量产生新阶级及其特有的批判性话语文化所必需的制度，是"公共教育"体系。这种体系以如下事实为特征：①它是脱离家庭并由此脱离父母严格监督的教育；②它是以新阶级的一个特殊集体——教师们——为中介的教育，教师身份要求教师们把自己，也把学生看成整体中的一员，他们让学生相信他们的话语价值并不取决于阶级出身，相信受注意的不是讲话者而是话语本身；③因此，所有的公共学校都是一种语言学转向的学校，它们把责任从日常生活的普通语言中脱离出来，转向了批判的话语文化。

"新阶级"最初准备借助并在新的教育体系中与"旧阶级"对抗。他们以"作为一个整体"的国家或社会的名义讲话，并且没有任何义务来维护一个特殊阶级的特权。学生们与其家长们意识形态的分歧可能更大了。父母们再也无法在子女身上灌输他们的价值观。人们在其中接受了不依靠讲话者的社会地位来评判其主张的熏陶，所有权威性的主张现在都受到潜在的挑战。父母的，尤其是父亲的权威日益削弱，因此更少能够坚持使孩子们在家庭之外尊重社会或政治的权威。新阶级成员受训并脱离旧阶级的基础已经建成。学院和大学是新阶级抵御旧阶级的精修学校。学校，尤其是高等学校，有时比工厂更能使社会激进化。正是学校，成了新阶级异化的主要基地。

但现在越来越多的人已经意识到其危险性，所以学校这种使得社会更加激进的功能被有意地减弱，甚至取消了。于是我们发现，目前的学院化经常去除对主要社会危机的关注，把它转化为对令人困惑的难题的解决，转化为对"技术的"兴趣。专业教师们其实也大多欢迎这种转变，因为教师们相信学生们将不得不更多地集中在对"专业"问题的思考上，从而能获取更高的分数，当然也能有更多机会强化教师们的学术权威。

要了解现代的大学和学院，我们需要公开矛盾。因为大学既再生产又颠覆着更大的社会。我们必须区分大学公开许诺执行的功能与它们能达成的实际结果，这些结果虽然是没有料到的，但却很现实：产生异议，离经叛道，培养颠覆权威的批判的话语文化。学校确实被其管理者认为是一种现状自我保存的工具。在很多时候，学校并没有区分这两点，学院起初计划教授什么，学生们借助客观条件事实上学到了什么。学校在计划教授那些适合于社会控制机构东西的同时，也经常欢迎批判的话语文化。通过这种文化，权威无意中被削弱，离经叛道受到鼓励，现状受到挑战，异议便系统地产生出来。

究竟有没有证据表明大学助长了一种批判的话语文化呢？例如，莱曼和德莱赛尔的研究发现，批判性的思考（包括对未说明的前提的认知）"在大学的四年中是有实质性的增长的，前两年的收获要比后两年的多"。"几乎所有研究都指出，压倒多数的学生和校友们相信他们在大学期间在理性上取得了相当的进步。"[1]无须说明，这种自我评价确实不能作为实际增长的理性的证据，但是它们的确暗示了这些人希望被认为已经增加了理性，并表明大学可以在可能会加强理性的方面改变学生的自我形象或社会认同。出于同样的原因，其他研究也已经发现，高年级学生和毕业生相信大学进一步发展了他们批判性思考的能力，这表明，大学如果没有加强批判性思考的话，它也可能提高了归功于批判性思考的学生们的价值观。几乎每种研究都显示出[2]：从大一到大四，大学生在思想的宽容方面都有了实质的进步……结果表明，教条主义确实衰落了。在大学期间，学生们在复杂性、非独裁主义和社会成熟方面有实质性的收获，艺术与科学专业的学生在思想宽容方面的收获，比诸如商业和工程领域专业的学生更大。

---

[1] [美]艾尔文·古德纳：《知识分子的未来和新阶级的兴起》，57页，顾晓辉、蔡嵘译，南京，江苏人民出版社，2002。

[2] 同上。

我们在第2章已经谈到了批判性思维之于创新思维的重要性，我们也知道大学本应是鼓励这种批判性思维产生和扩散的最好场所。但随着大学的日益退化，批判性思维和创新能力也就相应地萎缩了。所以我们甚至怀疑，全世界都在倡导的创新是不是从本质上讲，是对日益丧失反叛精神的大学现状的一种"反抗"？

4.1.3 大学的思想

1.大学的多元发展及其复杂性

每个国家，当其变得具有影响力时，都趋向于在其所处的世界上发展居领导地位的智力机构——希腊、意大利、法国、西班牙、英国、德国，以及现在的美国都是如此。伟大的大学是在历史上伟大政治实体的伟大时期发展起来的。今天，教育与一个国家的质量更加不可分割。

现代大学曾被描绘为一种"新型的机构"，这在很大程度是因为知识所处的中心地位是崭新的。大学不仅更被视为社会的中心，也被视为其内部已经发生变化的机构。近年来由于大学内部出现了许多裂变，大学对许多不同的人来说，意味着许多不同的事情。在执政者眼中，大学是迅速提升国家文化软实力和技术竞争力的宝地；在学生家长眼中，大学是帮助自己的子女走向更美好明天，甚至彻底改变家庭处境的必由之路；对学生来说，大学要么是莫名其妙但必须经历的过程，要么是自己野心得以实现的第一颗试金石；对教师来说，大学是相对安逸，但未来不可知的所在，因为这些聪明的头脑太容易在其中看到世界的无可奈何，也能找到成名发财的机会；对更多的旁观者而言，大学则是一个日益膨胀的，围绕着五彩祥云，可谁也不明所以的怪物……甚至，我们也可以这么说，在当今世界中，人们对大学这些互不相干或相互矛盾的预期，恰恰就是大学的真实状态，也是大学之所以引人注目的原因。只要大学还是国家重要的智力机构，它的这些复杂的侧面就不会被削弱，而且还可能变得更加复杂。这些复杂的侧面之间还往往形成相互制约和消解的力量，虽然间或也有互相支撑的方面。所以没人知道，在未来的岁月中，大学到底是会逐渐坍塌，还是日益坚固。

我们可以把逐渐增大、功能更加复杂的大学看成一个"不协调"的机构，这个机构只有在"温和主义者"控制下，才能幸存下来。"极端主义者"能把这种状态迅速转变为"战争"。在这个庞大体系中，互相理解与容忍，以让步而获利最大化，等等，已经不是所谓的"美德"或"智慧"了，而是生存的基本技巧。经由此，我们发现，大学的"多元"并不像听上去那么诱人，它需要每个置身其间、围绕其旋转的人，不得不有所退让，为了更有效地坚持……

在许多院校中，"改善本科生教学"一直是个热门话题，改革设计者试图为学生们建立更为全面、统一的知识体系，学生们却希望通过这样的学习能更好地适应社会需求。大学内部的行政管理问题也一直被校方、教师、学生和社会所关注，在某些问题和某些领域中，许多矛盾也有日渐激化的倾向，特别是针对教师和学生的管理，更是招致不少诟病。同时，在国家、社会和学生强烈要求获得平等教育权利的时候，大学曾经自诩的"卓越"便很难栖身。规模较大的学校，尤其是研究型大学，在获取资金和政策支持方面，也总是优于一些规模不大、历史较短的主要以教学为主的大学。即使在一些以"精英教育"见长、历史悠久的大学中，许多教师和学生也要求开放招生、采用更宽容的评分等级等。教学改革、严格管理、满足社会对高等教育需要等方面的诉求，已经在大学内部"制造"了更多的"紧张局势"。

不过，当我们想到大学被赋予了"教学—科研—学习"连接体的责任之时，人们对本科生教学异乎寻常的热情，显得有些不可理喻。当教育专家和大学校内的改革者集中注意本科招生、水平保持、发展前景等问题时，科研活动便相应地被忽略，或者被消极地认为使教学和学习分心。即使受到了如此众多的关注，我们仍发现本科教学的问题似乎是越改越多。真正让我们不解的是，在日益复杂的大学系统内，与本科生教学共存的麻烦还有研究生（硕士、博士）的教育，科研成果的分配和评价，知名教授和青年教师的工作量和成果划分如何操作，是否真的存在一种统一的、模块化的管理方式能将以上所有的门类囊括进来？……人们对于本科生的极多关注，似乎正说明在其他方面的无能为力，而且幻想着以完善的本科教学模式带动其他方面的改进。不过我们至今仍未见成功的例证，也似乎没有理论分析说明这条路的可行。

从世界范围来看，在过去的一个半世纪内，大学已经转变为探究的场所。这条道路表明洪堡的观念是敏锐的：科研和教学能够整合，而且彼此都"相安无事"。如果操作得当，科研本身是一个效率很高和非常有力的教学形式。如果科研也成为一种学习的模式，它就能成为密切融合教学和学习的整合工具。就是说，时至今日我们已经无法把教学与科研完全分开。由于教学群体和科研群体联合成为一个群体，带有双重属性的群体，他们也就成为了大学有机体中一个现代教学和学习与强化的科研融合的特殊群体。依靠它，科学思想在高等教育中的作用就能得到强有力的表现；反过来，高等教育在科学工作运行中的作用也能得到表现。肩负教学和科研双重属性的群体，是现代大学能成为探究场所的最重要基础，也是完成政府指令的最有力保障，是吸纳新生的最好广告。

不过，整个社会似乎并不关心大学中的研究者到底在干什么，事实上，更多的机关、单位、企业、公司等，更希望从大学获得专业技能卓越的毕业生。当任何学生不能胜任某一岗位或工作时，人们并不认真寻找原因：是学生自身的原因？用人单位的原因？或是学校专业课程设置的原因……而只是简单地将责任推给学校。在许多情况下，学校并不能完全了解每个学生的就业状态，所以实际上也无法针对学生的专业水平或综合素质有什么作为，哪怕某些学生真的是因为学校专业课程设置不合理而丢掉工作或无法升迁，也无人关照。从这个角度讲，其实大学对本科教育的关注，在某种程度上也是对社会"指责"的一种无奈回应。

科研和职业的要求，使得本已不尽如人意的教学体系受到了更加严重的外力干扰。人们通常只能在三个方向上试图寻找突破口：第一是所谓的加强管理。这是一句大而无当的话，谁也不知该如何加强及在哪部分进行管理，而且就已经被"加强"的"管理"部分，也并未如人们所愿那样获得良好收效。第二是学科划分更细，以科研为主轴和以职业为主轴的划分又可能导致不同的结果。但学科的细分必然加重管理的难度，增加层级的设置。第三是提倡学科之间的整合，建设所谓的跨学科领域。到目前为止，我们还没有发现这个发展方向在理论上有何不妥，麻烦只在于我们很难找到大批量跨学科的教师和科研人员进入这个构架之中。当然，我们知道，以上三个方向并不是非此即彼的选择，而是以此说明当今的大学的确是个矛盾体。

大学体系不可避免地复杂化和多样化，总的趋势是多样性而不是统一性的。高等教育的所有院校能够平等的思想成为一种乌托邦思想。如果院校之间的分化不能实现，将在院校内部发生分化，产生越来越多的使用多种专业语言的大学，而这些大学号召猛烈的内部管理，仅仅是为了维持根本不相同的派别之间的和平关系和以某种方法导致的自发变革的能力。

拨款来源的多样化可以导致一所大学经费来源的多样化，但资助的多样化必然导致大学内部事务性工作复杂化，同时也决定了大学"服务"单位的增加和复杂，因为"经济杠杆"作用是不能回避的。这在一方面可能会相对增强学校的自主性，大学至少需要努力争取更多资金支持；另一方面可能反而会加剧混乱。

知识专门化、大学分化和资助多样化的趋势，不可抗拒地导致各大学和整个大学复合体运作的更大的复杂性和矛盾。现代学术知识本身就是混乱和难以理解的，大学的主要"商品"已经成为扩散的、不透明的、无凝聚力的、离心的。目的提得越来越多，反而变得更加意义不明确。综合大学的运行基础生来就是离心的，它是一个非常复杂和较为松散联结的有机体。

如果高等教育的主要商品——知识——变得更加扩散、不透明、无凝聚力和离心，同时基本的教育任务更加复杂和互相矛盾，那么，大学内不同的利益集团的斗争，以及这些利益集团和外部集团之间的斗争，必然要拓宽和加深。由于作为信任和整合基础的中心价值观渐渐退去，不同学术派别之间为争夺资源和奖赏的斗争得到鼓励。大学校长的工作越来越像国家领袖，不得不以政治手段来平衡学术力量。

人们似乎忘记了，在大学中只有创造力才能提高学术的权威。在人文科学方面，大学更乐于容纳历史学家和批评家，而不是创造者。人们或许忘记了，创造力也将同样提高人文学科的权威，虽然其价值标准极不明确。

大学作为一个机构，需要为它的教师们创造一种环境：稳定感——他们不用担忧干扰其工作的经常不断的变化；安全感——他们无须担心来自校外的各种非难；持续感——他们不必担心自己的工作和生活结构会遭到严重破坏；公平感——他们不必怀疑别人的待遇比自己的更好。处于稳固的学校结构及其保护之中的教员个人，应当让其发挥创造性。在非常实际的意义上说，教职员整体就是大学本身——是它最主要的生产因素，是它荣誉的源泉。教师们是这种机构的特有合伙人，而不是一般意义上的"雇员"。这种机构保留着教师们独自控制的若干领域。然而当变革来临的时候，教师们相应地丧失了大学应提供的稳定感、安全感、持续感和公平感。而且打破这种稳定的力量看起来还来自大学自身。于是教师们对大学的信任度日渐降低，虽然他们本应相信大学。大学和教师之间的合作关系也宣告破裂。事实上这对谁都没好处，大学无法获得教师们因卓然的学术追求而带来的学术声望，因为教师完全可能携带"成果"离开大学，转投其他机构；教师们也等同于一般公司雇员，而不再是在追求真理的过程中与大学并肩奋斗的战友。

在这个基础上，我们很容易发现目前在大学内部推行的种种改革其实都在试图弥合矛盾：①大学不能容忍教师或研究者在自己的领地内获得成果之后，却将其据为己有。在大学看来，这无异于"抢劫"。②虽然大学和教师群体之间的"合伙人"关系已经破裂，但大学仍试图掩盖这个事实，从而获得教师的信任。③当然，教师和研究者群体也有自己的盘算。如果不能将"成果"纳入自己名下，就总是有被大学"剥削"的感觉。因为自己获得的一点点经济补偿根本不足以弥补自己对学术、对大学的"伟大"贡献。如果我们再将大学"强迫"教师担任的课程讲授工作也计算在内的话，"劳资冲突"的色彩就愈发明显了。④而且，教师和研究者也不大愿意承认自己的"雇员"地位，这至少有损颜面，更影响他们进一步获得来自各方的资金或名誉支持。⑤有意思的是，作为"外来者"的学生们，往往将教师、研究者和大学看成一体，认为教师就是学校权力的化身。当学生与校方的关系愈发与消费者和商家的关系一样时，教师又如被码放在货架上的"商品"。无论是学校、教师还是学生，其实都搞不清楚在这个过程中，教师到底是"权威"还是"商品"，但被驱赶至"战场"中心的感觉，却是几乎所有任课教师的共同体会。

2.大学的国家化和国际化

当前推动全世界高等教育机构发展的两个主要动力是：其一，学习的进一步国际化；其二，独立的民族国家有意识地强化这些机构的民族特色并为自己服务。这两种力量在历史上就存在，如果说有什么新鲜之处，那就是：两种力量同时存在，而且前所未有的强大。

在我们生活的世界里，民族国家已经成为人类统治方式中的支配力量，同时全世界学习的进步已经变成影响人类社会的一个最有力因素；它们之间的关系是社会的一个越来越重要的方面。从促进普遍知识的角度而论，大学本质上是国际性机构；但是它们越来越多地生活在一个对它们抱有企图的民族国家的世界中。如果我们用心一些就会发现，我们对学术理想和真理的追求、对美好人性的向往，其实都带有"国际化"特点；与之相对应的是今天在世界上推动教育最有效的手段往往带有"民族主义"色彩。虽然嘴上可以说"国际化"有诸多优势，但决策时并非如此。这是我们在对当代大学进行分析时不能回避的现实基础。

国家进入大学世界，通常各有其特殊的理由。但从第二次世界大战以来，许多国家都极大地强化了对高等教育的兴趣。国家有关高等教育的目的已经愈发宽泛，不再仅是培养训练有素的公务员，培养科学家和工程师，或者促进技术革命等传统范畴。现在一系列的兴趣包括以下各方面：①更多和更好的科研。②科学和工程以外的很多技能。③更强调工商管理学院，这些课程不断增加国际化的成分。④在语言方面，进行更多和更好的训练。⑤更多和更好的区域研究。⑥更多受高等教育的机会，以促进机会的均等，甚至为青年创造作为最后一着棋的"就业"。⑦给所有高等教育的部门更多平等的地位。⑧和其他国家建立更多更好的文化接触。很多国家都在寻找这种接触，以便在全球基础上接近最好的新知识，或者减少国家的文化孤立。⑨为一般公民提供更多世界情况的知识和更多的理解。

在若干国家，最近的主题是：①对应用研究和技术转移到生产领域更加注意，因为这些成果在世界上的传播通常比基础研究的传播对国家更有利。②对促进更加"有用的"多科技术学院比对"适应性"较差的大学更加注意。就是说，在今天的世界里，虽然国家对大学也有着诸如理想、人生目的一类的要求，但在现实中，却更倾向于资助或奖励有实际功效的学科或项目。

民族国家对高等教育兴趣的增长使加强干预高等教育有着足够的理由，当然所采取的个别行动是否明智，是另一个问题。过去，高等教育从来不像现在这样是各国之间经济和军事竞争的潜在工具。决策者们已经发现，"人力资本"和经济中的物质资本同样重要，或者更加重要。经济的更加国际化竟然已经导致大学目的的更加民族化，这真让人始料不及。学习的国际化可以划分为以下四个组成部分：新知识的流动；学者的流动；学生的流动；课程内容的共享。信息的流动和网络化一起，集中体现了全球化特点。随之，对全世界其他人行为的兴趣和评估也得到强化。现在世界上可以说第一次有了单一的信息流动系统。但对信息的规范和评估方式相比较则显得愈发多样了。所以我们更担心的并不是人们（尤其是年轻学生）无法获取信息，而是发现无法规范他们的评估方式。学校甚至搞不清到底应更多地帮助他们获得信息，还是告诉他们分辨的原则。更何况这二者本就难以截然分开。真理的质朴在这里是不受欢迎的，乔装打扮的谬误有时更吸引人，不仅吸引学生，也吸引教师。

知识的历史也是专门化的历史。学科的建设也并不总是以相同的国家观和国际观为基础。如果我们把一些常见学科进行分类，就会发现有些学科更倾向于国际化，有些学科则更具有地域、民族或国家特征。

知识内容具有全球一致性的领域，如数学、科学和工程。在有些领域，甚至所有著名学者似乎彼此相识，可以组成一个联谊会，如在天文学、葡萄栽培学和葡萄酒酿制学，以及柑橘栽培学；人类学，比任何其他社会科学更多属于这一类。处于这个领域中的专家和学者更热衷于学术交流、国际化的合作方式，对他们来说，过多考虑地区差异和国家特色可能反而成为他们取得学术成就的障碍。

知识具有文化内部相似性的领域，如每种文化的历史和古典文学的研究。这些知识的文化圈，包括西方和东方的文化圈，每个文化圈又有许多小圈子。比较而言，这是一种相对来说最为稳定踏实的研究领域。但当所谓的"比较学"引入后，这类学科也便不得安生。比较研究本身当然会打破学科原来的稳定性，不过另一方面的后果才更值得关注。许多比较研究其实并不具有什么学术价值，不过是以本民族的文化为基础，随意撷取一些自己也不甚明了的其他文化成果罗列在一起，最终结论往往指向一种民族价值判断，而不是文化价值判断。这种现象在中国当代的文化比较领域中，颇为常见。它既伤害了学术的严肃性，也伤害了民族文化，只是满足了一些人的虚荣心。

具有国家内特殊性的领域，如家庭法、公共行政、教育和社会福利，在国家内容上有很大的多样性。当然多样性也可能是多种研究方法所致，比如社会学方面，在比较经验主义的美国人和至今为止比较少经验主义的欧洲人之间有所不同。然而，这些领域也往往是受"国际化"和"国家化"拉扯最为密集的领域，学者们也完全可以据此划分为不同的派别，终日争论不休，让大家听来似乎都颇有道理。甚至可能导致这样的结果：理论愈发国际化，执行过程愈发国家化，使得该学术领域愈发被撕裂。在我们这样一个仍处于"学徒期"的国家中，这种情况更是常见。

还有一个问题我们也必须看到，学者之间的跨国交流往往并不像表面看上去那么顺畅，事实上他们的内心也并不总是乐于接受他者的成果或建议的。其中涉及的原因很多，我们可以试着列出如下几点：

（1）语言是一个原因。比较而言，数学家是最受优惠的，科学家在其次——他们能比人文学者用较少的话表达更多的东西，而且数学家有时根本不说话。这其实也从另一个方面解释了数学家和基础科学容易获得国际认可的原因。

（2）所喜爱的方法有区别。不同的科学家、研究人员或学者，往往有自己的研究习惯，习惯不同的人也往往难以互相认同，这倒未必与语言或国籍挂钩。但必须承认，处于相对密切学术圈中的人们（比如同种语言或国籍等）容易共享相同或类似的方法，至少易于互相理解。

（3）内容是第三个理由。讨论不同内容的学者，虽然他们可能属于同一个广义的研究范畴，也难以有共同语言，尤其是当他们操不同母语的时候。

（4）意识形态分开一些领域，如政治学。这种按意识形态划分学者的情况既发生在民族国家内部也发生在民族国家之间。不过，我们不要以为意识形态是一个应该被摒弃的、影响学术交流的"附加物"，事实上对许多社会科学和人文学科而言，意识形态是弥漫其间的，甚至意识形态本身就是研究内容和研究方法的主干。

（5）国家对抗有时也是一个重要原因。例如第一次世界大战使德国教授与英国和美国的教授分离。这种情况再次发生在希特勒时代。当然在近代史上还有其他重要事例。

（6）有些领域纯粹由于知识的负担试图了解一切而导致分离，如在历史领域。那种广义的历史学家越来越少，他们的发言权也越来越小，专门化的历史学家占了上风，比如研究15—18世纪中国江南的农作物，或者英法百年大战中的阵地战历史等，趋势是历史研究领域的越来越专门化，甚至狭隘倾向。

（7）某些国家的研究者对另一国家内部的某些领域根本不感兴趣。即使该国内部可能拥有研究此问题的优秀学者，也不能改变双方缺乏有效交流的现实。

（8）建立跨文化理解有一个沉重的负担。每种文化都坚持自己的优势，很少认真而有效地进行两种文化的比较分析。因为首先，缺乏对两种（或者更多）文化都有深刻了解的优秀学者；其次，比较分析的研究手段没有得到很好发展；最后，在现代的国际和国家背景下，真正具有价值的比较和评价还可能招致现实危险。

因此，学习的"国际化"在有些领域遭遇难以逾越的障碍，甚至所谓的国际化本身就是各怀鬼胎的，大家总是试图从对方那里获得，既不愿意给予，也不愿意真正将二者或多者并置，并客观理性地认真分析。应该注意到，虽然高等教育的国际化（或区域化）有它的好处，但是它也可能要付出代价——特别是丧失自身遗产的多样性。国家化所保证的并不仅是表面看来的那样，完全是政治性的后果，事实上，它也给国家内部不同地区的多样化保留了既有的生存空间，只要这种国家化不是过于绝对化的就可以。

以上我们已经讨论了社会的演进正在冲击全世界高等教育的几种方式：①迫使高等教育比过去更加鲜明地朝向既服务于民族国家又服务于普遍的学术界；②使高等教育前所未有地面对各种互相矛盾的要求，保持文化遗产、社会平等、对国家的贡献等；③向高等教育提出挑战，要求寻找不是单独适合精英的高等教育而是要适合大众化和普及的高等教育要求的结构；④社会由于要求更多的知识和更多以知识为基础的技能，因此要求高等教育重新考虑它的使命和目的。

知识原先是为了真理而存在（例如亚里士多德），然后为了对自然的权力（例如培根），然后为了国家的领导（例如拿破仑和洪堡），然后也为了个人的能力（例如杰弗逊），然后为了领导的素质（例如纽曼），然后为了金钱（例如富兰克林和马奇卢普和一切工业社会），现在为了所有这六项（和其他目的）。

高等教育比过去任何时候都更加是社会的一部分，作为一个结果，更少脱离社会，而且这种趋势是不可逆转的。这绝不是个令人兴奋的结论，恰恰相反，对许多仍抱有理想主义色彩的教育者而言，这更像是惊醒美梦的噩耗。但是现在，我们已知任何理想的模式只能停留在文字中，它们并不能带领我们披荆斩棘，开拓新的道路。在这样的情况下，我们必须有所选择：要么怀抱理想，对现实中的种种矛盾听之任之；要么承认现实，投入到一个危机重重、险象环生的教育现状中。在这一点上，我们应该更倾向于克尔的选择：既然我们无法推翻现实，就该集中精力讨论应该如何面对。

4.2　国家的角色

关于国家与教育关系问题的讨论很可能被另外两个问题所替换：教育之于国家的功能，国家之于教育的作用。这种替换常常是不知不觉的，但后果也是严重的。探讨事物的"功能"很有可能陷入实用主义，甚至功利主义的圈套。

从理论上讲，我们都明白不能放弃对理想的追求，而且理想的方向也才最终是我们评价功能的根本出发点和归宿。不过问题又来了，这个理想到底应是国家的、民族的，还是人类的共同理想？过于坚持前者，可能导致狭隘的民族主义；过于强调后者，又可能忽视了文化的固有特征差异，甚至丧失了自己的文化立场。无论何者，都不仅不能达成教育的理想，反而可能成为伤害自身文化和民族利益的凶器。

4.2.1　教育的文化属性

我们这里所谈及的文化属性并不主要探讨教育之于文化事业的关系——这已是不言自明的了——我们要讨论的是不同文化背景是否会导致或要求教育的不同特点和模式。广义的文化差异似乎总是存在的。我们对事物的认识总是带有文化偏见的。但是伟大的人物总是试图冲破这种偏见，力图"正确地"看待别人，也"正确地"看待自己。不过，什么样的认识和结论是"正确"的呢？如果没有客观的或者主观的"正确"作为依据，我们又应该如何决策和判定呢？

现代教育模式和理论几乎都是西方世界的成就，而且是在西方社会近代化和现代化过程中形成发展起来的。即使我们假设东西方教育的终极目的都是为了人类心灵的解放，也不能不怀疑二者在过程、手段等方面存有很大差异，甚至相悖的理念。

从广义上讲，对大众学校教育发展作出解释的理论范式主要有如下几种（当然这些范式也是西方的成就）：①涂尔干和美国的结构功能主义者的实证主义理论以传统的方式对教育的起源和功能作出了解释，把教育与工业社会的兴起、对熟练技术工人的需求以及社会融合的一般机制相联系。②马克思和韦伯理论提出了另外的解释，他们把教育发展和劳动者的无产阶级化、官僚主义的拓展等相联系。③英国辉格党派的解释虽然不能算是一个成形的理论，但他们对早期教育发展情况的论述也有相当的影响力。在这几种范式指引下的各国教育的发展，带有很强的国家或民族文化色彩。尤其是教育发展的主要推动力，在很多时候看来并不属于我们今天理解的文化范畴。

我们先来看看新教的理论传播和价值观是如何推动新教国家的教育发展的。英国辉格党派对历史的经典阐述把政治的逐渐民主化和关于自由的自由主义理论相联系，带有极强的新教取向。它把历史看做一个逐渐进化的过程，并尝试使之与"进步"这一概念相联系。这种取向以简单的形式反映在教育上。大众教育在北欧的新教国家以及美国东北部的新教州最早得到了发展，其过程也是最快的。其主要动力是自宗教改革运动不久，世界对新教的认可以及对教育作为改变群众信仰的工具价值的承认。19世纪教育的巨大进步正是这一动力的产物。另外，在19世纪自由资本主义的旗帜下，启蒙运动带来的人类智力的大解放，政治民主化过程中的逐渐世俗化，都对其产生了影响。大众教育的发展被认为是社会制度的一种发展，证明了人类在逐渐走向进步和文明。在这样的背景下，教育是新教国家的经济和政治"文明化"的决定性力量，也对其未来的发展有极深远的影响。

在新教运动中，教育的特殊价值是由宗教的性质以及这次运动"改变他人信仰"的宗旨所决定的。"从最深层次的心理学水平看，'天主教教义'维持的是一种关于意象、绘画、圣徒和神饰的文化，而'新教教义是一种书本文化'。"[①]从技术上讲，新教教义的传播要求平民读写能力的普及和增强，这在客观上成了近代国民教育体系普及的一个强大动力。宗教很显然是促进学校教育最初发展的基本因素。不过，宗教的力量和需求并不是决定性的，因为国民教育体系的特点是"普及性"，它还要求以

---

① [英]安迪•格林：《教育与国家形成：英、法、美教育体系起源之比较》，38页，王春华、王爱义、刘翠航译，北京，教育科学出版社，2004。

世俗国家和市民社会的需要为宗旨。

近代教育理论建立在这样的认识之上：人是可以被教育或教化的。从法国的卢梭、孔多塞到英国的詹姆斯·穆勒，他们提出的所有伟大的教育理论的一个基本主张是：环境塑造人。虽然很少有理论否认出身等因素的差异，但其理论的精髓在于提出了后天的培养要比先天的因素更重要的观点。人都是可以教育的这一具有彻底的革命性的论断，其哲学基础显然起源于洛克的名言：人的意识就像一块白板，可以刻上任何东西。这一思想在哈特莱和孔狄亚克的唯物主义心理学中得到了发展，他们提出了一个乐观的信念，认为如果教育得法，且认识到记忆依靠联想进行，那么人的大脑可以被教育所改变。促成这一心理学潜力最终转化为大众启蒙的奋斗目标的，是人类社会由来已久的基本认识：教育是一个自然人和政治人的权利。这显然要归功于法国大革命思想，穆勒和边沁的功利主义思想对此也稍有呼应，托马斯·潘恩、威廉·德温和威廉·拉维特却最清晰地作出了英国人的回答：教育是人类解放的工具，是"人的一种权利"。显然，英法两国在近代社会中的种种社会运动和理论最终都给教育理论的发展打上了烙印，并仍然作用于当代的教育理论和体系。

民主化进程对教育发展产生了无可估量的深远影响，机会均等原则成为福利政府时期教育思想的主旋律，然而，这决不意味着它对国民教育体系的早期发展起到了主导作用。事实上，欧洲民主思想和民主制度的传播与教育发展之间的关联性并不大。最为广泛的大众教育体系常常出现在那些君主专制时间最长、程度最深的国家。而且，这些体系主要还是在专制政府的"高压统治"时期建立的，如普鲁士腓特烈大帝时期、奥地利玛丽娅·特利莎和弗朗西斯一世统治时期。教育史上最具有讽刺性的现象之一就是，19世纪相对较为民主的国家，如法、英、美这些早已完成了政治革命的国家，并不是教育模式最为有效的国家，而且不得不向独裁政治下的德国学习和借鉴学校教育改革的模式。激发斯泰因、洪堡、阿尔滕斯泰因等人起来改革的教育思想基本上是民族主义的、家长政治的。之后，把国民教育体系的兴起和自由民主思想的提出联系起来考察的，不是欧洲大陆，而是美国和英国。

从上可见，自由理论和国民教育的发展之间的关系是复杂甚至矛盾的。而且，教育的拓展和民主力量的增长之间的关系也并非直接的。在美国，教育改革的理论受的是民主思想的影响，但其实践却是在下层工人阶级组织的要求下推进的。教育改革实施者的主要目的是控制民主工人运动所带来的成果。教育改革是对政治纷争的一种反应，而不是其动因之一。在进入19世纪下半叶之前，只有在很有限的情况下才可以说教育改革和民主势力的增长是相关的。

美国教育作为一种社会力量，在和政治势力的平衡之间，存在另外一种关系。教育显然是共和理念的一个关键组成部分，同时也是促进个人主义、自由资本主义形成的一股变革力量。在共和党人看来，维持脆弱的共和"民主"离不开教育。不过，即使是在美国，这种要求进行教育改革的呼声也是非常有限的。美国教育史上的"胜利主义"传统最为彻底，其主要倡导者提出了纯粹进步主义神话，把公立学校的胜利看做民主和人道主义理想的胜利。美国人都认同了一个有关大众教育起源的温馨神话。

有关美国的教育和民主有两个重要论断。第一，美国的大众教育很显然和民主共和主义一起获得了发展，而且还是后者发展的一个动因。第二，虽然美国的大众教育获得了来自各阶级的超乎寻常的一致支持，但它绝不仅仅是一股解放势力，对于工人阶级来说更是如此。同时，共和党试图通过教育来获得民主共和政治的社会和政治基础，防止回到欧洲式的贵族统治或独裁的中央集权制。他们也希望通过教育来防止无政府状态，从而支持资本主义的竞争观，抵制工人阶级的意识形态。因此，即使在美国这样的教育和民主思想关系最为密切的国家，其教育的功能仍然很矛盾，呈现出两面性：一面是包括工人阶级的期望在内的所有民主势力的联盟；另一面是强有力的政治驯服工具，是建构个体主义、资本主义霸权的基本因素。

在西方（欧洲和美国）国家的近代化过程中，宗教的、政府的或信仰的力量是巨大的。每个国家在这个过程中，既受到当时的执政者和国民文化的强大影响，也被各国的习俗、制度、信仰和文化背景等因素所引导。上文中我们已经提到，近代化时期的欧洲国家中，推动教育改革最有力的国家并不是那些"民主"国家，而是"集权"政治下的德国。这种情况值得探讨。

我们对"民主"和"集权"一类词汇的理解有着太多的附加内容，甚至将其视为互相对立的（甚至是敌对的），且代表"进步"或"落后"、"人性"或"非人性"的形式。本书无意就社会制度、人类理想方面来讨论"民主"或"集权"，而只是将二者看成达成群体理想的手段。民主与集权的形式并不总是水火不容的，即使是所谓的"集权"形式，其追求——至少在文本上——也是民族或文化共同体的整体"进步"和群体成员的共同幸福，甚至平等。决策和行动的集权与所谓的民主政体并非不能同时存在。

欧洲大陆的教育和中央集权告诉我们，即使在近代社会中，即使在以自由民主为最高理想（文化和社会的）的欧洲民族国家中，集权制也往往是教育改革或推广的最佳保障。是国家使得宗教教育转向了世俗教育，相较于宗教力量而言，因国家具有世俗性特征，于是国家权力简直就是世俗力量的代言人。国家力量和教育思想之间的变革，前者总是显得更加强势，比如政治或社会的动荡、民族革命等，往往直接导致教育目标、体系和内容等的急剧变化，而反向力量导致的大动荡却极为罕见。不过，教育对国家机构的影响并不总是微弱的，恰恰相反，这种影响可能是巨大的——这是各国对教育问题日益关注的原因；也是细微绵长的——这是容易被忽视的一面。

但欧洲的经验又提醒我们注意另外一个事实：虽然我们常常想当然地认为世俗的和宗教的力量是相对抗的，但世俗化的教育却继承了宗教化下教育的诸多成果和形式，作为现代教育重要成果的"大学"就是这样一个发端于中世纪、带有教会影子的现代高等教育机构。两种看来完全不同的取向最终导向了一个具有明确单一指向的社会机构。这并不是仅存在于教育发展史中的现象，许多其他的社会历史事件中也存在着类似的现象。

4.2.2 教育与技术进步

将教育与社会进步扯到一起牵强吗？我们应相信教育会引导技术进步吗？如果是这样的话，那么中国古代的教育模式为什么没能导致被我们今天认为是"进步"的社会成果呢？教育的不同模式，对教育目标的设定具有决定性影响。我们为什么会相信教育与技术进步有直接的关系，或者为什么愿意相信，都是值得探讨的，在当代的教育理论研究中，这似乎被看成了一个不需要证明的公理或前提。这是否算是民主或社会进步的伟大成果呢？

在20世纪的大多数时间里，占支配地位的教育思想是结构功能主义传统。这一点在法国社会学家涂尔干的著作中可以看到。涂尔干认为，教育有两大主要功能，第一，是为工业经济输送技术工人；第二，也是最为基本的功能，是通过文化传递的方式，成为社会整合的工具。在他看来，社会大集体必须优先于个体而存在，而且必须存在于个体之外。从古代向现代社会转化中的一个重大问题是如何在新的社会情境下形成集体道德。不可避免的且正在逐渐加剧的劳动分工突出了个体，减弱了集体观念。不过，劳动分工也潜含着一种新的社会凝聚力，最终会促使社会更紧密地联系在一起。建立在专门化和个体契约基础之上的社会中，个体之间存在着一种物质上的相互依赖关系，这是一种新的"有组织的稳定"的基础。教育是实现这一目的的主要途径。其主要功能是通过集体文化的传递来促进社会稳定。只有当其成员达到足够的同质时，社会才能得以存在。教育在儿童涉世之初就向他们灌输集体生活的基本准则，以使这种同质性得到加强并永久化。既然教育是一种社会功能，而国家正是"社会思潮的器官"，那么，"国家就不能对此无动于衷"[1]。国家必须进行教育。涂尔干教育思想的价值在于它有意识地反对理想主义和个体主义，强调教育的本质就是一种社会过程。美国的功能主义和许多现代教育理论一样，集中关注的是教育和劳动的关系。人力资本理论是功能主义的又一变种，其前提假设是：技术在现代工业经济中越来越重要了。教育在发展人所必需的技能上发挥着重要作用。

在韦伯和马克思主义者看来，功能主义理论受到了毁灭性打击。马克思主义社会

---

① [英]安迪·格林：《教育与国家形成：英、法、美教育体系起源之比较》，46页，王春华、王爱义、刘翠航译，北京，教育科学出版社，2004。

学也认为教育和工作之间存在密切关系，但它却颇有力地驳斥了功能主义的论点，认为教育有赖于对价值观的一致认识，或者说，教育导致能人治国。它也不认为教育的主要功能在于再生产一切必备技能。与其说学校教育决定了社会的分层，还不如说它们对社会分层起到了一定的支持作用。

虽然很难用功能主义理论解释19世纪的教育发展，但大量的历史记载却都以它为理论前提。许多历史研究都隐含一个假设：教育发展是工业发展的产物，它源于技术发展的需要，并通过提供这些技术而促进了经济的发展。不过经济历史学家的证据并不支持这一观点。总的来说，19世纪教育的新发展并没有在经济的发展中起到主要作用，也没有证据表明当时教育的变化直接源于工业化对技术人才的要求。而且，虽然有些国家教育的发展和工业发展是一致的，但在另外一些国家却不是。仅仅依靠经济因素几乎不能解释各国教育发展之间的差异。

能满足工业革命早期对技术的要求的，实际上是传统机构所造就的技术人士。北欧国家普遍都是这种情况。工业革命首先发生在那些人们具备足够的识字水平的国家，而这种通过教育获得的识字能力更多地要归结于宗教而不是经济因素。一直到工业革命的第二个发展阶段，通过教育来提供新技术人员才成为必需。比如，英格兰教育的发展似乎就与技术需求没有关系，即使有了技术需求，学校也不能及时满足。教育准备的不足，似乎是导致英国在1860年后无法维持其经济霸主地位乃至于开始走向经济相对衰弱的原因之一。英国一直到工业革命开始快速发展之后的100年才建立起国民教育体系，而欧洲大陆各国的教育体系却都是在工业加速发展之前就建立了。关于教育与经济的脱节，我们还可以找到另外的例证。19世纪30年代，普鲁士、法国等大陆国家已经建成了各自的国民教育体系，但其工业的腾飞还没有开始。虽然这两个国家发展教育的主要动力是为了给国家官僚机构输送人才（而不是经济需求），但它们建立的理性的国家教育体系，反而比英国教育更具有技术指向性。有趣的是，欧洲大陆国家的国民教育体系建立于经济腾飞之前，英国则建立于工业革命之后，而美国正好处于两者之间。

总结一下欧洲教育的发展与工业增长对技术的要求之间的关系，我们发现：第一，没有一个国家的教育世俗化是仅仅靠经济和技术因素获得的；第二，即使有些国家的经济发展确实对教育改革提出了要求，学校一般也不能及时作出反应；第三，各国教育对经济的回应存在显著差异，几乎和工业化进程没有密切联系。试图以"对劳动技能（或者识字和技术原理）的需要"这一概念把教育和工业革命联系起来，得到的结果到目前为止都是负面的。①而且，功能主义理论显然不能解释各国教育发展的差异，就像他们不能解释教育变化本身一样。

---

① ［英］安迪•格林：《教育与国家形成：英、法、美教育体系起源之比较》，57页，王春华、王爱文、刘翠航译，北京，教育科学出版社，2004。

安迪·格林对英国教育发展的分析让我们进一步发现：工业革命与教育（尤其是技术教育）的发展并不必然相联，有时可能还会渐行渐远。

在19世纪的主要国家中，英国是最后建立全国性教育体系，并且是最不情愿让其受控于公众的一个。在19世纪的大部分时间里，英国政府一直抵制欧洲大陆借助国家发展教育的策略。英国的主流教育传统仍然是基于个人的自愿捐助制，并且拥有独立控制权。

这种缺乏统一指导和支持的状况导致了英国小学教育的低入学率和参差不齐的教育标准，技术教育发展滞后，中等教育改革缓慢。总之，教育机构的多样性和各教育部门间长期缺乏整合构成了英国教育体系的主要特征。该体系在各个方面条件都具备的情况下没有完成向一个完备的全国性教育体系的演变，而是保持原状很长时间。直到1870年，英国才建立起全国性的教育体系，并且即便那时，英国的教育体系也还是与自愿捐助制传统妥协的产物，直到1899年才建立起单一的教育管理机构。而国立中等学校则直到1902年才建立起来，这比法国和普鲁士晚了整整100年。

因此，有关英国教育发展的最有意义的问题并非它因何产生，而是它为什么那么晚才发生，以及为什么以其特有的方式发生。英国在18世纪是最开放、最自由的国家，同时又是工业革命的发源地。直到1860年维多利亚资本主义鼎盛时期一直拥有无法动摇的经济优势，制造业占全世界的1/2，棉花、钢铁和煤炭生产占据全世界的1/3。对于一个以其工业实力和自由的价值观而自豪的社会，教育状况如此落后实在显得不可思议。

更为矛盾的是，英国有许多非常有可能导致教育改革的社会条件。比如英国的人口组成很早就发生了变化，到1850年为止，英国的人口已经以城市人口为主，领先其他国家约半个世纪。英国劳动阶级的无产化更彻底，也更痛苦。这一点导致了世界上第一个最大的、最具阶级觉悟的无产阶级的产生，并因此产生了比推动其他国家教育改良的阶级冲突更尖锐的公开的阶级对立。最重要的是，当时的英国产生了一个不断上升的中产阶级，他们能充分地意识到他们的历史价值，并清楚教育在他们争取对其他阶级的意识形态支配权的斗争中所具有的价值。

在欧洲大陆国家，工业化一般是在国家的保护下进行的，而且当后来技术被逐渐"科学化"了的时候，工业化进入了加速发展阶段。科技教育作为经济发展的必需附属物得到了根本提高，那些希望赶超英国在工业界领导地位的国家也认识到科技教育不可或缺。到了德国和法国进入完全工业化的时候，当时最先进的技术发展水平，已经使正规的应用科学培训变得不可或缺了。它们也不可能采取英国式的自由政治。自由贸易对它们不利，而经济上的赶超必须走集中一切力量并争取国家支持的发展道路。在德国和法国的例子中，它们的历史积累成就了一个有力的国家机器和一套国家哲学，而这些东西后来都成了有利于它们发展的利器。

相比之下，英国先期进行的工业化没有借助于国家的直接参与，而是在一个自由发展的框架下取得了成功。这样辉煌的工业化开端对技术教育产生了两个影响：第一，使人们认为没有必要让国家参与到提高技术能力中来，因为最初对技术的要求较低，传统方法足以应付。通常的学徒制已经足够而且很实用。当时许多英国政治经济学家认为，国家干预肯定会造成负面影响。它不仅违背自由市场的原则，还会直接影响市场，妨碍制造商们自己组织的培训，并危及行业秘密。第二，英国早期工业扩张的成功鼓励了人们对科学技术和理论知识的蔑视，当后来经验知识和方法不能满足经济发展的需要时，先前的自傲便给英国人带来了麻烦。到19世纪50年代，英国科技教育方式的局限性就开始越来越明显。工业发展进入了一个新阶段，对教育也提出了新要求。英国所欠缺的正是这条联系纯科学及其应用的纽带，简而言之就是技术教育。

英国工业革命的产生并不直接得益于教育，尤其是技术教育的发展，而且也没导致这样的结果。这样看来，功能主义理论也颇有道理，虽然历史并没有告诉我们科技（尤其是技术）的进步与教育的改革并不必然互为表里，但教育的改革的确可以为科技的进一步发展提供更长久的动力。在某种程度上，我们甚至可以把我国目前的经济、技术发展情况，国家对高等教育的要求与工业革命后英国教育发展的道路相比较。我们很容易发现，改革开放之初的中国工业和经济也是在借助原有教育体系培养出来的人员来实现的，随着改革的深入，国家意识到"旧"的教育模式已经不能为国家的进一步发展再提供持续有效的支撑，对"高校改革"的要求也便呼之欲出了。对于后发达国家——工业革命第二阶段的普鲁士和法国，或者今天的中国——集中国家力量"办教育"似乎是唯一可行的道路。

4.2.3　教育与城市化

城市化的问题在中国也存在，新中国急于以一种新型的教育模式和内容来取代旧有的教育模式。当时的人们相信现代化能解决中国的所有问题——而且在许多方面，这种新方式的确也卓有成效——但这种现代化的（实质上是西方式的）教育模式最终也给我们带来了一个意想不到的后果——过度的城市化。总体说来，我们教育的主流是在文化认识和社会分工两个层面，把优秀的年轻人拖入城市。在当代中国社会中，教育与城市化的关系问题，也是值得深入探讨的。

我们可以先来对照一些西方国家的经验。西方教育的发展，特别是国民教育体系的建立和完善，一直伴随着这样的社会背景：社会人口的城市化过程。在一种更为直白浅显的逻辑中，中小学体系的建立，似乎就是为了解决那些父亲外出工作时孩子无人看顾的社会难题（因为母亲需要看顾更加幼小的孩子）。将孩子放到学校中，既是降低城市动荡的方式，还能为资本主义的生产链条源源不断地输送符合要求的劳动力。

城市化和无产阶级化进程的加剧，从多个方面影响了教育。一方面，新的劳动力形式以及随之而来的家庭经济结构的变迁，影响了传统的家庭式教育和社区式教育的功效，破坏了旧的模式，在工人阶级教育和儿童的社会化之间造成了一种差异。另一方面，工厂生产和城市人口的增长会带来劳动力管理和社会秩序的新问题，而这正是公立教育的用武之地。当生产不再主要由家庭承担时，孩子的教育也被学校接管了。劳动人口也逐渐转变成为一个新的无产阶级，在新的社会条件下生活，通过与其他阶级的比较而获得对自己身份的认识。教育成为统治阶级对这些转变进行控制的一个重要工具。所谓生产关系的变化，不是简单地指资本与劳动力之间的关系在工厂劳动和新的劳动纪律下所发生的变化，还包括为资本主义关系的再生产所必需的社会条件的变化，即新的劳动社会化形式和新的阶级控制模式。

工业化限制了工人阶级子弟从教育中获益的程度，但却积极地刺激了教育改革的发展。传统教育形式越因社会的变迁而受损，教育改革者们就越觉得有必要取代它。即使工厂生产并没有要求工人掌握新技能，但也必然要求工人形成新的行为习惯，服从日常作息时间、单调的工作、严格的纪律……所有这些只有通过教育来实现，而且最好还是从年龄很小时就开始。这样小学教育的价值就凸显了。

比经济效益更为重要的是社会效益，教育改革者们相信它可以通过教育来获得。接受教育能够让赤贫的和"不相信上帝"的城市贫民获得道德，向工人阶级子弟强行灌输社会权威。这是工人阶级家庭所没能做到的。最终的目的，就是通过对工人阶级子弟进行教育乃至开展成人教育，对抗激进思想的传播，灌输中产阶级的道德和资产阶级的政治经济思想。工人阶级和中产阶级之间的斗争，构成了这整个时期教育变革的基础。

美国的城市化、无产阶级化和家庭的变迁这些社会因素形成了一套相互联系的网络，对大众教育产生了互相矛盾的影响。一方面，它们损坏了传统教育，影响了入学率，因而也影响了大众学校教育的传播。另一方面，它们鼓励改革者们更加努力，使工人阶级养成上学的习惯，并开办学校以满足这种需要。这些相互矛盾的影响在一定程度上解释了该时期教育发展的不平衡性。

英国社会的城市化、无产阶级化及家庭形式的变迁和教育变化之间的关系很复杂，甚至还有些矛盾。但很显然，它们极大地刺激了英国的教育改革。不过欧洲大陆的情况有很大不同，欧洲发生大规模的城市化要大大晚于英国，其劳动阶级向无产阶级转变的过程也更长。一些国家很早就有了大众初等教育，而且主要以农村人口为教育对象。因此，城市的发展、城市社会问题的产生和大众教育的发展三者并不具有同时性。

担心城市恶化无疑是教育改革的一个基本动力。无产阶级家庭被认为已经分裂了。学徒制也被破坏殆尽，师傅们不再像以前那样控制年轻人，独立生产者的衰落减弱了师傅和熟练工人间的联系。最主要的是，社会中城市生活的异质性——不同民族信仰和职业的人聚集在一起，不再受密切的社会网络制约——挑战了社会秩序这一概念，唯一的也是最重要的能够解决这些问题的方法似乎就是教育。改革者们最关心的是城市青少年的道德状况，尤其是贫民和移民子弟的道德。城市本身就是对不道德的诱惑。公立教育基本是政府干预私人生活的一种形式，其目的在于维持社会秩序。城市的学校可以保护孩子免受其父母和环境的影响。学校不再是家长意志的延伸，而是父母和儿童之间的一种官僚机制。在那些传统家庭效力已经丧失的地方，学校就会取得成功。

公立教育是对城市社会问题的一种系统补救，至少改革者们认为如此。其课程不仅要培养遵守秩序的习惯和常规，还要不断地灌输道德价值观，同化移民使之融入本土文化，让儿童适应辛劳的工作和干净的生活，以生产出未来的工人和农民能在家里乃至更广的社区支持资本主义的竞争观和财产观。

新中国在采用了"现代化"的学校体系和办学方式后，在无意之中，也将西方教育体系在成熟过程中的城市化倾向纳入其中。

首先，西方中小学的公立教育体系被看做解决大多数工人家庭子女教育，并减少社会动荡因素的重要方式。而在当时的中国，把绝大多数子女集合到学校中，一方面解放了父母的时间和双手；另一方面也利于向年轻人灌输新时代的价值观。西方现代化的成果或者说是现代化的中间产物，成为了社会主义中国进行社会改造的有力武器。

其次，西方的教育理论几乎无一例外地都是站在城市和城市人的角度上来展开的。对于许多西方国家，这可能不成其为问题，但在中国，很长时间以来实际上使得教育的主题远离了中国的广大农村。从一个方面说，新中国成立后的很长时间，社会思想意识的改变几乎一直把大中城市作为重点，这与以城市为中心的教育理论体系是相叠合的。从另一个方面说，大规模的知识青年上山下乡运动，在某种程度上，是对这种教育模式的过激反抗。不过在那个时期，教育的城市化特征并不明显，这在很大程度上因为当时的社会对学校教育的要求不高。但是从1978年以后，中国教育体系和教育内容的进一步稳定，教育模式中隐含的"城市化"价值观便越发强势了。与此同时，人们正为中国当代教育的进一步发展欢欣鼓舞，而对其中隐藏的社会矛盾未能及早发现。

最后，我们今天猛然发现，越来越完整的教育制度无疑成了"教唆"乡村年轻人离开故土，一窝蜂地涌入城市的"罪魁祸首"。不过平心而论，我们也不能将全部"罪责"都推给西方的教育理念。也可能是中国古来即有的"学而优则仕"的思想，改头换面之后更"发扬光大"了。在当代的中国社会中，我们看到的不仅是"学习改变命运"的可能，还在事实中看到了"权力"和"知识"——更直白说是官员和学术专家们的——纠缠。于是教育所代表的城市生活自然而然地占有了支配地位，乡村生活成了经济上落后、文化上落伍的代名词。新闻和报刊中对乡村生活中的一些负面报道更让人们坐立难安。这种不幸可能来自我们经济体制的不够健全，从更深层次讲，甚至可能也来自我们对长期处于农业社会的古代中国在百余年间的苦难仍心有余悸。

由此我们还要更深入地反思当代中国艺术设计的取向问题。许多艺术设计专业一直将重点放在奢侈品或准奢侈品的设计中，而诸如乡村生活的方方面面却乏人关注。即使近年来日渐兴旺的所谓"绿色设计"，也并没让更多人认真去关照中国乡村生活中的大量经验。一直以来，我们都在讨论中国设计的特点，将讨论只停留在广泛的文化或风格层面，难有实质性突破。"内容"和"层次"的差异可能更迫切，也更实在。有时候，为谁而设计比设计成什么更重要。

4.2.4　教育的现实功能

关于教育与国家发展之间的关系我们已在上文论述，这可被看做教育的现实功能之一，已经被现代教育体系和教育制度的设立，当做不证自明的前提。

另一个前提——也是教育的另一项现实功能——在于培养"完美的人"。"完美的人"这一观念来自亨利·纽曼的名作《大学的理想》。这种培养"完美的人"的观念暗示了两种时代背景：一方面，等级的、世袭的社会关系松动了，通过受教育，平民也能变得高贵。换句话说，区分一个人的高贵或低俗的标尺不再是出身，而是受教育程度。这是西方社会在现代化过程中的一个历史性进步。另一方面，在资本主义化的过程中，人的物化也是甚为明显的，近现代西方教育模式的设置有将"人"视为可被教育的"物"的倾向，可以通过分阶段的、具有很强操作性的学校教育，把作为"原材料"的儿童，训练培养成"完美的人"。人的物化似乎伴随着教育现代化的全过程。

值得注意的是，古代中国人也相信人是可以被教化的，而且教育的目的也是培养这种有教养的、德行操守出色的人才，所以直到今天，大多数中国人仍然认为有文化的人应该更有教养，道德操守更加出色。近现代的许多教育问题研究者也依然乐于将操守、教育与知识的多寡相联系。他们文章的字里行间似乎还流露出一种进入工业社会后，文化和社会地位中的原有贵族对技术文明的不信任。

认为人是可以被教育、被教化的，是当代教育理论的另一个重要前提，而且这一点是无法找到反证的。从广义上讲，处于社会生活中的幼童，无论如何都是受到外在环境影响而被塑造的，即使没有学校教育，也还有父母、家庭和社会的影响，虽然并不是所有成年人都能意识到自己在孩童的人格和性格形成中扮演怎样的角色。在工业化之后，随着工厂化生产代替了家庭作坊，孩子们的教育也更多地不是在家庭中完成，而是交给特殊的机构——学校来完成了。但人们又发现了学校或可胜任知识教育的职责，却无法很好地教化学生，毕竟在学生的生活中，学校生活只是一部分而已。教育与教化的分离成为当代教育实践中的一个无法穿越的峡谷。

公共教育体现的是一种全新的普遍主义，承认教育应该面向所有社会团体，并满足各种社会需求。国民教育体系的目标就是要打破早期学习形式的狭隘的"特殊论"，要服务于整个民族，至少要体现社会统治阶级心目中的"民族利益"。为此，这种教育必须首先引起国家的重视并最终发展成为一种国家机构。它不能再任由某个个体或团体异想天开，也不能假设它会在市民社会中自发并逐渐地朝着正确的方向发展且达到必要的程度。它必须自上而下地、在国家官僚机构的集中安排下寻找发展空间。这样，19世纪教育体系发展成型，其功能相对独立统一，和以往的教育形态也截然不同。它成为了一种独特的机构，是迅速发展的19世纪民族国家必不可少的组成部分，也成为新的社会秩序的重要支柱。既然教育已经成为国家规划中一个如此重要且必不可少的组成部分，那么教育改革和国家发展二者在时间上的紧密切合也就不足为奇了。它不仅能为工业和国家机关输送有相当技术和正确思想的人，也能为主流社会阶级建立对全民的霸权发挥不可估量的作用。

一个国家的公共教育体系与国家形成的过程相关，与政治形态、经济和社会情况相关。国家形成指的是现代国家建立的历史过程，不仅包括政治行政部门以及组成"公共"范畴的所有政府控制的机构的组建，也包括使国家权力合法化、巩固民族和民族特点的意识形态和集体信念的形成。

无论如何，近现代教育在塑造新型国家和民族文化中的作用已经成了许多国家制定教育政策和体制设计时必须考虑的内容。在当代中国，因为旧的文化和伦理体系被打破，新体系仍未建立，这一点具有尤为重大的意义。这或许是当代中国教育最大的现实功能了。

教育在塑造国家新文化的过程中具有很重要的作用，也会激发出巨大的能量。但在这个过程中，教育并不总是以"创世者"的形象出现的，它本身其实也是"新文化"的改造对象。所以，与国家和时代的发展共同前进必是当代中国教育改革的长期主题。在很多方面，我们都将发现，教育改革的成果不是可以预设出来的，而是与国家力量相互作用的结果。

教育在培养大众的民族认同感方面的重要性也是毋庸置疑的，正如葛兰西所说，获得意识形态上的霸权常常靠的是这些"在国内很普遍的"概念。在教育的改革、发展和完善中，其与社会结构变迁之间的关系，也是一个长久存在、值得深入探讨的课题。一种社会结构的划分方式会使得生活其中的绝大多数人都会趋向认可这种体系，并自觉地去维护它。而一旦某种体系被打破，或需要被打破，改变从前的人群划分方式往往是最有效、最直接的方法。教育是实现这一目的的主要途径。其主要功能是通过集体文化的传递来促进社会的稳定。教育在社会群体的形成、稳固和互信（有时是互相敌视）的过程中，是一个重要但作用微妙的角色。古典时代的人类社会都存在着不同的社会等级，在许多文明中，这种等级制度还通过血缘、政治和信仰的方式固定下来。进入到近现代社会中，社会人群的划分形式依然存在，而且这种划分方式在很大程度上依赖于人们接受教育的水平和所从事的职业。与之相匹配的，学校的选择在很大程度上也便成为了给不同年轻人"贴牌儿"，成为利于他们进入不同社会阶层的保证。一直以来，中国的教育是模式，是努力蔑视这种阶层划分的，尽量把所有学生看成"均质的"年轻人。从积极方面而言，这其实是一种更真实、更深刻的"人人平等"观念的体现，这是那些鼓吹"人权"的西方国家所不具有的一面；但从消极方面而言，这也往往使得学校和学生们因缺乏明确的"阶层属性"而日渐迷失，特别是在经济发展快速且不均衡的现实条件下，对年轻人"一视同仁"的对待方式，有时反而在客观上导致了对学生们现实差异的漠视，这将不利于教育体系的调整，也无法解释诸如农村学生进入大学比例日渐降低的现实。

国家教育系统必须"生产"和"传播"统一的国家观念和信仰。现在我们可能应开始考虑，针对我国不同的地区、习俗、阶层的学生，这种统一的国家观念和信仰可能有不同的解释方式。过去几十年来学校所习惯的解释方式在现实中已经受到越来越多的不信任，特别是无法针对变化了的社会和学生，提供有效的思想和心理支撑。在现代化的背景下，在人不断被物化时，对事物、对人群更深入地划分和分析，似乎成了有效制定教育改革方案的前提条件。

4.2.5　国家的角色

我们一直认为，学校是公民教育的主力军，却未深究为何如此。学校是国家置于社会和民众生活中的一个"功能性"体系，人们期望一个天真无邪的孩童被送进这样的体系中，应能从另一个出口出来，成为一名有利于社会的青年。然而人们的现实经验却并不支持这样的观点。学校教育其实往往被分成了几个阶段，每个阶段的人生追求和社会追求未必相同，而强大的社会力量往往将学生的个人需求限制在最低，在这样的情况下，教育和学校已经是"水火不容"了。

18世纪最受欢迎的教育理论论著要数卢梭的《爱弥儿》，该书为一个中产阶级子弟制订了一个极富解放性和理性的自由教育方案。卢梭也深信学校和教育是对立的，最好的教育来自生活、经验和对自然的观察。但国民教育体系的主流机构却是与卢梭的信念截然相反的。

于是，我们不得不开始怀疑这种教育与学校的"分离"到底是一种必然现象或趋势，还是可以避免的。比较而言，国家对教育的最有效干预往往是在学校中展开的。当然并不是说在前现代时期，不存在国家意志对教育的影响，但也必须承认这种影响更加曲折，更不可控。如果不够厚道，我们当然应该承认，即使没有其他因素，国家也会更希望教育的主要责任由教育部门来承担。

不过这恐怕也不是国家的一厢情愿就能完成的。事实上，现代学校及整个教育体系就是现代社会（或者说就是近代化之后）的产物；从另一方面来讲，它也成为支持这种社会存在的支点。就是说，在当代社会中，真正让学校承担教育责任的不是（至少不仅是）国家力量，而是现代社会的存在逻辑。

但是，我们不应该因此就听凭教育单位在当代社会中的自由发展。那种相信教育"独立"的学说是有待商榷，甚至值得怀疑的。我们已经在前文中不止一次提到，在当代世界中，根本不存在任何一种不受国家力量干预的教育形式和体系，无论其主流教育理论为何。事实上，所谓教育的自治（或者大学的自治），在今天看来更像是水渠中的流水一般，水的流淌是自由自在的，但水渠的修建是有目的、有计划的。国家便是这个过程中最有力、最可靠的"投资人"，教育部门则是水渠开凿的执行者。这个过程中又隐含着另外的要求，国家对教育的干预不可太紧，也不可太松，否则可能拔苗助长。目前我们的麻烦是，无论是国家权力体系中的教育主管部门，还是教育体系中的教师、职员和学生个体，都还未很好地认识到自己的位置和价值。所以我们的管理方式总是显得忽左忽右，体系与个人、群体与群体之间都缺乏互信。

对各国的教育历史发展研究告诉我们：国家与教育的发展其实并不总是平衡的。

就近代史而言，在像法国那样社会和意识形态两极分化严重的国家，或是俄国那样有意识地尝试由上至下地进行总体重建的国家中，国家就经常成为文化变革中一支极为重要的力量。它涉及大量的精心设计的社会变革，而学校则是这个过程的重要组成部分。这样一来，学校的发展就变得非常重要，因此国家通过兴建学校而大力发展教育。而意大利，国家形成相对迟缓或脆弱，反映的是部分的或不稳定的资产阶级霸权。而英国的国家形成由于统治联盟的性质而显得不同寻常的缓慢和保守，通过公共学校教育来进行文化变革就不那么迫切了。新中国的每一个社会过程都与教育体系的变革和动荡相联系，这不应被看成中国独有的经验。事实上，几十年来，中国政府对教育的观点有一脉相承之处，那就是把学校教育看成推进新思维、改变旧格局的重要领地。

另一个使各国的国家形成别具特色,并对教育产生极大影响的因素是民族主义。有些国家的统一(既指文化上的统一,也指疆土的统一)很滞后,时间也拖得很长,甚至还存在长时间的军事冲突,因此在这些国家,民族主义就成为国家形成中的重要因素。事实上在很多国家里,现代资产阶级政权的建立和民族主义的兴起是不可分的。在这些情况下,教育就有了复杂的民族主义情结。正如霍布斯鲍姆认为的那样,学校教育是形成民族的最有力武器。它不仅是训练有能力的爱国士兵的途径,也为实现塑造新的民族认同感或独特的民族文化的民族主义愿望开辟了道路。学校最适合用来推广民族语言、普及民族文化、塑造最受统治集团或支配集团欢迎的民族形象。

造成各教育体系在发展的时间与形式上差异的关键社会因素,应该是各国的国家性质和新中国成立历程。建立国民教育体系的主要推动力在于两大需要:为国家提供训练有素的管理人员、工程技术人员和军事人才,传播主流民族文化,向国民灌输民族意识,从而为迅速崛起的民族国家打造出政治文化共同体,以巩固主流阶层在意识形态方面的主导地位。这就不可避免地使教育不时地被当做实现某些现有理论所描述的功能性工具了。同样,在那些正处在快速城市化的地区,社会变革带来的大量社会冲突都需要由学校来控制和缓和。传统家庭结构的破坏,引发了在充满对抗的阶级社会背景下对年轻人进行社会化的特殊问题,教育便常常被看做按照主流意愿去引导年轻人进行社会化的替代机制。然而,影响国民教育体系形成的恰恰是国家对教育的干预,因此各国的国家性质必然是解释各种学校体系发展的特有形式和发展周期的最重要原因。

国民教育体系在那些新中国成立历程最为动荡的国家最先且最快地发展起来。三种历史因素与这种加速的、简短的新中国成立历程有直接关系。一个因素是外国军事威胁的存在或领土冲突的存在,这种因素往往会刺激受害国作出全民族范围的反应,并促使他们竭尽全力去加强他们的国家机器的实力。另一个因素是国家内部重大变革的发生,这种变革要么来自国民革命,比如法国;要么来自争取民族独立的斗争,比如美国。在这样的情况下,国家刚刚从战乱中解脱出来,面临的是国家重建的紧迫任务,不仅要修复战争的创伤,还要建立相应的社会秩序,体现以刚刚过去的战争为代价去捍卫的那些原则。最后,某些国家也会为了摆脱相对的经济落后境况而发起由国家领导的改革计划。一般而言,如果一个国家的经济明显落后于其他竞争对手,它的落后局面不可能通过各企业的自发努力而扭转。自由经济政策对于落后国家没有太多益处,它们更适用于发达国家。那些成功地扭转经济落后局面的国家之所以取得成功,要么是得益于其他强国的扶持,要么就是借助于一些有针对性的、由国家直接领导的改革计划。

国民教育发展的周期和形式都反映了国家的性质。集权的国家会产生集权的教育机构,而像美国这样的自由国家则会产生更民主的教育体系。集权的教育机构更适合一个各部分比较系统地与整体相结合的教育体系。这样的教育机构将有助于改进全国的考试体系，改进有组织的教师培训以及改进用于协调各不同部分教学的制定课程的政策。另外，非集权的公共教育体系对教育实践没有十分严格的控制，致使国家很难把教育当做一种借以统一政治信仰的工具。英国传统的自愿捐助体系既不真正的公立，也称不上一种真正的体系，其内部协调性和整合程度不如其他任何一种体系。

然而，影响教育形式和内容的并不仅仅是教育集中控制的程度。学校教育不仅是国家的产物，也是社会的产物。社会生活并不和国家体制那么严密和系统化，它往往是大而弥散的，在不知不觉中形成，也在不知不觉中塑造着身处其中的人们。随着中国各种社团组织的发展，即使在人口增长速度回落的大背景下，社会生活的丰富性和复杂性也在成倍增加，不同的社会阶层和日益丰富的市民生活都会将各自的追求和利益投射到教育中来。社会力量上处于优势的群体，不一定代表着更广泛的人类追求和更长远的国家利益。在这个过程中，在我们这样的历史和现实背景下，国家是当然的仲裁者和决策者。在最好的情况下，学校，尤其是大学应该成为国家与现实之间的另一种力量和支点。它不仅肩负着国家的现实使命，更应该关照人类的精神世界。纯粹的市场机制以及自由放任的理念根本不适合教育的发展。

中篇　当代中国艺术设计专业的战略定位研究

第5章 我国艺术设计教育的历史回顾

5.1 曲折前进的历程

5.1.1 启蒙阶段（清末民初—1949年）

1894年甲午战争失败后，清政府决心革新教育，由此揭开了近代教育的序幕。在"实业救国"的政治主张下，洋务派提出了"新工艺"运动，全国上下大力兴办各种工艺学堂，出版引介外国新工艺的书刊，创办实业学堂，开始新式美术教育。1904年清政府实行"癸卯学制"，没有艺术科，只有"工艺科"，指的是各种实用技术，含土木工学、建筑学等。1905年清政府废止了已经实行1300年的封建科举制度。[1]1906年，两江师范学堂开设图画手工科。1912年，民国时期教育部公布的《专门学校令》中有了"美术专门学校"的名称，分公立和私立两种类型。蔡元培先生发表文章大力提倡美术教育，首先在小学实行，随后在师范类学校开设美术教育课程。同年，17岁的刘海粟等人创办了私立上海图画美术院，该院在1919年开设了工艺图案科，目的是"养成工艺美术专门人才，改进工业，增进一般人美的趣味"。1918年4月15日，梁启超倡导的第一所国立美术专门学校——北京美术学校成立，其高等部开设了图案科（包括工艺图案和建筑装饰图案），并有金工、印刷、陶瓷的实习车间，开设传统纹样临摹、花卉写生变化、蜡染、漆画、烧瓷等课程，开始了艺术设计教育的萌芽。1923年，陈之佛留日回国，在上海创办尚美图案馆，致力于中国工艺美术的教育和研究。1928年3月，林风眠为首任校长的国立艺术学院建立（后改为国立杭州艺术专科学校），这是当时最高的艺术学府，也开设了陶瓷科和图案科。新中国成立后，北平艺术专科学校发展为中央美术学院，徐悲鸿为院长，1950年，建立实用美术系，设有陶

---

[1] 科举制度开始于隋代，光绪三十一年八月初八（公历1905年9月2日），清政府下诏废止科举制度。

瓷、染织、印刷三个科目。国立杭州艺术专科学校成为中央美术学院华东分院，也设立实用美术系。[①]

从时间来看，我国工艺美术教育的开端并不比西方晚多少，从教育资源来看，20世纪初，大量爱国知识分子留学归来，积极创办各种类型的实用美术教育，早期的美术院校多数同时开展美术教育和实用美术教育，并且一些资本主义萌芽阶段的大城市，实用美术具有很大的发展潜力。因此，陈瑞林先生认为，"二三十年代，中国具有走向世界、走向现代的基础，但是抗日救亡运动终止了启蒙"[②]。尽管由于政治经济等原因，艺术设计教育在萌芽阶段比较多灾多难，但是，这个开端无疑是轰轰烈烈的，其精神与"五四运动"相吻合，"在'五四'一代人的心目中，工艺美术是一个崭新的观念，不是传统手工艺文化的延续，恰恰相反，是对传统的否定和扬弃，是新思潮、新文化的产物"。

5.1.2　创立阶段（1949—1966年）

1949年新中国成立后，中央人民政府高度重视传统工艺和民间工艺，多次指示要保护和发展传统手工艺。1953年，由文化部主办的"全国民间工艺美术品展览会"在北京举行，党和国家领导人为展览题词并参观了展览。各地民间艺人来到北京，与专家进行座谈。陈瑞林先生认为20世纪50年代的这一系列工艺美术展览和活动奠定了中国艺术设计教育"手工业"、"传统工艺"和"民间工艺"的基调。1949年到1963年，全国美术院校进行了两次调整。到1961年，全国美术教育单位共有33个，有七大美术院校，重点是三所：中央美术学院（1950）、中央工艺美术学院（1956）、浙江美术学院（1958）；非重点有四所美术专科院校和两所设有美术专业的艺术学院：鲁迅美术学院（1958）、西安美术学院（1960）、广州美术学院（1958）、四川美术学院（1959）、南京艺术学院（1959）、湖北艺术学院（1958）。如今这些学院是我国艺术与设计教育的主力军。

1956年建立的中央工艺美术学院是新中国成立后第一所专门以工艺美术教育为主的院校，它的建立标志着高等实用美术学科的初步确立。当时设立有染织美术系、陶瓷美术系、装潢美术系、室内装饰系，在校生共有99人，其中83名本科生。[③]据《中央工艺美术学院院史（1956—1991）》记载，当时有三种办学思想：一是从手工业生

---

① 袁熙旸：《中国艺术设计教育发展历程研究》，87、146页，北京，北京理工大学出版社，2003。
② 陈瑞林：《先驱者的足迹——20世纪前期中国工艺美术发展述评》，载《工艺美术参考》，1989年第1、第2期。
③ 中央工艺美术学院早期校史。

产和手工艺销售的角度，采用师傅带徒弟的方式，培养手工艺人；二是继承发展民间装饰艺术，走民族化的艺术道路；三是接受欧洲设计思想，强调艺术与科学的结合，强调工艺美术要为广大人民的衣、食、住、行服务。民族装饰思想占主流，因此这一时期的建筑装饰和装饰绘画得到很大发展，学术上重视挖掘中国传统工艺美术资源。1958年，全国第一种工艺美术综合性学术刊物《装饰》诞生，作为中央工艺美术学院的院刊，从这个名称中也可以看出当时的工艺美术教育仍然深受法国装饰艺术运动的影响。此后，全国美术学院开办的工艺美术类专业逐渐增多，基本形成了包括本科、专科、职业中专在内的多层次的教育体系。但是，由于当时我国政治经济发展水平所限定，"工艺美术"被广泛理解为手工艺与实用美术（或商业美术）的混合体，在国内并没有得到足够的理解和重视，学生仍然以当画家为荣。尽管面对一些不理解，还是有很多高瞻远瞩的前辈坚定地投身到工艺美术建设中来。作为工艺美术教育的领头羊，中央工艺美术学院在这十年里，继承和发扬了启蒙时期的教育理念，活跃着多元的艺术思潮，众多前辈从理论和实践两方面作出了令人瞩目的成就，为全国艺术设计学科的建设和发展培养了最早的一批优秀师资力量。

5.1.3 停滞阶段（1966—1976年）

"文革"期间，教育是重灾区，教学活动基本停顿。此间比较重要的事件是1973年8月，中央工艺美术学院划归轻工业部领导，标志着工艺美术教育与工业生产的关系加强，但是依然远离文化系统。1975年复课，只招收工农兵学生。相比之下，20世纪60—70年代正是战后各国经济复苏的阶段，英国、法国、美国、日本等国家的艺术设计已经发展成为一个规范的行业。

5.1.4 恢复与转型阶段（1976—1998年）

20世纪80年代是重要的恢复期，现代设计思潮开始兴起。1982年，由中央工艺美术学院筹备，轻工业部、文化部主办的"全国高等院校工艺美术教学座谈会"在北京西山召开，会议以"轻纺工业"与"日用品工艺化、工艺品日用化"为中心展开评述，探讨了各专业教学的特点及经验，对全国相关院校和专业产生了较大的影响。[①]很多综合性的大学开始设立"工艺美术系"，其课程设置和教学模式大多以中央工艺美术学院为范本。

与此同时，在稳定的政治经济环境下，工艺美术教育开始向艺术设计教育转型。最早受到重视的专业方向是工业设计。很多学者认为，工业设计教育的起步是中国艺

---

① 许平：《走向21世纪的中国艺术设计教育》，载《装饰》，1997年第6期，4页。

术设计教育走向现代、走向世界的重要标志。1974年，在政府要求下，一批中央工艺美术学院的艺术教育者和汽车制造界的工程师们被组合起来，共同针对汽车的外观造型设计进行国有汽车产品的开发，根据当时国际工业设计发展的情况，他们提出了工业美术的概念。[①]1977年恢复高考时，中央工艺美术学院率先将建筑装饰系更名为工业美术系，包含工业设计与室内设计两个专业。20世纪80年代初期不少高等院校相继建立了工业设计专业和系科，或开设工业设计课程。1982年国家教委批准建立湖南大学工业设计系，成为工科院校中第一个设立该系的院校；1984年7月16日轻工业部批复中央工艺美术学院建立工业设计系和室内设计系的报告，同时撤销工业美术系；1985年轻工业部批准正式建立无锡轻工学院工业设计系。1978年中国工业美术协会成立，1985年全国高校工业设计协会成立，1987年中国工业设计协会成立，创办《设计》杂志，提出设计即创造的口号，并指出产品设计是国家工业和文化振兴的标志，显示了高度的社会意识。

1979年前后，以南方的广州美术学院和北方的中央工艺美术学院为先导，从日本和香港等地引入"三大构成"等设计基础相关课程，并由此形成了延续20年的设计基础课程模式。但是由于人们普遍对国外的设计发展状况缺乏深入了解，"三大构成"一度被误解为"设计"的代名词。王受之先生在《世界现代设计史》一书中评价说，"国内当时的改革，事实上是在基本封闭的状况下重复德国人50年前的实验"。20世纪80年代社会经济刚刚开始恢复，社会生产力水平不高，专业设计实践相对滞后，因此，理论探讨的气氛浓厚，激烈辩论成为这一转型期的重要特征。作为工艺美术的重要成果和标志的图案课程在80年代的10年里发生了急剧变化，形成了装饰艺术和功能造型两大分野。[②]对"设计"这个概念的讨论也频繁起来，产生了"设计"与"工艺美术"的争论、"设计"与"图案"的辩论，以及"工业设计"与"工艺美术"的辩论。一些人认为工艺美术包含了设计，另一些人认为"设计面临的是一场重大的改革，而不是对工艺美术的小修小改"[③]。

20世纪90年代，理论上的争论逐渐被蓬勃发展的设计实践所取代。随着改革开放的不断深入，生产力水平不断提高，政府为了促进对外贸易，开始重视艺术设计，在人们生活相对富裕的东南沿海区域，室内设计、广告设计、包装印刷设计、服装设计专业等已经在市场的实践层面上显示了自身活力。重"道"轻"器"的观念逐渐被打破。1988年，中央工艺美术学院率先将各专业称谓中的"美术"后缀改为"设计"，

① 蔡军：《设计、策略、教育——中国工业设计的思考》，载《美术观察》，1998年第8期，7页。
② 诸葛铠：《裂变中的传承》，43页，重庆，重庆大学出版社，2007。
③ 王受之：《世界现代设计史1864—1996》，4页，深圳，深圳新世纪出版社，1995。

包括了装潢艺术设计、染织服装设计、产品造型设计、室内装饰设计、环境艺术设计、陶瓷艺术设计等专业方向。到90年代初期，中国社会经济发展迅速，与市场经济紧密相连的艺术设计教育进一步得到社会的认同，而纯美术教育的发展势头放缓。到了90年代中期，纯美术专业的毕业生不得不转行从事与设计相关的职业，这是社会观念的一个很大转变。此时，从一个极端到另一个极端，社会上甚至出现了"绘画无用论"、"装饰即罪恶"等错误的、偏激的观点。

20世纪90年代末期，国际交流日渐频繁，我国艺术设计教育的进程加快。1995年冬，由文化部教育司主办、广州美术学院承办的"跨世纪的中国设计艺术教育——全国高等美术院校设计学科建设理论研讨暨作品展示会"在广州美术学院举行，来自中国20所高等院校的代表出席了会议。会议讨论了设计教育的重要性、设计教育的方针、设计人才的培养规格、设计学科建设、师资队伍建设、教材建设、办学模式和专业特色，以及理论与实践相结合等方面的问题[1]。1998年3月，国家教委正式更名为教育部，同年制定的"普通高等学校专业目录和专业介绍"中，以往本科二级目录中的"工艺美术"被"艺术设计"取代，装潢、环艺、装帧、广告、动画设计、金属工艺、陶艺、服装设计、漆画、纤维艺术等专业方向被纳入新的"艺术设计"学科范围。这次更名标志着从工艺美术教育到艺术设计教育转型的初步完成。

5.1.5　发展阶段（1999年至今）

1999年全国高校实行扩招政策以来，艺术设计类生源数量直线上升，教育规模急剧扩大。据调查，2001年全国1166所普通高校中，有400多所院校开设艺术设计专业[2]。到2004年，全国有30多所独立建制的艺术院校，600多所综合类高等院校开设了艺术设计的本科相关专业，"设计艺术学"的硕士和博士授予点也在不断增加。建立较早的视觉传达设计、产品造型设计、染织服装设计、环境艺术设计等专业逐渐完善起来。近年来，在市场需求的催化作用下，艺术设计学科不断与文科、理科、工科等相互交叉与融合，产生了动画艺术、多媒体艺术、交互设计、设计管理等一些新的专业方向。可以预计，艺术设计学科的综合性特点将进一步得到加强。设计产业逐渐成熟，尤其是在各地政府纷纷提出发展文化创意产业之后，各种媒体对设计行业的宣传力度逐渐加大，艺术设计更加深刻地影响着人们的生活。面对扩大的人才市场需求，各大院校积极推进设计艺术教育改革，全国一统的教育模式一去不返，各具特色的教

---

[1] 朱琦：《迈向21世纪的中国高等设计教育——"全国高等美术院校设计学科建设理论研讨暨作品展示会"综述》，载《装饰》，1996年第2期，58页。

[2] 蔡军：《适应与转换——高速经济发展下的中国设计教育》，国际设计教育大会ICSID论文，北京，清华大学，2001。

育理念正在探索和形成中。与此同时，在国家相关政策引导下，大学的办学自主权有所提高，国际交流频次增多，国际合作办学成为潮流。教育规模的扩大不仅促进了教育资源的重组，也为进一步提高教育质量奠定了从量变到质变的基础。

5.2　从历史角度看我国艺术设计教育的特点

5.2.1　自下而上的知识制度变迁

从驱动模式上看，我国艺术设计学科制度的建立，主要是一种学术权威主导的自下而上的知识制度变迁，表现在以下两个方面：

（1）由手工艺作坊推动工艺美术及商业美术的发展，由私立美术学校带动公立美术学校的建立。有研究者总结晚清工艺教育兴起的原因有两点[1]：一个是洋务运动中的爱国知识分子的疾呼与倡导，比如郑观应和张之洞；另一个是西方传教士开办的教会工艺传习所。前者出于实业救国的目的，推动了癸卯学制以及新式学堂的工艺教育，后者出于经济利益等考虑，在生产实践以及商业方面获得成功。也有研究者总结为"官、民、洋、土"四条道路[2]，说明早期的民间工艺教育办学形式的多样性。其中民间办学的数量和规模很大，这些来自民间的、自发的工艺教育是推动官方工艺教育的重要力量。新中国成立后，虽然私立美术院校和各种工艺学堂消失殆尽，但是它们却为我国的工艺美术教育培养了大量的人才，为我国的工艺品出口建立了声誉。

（2）由学术权威推动工艺美术学科的建立。20世纪50年代，我国拥有一批工艺美术设计大师以及学术权威，他们认识到纯美术与实用美术的差别，致力于发展实用美术教育，推动了政府对工艺美术教育的支持，并建立了第一所独立的国立工艺美术院校——中央工艺美术学院。虽然当时政府的意图是保护和发展民族手工艺和民间美术，而工艺美术教育家的意愿是发展现代设计，但是无论如何，中央工艺美术学院作为前沿阵地，在我国设计教育进程中发挥了重要作用。前辈们通过大量的理论著述和设计实践，发展了工艺美术学科，培养了大量人才，使工艺美术各专业在全国美术院校里迅速发展壮大。到了90年代中期，伴随设计实践的繁荣，学界对现代设计理论的探索日渐增多，在学科目录相对滞后的情况下，各院校纷纷开始自主对艺术设计学科各专业方向进行改革。经过各学院和专家十多年的努力，艺术设计学科终于获得国家

---

[1] 袁熙旸：《中国艺术设计教育发展历程研究》，39页，北京，北京理工大学出版社，2003。
[2] 徐琛：《20世纪中国工艺美术教育概述》，载《美术观察》，2004年第11期，88页。

教育部门的认可。从艺术设计学科的发展历程来看，设计院校和学术权威在学科的建设发展中起到了自下而上的推动作用。

5.2.2　教育模式的混合与重叠

西方设计艺术教育发展的基本脉络是美术教育（Fine Art）——工艺美术教育（Craft）——设计教育（Design）。设计发展的脉络是与工业生产水平同步的，这是一个有着内在传承的清晰谱系，美术教育适应早期工业化生产的需要发展出工艺美术教育，工艺美术适应工业化生产的兴盛而发展出各种类型的艺术设计，起始阶段，三者在学科定位、课程内容、师资力量、招生模式等诸多方面是模糊的或者共享的，后来逐渐区分并发展出各自的特色，形成不同的学科范式。但是对我国来说，这三者都是舶来品，都不是从本国的传统中自然萌发的。其中，早期的美术教育主要沿袭了法国的学院派传统，已经有比较成熟完整的教学体系。随后，中国比较特殊的历史经验（抗战和"文革"）使美术与社会政治紧密联系在一起。1955年，文化部召集全国素描教学座谈会，正式从苏联引进了契斯恰科夫的教学体系，开始发展社会主义特色的现实主义美术，这一体系在国内美术教育界的影响深刻而广泛。作为美术教育的分支，工艺美术几乎是与西洋美术同时被引进的，根源也主要是法国。但是与美术教育不同，20世纪初，西方的工艺美术教育也是一种新兴事物，起步不比我们早很多。我国启蒙时期的工艺美术教育体系主要来自国外经验，但创立时期已经开始挖掘更多的中国元素，一方面沿用了美术教育中的部分课程，同时建立了以民族装饰艺术为特色的工艺美术教育。但是，限于落后的生产力水平，新兴的装饰艺术主要是对新美术的贡献，教学也是以艺术经验的传授为主要模式。因此，张道一先生对工艺美术教育体制的评价是"先天不足，后天失调"，仅仅是百纳衣式的教学结构，没有完整的教学体系，仍然在画画中兜圈子。[①]

改革开放后，艺术设计在实践层面的拓展有力地促进了设计学科的发展，在概念交替中，艺术设计脱壳而出，工艺美术则被迫回归到手工艺范畴。20世纪90年代末，艺术设计教育取代工艺美术教育成为主流，"大美术"还是"大设计"的讨论开始不绝于耳。从"美术"到"工艺美术"再到"艺术设计"的概念转换多少类似于库恩所说的范式转移[②]，根据美国学者霍斯金的看法[③]，其微观上可见的标志之一就是教学

---

① 张道一：《设计在谋》，4~35页，重庆，重庆大学出版社，2007。
② "范式"最初是由美国著名科学哲学家库恩1968年在《科学革命的结构》中提出的一个词汇，他认为范式就是一种公认的模型或模式，一个稳定的范式如果不能提供解决问题的适当方式，它就会变弱，从而出现范式转移。
③ [美]霍斯金：《教育与学科规训制度的缘起：意想不到的逆转》，载[美]华勒斯坦等：《学科·知识·权利》，43~60页，刘健芝等编译，北京，生活·读书·新知三联书店，1999。

场所的转移：画室——作坊——教室，这一线索在教育实践层面上体现出认知范畴的突破。每一次范式转移中都伴随着固守与突破的激烈争论，通常前一种范式力量越古老，新的范式产生就越艰难。如果我们采用福柯的学术即权力的观点来看，这种学科范式转移的艰难就可以理解了。最明显的例子是考试，考试作为一种学科规训制度，把人变成了可以度量的人，把不适合规训的软学科变成了规训。另一方面，作为学术权力的象征，我国几十年不变的美术高考模式，从侧面反映了我国美术教育体系的成熟和设计教育体系的不成熟。人们长期形成的观念和制度环境等诸多内外因素造成目前三种教育模式的重叠与混搭。

5.3　工艺美术教育的历史意义

5.3.1　概念变迁

我们今天所认同的"工艺美术"与20世纪初工艺美术前辈所理解的概念是不同的。在20世纪初，"工艺美术"是一个合成的新概念，"工艺"是中国传统词汇，"美术"是西方舶来的词汇，因此"工艺美术一词的出现以及对于其内容、含义的阐述，是在当时的艺术家面对东方与西方、传统与现代的文化交流和碰撞中形成的"[①]。我们必须历史地来看"工艺美术"这个概念。从文献资料和访谈来回顾，工艺美术的概念之所以复杂化，有两个重要的历史原因，其一是业内精英观念与社会普遍观念的差异；其二是工艺美术的理论与实践的差异。在老一辈工艺美术精英的观念里，工艺美术就是实用美术，包含范围极广，在理念上与现代艺术设计是一致的，在当时是超前的。但是"近几十年来的工艺美术实践走上了以特种工艺也就是传统手工艺为中心的道路，（由于）工艺美术这一概念产生的时代局限性，主要是生产能力的局限，使工艺美术停留在装饰美化"[②]。

陈之佛先生认为：工艺美术不是古董，而是与人们生活密切相关的实用美术[③]。他区分了工业品、工艺品、古董三者的属性，认为工艺美术包括了前两者。提出工艺美术（或者实用美术）必须具备"审美、实用、经济"这三个要素。这一观点得到普遍认同。

[①] 陈晓华：《工艺与设计之间——20世纪中国艺术设计的现代性历程》，116页，重庆，重庆大学出版社，2007。

[②] 李砚祖：《工艺美术概论》，4页，济南，山东教育出版社，2002。

[③] 胡光华：《陈之佛工艺思想研究》，载《南京艺术学院学报（美术与设计版）》，1996年第3期，75页。

郑可先生又在这三原则的基础上增加了"科学"原则，他认为设计原理和功能、材料应用、生产工艺流程、产品包装、生产管理等方面都要讲究科学性。他最早认识到综合交叉学科的意义，提出培养通才的教育目标[1]，并在理论和实践两方面身体力行。1957年他成功研究出电脉冲雕刻钢模等先进工艺，并著有《技术美学》一书，大力提倡科学技术与艺术相结合。

庞薰琹先生曾经很具体地谈到，"工艺美术的名称是在1953年举行的第一届全国民间美术工艺展览会在北京劳动人民文化宫展出后才确定下来的，包含有实用美术、手工艺、民间工艺、民族工艺、现代工艺美术设计、商业美术、书籍装帧等"[2]。庞先生曾经谈到了工艺美术与设计的区别："任何一种工艺美术都需要设计，但是'设计'并不能包括工艺美术的所有内容"。从这段话里可以看到，当时对"设计"这个概念的理解和今天不同。1956年，中央工艺美术学院成立时，商业美术差点被排除在外，为了赶上外国的商业美术，袁迈先生坚持成立该专业。到1987年为止，全国只有中央工艺美术学院一所工艺美院，学院当时的目标是"培养全心全意为人民服务的高级工艺美术设计人才"。

张仃先生热爱民间艺术，批评了"特种工艺是雅的，而民间艺术是俗的"这种谬论，认为民间艺术是大众的、健康的，特种工艺是宫廷趣味的、不健康的。张先生多次在访谈中提到中西结合的问题，其中以"毕加索+城隍庙"的创作理念和教育理念最为著名。认为"当时工艺美术完全学外国的，非常洋化，而且简陋，通过日本翻译选择过后的简陋"。针对"当时实用美术系的学生每天就学'四方连续'、'二方连续'日本那点可怜的东西，对民族民间完全无知"的状况，他和张光宇先生为教学四处搜集民艺作品，并把民间艺人泥人张、面人汤、皮影陆请到学院开办民艺工作室。在实地考察了很多民间工艺厂家之后，张仃先生认识到"艺术要提高，科技也要提高"[3]。

田自秉先生认为，"工艺美术是艺术的一种，是美学和生活的结合，是艺术和科学的产儿，和人民生活紧密相连，通过衣食住行等生活各个方面服务于人民。可分为生活日用品和装饰欣赏品两大类"。他指出把工艺美术和特种工艺混同起来，或者只看做装饰，都是片面的认识[4]。现在看来，史论家的研究更接近设计的本质。

雷圭元先生认为"工艺美术又称实用美术、应用美术、实用装饰艺术。实用与审美结合，物质文明与精神文明结合，是工艺美术的本质特征"，"实用美术是工艺美术的主体，实用美术品是人的器官的伸展，讲究实用价值"。雷圭元先生在图案研究

① 马心伯：《培养"通才"的导师——忆郑可教授》，载《雕塑》，2006年第1期，46页。
② 庞薰琹：《论工艺美术：附图案问题研究》，1页，北京，轻工业出版社，1987。
③ 张仃：《漫谈"民艺"》，载《装饰》，2000年第1期，7页。
④ 田自秉：《中国工艺美术史》，1页，北京，知识出版社，1985。

方面作出了重要贡献。

1977年，台湾省的许志杰先生编著了《工艺设计》大学教材，"台湾国立编译馆"出版，书中提出"注重工业生产之过程，了解工业设计之重要性，为工艺科之主要教育目标"，指出"工艺学在现阶段教育设施中占有极重要的地位，非但大专院校纷设工艺系科、工业设计系科、美术工艺系科、服装设计系科以及商业推广系科等，中等教育之工艺科、国中之工艺科均极重视"。这本16开、近600页的教材包罗万象，从基本设计（平面、色彩、立体、材料等设计基础类内容）到各专业设计（服装设计、产品设计、商业设计、包装设计、展示设计、建筑设计、木工设计、金工设计）广泛涉及。书中认为工艺是"精巧技艺"，"工艺学是研究工业及各种有关手工之学，如土木、建筑、机械、编织、冶金等。工艺为技艺、手艺，或者工业的艺术、制造器物的艺术、手工业技术等"。虽然该书名称是"工艺设计"，但是其内容既非传统手工，也非图案，而是一本带有设计概论性质的大学教材。这说明台湾和大陆一样，都是在20世纪70年代末80年代初，进入从工艺到设计的范式转型期。在转型期，一个概念往往具有双重的、模糊的特点。

尽管很多前辈精英具有高瞻远瞩的眼光，但是，政府和大众印象里的工艺美术却一直是传统手工艺。这就形成了理想与现实之间的差距。当时的社会生产力没有形成现代设计所需要的土壤。一方面受生产力的制约，先进的设计观念无法找到工业生产实践的支持；另一方面由于人才本身的美术背景所限定，在实践中只能朝"美术"这一个方面发展，最终演变为装饰艺术（或装饰设计）一脉，而在"实用"方面没有更多突破。工艺美术最成功的实践体现在建筑装饰和装饰绘画领域，在理论上成功地挖掘整理了传统工艺美术史，并总结完善了图案和装饰艺术技法。由于工艺美术界在传统工艺美术方面的突出贡献和影响力，直至20世纪80年代，政府和大众的主导意识始终停留在保护传统手工艺的层面。诸多综合因素最终导致我国的工艺美术没有像西方那样迅速转向现代设计。诸葛铠先生在80年代末指出，"我国工艺美术的起点在工艺美术运动和新艺术运动的交叉点上"，"工艺+美术"的认识从二三十年代到80年代一直没有变。①

20世纪初期以来出版了大量工艺美术专著，许衍灼写出了中国近代第一本工艺史专著《中国工艺沿革史略》，1917年由商务印书馆出版。徐蔚南于1940年出版了《中国美术工艺》。1961年文化部组织艺术院校的有关教师编写《中国工艺美术史》，由中央工艺美术学院的王家树，南京艺术学院的陈之佛、罗子，四川美术学院的龙宗鑫，鲁迅美术学院的和兰石等先生参加编写，完成了一部约30万字的《中国工艺美术

① 诸葛铠：《裂变中的传承》，57页，重庆，重庆大学出版社，2007。

通史》教材。1983年人民美术出版社出版了中央工艺美术学院《中国工艺美术简史》编写组编写的《中国工艺美术简史》，1985年上海知识出版社出版了田自秉先生撰著的《中国工艺美术史》，同年陕西人民美术出版社出版了龙宗鑫先生撰著的《中国工艺美术简史》，26万余字。1993年中国轻工业出版社出版了由卞宗舜、周旭、史玉琢撰著的《中国工艺美术史》，32万字。王家树先生撰著的《中国工艺美术史》也于1994年由文化艺术出版社出版。[1]

5.3.2　当代语境下的工艺美术

关于"工艺美术"的定义，《辞海》给出的解释是"以美术技巧制成的各种与实用相结合并有欣赏价值的工艺品，包括日用工艺和欣赏工艺两大类"[2]。文化部官方网站给出的定义是"具有悠久技艺传统，富有地方和民族特色，反映中国古典文化精神的传统工艺美术，其主要门类有烧造、煅冶、染织、编扎、雕刻、木工、髹饰工艺等。一般分为两大类：一是日用工艺，即经过装饰加工的生活实用品，如一些染织工艺、陶瓷工艺、家具工艺等；二是陈设工艺"。人们普遍认识到"在当代以设计为特征的造物体系之外，还存在着本土的、历史的、传统的、民族的造物系统，这就是民间工艺和传统工艺美术"[3]。

西方语境下，"工艺"是Craft。《世界工艺史》的作者卢西-史密斯认为，"工艺"一般指"用来制作物品的手工劳动"，即手工艺。它经历了三个历史阶段：第一个阶段，所有的物品都是工艺品；第二个阶段，文艺复兴时期，工艺和美术在观念上有了区分；第三个阶段，工业革命之后，手工艺品和工业产品有了区分。[4]这里，美术、工艺、工业产品三者之间是有明确区别的。工艺品介于艺术品和工业品之间，它像艺术品那样需要个人的手工制作并因此具有唯一性，但是又像工业产品那样需要根据材料和工艺的特殊性进行预先设计。目前，西方手工艺主要包括如下类型：陶瓷工艺、家具和木工工艺、玻璃工艺、珠宝和金属工艺、皮草工艺、乐器制作工艺、纸工艺、纤维和编织工艺等。

可见，"工艺美术"这个词在东西方语境下，都是与装饰艺术（Decorative Art）和手工制作（Hand Making）紧密联系在一起的，现在已经基本固化为"手工

---

[1]　李砚祖：《工艺美术历史研究的自觉》，载《设计之维》，269页，重庆，重庆大学出版社，2007。
[2]　《辞海》，538页，上海，上海辞书出版社，2002。
[3]　李砚祖：《我的设计观》，载《设计之维》，4页。
[4]　[英]爱德华·卢西-史密斯：《世界工艺史》，5页，朱淳译，杭州，浙江美术学院出版社，1993。

艺"的意思，既包括传统的、民间的手工艺，也包括运用现代材料和手法的现代手工艺。它存在的意义一方面是继承传统，另一方面，作为工业化、批量化产品的矫正具有不可忽视的作用。

为了理清思路，我们前面分析了"工艺美术"这个词在传统和现代两种语境下的使用差异。传统语境下"工艺美术"使用的是广义的概念，意指设计，既包括手工艺也包括工业设计等所有的造物活动；而当代语境下的"工艺美术"是狭义的概念，"1998年专业目录更改后，进一步明确了艺术设计和工艺美术的学科范围，一般而言，前者是在大工业生产条件下的艺术设计，后者专指手工艺术设计"，包括传统手工艺与现代手工艺。[①]

5.3.3 成就（1）：敢于创新的教育理念

李砚祖先生认为"设计教育是现代工艺美术教育"，是工艺美术教育发展的新阶段。这一点我们从中央工艺美术学院的教育理念中可以看出来。在对20世纪五六十年代老校友的访谈中，经常听到他们自豪地宣称那时的中央工艺美术学院的教学理念是当时最新的、最时髦的，学院总是走在社会的前面。一方面它继承了本民族的、民间的优秀文化和手工艺，可谓"土"；另一方面它引进了当时被禁的西方现代艺术，可谓"洋"，"民族+民间+现代形式感"构成了当时中央工艺美术学院的鲜明特点。

作为学院的副院长，庞薰琹先生曾经对工艺美术教育改革提出了非常全面的思考，包括了教学环境、硬件设施、师资建设、课程建设、教学管理等诸多方面，核心理念是以人为本和实践教育，很多观点对今日的现代设计教育仍有启发，故摘录如下[②]：

（1）工艺美术教育应该为人民服务；

（2）自己设计、制作，与工厂合作，作品实物化；

（3）废除两年绘画基础、两年专业的课程安排；

（4）应该根据专业需要来决定基础课到底应该学什么，不一定所有专业都要学写生变化，专业基础要与专业对口；

（5）选专业的学生应该先了解，才能热爱该专业；

（6）允许退学与插班；

（7）废除不必要的科目，实行学分制；

① 李砚祖：《建立新型的艺术设计教育体系，发展中国的艺术设计教育事业》，见《2001年清华国际工业设计论坛暨全国工业设计教学研讨会论文集》，174页，北京，清华大学出版社，2003。
② 庞薰琹：《论工艺美术：附图案问题研究》，37页，北京，轻工业出版社，1987。

（8）加强专业学习，应占3/4；

（9）实行必修与选修课；

（10）废除单元制；

（11）学好外语；

（12）临摹课没有必要，应该放在中专；

（13）教师应进行研究工作；

（14）实行轮休制，使教员有时间深造；

（15）与工厂合作；

（16）要保证学生的学习时间，不能安排额外任务；

（17）应该注意学生的健康；

（18）教师工作量不能仅以课上时间计算，应包括备课、写教材、科研；

（19）实行跨年级合班、大班制；

（20）精兵简政，不能浪费；

（21）要有对外开放的陈列室；

（22）工艺美术学校自己应该美化；

（23）一定要有设备先进的实习教室，可以自己造；

（24）要重视理论工作；

（25）办好刊物；

（26）毕业创作要有针对性；

（27）不可议而不决，决而不行。

此外，在教育结构层次上，形成了比较全面的工艺美术教育层次[①]：工艺美院、工艺美校、中等技校、业余工艺美校、专业工艺美校、训练班、专业户、工艺美术研究所、工艺美术研究院、小学手工课，为全面发展设计教育奠定了基础。

5.3.4 成就（2）：丰硕的装饰艺术研究成果

工艺美术教育时代是大师辈出的时代。启蒙期的教师多数是留学归来，授课是以日本和法国的工艺美术教育为范本。中央工艺美术学院历任院长都是中西兼备的美术教育家，因此学院历来重视传统文化和造型艺术修养，在挖掘传统工艺美术方面成果

---

① 庞薰琹：《论工艺美术：附图案问题研究》，27页，北京，轻工业出版社，1987。

显著。前辈们除了开创性地完成了中国工艺美术史的研究工作，还发展了一套具有中国特色的装饰艺术理论，使"装饰"成为中央工艺美术学院乃至我国工艺美术教育的灵魂。

1916年前后，陈之佛先生在浙江工业学校留校任教时编写的《图案讲义》，据称是中国人自编的第一部图案教材。他留学日本回国后，1931年在中央大学艺术系讲授图案、美术理论和美术史，前后出版专著20余种，包括《图案画ABC》（1930）、《图案构成法》、《中国陶瓷图案概观》、《西洋美术概论》、《色彩学》、《表号图案》（1934）、《图案教材》、《艺术人体解剖学》、《西洋美术概论》等，主编有《中国工艺美术史》，出版有《陈之佛画集》、《陈之佛画选》等。许多著述填补了中国美术界出版史的空白，也奠定了中国工艺美术教育日后发展的方向和基调。

俞剑华先生1927年著的《最新图案法》、1929年著的《最新立体图案法》可能是最早的图案方面的出版物。[1]他认为"国人既欲发展工业，改良制品，以与东西洋抗衡，则图案之讲求，刻不容缓，上至美术工艺，下迨一物，必先有一物之图案，工艺与图案不可须臾离"[2]。这里"图案"的意思等于设计方案，图案教育的目的是经世致用，这是我国工艺美术教育的理论出发点。但是，整本书的具体内容却主要是纹样的变化和构成方法。[3]

傅抱石先生1932年留日，1929年著《中国绘画变迁史纲》，1933年译日人金原省吾著作《唐宋之绘画》，1935年出版《中国绘画理论》，《日本工艺美术之几点报告》，1936年编著《基本图案学》、《基本工艺图案法》（1939）。

庞薰琹先生在文章里说，1956年中央工艺美术学院成立时，只是把20世纪30年代的一套教学办法搬过来，没有太大改变，直到1983年。[4]庞先生认为"图案工作就是设计一切器物的造型和一切器物的装饰"，图案的作用是为了装饰，装饰的意义是精神鼓励。提出"没有没有装饰的写实，也没有没有写实的装饰"的著名观点。他的著作主要有《工艺美术集》（1941）、《中国历代装饰画研究》（1976）、《论工艺美术》、《工艺美术设计》（1979）、《庞薰琹画辑》（1979）、《庞薰琹工艺美术文集》、《图案问题的研究》等。

在雷圭元先生看来，工艺设计与图案是同义词，图案的字面意义指视觉形象的设计方案，狭义上指平面纹样的符合美的规律的构成，广义上是关于工艺美术、建筑装饰的结构、形式、色彩及其所附的装饰纹样的预先设计的通称。图案设计已

---

① 陈池瑜：《近三十年中国美术理论研究略述》，载《美术观察》，2008年第3期，21页。
② 转引自杭间：《中国工艺美学思想史》，2页，太原，北岳文艺出版社，1994。
③ 李砚祖：《工艺美术概论》，5页，济南，山东教育出版社，2002。
④ 庞薰琹：《论工艺美术：附图案问题研究》，37页，北京，轻工业出版社，1987。

经扩大到工业产品的设计领域了。[1]工艺美术的审美性、艺术性，突出地表现在它的装饰性上，外在形式美上。缺乏装饰性工艺品就不存在了。图案形式中的"公式化"，对图案起着积极的逻辑作用，不宜轻易否定，它应该是研究民族图案的对象之一。像明代织造图案中的"缠枝"、"八达晕"，是织物装饰中的一种程式，既是一时代生产知识的总结，也是传统图案法式中的一定阶段的总结。他的主要著作有《工艺美术技法讲话》（1936）、《新图案学》、《新图案的理论和作法》、《图案基础》（1963）、《中国图案作法初探》（台北1986年）、《中外图案装饰风格》等。

张仃先生认为，"从某种意义上说，中国的艺术可以说是'装饰的艺术'，这种装饰风格、程式化的特点，在中国的传统美术、传统戏曲等艺术中都可以看到"。时代风貌、中国气派、民族风格，是张仃实用美术创作与教学的指导思想，体现在他一系列重大的设计实践中。中华人民共和国开国大典的美术设计，中华人民共和国国徽设计，新中国成立瓷设计，中国人民政治协商会议的会徽设计，中南海怀仁堂、勤政殿的改造，以及1951年至1956年举办于莱比锡、莫斯科、布拉格、巴黎的历次国际博览会中国馆的设计，新中国成立10周年美术设计，新中国的第一批纪念邮票等，这一系列"国"字号的大型重要设计展示活动，确立了张仃新中国首席形象设计师的崇高地位。1979年，设计优秀动画片《哪吒闹海》，主持设计首都国际机场的巨幅壁画《哪吒闹海》。出版的画册有《张仃水墨山水写生》、《张仃焦墨山水》、《张仃画集》、《张仃漫画》、《张仃画谱》、《中国漫画书系•张仃卷》、《中国画名家作品精选——张仃作品》等；出版的理论著作有《被迫谈艺录》、《张仃谈艺录》、《张仃山水》等。

常沙娜先生编绘有《敦煌历代服饰图案》及合编有《敦煌藻井图案》、《敦煌壁画集》，主编有《常书鸿、吕斯白画集》、中国现代美术全集《织绣印染集》及《常沙娜花卉集》、《中国当代织染刺绣服饰全集》等著作。

王朝闻先生在1961年写的《美化生活——关于工艺美术的创作问题》[2]一文中将工艺美术比喻为抒情的音乐而不是进行曲，形态的图案化是工艺美术的重要特征，装饰造型艺术的一个重要方面是造型的形式美。工艺美术的形式，以其装饰性这一特殊因素感人，对日用工艺品来说，适用是主要的，对以供人观赏为主的工艺品来说，美观是主要的，总的来说必须是适用、经济、美观的统一。

张道一先生在《工艺美术论集》（1986）中总结说，"图案是工艺美术的灵魂和

① 杨成寅、林文霞记录整理：《雷圭元论图案艺术》，5页，杭州，浙江美术学院出版社，1992。
② 王朝闻：《喜闻乐见》，159~203页，北京，作家出版社，1963。

主脑，赋予物品一种美的、合理的外形"，分为基础图案和工艺图案，基础图案的任务是，①透过工艺制约，认识装饰艺术的共性；②培养和提高意匠的想象力和表现力；③综合研究中外古今的装饰纹样，提高艺术鉴赏力；④掌握和运用形式美的法则；⑤研究纹样的造型、构成、组合和色彩，以及器物成型的线与形；⑥从生活和大自然中吸取养料，积累设计素材。工艺图案的任务是，①研究材料，发挥材料的性能和物质美；②研究工艺，运用科技成就，显示其工巧；③研究消费，熟悉群众的生活习惯，了解群众的心理和审美要求；④综合以上三者，同艺术的意匠结合起来，统一于具体的设计之中。

资料：工艺美术教育早期出版的部分图案专著[1]

1954年，中国科学院考古研究所绘图室编绘了《辉县出土器物图案》，由北京朝花美术出版社出版。

1955年，中央美术学院工艺美术研究室编写了《图案的组织：牡丹花的写生和应用举例》，由北京朝花美术出版社出版。总结了写生变化和组织构成的图案创作步骤。

1955年，东北美术专科学校图案系教研室编绘了《敦煌图案》，由北京朝花美术出版社出版。

1957年，沈从文、王家树编绘的《中国丝绸图案》，由北京中国古典艺术出版社出版，为4开本。

1958年，程尚仁编著了《几何图案的组织》，由人民美术出版社出版。

1958年7月17日，工艺美术双月刊《装饰》创刊，张光宇任主编，是当时全国唯一的工艺美术综合性学术期刊。

1958年至1961年，沈从文在《装饰》发表的7篇文章分别为：《龙凤图案的应用和发展》（见《装饰》总第1期）、《鱼的艺术——和它在人民生活中的应用及发展》（总第2期）、《谈挑花》（总第3期）、《介绍几片清初花锦》（总第4期）、《皮球花》（总第5期）、《蜀中锦》（总第6期）、《花边》（总第11期）。

1959年3月，南京市云锦研究所编绘、陈之佛校订的《云锦图案》，由北京中国古典艺术出版社出版，为8开本。

1959年，周荣富编绘了《花纹图案资料集》，由西安人民出版社出版。

1959年6月，李贤编著了《基础图案画法》，由河北人民美术出版社出版。书中对图案的定义广泛，"图案的范围太宽泛了，很多物品都得

---

[1] 主要根据清华大学美术学院图书馆藏书整理。

利用图案的手法在实用和美的基础上来进行装饰和美化，所以图案又叫实用美术，或者工艺美术"。把图案分为平面图案（包括单独纹样和连续纹样）和立体图案（器物造型和器物装饰）两种。

1963年，雷圭元编著的《图案基础》，由北京人民美术出版社出版。1966年，《新图案学》由台湾商务印书馆出版。

1963年9月，贺宗循、胡世德编绘了《百花图案集》，由黑龙江美术出版社出版。贺宗循绘制了《圆形图案》，在1982年出版。

1965年，戴苍奇编绘了《纹样资料》，由上海人民美术出版社出版。并在1982年由该出版社再版。

1972年，湖南省轻工专业科技情报中心站陶瓷分站编绘了《长沙马王堆出土文物部分花纹图》，作为内部资料，为4开本图纸。

1977年，韩美林编写了《山花烂漫——花草纹样集》，由广东省工艺美术包装装潢工业公司出版。

1977年，浙江美术学院编写了《基础图案技法》，由北京人民美术出版社出版。

1977年，南京艺术学院的张道一、保彬编著了《风景图案》。

1980年，张道一编选，保彬、刘道广、张道一摹绘的《中国古代图案选》，由江苏美术出版社出版。

1981年，中央工艺美术学院的崔栋良编写了《基本图案组织》。1982年3月，崔栋良《花的装饰技法》由天津人民美术出版社出版。

1982年，故宫博物院陈列设计组编绘了《唐代图案集》，由人民美术出版社出版。

1983年，苏州装潢设计公司编绘的《苏州园林花窗图案集》，北京纺织科学研究所编写了《风景名胜图案》，由人民美术出版社出版。

1983年，李学英、刘静宜编绘的《中国传统动物纹样》由河南省中州书画社出版。

1985年，田自秉著《中国工艺美术史》，由上海知识出版社出版。

1986年，苏州丝绸工学院工艺美术系编绘的《云岗石窟装饰》由天津人民美术出版社出版。

从上面的资料可以看出，20世纪50年代到80年代，装饰图案方面的书籍大量出版，研究者不仅收集整理了大量出土文物上的图案装饰以及民间美术作品，也绘制创作了大量各种题材的当代装饰图案作品，题材遍及花卉、风景、人物、科技等领域。既有32开黑白小册子，也有大开本的彩色画册；参与的出版社从南到北，从知名的到不知名的，可见装饰图案研究在全国影响范围之广泛和内容之深入。随着装饰艺术实践的加强，装饰理论（图案学）在80年代也逐渐完善，图案课程教材建设基本完成。90年代至今出版的此类书籍实质上仍然没有超出这些内容。

5.3.5　当代工艺美术发展的困境与出路

新中国成立初期，为了保护和继承传统手工艺，在政府大力扶持下，1953年年底举行了全国民间美术工艺展览会，1956年建立了中央工艺美术学院，1957年，召开全国工艺美术艺人代表大会，建立了一些老字号传统工艺品企业，比如1958年建立的北京工艺美术厂，成为行业领头羊。"文革"中后期，外交与出口贸易的需求猛增，传统题材的工艺品逐渐恢复生产并出口，并在20世纪70年代初至80年代末的十多年间达到巅峰，成为国家贸易出口的拳头产品。鼎盛时期，北京工艺美术厂有4000名职工，北京玉器厂也有3000人，北京雕漆厂有800名职工，北京料器厂有900名职工，整个北京工艺美术行业共有3万人。[1]1972年，在民族文化宫举办的第一次全国工艺美术展览在当时引起轰动。当时的工艺美术研究所是规格很高的机构，都设有相关研究室，项目带头人都是当时最有名的工艺美术家，从业人员也都是来自高等美术院校的优秀毕业生。1978年开始评选国家级工艺美术大师，1979年，召开了"全国第二届老艺人和设计人员代表大会"。1989年，经过几代人的努力奋斗，中国工艺美术博物馆也终于在北京建成（后关闭）。1997年国务院发布《传统工艺美术保护条例》；2001年2月9日上海市人民政府发布《上海市传统工艺美术保护规定》；2002年9月10日北京开始实施《北京市传统工艺美术保护办法》，设立了传统工艺美术保护和发展专项资金。2007年开始进行行业普查。2009年2月18日，由文化部等部门主办的中国非物质文化遗产传统技艺大展在北京农业展览馆举行。

从这些大事件来看，政府一直是大力支持振兴工艺美术事业的，但是实际收效不大。20世纪80年代末，工艺美术行业已经开始走下坡路。到90年代时，很多传统工艺品种已经无可挽回地消失。标志性的案例是2001年7月，全国最大的综合工艺美术企业——北京工艺美术厂（简称"北京工美"）终于以"资不抵债"向北京市西城区人民法院申请破产，期间曾经流拍，2004年正式宣告破产。据北京工艺美术协会统计，破产前北京工美尚能维持的品种仅有11个，已失传或面临失传的品种达到了43个，其中包括北京工美代表品种如玉雕、景泰蓝和雕漆等，有名的卢沟石刻、铁花等民间艺术已经失传。然而就在曾经辉煌的北京工艺美术厂申请破产期间，2003年11月，北京市政府立项批准建立的"京城百工坊"正式开业。这也许暗示了一条工艺美术行业由

---

① 搜狐：《景泰蓝见证中国工艺美术产业的衰败》，http://business.sohu.com/20041224/n223640665.shtml，2004年12月24日。

国企转向民营的特殊路径。"百工坊"收藏大师作品1.7万余件，一期开设了30多个特色工艺坊和100位大师工作室，人们可以现场参观大师创作过程以及购买大师作品。它不仅是个市场，还是北京市文物局正式批准的"百工博物馆"，是国家非物质文化遗产传承保护单位，其中有11项被国家授予"非物质文化遗产"。①其负责人称，北京市政府希望走市场化、产业化道路来保护、带动、振兴和繁荣北京传统的工艺美术事业，向世界展示中国民族优秀文化遗产的精粹，挽救灭绝或濒临灭绝的传统手工业。但是，在很多人看来，把挽救工艺美术的事业交给一家企业来做有些难堪。也有人认为，这也许可以把步履维艰的手工作坊和手工艺人集中起来，但却难以解决"如何让不适应市场的东西在市场中生存下去"的问题。这种博物馆＋作坊＋市场的模式能否挽救民族工艺还有待时间的检验。

在北京工艺美术学会理事滑树林看来，北京工美行业大滑坡主要是三方面原因造成的：知识产权与人员素质问题导致伪劣品充斥市场，旧体制导致老企业包袱沉重，以及人才的短缺与流失。②也有业内人士认为，人才的匮乏是真正制约这一行业发展的致命因素。实际上问题不在于人才匮乏，而在于造成人才匮乏的原因。为什么有些工艺美术大师的子女都不愿意继承父业？至少有两个原因，一个原因是收益不高；一个原因是审美疲劳。为什么会缺少市场？为什么会审美疲劳？这两者有没有联系？

1997年5月20日，国务院发布了《传统工艺美术保护条例》，其中把传统工艺美术定义为"百年以上，历史悠久，技艺精湛，世代相传，有完整的工艺流程，采用天然原材料制作，具有鲜明的民族风格和地方特色，在国内外享有盛誉的手工艺品种和技艺"，并由国家对传统工艺美术品种和技艺实行认定制度。2008年普查结果表明，我国共有1865个工艺美术品种，发展良好的占51.42%，生存困难的占28.74%，濒危的占13.57%，停产的占6.27%。社会结构、视觉文化以及生活习惯等方面的改变是很多传统艺术失去市场的重要原因。那些原材料比较昂贵，或者工艺技巧比较复杂的品种，例如景泰蓝、雕漆、牙雕、玉雕、漆器、缂丝以及贵金属等，其发展历史依赖于宫廷贵族的喜好和不计成本的支持，这类品种必然曲高和寡，但是因为具有较高的收藏价值，目前也占有一定的高端市场。另一类是材料和工艺相对简单的民间工艺美术，例如剪纸、泥塑、风筝、蜡染、绣品等，主要作为百姓娱乐或者装饰用，这些就地取材的乡土艺术形式，表现的内容更加贴近生活，是人人可以亲为的艺术活动，更容易大众化传播，与其把它们当做商品来营销，不如保证其在活化的状态下继续流传

① 光明网：《百工坊走到十字街头》，http://www.gmw.cn/CONTENT/2005-12/02/content_340411.htm。

② 参见中国工艺美术网上博物馆：http://cacm.youth.cn/wsbwgltjx/200509/t20050923_34142.htm，2005年9月23日。

和衍生。还有一部分是在特殊条件下产生的特殊工艺，不再被人们所需求，只能进入博物馆作为历史资料保存。

如今，传统工艺美术品已经演变成一种符号，不仅是外国人眼中的中国民族符号，也是国人眼里的传统符号，其符号的价值和意义远远大于其他现实功能，因此，收藏和展览成为主要的活动形式。工艺美术是面向博物馆还是面向大众？是不是所有种类都需要作为遗产来保护？保护的意思是维持原状、保卫、保管，也有保密的意思。在老一辈手工艺人的传统概念里，手艺是饭碗，必须像秘方一样地传承，这种古老的知识产权保护形式，避免了竞争，但是难免导致越传越少，保不齐就会消失。用可持续发展的观点来看，保护的心态不利于传统工艺美术的现代化发展。因此，国家正在尝试用现代知识产权制度来促进传统工艺美术的繁荣。

国家知识产权局称，将陆续出台保护我国传统文化和工艺的政策法规，效仿音乐版权收费的做法，对传统工艺实行版权收费使用等做法将在考虑和研究范围之列。[①]其实，任何一个行业都不可能避免模仿性竞争的问题。知识产权解决不了所有问题，因为有专利也不等于有市场。缺少艺术创新是传统工艺美术缺少市场的重要原因。相比较而言，很多现代手工艺品却深受欢迎。无论何种手工艺品，如果要被喜爱和收藏，都应该被当做独一无二的艺术品来创作，只有突出艺术性，而非批量化的生产性，才能避免深陷红海战争。我国长期以来把工艺美术作为制造业对待的态度值得商榷。我们看到，1956年建立的中央工艺美术学院归属于轻工部管辖，对口单位是轻工部下属的工业生产部门，1989年建立的中国工艺美术博物馆一直归属工业生产部门，直到2006年11月，才被划转到中国艺术研究院管理。对此，中国艺术研究院院长王文章曾经表示，中国工艺美术馆的行政划转意味着国家对传统工艺美术文化性质的认定，也标志着国家将传统工艺美术事业作为文化事业纳入文化建设国家轨道的开端。事实上，在最新的工美行业普查报告中，却仍然将工艺美术作为制造业对待。2008年12月全国工艺美术协会发布的《全国工艺美术普查报告》称，截至2006年年底，工艺美术行业从业人员共258万人。其中制造业245万人，占95%；批发零售业行业从业人员总数有近13万人，占行业总数的5%。[②]将工艺作为制造业的传统由来已久，工艺美术教育就是滥觞于清末的实业救国主张。废除科举制后，王国维曾经将美育引入教育，扭转了将图画手工仅仅归于实业教育的局面[③]。但是真正扭转人们的意识还是很难，美育从来没有像蔡元培先生所设想的那样在我国教育体系中占有重要位置。在如今文化搭台经济唱戏的社会背景下，我们还是有必要继续强调工艺美术是艺术的分支，是手工

① 中华人民共和国知识产权保护局：http://www.sipo.gov.cn/sipo2008/mtjj/2007/200804/t20080401_361148.html, 2007年7月30日。
② 参见中国工艺美术协会官方网站：http://www.cnaca.net.cn/work.asp?id=768, 2009年1月6日。
③ 周爱民：《庞薰琹艺术与艺术教育研究》，清华大学2007年博士后研究报告，108页。

艺艺术，是视觉文化的传承和创新，要按艺术规律来创作，批量化生产必然导致粗制滥造，"劣币"横行。更重要的是，工艺美术事业不能单纯用经济利益来衡量，文化影响、美育功能等社会意义更是工艺美术的价值所在。

随着文化艺术产业建设的日渐成熟，以及艺术市场的日趋规范，工艺美术迎来了新的发展机遇。2009年2月18日，由文化部等部门主办的中国非物质文化遗产传统技艺大展在北京农业展览馆举行。展览分为"剪纸画绘"、"印刷装潢"、"陶冶烧造"、"雕镌塑作"、"制茶酿造"、"织染纫绣"、"中医中药"等部分，充分反映了近年来我国传统技艺保护的丰硕成果，生动展示了我国非物质文化遗产资源的丰富内涵和独特魅力[1]。这样大规模的宣传和展示在1953年和1972年也有过两次。工艺美术作为民族文化的见证值得让每个人都了解。据全国工艺美术协会2008年的统计，全国目前共有工艺美术藏馆265座，其中专业藏馆90座，综合藏馆175座，但是没有统计参观情况以及影响力。展览毕竟是被动的，工艺美术不应该是观赏性的表演秀。工艺美术只有走入人们生活中，被更多的人欣赏、学习、掌握，才能最大限度地发挥其价值。工艺美术教育的意义就在于此。

"教育导向功能的第一个方面就是面向传统的导向，即教育要立足并根植于民族传统文化的精华。工艺美术是传统手工艺的重要内容，如陶艺、染织、漆艺、金工等，都有自身发展的特殊规律，研究这些规律，不仅是保护和继承民族文化遗产的需要，也是建设有中国特色的艺术教育的内在要求"[2]。工艺美术教育的前辈们致力于美育理念，挖掘了民间传统美术资源，整理了传统造型的理论，构筑了有民族特色的工艺美术教育体系，这也是值得我们继承的传统。但是伴随工艺美术行业的兴盛与式微，工艺美术教育也经历着兴衰。受市场经济的影响，我们的高等教育更像是一种职业教育，就业前景艰难的专业很难有好的生源。如今的工艺美术专业，在艺术与设计学院里处在边缘位置，传统的陶瓷、染指、金工、漆艺等手工艺类型的专业生源严重不足。在饱受西方文化和技术冲击的信息时代，使玩网游长大的年轻一代去热爱我国的传统工艺美术是有相当难度的。我们必须把传统手工艺与现代审美意识以及当代新技术相融合，容许突破与创新。诚如李政道先生在2003年《中国工艺美术大师精品续集》序言中所说，"在当前科学飞速发展的新世纪里，中国传统工艺美术不仅在艺术上要推陈出新，在科学技术方面也要继承古代优秀的传统，在保持和发扬手工技艺特长的基础上，大力开展科学研究，改进生产工艺，增加花色品种，提高产品质量，以满足现代化的社会生活和人民对物质文化生活高质量、多元化的需要"。

---

① 华夏经纬网：2009-2-19http://big5.huaxia.com:80/gate/big5/www.chinayigou.com/news/Article/zt/ctjydz/xwbd/200902/36065.html。
② 王明旨：《综合、融会、前瞻性——谈清华大学美术学院的学科设置调整》，载《美术观察》，2000年第6期，5页。

5.3.6　结论

　　"装饰艺术"、"图案设计"是工艺美术教育时期的关键词汇。作为装饰艺术的应用，商业美术、服装设计、室内设计、工业设计等设计专业也逐步建立起来，由此基本奠定了我国设计教育的学科体系和课程体系的基本规范。目前设计教育师资队伍的中坚力量都来源于早期工艺美术和美术教育。同时，我们也应该看到，工艺美术教育的起点和终点不一致。早期图案的意思等于设计方案，图案教育的目的是经世致用，实业救国是我国工艺美术教育的出发点，但是建立在装饰艺术基础上的工艺美术教育是很难做到经世致用的。虽然前辈们在理论上提出了"适用、美观、经济、科学"的设计原则，但是只有"美观"方面研究得比较深入，甚至庞薰琹先生也认为"工艺美术说到底是个美学问题"。在教育教学方面也一直没有达到成熟完善的状态，庞先生当年看到的很多问题至今仍未解决。例如1984年，庞先生就曾经热切呼吁工艺美术教育必须要与生产相结合，设计与制作相结合，工艺美术院校各个专业都应该有自己的实习教室①，甚至临终最后一句话是"快办校办工厂，这个学校（指中央工艺美术学院）大有希望"。②实验室与校办工厂这两点正是20世纪20年代包豪斯的办学核心，我们至今没有真正做到。美术教育——工艺美术教育——设计艺术教育看似一条清晰的发展线索，但是事实上，在美术家长制下，后两者都没有真正建立起完整的教育体系。工艺美术还没有来得及建立起一门真正的学科，就被艺术设计取代了，而有半个世纪历史的工艺美术学是很有资格独立发展成为一门独立的二级学科的。就像音乐、戏剧、舞蹈三者的关系一样，美术、工艺美术、艺术设计这三者是有血缘关系的不同学科，应该得到并列发展，美术家长制反而容易造成学科对立，不利于各自的发展壮大。当前，交叉学科、综合学科正在成为世界各国高等教育的发展方向，可是要编辫子，也得先有辫子股③，没有细分何来综合？学科发展的历史首先是学科分化的历史。艺术设计和工艺美术不应该是取代关系，老一辈工艺美术家用了半个世纪的努力证明了工艺美术的价值，我们应该旗帜鲜明地完善和发展工艺美术学科，而不是将其送入博物馆。

---

① 庞薰琹：《庞薰琹工艺美术文集》，51、176页，北京，轻工业出版社，1986。
② 袁韵宜：《庞薰琹传》，275页，北京，北京工艺美术出版社，1995。
③ 张道一：《辫子股的启示——工业美术：在比较中思考》，载《装饰》，1988年第3期，36页。

第6章　新世纪艺术设计院校的改革之路

　　从某种程度来说，我国艺术设计教育的历史就是美术学院的发展史。新中国成立初期，经过全国范围内统一的专业和师资的再分配，基本形成目前美术学院格局。在历来重视传承的中国美术界，美术学院的知名度似乎与其历史长度成正比。有的美术学院能够追溯到20世纪初，比如中央美院、中国美院、天津美院、湖北美院等；有的能够追溯到抗战时期，比如鲁迅美院、四川美院等。这些历史较长的院校在我国高等美术教育发展历程中起到了重要的示范作用。

　　20世纪初我国高等教育迈入大众化的门槛，随之而来的高校调整带来了设计学科新的发展机遇，美术学院纷纷转型为大型综合美术院校，设计教育也进入大众化阶段。在短短10年左右的时间里，设计类专业招生迅速膨胀，艺术设计迅速攀升为全国第三大热门专业，以至于有的国外设计教育家惊呼为泡沫。后两次改革的时间相距很近，很多老牌美术学院抓住了这一历史机遇，获得空前发展。这个时期是量变开始引发质变的时期。真正起作用的不是人数增减，而是观念，一些知名学院领导层的观念变革动摇了长期以来固定不变的传统格局，足以影响到我国设计教育未来的发展走向。因此我们有必要考察最近十多年里艺术设计教育所发生的巨大变化，分析观念变化的深层原因，从整体上探讨和构想未来设计教育的发展前景，为进一步制定未来发展规划做参考。

　　目前，我国艺术设计教育主要分布在四种类型的高等院校中，一是少量几所独立建制的美术学院及艺术学院；二是大量综合院校；三是师范类美术学院；四是民办院校。

　　教育部公布的31所独立设置的艺术院校有中央戏剧学院、中央美术学院、中央音乐学院、中国音乐学院、北京电影学院、北京舞蹈学院、中国戏曲学院、天津音乐学院、天津美术学院、鲁迅美术学院、沈阳音乐学院、吉林艺术学院、上海音乐学院、上海戏剧学院、南京艺术学院、中国美术学院、景德镇陶瓷学院、山东艺术学院、山东工艺美术学院、湖北美术学院、武汉音乐学院、广州美术学院、星海音乐学院、广西艺术学院、四川美术学院、四川音乐学院、云南艺术学院、西安美术学院、西安音乐学院、新疆艺术学院、解放军艺术学院。其中，除了9所音乐类学院没有设置艺术和设计相关专业外，5所戏剧、戏曲和舞蹈类学院开设有舞台美术系，8所美术学院里都有艺术设计系，7所艺术学院的美术分院下设艺术设计系，山东工艺美术学院和景德镇陶瓷学院是比较独特的高等专业学院。中央美术学院、中国美术学院、鲁迅美术学院、四川美术学院在教育部确定的15所招收艺术专业免试生的院校名单内。

本章将重点考察分析上面提到的8所独立美术学院的设计教育。在我国统一的教育管理体制下，长期以来，它们有着极其类似的发展经历和模式，教学内容和教学水平比较接近，在师资力量上互有因缘，几乎可以看做一个学院共同体，这个共同体目前是我国最重要的设计人才输出地。另外7所艺术学院中开设的设计学院（或系），虽然不如美术学院那样全面，但是有着类似的专业设置。在5所戏剧影视类艺术学院中，设计类专业主要集中在影视美术设计、舞台设计、戏剧服装设计、新媒体艺术专业等与本院主导专业相关的方向，规模也不是很大，这里不做重点考察。值得注意的是，由于近年来文化演艺事业的繁荣，促使不少美术学院也相继涉足影视设计专业。

综合大学里开办的设计教育是第二梯队，虽然单个规模小，发展水平也良莠不齐，但是地区覆盖面最广。据报道，2004年全国有600多所综合类高等院校开设了艺术设计的本科相关专业。教育部公布了8所"参照独立设置的艺术类院校的艺术类本科专业招生办法执行"的高校，有清华大学、中国传媒大学、中央民族大学、东华大学、江南大学、北京服装学院、天津工业大学、复旦大学上海视觉艺术学院。这些高校多数设有艺术设计二级学院（其中有些是独立学院并入的），可以与核心梯队一样自主招生，教学模式也基本雷同。此外，值得关注的是一些开设设计专业比较早的理工类大学，尽管实行非艺术类招生模式，但是它们在教学过程中形成了自己的学院特色，是我国设计教育里颇有发展潜力的部分。

师范学院在我国高等教育体制中有其特殊性，是我国初等和中等教育的主要师资来源。有些师范学院早在20世纪初就开办了美术教育。由于我国的初级和中级教育中没有专门的设计类课程，因此师范类院校的美术教育仍然以绘画为主要方向。虽然近年很多独立美术学院也相继开设了美术教育专业，开设有纯美术或者艺术设计两个专业方向，但是多数是非师范类的，性质比较模糊。

民办院校的艺术设计教育主要限于专科和高职层面，也有少量本科。民办大学的规模以及质量的差异很大，不能用一两个案例来代表。规模较大的民办大学，开办设计教育比较早，规模也较大。例如北京吉利大学，已经开办了现代艺术学院作为二级分院，2002年，招收室内设计100人，平面设计专业100人，办学层次是3年专科，学费是每年8500元，人数不是最多，但是学费是该校所有专业里最贵的。在所有层次类型的高等教育里艺术设计收费高，这点是一致的。关于民办高校每年培养的设计类毕业生数量到底有多少，我们没有统计数字。民办大学设计教育的质量如何？在社会上的影响力如何？未来的发展趋势如何？这些问题还有待于研究。

6.1　扩建增容的大美术新格局

6.1.1　从单一学科到综合学科

据报道，西安美术学院院长杨晓阳最早在1995年提出了"大美术、大美院"的观点。[1]他认为一切能够看得到的美术现象，美术学校都应该研究，一切社会需要的美术人才，美术学院都应该培养，建筑是美术、环境是美术、形体是美术，并且着重指出建筑是美术最大的一个门类。他进一步指出"大美术"需要"大美院"来实现，"大美院"的含义有以下几个方面：规模大、学科全、层次多、形式活、用人制度活、教学方式多、资金来源宽、内部结构紧、具备造血机能、具备综合功能。大美术观念的流行，大大改变了美术学院长期以来单一的学科布局。设计类专业增多，带动招生规模扩大，迫使美术学院重新梳理院系结构。传统的小型专业学院是按照专业来建系，"大美院"的模式是参照一般综合性大学的做法，按照更大的学科群划分出二级学院，再向下设立专业系，系向下再分为专业方向。过去分散独立的专业方向被重新归纳成美术、设计、建筑、人文四大模块（学科群），其中新增专业主要有：摄影艺术、数码媒体艺术、信息设计、建筑学、城市规划与设计、设计史论、非物质文化遗产、艺术管理、设计管理、博物馆学、艺术考古、美术教育学等，其中有些是恢复旧有的专业，如建筑学、摄影、美术教育等，有些专业则是引进国际设计教育的最新方向，如信息设计、非物质文化遗产、设计管理等。下面的资料是根据各大美院的招生简章和官方网站的信息整理的，以资对照。

中央美术学院现设5个专业分院：中国画学院、设计学院、建筑学院、人文学院、城市设计学院，下设9个本科专业：绘画、中国画、书法、雕塑、艺术设计、美术学、建筑、摄影、动画，30多个专业方向：中国画（人物、山水、花鸟）、书法、油画、版画、雕塑、实验艺术、壁画、动画、平面设计、产品设计、时尚设计、摄影艺术、数码媒体艺术、首饰设计、陶瓷设计、建筑设计、室内设计、景观设计、信息设计、美术史论、设计艺术史、艺术管理、设计管理、文化遗产学、博物馆学、艺术考古、书画鉴定、书画修复等。

中国美术学院现包含10个二级学院（2007年至今）：造型艺术学院、设计艺术学院、公共艺术学院、传媒动画学院、建筑艺术学院、艺术人文学院、上海设计学院、国际教育学院、艺术设计职业学院、成人教育学院，2008年共有41个专业方向，是院系和专业最多的美术学院。造型艺术学院包括中国画系、书法系、油画系、版画系、

---

① 新华网独家访谈：杨晓阳谈"大美术•大美院•大写意"，http://news.xinhuanet.com/shuhua/2008-02/27/content_7673696.htm。

雕塑系、综合艺术系、新媒体艺术系。设计艺术学院包括平面设计系、工业设计系、染织与服装设计系、综合设计系、艺术设计学系。公共艺术学院包括壁画艺术系、公共空间艺术系、美术教育系、陶瓷和工艺美术系。传媒动画学院包括动画系、摄影系、影视广告系、网络游戏系。建筑艺术学院包括建筑艺术系、城市设计系、景观设计系、环境艺术系。艺术人文学院包括美术史系、视觉文化系、艺术策划和行政系、考古与博物馆学系。上海设计学院是一个相对独立的、完整的学院，包括视觉传达设计系、建筑与环境艺术设计系、媒体与影像设计系、工业造型设计系、染织与服装设计系、公共艺术系。继续教育学院主要针对成人学历教育，也是一个相对完整的学院，系科涵盖造型、设计、动画、环艺及公共艺术等专业方向。专业基础教学部分为造型分部、设计分部、图像与媒体分部。

广州美术学院现有3个二级学院：造型艺术学院、设计学院、继续教育学院，下设15个系，本科教育共设有11个专业：绘画、雕塑、艺术设计、动画、摄影、服装设计与工程、工业设计、美术学、艺术设计学、博物馆学、建筑学，26个专业方向：中国画、壁画、油画、版画、插画、水彩、书籍装帧艺术、雕塑、装饰艺术设计、服装艺术设计、染织艺术设计、陶瓷艺术设计、家具艺术设计、建筑与环境艺术设计、装潢艺术设计、工业设计、新媒介艺术设计、展示艺术设计、水彩、美术学、艺术设计学、美术教育、综合美术、摄影与数码艺术、影视艺术、建筑设计。

湖北美术学院现设有12个院系：动画学院（含影像媒体和动画）及中国画、油画、壁画、版画（含印刷图形设计）、雕塑、设计、工业设计、环境艺术设计、服装设计（含服装表演与设计）、美术学（含艺术设计学）和美术教育等。2009年有8个专业：绘画、动画、雕塑、艺术设计、工业设计、艺术教育、艺术设计学和美术学，24个专业方向。

四川美术学院现设有国画系、油画系、版画系、雕塑系、工业设计系、美术学系、美术教育系、建筑艺术系、影视艺术系和一个设计艺术分院，有10多个专业，30多个专业方向。专业有美术学专业、雕塑专业、绘画专业、艺术设计、工业设计、艺术设计学、建筑学、动画、摄影、戏剧影视美术设计（2006年新增）。

西安美术学院2008年设有10个系：中国画系、油画系、版画系、雕塑系、设计系、建筑环艺系、装饰艺术系、服装系、美术教育系、史论系，18个专业方向：国画、油画、版画、综合绘画、雕塑、图片摄影、影视机摄影、美术教育、美术史论、动画设计、装潢设计、展示设计、环艺设计、装饰设计、陶瓷设计、服装设计、纺织品设计、服装设计与表演。

鲁迅美术学院现有11个系，21个专业方向：中国画、书法、版画、水彩、油画、雕塑、摄影、影视摄影、平面设计、装饰艺术设计、多媒体艺术设计、动画设计、环境艺术设计、城市规划与设计（新增）、染织艺术设计、服装艺术设计、纤维艺术设计、工业设计、陶瓷艺术设计、美术史论、文化传播与管理（新增）。

天津美术学院本科教育目前设有3个二级学院：造型艺术学院、设计艺术学院、现代艺术学院，2个系：中国画系、史论系；设有18个专业方向：中国画、书法、油画、版画、雕塑、视觉传达设计、装饰艺术设计、服装艺术设计、染织艺术设计、环境艺术设计、工业设计、数字媒体艺术、摄影艺术、综合绘画、公共艺术、多媒体设计、美术史论、设计史论（2008年新增）。

从人才培养层次上来看，近年来，这些独立建制的美术学院都已经获得了硕士和博士培养权，办学层次囊括了中专（附中）、专科、本科、硕士研究生、博士研究生，以及各类培训生、进修生。目前都是以本科教育为主导，作为提高培养层次的标志，研究生规模也在不断扩大之中。各大美院的成人学历教育规模保持着稳定增长。中国美院2008年招收550人。中央美院2008年招收1300人，超过本科生近一倍。其他形式的培训和合作办学也培养了数量可观的非学历艺术设计人才。

改革开放以来，设计教育的办学形式越来越灵活多样。例如按照市场模式建立起来的二级分院，这些分院一般实行董事会领导下的校长负责制，是相对独立的院中院，其中有不少是跨省市设立分院，构成了新时代的新模式。在扩张中，很多美术学院纷纷把触角伸向沿海经济发达地区。例如中国美院在上海设立分院，中央美院在海南设立分院，西安美院不仅合并了陕西艺术师范学校，并且在深圳、青岛、上海设立了分院，形成了立足本院辐射全国的开放式办学格局，西安美院的杨晓阳院长曾经在某次访谈中自豪地声称"深圳设计的半壁江山是西安美院的学生，若没有这些学生，深圳的现代化建设也成不了气候"。

6.1.2　办学规模逐步扩张

从办学规模来看，过去，我国独立美术学院奉行的是小而精的发展策略，如今倾向于大学模式，学科和专业不断细分和增多，规模也不断扩大。为了促进专业和学科的综合交叉，我们按照学科群观点，将众多专业归纳为三大学科群，即美术类（含中西绘画、雕塑、综合艺术、以绘画为主的美术教育等）、设计类（含平面设计、工业设计、环艺设计、染织与服装设计、工艺美术设计、建筑设计、动画影视等虚拟设计、以设计实践为主的美术教育等）、理论类（含美术学、设计艺术学、设计管理、博物馆学等）。图6-1是笔者根据近10年来8所独立美术学院招生信息资料进行的统计对比，从中能看到各美术学院规模变化。

从图6-1来看，近10年来，各美术学院的招生规模整体呈上升趋势，而且涨幅比较大，与同时期我国GDP增长曲线基本吻合（图6-2），部分地说明了设计教育与经济增长的正相关性。多数曲线在2002年开始明显上升。到2009年为止，8所独立美术学院的本科年招生规模在500人到2000人之间形成三个区间。500人到1000人的是中央美术学院和天津美院，1000人到1500人的是广州美院、四川美院、湖北美院、西安美院，规模最大的是中国美院和鲁迅美院，超过2000人。中央美院在2002年扩招后基本保持稳定；广州美院是分阶段稳步上升；中国美院的曲线变化较大，主要是2003年没有理清与二级民办学院的关系，招生人数一度达到2000人以上，2004年迅速调整回落并基本保持稳定；鲁迅美院的增幅是最大的，2007年大连新校区的建成，促进了大规模招生；在小规模上保持稳定的是天津美院，2004年之后一直保持相同规模。

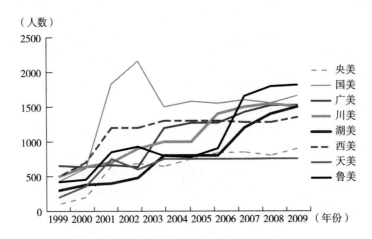

图6-1　8所独立美院普通本科年招生规模对照表

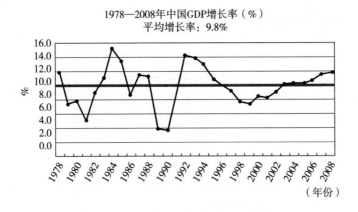

图6-2　1978—2008年中国GDP增长率①

① 《发展和改革蓝皮书》，转引自中国共产党新闻网：http://theory.people.com.cn/GB/6829
4/131889/131890/7742570.html。

　　大幅度上升的曲线表明，我国的设计教育正处在起飞前的准备阶段。今后办学规模是否会继续上升取决于社会供需关系以及教育质量是否有大幅度提高。目前来看，报考人数似乎没有减少的趋势，但是就业市场却不容乐观。2007年开始的全球经济危机加剧了就业难题，截至2009年3月底，2009届全国本科毕业生就业率仅有33％，北京只有23％，设计教育的就业率已经受到影响，博士层次的就业已经遇到困难。据亚洲开发银行2008年9月16日发布的年度报告《2008年亚洲发展展望更新》预计，中国经济增速将从2007年的11.9％回落到2008年的10％；2009年中国经济增速将进一步回落至9.5％。与此同时，美术高考的门槛不断提高，家长和考生也会逐渐趋于理性。因此，预计短期内各美术学院规模会保持稳定，1500人的年招生规模是一段时期内的主流，2000人的年招生规模将是未来美术学院的上限。如果按照每年招生2000人的规模发展下去，四年在校本科生将达到8000人，加上其他学历和非学历教育，人数过万，将会超出目前独立美术学院的软硬件承受能力。此外，设计学科短期内发展迅速已经导致很多弊端，需要有一个消化和提高的时间过程，为起飞阶段做准备。在目前设计行业滞后、经济危机的情况下，面对居高不下的录取比，我们应该有清醒的认识，以及综合的、全局的、长远的思考，从而把设计教育的整体规模维持在合理的范围内，以保证未来的可持续发展。

6.1.3　硬件设施显著改善[①]

　　当老校区的改建不能满足日益增长的规模需要时，扩建新校区成为必然。2000年以来，一些具有融资能力的学院迅速扩大地盘，办学条件显著改善。教学楼、图书馆、实验室、美术馆、展厅是国外一流美术学院的标准配置，它们不仅是教学保障，也是一所学院实力的标志。这些硬件方面的不足长期以来制约着我国艺术设计教育的发展。在这十年的扩招扩建中，主要美术学院教学配套设施问题基本得到解决，有的已经国际领先。很多学院在新校区的建设中，注重打造有特色的校园文化，形成了当地的文化新景观，发挥了艺术学院应有的积极影响。

　　2007年，中央美术学院教学科研面积共占地495亩，总建筑面积24.7万平方米，在市区和城郊有4个校区。图书馆建筑面积约6000平方米，使用面积4000多平方米。图书馆有各类图书、画册30余万册，此外，人文学院、设计学院、建筑学院、城市设计学院都有各自的分馆。美术馆包括1960年建立的中央美术学院王府井美术馆，2003新建的中央美术学院美术馆、中央美术学院石膏陈列馆以及中央美术学院院内展厅，据报道，该院还将与望京社区共建博物馆等文化项目。其中美术馆总建筑面积14777平

① 本节主要资料来自各院校官方网站。

方米。此外，央美的每所学院都建有独立的实验室，共有40个以上的专业实验室，可以说比较齐全。建筑学院有建筑光环境实验室、虚拟现实数字实验室、建筑生态实验室、数字建造实验室、模型试验室、材料构造实验室、木工车间、电脑机房。城市设计学院有产品设计工作室、家具设计工作室、首饰设计工作室、陶瓷设计工作室、偶动画实验室、互动实验室、影像实验室、动画实验室。设计学院有影像艺术实验室、造型艺术制作车间、综合实验室、首饰实验室、木工实验室、大漆实验室、数码媒体实验室、影棚实验室、时装实验室、暗房实验室、校外实验室。造型学院有石雕材料、木雕材料工作间、陶瓷材料、金属焊接材料、金属铸造材料、综合材料、壁画材料、木版、石版、铜版、丝网、插图、传统、数码版画等多个专业的工作间。

中国美术学院目前校园占地1000余亩，建筑面积近30万平方米，地跨杭、沪两市，拥有南山、象山、滨江、张江四大校区。中国美院图书馆由南山总馆、滨江分馆、象山分馆组成，总建筑面积约17000平方米。设有各类阅览学习场所，总阅览座位达1320余个。图书馆藏书以中外文美术专业类图书为重点，兼及文史哲类图书，并购置了多种中外数字资源，总量近40万册，近期接受了著名英国美术理论家贡布里希先生的大量图书捐赠。

广州美术学院现有两个校区，老校区面积约10万平方米；新校区位于广州大学城内，面积为27万平方米，总面积37.8万平方米。新老校区内均拥有符合各系专业特色的教室和工作室、制作间；均建有美术馆、图书馆、计算机中心。拥有家用纺织品设计、纺织、印染、编织四个工作室和先进的实验设备，实验室总面积1000平方米。由该院教师设计的美术馆是在原有美术馆的地块上重建的一座新馆，2003年11月投入使用，面积3000平方米。

西安美术学院校园占地300多亩，学院1995年迁入西安市含光南路的主校区，2006年在长安区大学城征地525亩，2007年合并了陕西艺术师范学校，并在深圳、青岛、上海设立了分院，形成目前功能齐全的校区格局。学院设有美术研究院、中国画艺术研究中心、书法教学研究中心、美术馆、网络中心、文物标本陈列馆、民间艺术陈列馆、藏画精品陈列馆、少数民族服饰陈列馆及各类专业工作室。图书馆藏书45万册，历代书画艺术珍品2064余件。

鲁迅美术学院有沈阳和大连两个校区，校园总占地面积464181平方米。天津美院占地94亩，校舍建筑面积8.79万平方米。新建的美术馆面积4340平方米。图书馆建筑面积4400平方米，现藏有36.5万册图书，并藏有国内历代书画真迹、碑帖拓片和文物计3000余件。

四川美术学院2004年开始在重庆大学城建设新校区，占地918.5亩，约73万平方米，前两期已经投入使用，加上三期总建筑面积将达到67万平方米，可能是目前独立美术学院中面积最大的。2008年，教室总面积89752平方米，实验室总面积34833平方米。有油画实验室、雕塑实验室、版画实验室、陶瓷实验室、工艺设计实验室、服装实验室、服装与图像实验室等15个实验室。新建的图书馆由该院教师设计。2002年新建的重庆美术馆总面积2万平方米，建筑面积7000平方米。

天津美术学院占地94亩，校舍建筑面积8.79万平方米。有计算机设计与教学实验室、产品·环艺实验室、服装·染织实验室、视觉媒体实验室、装饰艺术实验室，使用面积共计2089平方米。美术馆新馆总建筑面积达28915平方米。2005年独立馆舍的图书馆落成，5220多平方米，目前有藏书21万多册。

湖北美术学院建筑用地面积466620平方米，计划兴建各类功能齐备的建筑22万平方米左右。已经开始规划新校区，总面积将大于700亩，规划到2010年形成一个主校区、一个研究生院及一个科研人才培训基地的校区格局。全院新增仪器设备613多台（套），价值465.38万元。学院藏书达234606册，其中包括很多国内外出版的贵重画册及元明清古画名画复制品。学院收藏书画作品210件，其中178幅经过专家鉴定。[①]

6.1.4 重拾理想，再现人文[②]

以往的教育改革要么是国家统一调节，要么是照搬西方的模式，但是这一次似乎有些不同。在看得见的新校区、新教学楼、新实验室、新图书馆等硬件设施的后面，有一股看不见的强大理念和意志做支撑，体现了美术教育界独立自主的思考和努力。新时代的呼唤激励着老牌美术学院实现身份回归，激发了将美术学院做大做强的豪情壮志。很多美术学院主动迎上改革潮流，积极筹措资金，调动社会力量，抓住历史机遇，实现了美术学院发展的历史性突破。

中国美院自1928年成立以来坚持追随蔡元培先生"以美育代宗教"的理想，这宏大理想激励着每一代领导者，使领导班子具有敢于担当的自我认知，他们认定"中国美术学院的主体精神就是中国文化的主体精神，这种精神的建构是一代代美院建造者共同的核心追求"。学院的目标是成为"一城一地甚至一个国家文化创造的人才库和思想库"。在这种高标准的品牌定位下，学院提出了"多元互动，和而不同"的学术思想和"增强传统优势学科高点，营造设计学科亮点，拓展新型学科增长点"的学科发展策略。在学科发展上遵循两条路线，一条是以首任校长林风眠为代表的"兼容并蓄"的思想，一条是以潘天寿为代表的"传统出新"的思想，潘公凯先生总结为"两端深入"，以"两端深入"调和中西艺术，"和而不同"推进多元并举的工作室体

① 人民网：http://edu.people.com.cn/BIG5/1053/5843616.html，2007年6月9日。
② 本节主要资料根据各院校官方网站公布信息整理。

系。此外，学院在扩建的过程中，非常注重硬件环境的软文化，有意把校园打造成为陶冶性情的东方式学院，用教学环境来进行学院的品牌包装，成为杭州的新名片。

中央美院的发展规模目前虽然没有中国美院大，但是鉴于两者历来的师资渊源，在办学思路上有很多相似的地方，可以说是姊妹学院。在中央美院，久违的理想主义旗帜重新飘扬。"中央美术学院以其高度的历史责任感，思考中国美术发展的全局，把握和引领中国美术教育的教学实践和学术建构。基于对宏观使命的思考、理解和自觉，在人才培养与储备，在学科建设，在教学实践与成果，在中国特色的美术教育体系的建立上，我院都发挥了示范和引领作用。在新的历史条件下，我院将继续深化教学改革和学术探索，并将继续引导中国美术教育的进程，成为中国美术院校的代表。"①值得注意的是，2005年，央美把中国画系单独分离出来成立中国画学院，一改其长期以来西画胜于国画的风气，表示出其在全球化语境下对民族艺术的空前重视，体现了自我价值观念的回归以及迎接国际化挑战的勇气。

四川美术学院提出到2020年，将川美建设成为代表我国西部美术教育最高水平的、具有鲜明特色的、国内一流，并且有重要国际影响的综合性美术学院。四川美院珍视自由的艺术创作氛围，自比为"酒窖特色"。在当前文化创意产业的背景下，美术学院的火爆大大提高了社会影响力，间接提升了当地的文化地位。重庆市政府也希望借由学院力量的参与，把黄桷坪打造成为一个创意产业街区，并通过了为现任四川美院院长罗中立修建"罗中立美术馆"的决定。川美目前正在着力打造新校区，提出人文塑校的理念，建设生态化、人文化校园，不铲一个山头，不贴一块瓷砖，校园里有层层梯田，有鱼塘、农作物，努力保留具有浓郁巴渝特色的原生态农业景观。

新世纪，其他学院也提出了豪迈的目标。广州美院的建设目标是：到2007年努力把学校办成立足华南、辐射港澳台，在全国美术院校中整体办学水平和综合实力名列前茅的教学、科研型美术院校；再经过10~20年的努力，建成国内一流、世界知名的美术院校。湖北美院建设目标是：在未来5~10年的时间里，创建华中地区一流的美术教育与创作学术研究和专业人才培养基地。西安美院是西北地区唯一的一所高等美术学院，秉承"艰苦创业，追求卓越"的艺术精神，恪守"弘美厚德，借古开今"的校训，发挥地域优势，突出西部特点，目标是建成为一所艺术专业类别齐全、结构合理、教学—创作—研究并重的独具特色的综合型美术学院。鲁迅美院作为东北地区唯一的高等美术学府，建设目标是逐步实现"国内一流，国际知名"的高等艺术学府。具体步骤是：2010年前后，将学院建设成为整体办学和综合实力位居全国同类院校前列的教学型高等艺术学府，至2020年前后，基本完成由教学型向教学研究型的转变。

---

① 潘公凯：《2007年中央美术学院教育部本科教学工作水平评估院长报告》，载《美术研究》，2008年第1期，4页。

培养目标是：培养具有社会责任感、时代精神和创造能力的艺术人才。

有中国正在崛起的国家实力和开明的政策做后盾，美术学院遇到空前有利的发展时机，开始了由封闭到开放、从社会边缘到舞台中心、从国内走向国际的历史转变。由于设计类学科的加入，美术学院不再是培养少数纯艺术家的象牙塔。几十年来的设计人才培养初见成效。20世纪90年代报考工艺美术系的学生还需要向其他学科的同学解释什么是设计，在10年后的创意经济时代，设计学院已经成为充满创造活力的中心。对内，设计服务社会的意识增强，社会参与度大幅提高，逐渐成为地区经济文化的焦点；对外，国际交流与合作日益增多，生源和师资背景越来越国际化。每所院校都已经广泛开展了留学生教育和形式多样的国际合作办学。随着中国经济的高速发展和国际政治地位的大幅度提升，由中国设计院校主办的大型国际学术交流活动接连不断，出国留学的学生和回国发展的学生都在不断增加，中国地区成为设计领域的新焦点。

在大发展的同时，几乎所有的学院都意识到当前人文精神以及中国传统文化的缺失，这成为近年来讨论最多的话题之一。在历史学家汤因比看来，社会的政治、经济、文化三个维度中，文化是最不容易被占领的领域。也就是说，文化可以被看做一个民族的最后阵地。在西方经济支配下，西方文化主导今天全球话语权，其他民族的文化都已经被逼到了墙角。因此，不少学院致力于打造有传统韵味的特色校园文化，并且在学科调整中，把人文学科建设提到日程上来，作为塑造有中国特色的艺术与设计教育的重要步骤。我国美术学院的历史上第一次出现了人文学院（通常的做法是人文学院下设美术专业）。中央美院和中国美院在原有的美术史系的基础上，增设了美术教育学系、文化遗产学系、艺术管理学系等紧跟时代需求的新专业方向，共同组成人文学院。除了建立人文学院外，中国美院还将公共课教学部的课程细化为五大模块：哲学社科模块、人文历史模块、语言文化模块、品质人生模块、艺术对话模块，构成一个比较全面的素质教育的框架。该院尤其重视中国传统文化，甚至在细节上规定本科生必修《论语》、《庄子》和书法课程。中国美院副院长宋建明认为，设计是一个人文的题目，设计师不可能是学校培养的，学校只能够培养学生具有好的设计师素质，其中，人文素养是未来设计师的基本素质。在中央美院，不论怎样强调差异和多元化，设计专业的教师仍然非常注意继承央美的人文和艺术特色，有意加强造型、设计、人文三大学科之间的联系，注重审美和人文精神，力图保持央美纯美术学科的优势，以此构建央美独特的设计教育氛围。

作为学术地位的重要象征，学术期刊建设越来越得到重视。8所学院都办有自己的学术报刊，有些是学院内部的校刊，有些是历史悠久、全国发行的核心期刊。其中，中央美术学院有《美术研究》、《世界美术》两种中文核心期刊。中国美院主办有核心期刊《新美术》（1980年创刊），近年又推出《新设计》丛集，由美院直辖的出版社（建于1985年）出版发行。鲁迅美院主办有核心美术期刊《美苑》，西安美院发行有《西北美术》，天津美术学院办有季刊《北方美术》，四川办有双月刊《当代美术家》，广州办有季刊《美术学报》。

总之，这10年来，从硬件设施的数据和论文数量、展览数量等数字来看，8所美术学院的发展总体呈现出蒸蒸日上的可喜局面，新的面貌正在酝酿形成。

6.2 规模化的隐忧

6.2.1 教学质量与就业压力

当我们在探讨"大美院"现象时，实际上是在思考我们究竟想建设什么样的设计教育，设计教育的内容包括什么，以及怎样建设的问题。"大美术"观念实际是在提倡一种以美和艺术为基础的普适教育，可以看做是对蔡元培先生"美育"观的继承。"大美院"是实现"大美术"的途径。尽管就中国的人口规模来看，提高全民的艺术与设计素养不可能仅靠美术学院的教育来实现，但是美术学院规模的扩大毕竟产生了更大的社会影响力。不过我们也应该警惕规模化带来的问题。换个角度看，与其说"大美院"是学院自身发展的需要，不如说多少有些迫于教育政策和社会需求的压力而仓促应对。

当前，增容扩建成为总的趋势，很多学院的教学楼或者图书馆是聘请国外知名建筑师设计的，可以说在硬件设施方面已经赶超了国外同类学院。但是这些教学设施的利用率如何？实验室管理是否跟得上？如果没有良好的管理机制做保障，就会发生资源紧缺和资源浪费并存的奇怪现象。教学设施只有真正充分地服务于教学才不至于成为对外炫耀的摆设。此外，一所学院学术氛围的养成需要时间。有些学院从老校区搬入大学城的新校区后，虽然占地面积扩大了，但是原来数十年积累的人气和氛围却减少了。原因很多，比如教师住宅区还在老校区附近，教师需要长途往返，无心恋校；再如新校区一般都建在远离市中心的开发区，周边设施不健全，既无法满足学生学习和生活多样化的需求，也无法吸引外界的注意力，使学院陷入孤岛状态。因此，必须注意到学院在扩大规模的同时还面临更多的挑战。占地面积扩大也许可以证明一所学院的融资能力，但并不能说明真实的办学实力。希望通过教学环境的变化带来实质性的教学改革是困难的，毕竟改变外貌比改变内涵容易得多。

改善教学设施并不能直接带来教学质量的提高，但是，因规模升级导致教学质量应"升"下滑却是一个不争的事实。近年来，随着招生数量的直线上升，生师比不断提高，20世纪80年代初10个人一个班，90年代初15个人一个班，2000年一个班有

30多人甚至更多，上课的教师还是一位，这对需要一对一辅导的艺术设计类专业来说意味着什么？根据各专业的热门程度不同（热门专业是就业率高、经济回报率高的专业），实际生师比相差很大。在我们教学评估中，官方统计的生师比只是一个平均数，多数学院平均下来是达标的。然而，如果是热门专业，一个班的学生人数在40人左右，那么课堂上的实际生师比就变成了40∶1。设计人才培养是否适合规模化生产是个问题。能否依赖设计从业人员的数量来提升我国的设计实力，也是个疑问。精英教育时期，一个班10个学生，未来有影响力的占80％~100％，大众化时期，一个班40个学生里能出来多少？扩大基数也许能增加"优等品"的数量，但是同时也会增加"次品"的数量，这个负面影响更大。因此，核心问题不是扩大规模和基数，而是提高"成品率"。教育品质如果没有保障，庞大的规模将会转化为巨大的就业压力。

影响教育质量的主要因素是人和人制定的制度。人的因素主要包括生源质量和师资力量。制度因素包括教学制度、课程制度、管理制度等，在这些方面，我们与国外先进国家仍有很大差距。

近几年各美术院校录取比最低是10∶1，清华美院最高曾达到70∶1。问题是，这样高的比例却未必能够保证高质量的生源素质。一个原因是30年不变的美术考试制度无法全面考察出学生的综合素质和能力；另一个原因是从报考动机来看，每年几十万的考生中，只有少部分是有专业理想的，我们知道，只有真正热爱一个专业，未来才能够坚持在该专业上有所建树。与国外自由转换专业方向的教育制度不同，我们的学生一旦选错了专业、入错了行，不仅将失去4年宝贵时光，甚至会影响到未来一生的发展。我们没有准确的统计和反思，设计类毕业生从事专业设计的人才实际有多少？我们培养了多少完全改行的毕业生？"孵鸡孵出鸭子来"，是否算是完成了培养目标？设计学院是实行专业教育还是博雅教育？如果是后者，我们就不应该担忧就业压力。但是，从国家需要来看，我国教育制度实行的是按专业培养人才的模式，也确实需要大量专业设计人才；从社会期望来看，家长和学生都是以就业为目标。所以，有人一针见血地指出我国的高等教育其实就是一种职业教育。实践类型的学科尤其如此。西方国家虽然不讲人才培养目标，但是其设计教育的市场导向更明确。总的来说，社会需求最终主导了个人的发展方向。这样一来，不可避免的功利思想与大美院的美育理想必然是背道而驰。优质的教育是去功利的，对受教育者和教育者双方都是如此。我们正好相反。这是产生很多问题的根源。

尽管艺术设计类每年学费最高达10000~15000元，文化课分数线也逐年上涨，仍然没有使美术高考的温度降下来。其中一个主要原因是多数家长认为设计专业容易找工作并且工资回报较高。家长和学生的期待很现实。这就与美术学院的教育目标形成一个反差，"大美院"的目标是"美育"理想，不是职业教育，而学生是学校的主体，碰撞的结果必然是学院的妥协，于是规模庞大的学院为了增加就业机会不断寻找和增加新学科和新专业方向，职业定向是必然的。据山东工艺美院潘鲁生院长介绍，该院"2006年在校生规模是1998年的10倍，但是专业数量已经是当时的20倍。学院从2004年起陆续开设了文物修复、设计管理、旅游产品设计、家具设计、化妆与形象设计等社会急需的专业方向，近年又开设了建筑学、包装工程等与理工科相结合的专业。这些新上专业为考生提供了更多有前景的就业机会，全院各专业就业率达到了95%以上"。

那么，艺术设计专业的高投入真的能够带来高回报吗？事实并不尽然。一个基本的常识是，毕业生人数增加必然会加剧人才市场的竞争，竞争必然导致薪酬下降，并且市场需求也不是无限扩大的。从目前来看，平面设计专业毕业生的工资水平已经在持续下降，多数国内动画公司入不敷出。近两年经济不景气，本科毕业后改行、出国、考研的占一多半。最令人啼笑皆非的是，目前真正确保能够轻松带来高回报的职业不是学院开设的任何一门专业，而是遍及各大美院周围的地下美术辅导班。在校的学生经常从大一就开始在考前班代课，以课时费收入高于自己的老师为荣。有不少学生毕业后参与到这个批量定制考生的链条里。学院花4年时间培养出来的毕业生又回到考前班，这构成一道中国独有的奇特风景。把美术学院当做上大学、挣大钱的捷径，美其名曰"画画改变命运"。抱有这种"远大"理想的考生不在少数。对于这种创业模式我们不知是喜是忧。

6.2.2 综合的难题

过去美院的学科比较单纯，美术学科一枝独秀。为了培养全面发展的人才，学院的发展观念必然要转变为多学科，并促进多学科的交叉。从近些年的发展趋势来看，主要是在原有的美术类和设计类的基础上增加了建筑学科和人文学科，但是学科发展并不均衡，离真正的多学科还差得很远。下面我们按照学科群的观点，从三个学科群的发展规模，分别来看各美术学院的学科转型，并且结合各学院近年的录取比来看学科力量的对比。①

中央美院自1950年到1985年以来的35年间总共招收了本科生1123人，平均每年只有32人。随着新世纪新学科结构的建立，中央美院也终于打破了多年来的精英教育模式，加入到扩招行列。2001年设计学科只含有环境艺术、装潢艺术、摄影艺术三个方向，仅招收80人，略少于美术类。2002年大幅度扩招人数增加一倍多，美术和设计基本持平，2003年以后，美术类规模基本在200人左右，设计类招生则逐年增加。该校2006年本科

---

① 本节数据主要来自各校历年招生简章，感谢广州美院、中央美院、中国美院的教务部门提供了部分数据。尽管仍有部分资料缺失，但是仍可依稀辨认出近十年我国设计教育规模的发展变化。

在校生达到2800人左右。2008年本科预计招生800人，设计类占6成，平均录取比在25：1。2009年本科预计招生900人，美术210人，其中设计类600人。从图6-3中可以看到，美术类基本稳定在200人，理论类基本保持在90人，设计类依然呈上升趋势。

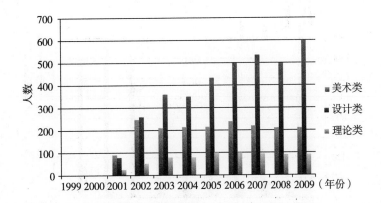

图6-3　中央美院学科规模变化图

中国美院2007年在校本科生6000余人，加上专科、成人学历、留学生以及各类进修生，全部在校生规模在9000人左右。2006年其二级分院上海设计学院6个专业410名本科生，较2005年同期下降近10％，而报名人数却达10547名，比去年同期增长33％，录取比例为26：1。2007年33个专业方向共招生1580人，录取比为40：1。2008年本科41个专业方向共招生1555人，其中设计类规模在1000人左右。2009年设计类招生规模继续扩大（图6-4）。

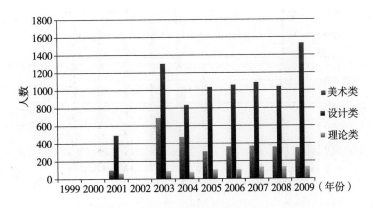

图6-4　中国美院本科学科规模变化图

鲁迅美院2005年招生人数为779人。2007年大连校区建设完成后开始大幅度扩招设计类学生。2008年本科计划扩大招生达到1795人，设计类占7成。现有本科生3351人，各专业平均录取比连续几年都是10∶1。2009年设计类人数略有回落。从图来看，设计类人数远远超出美术类和理论类数倍。（图6-5）

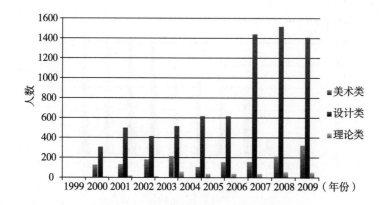

图6-5　鲁迅美院本科学科规模变化图

广州美院1998年设计系改为设计分院。2005年报考人数2万左右，招收1271人，录取比接近18∶1。2006年录取比接近20∶1。2007年有普通本科在校生4608人，计划招生1175人。规划未来每年招收本科学生规模在1300人左右。从学科规模对比来看，该院学科落差最小（图6-6）。

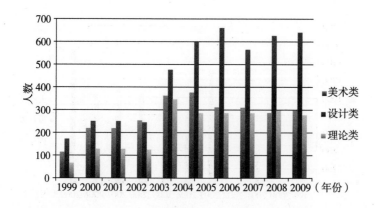

图6-6　广州美院本科学科规模变化图

　　四川美院1999年才开始面向全国招生。2000年时，美术类和设计类人数齐平。2001年已经开始招收建筑设计、摄影、动画等专业学生，招生人数450人。2003年招收900人，录取比超过20∶1，2004年招生1000人，录取比例却达到35∶1，2005年仍招收1000人，但是录取比上升到40∶1。2006年本科计划招生1400名，2007年达到最高，2008年本科计划招生1545人。目前在校生总人数7448人（图6-7）。

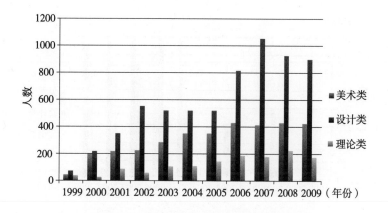

图6-7　四川美院本科学科规模变化图

　　湖北美院2005年招收700人，其中纯艺术288人，设计类472人，理论80人。2006年共招收747人，绘画雕塑238人，设计（含动画）454人，史论55人。2007年将面向全国招收1200名本科生，在校生4142人。2008年计划招收全日制普通本科生1400人，招生涵盖绘画、动画、雕塑、艺术设计、工业设计、艺术设计学和美术学7个专业，24个专业方向。2008年录取比20∶1，2009年报名人数4.2万，录取比28∶1（图6-8）。

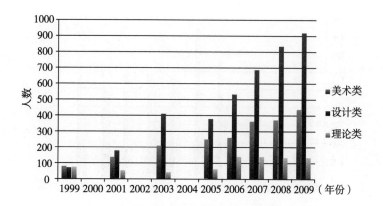

图6-8　湖北美院本科学科规模变化图

　　天津美院目前各类在校生共3000余人，2005年以来录取比超过10：1。美术类和设计类人数也一直保持比较接近，理论类规模较小。2005年本科招生750人，其中绘画类招生330人，专业除了传统纯艺术专业，还包括数字媒体艺术、摄影艺术、综合绘画，艺术设计类招生400人，分布在现代艺术学院（公共艺术、多媒体设计）和设计艺术学院（视觉传达设计、工业设计、环境设计、染织设计、装饰艺术设计、服装设计）（图6-9）。

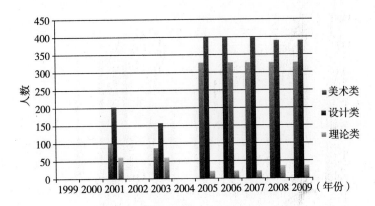

图6-9　天津美院本科学科规模变化图

　　西安美院2001年在校生人数6000人左右（本科、专科、研究生），从招生看，2001年西安美术学院普通本、专科招生计划为1000人，平均录取比例接近13：1。现有各类在校生8700余人。美术类和设计类都增长迅速，并且两者规模非常接近（图6-10）。

　　从图来看，理论落后的局面仍然没有改变。以中央美院和中国美院为首的美术类院校，已经提出要培养学生的全面素养，但是仅依靠增加几门人文学科的课程并不能构成全

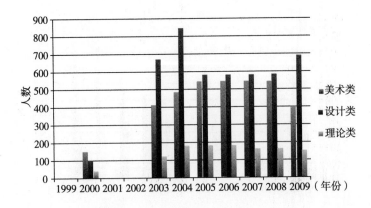

图6-10　西安美院本科学科规模变化图

面的素养。由于高中实行分科教育，大学里更加专业化，所以，学生的全面素养早已经大打折扣。在目前的考试制度下，美术学院属于艺术类招生，虽然近年来部分专业开始文理兼收，但是多数考生是文科类的，他们将来拿的文凭也是文学学士。对于文科学生来讲，需要的也许不是增加人文学科的比重，不是追加《论语》和《庄子》这些大学前应该学会的或者可以自学的经典著作，他们更需要补充的是与专业设计密切相关的自然科学、社会文化类，甚至理工学科的知识。此外，国外大学的人文学科不是选修，而是必修，不是一两门课，而是前两年的核心课程，介绍世界各种文化、各种观念、各种价值，并且有的学校明确规定文科的学生要修1/3的理工课程，理工科的要选1/3的文科课程。[①]就我国美术学院目前的课程设置来看，人文类、社会类课程仍然少得可怜。事实上，美术也好，设计也罢，都离不开所属的社会环境。缺少对学科自身生存环境的研究，学科发展难免流于肤浅。大学是探究高深学问的场所，没有设计研究和设计哲学的设计如何能够做到高层次和深入？如何与职业教育相区别？当前的本科学生热衷于纯技巧的学习，缺少成熟的思考能力，对设计理论的漠视已经成为习惯，要改变这个状况，必须从知识结构的多样化开始。

学科多样化是综合与交叉的前提。专业和学科越多，综合与交叉的可能性就越多。建筑学科是一个新的亮点，少数美术学院设立了建筑分院，作为未来的发展方向。但是，就目前起步阶段来看，其主要专业方向依然是原来的室内设计和景观设计。我们必须认识到，以美术学院的背景发展建筑设计学科还是有难度的。美术学院是出于美学角度把建筑纳入进来，但是建筑学毕竟是工学学科，如果不能与原先艺术设计里的环艺设计专业相区别，就体现不出这一新学科的必要性，因此这棵苗的成长还需要添加更多理工类学科知识的养料，以及更多的时间。

当各学科力量发展均衡之后，就可以解决学科交叉的问题，即如何突破学科界限来跨学科合作。首先要能够跨专业。我们目前的设计教育中，只有基础教学是跨专业的，以后就越来越专。为了解决这个问题，各院校都在实验自己的解决方案，我们以央美为例。央美设计学院院长王敏在接受媒体专访时认为，央美设计学院的设计教育指导思想是注重学生艺术素质的培养，注重学生本身的整体素质的培养，突出实验性与前瞻性。副院长谭平也认为大学教育还是一个大的基础教育，知识面越宽越好，接触的事情越多越好，要利于人才长期的发展。央美为此实行了两项教学改革，一是"二段学制"和"工作室制"相结合的模式；二是实行学分制。"二段学制"是指学生进校后第一年统一在基础部学习，第二年进入各专业学部，第三年再选择进入各学部专业方向工作室学习。"工作室制"是纯美术学科的传统，2001年央美设计系也成立了导师工作室。导师被赋予了很大自主权，由此调动起空前的主动性。导师可以动员自己的社会力量聘请在某一方面更有经验的教师到工作室授课，使课程内容更有实践意义和针对性。工作室实

---

① 王受之：《扫描与透析》，43页，北京，人民美术出版社，2001。

行年级混合模式，同一个导师下的本科生、研究生、进修生、留学生等聚集在同一个工作室里，创造出便于交流的学术氛围。此外，这种导师中心的教学模式，可以解决多样化共存的问题，也使学术权利分散开，便于小范围的革新，教学改革可以更加灵活。但是，导师工作室有点类似传统的师傅带徒弟模式，容易造成门派隔阂。如果专业系各自为政，壁垒森严，就无法做到资源共享，学生也很难获得综合性的知识。灵活的学分制是普遍采取的一个办法，目的是通过扩大选修比例，鼓励学生跨专业学习。该院从2004年开始试行学分制教学管理和新的教学院历，每年设38个教学周，分三个学期。第一学期20周，主要安排学校及各个专业学院规定的必修课程；第二学期10周，主要安排各专业课程及外出教学课程；第三学期8周，主要由学校安排专业选修课程及公共选修课程，学生可以根据自己的爱好及专业发展需要自主选择跨专业课程学习。

选修制度其实是把综合的任务交给了学生自己，效果取决于学生个人的综合学习能力，这对我们的学生尤其困难。因此，学校不仅仅要为学生构建多样性的知识结构，还应该提供更多的交叉学科的课程，来帮助学生培养综合能力。这也对教师和学生双方的知识结构提出了挑战。除了课程，也可以建立跨专业、跨学科的工作室或者研究室，来促进跨专业的项目合作。综合的最大障碍是专业壁垒，国外有些院校的做法可以借鉴。

6.3 独立综合艺术学院的艺术设计教育

第二梯队是独立的综合艺术学院。包括7所省（区、军）属综合性本科艺术院校，以及2所专业性本科美术院校，它们都在全国31所独立艺术院校名单中。这些学院的地区性比较强，主要面向省内招生，服务于地区建设。从院系设置来看，艺术学院一般

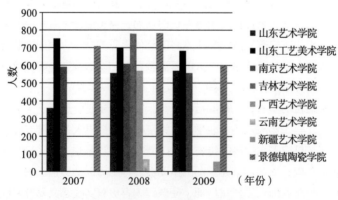

图6-11 部分独立综合艺术学院招生规模变化对照表[1]

---

① 图表根据各学院官方网站和历年招生简章整理归纳。

都包括音乐、舞蹈、戏剧、美术等学科，近年来设计学科的规模逐渐扩大，不少很早开展设计教育的学院进行了系改院，和美术学院并行发展。图6-11是其中几所学院近年设计类招生规模的对比。

南京艺术学院是江苏省唯一的综合性高等艺术学府，是我国历史最为悠久的艺术院校之一，规模较大，2004年占地500余亩，在校生4042人，2008年占地720余亩，目前在校本专科生达到8000人。目前设有美术学院、工业设计学院、音乐学院、舞蹈学院、设计学院、传媒学院、影视学院、流行音乐学院、人文学院、尚美学院、高等职业教育学院、成人教育学院、国际教育学院13个二级学院。基本是按学科目录划分的，二级学院数量最多。设计学院最早可以上溯到1912年的上海美术图画院（1930年改为上海美术专科学校），1958年，在学院副院长、著名工艺美术家、工艺美术教育家陈之佛教授的主持下，于美术系下设立装饰设计与染织设计两个专业。1981年5月，学校正式组建了工艺美术系，1995年改名为设计艺术系，1999年10月正式改建为南京艺术学院设计学院。建院以后，本科专业进一步调整、发展为平面设计、工业设计、环境艺术设计、服装设计、装饰艺术、陶艺、漆艺、染织设计、多媒体设计（1999年）、动画设计（1999年）、首饰设计（2000年）、广告策划（2000年）、服装展示（2003年）、会展设计（2003年）。共有专业22个，专业方向38个，其中设计学院共有14个专业。2008年招收本科新生1860人，其中美术类175人，设计类670人，理论145人。设计学院的办学理念是：传承历史与改革创新同步，传统设计与现代设计交融，理论思维与设计实践并重，为新世纪社会发展与江苏地方经济建设、文化建设培养具有"传统文化视野、国际文化视域、市场经济视角"的多类型设计人才。

山东艺术学院始建于1958年，是山东省唯一一所综合类艺术院校，有美术、音乐两大类。目前下设12个二级学院，也是美术学院、设计学院并置。设计学院的前身是始建于1983年的美术设计系，是国内较早设立艺术设计专业的少数院校之一，2004年12月正式改为设计学院，下设视觉传达、环境艺术、新媒体艺术、装饰艺术、陶瓷艺术、广告学、艺术设计学7个系。包含艺术设计、艺术设计学、广告学、摄影、动画5个专业，其中艺术设计专业设有装潢设计、书籍设计、环境艺术设计、景观设计、产品造型设计、展示设计、陶瓷艺术设计、装饰艺术设计、数字多媒体艺术9个专业方向，艺术设计学专业设有设计管理专业方向，广告学专业设有广告设计、影视广告和广告策划与管理3个专业方向，摄影专业设有广告摄影、传媒摄影、人文地理摄影、影视摄影4个专业方向，动画专业设有动画设计专业方向。设计学院有在校本科生630人。2006年，设计学院搬入长清新校区后，拥有多媒体教室、电脑教室、专业中外文资料室和网络资料室，以及木工工艺、金属工艺、纤维工艺、模型制作、印刷工艺、陶艺、数字艺术、影像艺术等实验室。

吉林艺术学院建于1946年。学院现设有音乐学院、美术学院、设计学院、戏剧影视学院、舞蹈学院、新媒体与动画艺术学院、艺术教育学院、文化艺术管理学院、城市艺术学院、现代传媒学院、附属中等专业学校11个分院，是音乐、美术、艺术设计、戏剧、舞蹈、艺术教育、文化管理等多学科和研究生、本科、大专、中专多种办学层次协调发展的艺术教育体系。设计学院2008年共招收500人，其中平面艺术设计120人、环境艺术设计120人、服装艺术设计40人、装饰艺术（含装饰雕塑）80人、数字艺术（含影像、游戏、新媒体）120人、服装表演20人。现代传媒学院艺术设计专业招收280人，方向有数字媒体、平面设计、工业产品造型、环境艺术，该院另有摄影70人，广告60人，动画学院120人，如果都算入设计类的话，共1030人。美术类共招205人。

广西艺术学院建于1938年，位于广西壮族自治区首府南宁市，现有南宁市本部和桂林雁山两个校区，下设美术学院、音乐学院、音乐教育学院、设计学院、桂林中国画学院、舞蹈学院、人文学院、成人教育学院8个二级院系，共有12个本科专业。艺术设计类专业方向有17个：装潢设计、环艺设计、公共艺术设计、服装设计、景观设计、会展策划与设计、视觉传达设计、装帧设计、室内设计、商业插图、动画、广告设计、网络媒体艺术设计、服装与形象设计、时尚造型与形象展示设计、舞台美术设计、摄影与数字传播等。全校本科学生有3163人。2008年全国共招本科生2000人，其中美术类515人，设计类570人，美术学10人。

云南艺术学院创建于1959年，是西南地区一所独立设置的多学科、综合性本科高等艺术学院。云南艺术学院现有10个教学单位：音乐学院、美术学院、艺术设计学院（1986年／2003年）、戏剧学院、舞蹈学院、电影电视艺术系、艺术文化系、成人教育学院、文华学院（独立学院，与企业合办）和附属艺术学校。开设了音乐学、音乐表演、绘画、雕塑、美术学、艺术设计、动画、舞蹈学、表演、播音与主持艺术、录音艺术、广播电视编导、摄影（影视摄影）13个本科专业。面向云南和全国16个省（市、自治区）招生，现有在校本科生2000余人。1984年开设工艺美术专业，1986年创建工艺美术系，1999年更名为艺术设计系，2002年正式成立设计学院，到2004年9月，已拥有全日制本、专科在校生1120余人。艺术设计系有环境艺术设计、视觉传达设计、服饰艺术设计、计算机美术设计、民间工艺与旅游商品设计、公共艺术设计6个专业方向。80％省内招生。2008年设计学院省外招生70人，美术学院40人。学院现有全日制本、专科学生4320人，硕士研究生84人，成人教育学生2768人，中专学生1434人，独立二级学院学生1483人。

山东工艺美术学院始建于1973年，主要面向山东省内招生。目前有千佛山校区和长清校区两个校区。1989年设有装潢设计和染织设计本科，目前有10所二级学院：视觉传达设计学院、建筑与景观设计学院、工业设计学院、服装学院、造型艺术学院、现代手工艺学院、数字艺术与传媒学院、人文艺术学院、应用设计学院、继续教育学院和公共课教学部，形成了设计艺术、造型艺术、工程艺术、传媒艺术、人文艺术、手工艺术6个大的学科群。到2007年为止有14个本科专业：艺术设计专业、艺术设计学、美术学、工业设计、建筑学（2005年新增）、服装设计与工程、服装表演、绘画、雕塑、包装工程（2005年新增）、动画、摄影、戏剧影视美术设计、广告学。共有51个专业方向。其中，艺术设计专业有13个专业方向：品牌与企业形象设计、广告设计、书籍设计、包装设计、纤维艺术设计、染织艺术设计、玻璃艺术设计、金属艺术设计、漆艺、陶艺、装饰设计、家具设计、印刷设计。工业设计专业有6个专业方向：展示设计、产品设计、公共设施设计、工业陶瓷设计、旅游产品设计、玩具设计。另开设有国家目录外专业：现代手工艺专业。有33个实验室，25个校外实习基地。有博物馆、美术馆。主办季刊《设计艺术》（2008年改为双月刊）。至2007年7月，有教师401人，在校本科生6122人。2004年招生1200人，2005年招生1400人，2007年招生1400人，2008年计划招收本科生1500人，其中省内计划为1320人。目前在校本科生是6000多人。作为唯一保留"工艺美术"名称的学院，山东工艺美术学院率先开办了现代手工艺学院，旗帜鲜明地继承和发扬传统工艺美术。该院主持了国家广告设计师的职业认定，并在2008年积极加入了国际平面设计协会联合会。虽然主要是省内招生，但是仍然属于规模比较大的学院。

景德镇陶瓷学院建于1958年，前身是1909年创办的中国陶业学堂。学院现已成为一所以陶瓷为特色，以设计艺术和陶瓷工程为优势，以工为主，工、文、理、管等多学科协调发展的大学。有2个校区，占地近2000亩，校舍50万平方米，图书馆两座共2.8万平方米，图书资料130万册。1998年有4个系19个专业，2009年共35个本科专业，设有9个教学分院。设计艺术学院有雕塑、美术学、动画、工业设计、艺术设计5个本科大类专业，艺术设计专业下设陶瓷艺术设计、陶艺、装潢艺术设计、环境艺术设计、陶瓷艺术与工程5个专业方向。1987年在校生规模1224人，1990年1352人，1998年2800余人，2009年升至15000人。设计学院全日制在校生共计2600余人，其中硕士研究生171人，本科生2000余人，2009年设计类招生规模600人（含动画、摄影）。主要出版刊物有《中国陶瓷》、《陶瓷学报》、《中国陶瓷工业》和《中国陶艺》等。

新疆艺术学院建于1958年，目前学院下设音乐、美术、舞蹈、影视戏剧、文化艺术管理、基础教学、预科、中专等8个二级学院和系（部）。2007年在校学生4200余人。设有普通本科20个专业（33个方向，涵盖了艺术类20个本科专业的80%）。美术学院现在设有绘画（中国画、油画、版画等）、雕塑、美术学（美术教育、美术史论）、艺术设计（视觉传达艺术设计、环境艺术设计、广告艺术设计、装饰艺术设计）、动画艺术设计等专业和专业方向。近年来不断大量聘请美国、日本等国的学者来学院授课和进行形式多样的学术交流，并率先同内地大学建立了互派教师交流、授课的有效机制。美术学院在2000年实行扩招以来，得到了快速发展，从在校生100多人，到2003年的近800多人（含本科、成人、预科），计划2008年发展到本科生1200人。新疆大学艺术设计学院现拥有1个硕士点、3个本科专业（艺术设计、服装设计与工程、纺织工程），学院注重理工类学科与艺术类学科相互融合。

近年来，设计学科成为综合艺术院校中的热门，其中尤以平面设计和环艺设计专业方向人数最多，侧面说明这两个行业在我国的发展是比较成熟的。综合艺术学院的优势集音乐、戏剧、舞蹈、美术、设计等姊妹艺术为一体的多学科模式，艺术氛围浓厚。但是，从专业设置来看，这些学院在利用综合艺术学科形成新的特色专业方面还普遍有所欠缺。

6.4　综合大学的艺术设计教育

6.4.1　独立美术学院并入综合大学

20世纪90年代以来，我国进行了高等教育管理体制改革和布局结构的新一轮调整。一些理工类大学出于追求综合化的需要，与一些中小型专业学院合并。有几所历史悠久的独立美术学院并入综合大学，成为其下属的二级学院。这些独立学院师资优良，教学体系比较完整，学科设置齐全，年招生规模较小，一般保持在300人以内。对于原来的独立学院来说，从艺术院校的氛围转到理工科类的环境中，面临着适应新环境和重新定位的问题，办学规模和方向都会受到一些影响，是一个新的起点。主要有下面几个案例。

建于1956年的中央工艺美术学院是我国最早的专业艺术设计学院，在国内外享有较高声誉，我国几乎所有的设计类专业都是从这里正式开始的，几乎所有的设计类师资都是这里培养的，这所学院可以说是我国现代设计教育的摇篮。1956年开设染织美术、陶瓷美术和装潢设计3个系，1957年增设室内设计系，1983年成立工艺美术史系，1984年建立工业设计系和服装设计系。1986年建有木工、印染、服装、漆艺、陶瓷、印刷、摄影、装裱、电脑、电教等工艺实验室。建院以来，老一辈工艺美术家云集在这里，为国家培养了大量设计人才，为全国设计教育提供了大量师资。该院1999年并入清华大学，更名为清华大学美术学院，在纯艺术设计学科的基础上增加了美术学科，希望两者并重。2005年至2008年，招生人数一直保持在240人，2006年有在校本科生1142人，学院规模很小，就业压力小。2005年报名人数是16779人，录取比达到70∶1。2008年录取比为50∶1。由于对文化课要求很高，史论专业考生统考分数最高达600多分，被考生称为最难考的美院。目前正在向研究型设计学院转型。

建于1956年的无锡轻工学院2001年并入江南大学，更名为江南大学设计学院。

1960年创建中国第一个工业设计类专业"轻工日用品造型美术设计专业"，1983年扩建为工业设计系，设置了"包装设计专业"，后改称装潢设计专业，1999年变更为视觉传达设计专业。1995年扩建为中国第一个以"设计"命名的学院。1985年，创建了"室内设计专业"和"服装设计专业"。1986年工业设计系首次招收"理工类"生源学生，形成了"艺工结合"的教学体系，成为该院的特色学科。2000年开办建筑学工科专业，2005年开办动画专业，形成比较全面的设计类学科布局。设计学院规模360人左右。师资队伍年轻化，学生的设计实践能力很强。

建于1960年的原苏州丝绸工学院1997年并入苏州大学，更名为苏州大学艺术学院。1960年设立染织美术专业，于1983年和1989年创办服装设计专业、服装表演专业，为我国培养了第一代服装设计硕士研究生、本科生和服装表演大专生，填补了服装教育的空白。1988、1990年又相继创办了装潢设计专业和服装工艺专业。为我国纺织、丝绸、工艺美术发展作出了重大贡献。目前，学院拥有美术系、染织艺术系、服装艺术系、装潢艺术系、环境艺术系、音乐系、艺术设计学系、设计基础课部8个教学单位、9个专业方向。办学层次齐全，所有在校生共1400人。2008年招生250人。是我国第一批有设计艺术博士点的院校之一，以设计理论见长。

6.4.2 理工类院校中富有特色的二级学院

早期就建立了设计专业的综合性大学，多数是属于轻工部管辖的，比如与纺织服装业有关的工科院校，与包装行业有关的工科院校。它们根据自身专业发展的需求比较早地开设了与工科相结合的服装设计、工业设计等专业，走出了一条与美术学院不同的道路。有些理工科类大学开办的设计学院走特色路线，着力打造重点有理工特点的设计专业，比如东华大学、北京服装学院、苏州大学的服装设计专业，湖南大学、江南大学的工业设计专业。

东南大学艺术学院，可上溯到1904年的两江师范学堂。2006年成立艺术学院，有艺术传播、艺术学、艺术设计3个系。艺术设计系目前主要承担工业设计本科专业的培养任务，创建于1995年，是国内较早设置于综合性、多学科大学的工业设计学科。工业设计专业设有产品设计、平面设计、环艺设计3个方向。现有在校生每届50余人，共200多人。工业设计专业现有工业设计实验室、模型工作室、摄影工作室等专业实验室。依托东南大学工科和艺术学科雄厚的学科基础，使本系工业设计专业形成了特色鲜明、教学研紧密结合的系统的教学体系。2008年新增一些美术学、动画专业方向。

西南大学美术学院，从1950年西南师范学院建院伊始即设立的美术工艺系算起，已有半个多世纪的发展历程，早在20世纪80年代初就开始了设计专业课程的引进与改革，1983年开设现代设计课程，1993年开设计算机辅助设计课程，在当时来说是走在了全国设计艺术教学改革的前列。西南大学美术学院艺术设计系，设有视觉传达设计、环境艺术设计、动漫艺术设计3个专业方向。艺术设计专业的培养目标是：培养面向21世纪的具有创造性思维与实践能力的设计人才。2008年共有美术学（师范）、艺术设计、绘画及雕塑4个本科专业，本科招生计划总数310人，其中美术学（师范）90人、艺术设计150人、绘画50人、雕塑20人。

北京服装学院1959年建院，原隶属于纺织工业部，1987年建立服装系，现有3个专业，6个专业方向。1988年正式设立工艺美术系，分装潢和染织两个专业，10年后改为艺术设计学院，目前有艺术设计、摄影、动画3个本科专业，涵盖了装饰艺术设计、纺织品艺术设计、视觉传达设计、环境艺术设计、公共艺术设计等专业方向。目前，艺术设计学院在校本科学生有1410人，2008年计划招生670人。此外，该院比较有特色的是把艺术教育和工程教育结合起来，例如服装艺术与工程学院下的服装设计专业、1993年建立的工业设计与信息工程学院下的工业设计专业。从社会服务角度来看，该校的服装设计专业比较有实力，成功培养了很多服装界的设计人才。

东华大学前身是1951年建立的中国纺织大学，有12个二级学院。其中服装艺术设计学院于1984年招收服装专业本科生，是全国最早建立服装类学科的高等院校之一，服装设计是主导学科。学院由服装设计与工程系、服装艺术设计系、视觉传达艺术设计系、环境艺术设计系、工业艺术设计系、表演系、艺术设计理论部、艺术设计基础部和实验总室组成。开设服装设计与工程、艺术设计、表演三大学科，包括服装设计与工程、服装艺术设计、纺织品艺术设计、动画、数字媒体艺术、环境艺术设计、工业设计、服装表演与设计、表演（影视、话剧）、综合艺术10个本科专业（方向）。目前在校本科生近2500人。

湖南大学设计艺术学院1977年开始筹划工业设计系，1982年正式招生，是全国工科院校中成立最早的设计艺术学科之一。湖南大学设计艺术学院下设工业设计系、艺术设计系，并设有工业设计研究所、品牌形象研究所、城市设计研究所、龙兆曙设计工作室和王序设计工作室。1993年在全国首批获得工业造型艺术（现为设计艺术学）硕士学位授予权，本院是教育部工业设计专业教学指导分委员会、中国工业设计协会教育委员会、中国机械行业工业设计学科教学委员会3个重要的设计教育机构的主任单位。体现了本院在全国同类学科中的优势。设计艺术学院以工业设计的研究与开发为突出特色，在国内工业设计界享有盛誉。

北京理工大学是一所理工科为主的综合性大学，1987年建立工业设计专业，是国内高等院校设置工业设计学科最早的单位之一，2002年系改院。设计艺术学院目前共有2个专业，一是艺术设计专业，方向有视觉传达设计、环境艺术设计、传统工艺美术、中国家具学、装饰绘画美术学；二是工业设计专业，方向有工业设计、文化遗产艺术研究。设有7个系：工业设计系、视觉传达设计系、环境艺术设计系、文化遗产艺术研究系、传统工艺美术系、装饰绘画系、中国家具学系。2005年艺术设计本科生有438人，与同类院校相比规模不大。

湖北工业大学艺术设计学院的前身是创办于1978年的湖北轻工业学院工业美术设计专业，是全国理工科院校开办艺术设计专业最早的院校之一，现有6系、1所、2个工作室、1个中心，是在国内理工科院校中率先创办的边缘性设计学科之一，在校本科生1851人。有艺术设计（含平面设计、环境艺术设计、电脑艺术设计、展示设计、装饰艺术设计5个方向）、工业设计（含工业设计、玩具设计2个方向）、广告学、动画4个专业。

中央民族大学美术学院的前身是成立于1959年的中央民族学院艺术系，1983年在此基础上单独成立了美术系，2002年成立了美术学院。学院现设有绘画（油画、中国画）、艺术设计（装潢设计、环境艺术设计、服装设计）、美术学（美术教育）等专业，还成立了版画与丝网印刷、服装设计、数码设计、陶艺设计等工作室。美术学院有在校本科学生470多人，艺术设计类有3个专业（装潢、服装设计、环境艺术），2006、2007年都是招生80人。

这一类别的二级学院中不乏历史悠久、专业特色突出者，它们能够发挥自身优势，在设计学科与其他学科的交融中寻找立足点，尽管招生规模不是很大，但却是很有发展潜力的一支力量。从国外的设计教育分布来看，综合大学里的设计教育占有重要地位，尤其是重点大学，例如美国耶鲁大学的平面设计专业、哈佛大学的建筑设计专业、MIT的新媒体艺术专业。当规模不占优势时，就只能靠质量取胜。这类学院适合走小而精的发展道路，可以在交叉学科的高级设计人才培养方面进一步探索。

6.5　师范大学中的艺术设计专业

我国美术教育自20世纪初就已经开始，设计教育可以追溯到很多早期师范学院的图画手工科。目前所有师范大学都有美术教育专业，规模较大的还设有美术学院，除了美术教育外，近些年增加了非师范类的艺术设计专业。独立建制的美术学院近年也开始增加非师范类的美术教育系。双方都是为了填补学科空白，真正实质性进行设计类教师培养和培训的不多。主要原因是中小学还没有开展设计教育，目前只是在美术课本里增加一点设计类知识，而美术教育在我国教育体系中尚处于边缘地位（不如体育的学时多）。由于需求有限，因此师范大学中的设计专业的规模都比较小，100至

300人不等，在教学上也远远不如其他类型的设计教育那么"专业"。下面整理了部分有设计学院的师范院校的资料。

华东师范大学2004年9月成立了非师范类的设计学院，其前身是华东师范大学美术学专业艺术设计方向。华东师范大学于1995年设立了装饰设计方向，2000年设立了视觉传达设计方向。华东师范大学设计学院在2005年先行开设4个专业：视觉传达设计专业、多媒体艺术设计专业、工业设计专业和动漫形象设计专业，2006年起学院计划增设室内设计、景观设计、时尚设计、设计管理和动漫游戏设计等专业。该院提出，以中外合作办学为契机，创办一所集产、学、研于一体的新型艺术设计学院，并努力通过若干年的建设，使华东师范大学设计学院成为国内领先、具有国际水准的一流设计学院。现每年招生150名左右，美术学科归在艺术学院。

北京师范大学艺术与传媒学院是一所历史悠久、规模完整的艺术与传媒教育高等学府，前身是1915年2月设立的国立北京高等师范学校手工图画科及1920年设立的高级音乐讲习班。1983年开始本科招生，1992年改建为北京师范大学艺术系，2002年扩建为北京师范大学艺术与传媒学院，其中设有美术与设计系，有美术学专业、艺术设计专业。艺术设计专业的课程内容涵盖了计算机图形设计、文字设计、书籍设计、品牌设计、展示设计、景观设计、公共空间设计等。2009年本科招生133人。

2007年首都师范大学美术学院，由原来单一的美术教育（师范）专业发展为师范与非师范专业结合的综合性美术学院。现下设美术教育、绘画、艺术设计、美术史论4个系，有美术教育、中国画、油画、平面艺术设计、环境艺术设计、新媒体设计、艺术市场7个专业方向，并建立了现代美术研究所、美术教育研究所、中国工笔画研究所等科研机构。2009年本科招生210名。

南京师范大学美术学院的办学历史已有百年余。它的前身是晚清时李瑞清主持的两江师范学堂"图画手工科"。南京师范大学美术学院设有6系：绘画系、艺术设计系、摄影与媒体艺术系、书法系、史论系、动画系。设计系有视觉传达、环境艺术、陶瓷艺术、玩具设计、服装设计与表演艺术方向（2008年新增）、展示设计（2008年新增）6个专业方向。目前在校本科生950名。

东北师范大学美术学院有10个系：美术教育系、中国画系、油画系、水彩画系、版画系、雕塑系、环境艺术设计系、平面艺术设计系、动画设计系、服装设计系（包括服装设计与工程、服装设计与表演），在校本科生221人。2009年美术学与艺术设计共招生520人。

华南师范大学美术学院现有美术学、艺术设计、工业设计、摄影4个本科专业，美术学专业有硕士学位授予权。学院设有美术教育系、平面艺术设计系、环境艺术设计系、工业设计系、新媒体艺术系、基础部、理论部、实验中心等机构。学院教学设备先进，拥有中国画、油画、综合材料、版画、漆画，雕塑、摄影、视频、数码、平面设计、环艺设计、工业设计、陶艺13间教学工作室。2009年本科招生180人。

山东师范大学美术学院，始建于1950年，1992年成立山东师范大学美术系。2000年成立艺术学硕士学位授权点，2001年成为国家教育硕士美术专业学位教育试点单位。目前，美术学院有美术学、设计艺术和摄影3个本科专业，艺术学、美术学、教育硕士专业学位3个硕士学位授权点。学科门类较为齐全，师范专业与非师范专业相协调。2009年本科招生230人。

广西师范大学2005年12月正式成立美术学院。其前身是创办于 1988 年的广西师范大学艺术系美术教育科。开设有美术学、艺术设计、绘画3个本科专业。艺术设计分设平面艺术、环境艺术、公共艺术、多媒体影像、服装设计与表演5个专业方向。美术学院正遵循"以发展为主题，以学科建设为龙头，以教学科研为中心，以提高质量为核心，以艺术表现为窗口，不断挖掘办学潜力、增强办学活力、提高办学效益"的办学思路，朝着"立足广西，面向全国，放眼世界，培养具有创新精神的艺术人才，成为广西美术教育人才培养的重要基地，创建特色鲜明、力量雄厚、广西一流、全国知名的美术学院"的目标迈进。2007年在校本科生983人，2008年本科招生270人。

新疆师范大学美术学院于2000年9月30日宣布成立，它的前身为新疆师范大学美术系，1978年在原乌鲁木齐市第一师范美术教研室基础上创办，美术学院现设绘画系、艺术设计系。美术学院在重点培养美术教师的同时，招收部分艺术设计和绘画专业学生，已经开设的专业为美术教育、艺术设计和绘画，并在2002年以后新增其他非师范类专业。2009年招收170名本科生。

最后，还有一类是近年才开办艺术设计专业的综合院校，包括部分民办大学。这类学校虽然数量很多，区域分布最广，但是其招生目的更多是出于生源市场的引导，生源质量和师资质量都不稳定。

总之，近些年来，开办设计专业的院校逐渐增多，仅就专业期刊上发表的论文来看，其作者来源已经大大多样化，这从一个侧面反映了艺术设计教育的繁荣。在新世纪的发展机遇面前，学院之间的竞争趋于平等，设计教育界正在更加自觉地进行着顺应时代的改革，进入起飞前的准备阶段。

第7章 国际化视野下的比较

艺术设计不等于艺术设计教育，因为"教育的根本目的是培养人，而不是进行艺术创作或学术研究"[1]。在经济全球化时代，各国在艺术设计的实践领域逐渐趋同，但是在艺术设计教育方面却因各个国家的教育制度、教育的历史文化传统以及经济体制等方面的差异而不尽相同。综观世界各国高等教育分类法及分类政策演变史，高等教育分类发展的机制大致可归纳为以英国为代表的"大学主导模式"、法国为代表的"政府决定模式"和美国为代表的"市场主导模式"，这三种模式的形成与各国的政治、经济体制和文化传统密切相关，且各有利弊[2]。孔子说，君子之道，和而不同。这句话恰好可以帮助我们理解当今世界经济全球化、文化多元化的现状。对当前发达国家设计教育的现状的认识必将对我们的设计教育事业有所裨益。

7.1 美国设计教育现状概要

美国设计院校主要分布在州立综合性大学和独立的艺术院校两个大范畴之中，最好的设计教育主要集中在非营利性私立学院。据在美担任终身教职的王受之教授介绍，美国有60多间独立的艺术设计学院，在600多个综合性大学中设有与艺术和设计相关的学科，近6000家高等院校设有艺术课程和学科。美的设计专业方向划分细致，基本包括了设计教育的所有科目。艺术和设计是一个非常庞大的教育体系，没有全国统一标准，学院发展主要靠自律。虽然没有政府监督，但是有一个全国艺术和设计院校协会（NASAD），对学院进行认证和管理，该组织通过年会的方式对院校艺术和设计教育的问题进行讨论和研究，也利用互检的方式来检查各自的教学情况和教学水平。地区之

---

① 王明旨、杭间：《清华大学美术学院的艺术教育思路》，载《美术观察》，2001年第9期，3页。
② 陈厚丰：《国外高等教育分类研究述评》，载《高等教育研究》，2007年第9期，13页。

间的高等院校也设有类似的组织，比如美国西海岸地区设有"西海岸学术委员会"，北部地区设有"北部艺术与设计学院协会"等，定期对会员学校进行检查。

7.1.1 以产业为基础的学科管理制度

美国的国家行政管理实行分权制，美国联邦教育部没有直接管理高等教育的机构，其高等教育体制遵循市场调节规律，形成了以私立学校为主导的教育系统。美国的学科设置和专业设置的自主权在高校，国家教育部只是收集资料进行统计归类，其学科目录对于全国的高等教育仅起到参考作用而不是管理作用。这与我国自上而下的学科管理制度有很大差异。美国CIP收录学科专业奉行基层化原则，只要有教育需求，就会迅速产生相应的学科。换句话说，这是一种自下而上的学术管理系统，由社会的需求催生出教育需求，产生相应的课程，课程群化构成专业，能够颁发文凭的专业就可以申请成为学科。美国2004年确定的CIP-2000学科专业目录，分为学术型、专业应用型、职业技术型三大类。在专业应用型的艺术门类下，共有9个学科，其中包括：①艺术学（综合）。②工艺、民间艺术与手艺：工艺、民间艺术与手艺。③舞蹈。④设计与应用艺术：设计与可视传播（综合）、商业与广告艺术、工业设计、商业摄影、时装设计、室内设计、图形设计、插图、设计与应用艺术（其他）。⑤戏剧艺术。⑥电影、电视；影视制作与出品；摄影学；电影、电视与摄影艺术（其他）。⑦美术与设计：包含专业有艺术（综合）；美术（综合）；艺术史；艺术经营；素描；多媒体；油画；雕刻；版画；陶瓷艺术；编织艺术；金属与珠宝艺术；美术与艺术（其他）。⑧音乐。⑨艺术学（其他）：此为学科发展预留的编码。在这个学科目录中，②、④、⑦项都包含着我国的艺术设计学科的专业内容。由于缺少理论定向的需求，美国虽然在设计实践和设计教育实践层面都已经自成体系，也不缺乏设计理论，但是尚未在学科层面形成一个完整的"设计学"学科。

在日常情境的使用中，美国的学科（academic discipline）有点类似我国的专业（Major），如表7-1所示。

表7-1 中美艺术设计学科等级比较

	门类	一级学科	二级学科	专业
中国	文学	艺术学	艺术设计	平面设计等
美国	艺术	设计与应用艺术	平面设计等	

美国的专业通常是以职业（occupation）为依据确定的。CIP的前几个版本都是以职业名称为分类标准。从宏观角度可以说美国的艺术设计教育是建立在产业基

础上的、以市场调节为主的、专业应用型的教育。这种教育模式能够迅速应对社会需求。美国的新学科诞生很快，并以此在设计教育方面保持世界领先。学科创新能力强的原因有两个，一个与他们注重学科交叉和多元有关，新学科都是交叉学科或者边缘学科；另一个是敏锐的市场嗅觉，美国的学科制度与产业关联紧密，学科发展必须对市场需求迅速作出反映，引领市场需求。在具体的学科设置上，每个学校之间具有很大的差异，有些专业分类划分得非常细致。比如"插图设计"在我国仅是一门课程，在美国不仅是一门学科，并且细分出医学插图学科。总体来看，建筑设计学科最为成熟，有比较统一的学科结构，而工业产品设计、平面设计等专业学科却呈现出很大的差异和变化性。

在以产业为导向的学科制度下，校企合作成为必需，旗帜鲜明地提出职业定向的学院不在少数。纽约视觉艺术学院的教育任务是直接面向竞争激烈的创意产业，它所有的课程都是基于产业的，均聘请工作经验丰富的兼职教师开设。比如动画系明确地面向动画产业，这个系只有60名学生，该系聘请的30多名教师均来自世界著名的动画公司，比如 Disney、Pixar、Dreamworks SKG，这些公司也是毕业生的就业目标。据介绍，该院80％的毕业生有工作，良好的就业前景是该院吸引大量生源的原因之一。鉴于其课程专业化程度很高，很多人是带艺投师，来此深造以谋求更好的工作。又如洛杉矶设计中心学院，为全世界40多家汽车公司培训设计师。学校内驻扎有很多国际知名企业，学生直接参与项目设计开发。但是学校挑选企业合作项目的标准是非营利性和探索性。企业每个项目赞助10万美元，学校给7～10个学生去参与这个项目，相当于1年的实习期，优秀学生有机会直接进入这些国际知名企业工作，这些机会激励所有学生勤奋刻苦地学习。该院的教师编制与纽约视觉艺术学院一样，除了理论课和基础课，其他设计类课程都是由著名设计师来兼职。辛辛纳提大学的设计、建筑、艺术及规划学院，学生有1/4的时间用在工作室和公司合作项目上。

由于对实践和校企合作的重视，美国的设计行业和设计教育给人一种商业化的印象。王受之教授认为美国的设计教育可以分为美国体系和欧洲体系，两个体系互相渗透。欧洲体系重视观念，重视解决问题的方法，目标比较集中在设计的社会效应上；而美国体系则注重表达效果、风格和形式，目标比较集中在设计的市场效应上。我们姑且称之为社会型和商业型。广州美院的童慧明教授在考察时曾就这个观点请教过美国著名产品设计师佩得拉萨先生，得到的回答是，在美国真正取得成功并赢得社会尊重的设计师，都是痴心不改，几十年如一日致力于设计研究的人，如雷蒙德·罗维、亨利·德莱福斯等，在美国有国际影响的一流设计公司，无一不是以这种纯设计观念开展经营活动的。[①]在任何国家和地区，这两种类型的设计师都同时存在也应该都存

---

① 童慧明：《一个中国人看到的美国设计》，载《装饰》，1995年第1期，47页。

在。社会型的或者说社会研究型的设计师毕竟是少数，但却是不可或缺的少数。学院可以根据自己的教育理念来决定教育倾向。比如芝加哥艺术学院，该院深受芝加哥学派的影响，尤其重视学生的社会思考能力，学院的宗旨是模糊学科界限，强调综合与合作。该院本科阶段没有专业限制，学生可以跨专业选课。研究生阶段，每个学生每学期可以在全院范围内选择两个不同专业的导师。当然，这必须有高效的课程管理体制、完全的学分制和弹性学制做前提和保障。该院一年级的课程只有两类，10学分的核心工作室实践课程，36学分的研究工作室课程。核心工作室课程目的是研究多种创造领域都必需的概念、技术和批评技巧，同时鼓励独立思考、学科交叉，以及对核心概念（例如色彩、素描方法、多维度视觉、时间造型）的研究。作业有多种小的作业和大的复杂项目，要求学生既能够独立工作，也能够与他人合作。研究工作室课程主要学习研究方法，例如资料收集与分类、图表设计、测量系统、社会交往、信息检索系统、记录与再现、素描及其他标注系统。具体的研究类课程内容多达30种，比如事物理论、对当代艺术的再认识、文本作为艺术、抽象基础、关于识别、感觉／知觉／反应、宣传与抗议、犯罪现场、动物研究等，这些课程名称五花八门，把艺术史理论与批评、社会学理论、视觉原理、造型方法、思维方法等融为一体，体现了综合人文的社会研究特色。

7.1.2 以课程为核心的学科体系

美国设计教育的学科类型灵活多样。学科由一系列的课程构成，每个学科对应着一套课程和学分，完成了学分就意味着掌握了这个学科的内容，可以拿到毕业证书。由于多数学院是私立的，每门课程收费很高，学生对课程质量的要求也很高。因此，课程内容和师资力量就成为设计教育的核心问题，其他一切硬件设施和管理制度都是围绕教学来服务的。

大的范围看，美国艺术类学位类型有两种："专业"学位（Professor）、"自由艺术"学位（Free Art）。学位标准直接与课程结构挂钩。课程结构包括专业必修、共同必修、选修3类，每个院校可以根据专业需要，调整3类课程的比例来开发学位课程。其中，"专业"学位包括两种类型，最常见的是BFA（Bachelor of Fine Arts，纯艺术学士）。专业学位的课程重点是专业知识和技能，通常要求65%的课程在专业领域，比如专业实习、专业相关研究、从事低年级的教学，以及其他专业实践。交叉学科如果要拿BFA学位，比如舞台设计，则必须有65%以上的课程在艺术学科专业领域。"自由艺术"学位的重点是一般的共同知识和技能。主要有两种类型：BA（Bachelor of Arts，艺术学士）、BS（Bachelor of Science，理学士）。只要求有30%课程在该专业领域，更多的课程比例是共同课和选修课，课程覆盖范围更广。

通常会在学位名称后面附加具体的专业方向，比如素描学士（Bachelor of Arts in Drawing）、平面设计理学士（Bachelor of Science in Graphic Design）。"专业"学位的培养方向是为公立学校培养艺术领域的专门人才，或者在专业实践领域、交叉学科、专业研究领域进行创造性工作的从业者、研究者，比如教育领域、心理学领域。"自由艺术"学位的培养方向更加灵活，主要是在某个领域中具有综合素质的通识人才。学院的自主性很大，有时候，一个专业在不同的学院有好几种类型的学位证书，比如工业设计专业就有理科、文科、艺术各种类型的学位。

艺术／设计学科群的课程结构主要包括3个方面。①专业课，专门化技能，重点包括研究能力和学习专项技术，占总学分的25%~35%。②专业基础课，共同的知识和技能。是艺术设计学科的共同基础，是从事艺术设计工作和未来发展的前提，要求每个学生必修，占总学分的30%~50%，其中史论课占10%~15%。③文化课，通识教育。学生必须学习和研究的学科专业之外的文化课题占总学分的25%~35%。课程要求是：①清晰有效地思考、演讲和写作的能力，精确、有说服力、有技巧的交流能力；②熟悉物理的和生物学的数学方法和试验方法，掌握历史的方法和量化的技巧，能够用这些方法和技巧来进行工作所需要的各种调研分析；③有能力从多个视角解读文化和历史；④理解和思考关于道德、伦理的问题；⑤能够尊重、理解与评价不同学科的工作；⑥能够合理有效地辩护自己的观点；⑦能够理解和体验艺术/设计以外的其他艺术形式。

资料：美国的设计基础课程体系[①]

美国全国艺术设计教育协会（NASAD）规定，基础课程有4类。

（1）工作室实践类课程。工作室经验是最基础、最重要的艺术设计职业准备，通常在大学一年级开始，随着年级的升高而不断增多加强。学生的创造性工作是检验学院工作室制度的决定性因素。创造性的工作包括但是不限于构思过程、制作成品和评价，还包括以下技能：①二维和三维领域的视觉元素、视觉组织的原则、色彩理论及应用、素描；②敏锐的感知、对概念的理解、熟练的技巧、达到所选专业的入门水平；③熟悉历史文献，当代艺术与社会的历程、主要问题、发展方向；④展览自己的作品，评论自己及其他人的作品。

（2）艺术／设计的历史、理论和批评类课程，占至少10%。在某些专业，还进一步要求学生研究专业史。通过艺术史的综合课程，学生必须：①学会从感知角度分析艺术／设计作品，从批评角度评价作品；②发展对艺术／设计的共同元素及其相互关系的理解，并能够运用

---

① National Association of Schools of Art and Design（NASAD）Handbook，2007—2008。

到作品分析中；③能够把艺术／设计作品纳入到历史、文化和主题的脉络中进行解析。

（3）技术类课程，要求学生必须获得技术方面的工作经验，有使用专业设备的能力。

（4）综合类课程，要求综合运用工作室能力、分析能力、历史知识、技术能力，必须能够独立工作，解决多种艺术／设计问题。

各艺术/设计学院根据这些纲要来开发课程。一般包括：素描（工作室）、二维视觉语言（工作室）、三维视觉语言（工作室）、世界艺术与设计史论、新媒体技术等课程。一些学院通过增加选修课来补充设计所需要的技术，如电脑技术、动画技术、数字视频技术等，也有的学院直接把新技术内容放到视觉语言类的课程中。有些学院的基础课程偏重综合艺术方面，有些学院偏重设计方面，不同类型的课程比重构成各种学院特色。每一门课程的内容都综合了造型艺术方法、设计方法、技术方法以及文化知识等几个方面的知识。以纽约帕森斯设计学院的基础课程为例，这里的素描既是一种艺术形式也是一种表达思想的技巧。二维视觉语言课程综合了各专业的基础知识，从视觉语法到多种媒介，从素描到色彩，从静态到动态，其内容既包括基本视觉语法，也包括平面设计初步。三维视觉语言课程既包括三维造型技巧也包括立体设计初步。设计教育的综合性尤其体现在一年级的基础教学阶段。从这次考察来看，美国普遍实行一个打通艺术与设计各专业的综合基础课程平台。主要有2种模式，一种是设立基础教学单位，单独进行课程设置与基础教学，如麻省艺术学院、帕森斯设计学院、罗德岛设计学院、芝加哥艺术学院。另一种是没有独立的基础教学单位，由各系提供第一年基础课程的内容和师资，如纽约视觉艺术学院，全院的素描课程都是由绘画系开设的，文学与写作课程都是由人文与科学系开设的，电脑课都是由电脑艺术系开设的，这种共享模式，以另一种方式体现了艺术设计学科的共性。

美国的艺术／设计学院鼓励教师根据课程结构来开发新的课程内容。例如麻省艺术学院的素描课程，除了一般的景物、肖像、人体写生之外，还包括素描元素、素描思考、素描的材料与应用、素描与绘画、透视制图、体积素描、彩色素描、具象与抽象的联系、概念素描、结构素描、从再现到表现、隐喻的素描等，这些内容拓展了原有的纯艺术范围，既训练了造型方法，也增加了很多训练视觉感知和视觉思维的内容。就专业设置类型和数量来看，与我国基本相同，但是在具体的课程设置和课程管理模式上有很多不同。还是以基础教学为例，表面上看，每学期课程有5门左右，与我国一样，但是，一门课程会有很多教员共同开设，比如麻省艺术学院，在同一学期有26个老师开设素描课程，有各自的特色和侧重点，学生可以自由选择听哪个老师的课程。其次，在授课模式上与文理科类一样实行非单元制，即每门课程都贯穿整个学期，课程之间互相平行。这种平行模式有一定的好处：一是把课程时间延长到整个学期，保证了充足的课时量；二是能够提高学生的学习效率，准备材料、收集资料、完成作品都在课外进行，无形中促成了以讨论和评价指导为主的课堂教学模式，课堂两小时成为宝贵的思考和交流机会；三是有利于保证课程之间的连续和统一，教师会在课程之间保持联系，使工作室课程的内容与史论的课程内容互相印证补充，有利于知识的交叉综合；四是有利于高质量的产出，学生有一学期的时间来不断加深思考和补充相关知识，最终完成的作品自然比在短短3周时间内赶制的要成熟得多。实行非单元制至少要满足两个条件，实行这种制度的前提是每个学生在4年时间里要有自己固定的工作空间，由于设计专业的特殊性，这个空间比文、理科学生大一些，便于设计与制作设计稿和小型模型；二是开放所有的工房和实验室，因为作业通常需要在工房或者个人空间里完成。

合理的生师比是保证教学质量的前提。美国艺术／设计类院校的师生比在1：9到1：15之间。很多院校依靠大量外聘教师来保证合理的师生比例，比如纽约视觉艺术学院，在校学生3000人，外聘教师近1000人。由于基础课是整个学科群的共同课，与专业系相比学生较多，教师任务较重，因此很多学校采取分组授课的办法。比如芝加哥艺术学院的核心工作室实践课程，通常每个班有近45个学生，由3个老师负责组成研究小组，共同进行讲座、演示、集中活动，然后分成更小的组进行焦点指导。

在课程评价方面，美国艺术／设计类的学院普遍以创新和观念为第一要求，不以美学标准衡量作品，因此学生作品的样式令人眼花缭乱，这使如何评价学生的作品成为一个难题。美国教师采用形成性评价标准，包括学生的出勤率、平时课堂的语言行为表现，以及最终完成的作品。课堂表现的评价包括积极参与小组讨论、解决问题能力、合作能力、创造能力等。教师严格执行教学计划，学生没有拖作业的现象。比较重视对学习过程的监督和引导，最终的成绩却比较宽松，一般只有通过和不通过两种成绩，个别的也有优秀。

学生对课程的评价可以通过选课直接体现出来。由于实行完全学分制，每门课程都有很多教师同时开设，如果选课人数少于8，就会自动取消该教师的这门课程。课程间的比较和评价是通过作业展览的形式体现出来的。每个学生都是自愿参加。学院提供展览场所，一个学期中，展览几乎连续不断，渲染出良好的学术氛围。

7.1.3 以思考为前提的实践教育

美国是现代艺术和创意经济的发源地，向来注重观念的表达和原创精神。在访问考察中，我们不断听到这样的表述："观念大于视觉"，"艺术不是摆设，不是装饰和点缀，而是艺术家彰显自我意识和社会意识的手段"，"你做什么样的艺术不重要，关键是你为什么做"等说法，所以有人说美国的纯艺术是观念艺术，属于哲学范畴，不是造型艺术范畴。教学中，观念的形成和思考能力的培养成为重中之重。美国的设计专业同样注重思考。芝加哥艺术学院从一年级就开设启发思考的研究方法类课程，介绍艺术家和设计师所使用的基本研究方法，例如资料收集与分类、图表、测量系统、社会交往、信息查询系统、录制和表达、素描和其他记录方法，教学生围绕一个主题挖掘其历史的、文化的、政治的和社会的文脉关系，学会从研究过程中获得想法，学会如何连接内容与形式，学会认识和分析主题。这正是我国传统教育中"授人以鱼不如授人以渔"的观点，帮助学生养成独立思考的习惯后，就知道自己应该学什么，自然会有学习的积极性和动力。

对观念的重视并不意味着放弃在艺术形式与表达技巧、工艺技术等方面的探索。美国的设计教育是包豪斯的延续。包豪斯的口号是"艺术+技术"，在设计教育上最重要的贡献是实践教育，培养学生在材料和工艺技术方面的动手能力，并形成了延续至今的车间（实验室）制度。我们在这5所学院繁忙的实验室中看到了包豪斯的实践精神。著名的罗德岛设计学院要求所有学生在低年级时必须按照课程计划在各车间实习一圈，感受手工造物的乐趣，掌握最基本的手工艺技术。每个系都有专门的设备借用处，以及相应的实验室（工房）。这得益于高效的实验室管理制度。学院提供一切可能，帮助学生把各种观念付诸实践。工作室真正面向全院师生开放，仅由1~2名技术师傅管理，加上几名勤工俭学的研究生做助手。学生可以随时到实验室完成作业，有师傅给予技术指导，鼓励学生浸泡在实验室中形成自己的艺术观念。

实践精神不仅表现为动手能力，还体现为参与社会的精神。美国的学校非常注重与社会的联系，一方面有效地利用周边资源；另一方面很多院校开设艺术设计与公众生活的相关课程，鼓励学生通过作品影响他人和社会，创作具有社会效应的学生作品。比如纽约帕森斯设计学院的设计与技术系，该系注重科学技术对艺术的影响，以及设计与技术对社会的影响，认为"设计"是人的交流体验与科学技术之间的纽带，"设计"不仅具有视觉功能，它还具有文化生产、发展团队、塑造知识结构、创造企业家以及激发社会意识的功能，因此设计师是社会上一个重要的推进力量。该系的很多作品都是在街头进行的互动设计，学生不仅要学会与社会各个层面打交道，还要应对一些突发事件。这类课程必然会促使学生走出象牙塔，深入理解设计的社会属性，真切体会到作为艺术家和设计师的社会意义。

罗德岛设计学院有一个令人印象深刻的设计商店，商品以日用品为主，设计风格独特，琳琅满目。热情的店员自豪地告诉我们，这里出售的所有商品都是该院校友和教员设计的。该院有16000名校友活跃在设计界，他们的社会影响力展示着学院教育的成果。

7.1.4 丰富的社会资源

美国虽然自身的历史很短，但是却有众多世界知名的博物馆，收藏了世界各地不同时期的艺术珍品。罗德岛设计学院、芝加哥艺术学院都有自己的美术馆，麻省艺术学院对面就是波士顿美术馆，其近邻哈佛大学也有好几个博物馆，纽约本身就是一个艺术大都会，有各种类型的博物馆。博物馆里丰富的展品为学校的相关课程提供了配套的观摩场所。展览的整体设计同样体现出很高的艺术水准，从建筑外观到展厅内部每一件展品的摆放，无不精心推敲，让人感受到设计无处不在。博物馆也开设艺术欣赏课程，展厅里既有当地的小学生在这里画速写，也有年纪很大的退休人员在这里听课。

艺术院校与博物馆构成一个艺术教育系统，共同提高大众的艺术修养，培育良好的艺术环境。美国人热爱艺术，也有资助艺术的社会传统，艺术院校和博物馆多数都是依靠私人捐赠的。这些捐赠行为与其说是为了增加私人财富和声望，不如说是一种社会投资的公益行为，因为从社会发展角度来说，教育是最重要的公益事业。作为回馈，艺术院校承担了普及艺术教育的责任。国外很多设计院校非常乐意面向社会开办各种层次的艺术与设计辅导班，包括小孩子的家庭项目、成人教育项目，以及专门针对高中生的预科项目。在预科项目里，已经开设了本科的部分课程内容。比如罗德岛设计学院的预科班，这些高中生来自全国甚至全世界，在6周时间里，他们体验的完全是大学生活，住在学院的学生宿舍里，周末参观博物馆和其他文化场所，平时接受类似大学里的工作室课程，主要课程是基础设计、素描和艺术史，然后在21个专业中任选一个进行集中学习。学生在这里完成的作品可以在报考大学时作为参考。

美国是个移民国家，一直保持着自由开放的文化传统。很多院校有意识地通过吸引留学生和引进访问学者，来促进学习环境的多元化，促进来自不同民族、地域，有着不同习惯的人之间的包容与合作。正如麻省艺术学院在学院宣言中所说："我们相信背景、地位、文化、观点等方面的差异性对于一个具有生命力和创造力的社会来说是至关重要的，我们努力在全体教员和学生中建构多样性和包容性。"2007年，罗德岛设计学院共有1860名本科，400名研究生，他们来自美国全国47个州，45个不同国家，70%是女生，16%是留学生，405名本科新生，其中25%是有色人种。师资队伍的构成也是国际化的，所有院校均实行聘任制，兼职教师占很大比例，毫无疑问，师资水平是教育质量的根本保证。

多元文化的社会背景，以及现代艺术设计的发展趋势，都需要更多的合作精神。设计教育里的合作精神不仅体现在学生之间、教师之间、教师与学生之间，也体现在校际合作、国际合作、学校与社会的合作等方面。美国有若干全国性的艺术教育组织，比如艺术学院协会（College Art Association，CAA）、全国艺术教育协会（National Art Education Association，NAEA）、艺术与设计学院联盟（National

Society for Education in Art & Design，NSEAD），这些全国组织加强同类院校的校际合作。为了继承和发扬包豪斯的基础课程体系，美国在30年前成立了一个全国性的艺术基础教育的组织（Foundations in Art：Theory & Education，FATE），专门研究大学一年级的美术基础教育。此外，作为当地的文化机构，艺术院校可以和本地其他不同性质的院校以及文化机构合作。比如麻省艺术学院与周围6所高校互认学分，这意味着不同学科间的交叉互补、资源共享，最大限度地为学生个人发展提供选择的机会。

当然，美国的设计教育也并非尽善尽美，美国也存在着教育资源分布不均、教育质量参差不齐的问题。例如，本科只达到基本的入门水平，把本该在本科阶段学的内容放在研究生阶段了。因此，很多教师呼吁：我们不只是培训技能，我们是专业教育。有的教师认为，工业设计、平面设计、室内设计，都融合了很多不同的因素：解决问题的方法，赋予形态，技术，设计理论，设计史，艺术史，制造与生产的技术，摄影，口头和书面表达，商务知识，市场学，社会学，心理学，当然，还有完整的人文和科学教育。这些内容太多，不可能在4年完成。一些本科生甚至不能读写。一位来自东海岸的硕士研究生说，他在本科阶段没写过研究论文。[1]到目前为止，美国的设计教育仍然没有普及到中小学教育中，艺术与设计在整个教育系统的位置依然不高。这些情况，与我国面临的问题是一样的。最难办的是，美国私立的教育制度决定他们对此只能表示遗憾，却无能为力。在一些老牌的美术学院中，变革也是缓慢的。

7.2　欧洲艺术设计教育现状概要

7.2.1　得天独厚的国际化背景

欧洲传统上把艺术看做促进社会意识发展的手段，艺术不仅具有很强的社会影响力，也深深地渗透在商业文化和社会生活中。欧洲设计艺术院校都实行"学分制"，欧共体国家的高校之间学分互认，并且建立了学分转换制度（The European Credit Transfer System，ECTS），好似一个跨国联合大学。欧洲多数国家经济发达，消费水平高，历史文化悠久，艺术资源丰厚，由于保护良好，整个欧洲就是一座大型博物

---

[1] Katherine McCoy，Professional design education: an opinion and a proposal，Design Issues,Vol VII,1990。

馆，展示着古老的与时尚的所有设计门类。这些独有的政治经济文化因素，提供了世界其他地区无法比拟的优越环境。

国际化的方式除了扩大学院留学生规模、聘请外国教授外，跨国设计学院逐渐增多。例如始建于1966年的欧洲设计学院，她拥有几所分院，分别分布在欧洲的5个重要的城市，米兰、罗马、柏林、马德里和巴塞罗那，开设的设计、时尚、交流和管理等专业已经有将近40年的历史。这些分院主要包括设计学院、时尚学院、形象艺术学院、交流公共关系学院、新型技术网络学院以及调研中心，在设计学院、时尚学院和形象艺术学院，学士学位课程学制3年，所提供预科和长期培训课程可以作为进入大学正式专业的跳板，每年有500多名国际学生，与大型的公司均有合作关系，这些公司不仅可以提供具体的案例分析，而且学校根据这些具体的事例可以制定全年的教学计划，每年有100多家公司给学院学生提供培训及讲座[①]。意大利波利蒙达时装学院是由佛罗伦萨和普拉托市政府以及其他一些商业联合会共同出资，与美国纽约州立大学的时装学院联合创建的，属于跨洲的国际学院，可谓强强联手，学生来自世界各地，意大利本国学生占65%，其余35%为外国学生[②]。跨国联合办学的风气也已经流行到中国庞大的设计教育市场，对我国尚未成熟的设计教育体系也许会有所促进。

7.2.2　设计教育的"举国体制"

与美国设计发展历程中的高度民间化不同，欧洲很多国家的设计产业和设计教育是由国家和政府积极参与和推动的。由于继承了传统沿袭下来的高等教育体制，欧洲很多国家的设计院校都是由政府主办，这点与我国的情况类似。德国是现代设计教育的摇篮，绝大多数是公立学校，从规模来看有3种类型：80%是专业学院，类似我国的职业教育，有本科和硕士两种，强调动手能力和职业技能，是国家培养的高级专业设计人员，就业率很高；其次是综合大学内的设计学院，有本科和硕士两种，强调研究性，学制5年，就业相对困难；最后是美术学院中的设计系，也有本科和硕士两种，专业化程度较高。德国的设计教育机构大多属于职业教育体系。作为世界上最早确立"双元制"教育体系的国家，德国将一些理念变化快、技术要求高的行业人才的教育从传统的学院派教学中独立出来成立专业学院，把它们提到和学院派同等的高度，大大促进了其发展，设计教育也是其中的重要组成。德国的独立设计院校以私立为主，规模多在几百人左右，为保证教学质量和学生的就业率，限制招生的人数，力争"做精"而非"做大"，这可能是同国内相比另一个不同之处。

法国高等教育主要由中央政府主办，包括财政、课程、文凭、教职、评估等各个方

---

① http://iedchina.cn。
② http://edu.people.com.cn/GB/5226778.html，2006年12月28日。

面，学费低廉。有一般大学和高等专业学院两个体系，大学体系入学采用申请制，高等专业研究学院则采用严格的考试制度。综合大学的艺术系与专门的艺术院校相比，更偏重理论性和研究性。高等专业学院的艺术类文凭，无论文化部主管或教育部主管，皆不属于法国教育部学硕博（LMD）体系。法国高等视觉艺术类学院，根据主管机关可分为文化部主管、教育部主管、其他公立院校（属其他中央部门或地方政府立案）以及私立院校。第一类是文化部主管院校，包括5所国立高等艺术学院（美术、装饰艺术、工业设计、摄影、电影），52所国立、省立或市立高等美术学院，及1所电影专门学院，最著名的有国立巴黎高等美术学院（ENSB）、国立高等装饰艺术学院（ENSAD）、国立高等工艺设计学院（ENSCI）、国立高等图像与音响技术学院（FEMIS）、国立路易·卢密耶高等电影学院、国立阿尔勒高等摄影学院。第二类是国民教育部主管的高等应用艺术学院，教学质量备受应用艺术专业行家的一致公认，可颁发2~5年制的高等艺术教育国家文凭，最著名的有高等应用艺术学院、家具与室内装饰工业高等应用艺术学院、国立高等应用艺术与技艺学院、高等平面设计艺术学院、国立高等戏剧艺术与技术学院、高等戏剧艺术学院等。第三类是由法国文化部主管的高等美术学院，高等美术学院分国立和区立（或市立）两类，均可颁发3年制或5年制国家文凭。

资料[①]：

52所公立高等美术学院颁发一般国家视觉艺术文凭，分3级。

国家美术文凭（DNAP）：3年制，含美术、设计、多媒体传播。为第二级文凭，等于大学学士。

国家工艺文凭（DNAT）：3年制，含平面设计、空间设计、产品设计。为第二级文凭，等于大学学士。

国家高等造型表达文凭（DNSEP）：5年制，含美术、设计、多媒体传播。为第一级文凭，等于大学硕士。

5所国立高等艺术学院所颁发之特别国家文凭或学院文凭如下。

国立高等装饰艺术学院（ENSAD）：国家高等装饰艺术文凭（DNSAD）5年，含第一年之通识课程、第二与第三年之专业培训、第四年之培训实习、第五年之实作期。现正重新认证，预计将采认为硕士学历（bac+5）。第三级或进修文凭需要实作进修1年、研究进修2年。（非国家文凭）

国立高等美术学院（ENSBA）：国家高等造型美术文凭（DNSAP）5年，以学分计算，依最新学制，须取得13学分使得进入评审团口试。现正重新认证，预计将采认为硕士学历（bac+5）。塞纳—马恩省河进修计划为2年，为指导青年艺术家创作而设。（非国家文凭）

---

① http://www.edutaiwan-france.org/scbrtf/edufrance/art/visuel.htm。

国立高等工业设计学院（ENSCI）：工业设计师文凭（DCI）5年，插班生须修业至少3年。现正重新认证，预计将采认为硕士学历（bac+5）。织品设计师文凭（DCT）3年，入学资格为bac+2以上，由该校国家织品艺术工作坊颁发之特别文凭。新传播设计师专业硕士文凭，1年，为艺术学院系统之进修文凭（post-diplôme），获高等学院联谊会认证。

亚尔勒国立高等摄影学院：国立高等摄影学院文凭3年，经国家认证，为欧洲系统硕士同等学历（bac+5）。

富雷斯诺国家当代艺术中心：国家当代艺术中心文凭2年，招收具有相关背景之bac+5以上学历，或bac+7以上专业工作经验者，非国家文凭。

设计教育的"举国体制"不仅指官办和民办的差别，更多表现在国家层面对设计教育的扶植力度。设计是国家最强劲的发展引擎，也是决定企业竞争力的核心因素，因此，很多国家进行了大力投入。在世界各地，我们能找到很多成功的案例。

英国是工业革命的发源地，也是最早开展设计教育的国家。早在1837年秋，英国政府就创办了第一所设计学校——国立设计学校，即后来的皇家艺术学院。从那时起，就提出了这样两个问题，一是"如何最有效地教育好工业设计师"；二是"如何最有效地教育好消费者，让他们懂得怎样去理解和欣赏设计师的工作"。撒切尔夫人执政时期，就专门任命了一位国务卿专司设计。经过持续不断的努力，目前英国已经把自己打造成设计大国。20世纪90年代，英国政府就提出了以创意产业为主导的发展目标，着力扶植相关产业，为设计教育提供了良好的社会环境，设计教育紧跟市场需求，明显趋于高级职业化教育，已经与产业形成完整的链条，英国在这一方面做得比美国还要彻底和到位。如今，每年9月举办的"伦敦设计节"已经成为全球艺术设计院校毕业展和设计"伯乐"物色人才的忙碌季节，性质类似设计博览会，是伦敦夏季最重要的设计展览之一。英国首相戈登·布朗称，设计节的"设计新秀奖"在欧洲范围内，无论是规模、影响力还是前景，对需要设计人才的企业来说是不容错过的机会。可以说，英国设计教育的成功是政策引导下与产业界协同努力的结果。

很多中国普通百姓对设计的了解是从瑞典的"宜家"开始的。北欧的芬兰、瑞士、瑞典、丹麦都以设计著称，其风格有简洁自然、朴素优雅的共性。芬兰设计产业的发展历程是比较突出的例子。芬兰在20世纪50年代制定了设计立国的目标，在不到10年时间里，迅速发展成为多媒体和信息设计的中心，跻身世界设计强国[①]，这与政府和一些研究机构对设计教育和设计研发的大力支持是分不开的。芬兰赫尔辛基艺术与设计大学（UIAH）前校长雅鲁·索特马在思考芬兰设计成功的原因时说，"第一个

---

① 蔡军：《芬兰设计与设计教育掠影》，载《装饰》，1995年第1期，51页。

原因是芬兰总是在历史的关键时刻转向设计、建筑和艺术，将它们作为国家策略和手段。第二个原因是芬兰设计教育的高质量"。经历了第二次世界大战后的混乱，在20世纪70年代，伴随福利社会兴起，芬兰进入了设计的黄金时期。人们注意到，社会和先进技术与现代审美意识相结合，作为市场利器给企业带来巨大利润。芬兰政府把设计作为政治手段，作为民族发展和促进日常生活质量的重要力量，[1]2000年，政府批准了"国家设计政策规划"，建立了"国家设计体系"，通过设计师、企业、政府支持的国际推广，形成了一种整体的力量和良好的运作模式，企业依靠设计在国际竞争中立足。一些著名的设计师甚至成为国家英雄和公众人物。90年代以来，转向高科技应用产品研发，对产品设计方面的研究总资助达到1700万欧元[2]。UIAH校长约里奥•索塔玛认为，"一种重要的设计传统的产生，不仅需要锐意进取的个人，而且需要强有力的学校"。该校创建于1870年，是斯堪的纳维亚国家中最大的艺术类院校，是芬兰最具国际化特色的大学之一，培养了众多知名设计师，国家总统曾到访该校，可见国家对设计教育的重视。芬兰人普遍认为，"教育是决定性因素，艺术和环境教育是塑造公民价值的首要基础，只有当一个民族在他们的生活环境中对美和功能加以重视时，才能创造出好的设计并得到认同"。[3]

再看西班牙的例子。西班牙是历史悠久的国家，有很深的艺术传统。曾经在独裁者佛朗哥时期闭关锁国40年，但是仍然能够迅速赶上世界的脚步，根本原因可以说是设计"官方化"的结果。设计发展经历了从企业轻视、旁观到渐渐地审视、接受的过程，在这个过程中，政府起到了积极促进作用。先是各种民间设计组织的积极努力，1960年成立工业设计协会，设立设计奖项，举办展览，不遗余力地推广设计。20世纪70年代制造业兴起，与我国一样面临过包装低劣导致的问题。80~90年代，政府机构才开始关注设计，一系列措施带来了西班牙设计的大发展。1983年由国家支持成立了企业联盟"国际日常家居设计沙龙"，参与各类国际会展，向世界推广西班牙设计，功不可没。1987年国家工业部创立"国家设计大奖"，通过政府引导和扶植设计产业，使其成为国民经济的核心。同时各地区政府也成立了各种机构，促进设计产业的发展。1992年，中央政府和工业部建立"国家创新设计促进协会"，奥运会和世博会同时在西班牙举办。1993年，企业界成立了"设计公司联盟"，设计创新成为企业核心竞争力，各类协会频繁组织各类设计展览，设计深入百姓生活，重要的是，许多城市借由设计完成了自我重塑。[4]

---

① [芬兰]雅鲁•索特马：《芬兰设计教育》，蔡军译，载《艺术与设计》，1998年第2期，55页。
② 于隽：《从master of arts谈芬兰现代设计》，载《室内设计与装修》，2003年12月，42页。
③ Pekka Korwenmama：《芬兰设计简史》，蔡军、方海译，载《芬兰当代设计》，4页，北京，北京工业大学出版社，2004。
④ 《300%西班牙设计》，中华世纪坛展览，2007。

7.2.3　校企深度合作的教学模式

设计是一个服务行业，必须与企业紧密结合，将设计力转化为生产力来体现其价值。欧洲已经形成了相当成熟的知识转化体系，知识和技术的衔接已经成为主要课程，设计者可以在最大的自由空间内创作出自己的作品。

事实上，在1900年以前的英国设计教育还是主要以方法和思维教育为主，推崇的是"体系"、"语法规则"、"方法"和"类型"等字眼，并成为20世纪大多数"设计方法"运动的基础。这一体系后来被称为"南肯辛顿体系"，并形成讲究规则、章法和组织的"标准化"传统（20世纪60年代的"系统设计方法"运动就是该体系的继承）。从19世纪90年代，英国就有人开始反对以上这种教育体制。在英国工艺运动以及莫里斯（Morris）和鲁斯金的学说影响下，出现了对设计实践的重新重视。1896年，英国著名的工艺美术设计师W·克瑞恩出任皇家艺术学院的校长，对"实践"、"动手即设计"、"工艺质量"、"技巧水平"等则给予高度重视，并要求设计工作必须以传统为基础。20世纪初，英国的这种设计教育思想传到德国，影响了包豪斯强调手工艺与美术相结合的教育理念，但是由于英国传统势力的强大，使现代设计教育没有首先在英国确立，而是在德国获得发展。第二次世界大战后英国设计艺术教育开始反对工艺美术哲学，英国皇家艺术学院着手进行现代设计教育改革，重点转移到实践教育，建立和充分利用设施齐全的实验室和车间，为学生实现浸泡式教学环境，要求学生了解设计生产流程，同时开始加强校企合作。美术类课程（绘画、雕刻等）与设计类课程（平面设计、工业设计和视觉传达设计等）第一次被同时安排进教学大纲，组成课程的核心部分，鼓励设计的"新颖性"、"自我表现"和"创造力"。从此培养学生的综合素质和解决问题的创新能力成为艺术设计教育的主流思想。[1]从目前来看，英国的本科教育质量是比较突出的。学生在进入4年本科学习之前还有1年预科，综合的基础课程训练，要求在所有的车间里熟悉基本的材料和工艺，在专业课程里，"所有的专业课都是工作室形式，非常重视设计与制造的关系，学生作业都是从二维平面到三维立体，注重实际的材质肌理、强调用材料去思考、强调模型设计制作和立体实物样板的设计与制造。在教学楼的设计上，把理论教室、设计工作室、模型工作室、制造车间进行一体化布局，形成从理论到实践、从设计到制造的整体流动空间，方便操作。"[2]根据广州美院童慧明教授的英国考察报告，伍尔弗汉普顿大学注重传统工艺美术特色，日用陶瓷设计、玻璃工艺专业的教室就是一个完整的工艺厂，而

---

① [英]C.佛瑞林：《英国的工业设计教育》，载设计在线，http://www.dolcn.com/index.html，2001年2月24日。

② 彭亮：《英国的高等艺术设计教育模式的考察及思考》，载《家具与室内装饰》，2003年第3期，25页。

平面设计专业的课程作业在印刷车间直接完成；英国考文垂大学艺术与设计学院偏重工科和理科，地处英国制造中心，与当地的制造部门关系密切，同时与世界各国的汽车公司密切合作，因此其交通工具专业排名全国第一。

此外，英国的设计教育具有高度产业化的特点。英国是留学"创收"国家，很多艺术院校都开设了短期的培训课程，这部分培训收费成为一些院校的主要收入来源，这样的短期课程时间为两三个月，收费可达数千英镑。一份来自英国设计委员会的报告对英国当前的设计教育是这样评价的："每年到英国学习设计的外国学生为英国带来高达10亿英镑的学费收入；在过去5年，申请攻读学位的人数增长12%；目前在高等学院学习设计的学生人数达62000人；共有190所院校在120个艺术与设计科目中提供学位和高等学历；在高等教育中约有900个设计课程；有10所院校是专门的艺术与设计学院；法国标志汽车公司、雪铁龙汽车公司、日本马自达汽车公司、德国宝马汽车公司和瑞典沃尔沃汽车公司的设计主管均出自英国著名设计学院。目前在英国注册的设计顾问公司达4000家之多，从业人员共有30万人。设计顾问公司产值达52600万英镑。大多数英国设计顾问公司的客户都来自世界其他国家，设计业成为英国主要的出口业之一。1997年英国设计业产值达到120亿英镑。确切地说，国际上已经将设计业归并到创意产业（Creative Industry）之中，成为一个新的产业概念。在英国创意产业已经达到500亿英镑的年产值，并预计在1998年到2006年间将成为最热门的产业领域。1981年，在英国从事创意产业的人数为22万人，估计到2006年，在英国从事设计、媒体和专业音乐等属于创意产业范围的人员将达56万人。"[①]

第二次世界大战后，在设计教育的推动下，意大利设计迅速崛起，形成了以建筑学为中心，横跨城市规划、建筑设计、室内设计、家具设计、展览设计、工业设计、平面设计、服装设计等领域的艺术设计教育，这种多学科多行业的穿插与交流对于培养设计师的创作思维，对于有关人员了解材料、工艺、技术都有极大帮助。意大利的高等教育有4种学位：首先是3年本科获得理学学士（Bachelor of Science，B.Sc.），其中第三年是公司实习期，是相当实用的、职业化的学制安排；然后是2年以上的硕士研究生阶段，面向更专业的领域，可以获得理学硕士学位（Master of Science，M.Sc.）；还有一个专业硕士的学位类型（Specializing Master），主要用来增加职业经验和就业竞争力，全天学习的话只要1年，在职人员也可以利用业余时间完成学分；最高层次是博士学位（Ph.D.），3年。可以说，除了博士学位，其他都是以就业技能为目标。有的学院直接实行公司化管理，比如意大利波利蒙达时装学院，与时装企业结

---

① 蔡军：《关于艺术与设计的思考》，载《美术观察》，1999年第12期，11页。

盟联合办学，由古奇、费拉加莫、斯特法内等30多家知名时装企业联合组成，学院拥有公司51%的股份，剩余49%的股份属于这些顶尖时装公司，类似我国的高等职业学院，[1]该学院地理位置特殊，当地有上千家服装生产企业，学院把自己打造成为传承意大利时装文化的重要载体。创建于1863年的米兰理工大学，学校规模庞大，拥有教授1000多名，4万多名学生就读于18个系。其工程学、建筑学、工业设计目前领先欧洲其他大学。如此大的规模，依然能够保障教学质量的秘诀是坚持办学宗旨。院长Giulio Ballio认为，该校始终注重教学和研究的质量和创新，注重研究工作与工业系统紧密合作，注重与当地的公司企业合作，以及国际交流与合作，这些是成功办学的保障。

当今，许多国家都积极致力于这方面的改革实践，把大学作为主要依托，建立以大学为轴心的教学、科研和生产联合体。美国在波士顿地区和加州地区形成的高教、科研和生产结合体系，就是两个成功的例子。一个是波士顿地区，在哈佛大学、麻省理工学院、耶鲁大学的帮助下，从一个以传统工业为主的地区一跃成为"科学工业综合体"地区；另一个是加州地区，在斯坦福大学、加州理工学院、加州大学的帮助下，由100多年前的荒芜之地，一跃而成为闻名全球的"硅谷"电子工业基地。韩国自20世纪80年代中后期以来，随着国民经济向集约化方向发展，教学、科研、生产联合体得到进一步发展。仅以"大田科技工业园区"为例，那里建立了38个联合体，其中有21所大学、13个研究所和设计局、80多家生产企业、100多个实验和生产车间。其他国家，如日本的"产学合作制"、瑞典的"工学交流中心"、英国的"科学公园"等，都体现了同样的发展战略。

7.3　亚洲艺术设计教育现状概要

以日韩为代表的亚洲设计正在崛起。善于学习西方先进经验是日本和韩国经济迅速发展的一个重要因素。1868年明治维新之后，日本开始引进欧洲的工艺美术教育。1880年建立的京都府绘画学校是近代日本最早的美术专门学校。日本最早的国立学校是1899年建立的东京师范学校，开设有手工专修科，后发展为东京教育大学教育系艺术专业，1975年发展为筑波大学艺术系。1900年建立私立女子美术学校，1949年升格为女子美术大学，1965年在艺术系增设了设计专业，培养层次齐全。建于1929年的帝国美术学校，后发展为武藏野美术大学。1935年建立的多摩市国立美术学校也是私立大学，1953年升格为多摩美术大学。日本在第二次世界大战战败后迅速由对外扩张转

---

[1]　http://www.polimi.it/english/academics/presentation.php?id_nav=-3。

向内部发展，从20世纪50年代开始，在短短数十年间，大力学习西方观念和技术，改进教育体制，着重发展现代设计和设计教育，到80年代时已经成为经济发达国家，并形成了独特的设计文化，既很好地保留了传统设计文化，也发展出民族有特色的现代设计。1951年日本政府邀请美国颇有声望的工业设计师雷蒙德·罗维来日本讲授工业设计，亲自为日本工业设计界示范设计程序与方法，这对日本工业设计是一次重大的促进。日本东京教育大学首先举办工艺建筑讲座，宣传现代建筑理论与设计思想。日本最著名的工业设计师学院——千叶大学成立了工业设计系。日本艺术大学也成立了工艺计划系，即工业设计系。为了满足生产企业快速发展的需要，建立了以技术培养为主的短期大学，成为设计教育的重要组成部分[①]。

韩国的设计水平在近十几年的时间里取得了举世瞩目的重大进展，尤其是平面设计、产品设计、时装设计领域发展迅速。艺术设计专业也是韩国的热门专业。在世界各地著名的设计学府里，韩国留学生的数量已经超过日本。根据对韩国留学生的访谈，韩国设计教育体系与美国很接近，设计专业最好的多数是私立综合性大学里的某个系，这些系招生人数不多，教学质量很好。比如弘益大学的工业设计专业、韩国科技大学的工业设计专业、国民大学的室内设计专业、建国大学的服装设计专业。教学方面重视创意思维和方法的培养，实行灵活的选分制，学生可以跨专业选课，也可以选择授课教师。实行宽基础的课程设置模式。例如，韩国艺术综合大学美术学院艺术设计系的课程设置是第一学年共同的造型基础课程，包括二维造型、三维造型、视频基础、创造性思维训练等；第二学年是共同的基础设计课程，包括平面设计基础、产品设计基础、环境设计基础、信息设计基础等；第三年开始进入各专业方向学习，重视动手能力和社会实践，很多韩国教授的工作室，已成为教授与社会甚至是企业合作的渠道，机械设备齐全，俨然小型车间。韩国在短期内取得的巨大成就与韩国政府提出的"设计兴国"战略分不开。政府大力扶植了一些本土设计品牌，鼓励民族企业和设计挂钩。企业对设计教育的投入起到了重要作用，三星、现代等企业的设计研究机构不仅赞助国内设计教育，同时与英美很多著名设计学院有合作关系。在设计能力提高的前提下才能有真正的国际交流。例如韩国弘益大学设计学院的交通工具专业能够得到美国通用汽车公司的赞助项目合作。[②]

韩国设计教育资料[③]：

　　韩国的产官学界对设计在商业中的地位已有较为广泛的共识。韩国

---

① 王受之：《日本现代设计的发展》，载《世界现代设计史》，262页，广州，新世纪出版社，1995。
② http://www.bobd.cn/design/industry/works/jt/200601/4464.html。
③ http://www.twarchitect.org.tw/2008.09/A2-4.htm。

政府在1993—1997年间，全面实施了工业设计振兴计划，这段期间内设计师和设计公司呈现爆炸式的增长，5年内设计专业的毕业生增长了1倍之多，也促使中小企业对设计方面加大投资额。当时每间企业平均拥有4.24个编制设计人员，全韩共有10万名设计师。1997年亚洲金融风暴严重打击了韩国经济，使企业面临产业转型的挑战。产品必须在设计的质上有所提升，而不是在量上。因此韩国政府又在1998年到2002年间第二次全面推动工业设计振兴计划。当时金大中总统与英国的布莱尔首相共同发表《21世纪设计时代宣言》，再次宣示设计对国家竞争力的重要性。这次计划促进了设计师的创新能力以及韩国设计的质量进一步提升。在这段期间内，设计专业的毕业生人数继续增长了25%。2003年，韩国政府发现设计因素在提高国家竞争力中扮演极为重要的角色，于是立即着手进行推动第三次工业设计振兴计划。2003年到2007年的五年计划，目的是把设计概念融入韩国各个系统、体制当中。

韩国设计教育资料[①]：

韩国设计振兴院（KIDP）是韩国产业资源部的直属机构，目前拥有注册会员2000多家。KIDP负责韩国政府推动全国设计产业发展的设计提升、设计培训、设计实施、设计战略、设计政策、设计推广等多项工作，1970年成立以来为韩国设计兴国作出了卓越的贡献。韩国今天的发展和国际地位的提高是和他们提出"设计兴国"并通过政府大力支持和鼓励发展设计创新分不开的。设计振兴院的发展历程，暗示着韩国政府对设计的理解的各个历程：20世纪70年代成立之初，它叫设计包装中心；1991年改名为韩国工业设计和包装院；1997年改为工业设计振兴院；2001年改为韩国设计振兴院。

从这些过程中，可以看出韩国政府对设计认识的演变与革新：从最初的包装、外观的层面，到后面理解到设计对整体经济和产业所拥有的全面影响，这个过程一共走了30年。

韩国设计振兴院不只关注产品设计，还包括平面设计、环境设计、室内设计、多媒体设计，它本身就是韩国整体创意产业计划的一环。它的目标是对国家经济发展和老百姓生活质量作出贡献。

韩国设计振兴院在推动创意产业的发展方面扮演了相当重要的角色，可谓功不可没。它提供咨询、分析，帮助韩国的中小企业提升产品竞争力，鼓舞企业生产"设计导向"的产品，并且通过推广活动提高韩国民众对设计的总体认识。为了建立设计的"上层建筑"，韩国设计振兴院致力于完善国家的设计基础设施，它建立了一个数据库，为提供设

---

① http://www.gdgarment.com.cn/data/news/2008/08/19/6188.html。

计信息交流建立了基础的平台。

韩国政府在釜山、大丘、光州设立了3个地方设计中心，还在各个地方的院校和机构成立29个设计创新中心。地方设计中心的资金50%来自中央政府，其余50%来自地方政府。

除了设计振兴院之外，韩国中央政府还在产业资源部下设立了设计品牌科。设计品牌科覆盖了设计振兴院、韩国业界与产业资源部之间的没有交集的部分，使韩国整体更好地运用设计来提升自己的竞争力。

7.4 中外艺术设计教育的主要差异

7.4.1 教育观念的差异

通过前面对国内外设计教育现状的简单梳理，我们可以在教育学范畴的几个方面作一个简单对比。首先是高等设计教育的定位。郑曙旸教授曾尖锐地指出，"对比中外艺术设计教育的差异，从基本的办学概念来讲，发达国家的艺术设计教育是在高度市场经济条件下的人文素质培养，相当一部分学生就学并不是以就业作为目的"，"学生所学专业和今后的就业对口率，则完全不是学校教育成败的衡量标准。无论学生将来在哪一个领域作出成绩，都有他在艺术设计教育中所受创新思维素质培养的功劳"，"我国由于政治经济和社会条件的限制，要达到素质教育的目的还有相当长的一段路要走。"[①]在复杂动态的社会环境下，设计教育的完善不可能是一蹴而就的，因此，可以考虑分阶段进行。笔者认为，就我国现阶段社会环境和社会需求来看，更适合建立一种以大量实践型高等专业教育为主、少量研究型专业教育为辅的模式，以较高的专业水准来带动设计教育的普及，最终提高全民的设计素养。

我国的高等设计教育有两种明确的类型：本科专业设计教育（Professional）和专科职业设计教育（Vocational）。由于受重道轻器的传统观念影响，在专业学院里存在着设计教育与社会需求脱节的问题，很多专家主张把大学教育办成素质教育或者基础教育，认为本科教学应该专注在造型艺术、观念和方法的传授，设计实践是就业以后的事情，学生对专业技能和项目实践能力的渴望很少能够在我国的学院教育中实现，学生4年后还需要企业的继续培训，而企业更愿意接受有实践经验的毕业生。在

---

① 郑曙旸：《考察后的对比——关于艺术设计教育》，载《美术观察》，2001年第9期，13页。

我国的职业教育里，由于社会重视程度不够，教学质量的欠缺，存在着急功近利的思想，片面注重技能培养，只能满足低端市场需求。这两种观念都不利于培养高水平的设计师。因此，不难理解为什么我们每年有近30万艺术设计专业毕业生，但是高级设计人才仍然数量不足。

我国公立的高等教育体制决定了教育的总体目标是为国家和社会培养合格人才，而不是私立教育体制下的个人教育。因此，我国的高等教育不是基础教育或素质教育，而是专业教育，设计教育是面向艺术设计这个专业的，教育部有明确的专业目录。试想，如果我们花4年时间培养的学生大量改行，我们靠谁去迅速提升中国设计的品质以及价值？本科教育质量尚不能满足社会需要，专科教育质量如何提高？在高等教育日益大众化和社会化的今天，满足社会需求是大学的首要任务。我们急需大量高级艺术设计人才来提升我国整体的设计水平。这不是说本科要降低标准，而是要弥补本科教育与社会脱节的重大不足，使我们能够在提升自身教育水平的同时，培育高素质的产业市场环境。学校的确不能培养大师，但是产生大师一定需要一个整体设计素养较高的社会环境，一个能够了解什么是好的设计的大众群体，这个群体需要有好的设计产品来熏陶，需要有学院做前瞻性的引导。如果我们的设计学院进行一个追踪统计的话，就可以看到我们真正培养了多少有社会影响的设计师，和我们毕业生的庞大数量相比，其比例可能微不足道，国际知名的设计师更少。况且，在整体社会环境没有改观的情况下，即使出现个别大师也没有太多意义。

社会对高质量设计人才的基本要求是能够高质量地完成设计任务，也就是要具有高水平的设计实践能力，这与学生的求学意愿是一致的。我们不能以天赋为由推卸设计教育的责任。设计是服务行业，只有通过设计实践，才能体现出设计的社会价值。现在有很多学生一入学就考虑就业问题，这是在就业压力下产生的不可避免的社会现象（但是我们也有义务改变学生急功近利的思想）。事实上，大规模扩招的设计学院，面临的就业压力更大，当前就业形势的严峻，迫使那些大幅扩招的设计学院不再避讳谈论职业问题[①]。美国拥有一批职业教育水平很高的著名私立学院，如纽约视觉艺术学院、洛杉矶设计中心等，几乎都是以校企合作项目为立校之本。学校不论公立和私立，最后都要面临就业问题。国外即使综合大学里的设计专业教育也非常重视学生的就业问题。例如美国卡耐基梅隆大学美术学院，是以综合性、专业性、研究型为特点的私立学院，尽管如此，学院每年都会把著名设计企业请到学院来举办人才招聘会，主动为学生谋划未来职业，在三、四年级的课程里每学期都包含社会项目实践，这些项目有前瞻性的实践项目，也有结合市场紧密的实践项目。由于美国是以私立为主的教育制度，因此学院的职业意识很强，这点从它们大量的外聘教员和校企合作项目中可以看到。除

① 参见视觉同盟访谈，http://www.visionunion.com/article.jsp?code=200606060031。

了史论系，很少有纯粹从理论到理论的课程。因为无论对于哪个学科，都必须同时培养思考能力和实践能力。我们不能说专科教育或者培训班出来的设计师就是没有思考能力的，只不过研究型的教学里，思考的比重多一些，实践型的教学里，技能训练更多一些，研究型的内容更前瞻一些，实践型的更贴合实际需求。

因为不重视设计实践教育，我们的师资很多是从学校到学校，有丰富工作经验的老师少；因为不重视设计实践教育，所以越来越多的本科生选择毕业后继续学习而不是从事设计工作，选择到国外继续读研的学生越来越多，我们的本科教育变成了国外硕士生源基地；因为不重视实践教育，我们的设计教育变成了纸上谈兵，设计强国成为了空中楼阁。避讳谈职业问题，怕因此降低了本科的身份，这是制约我国设计教育发展的一个误区。我们需要更多实践型的一流设计学院，培养高素质的、有创造力的高级设计人才，这有助于快速提高我国整体设计水平。这方面我们可以借鉴德国的职业教育体系，它属于本科范畴，以实践教育为重点，但是并不忽略思考能力和基本素质的培养，大量的此类人才提升了国家整体设计实力。对高年级的课程，学院要求每位教师都是在职的广告或传媒设计的专业人员，并拥有完善的知识体系，以便不断保持教学的时尚性和专业性。这些教师往往能带领学生了解业界最新的动向，并把一些真实的课题作为练习让学生参与。这样，学院和专业界就产生了直接的互动，许多学生甚至在毕业之前就已经拥有了丰富的实践经验。[①]

7.4.2 教育环境的差异

现代教育不是象牙塔，教学不可能脱离整体的社会环境。对设计教育有重要影响的首先是整体的社会文化环境，其次是与设计教育密切相关的下游产业的繁荣程度。我们在这两个方面都面临着巨大的挑战。

社会环境是最外围，包括政治环境、经济环境、文化环境。设计把这些因素外显为一道人文景观。正如赫尔辛基艺术与设计大学校长约里奥·索塔玛所说："设计精良的物品是今天视觉文化的中心，它们为我们每时每刻增加美感、智慧和实用。"因此，芬兰人非常重视环境，甚至把"拥有一个美好的生活环境的权利"写入芬兰立法的原则中去，认识到设计能够提高环境质量和人们的生活水平。去德国访问过的人都对德国的文化氛围和视觉文化有深刻印象，"衡量一个国家的发展最重要的尺度是文化，德国人重视文化，尊重知识，工作之余参与各种艺术展览、音乐会、戏剧演出，很愿意为此付出时间和金钱……大到整座城市，小到一个指示牌都经过仔细的设计，

---

① 参见视觉同盟访谈，http://www.visionunion.com/article.jsp?code=200603100042。

视觉文化在市民的日常生活中占据了重要的位置。"[①]在瑞典，超市就是设计宝库，医院环境犹如时尚旅馆，地铁车站是全世界最长的美术馆，日常生活里举目皆是趣味盎然的视觉形象，人们生活在优雅的艺术环境里，设计就像水和空气一样无处不在[②]。设计只有发展到文化层面才具有真正的价值。我们切不能把设计文化等同于商业文化。"如果我们仅将设计看成是工业化和商业化的附庸那就大错特错了，优秀的设计实际上是将原本冰冷的物质赋予灵魂，因为有了灵魂，那些物质变得可爱可亲。"设计文化外显于视觉形象，视觉形象是大到国家、小到城市的名片，是社会文化发达程度的重要标志。设计对于塑造一个城市的形象具有重要作用，只有意识到这个问题，才能够避免浪费人力物力资源，才能够在城市建设中少走弯路；只有生活在良好的设计环境中，人们的设计素养才能够得到熏陶和提高；只有社会整体能够分辨出什么是好设计和什么是坏品位，设计产业才能具有广阔的发展前景。信息和技术方面的不对称，可以由快捷的资讯来弥补，但是人文环境的差异对人们身心发展所造成的影响，却是难以弥补的。

上面说的是外围环境问题。对于我国学院派设计教育来说，更重要的核心问题是，没有充分关注到设计教育和设计产业的相互依存的关系。在发达国家，设计已经成为推动产业和社会发展的重要力量，在国家领导层面已经认识到设计与创新的关系，设计产业和设计教育得到政府的大力资助，产业界和设计教育界密切合作，形成互相促进的双赢关系。而我国的设计产业发展缓慢，企业与设计院校的合作即使有也是停留在表面上，真正实现从学院到企业产品的转化的很少。政策层面虽然有地方政府提出了创意产业口号，建立了许多创意产业园区，但是却收效甚微。例如动画产业，众多的动画公司，却没有真正生产出多少优秀动画作品，多数动画公司入不敷出。急功近利的、不负责任的设计产品充斥市场，这些负面社会影响必然反作用于设计教育。可以说，产业滞后是制约我国设计教育发展的重要因素之一。我国还没有形成一个良好的企业合作模式，国内企业界还不具备重视设计的远见卓识，很多用人单位对设计的需求还停留在美工和技术层面。不少教师反映国内实习厂家的设计素养不高，学生去了顶多学到一些操作技能，耽误学时。这是很多专家对实践教育不以为然的另一个原因。设计产业不成熟的标志是，一方面我们自己的高级设计师队伍没有建立起来，高级设计人员培养跟不上；另一方面是我们的企业或厂家大量抄袭，遇到高端设计任务则往往聘用国外设计师，比如产品设计、服装设计、建筑设计等领域，这使得设计行业竞争加剧，本土设计师多数被迫游走在中低端市场，难以突围。国内很少有企业投资或者赞助设计教育，倒是一些知名外企或合资企业主动到学院来进行一

① 参见视觉同盟访谈，http://www.visionunion.com/article.jsp?code=200603100042。
② [日]山本由香：《北欧瑞典的幸福设计》，13页，刘惠卿、曾维贞译，北京，中国人民大学出版社，2007。

些教学合作。没有企业参与的设计研究缺少针对性和实施的可行性。我们不少本科学生的概念设计作品也能在国际设计竞赛上获胜，可是这些奖状无法改变我国落后的设计面貌。与少数奖项相比，我们迫切需要大量的切合社会需求的优秀设计作品，而不是名声大于作品的设计师。包豪斯之所以能够产生巨大的社会影响，是因为学生在校期间就能够创作出社会需要的产品。如果我们的设计教育总是避实就虚，那么，我们国家的设计面貌将很难改观。

近期的例子可以看韩国。韩国与我们有相似的文化背景。我们都惊讶韩国只用了很短的时间走出了中国设计深陷的困境，设计水平伴随经济力量一路上升。在国家政策的推动下，他们用校企合作模式培育了企业的设计意识，引导了社会潮流，促使学习设计的韩国学生迅速增长。这与我们扩招的动机完全不同。一个是鉴于社会或者市场发展的需要而扩大了设计教育规模，一个是在企业和设计市场没有成熟的情况下，为了扩招而扩招。我们有许多学生和家长甚至不知道什么是设计，仅为了上大学而报考设计专业，盲目报考的现象说明我们设计教育的社会环境还不成熟。

7.4.3　教与学的差异

尽管师资水平参差不齐是任何一个国家都会存在的普遍现象，但是必须承认，我们整体师资水平不如发达国家。国外在师资管理上比较灵活，可以大量聘请有知名度的设计师担任外聘教师，人事问题也相对单纯。我们的师资力量多数是从学校到学校，有丰富实践经验的老师比例较少，这使我们的教育不得不被限制在理论的角度；部分专业教师即使有很多实践经验，项目也等同于一般设计公司，有学术深度和社会影响的设计实践较少。因此，不少学院把国外的设计大师请进学校的同时，也开始加强自身师资队伍建设。改革开放以来，在国家教育部的支持下，各大院校纷纷开始师资进修计划，这使我国师资水平有了很大改观。尽管如此，师资队伍建设和教学管理仍然是我们的学院教育最重要的难题。

从教育对象来看，我们面对的学生是有巨大潜力的。我们考生的绘画功底远远好于其他国家。但是4年下来，差距就扩大了。原因很多，其中与我国传统教育观念和考试制度有很大关系。我国的设计类招生制度基本是以美术为主，属于应试教育的一部分，学生往往画得好想得少。我们艺术设计类招生制度，忽视了设计是综合学科这个基本事实，仅以绘画为评判学生素质的主要内容。国外则不是这样，有的学校甚至不要求绘画能力，因此，很容易吸引其他学科专业的学生参与进来。据卡耐基梅隆设计学院丹尼尔教授介绍，他们选择生源的标准不是绘画能力，而是思考能力和设计批评能力，因此经常能招收到一些非艺术类的学生，也有很多学生在大二由别的院系转来，这些学生经过三四年的培养，往往能够成为很优秀的设计师。对此，柳冠中教授也曾颇有感触地说："我在国外的时候，大部分的设计师都画不好图，学生都不会画图，但他能做出来，做出来才能解决问题，我们画得很好，但是很多做不了。"这是很值得我们思考的问题。为什么我们的考生绘画基本功远远超过美国学生，4年学下来，却达不到同样的优秀程度？如果对于设计专业来说绘画能力不是最重要的，那么什么是最重要的能力？能否依此建立新的考试标准？个人认为，所谓教育就是一系列标准，标准塑造人。如果我们的招生标准是模仿，那么选拔来的学生就是善于模仿的；如果我们的招生标准是创新，那么我们就能找到善于创新的学生。笔者在对清华大学美术学院大学一年级部分学生的调研中发现，有不少同学认为自己没有创新能力，但是几乎所有同学都认为创新能力是可以后天习得的。工业设计系严扬教授曾在一次媒体访谈中直率地指出，我们"从幼儿园开始，到小学、中学教育是一种填鸭式的教育，是一种应试教育，不鼓励学生挑战……中国的传统文化缺少创新基因，这是我们传统文化的缺陷。"

除了创新能力的差异，还有关于学生的求学动机问题。对此，在美国从教多年的王受之先生的体会是，"西方学生有很强的危机感，因为他们从18岁成人以后可能就很少依赖父母，所以他们从个性上、个体上都是非常独立的。他们对自己的要求、对行业的认知非常强烈，对知识也非常迫切，所以他们可能是晚上打工，白天听课。但是我们中国的学生呢，我接触的很多学生，他们根本没有这个职业的危机感。二是西方的学生有主动性，比如说我接触的欧洲学生，在很多国家，设计师具有很强的社会责任感和社会职业道德，每一个设计师知道他将来做什么，他要解决什么问题，每一个人对这个专业化、职业性都非常清晰。"对比国内，部分有职业危机感的学生"又变得非常的实际和世俗，就是以别人，以客户的目的作为一种终极的标准"[①]。每所学院都有这样一种学生，他们迟到早退，从考上大学的第一年开始，就在想怎样收回为此付出的成本，有的在外面打工，有的办考前班。这类学生的目标就是赚钱，常问的问题是怎样与客户谈判以及怎样能赚到大钱。没有正确的价值观，即使请国外大师来上课也未必有救。英国伦敦艺术大学校长迈克·比切在一篇访谈中说："设计教育未必可以换来高薪职业。假如只看日后的收入，学设计未必是一个很有说服力的选择，跟商业管理或法律不一样。但我们的毕业生也有像Galliano、McQueen这样的一流设计师，他们的收入就很高。所以，我们不会说，来吧，我们保证你将来可以赚大钱。相反，我们大概会说，你必须自己决定什么才是你这辈子最重要的事情，如果一心赚钱，你可能真该去读法律或其他专业，如果你更重视创造力、美术、时装或设计，我们可以给你一个很好的深造机会，发掘你的创造潜力。"[②]

就教学内容来看，学院式的设计教育教什么？是知识还是经验？技术还是思维？

---

① 参见视觉同盟访谈，http://www.visionunion.com/special.jsp?code=200604260002。
② 同上。

知识爆炸时代，知识不断分化出更多的知识，很难再出现全面的人才，在短短4年的时间里教授全面知识更是不可能的。因此，有的观点认为专业设计教育应该教思维方法。"设计是一个专业，是一个综合性的东西，它需要各种知识，所以它不是一个纵向的专业，学了机械，学了美术，学了市场学就是设计师？那么你学一辈子也学不完。设计恰恰是一个横向学科，它的学习方法不是知识的积累性，它是个思考型，是个方法型，所以工业设计是一个方法，是怎么样去观察生活，从生活当中去理解事物，是设计师最重要的一个看家本领。设计的特点就是它是横向的，它在用的过程当中跟别人合作，它的教育方法应该跟别的学科完全不一样的。设计是选择，关键是了解认识生活，发现生活当中的问题，这是另外一个思考思路，所以它典型的是一个人文学科，它需要技术知识，需要营销知识，需要管理知识，需要造型知识，但是都是拿来用的，来解决老百姓生活当中的问题。"[1]有的观点认为，专业设计教育应该更注重对学生创造性思维能力的培养。学生应该学会触类旁通、由此及彼、融会贯通、举一反三的思维模式。也有的观点认为培养学习能力是重点，当学生知道自己要什么的时候，学习方法就成为迫切的能力，学校教育落后于社会发展几乎成为普遍的现象，教育内容的更新速度未必跟得上知识更新的脚步，尤其是技术总是不可避免地很快老化，所以学生必须具有自主学习的能力，这样学生就能够不断自我更新知识体系。有的观点认为，大学4年应该教3种能力：综合创造能力、设计表达能力、自学能力[2]。有的观点认为，应培养学生的创造力和想象力，使其具有超前的意识和创造性思维能力[3]。

---

① 参见视觉同盟访谈，http://www.visionunion.com/special.jsp?code=200604260002。
② 马春东：《大学四年教什么？——再谈工业设计师的基本素质》，载《南京艺术学院学报（美术与设计版）》，1999年第1期，52页。
③ 张乃仁：《与同学对话——设计教育杂谈》，载《2001年清华国际工业设计论坛暨我国工业设计研讨会论文集》，445页。

第8章 影响我国艺术设计教育发展的几个方面

8.1 我国艺术设计教育的内部结构

8.1.1 学科结构现状

从前面对我国和国外设计教育的分析中可以看到，艺术设计教育体系是一个系统，既有其内部结构，也与外部系统有千丝万缕的联系。本章框架结构借鉴生态学原理和方法，来分析中国高等艺术设计教育系统的构成。如果我们把整个艺术设计教育系统看成一个生命体，那么艺术设计教育系统自身的结构和特点就是其成长的基因，国内的政治经济文化等因素是其生长的养料，国际大背景是其交换能量的周边环境，系统的核心竞争力是其成长的动力，灵活有效的制度保障是其免疫机制。系统平衡主要取决于系统与环境的交换关系、系统的结构与功能的平衡。

教育系统的结构是指教育机构总体的各个部分的比例关系及组合方式，它关系到教育培养人才的种类、规格和适应工作的能力，关系到教育为经济建设和社会发展服务的质量水平。[①]教育系统的结构具有多层次性和多方面性的特点。大学学科结构是指学校内部的系科设置和专业设置情况。它是大学的核心结构，对于教学和研究工作的开展具有重要的影响作用。根据我国教育部本科学科目录，艺术设计学与美术学是并列的两个二级学科。鉴于艺术设计脱胎于工艺美术，工艺美术又脱胎于纯美术，纯美术在我国隶属于文学大类，因此，国家教委把艺术设计归类在文科二级学科。如很多专家指出的那样，我们的学科目录还在发展中。

学科结构划分的依据是学科属性。设计活动本身是社会行为、经济行为、审美行为的综合。艺术设计学科必然涉及艺术学、哲学、美学、心理学、形态学、色彩

① 蒋笃运:《产业结构、专业结构与大学生就业问题》，载《中国大学生就业》，2006年第8期，8页。

学、社会学、传播学、伦理学、解剖学、考古学、语言学、经济学、数学、物理学、材料学、机械学、工程学、电子学等许多领域，因此，设计学科既有自然科学特征又有人文学科色彩，是现代教育体系中的一门交叉学科。艺术设计教育综合了艺术教育、科学教育、文科教育的特点。其中，艺术教育的特点是培养个性，注重感性意识、注重审美表达、多样化的求解方式，追求与众不同的创造力。艺术教育没有公式，鼓励不同意见；是培养全面发展人才的重要环节。教育心理学告诉我们，艺术教育对促进学生的智力发展和创造力的提高有着十分重要的作用。许多著名的教育家对艺术教育的功能有着共识，他们认为艺术教育直接的目的是寻找种种机会，用种种方法训练学生的身心和各种感官，使他们的各种感官及观察力、记忆力、思维力、想象力、创造力及道德情感等本能渐渐地自由生长发育，是右脑型的思维模式。只有使学生全面素质提高了，才能够促进艺术设计教育的发展。自然科学教育的特点是量化、数字化，我国有一个刚性很强的国家标准，规定着各个年级的教学内容，教材、课堂教学材料、教师培训及专业发展都在国家标准的统领之下。理工科教育的特点是要求用科学的程序和方法来发现问题、分析问题和解决问题。研究规律与秩序。要求严谨求实的作风，遵守步骤和程序，是左脑思维。理科是基础科学，工科是根据应用数学、物理学、化学等基础科学的原理，结合生产实践所积累的技术经验而发展起来的学科。工科培养目标是在相关生产和技术领域从事设计、制造、技术开发和管理工作的高级专门人才。人文科学是研究人类自身存在与发展的科学，人文科学强调积累，经验积累的数量和质量与时间成正比，文科教育的效应相对滞后，所以培养一个成熟的文科学者速度相对缓慢。在科学技术全球化时代，文科是最具有民族特性和本国特点的学科。

同时，设计教育既不同于传统的"纯美术"教育，也不同于一般艺术教育。艺术设计是专业性很强的应用型学科。"设计"是商品经济的产物，与制造业有着密切关系。设计从一开始就是为生活服务的，与人们的衣、食、住、行密切相关。设计一方面随着生活方式的改变而改变；另一方面也塑造着人类的生活方式。设计不同于一般文科，不是偏重理论研究，而是关注实践和应用。

最后，艺术设计是开放型的学科。从艺术设计学科的发展历程来看，经历了手工艺、装饰图案、工艺美术、商业美术、艺术设计等多次名称的变化，每一次名称的变化都意味着其内涵的扩展，每一次变化都体现出强大的适应能力。当社会变革和科技发展带来工具和思维转变时，设计的内容、方式、理论随之拓展和延伸。艺术设计作为一个开放的有机系统，可以不断感受和反映、适应和容纳新的变化，具有无限的发展潜力。[1]同时，设计的多元性格使它逐渐渗透到其他学科中去，比如平面设计已经渗

① 尹定邦：《设计学概论》，3页，长沙，湖南科学技术出版社，1999。

入到出版专业，广告设计已经渗入到传媒专业，室内设计已经渗入到建筑专业中，与其他学科专业的进一步融合趋势在未来还将进一步明显。

一般来说，艺术设计学科的专业设置与学院科系设置基本是一致的。以清华大学美术学院为例，现设有10个系25个专业方向。艺术设计学科下设6个系，分别为染织服装艺术设计系、陶瓷艺术设计系、装潢艺术设计系、工业设计系、信息艺术设计系和环境艺术设计系。其中：染织服装艺术设计系下设染织艺术设计和服装艺术设计2个专业方向；陶瓷艺术设计系下设陶瓷艺术和陶瓷设计2个专业方向；装潢艺术设计系下设平面设计、广告设计和书籍设计3个专业方向；环境艺术设计系下设室内设计和景观设计2个专业方向；工业设计系下设产品设计、展示设计和交通工具造型设计3个专业方向；信息艺术设计系下设信息设计和动画与游戏2个专业方向。一方面，所有专业都在不断细分化；另一方面，各专业发展不均衡。2003年，"在全国1041所普通高校中，开设工艺美术专业的有103所，开设环境艺术设计的有124所，开设工业设计专业的120所，开设美术专业的有88所（含艺术设计方向）"[1]。赚钱机会大的专业生源规模庞大，美术以及传统工艺美术类的专业，生源数量相对小得多。这个问题我们在第6章也提到过。学科发展不平衡的问题，不仅与社会导向有关，也与教育观念和教学内容有关。在一些欧洲国家，发展现代设计的同时，传统工艺美术也得到现代化的发展。我们应该分析传统工艺美术对现代青年缺少吸引力的多种原因，在传承的同时也应该考虑与时俱进地发展的问题。

8.1.2　类型结构现状

如第2章所述，目前我国艺术设计学科的学历教育主要集中在独立学院、综合大学的相关院系和民办高校。据不完全统计，目前中国设立艺术设计专业的大专院校已经达到1400多所[2]。从生源来看，形成了艺术路线和理工路线两大类型。

民办高校的办学层次主要集中在专科职业教育层面。在师资和生源两方面都不太稳定。在公立为主的教育体制下，政策和民心都不利于民办高校的生存，尤其是艺术设计类的民办高校，主要定位在专科和自考的狭窄范围内，没有形成自己的特色和强项，很难与公立高校竞争。高等教育系统的重要组成部分，与国外的私立大学为主的教育体制相比，我国的民办大学还需要更多的企业参与和政策支持来不断提高教学质量，在社会上树立更好的口碑和形象，发挥应有的作用。

---

① 李砚祖：《建立新型的艺术设计教育体系，发展中国的艺术设计教育事业》，载《2001年清华国际工业设计论坛暨全国工业设计教学研讨会论文集》，174页，北京，清华大学出版社，2003。

② 视觉同盟：http://www.visionunion.com/special.jsp?code=200604260002。

跨地区、跨国联合办学的形式近些年来呈增长势头，为数量激增的设计类考生提供了更多的选择。扩招后，国内几所著名美术学院，鉴于数量庞大的生源需求，拓展了新的办学形式，在异地联合办学，设立分校。有些分校形式采取了董事会制度，例如中国美院主办的上海张江设计分院，这是我国公立院校办学类型上的一个有益尝试。借用国外办学模式和师资力量，在国内打造新型的独立设计学院，这种形式对很多想留学却负担不起出国费用的学生来说比较有吸引力。

总的来看，自1999年扩招以来，我国设计教育的类型结构正在日趋多样化，并且各学院目前倾向于发展各自的教育理念，不再固守某一模式。这有利于促进我国设计教育的竞争和繁荣。但是，与非艺术类高等教育比较，独立学院多数定位在综合型，定位在某一专业方向的特色学院为数不多，我们名为服装学院、陶瓷学院、纺织学院的，实则都办成了综合型设计学院。因此在办学类型的多样化和特色化方面还需要加强。

8.1.3 层次结构现状

目前我国艺术设计学科已经形成了专科教育、本科教育、研究生教育（硕士、博士）以及职业培训等多层次的人才结构。具体有博士、硕士、研究生班、普通本科、成人本科、普通专科、成人专科、网络本科、网络专科等多种类型。8所独立的美术学院在人才培养层次上基本雷同，都是以普通本科教育为主，成人本科为辅，少量硕士、博士，少量培训班，都办有一所附属中等专业学校。综合大学里的二级设计学院一般培养层次比较齐全，而系级建制的设计专业则一般只办有本科层次。

办学层次必须与人才结构的多样化需求相适应。合理的人才结构层次应该是研究生、本科生、专科呈正三角形。由于我国社会历来重视文凭，导致盲目追求高学历的现象，因此，我们目前的人才结构基本是菱形。专科教育相当于短期大学，是高等教育的重要组成部分，尤其在社会需求骤然扩大的时期，短期大学非常有利于设计教育的普及。我国在新世纪更迭时期的合并风潮中，很多专科学校积极谋求升级为大学，不仅使本来就薄弱的专科教育雪上加霜，而且稀释了本科教育的资源。

在这个终身教育时代，继续教育成为不可或缺的形式。国外每所大学都面向社会成员提供继续教育。我国多数独立设计学院开办有艺术设计类成人学历教育，而且规模在不断扩大。成人学历教育主要为专科学生提供获得国家承认的本科文凭的机会，但是对于许多学院来说，却成为学院创收的重要途径，对继续教育的社会意义没有给予足够重视，在扩大招生的同时，成人学历教育的质量还有待提高。

非学历教育层次主要指各种类型的社会培训，也是提高设计行业社会影响力的重要途径。目前，全国设计类院系开设的各种非学历的艺术设计短期培训班有很多，高级进修班也在不断增多。这些培训一般都有明确的职业定向，但是鉴于我国相应的艺术设计类职业证书制度还不是特别完善，在一定程度上限制了职业设计师队伍的积极性。成人教育加上培训班，培养的艺术设计从业人数应该不小于普通本科的规模，但是在教育资源的配制上，却没有得到充分重视，有的甚至无法保证教育质量，这对于提高设计行业的声誉十分不利。

8.1.4　区域结构现状

高等教育发展程度与地区经济状况有关，在艺术设计教育方面尤其明显。由于我国实行二元经济社会结构，带来教育资源在城乡区域和东西部区域分布上的显著差距。我国农村人口占70%多，在教育资源占有率上却低得可怜。"当前我国教育发展的现实是：地区之间、城乡之间、不同人群之间占有教育资源的差距呈扩大趋势，地市以上政府忙着发展高等教育，县级政府则着力发展高中教育，许多地方义务教育却陷入了前所未有的困境。农村税费改革前，在农村义务教育投入中，中央和省级财政只占12%，县级占9.8%，其余78.2%则由乡和村筹集。"[①]加上艺术设计专业学费和花费较高，因此很少有来自经济贫困西部地区的生源。我国设计学院多数开办在经济较发达的东部地区，毕业生的流向也集中在经济发展较快或发达的大中型城市。设计教育区域布局缺乏整体规划。北京、上海等大城市过于集中，其他中小城市比较分散和薄弱，新疆、西藏等边缘地区的艺术设计教育处于刚刚起步的状态。第九届全国美展的评委杜大恺先生注意到："社会发展的现实，规定着艺术设计的水平。如果以不发达、欠发达、相对发达设定一个序列，此次艺术设计展各省市送展作品及入选和获奖作品的数量，与其经济与社会发展的水平几乎完全一致，依照这一逻辑，我们大致可以对现阶段中国艺术设计的整体水平有一个评价，至于它们与发达国家的比较也就不言而喻了。"[②]

　　资料：北京市密集的高校

　　　　2005 年北京市普通高等学校79所，其中，教育部所属25所，中央其他部委所属11所，北京市直属直管高校33所，民办普通高校10所。在79所普通高等学校之外，北京地区还有军校等实施高等学历教育的特殊高等教育机构近10所；非学历民办高等教育助学机构50所。此外有4所高校和

---

① 民革中央：《全面落实科学发展观，大力发展我国农村教育的提案》，全国政协十届三次会议提案第0283号。

② 杜大恺：《参加第九届全国美展艺术设计展区评选归后》，载《美术观察》，2000年第1期，30页。

社会合作举办的独立学院，8所高校和区县政府合作举办的分校教学点。在北京79所普通高校中，具有博士学位授予权的高校有37所，具有硕士学位授予权的高校有52所，本科院校有59所，高职高专院校有20所。总体上，北京地区高校数量在全国居于前列，高校的密集程度在世界上独一无二。2005年，北京地区研究生和普通本专科在校生约为70万人，各种高等教育在学学生近150万人，每年招收普通本专科生15.6万人，高考录取率为70%以上，毛入学率为53%，实现了高等教育的普及化。北京地区高校中，综合类和多科类大学比较少，单科类专门院校比较多。综合大学仅6所，包括北京大学、清华大学、北京师范大学、首都师范大学、北京联合大学、北京城市学院。其中，北京联合大学和北京城市学院属于以专科教育为主体的教学型大学。北京市属高校中勉强称得上综合大学的仅首都师范大学一家。多科类大学包括中国人民大学、中央民族大学、北京航空航天大学、北京科技大学、北京理工大学、北京工业大学。这些多科类大学大多也是从原来的单科（文科或工科）类大学发展而成。另外，北京地区还有21所工科类大学，包括北京交通大学、北京邮电大学、北京轻工职业技术学院、北京信息职业技术学院、北京工业职业技术学院、北京建筑工程学院、北京吉利大学、北京北大方正软件职业技术学院、首钢工学院、北京石油化工学院、北京印刷学院、北京物资学院、石油大学、中国矿业大学、中国地质大学、华北电力大学、北京化工大学、北京电子科技学院、北方工业大学、北京信息科技大学、北京信息职业技术学院。

设计为经济建设服务，不是表现在锦上添花，更重要的是体现出设计对经济发展的促进作用，即如何通过设计帮助贫困地区解决脱贫致富的重要问题，如何用设计帮助贫困地区改善周围环境，如何用设计来帮助贫困地区改变落后的人文景观，如何用设计来提高贫困地区人们的文化素养。我们经常看到这样的新闻报道，很多贫困地区为了脱贫，把政府资助用来开发旅游业，但是在开发的过程中缺少必要的设计规划，经常是既浪费了人力物力，又破坏了原有的自然景观，而一些人为破坏往往是永久性的。

现代设计诞生于大众需求，它应该是民主的，是为人服务的，无论贫富。我们目前的设计教育教育出来的学生普遍缺少社会意识，只懂得把设计作为赚钱的手段，这是不少设计教育者所提到的素质教育的问题。对发展中国家来说，与其在大城市烧钱来搞奢侈的装修，不如为贫穷地区设计一所实用美观的抗震小学。鉴于我国贫困地区的教育只普及到中小学阶段，因此，我们越发感觉到在中小学阶段的课程里增加设计内容的必要性，以从小培养解决问题的设计意识，填补贫困地区对艺术和设计的盲点。此外，高等设计教育可以走城市包围农村的道路。大城市的设计学院可以通过建立研究项目的形式，到贫困地区考察，结合当地自然资源和文化特色，拿出设计方案，培训当地设计人员，促进当地的经济和文化发展。这条道路是行得通的，但是仅靠个人力量是不可能持久的，国家应该出政策和资金支持这样利国利民的设计扶贫项目。

8.2　设计教育的国内环境

8.2.1　政策环境

一个国家的文教政策必然要影响到教育的制度和教育的内容。从教育的发展史来看，中国传统的教育体制是政教合一、官师合一的，教育被当做政府行为，封建官学贯穿在整个封建历史之中，为封建帝王的专制统治培养了大量治国理政的人才[1]。我国古代以文学教育为主流，治国安邦之才都是经过文学考试科举制度选拔官员。所谓学而优则仕，学的是文学和政治。绘画艺术属于文人的业余爱好，算是高雅行为。手工艺因为属于工匠所为，地位更低。封建政府负责组织考试和就业分配（从政），相当于为教育营造了一个前景和政策环境。尽管如此，受教育是个人的自觉，并非政府投资，整个封建社会长期以来实行的是师傅带徒弟式的私塾式教育模式。到清朝后期，由于西方入侵，促使洋务派开始注意到与制造业有关的设计行业，设立官办学堂开展工艺设计教育，主要是建筑制图、机械制图，器物造型的图案设计，为军事和经济服务。清政府在1904年推行我国第一个近代学制"癸卯学制"，1912年民国政府公布的美式六三三的"壬戌学制"一直持续到1949年。民国期间的工艺美术教育是由一批有识之士推动起来的，他们认识到商业美术对经济和文化发展的价值，纷纷建立私立学堂，逐渐影响到公立艺术设计教育的建立。

新中国成立后，1951年，中央人民政府颁布了《关于改革学制的决定》。1952年我国制定了国民经济第一个五年计划，为了满足各计划经济部门对本科教育人才的迫切需求，开始发展专门的单科学院，1957年全国共有229所高等学校（包括17所艺术院校）。但是"文革"十年耽误了大批人才[2]。1978年党的十一届三中全会以后，教育有了很大发展。1985年伴随经济发展，颁布了《中共中央关于教育体制改革的决定》，是大众教育的起点，1986年颁布《义务教育法》，把9年教育定义为必需，教育迎来大发展时期。1993年中共中央、国务院颁布了《中国教育改革和发展纲要》，阐述了

---

① 瞿葆奎主编：《中国教育研究新进展2001》，上海，华东师范大学出版社，2003。

② 杨志坚：《中国本科教育培养目标研究——中国本科教育培养目标的问题与挑战》，载《辽宁教育研究》，2004年第9期，20页。

教育产业的发展模式。1995年《中华人民共和国教育法》公布实施，成为中国教育史的里程碑。现在我国基本完成了普及九年义务教育和基本扫除青壮年文盲的历史性任务，人均受教育年限达到8年，超过了世界平均水平。1998年8月29号，全国人民代表大会常务委员会制定《高等教育法》，规定"高等教育的任务是培养具有创新精神和实践能力的高级专门人才，发展科学技术文化，促进社会主义现代化建设"，"第十二条，国家鼓励高等学校之间、高等学校与科学研究机构以及企业事业组织之间开展协作，实行优势互补，提高教育资源的使用效益。国家鼓励和支持高等教育事业的国际交流与合作。"我国的"九五"计划和2010年远景目标纲要，非常明确地把"可持续发展"与"科教兴国"作为走向21世纪的两大国家战略。

　　教育是经济可持续发展的核心推动力，是开发一个国家未来创新潜力的关键。无论作为公益性事业还是经济支柱，政府都有责任维护它的发展，投入和建设良好的外部环境。20世纪末随着我国公共财政改革的初步确立，政府教育投入成为财政的公共支出的一个重要组成部分，成为促进人才培养和发展、促进个人收益和社会收益提高的重要手段之一。国家人才战略、国家宏观教育政策目标和政府财力是制约政府教育投入的三个主要因素。2004年，针对教育投入占国民生产总值比重不足的情况，教育部制定了《2003—2007年教育振兴行动计划》和《国家西部地区"两基"攻坚计划》，明确了以后5年我国政府教育投入目标，要确保在2007年使教育财政支出达到GDP的4%，并力争在2010年达到5%。

　　上面是国家宏观教育政策。如果我们把国家政策比作养料的话，艺术设计教育作为艺术教育的分支，一直处于营养不良的状态。科教兴国，事实上主要还是以科技方面的教育为重点。我们的国家政策中很少提及对设计教育的支持。我国直到20世纪80年代才开始真正认识到艺术设计对于出口的重要性，由国家经济委员会牵头，专门成立了中国包装工业总公司与中国包装技术协会，下设包装装潢设计委员会，各省市也成立了相应的包装装潢设计分支机构，组织全国与行政大区的"包装装潢设计大赛"，包装装潢设计也成为中国高等设计教育起步最早的专业之一。与此同时，工业设计、服装设计、装帧设计也开始起步。1979年8月，全国从事工业设计、艺术设计的有关单位和专业工作者以及支持和热心工业设计、艺术设计的有关部门和人士自愿联合组成中国工业设计协会。但是，在计划经济体制下，没有政府参与和政策保障，设计教育、设计产业、制造业一直没有能够联手发展，这对三方都是巨大损失。90年代是世界上很多国家和地区经济崛起的时期，反观那些经济快速发展的地区，不难发现当地政府对设计的重视程度远超我们想象，其设计产业实力已经给我国企业带来巨大的国际竞争压力，当我们还在为制造业的成就沾沾自喜时，不经意间沦为国外名牌产品的加工厂。

　　目前，世界各国的政策多数是围绕经济建设这个中心而制定的。1980年，英国文化政策发生了革命性的改变。由于经济滞胀，英国政府感到无力负担昂贵的艺术补助费用，同时艺术发展到后现代，也不再具有崇高的教化功能，而是走向了大众生活。为了维持艺术传统，只有靠艺术养艺术。政府提出了艺术可以作为资本来创造财富。由此，文化不再属于单纯的精神领域，"文化"从虚词变成了后工业社会实实在在的消费品。从文化角度来看，这也许是为了保护艺术而出的下策；从经济角度来看，这个思想转变本身，显示了把负担化为资源的创造性智慧。无论如何，文化从此落入经济的网。英国在文化创意产业方面的成功经验，促使世界各国奋起直追。

21世纪是信息时代，新一轮的竞争集中在文化产业领域。我国迅速从英美引进了文化产业和创意经济的新概念。目前我国的文化产业包括影视行业、手机游戏行业、动漫产业、新媒体产业、出版业、艺术品市场、教育行业、旅游业。党的十六大报告明确指出："发展文化产业是市场经济条件下繁荣社会主义文化，满足人民群众精神文化生活需求的重要途径。完善文化产业政策，支持文化产业发展，增强我国文化产业的整体实力和竞争力。"随后，一系列的相关政策也相继出台。2003年9月出台《文化部关于支持和促进文化产业发展的若干意见》，2004年10月出台《文化部关于鼓励、支持和引导非公有制经济发展文化产业的意见》，2005年出台《关于文化体制改革中经营性文化事业单位转制后企业的若干税收政策问题的通知》、《关于加强文化产品进口管理的办法》等若干政策文件。各地政府也相继出台政策鼓励发展文化产业，大中城市开辟了大量创意产业园，与文化产业密切相关的艺术设计开始在国民经济中扮演着越来越重要的角色，这为设计教育提供了广阔的发展前景。

据报道，2008年，"工业和信息化部产业司今年将按照国务院《促进产业结构调整暂行规定》的要求，完成《产业结构调整指导目录（2005年本）》的修订工作，并尽快完成'工业设计产业政策'的制订和发布。工业和信息化部还将在主要工业领域组织开展'用信息技术改造提升传统工业的政策措施建议'的课题研究，开展通信业产业政策研究，组织专题调研，深入了解生产性服务业发展的现状和问题，研究拟订促进发展的政策措施。拟订并组织实施工业、通信业产业政策是工业和信息化部的一项重要职责。据了解，工业和信息化部将通过研究、拟订、实施工业、通信业产业政策，综合运用国家法律、经济和行政手段调整资源配置，引导社会投资方向，规范企业经营行为，促进以先进适用技术改造提升传统产业，推动信息化和工业化融合，实现转变经济发展方式、走新型工业化道路的战略目标。"我们期待在这个政策中体现出真正与设计相关的因素而不是停留在单纯制造的老路上。

"教育毕竟是教育，它属于今日社会对未来的投资，属于未来社会整体受益的事业，仅靠市场力量的自发推动、学校专家的个别奋斗，或者商业行为的短暂介入，都是不够的，它还需要中央和各级政府给予宏观调控与指导。"直到现在，中央有关部门没有制定发展设计教育的综合规划，省市政府也未提出过发展设计教育的基本构想[①]。当别的国家以政府行为来参与设计竞争的时候，我们仅靠民间力量单打独斗是很难成功的。政府必须意识到，设计产业和设计教育的发展，与国家经济文化发展休戚相关。

8.2.2 经济环境

国际研究表明，绝大多数发达国家工业化过程大致经过4个阶段，人均300美元时处在起步阶段，属于轻工业化时期，人力结构属于典型的劳动密集型；人均300~1500美元时处在起飞阶段，属于重工业化时期，人力结构属于资金密集型；人均1500~10000美元时处在加速阶段，属于高度工业化时期，人力结构属于技术密集型；人均10000美元以上时发展到成熟阶段，属于高技术附加值时期，人力结构属于知识密集型。我国还处在工业化起飞阶段，设计产业的社会经济环境远未成熟。

教育供需是教育环境最重要的组成部分，是发展教育的原动力。由于教育有社会制约性和相对独立性，因此教育需求可以分为社会需求和个体需求。社会需求指国家现代化建设对教育的期望，高等教育面对的社会需求主体主要有国家、社会团体、社会个体，包括政治需求、经济需求、科技需求、文化需求、学术需求、军事需求等。个体需求指受教育者本人基于自身潜力挖掘和发展产生的对教育的需要，主要是职业需求。社会需求与个体需求是一种特殊的供求关系。从某种意义上讲，我国的高等教育是一种职业教育。尽管我们有时不愿意承认，作为应用型学科的设计教育就是以培养设计师这个职业为目标的，是专才教育，不是培养通才的。设计教育产生于设计产业需求，服务于庞大的设计产业。包括建筑设计产业、广告产业、服装设计产业、印刷设计产业、环境设计产业、产品设计产业、信息设计产业、装饰艺术产业等众多创意产业门类，这些门类与其他社会行业有着千丝万缕的联系。作为社会第一生产力的科学技术必须通过设计来转化成人们所需的商品，才能推动人们物质生活水平的提高，推动社会进步。所以设计是科学技术商品化的载体，设计与技术不仅是开发和适用的关系，而且设计本身就是技术的一个部分[②]。从商品经济的角度看，设计迎合市场也开创市场。自然经济时期，设计是自发产生的个人行为，物品主要用于自由交换；工业化大生产初期是产品经济时期，卖方市场，产品供不应求，设计必须符合大多数人的共同需要；后工业时代是商品经济时期，买方市场，商品供大于求，设计趋向个性化，而新颖的设计本身又可以创造出新的市场需求，培养新的消费群体，制造和设计的关系发生逆转，后工业社会是为了设计而制造的时代。设计与经济的关系

---

① 赵健：《"跨世纪的中国高等设计教育研讨会"综述》，载《广州美术学院设计分院教师设计学文集》，412页，广州，岭南美术出版社，2000。
② 尹定邦：《设计学概论》，57页，长沙，湖南科学技术出版社，1999。

日益紧密。在英国，设计产业已经成为第二大产业，设计被认为是经济的命脉，没有设计的产品是卖不出去的，没有经济效益的设计和生产是卖不出去的。未来经济的竞争将成为设计的竞争。因此，从社会经济的角度来看，设计对国家经济发展有重要影响。

人的发展是个体社会化的过程，接受教育是这一过程中最重要的一环。在市场经济条件下，受教育者的需求可以通过生源市场（教育消费市场）来反馈。根据联合国教科文组织在2003年6月23日发表的一份关于世界高等教育情况的报告，中国高等教育在2001年已经成为世界上最大规模的教育体系。2004年高校在校生已经达到2000万人，居世界第一。据统计，我国20世纪80年代初毛入学率是2%～3%；1998年毛入学率9.8%；1999年毛入学率10.5%；2001年毛入学率13%；2002年毛入学率15%；2004年毛入学率达到19%；2005年，高考报名867万人，800万人参加考试，计划招本科生230万人。教育投资成为个人发展的必需支出。从在校生数量来看，我国高等教育已经进入大众化阶段。报考艺术设计类的考生逐年增多，成为全国第三大热门专业。据不完全统计，2004年全国1146所高等院校中，有600多所招收艺术设计类学生，全国有33所独立建制的美术类院校。这些不断增加的教育资源，扩大了艺术设计教育的入口，即便如此，仍然无法满足受教育者的需求。拿老牌的美术类院校来说，西安美术学院目前在校生总数已达万人。

大众化教育时代来临，意味着成千上万的就业大军。但是就我国高等教育的出口的人才供给与社会需求状况来看，整体形势不容乐观。20世纪90年代初期，就出现了专科生就业难，90年代末，本科生就业难已经成为定局。2001年10月24日国家人事部首次发布全国人才市场供需信息，人才市场供需比达到3.4∶1，上海5.75∶1，2002年深圳人才市场供需比达到6.67∶1，总体形势是供大于求，处在人才稀缺性向人才非稀缺性转变阶段。[①]2006年4月27日，国家发改委发布了一季度就业形势分析的报告。报告引用人事部的调查数据显示：2006年，全国普通高校毕业生达413万人，比上年增长22%；而全国对高校毕业生需求预计为166.5万人，比去年实际就业减少22%。这意味着，将有6成的应届毕业生面临岗位缺口。

在全国人才市场供求的总体形势供大于求的情况下，在某些大城市里，艺术设计专业的就业情况相对较好。2001年首次公布的全国重点城市人才市场供求信息表明，北京人才市场招聘职位需求量最大的前10个专业中，建筑专业排名第二，广告专业排名第九，供不应求。上海排名前10位的专业中，广告专业排名第八，建筑专业排名第十。深圳招聘职位排名前10位的专业中，广告专业排名第七，建筑专业排名第六，广

---

① 吕育康：《非主流教育新视野——人才供给非稀缺阶段的中国教育》，23页，郑州，郑州大学出版社，2004。

告专业人才供需两旺。广告专业在西部地区更受欢迎。求职的难易程度与学历层次的高低有着直接关系。2003年二季度全国人才市场供求信息表明，北京人才市场招聘职位需求量最大的前10个专业中，建筑专业排名第二，广告专业排名第一。广告求职数量排名第四，供需两旺。上海市人才市场招聘数量和求职数量排前10位的专业中，均无艺术设计类专业。深圳市人才市场招聘数量艺术设计专业排名第二。西部地区人才招聘市场依然是建筑专业排名第二。到2007年，扩招带来的就业难的趋势已经显现，部分大中城市的广告设计专业已经出现就业困难。设计类专业人才市场的区域过度集中在大城市。如果在全国范围平均来看，历年来，计算机、市场营销、机械、行政管理、建筑等专业是人才市场供需热点。这也是近年来美术学院争相开设建筑专业的原因。

2005年，我国第一部系统的人才状况分析报告、由人事部中国人事科学研究院主编的《2005年中国人才报告——构建和谐社会历史进程中的人才开发》（黄皮书）发行。该报告的负责人李建钟指出："人才队伍总量持续稳定增长；人才的素质逐步提高；人才向第三产业过度集中；人才地域分布仍呈东强西弱态势，我国人才资源配置正处于历史性转折过程中，这是现在我国内地人才发展最主要的特点。"

从教育实践来看，艺术设计类在校生急剧增多，个人需求旺盛而教育资源总量不足。就是说，艺术设计教育还有发展潜力。但是站在教育出口，情形不容乐观。我们观察到越来越多的毕业生或者自谋职业，或者不断跳槽，或者选择继续读研，或者出国发展，直接就业的本科生越来越少。有些省市出台规定，连续3年初次就业率不足50％的专业停招，让市场来调节专业设置。按照常数法则①，就业岗位永远少于求职人数。面对扩招带来的总量性的就业问题，我们必须尽可能地创造艺术设计专业的就业资源，保持相对稳定的供需关系，这是维持艺术设计教育可持续发展的关键所在。

8.2.3 文化环境

频繁的全球经济危机告诉我们，经济是瞬息万变的，文化才是社会持久进步的核心动力。没有文化指引，单纯的经济发展必然是畸形的、短暂的。长远来看，文化所起到的作用不仅是促进经济发展，文化所具有的精神价值是一个民族、一个国家的凝聚力所在，有了这个支撑，经济即使破产也还可以重建；没有这个支撑，国家再富有也会腐烂垮掉。因此，费孝通先生呼吁"文化自觉"。

什么是文化？其概念可大可小，有多达上千种解释。共同点是与自然相区别的人

---

① 常数法则，即某一时期需要接受专门教育（包括高等教育和中等专业教育）的适龄青年是一个客观存在的事实，其数量是不以外界条件而变化的常数，尤其是不以就业状况而变化的常数。即不论高等教育发展速度如何，就业岗位总是少于就业人数，所以就业压力始终存在。

类创造，包括知识和价值观，这里简单理解为人文环境。有观点认为，"人是文化的创造者、传播者和接受者，文化发展的终极目的不是文化本身的繁荣，而是人的自由与和谐。"①遗憾的是，我们只能在理论上认同这个观点。我们谈文化的角度不可能超脱出实用理性范围。正如某学者指出的，在中国，凡理想主义的精神追求的确也只有依仗物质主义的业绩才可免除"空谈"之讥；当代社会中，"文化"要么缺席，要么只是经济、政治的工具，只是摆设、装点、表演、娱乐、消费及学究式的抽象概念，没有精神生命②。事实上，任何一个国家、任何一个时代的文化都不可能超越经济和政治环境的局限。悲观地讲，真正具有超越精神的文化也许只存在于罕见的、非世俗的宗教。

在以经济为中心的时代，人们更重视的是作为产业的文化，是文化值多少资本，能创造多少利润。事实上，文化产业的核心内容是文化，没有文化内涵的文化产品难免会盲从于消费主义、功利主义、实用理性，结果必然是既浪费物力和人力资源又破坏自然和人文环境。只有把文化事业和文化产业结合好，才能够输出文化并带来利润。中国社会科学院文化研究中心副主任张晓明认为，经济全球化对中国文化的冲击总的来说有3个层面：文化产品的冲击、文化资本的冲击、文化价值观的冲击。欧美影视业及出版业输出的绝不仅仅是唱片和小说，更是对人们精神具有影响力的流行文化，企业（例如麦当劳）也认为自己出售的是企业文化。这种文化价值观的影响力是难以用数字来估量的。惭愧的是，我们是一个文明古国，但至今还不是一个文化大国。玛格丽特·撒切尔夫人在2002年出版了一本名叫《治国方略——应对变化中的世界》的书，认为不必担心中国威胁，因为"中国没有那种可用来推进自己的权力而削弱我们西方国家的具有国际传染性的学说。今天中国出口的是电视机而不是思想观念。"文化作为"软实力"严重影响到国家的政治实力。"文化"为国家政策提供价值观基础，文化"软实力"集中体现在国家的文化吸引力、文化影响力和文化创造力之中③。如今我们处在全球化时代的一个多元文化环境中，这意味着不再有全民共有的、独一无二的价值观和标准。因此，无论从政治角度、经济角度，还是环境角度来看，尽快建立国家文化发展战略的确是当务之急。所谓文化战略是指对文化发展的目标、途径和实施方式进行整体性的谋划④。英国、日本、韩国在20世纪80、90年代

① 李志宏：《对提升我国文化产业竞争力的战略思考》，载《中国经济时报》，2004年8月16日。
② 姚国华：《全球化的人文审思与文化战略》，深圳，海天出版社，2002。转引自搜狐读书频道。
③ 惠鸣：《制约我国文化"软实力"的几个因素》，载《中国社会科学院院报》，2008年5月8日，理论月刊专论版。
④ 祁述裕：《经济全球化与我国文化发展战略》，载人民网：http://www.people.com.cn/GB/32306/54155/57487/4510222.html，2006年6月20日。

都确立了文化立国的发展目标，制定了文化发展战略，从以经济为中心转向了以文化为中心。

文化关乎一个国家的形象，是一个国家精神面貌的表现。当今中国文化有3种形态：以政治话语为基调的主导文化、以人文话语为基调的精英文化、以世俗话语为基调的大众文化①。设计产业实际上是在为这3种类型的文化服务，并在此基础上形成设计文化。大众文化又称流行文化或民间文化，受众面最广，其形成与大众消费有关，极易被左右；精英文化属于薄弱的小众文化，基本来源于文人传统，同时也吸收外来文化精华；主导文化也称国家文化，虽然名为主旋律，但是却被大众日益边缘化。3种文化形态都不同程度地受到历史文化传统和外来文化的影响，不同文化形态对外来文化的态度和判断是不同的。处在转型期的不仅是中国，在这个风云变幻的时代，西方国家的文化形态也在发生变化，这个变化就是趋向文化多元和包容。如果说文化就是人性，那么人的本性是不分东方西方的，用我国传统思维来看，西方文化里也有宗教伦理，东方文化中也有科学精神。文化多元和包容是设计创新的前提，但是多元的危险是失去自我。只有当3种文化形态达成基本一致的价值观，并重新形成合力，才有可能形成有影响力的中国文化。费孝通先生认为，"我们真要懂得中国文化的特点，并能与西方文化作比较，必须回到历史研究里边去，下大工夫，把上一代学者已有的成就继承下来。切实做到把中国文化里边好的东西提炼出来，应用到现实中去。在和西方世界保持接触，进行交流的过程中，把我们文化中好的东西讲清楚，使其变成世界性的东西。首先是本土化，然后是全球化。"②苟能如此，则可避免等终极化。虽然3种文化形态在设计领域都有体现，但是我们的设计者目前主要关心的是如何随顺客户和市场，还没有深入到文化建设的层次，真正的设计文化无从谈起。设计产业和设计教育领域人文精神的缺失已经引起不少设计教育者的忧虑。设计教育如何"从传统和创造的结合中去看待未来"，如何从"自美其美"到"美人之美"是摆在我们面前的首要课题。

艺术设计作为人类的造物活动，是人类文化与文明的标尺③，是传承社会文化，传递生产经验和技能的基本途径之一，不仅直接关系到人们的物质生活，作为文化的设计更多影响到人们的生活观念和精神文化。优秀的设计作品记录了人类不同时期的科技和文化艺术成就，世界各国风格迥异的设计，也展示着文化和艺术的多样性，因此欧美日的美术馆已经将现代设计作为重要的馆藏作品。但是其中鲜有中国的设计产品，与中国古代文明展厅形成强烈对照。急功近利的市场环境下，我们缺少具有高度

① 徐建：《当代中国文化生态研究》，华东师范大学2008年博士学位论文。
② 费孝通：《论人类学与文化自觉》，192页，北京，华夏出版社，2004。
③ 张道一：《走进"人化的自然"》，见奚传绩编：《设计艺术经典论著选读》，4页，南京，东南大学出版社，2005。

文化价值的设计作品，缺少具有高度文化责任感的设计师。这就是目前经济话语下的文化环境现状。在多数文化产业负责人看来，文化创意产业的核心问题是经济不是文化，因此，不难理解为什么我们花费高额成本建立了那么多的文化创意产业园、动漫创意产业园，却没有创作出多少有文化影响力的产品。 我们的国产电影充斥好莱坞的语言，国产动画片满目是日本动画的翻版。抄袭成风的原因是没有充分的民族自信，民族自信归根底不是来源于经济实力，而是文化实力。所谓"创意"离开文化就是无源之水。可以说，"文化"是以创意为核心的艺术设计专业的根本立足点，文化层次是高水平设计师与一般工匠的重要区别。设计教育的发展规划应该纳入到国家文化发展战略中来考虑。作为文化创意产业的人才储备库，设计教育对社会文化发展肩负着重要使命。

8.2.4　消费社会中设计者的复杂角色

设计行业的社会从属性很强，这意味着设计者必须随着社会需求的变化而不断地进行角色转型。传统手工艺社会是自给自足的自然经济状态，生产方式是手工生产，手工艺人（设计者）可以自己完成从设计到制造的全过程，生产的主要目的主要是个人使用，把多余的用来交换，或者服务于某一特权阶级——小众。传统的工业社会是供不应求的生产社会，生产方式是大批量的机械化生产，工业产品替代了手工艺品，生产的主要目的是大众生活的使用。"设计工作已经不是一种孤立的瞬时的直觉经验和数字运算，而是再一次在控制论的水平上把多重功能和多重限制联系起来。"[1]但是，与传统手工艺社会一样，产品的价值核心依然体现在物质层面。当前的社会是生产社会向消费社会的转向，具有非物质倾向，商品价值核心转移到符号价值。设计日趋以消费为导向，经济利益决定着哪些产品将被开发与生产。很显然，设计的所有门类实质上都是复杂的社会活动的一部分，社会环境的复杂性决定了设计者的复杂角色。

1.角色之一：商家的同谋

从设计管理角度来看，现代设计已经渗透到产品开发—生产—中介—市场的每个环节。在控制论水平上，设计者越来越需要全知全能。企业中的设计者既需要进行具体的设计工作，也需要与其他部门广泛合作。设计者从一开始就参与到商品的策划与研发中，而不仅是终端的物质产品，从这点变化来看，设计者可以看做商家的合伙人。

设计（名词）本身也成为消费对象。[2]设计成了商品的附加值。厂家利用设计者把商品设计成诱饵，用来捕捉潜在的消费者。典型的例子是服装设计和日用品设计。设计

---

① 转引自李砚祖编：《外国设计艺术经典选读（下）》，3页，北京，清华大学出版社，2006。
② ［英］罗杰•迪金森等：《受众研究读本》，5页，单波译，北京，华夏出版社，2006。

创造了消费的需求，人们愿意为好的设计付账。设计者成为生产工具以及商家的同谋。

设计者不仅设计了消费品，也与商家一起设计了消费者。消费社会就是把个体当作消费者的社会，其特征是经常买并不需要，或者不等价的东西。广告告诉消费者应该消费什么，如何消费，并使每个人都担心落伍。人被商品包围着，消费越来越与需求无关。

美国社会学家凡勃伦指出，消费有两种类型，基本消费和炫耀性消费，超出生存基本需要的消费均属于有闲阶级，而超越了实用目的之外的消费则属于炫耀性消费。[①]消费社会以炫耀性消费为特征。迈克·费瑟斯通在《消费文化与后现代主义》中，按照消费内容把消费者分为三个层次：下层阶级消费第一产业的主类消费品（食物），中层阶级消费第二产业的技术类商品，上层阶级消费第三产业的信息类商品。人们通过消费某类物品来转换身份。消费社会中，个人和社会行为越来越多地由人们选择买什么和为什么要买来决定。有闲阶级消费给别人看来显示身份地位[②]。消费成为某种象征性的仪式活动。在此意义上，意大利设计师斯丹法诺·马扎诺提出非常有社会意义的观点：设计是政治法案。事实上，设计通过强化社会分层来对目标用户进行定位分析，并通过设计反映出这种立场，因此，设计与商家一起影响了消费者的价值取向。

2.角色之二：景观社会的勾画者

从曲别针到城市，从物质到精神，从虚拟到现实，都借由设计者赋予的视觉形式而呈现出来。如海德格尔所说，世界被构想和把握为图像了。这是一个视觉主导的消费社会，特征是扑面而来的商品和广告。广告创造了偶像崇拜，使商品的形象价值超过使用价值，无形资产超过有形资产。阿多诺认为，创造偶像崇拜是文化工业的重要策略。洛文塔尔认为广告明星就是一种"消费偶像"，他们频繁地更新自己的形象就像商品频繁地更换包装。借助视觉媒体，消费偶像的生活方式和价值标准成为新消费者的模仿对象。商品的生产和消费在很大程度上成了偶像的生产和消费。居伊·德波认为商品不再是一种物而是一种形象或者景观，消费资本主义乃是一个由视觉形象构成的景观社会，景观就是商品成功殖民化社会生活的时刻[③]。商品要有品牌形象，企业要有企业形象，政府要有政府形象，国家要有国家形象，这些抽象的、概念的形象通过视觉语言传达出来，使视觉形象设计的实质成为一个符号化的过程。按照鲍德里亚更本质的说法，消费就是符号交换，就是消费符号。最典型的例子是广告，广告使用大量符号化的语言，使看广告成为解码游戏。

---

① 周宪：《视觉文化的消费社会学解析》，载《社会学研究》，2004年第5期，58~66页。
② [英]迈克·费瑟斯通：《消费文化与后现代主义》，22~30页，刘精明译，南京，译林出版社，2000。
③ [法]居伊·德波：《景观社会》，15页，王昭风译，南京，南京大学出版社，2006。

同时，这个由大量视觉符号构成的景观社会正在不断地复杂化。一个视觉符号在多种媒介中被不断引用、复制，并与其他视觉符号相互交流、转化，构成一个个复杂的符号系统。比如米老鼠的形象，通过多重媒介的传播，从影视动画发展到玩具、文具、服装、餐饮、演出、游乐场，用一个符号串联成长长的产业化链条。

此外，后现代设计的多元性以及影像产业对画面视觉效果的无限追求，大大提高了消费者对视觉形象的期望值。这种期望又反过来刺激设计者生产更加过量的图像，最终形成一个虚幻的仿真世界，并产生了人为的视觉暴力与审美暴力。典型的例子是那些糟糕的建筑设计和糟糕的户外广告设计——它们不顾消费者的意愿长期污染视觉环境，以及宣扬暴力的影视产品和电子游戏产品。

3. 角色之三：商业与文化的中介

设计作为中介，促进了商业与文化的双向整合。

一方面，设计迫使人们把商品放在文化的语境下理解，消费商品即消费文化。比如茶叶的包装和广告必定与东方的茶文化相关联，咖啡包装和广告一定与西方文化相关联，酒吧经过室内外的整体设计变成酒吧文化，房地产广告也必定高举着文化的旗帜，广告业甚至把洗手间也变成文化传播地。设计使商品非物质化，从而把消费变成了生活方式。经过如此这般的符号转换，社会成员的消费行为就转换成文化现象。商业渗透到文化领域，具有了文化身份。

另一方面，文化通过设计被物质化为产品，从而走向商业市场，成为消费品。过去，文化和艺术的作用是教化民众，提升国民修养，促进社会和谐；现在，博物馆变成了艺术品市场，文化遗产保护变成了旅游业，文学变成了娱乐。因此，文化被菲斯克定义为特定社会中社会意义的生产和流通。文化产业被界定为提供文化产品和文化服务的行业。文化中渗透经济的、商品的要素，使文化成为国民经济的一个重要组成部分，而设计者正是文化产业和创意产业的排头兵。丹尼尔·贝尔认为，与西方消费社会相适应，西欧和北美的文化已转向享乐主义，充斥着时装设计师、商业艺术家、摄影师、工程师、技术人员。消费社会导致的大众对于娱乐性、消费性、益智性、消遣性文化产品的需求，导致这类文化产品成倍增长[①]。

商业和文化的结合构成消费文化。当代设计反映出消费文化的特征。迈克·费瑟斯通指出，后现代主义的消费文化特点是直接性、强烈感受性、超负荷感觉、无方向性、记号与影像的混乱、符号混合或飘浮着的能指[②]。这些也正是后现代的设计语言的

---

① 陈立旭：《论现代文化产业的兴起》，转引自文化研究网：http://www.culstudies.com/。
② [英]迈克·费瑟斯通：《消费文化与后现代主义》，34页，刘精明译，南京，译林出版社，2000。

视觉特点。

4. 角色之四：艺术的普及者与毁灭者

真正使艺术走出博物馆、走向生活的不是波普艺术，而是实用的艺术设计。从古至今，设计者一直在衣食住行中默默地从事着普及艺术的工作。设计把创造性从艺术中解放出来，转移到日常物品中，从而使日常生活审美化[①]。迈克·费瑟斯通认为日常生活的审美化正在消灭艺术和生活的距离，符号与图像在把生活转换成艺术的同时也把艺术转换成生活。"美"不再是蛋糕上的酥皮。让生活充满美的视觉形象是一个乌托邦式的理想。当艺术自身不追求美时，设计担负起这个责任。大众的审美需求可以在设计中得到满足。通过设计，一切商业消费都可以变为美学，商品消费美学，身体消费美学，文化消费美学……我们无疑在经历着一种美学的膨胀，越来越多的现实因素正笼罩在审美之中，这体现了巨大的社会—文化变迁。设计者把艺术加工过的视觉形象用各种视觉媒介展示出来，引导大众的审美品位，使更多的人体验参与到艺术中，促使当代社会的形式越来越像一件艺术品。

但反过来站在艺术的角度，审美的日常化却会造成艺术的毁灭。如果生活就是艺术，艺术是什么？当经过机械复制的艺术成为设计中反复使用的符号时，艺术失去了唯一性，变成标准化和统一性，只能走向流行。所谓流行艺术的意思是，来自上层阶级的审美趣味向下引发大众的审美时尚。这种时尚满足了消费者对于新奇的周期性需要，但是却把艺术引向尽头。

设计对于社会有着巨大的影响力，而设计者的位置处在明暗之间。马克·赞诺索说："设计担负着把文化渗透到社会生活中的艰巨任务。"问题是，我们要把何种文化渗透到社会中？是马克思和阿多诺所说的商品拜物教吗？是西方社会正在反思的消费文化吗？设计促进了经济增长，同时使得奢侈型的消费方式逐渐向全球扩展，引发了过度消费的浪潮。当我国农村社会还属于"生存型"的消费时，大都市的人们已经在消费着现代西方的影像符号以及意识形态了。这又必然导致社会不公。设计者必须认识到设计是社会链条上的一环。设计者如果对自己的价值不自知，也就缺乏自制。因此，在当前动态的、复杂的社会环境中，我们有必要对设计的价值观进行深入思考。

---

① ［英］迈克·费瑟斯通：《消费文化与后现代主义》，94~100页，刘精明译，南京，译林出版社，2000。

8.3 设计教育的国际环境

8.3.1 本土化与国际化的博弈

什么是本土化？什么是国际化？本土化与国际化的关系是什么？能否以本土化来达成国际化？一般认为，本土化就是指每个民族和国家的特色，或者地方特色，国际化则是发达地区的知识文化向发展中地区的转移过程，二者是辩证关系。例如，一方面国外企业想方设法地借由本土化来实现国际化；另一方面，本地企业想方设法地追求国际化，缩小差距，赶上世界水平。这似乎是又一个围城关系。

高等教育的国际化是以经济全球化为背景的，其实质是发达国家的经济文化的扩张和输出。有学者指出，高等教育国际化在促进全面国际交流与合作、传播新技术、加快经济增长、提高人民综合素质的同时也会对一个国家的主权和当地传统文化形成一种侵蚀，威胁其经济和社会的稳定。借助高等教育国际化，发达国家既可以增强对发展中国家的文化和价值观渗透，又可以赚取巨额的直接的经济收益，因此，发达国家是国际化的主导者和最大的受益者。由此看来，国际化对于发达国家来说有利无弊，对处于弱势的发展中国家来说，却无疑是一次外来势力的冲击。善于把冲击化为机遇并努力谋求本土发展则有利；反之则有被同化甚至殖民化的可能。试想，如果全世界都以国际化为目标，势必应了等终极化理论。当英语成为国际学术语言，当美国思维模式成为世界标准时，当美国作为红海战争中的规则制定者的时候，"国际化"的终极结果显然就是"美国化"，其中"社会的麦当劳化"就是一个证明。因此，"本土化"作为对"国际化"的反思与修正，越来越多地受到关注，尤其是受到发展中国家的关注。

根据香港中文大学陈韬文教授的理论，本土化有三条路。第一条路是复制和移植。在拿来主义思想的指导下，把国外先进的理论和技术复制过来是很容易的，把国外的设计造型复制过来是很容易的，把国外的设计教育照搬过来也是很容易的，但是用别人的方式去思考自己的问题往往会造成水土不服，造成"淮南为橘，淮北为枳"的现象。同时我们应该看到，国外的设计教育在百年多的发展中也并非一帆风顺，并且仍然在变化之中，并非完美，也存在很多矛盾和问题，也在通过国际交流来改善自身的教育状况。因此，全盘照搬西方设计学院的办学模式，硬套其教学内容和课程体系并不是最佳选择。

第二条路是引进并改良。把国外的理论和技术等拿来后，结合本地国情，经过过滤、检验、打磨、修整，从而发展出有中国特色的理论方法和技术手段，这种渐进式改良的做法具有很强的可行性，很容易得到人们的赞同。国内很多设计学院是这样做的。但是需要把握的是，既要避免搞成非驴非马的特产，也要避免搞成一件空壳。

第三条路是基于本土的原创。民族文化的拥护者认为"民族的就是国际的"，表现为固守传统文化，拒斥外来的反传统文化，排斥文化、精神、价值和理念等方面的国际化，极力反对与国际上一致的制度化教育，但是对技术层面的国际化则采取积极的态度①。在一些学者看来，这是真正的"本土化"，虽然容易被贴上民族主义的标签，但是相对来说，可以保证原汁原味的本土文化。就设计教育的课程内容来讲，工艺美术时期老一辈教育家所研究和发展出来的中国图案，仍然是设计教育本土化研究的经典，是真正原创。但是这些内容却因为没有结合现代设计而逐渐被遗忘。如今的快餐文化时代，具有鲜明民族性的人文教育被越来越淡忘。只有建设好本土设计，才能促进本土化与国际化的双向交流。

8.3.2　国际化的压力与挑战

知识经济时代，高校作为知识和人才的储备库，直接决定着国家的竞争力，而未来的竞争是在国际化环境中的竞争。在国际化潮流中，我国的设计教育格局已经发生很多变化。首先是跨国合作办学和留学生数量都在逐渐增多。虽然目前多数合作者不是国外顶尖设计院校，但是，总体来讲，合作办学对国内学生来说是好事，能够获得更多的接触国外设计教育的机会，至少可以开阔眼界。不过，对于国内设计学院来说，如果仅仅是出于经济目的的考虑，显然缺少国外合作者那样的深谋远虑。国际化竞争的核心是人才竞争或者说师资和生源的竞争。国外很多大学人才培养的目标不再是面向国内，而是面向国际，因此有条件的学校都明确规定每个学生都要有一个学期的海外学习时间，以此来培养具有全球意识、国际意识的人才。未来人才的全球化流动是必然的，而发达国家的经济和教育优势，又必然导致发展中国家的优秀人才向发达国家的流失。高等教育的输出国历来是文化强国的外显，比如洪堡时期的德国、如今的美国。

资料②：

美国前总统克林顿在2000年4月的一次关于国际教育政策的讲话中，明确指出教育国际化对于美国的重要意义：为了成功地在全球经济中进行竞争并维护我们作为世界领袖的作用，美国需要确保其公民能够广泛地认识世界，熟练地掌握其他的语言并了解其他文化。美国的领袖地位

---

① 王英杰、高益民：《高等教育的国际化》，载《清华大学教育研究》，2000年第2期，13页。
② 赵中建：《从一所学校看美国高等教育的国际化》，载《全球教育展望》，2001年第1期，55页。

还依赖于同那些在未来将领导其国家的政治、文化和经济发展的人士建立联系。一贯而协调的国际教育战略将帮助我们满足如下的双重挑战，既使我们的公民为一种全球的环境做好准备，又继续吸引和教育来自国外的未来的领袖。克林顿总统呼吁教育机构、州和地方政府、非政府组织和经济界都必须贡献各自的力量，而联邦政府必须继续致力于：鼓励其他国家的学生到美国来学习；促进美国的学生到国外去学习；支持社会各个阶层的教师、学者和公民进行交流；加强那些在美国学校中建立国际合作和知识的项目和计划；扩大美国人高质量地学习外国语以及深入了解其他的文化；培训教师并支持他们努力向其学生讲授其他国家和其他文化的内容；发展支持在全世界传播知识的新技术；积极参与国际合作项目与培训活动。

可以预见，随着我国经济水平的提高，我国优秀生源外流的现象也必然会日益增多。目前我国在国际化人才交流中是逆差，几乎成为国外的硕士生源基地。与此相反，目前我们的设计教育质量并不能吸引到国外的优秀生源，外国留学生多数是出于降低教育成本的考虑来到中国学习设计，我们招收留学生的动机也多数是出于经济效益，这些留学生在班级所起到的作用有时甚至是负面的。因此，留学生数量的增加不能作为我国设计教育国际化的标准。

其次，近些年，国内设计学院频繁主办设计和设计教育的国际交流与研讨会，使国内设计教育院校进一步认识到与国际一流院校的差距，这对改进我们的设计教育有利。但是我们目前国际交流的层次主要是请国际知名人士来交流办学经验、交换情报资料、交换学者和互派留学生等方面，至于参与有实质意义的国际学术活动和合作研究与开发项目还是比较少见。有些所谓国际交流只是拉几个外国专家充门面，有些国外企业赞助的国际交流甚至属于外商培养潜在客户的活动，热闹但是并非繁荣。我们急需丰富国际化学术交流的内涵。

再次，国内知名度高的设计学院在国际交流中占有资源优势，并借此逐渐拉开与其他学院的差距，使我国原本就不均衡的设计教育水平差距加大。人们更加有理由要求占有资源优势的设计院校担负起完善本土设计教育体系、培养高端设计人才的重任。

8.3.3 有效利用国际资源，推进我国设计教育的本土化发展

设计有没有国界？设计师有没有国界？设计教育有没有国界？高等教育应该培养世界公民吗？在国际化与本土化之间有没有中间道路？我们通过前面的分析已经看出，国际化实际上是"洋化"或者"西化"的另一个面孔，那么在目前状况下，如何有效利用国际资源，并防止全盘西化？我们如何保持设计教育的独立性与本土性？

这些是我们必须审慎思考和对待的问题。我国的设计教育界应该以推动我国经济和文化发展的社会责任感作为发展设计教育的核心动力。既要积极借鉴国外有益的教育经验、充分利用国际化资源，也要看到我们自身的优势，并发展这个优势使其成为本土化的亮点。

知识没有国界，因此高校成为了国际化的滥觞地。高校师生更多地具备国际化语言交流的能力，有更多机会吸收国际资讯，这使其比普通百姓更容易融入国际化环境。国外有条件的大学，纷纷加大国际化的力度，通过建立跨国间院校联系，为师生创造国际交流的机会，比如吸引留学生、拓展学生交流项目、参加国际会议和竞赛；也有的通过合作办学来分享学术资源，比如学分互认、双学位计划、设立海外教学机构等。国内很多非著名的设计类院校通过与国外联合办学提高了在国内的知名度。发展中国家的教育改革多数是以发达国家为样板，忽视了发达国家本身也存在难以解决的问题这个事实。尽管如此，知识一体化的优势还是为双方的设计教育发展注入了活力。

国际合作是国际化的核心内容，它被联合国教科文组织确定为下世纪高等教育发展的核心任务之一。凭借着世界范围内的中国热这一契机，国内院校可以聘请到国外有经验的教师来短期授课，带来国际化的课程，但这只是人力资源利用的一个方面。对提高设计教育质量而言，师资培养层面和院校高层管理层面的交流同样重要。我们迫切需要利用国外先进的教育机构培训我们的师资力量，提高我们的师资水平；我们迫切需要学习先进的院校管理经验，以灵活高效的制度来运作我们的学院，使学院充满活力；我们迫切需要了解国外设计教育的状况和发展方向，使我们的学院走在时代前沿。我们应该以开放的心态，积极学习国外先进的设计教育经验，借助外部力量改进国内设计产业和设计教育状况。但是，在我国的教育制度下，我们不可能也不应该完全照搬国外经验来取代国内的体系，以国内的教育规模来讲，仅招生制度改革，国外的办法就很难实行。我们的重点是思考如何借助国际合作来提高我们的教育质量。虽然目前来看国内设计教育还处在供不应求的阶段，但是可以预见，在市场驱使下，扩招、新学院的增多、国外设计教育的进入，未来的设计教育也将如其他行业那样进入白热化竞争。作为开放的系统，设计教育的生态环境如何在近似平衡与不平衡中持续发展？

第9章 建立可持续发展的设计教育体系

9.1 树立艺术设计教育的科学发展观

9.1.1 以科学发展观为导向，突出设计教育的社会价值

是要维持现状还是要发展？我们总会不断面对这个最基本的选择题。保守观念认为应该维持传统和现状，但是在日新月异的社会发展面前，不进则退，维持现状就意味着落后。因此，从邓小平开始，历届国家领导人都把发展问题摆在首位。那么如何发展？党的十六届三中全会在马克思主义唯物史观基础上明确提出了"坚持以人为本，树立全面、协调、可持续的发展观，促进经济社会和人的全面发展"的科学发展理念，成为从宏观角度指引我国社会发展方向的重大战略思想。胡锦涛主席认为，坚持以人为本，就是要以实现人的全面发展为目标，从人民群众的根本利益出发谋发展、促发展，不断满足人民群众日益增长的物质文化需要，切实保障人民群众的经济、政治和文化权益，让发展的成果惠及全体人民。全面发展，就是要以经济建设为中心，全面推进经济、政治、文化建设，实现经济发展和社会全面进步。协调发展，就是要统筹城乡发展、统筹区域发展、统筹经济社会发展、统筹人与自然和谐发展、统筹国内发展和对外开放，推进生产力和生产关系、经济基础和上层建筑相协调，推进经济、政治、文化建设的各个环节、各个方面相协调[1]。党的十七大又按照科学发展观提出了5个新要求：①经济建设强调协调，突出好；②政治建设强调扩大民主，突出公平正义；③文化建设强调提高软实力，突出公民素质；④社会建设强调改善民生，突出改革成果人人共享；⑤生态建设强调科学发展，突出节约资源保护环境。

胡锦涛主席说："经验表明，一个国家坚持什么样的发展观，对这个国家的发展会产生重大影响，不同的发展观往往会导致不同的发展结果。"这句话同样适用于一

---

[1] 《胡锦涛在中央人口资源环境工作座谈会上的讲话》，2004年4月4日。

个教育系统或者一个人。"探索高等教育自身可持续发展的规律，主要是指运用可持续发展的观点与原则，探讨高等教育运行中的问题——哪些是符合可持续发展的观念和理论的，哪些是不利于持续发展的。当前高等教育的许多问题，大多可以借助可持续发展的理论与原则求解。"①只有在科学发展观的指导下，才能看清长远利益与眼前利益的矛盾、竞争与机会的矛盾、传统观念与现代理念的矛盾、整体利益与个体利益的矛盾。只有坚持科学的发展观，艺术设计教育才能建立良性循环，才能得到持续发展。结合设计教育的实际情况，我们认为设计教育的科学发展观，就是以人才培养为核心，以不断提高教育质量为动力，建立和完善可持续发展的设计教育体系，实现设计教育的社会价值。为了尽快实现由制造大国向设计强国的转变，我们需要站在"视教育问题为国家危机"的高度，才能认识到设计教育服务于国家利益、服务于创新型国家建设的重要性。

我们提出的是以人才培养为本而不是以市场为本的可持续发展观。这是两种不同的办学理念或者发展战略。以人才培养为本的发展观，就是把教学质量放在首位，靠人才质量来提高学院的知名度，进而促进整个设计教育的良性发展，这是我们传统教育理念的核心，是以学生为主体的教育哲学。以市场为本的发展观，就是把设计项目作为学院发展的重点，通过参与几个有影响的国家级项目来提高学校的社会知名度，打造学院的品牌形象，从而吸引更多生源，这是以学院为主体的生存哲学。目前有不少设计学院采取这种项目驱动的发展战略。我们处在社会大发展时期，不缺少设计项目，因此，很多学院以项目方式捆绑课程，把学生变成实习生，把学院等同于公司，把校际关系看成企业竞争。如果这种风气发展下去，就我国设计教育的全局来看，将是方向性错误。项目是短期的，国家真正需要的是人才。我们不否认设计教育的实用性，不否认设计人才需要在实践项目中锻炼，但是我们认为市场环境是培养人才的一环，而不是目标。我们必须认识到"学校承担了为社会和国家培育人才的重任，同时也对社会价值观和社会舆论产生重要导向"。②长期来看，以市场为唯一目标导向的发展观念绝对不利于培养全面发展的人才，不符合科学发展观，不利于设计教育的良性循环。

9.1.2 以人才培养为核心，坚持科学的人才观

科学发展观的根本点是以人为本，对于教育部门来说，就是以育人为本。高等教育的总目标是培养全面发展的人。人才培养是教育为社会服务、为国家服务的第一职责。自古以来，教师的目标就是教书育人，化成天下。尽管现在的教育趋向产业化，

①　潘懋元：《可持续发展的高等教育发展观》，载《高等教育研究》，1997年第3期，2页。
②　清华大学美术学院环境艺术设计系艺术设计可持续发展课题组：《设计艺术的环境生态学——21世纪中国艺术设计可持续发展战略报告》，7页，北京，中国建筑工业出版社，2007。

但是教育本质上是国家的，乃至人类的一项长远的事业，这一点不会改变。学校不是企业，学生不是生产工具，也不是产品，更不是商品，他们是将来国家建设和社会发展的主人，是活生生的人。因此，学校必须以学生的全面发展为根本，把教育者和教育对象看成合作关系，充分调动和发挥学生学习的主动性和创造性。

马克思在《1884年经济学——哲学手稿》中论证了人的全面发展，并指出教育是造就全面发展的人的唯一方法。马克思认为人的任何一种劳动都是体力和智力的总和，并且未来的社会应该没有职业界限，每个人都能够做任何职业，如此才能实现人的个性的真正全面和自由的发展。邓小平同志指出：我们各个不同部门的一个共同的任务，是培养有理想、有纪律、有道德、有文化的一代新人。爱因斯坦曾经说："青年人在离开学校时，是作为一个和谐的人，而不是作为一个专家。如果一个人掌握了他的学科理论，并且学会了独立地思考和工作，他必定会找到他自己的道路，而且比起那种主要以获得技能培训为主的人来，他一定会更好地适应进步和变化。"《学会生存》是曾在联合国教科文组织供职的法国教育思想家埃德加·富尔于1972年向教科文组织总干事长递交的一份研究报告。富尔对世界因技术发展而非人化表示担心，报告提出："发展的目的在于使人日臻完善；使他的人格丰富多彩，表达方式复杂多样；使他作为一个人，作为一个家庭和社会的成员，作为一个公民和生产者、技术发明者和有创造性的理想家，来承担各种不同的责任。"哈佛大学荣誉校长陆登庭在北大讲演时说："大学帮助学生寻求实用和令人满意的职业是必要的。然而，更重要的是，大学教育的杰出性是无法用美元和人民币来衡量的。最好的教育不仅使我们在自己的专业中提高生产力，而且使我们善于观察、勤于思考、勇于探索，塑造健全完善的人……"

由此可见，高等教育的目标是培养全面发展的人，只有大学才能培养出全面的人才。全面发展的人，不是指全才或者通才，而是指人的综合素质。我们相信，一个全面发展的、和谐的人，也一定是具有创造性的人才，一定是有能力掌握自身发展的人才。

1977年恢复高考以来，我国的人才观大致经历了两个大的发展阶段：第一个阶段是以学历和职称为标准，遵循"尊重知识、尊重人才"的原则，在人才预测中建立了以"学历和职称"为主要内涵的人才观，从而培养造就了各个领域的大批优秀人才，为推动社会主义现代化建设事业发挥了重要的作用。第二个阶段在2002年以后，根据党的十六大确定的"尊重劳动、尊重知识、尊重人才、尊重创造"的重大方针，建立了判别人才标准不能仅看学历或职称的高低，而主要应看实际能力和贡献大小的"大人才观"，鼓励人人都作贡献，人人竞相成才。胡锦涛总书记在全国人才工作会议上强调，做好人才工作，落实好人才强国战略，必须解放思想，与时俱进，树立适应新形势新任务要求的科学的人才观。科学的人才观包括：人才资源是第一资源的观念；

人人可以成才的观念；高层次人才队伍的思想；小康大业人才为本的观念；人才创造优越环境的意识；人才工作协调发展、服从服务于经济社会发展的观念。科学人才观，是对什么是人才、人才在经济社会发展中所处的地位，如何育才聚才用才所必须坚持的，适应新形势新任务要求，符合人才发展规律、充分发挥人才作用的科学观念和正确态度。科学人才观强调人才资源是第一资源，认为人才具有多样性、层次性和相对性，人才开发必须实现人才培养总量目标、结构目标和机制目标的有机统一，促进人才总量同国家发展目标相适应，人才结构同各项事业全面发展需求相适应，人才培养机制同各类人才成长的特点相适应，人才素质同经济社会协调发展相适应，同时要兼顾和保证不同地区、不同行业对人才的特殊需要。1998年颁布的《中华人民共和国高等教育法》第五条规定："高等教育的任务是培养具有创新精神和实践能力的高级专门人才，发展科学技术文化，促进社会主义现代化建设。"

在企业看来，人才就是能为企业创造最大利润的人，企业的人才问题，本质上就是一个利润问题，人才是那些能够把事情做好、能够在自己的岗位上作出成绩、能够直接或间接给企业创造利润的人，而不是笼统地说具有知识（包括学历）、经验、技能、能力、创造性就是人才。尽管如此，企业界普遍认为人才应该具备一些共同的特征或者综合素质，而非单一的专业素质。例如，前微软全球副总裁李开复认为一个现代企业，需要更多的是复合型人才。复合型不仅仅是技术和知识的复合，更是素质和能力的复合。在他看来，人才素质包括融会贯通、创新与实践相结合、跨领域的综合性人才、三商兼高（IQ + EQ + SQ）、沟通与合作、从事热爱的工作、积极乐观、诚信正直、合作、主动、挑战自我、善于沟通。对领导者来说，情商的影响力是智商的9倍。关于情商，李开复更多地谈到要善于与人交流，富有自觉心和同理心。情商其实更多是别人如何看你、社会或市场对你认不认同。关于人才素质的养成，他指出了普通教育的两端的重要性，即基础教育是前提，大学教育是关键。

设计教育的人才观主要有以下两种：一种是专业教育理念下的人才观；另一种是通识教育理念下的人才观。两者可以看做一枚硬币的两面，前者是狭义的层面，后者是广义的层面。

专业理念的人才观认为设计教育应该以市场需求为导向，培养为产业服务的专业设计人才。山东工艺美术学院院长潘鲁生先生认为，"培养社会急需的一线艺术人才，应是高校教育的当务之急"[①]。有的学者认为，所谓艺术设计教育，从狭义上说就是通过有关艺术设计基本理论、基本知识的传授，通过艺术设计能力、设计意识的培养，通过艺术设计方法、设计技能的训练，培养具备创新素质与持续发展能力，能够胜任艺术设计、创作、教学、研究、生产与管理的专门人才的培养形式。从宏观上看

---

① 潘鲁生：《我国高等艺术教育的发展现状与策略》，载《装饰》，2003年第3期，44页。

艺术设计教育并不局限于一种以行业划分为基础、以技艺传统和设计经验的传承与发展为主线、以职业技能培养为目标的教育，而是一种建立于感性与理性协调发展的人格教育的基础之上，以现代工业生产和工艺美术生产中设计活动的艺术内涵、科学内涵、文化内涵的实现为主线，以人的创造素质与能力的培养为核心的教育。艺术设计教育的宗旨在于为社会培养素质优秀的专业设计人才。[①]也有观点认为，现代设计教育以挖掘人的潜能、培养人的创造性思维能力为目的。在全面提高素质的基础上加强适应现代化工业生产和现代化生活需要的设计技能的训练，为中国的现代文明社会输送具有健全的人格、综合的素质和创造力的设计人才，这将是21世纪中国现代艺术设计教育所要追求的目标[②]。

通识理念的人才观认为，人才没有专业限制，艺术和设计与其他学科一样，培养的是广泛的基础人才。吴冠中先生提出"孵鸡也可以孵出鸭子来"，艺术设计的培养目标不必局限于艺术设计人才，很多画家同时也是作家。因此，艺术设计教育也是一种基础教育，或者通识教育。工艺美术教育家张道一先生也认为，"教育是一种培养人才的宏伟事业，它在社会的各部门中带有基础的性质。一般地说，教育本身不直接在社会上产生效益，而是把培养的人才输送到社会的各个方面，其效益（社会的、经济的）才会显现出来"。多数设计教育者认为，专业教育不可能培养出专家，学校也不可能培养出大师，只能培养出具有专家素质的人才。

韩国东亚大学教授金泽勋《21世纪设计教育展望》一文中提出，未来设计教育目标，应创造多样性、综合性、社会环境价值相互和谐的人类生活价值，把设计教育方向转变为以实验、研究、开发为中心，促进教育水平高级化。

不论哪种人才观，我们首先应该达成"以学生为本"的教育哲学理念，这是我们建立正确的教育价值观的基础，是设计教育实现可持续发展的基础。设计教育应该紧紧围绕高质量的人才培养这个核心问题。教学是学校的主体和生命线，人才培养靠的是教育质量。科学人才观认为，人才具有多样性、层次性和相对性的特点。无论何种类型、层次的教育，都应该明确各自的教育质量标准，都应该围绕提高教育质量这个核心来进行教学和管理，这是我们一直坚持并且应该继续坚持的核心立场。

不论哪种人才观，设计类人才应该具有5种基本的能力：热爱生活，能够主动探寻并善于提出设计问题的能力；具有良好的学习态度和创新精神，合理地提出新思想、新概念、新方法的能力；熟练地运用视觉语言和设计软件表达自己设计思想的能力；善于综合，运用设计思维分析和解决设计问题的能力；善于沟通，具有与不同领域的人合作的能力。

---

① 袁熙旸：《中国艺术设计教育发展历程研究》，1页，北京，北京理工大学出版社，2003。
② 高丰：《20世纪下半叶中国现代艺术设计的发展进程》，载《美术观察》，2001年第6期，54页。

9.2 制定中长期战略规划的意义和原则

9.2.1 艺术设计教育是一种创新教育

自古以来，作为人类造物的科学，艺术设计与人类文化发展有着密切的关系，并在现代社会生产环节的各个领域，推动着社会经济的发展。具体来说，设计教育在以下3个方面对现代社会发挥重要作用：①大大提高了人们的生活质量。艺术设计深入到人们生活的各个领域，使生活环境更优美，使生活用品更实用、更美观，日常生活的审美化提高了大众的审美素养。②对经济发展的促进作用。对建筑业、工业、服装产业、出版印刷业、广告业、动漫产业、信息产业以及众多服务行业等都有较大贡献。③对文化发展的促进作用。丰富人们的文化生活，继承和发扬传统文化，创造新的文化内涵，促进文化繁荣。

当前，设计教育对综合国力的提升和创新型国家建设均有重大作用。艺术设计教育就是一种创新教育。设计教育在三个方面使学生终生受益：一是培养设计思维。设计思维是把逻辑思维和形象思维结合在一起的独特的思维方式，对学生未来的工作和生活将起到深刻的影响。二是培养设计美学品位。长期的审美素养熏陶，潜移默化地影响了设计质量。三是培养创新精神。创新是所有艺术设计专业的核心，创新能力是艺术设计各专业的基本能力。创新能力可以为学生的终身学习打下坚固基础。因此，设计教育是培养和造就一大批具有创新精神和创新能力人才的至关重要的一个措施。

1967年成立的德国乌尔姆设计学校曾经发表过一篇类似宣言的文章称："乌尔姆学校主张，在我们的社会中艺术设计应该被看做一种社会活动和文化活动；但是反对把艺术设计理解为某种救世活动。它主张，应该适应竞争经济的要求；但是反对把艺术设计归结为商贸的简单刺激剂。它承认艺术设计是工艺学过程和科学过程的工具，但是反对把它理解为自在的科学目的和工艺学目的。它主张在艺术设计的某些领域中存在着艺术，但是反对把艺术设计完全当成艺术的替代品。它主张，在某些情况下可以把艺术设计评价为对重商社会的抗议；但是它反对这样的信念：仅仅通过改变社会的消费品就可以改变这个社会。"这个宣言阐述了乌尔姆学校的艺术设计价值观，多数观点至今中肯。但是它恐怕没有料到，正是因为设计对工商业发展的重要意义，世界范围的设计教育才会发展到如今的规模。

9.2.2 制定战略规划的重要意义

"战略规划的基本功能是定方位、绘蓝图、指路径。规划的内容包括指导思想与背景、战略目标与定位、战略阶段与重点、战略措施与保障等方面。规划的实质是高校改革与发展的纲领，决定高校在21世纪发展环境中如何办学，打造何种品牌；规划的目的是理清办学思路，主动适应，与时俱进。"[1]

　　教育事业是一项复杂的系统工程。系统内外各环节是相互联系、相互依赖和相互作用的整体，它们必须目标一致，并且有健全的运行机制，才能全面地协调发挥教育的功能。因此，高等教育必须具有开放的结构，能够跟随着时代需求进行调整变化，必须适应社会发展的整体要求。潘懋元先生认为适应必须是全面的，包括与社会的、文化的、经济的各个方面相适应，如果偏向于其中任何一方面，就会造成教育的偏颇；适应必须是与时俱进的，如果不能紧跟社会发展的脚步，就会使教育陷于僵化。顾晓鸣先生在《我们究竟探求什么？》一文中认为，教育领域的基本矛盾是：人的自由发展与人的社会化之间的矛盾；统一的基本素养要求（在德、智、体、美各方面与智育中的人文与自然科学的各方面）与个性差异之间的矛盾；书本知识与实践经验的关系之间的矛盾；教师本位和学生本位之间的矛盾。制定战略规划有助于我们从宏观方面审视这些矛盾，找到合理的解决方法。

9.2.3　战略规划的设计原则

　　设计战略规划应遵循如下原则：

　　（1）协调性原则。潘先生认为适应必须是全面的，包括与社会的、文化的、经济的各个方面相适应，如果偏向于其中任何一方面，就会造成教育的偏颇；适应必须是与时俱进的，如果不能紧跟社会发展的脚步，就会使教育陷于僵化。我们必须"遵循教育规律，在空间维度上正确处理社会整体需要和局部需要的矛盾，在时间维度上正确处理社会当前需要和未来需要的矛盾，在功能维度上正确处理社会发展与个人发展需要的矛盾。"[2]唯物辩证法认为，矛盾就是对立统一，是事物最根本的法则，矛盾存在于一切事物发展的过程中，有矛盾才有发展，因此，我们不惧怕矛盾和困难。但是根据逻辑判断，要真正解决事物所有的矛盾是不可能的，因为矛盾是普遍存在的，矛盾贯穿于每一事物发展过程的始终，旧的矛盾解决了还会有新的矛盾产生，如此不断推动事物向前发展。我们要做的就是找出现阶段的矛盾和问题，尽可能地协调对立双方，使其向积极和有利的方向发展。

　　目前，我们需要在宏观层面协调好以下矛盾关系：人才培养与市场需求、规模与结构、数量与质量、传统观念与现代理念、内部结构与外部社会、资源浪费与资源闲

① 陈德敏：《战略规划：高校改革与发展的顶层设计》，载中华人民共和国教育部网站；http://www.moe.edu.cn/edoas/website18/69/info13369.htm。
② 汪永铨：《制定高等教育发展战略的若干原则》，载《高等教育研究》，1998年第1期，20页。

置、通才与专才、本土化与国际化、学术化与市场化、教育结构体系与产业结构、教育内容与教育理念、短期目标与长期目标、整体结构与区域发展等。在教育结构的微观层面，需要处理好教学与管理、学生与教师、课程内容与教育理念、专业与基础、产学研等诸多方面的关系。

此外，我们必须认识到，外因是变化的条件，内因是变化的根据。作为一个开放系统，作为整个社会系统的一个环节，设计教育改革的成功需要政府、企业、社会各阶层力量的协同努力。宏观方面，规模和结构不能各自为政，应该发挥国家办学的优势，在整体上统筹规划学科布局和地区结构分布，在政策上密切协调学校和社会企业之间的联系；微观层面，各学院的管理和教学不能各自为政，部门策略必须在总体的战略目标下制定，形成纲目并举的整体。

（2）前瞻性原则。"凡事预则立，不预则废。"为了避免走过多弯路，避免付出过多代价，我们需要提前规划和设想，模拟和预测若干可能，从中找到一条最适合的发展道路，使设计教育的未来发展能够有计划、有步骤地进行，争取短时间内实现设计教育的跨越式发展。美国著名管理学家欧内斯特•戴尔说，"如果管理人员只限于继续做那些过去已经做过的事情，那么，即使外在条件和各种资源都得到充分的利用，他的组织充其量也不过是一个墨守成规的组织。这样下去，很有可能衰退，而不仅是停滞不前的问题。在竞争的情况下，尤其是这样"。我们要用前瞻性的教育理念，规划可持续的发展目标，积极主动预测未来发展趋势，设计好设计教育的未来。

江泽民同志指出，21世纪头一二十年是我国发展的重要战略机遇期。对设计教育发展而言，也是非常重要的战略机遇期。在工业化、城市化、国际化以及产业和消费结构升级等因素的共同推动下，我国国民经济一直保持着较快增长，直接推动了设计产业的扩大和设计教育的快速增容。我们必须理顺设计教育与社会主义市场经济的关系，使设计教育的发展与国家发展规划同步。根据现阶段状况，合理规划短期目标、中期目标和远景目标。我们无法准确预计未来，但是，可以肯定的是，我们的现在决定了未来。我们必须面向未来求发展，既要看到目前的不足，更要看到未来的可能。我们一方面要了解社会发展的现实和未来趋势；另一方面要准确地把握教育的规律，预测艺术设计学科的发展前景，从而规划未来发展方向。

未来的设计教育是面向世界的，设计教育要向前发展就必须具有国际视野和前沿意识。高等教育大众化之后是普及化，而设计学科的综合性与社会性必然促使其更快地走向普及化。普及化不仅是就学人数的量的增加，也意味着设计学科更多地融入其他专业领域。在融入的过程中，必然会产生许多新的交叉领域，这些新兴领域将是学科发展的重点培养目标。与此同时，我们也要关注传统学科专业的可持续发展问题。艺术设计悠久的文化内涵奠定了未来发展的基础。我们要挖掘传统学科的特色，找到与现代社会的结合点，谋求发展的后劲。对传统手工艺的遗产式保护应该是万不得已的下策，而非标准模式。

未来社会是知识社会，是学习型社会。我国已经明确提出构建社会化的终身教育体系。终身教育体系既是教育发展的终极目标，也是教育不断变动的过程。终身教育的制度形态是开放的、灵活的，目前的教育系统会向这个方向发展。

（3）创新性原则。创新精神、创新能力和创新素质的培养是我国当前各级教育的目标。创新教育首先要从教育自身的创新开始。有创新才有发展。江泽民同志把教育创新与理论创新、制度创新、科技创新并列，认为"教育在培养民族创新精神和培养创造性人才方面，肩负着特殊使命"。成败皆取决于内因，设计教育系统内部的创新需求是系统发展的核心推动力。

创新首先要有强烈的创新意识，要有不怕失败的胆略。创新就是探索未知的可能性，有一定的风险，因此要有不怕失败的精神。我们需要制定人性化的评价体系和激励制度来保障创新的可持续性。

设计教育的创新，需要有脚踏实地的开拓能力，在观念、制度、方法、内容、理论、实践等诸多方面推陈出新，依靠创新形成丰富的设计文化内涵，使设计学院成为新思想、新技术、新理论，乃至新产品的诞生地。

创新不是赶时髦，喜新厌旧不是创新，为了标新立异进行概念炒作也不是创新。创新更多是建立在对传统和现状的反思基础上，关键在于如何利用所拥有的知识和以多快的速度获取新知识。

创新要有可持续性。可持续性创新是发展的永动机。要使设计教育成为有持续生命力的系统，就需要全面协调创新机制的各个环节之间的关系，找出并加强薄弱环节，克服能力中的惯性，保障创新机制长期处在高峰运行的良好状态。

（4）实效性原则。实效性是指战略的制定要能切合设计教育的实际情况，阶段目标应该清晰明确。要根据战略目标制定可行的策略方针，确保战略目标能够落实到有效的执行方案，落实到课程、教学等微观层面的改革策略中。要提出最佳方法以产生最佳效果，所有的方针策略要能够有利于切实调动各部门的积极性和创造性。

战略决策要发挥实效，必须有有效的运作体系。领导层必须有坚定的执行力，将策略分解落实到每个部门，并推动各部门人力资源鼎力配合。否则制定的战略将被束之高阁，成为走过场的文字游戏，徒然浪费人力物力资源。

战略目标必须能够在未来的教育实践中接受检验。实效性要求我们建立配套的评价指标体系和监督机制，落实发展战略，实实在在解决问题。

实效性还表现为灵活性。要有应对变化的弹性机制，要有面对问题的对策，能够

"在发展中调整，在调整中发展"。我国1978年开始"科学的春天"，1995年实施"科教兴国"战略，2005年提出"建设创新型国家"发展战略，到今天是科学发展观，各个时代阶段的发展观是一脉相承，又不断递进的关系，体现了灵活实效的原则。

最后，长期目标需要长期坚持才能见到成效。我国政府制定的国家发展战略，在全国人民的配合下，正在有步骤地、有成效地一一实现。我们目前正在坚定地迈向第三步目标：到21世纪的第一个10年，实现国民生产总值比2000年翻一番，使人民的小康生活更加富裕，形成比较完善的社会主义市场经济体制；再经过10年的努力，到建党100周年时，使国民经济更加发展，各项制度更加完善；到新中国成立100周年时，基本上实现现代化，建成富强、民主、文明的社会主义国家。我们坚信到那时设计强国的理想一定已经实现。

9.3 我国设计教育的中长期战略规划

9.3.1 实行质量战略，加快设计教育由量到质的转变

（1）协调规模、结构和质量的关系。战略目标上我们要大力发展设计教育。但是，靠规模求发展还是靠质量求发展？目前来看，多数学院选择了规模化发展的道路，设计教育的整体规模近10年来在不断扩大，艺术设计已经成为在全国高等院校中开设最多的专业之一。陡增的招生规模是不是如某外籍专家所说的泡沫？

首先，设计教育的规模扩大不是完全由产业需求推动的。与生源规模相比，设计产业远不够成熟，有些专业出现了结构性人才过剩，很多专业的就业情况实际并不乐观。初次就业率不高，频繁跳槽现象增多，毕业生对薪酬水准的期望值也不断下降。在当前世界性经济危机的背景下，那些已经扩大了5倍以上规模的学院正面临着前所未有的难题。

其次，疯狂的报名现场也不是由学生对设计专业的热情推动的。在现行教育制度和考试制度下，对不少考生和家长来说，美术高考就是一个上大学的跳板，而考上大学就意味着改变命运。这种人生观为学生未来的学习和发展埋下隐患。我们应该选拔具有正确的人生态度和学习态度的学生，这是培养高质量人才的基础。我们迫切需要在现行美术考试制度方面作出改革。

再次，规模扩大不合理的原因还在于人才层次结构的问题。一方面，人才总量上我们需要得最多的是一线专业技术型人才，即专科层次的人才，只有专科教育的比例和质量提高了，才能促使本科教育质量上一个新台阶，才能为拔尖人才提供生长的

土壤。但是由于我国缺少相应的设计师职业评定制度，专科教育质量不尽如人意，社会对专科文凭不认可，设计专业的专科教育很难有大的发展，本科教育不得不承担了部分专科教育的人才培养目标。另一方面，与此同时，为了促进设计产业向高层次发展，我们急需高端设计人才。因此，从人才培养层次的金字塔结构来看，急需扩大规模的应该是专科层次和研究生层次而不是本科。

扩招政策是国家为了满足不断增加的教育需求所采取的必然措施，有助于解决人才需求总量不足的问题，促使我国迅速走进大众化高等教育行列。不过由于很多学校是在没有做好准备的情况下进行扩招，短期内学生数量的大规模增长带来了硬件和师资不足的问题，稀释了教学资源，由此引发社会对设计教育质量的质疑。某些地区盲目扩招的高校在无力应对的情况下，甚至想出给学生放假2个月的招数。招生规模应该严格控制在能够保证教学质量、完成教育目标的前提下，靠盖楼和租借校园来容纳更多学生是房地产开发商的解决办法，不是办教育的思路。高等教育的承载力是有限度的，不可能完全满足所有的就学需求。生源数量也不会永远增加，2008年国家教育发展委员会已经决定减缓扩招，2009年高考人数已经减少。把大量的物力和人力用在扩大规模上，一味求大求全，无暇顾及教学质量，这不仅不利于单个学院的长远发展，也会影响到社会对整个设计教育质量的评价，不利于设计教育的可持续发展。我们必须认识到，规模、质量、结构之间的矛盾今后还会贯穿于高等教育大众化的全过程。如果解决得好，三者之间的矛盾互动将有助于不断促使高等教育加快调整内部结构，深化改革，提高核心竞争力，有助于扩大设计教育的规模，改善设计教育的格局。如果解决不好，就会成为真正的泡沫，对设计教育的未来发展十分不利。

对规模的宏观控制需要落实到教育资源的结构规划上。合理规划的结构是控制规模、提高效益的保障。设计教育的发展规模和速度必须与结构调整相结合。各国的设计教育结构都是在自身的历史条件下发展起来的。1999年之前，意大利的设计教育全部包含在建筑学科中，没有具体的设计专业划分，毕业生只拿一个建筑学文凭，就可以从事所有类型的设计工作；美国则把纯艺术、工艺美术、设计与应用艺术作为三大学群明确区分开，下属专业划分细致，完全以市场需求为导向增减专业，毕业生拿的是各种层次类型的文凭[①]。目前，我国设计类专业拿的是文学学士文凭，已有专家建议尽快调整学科目录的结构，把艺术类独立出来，以便进行更合理的资源规划。

高等教育主要是为经济建设服务的。各专业教育应该保持多大的规模才算适度，应该取决于设计产业的规模和需求，而不是生源规模。缩小到每所学院的具体情况，还需要针对各自的发展目标和承载能力来检验。如果某学科或者专业方向的软硬件跟

---

① 张柏萌、郑曙旸：《美国的艺术/设计基础课程评述》，载《装饰》，2008年第2期，108页。

不上、教育质量跟不上、就业形势不明朗，那么短期内就不宜继续扩大办学规模。各学院各专业的招生规模变化是否符合4年后人才市场的真实状况？全国范围来看，环艺专业和平面设计专业是历年来扩招的重点。这是两个不太受地域限制的专业，专业内容较成熟，社会需求量很大，从业人员最多。但是，我们还缺少肯定的数据。我们要尽快与设计各界搭建互动平台，每年会向毕业生的主要就业单位进行问卷调查，以了解就业市场对艺术设计教育的要求，建立各专业人才市场预测机制；尽快建立毕业生就业跟踪机制和反馈制度，进行校友回访，听取建议建言，及时掌握最新资料和信息，建立完整的数据库。这些工作对于制定招生计划、教育成果检测，建立和完善一个能够应对未来社会发展的、开放的设计教育体系，都具有重要意义。

（2）调整重心，把教育质量提高到战略位置。近几年，我国高等教育跑步进入大众化，由于速度过快，难免激化种种矛盾。在从精英教育阶段到大众化阶段的转移中，人们的教育观念、教育的内容与形式、教育管理体制等方面都在转变中发生着深刻变化与重大调整，设计教育正在进入调整期。调整期的重点是解决规模和质量的矛盾，必然要求把重心转到质量上来。

"从根本上讲，高校创出特色，提高水平，不在于规模多大、设备多好，关键在学科和师资水平，在于培养出的学生质量。其中培养高素质人才是根本，是高校生命力所在，也是衡量办学水平最重要的标准。"只有在教育质量上领先的优质学校，才会在竞争中生存，只有持续提高教育质量才能带来可持续发展，只有当学校关注教学多于关注项目的时候，教学质量才有可能提高。任何学校都要把提高教学质量作为立校之本。

所谓教育质量就是教学效果，表现为学生的质量。那么，我们用什么标准来评价教育质量呢？1998年在巴黎召开的首届世界高等教育会议通过的《21世纪高等教育展望和行动宣言》特别指出，要考虑多样性和避免用一个统一的尺度来衡量高等教育质量。因为办学类型、专业结构、人才结构的多元化，必然要求有相应的多元化的质量标准。纵向层面包括博士、硕士、本科、专科，横向层面包括研究型、理论型、应用型、技能型[①]。每所学校要根据自己的发展定位，制定人才培养目标和质量标准。潘懋元老师认为："能够充分发挥个人才能以适应社会的需要，对社会能充分发挥作用，对学生能在原有基础上有明显提高，这就是教育质量。"也有学者把教育质量理解为成人与成才两方面。成人就是促进个人发展，其质量标准就是学生综合素质的提高。教育部部长周济认为，中国理解的质量概念，是与学习者的综合素质相关的质量。所谓综合素质包括思想道德、人文素质、科技素质和身体心理素质。从成才的角度，职

① 潘懋元:《高等教育大众化的教育质量观》，载《中国高教研究》，2000年第1期，7页。

业教育与高等教育都要把社会和就业市场的认可度作为衡量教育质量的重要标准。但是，同一层次同一类型或者同一层次不同类型的高校的基本质量标准应该是大致统一的，有可比性的，这是建立质量评价指标体系的基础。

决定质量提高的主要因素有：①教师。教学、个别指导和科研任务及其所需财物等资源的恰当分配，对教师的管理原则，提高与培训，建立鼓励教师从事多学科科研的激励机制，可接受的待遇和地位等。②学生。合理的知识能力框架，责任感和团队观念，学生参与学校的管理与生活以及发展进取精神，学校给学生提供社会、心理及与教育有关方面的指导和援助。③课程。教学计划的弹性及跨学科、多学科性质，培养"精英"和与就业相联系的原则，现代技术的应用，国际化等。④现代化。基础设施的现代化，如网络的建设。⑤管理。大环境系统和小环境系统的运行状态，管理者的水平，教师和学生对管理的参与等[①]。

随着国内经济增长水平的提高，我国的艺术设计行业在近年来有很大发展，社会对艺术设计的价值趋于认同，尤其是在环境艺术设计、包装设计、印刷设计、服装设计、产品设计等方面，繁荣了市场经济，提高了社会文化艺术水平，近年来有很多国内设计作品频频获得国际大奖。这些有目共睹的成绩，与设计教育的努力是分不开的。但是，用人单位还有一种声音不绝于耳，就是认为在实践能力上，研究生不如本科生，本科生不如有多年工作经验的专科生。甚至培养单位也对硕士教育的质量问题担忧。这些声音说明设计行业的人才结构重心正在上移。只有人才层次提高，设计水平提高，才能加快迈向设计强国的步伐。

提高人才层次不是靠学院升级来达到的。恰恰相反，高职学校不顾质量的盲目升级，必然造成人才质量与学历不符，这是导致中级人才缺乏的原因之一。有的专家提出应适当降低本科培养目标，强调硕士、博士等高层次人才培养的明确定位。本书认为加强高学历人才培养是符合发展需要的，降低本科培养目标是万万不可的。我们缺少的是高级设计实践人才，设计的价值最终体现在设计行业水准的提升上。"取法其上，得乎其中"，降低本科培养目标，不仅将进一步影响到研究生的生源质量，更糟的是专科教育层次的培养目标已经不能再低了。我国的人文国情是尚文重学，降低本科水平，必然会有大量本科生涌入硕博阶段，导致硕博的教育质量难以保证。这是不符合人才培养规律的。本科阶段是培养高级设计人才不可逾越的关键期，提高本科教育质量是重中之重。我们目前的矛盾是优质教育资源太少，只有大范围地提高设计院校的教育质量才能真正满足个人的和社会的需求。

（3）明晰人才培养的目标，构建内部教育质量保证体系。人才培养的目的是为社

---

① 姜波：《面向二十一世纪的高等教育发展趋势》，载《教育研究》，2000年第5期，26页。

会服务，社会需求的层次性决定了人才培养的层次性，社会对人才层次的需求也是多样化的、动态的。这个人才层次主要指学历层次。目前我国设计教育有4个学历层次，分别有明确的培养目标：

第一级是专科学历，是高等职业教育，主要面向当地经济培养一线操作型人才，着重在单一实践技能和基本素质的培养。特点是注重岗位技能，能够在客户主导下完成设计。

第二级是本科学历，培养具有创造性的专业设计人才，强调更加全面的个人素养，要求掌握多项实践技能。特点是注重专业创新，能够通过高质量的服务与客户共同成长。

第三级是硕士学历，培养复合型设计人才和精通几门专业的深度通才，要求掌握多种专业知识，理论与实践相结合，是高级设计人才的主力。能够通过知识转化，研究开发新的设计项目。

第四级是博士学历，属于精英教育，培养跨学科的综合型人才，偏重理论研究，要求面向未来作出创新性的贡献。

我们应该围绕不同的培养目标，创新人才培养模式，创新质量监督体系和品质保证机制。司马贺在《人工科学》一书中指出，即使最有才能的人也至少需要约10年时间方能达到第一流的专业水平。因此，不能用过高的专业标准要求4年制的本科生。如果说本科生的标准不能用就业技能来衡量的话，那么用什么来衡量？课程成绩？就业单位的满意度？教师工作状况？学生身心发展程度？全美高等教育协作理事会关于高等教育的学生发展[1]，进行了比较全面细致的分类。

① 交流与计算机运用技能：读、写、口头交流；量化与计算机运用技能；信息收集技能（技术性及其他技能）。

② 较高的逻辑认知与智力发展：批判性思维，问题解决；分析性与评价性技能，常规与非常规推理，复杂概念思维，创新性，道德推理。

③ 学习内容：普通（广度）和专门（深度）知识。

④ 职业准备：一种职业所需要的专门知识和技能；职业选择；职业状况；岗位技能；许可证书；岗位满意度；绩效；生产力；晋升情况；职业流动；雇主满意度，职业抱负。

⑤ 职业市场技能：职业市场的表现激励，依赖性，适应性，持久性，创新性，领导技能，独立和集体工作技能。

---

[1] 别敦荣："高等教育质量保证"讲座，2005年3月26日。

⑥ 教育成就：保持性与持续性，教育抱负，教育成绩，获得学位情况，获得学位所需时间，满意度。

⑦ 转换的成功性：从教育到工作的转换，从教育到教育的转换，从工作到教育的转换。

⑧ 经济收益：收入，投资回报，生活质量，地理上的流动，与教育相关的财政负债。

⑨ 心理发展：自主性，对差别的容忍性，智力倾向，人际关系技能；成熟，激励（活力），个性发展，自我认知与自我尊重，个性调整。

⑩ 态度、价值与信念：职业性、教育性、文化性（艺术性）、社会性、政治性、宗教性、人际性（如差异性）、品行标准、终身学习态度。

⑪ 公民性发展：集体归属与成员性，公民性，社区参与度，选举参与程度。

⑫ 生活质量：健康生活观，健康，消费行为，节约与投资行为，闲暇活动。

品保机制是学校为了帮助学生达到高标准和目标而制定的一切措施，即内部教育质量保证体系。学校根据自身的定位制定品保机制是保证教育质量的关键程序。比如建立标准体系：学校使命与目标，规划与效率；教育活动、教育计划及其有效性；学生；教师；图书馆与信息资源；管理与行政；财政；物资资源；学校整合。又如建立质量体系：学科专业建设质量保证；教学质量保证；学习质量保证；管理质量保证；师资质量保证；仪器设备质量保证；经费保证等①。

9.3.2　实行特色战略，建立多样化的设计教育系统

（1）丰富学科内涵，培育学科特色。建设设计强国先要建设设计强校，培养设计强人。设计强校未必样样都要强，关键在于特色和亮点。特色是一所学院长期形成的、独有的、优势的、稳定的风貌，是学校的核心竞争力。主要表现在历史传统、办学风格、培养模式、科研方向与水平、学校管理、校园文化等方面所形成的与其他大学的不同方面。特色立校、特色兴校、特色强校，是中国高等教育改革与发展的必由之路。

长期计划经济体制下，雷同的教育理念、学科设置，统一的招生模式、课程结构和课程内容，师徒亲缘关系的师资队伍，设计学院呈现出千人一面的办学模式。世纪末的扩招使设计教育得到社会更多关注，不少学院在课程内容和教学管理等细节问题

---

① 别敦荣："高等教育质量保证"讲座，2005年3月26日。

上进行了改革，但是在办学理念上需要兼顾自身优势和特点，避免贪大求全的问题。为了避免伴随改革走向趋同化的现象发生，我们迫切需要创新办学理念，形成新的学科内涵。本书提出按照学科属性来培育多样化的办学特色，架构多元化的设计教育类型结构，从而促进设计学科全面发展的构想。

　　设计理论可以不必考虑国情，但是设计实践和设计教育必须考虑国情。首先，我国的教育制度是以学科为基础的、由政府管理的、自上而下的体系，学科下的所有专业设置都有比较规范的目录来控制。我们目前所有设计专业类型，都是建立在"艺术设计学"这个二级学科目录下。其次，我们要认识到，设计教育体系不能建立在专业集合体的基础上，只能建立在学科基础上。学科具有相对稳定的知识体系，专业则是经常变化的，随时根据社会市场需求增减的。因此，我们必须以学科建设为本，如果不能尽快建立规范的学科体系，设计学科无从立足，设计教育无从谈起。

　　根据设计的学科属性，可以简化为社会文化（Social）、经济（Economic）、艺术（Art）、科技（Technology）4个基本维度，简称为SEAT模式，如图9-1所示。S型，就是以社会文化为核心的设计，面向人文领域，突出文化的积累与传承，强调社会文化的联系，侧重挖掘设计和民族文化、传统文化、现代文化的关系；E型，就是以市场经济为核心的设计，面向消费品设计领域，突出市场意识，侧重挖掘设计与市场的关系；A型，就是以艺术性或者审美为核心的设计，面向艺术领域，突出设计的艺术价值，侧重挖掘艺术与设计的融合关系；T型，就是以科技为特色的设计，突出科技含量，面向工程设计、机械设计、信息设计等领域，侧重挖掘科技和设计的关系。这4个方面不是互不相干、截然分开的，虽有所侧重但并不意味着排斥其他。A型需要兼顾科技、经济、社会3个维度；T型需要兼顾经济、艺术、社会3个维度；S型需要兼顾科技、经济、艺术3个维度；E型需要兼顾科技、艺术、社会3个维度，如图9-2所示。

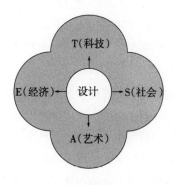

图9-1　设计学科的4个属性维度

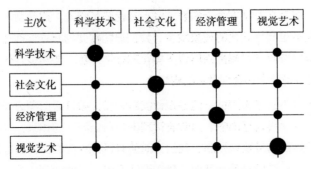

图9-2　4种类型的设计教育各有侧重点

　　根据设计的学科属性区分设计教育类型有两个好处。一是在整体上体现出设计学科的跨学科综合性特点，有利于深入挖掘学科内涵，平衡学科结构，促进学科建设的全面协调发展。二是为各学院的特色教育理念提供理论依据，有利于实现多样化的设计教育，避免教育资源的重叠和浪费。高等教育研究学者周川认为：一门学科的理论发展，不在乎其研究规模有多大，论文著作的数量有多少，而在于构成其知识体系的要素不断丰富与发展。一门学科的知识体系，一般地说主要由经验要素、理论要素、结构要素等三种要素组成。因此，一门学科的理论发展，重要的标志就表现为：新事实的发现、新理论的形成和新方法的产生。艺术设计专业在不同类型的大学里都有分布，应该充分利用各自的教育资源，开发其他类型的设计教育，分头深入设计的各个层面，促进学科综合，使设计真正渗透到各个学科领域中汲取营养，这样才能深化设计学科的内涵，催生新方法、新理论，产生新的知识。

　　在设计学科的框架内定位专业发展方向，使各专业发展与整体的设计学科发展相协调，不仅有利于各专业的研究深度，也有利于专业间的整合与复合型人才培养。图9-3所示为根据专业的性质与学科属性的关系进行特色归类，在学科属性的维度框架内作出现有设计专业结构的布局。根据这个框架，可以发现，我们目前的专业结构中偏重艺术定位的比较多，以科技为导向的专业定位比较少。我们总是说设计是艺术与科学的结合，但是在专业结构上却没有体现出来，这种现状反映出学科发展的不均衡。设计要在社会发展中起重要作用，自身必须全面发展，渗入社会需求的各个层面。建立开放的、均衡的学科结构体系是关键。

　　在宏观上保持学科结构均衡发展的前提下，不同类型的设计院校可以根据总体定位，在框架内移动某个专业的位置。比如，以市场为导向的设计学院，其所有专业都与经济效益挂钩；以文化发展为导向的设计学院，其所有专业都与文化产业挂钩。所以，尽管总体来说，动画专业应该有助于文化事业的发展，但是，它也可定位在以市场经济为导向的商业动画，或者以艺术表达为导向的艺术动画；工业设计专业，可以是以审美为导向的艺术型产品设计，或者以市场为导向的商业产品开发，或者面向科

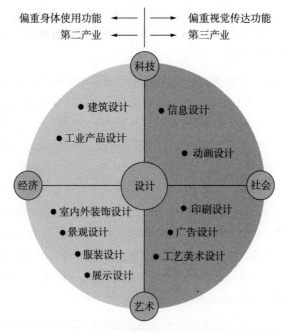

图9-3 设计学科的专业结构布局

技推广为导向的高科技产品。但是，必须在整体上确保不是全国所有的动画专业都追求商业化，也不是所有的工业设计都走艺术化的道路。保持学科结构均衡就是保证设计教育的多样性和特色。

我们还要认识到，以一所学院的力量保持这种平衡是不现实的。尽管我们有很多专业齐全、规模庞大的设计学院，但是它们多数是建立在原有的美术学院的基础上，发展方向通常局限在艺术领域。因此，我们应该大力提倡不同类型、不同层次的学校发展各具特色的设计教育。理工科院校招收的是理科学生，艺术院校是以文科生为主，综合性院校文理兼收，学生来源不同，文凭类型也不同，学校资源也有差异，这些正是多样性的基础，因此没有必要都按照艺术类的模式培养。很多综合大学误把设计与艺术混同，把艺术类学生作为"蛋糕上的酥皮"，没有把注意力放在学科交叉上，导致教育资源浪费。其实早在战后，德国乌尔姆学院就已经认识到，艺术设计不能只限于解决简单造型问题，一些大型企业在解决设计任务时不吸收艺术设计师参加，这主要是因为艺术设计师缺乏专门的技术知识。校长马尔多纳多把系统方法引进到艺术设计中，他在信息论、实验美学和活动理论的背景中研究了艺术设计和科学的联系，开辟了科技型艺术设计教育的先河。这为理工类学院开办艺术设计专业，培养设计与科技复合的创新型设计人才提供了思路。

（2）配合区域产业，发展专业特色。多样性发展是高等教育大众化的一个主要特征。多样化办学有利于优化教育资源，有助于通过竞争提高设计教育的整体水平。国际合作办学已经给我们的设计教育带来改革的微风，鼓励和推动民间办学，也将有效推动设计教育走向成熟。

有学者提供了一组数据：从新中国成立到现在半个多世纪以来，我国普通高中仅1.60万所，加上1.45万所的中等职业教育学校，2004年高中阶段的毛入学率才达到47.55％，高等教育经过连续多年扩招，毛入学率才达到19％。按照全面建设小康社会的目标，在今后15年左右的时间里，这两个指标要分别达到85％和40％左右。如果不调动社会力量办学的积极性，吸引民间资本投资教育，实现上述目标的难度可想而知①。

目前，除了传统的政府主办外，最近出现了很多新类型：政府与企业合办、政府与事业单位合办、民办的独立专业设计学院，以及入境办学的外资高校等多种类型，预计今后办学形式将更加多样化。多元竞争的格局，在解决教育资源紧缺问题的同时，有助于改变结构失衡和面目雷同的现状。因此我们有必要继续鼓励根据地区经济情况、人文历史背景、教育资源状况等现实因素，新建更多小而专、专而精的院校，有针对性地培养专业设计人才。

艺术设计类学生所学专业与所从事工作的相关性较高。艺术设计是应用型学科，其中每个专业方向都对应着相应的产业市场。很多设计产业区域化分布明显，有些区域制造业发达，有些区域服务业发达，有些区域有丰富的传统文化资源，有些地区有新型科技资源。设计院校可以根据当地经济文化需求，在专业结构布局上突出特色，以地域性特色来体现设计教育的多样性。比如位于陶瓷之都的江西景德镇陶瓷学院，是我国唯一一所专门的以陶瓷专业为特色的国家高等学府，具有其余各地陶瓷设计专业不能比拟的优势；上海服装服饰企业现有2000多家，已经提出把上海打造为世界时装之都的口号，具有发展服装设计专业的优势；广东一带是我国小商品制造加工的中心，具有发展日用品设计专业的优势；北京是高科技中心，适合发展科技创新型设计专业。

20世纪90年代初，联合国教科文组织召开了"面向21世纪教育国际研讨会"，会议指出："注重发展教育的民族特色、地方特色，是世界教育发展的大趋势。"专业特色不在于规模大小，而在于是否具有独特性、专业化程度的高低以及人才质量的优劣。不是所有独立设计学院都一定专业齐全。要根据各个学校不同的历史条件，不同的文化背景，来制定自己的发展规划，这对一所学校来说是最主要的。特色专业建设要与地方社会经济文化发展相适应，敏锐感应当地市场对人才的需求，不断开拓学科应用新领域。近年一些学院依据地方特点，通过设计教育打造设计文化品牌，结合当地文化特色，建设城市文化或者城镇文化；有些学院根据当地产业特色新增了玩具

---

① 陈宝泉：《大学是创新型社会的基石——访教育部科技委副主任、北京师范大学副校长史培军教授》，载《中国教育报》，2006年3月13日。

设计、旅游纪念品设计、博物馆学等具有发展潜力的特色专业，迈出了专业创新的坚定步伐。

面向当地经济和文化需求，为当地经济服务，并不是学校给企业打工，而是要建立良好的合作渠道，通过知识创新体系和创新能力谋求设计制胜，提高企业市场竞争能力，与当地设计产业共发展，实现教育与产业的良性互动。当地政府部门应该主动促成设计产业和设计人才培养单位的合作。特色专业建设对于地方主办的中小型设计学院来说尤其重要。目前设计院校扎堆在大城市，毕业生向大城市、大公司集中，而中西部地区设计教育发展缓慢，在客观上造成区域性人才过剩和区域性人才短缺。不顾自身地域特点，过分求全，即使老牌设计学院也不能避免某些专业的毕业生面临就业难题。地方设计学院的发展可以缓解由经济发展不平衡带来的教育区域结构不平衡的问题。目前，我国已经形成了北京、上海、杭州、广州等几个地域性的设计教育中心。这些区域城市化程度较高，集中了很多老牌设计院校，招生的录取比也较高，这些设计教育的中心往往占有很多有利资源，应该重点放在培养高级设计人才上。专科设计教育可以向中西部地区倾斜，重点扶植一些中小城市的设计教育，一方面平衡设计教育的区域结构问题，同时也为当地设计教育的未来发展奠定基础。

（3）继承传统优势，紧跟时代特色。新的社会环境下，传统设计学院从模仿的对象变成了超越的对象。一般来说，老牌学院具有深厚的传统底蕴，有良好的师资、优秀的学生、良好的品牌、杰出的校友等诸多有力的竞争优势，但是面对新时代激烈的竞争，老牌学院比较喜欢采取防御型的策略，在创新教育理念、改革教学系统等方面启动比较慢，因此，老牌学院比新兴学院更难创新。

扩招是转型策略之一。世纪之交，不少老牌设计院校借着扩招政策，从精英教育转向大众化教育，争当规模最大的全能型的、教学型的设计学院。但是，如果老牌设计学院放弃精英教育，那么谁来培养国家急需的高端设计人才？我国目前缺少高层次研究型的设计学院。在这方面，老牌设计学院具有特殊优势。

老牌设计学院应该最大限度地运用长期积累的资源，继承严谨求实的传统，巩固在高端教育市场中的地位。学院在长期的发展过程中，已经有特色的要予以保留，在保留的基础上发展总比在否定的基础上发展要来得容易。有实力的老牌设计学院，可以利用自身优势，在定位时，不求大而全，但求小而精；警惕制度僵化，制定阶段性战略计划；不断扩大研究生教育的比例，逐步转向研究生教育；对于已经有竞争优势的专业方向要向国际一流看齐；跟踪国际趋势建设新兴专业，发展综合学科，领导设计教育前沿；加强学术研究，重组知识结构，提升学校的层次和知名度；紧密联系产业，与国内外设计组织和机构建立广泛的合作关系，促进知识转化；与时俱进，实现国际化发展、资讯化发展、未来化发展。

正如江泽民同志1998年在北京大学百年校庆讲话中提出的那样，研究型大学"应该是培养和造就高素质的创造性人才的摇篮；应该是认识未知世界、探索客观真理、为人类解决面临的重大问题提供科学依据的前沿；应该是知识创新、推动科学技术成果向现实生产力转化的重要力量；应该是民族优秀文化和世界先进文明成果交流借鉴的桥梁"。

9.3.3　实行联合战略，打造设计大国

（1）联合政府部门，争取良好的政策环境。越来越多的国家认识到设计对提高国民经济水平、丰富文化生活的巨大影响。由于艺术设计能够带来巨大的经济效益，并对生活方式造成强烈的冲击，所以它受到一些国家的高度重视。1965年美国总统约翰逊致函美国艺术设计师协会主席亨利·德雷福斯："你们以优秀的艺术设计工作促使了优秀产品的问世，以自己的技能帮助美国在国外赚取了美元，从而为扩大出口计划作出了重要贡献，这种计划是降低收支赤字的基本手段。这项任务对于保持我们在西方世界的主导地位具有头等意义。"20世纪80年代，美国设立了艺术设计首届总统奖，由里根总统颁奖。90年代，根据克林顿总统的倡议，美国在小石城召开了艺术设计圆桌会议，讨论艺术设计对提高美国产品在国际市场上竞争力的作用。美国政府把艺术设计视为国家经济战略的重要组成部分[①]。

日本GK集团的设计师将设计比喻为创造市场、实现经济增长的催化剂。日立公司统计数字显示，每增加1000亿日元的销售额，工业设计的作用占51％，而技术改造的作用仅占12％[②]。英国政府认识到"如果忘记优良设计的重要性，英国工业永不具备竞争力"。由于英国政府的巨大努力，英国工业保持了较高的增长率，并成为设计水平一流的国家，英国的设计教育产业随之发展壮大，成为世界设计人才的摇篮。关于对设计效果的评价，据英国一份针对英国企业的调查统计[③]，认为：设计帮助企业提升竞争力的占92％，设计帮助公司打开新的市场的占88％，设计增加经济效益的占87％，设计增加附加值的占86％，设计改进生产过程的占83％，设计提高创新和解决问题的能力的占72％。德国有著名的RED DOT设计奖和IF产品设计大奖，意大利有著名的"米兰设计三年展"和"金圆规奖"。美国、荷兰、奥地利、西班牙、法国等许多国家都设有国家设计奖，这从侧面显示出国家对设计行业的投资和支持力度。

"我们应该把设计的兴衰与国家的命运前途紧紧联系在一起，从战略意义上明确

① 转引自凌继尧、陶云：《世界艺术设计的若干模式》，载《东南大学学报(哲学社会科学版)》，2000年第4期，52页。
② 转引自王明旨：《以艺术设计的创造力增强我国文化产业竞争力》，2007年中国科学技术协会年会论文。
③ 柳冠中：《"工业设计"的再设计》，载《装饰》，2001年第1期，3页。

一条设计产业化的道路，提出打造设计大国的响亮口号。"①实现设计强国的理想，需要大量创新型设计人才，从发达国家的经验来看，创新型人才仅靠课堂教学是培养不出来的，需要学校、企业、社会的协同努力，需要培育整个社会的设计理想，建立良好的设计氛围，尤其需要加大政府扶植的力度。

设计产业是知识密集型的服务产业，高度依赖优秀设计人才，设计产业离开设计教育就成为无源之水，设计教育通过人才培养的方式为设计产业服务。反过来，设计教育的发展在很大程度上取决于设计产业的发展。只有当设计教育和设计产业的关系理顺之后，两者才能进行多元互动，共同发展。

但是目前我国设计产业远未成熟。原因之一是企业对设计战略的认识不够，目前的状态就像20世纪90年代以前，当时没有企业相信广告的力量；原因之二是缺少真正能够给企业带来利润的高级设计人才，因此，企业宁肯抄袭改装国外品牌，也不愿意冒设计创新的风险；原因之三是缺少政府支持。其中最大的尴尬是，在很多设计领域，我们还没有设计师这个职业。设计产业化首先需要产业界与政府相关部门合作，建立并完善各级各类设计师的职业认证制度，明确设计师的社会地位，并使职业认证制度逐步与国际接轨。

新经济时代，国内产品面临着国外优秀产品的巨大冲击，依靠设计战略提升产品价值是大势所趋。设计师的作用早已不是美化环境，还要与各领域的人才协同合作，开发新的设计项目，最大限度地服务于社会经济文化发展。为此，设计教育界有责任与政府相关产业部门加强联系，积极建言，争取良好的政策环境。同样政府有必要设立专门机构，帮助增强设计教育与工商业的联系，制定政策鼓励企业积极参与设计教育。一方面可以增强大学的研究实力，加快知识的市场化进程，促使大学为经济发展作出更大贡献；另一方面直接为企业培养后备力量。政府有必要增强宣传意识，举办国家级的设计博览会，设立国家设计奖，加强知识产权保护，扶植民族企业开发有国际影响力的设计产品，带动整个工商业普及设计战略。政府有必要制定新政策鼓励设计学院发挥特色和优势，加强设计自主创新和研发能力，加强与知识产权有关的科研力量。政府有必要大力发展偏远地区的设计教育。后发型的设计教育未必一定要走美术——工艺美术——艺术设计的老路，可以根据当地具体情况优先发展特色专业。政府有必要在设计教育发达的地区，重点建设一批有世界级影响的设计学院。只有政府高度重视设计教育对经济文化的推动作用，才能快速有效地发展设计教育。

（2）联合设计产业界，开展创业教育。社会转型期，高等教育的诸多方面——教育观念、教育功能、教育模式、学术方向、课程设置、教学方式与方法、入学条件、

① 清华大学美术学院环境艺术设计系艺术设计可持续发展课题组：《设计艺术的环境生态学——21世纪中国艺术设计可持续发展战略报告》，7页。

管理方式以及高等教育与社会关系——都发生了质的变化。改革开放30多年积累的丰富经验也为新的变革提供了可能。创意产业背景下，有的学院开始进行设计教育转型，谋求建立以学院为轴心的教学、科研和生产联合体，将设计教育有机融入到创意产业的产业链中。科研、教学、生产一体化的模式是通过联合办学、联合办企业以及共同进行科研开发，并且以服务优先、利益分享为原则，进行校企联手的市场运作，是当今世界高等教育、科学和经济综合发展的产物，已成为世界高等教育改革的大趋势。例如美国在波士顿地区和加州地区形成的高教、科研和生产结合体系，韩国的"大田科技工业园区"，日本的"产学合作制"，瑞典的"工学交流中心"，英国的"科学公园"，芬兰的三位一体模式，都体现了同样的发展战略。

面对扩招后日趋严峻的就业形势，中国美院上海设计学院率先开办了全国首家创意设计研发中心，一个直接面向高新设计的产学研网络，并建立了全国首家学生设计创业和实践中心，开始实施创业教育。该院副院长范凯熹认为，设计创业分为设计技术创业（如从事制作设计效果图和施工制作图工作）、设计思想创业（如从事设计策划和设计方案工作）和设计管理创业（如从事设计营销、设计监理、设计培训、设计总监等工作）。大学生设计创业中心将建设大学生设计创业基地或大学生设计创业俱乐部，孵化设计创业人才，加强对设计创业者的宣传。与设计商界人士广泛交流，推行先就业再设计创业的策略、开展设计竞赛展览的创业实践、设计兼职、商务培训等活动，以提高大学生的设计创业能力，使其成为国内首家政府满意、企业欢迎、学生向往的大学生创意设计创业乐园。[①]在我国这是一个比较新的产学研机制和人才培养模式。根据美国学者兰格菲特的产品模型，大学的研究要想对经济产生重大影响，就必须对知识和技术进行广泛而深刻的传播，"只有基础研究创新知识还不够，知识必须市场化才能对经济有所贡献"。设计学院设立创意设计研发中心说明设计教育界认识到知识转化的重要性。但是，没有企业的直接参与和投入，只是设计教育单方面的行动，这一模式能否成功还有待于时间检验。此外，该院将设计创业分为设计技术创业、设计思想创业和设计管理创业，虽然改变了过去单一设计技术服务的局面，不过，将设计管理作为本科层面的创业模式在我国似乎不太成熟。

另外一种产学研结合模式是创业型大学。"创业型大学这个术语本身意味着一个既不在政府掌管之下又不在产业控制之下的独立机构。其实，当大学从事与知识资本化相关的创业活动时，现有产业可能同时既把它看做竞争者又把它看做合作伙伴。"[②]它的着重点是知识的商业化应用，即知识资本化，它与产业、政府密切相互作用。"但是目前，中国大学绝大多数都不具备衍生公司和支撑产业的能力"。至少，从设计作品到

---

① 视觉同盟(VisionUnion.com)。

② 周春彦、亨利·埃茨科威兹：《美国创业型大学的历史演化及主要特征》，中国教育和科研计算机网：http://www.edu.cn/20050922/3153106.shtml。

产品到商品的转换过程中，起决定作用的还有生产环节和销售环节。设计教育要成为设计产业链条的一环，必须与其他环节密切协作。上面这三种模式都力图从办学模式的角度向设计产业靠拢，解决设计教育与设计产业的衔接问题。

目前看来，设计与产业脱节是设计教育的重大问题，只有与产业联合才是培养实用型设计师的最佳途径，尤其是以高等职业教育为目标的学院。但是对于本科和研究生培养单位来说，设计教育与产业联合发展并不意味着把学院办成企业的培训部。高校教育永远不可能也不应该等同于企业。因为教育的目标是人才培养，企业的目标是利润；企业的实质是经济实体，教育的实质是公益事业。设计产业与设计教育有着本质的不同。我们必须保持学校教育模式的相对独立性。高等学校是知识创新的场所，特点是可以不受市场经济制约，因此具有前瞻性和预见性，这点对于社会经济文化的发展进步具有重要意义。当前设计教育所面向的创意产业领域，需要的是大量创新型人才。在创新设计方面，设计学院应该走在企业和市场前面。

资料：百森学院的创业教育[①]

百森学院（位于波士顿），设计了一个著名的创业课程教学大纲和独一无二的外延拓展计划以及和别人共同资助世界上最著名的一个学术研究会。百森学院是一个小规模的私立学校，拥有1500名大学本科生和1650名研究生。于1967年开始开设第一门有关创业教育的课。创业专业以及创业中心则是于1979年创建。该专业共有8名全职教师专门教授创业课程，还有4名助理教师和5名全职职员。每年有大约25%的大本毕业生被授予创业学学士学位。百森学院的师资必须有企业方面的经验：风险资本家（创业投资家）；创业家和实业家；新创立企业的高级管理层。

（1）新生管理体验（FME）。1993年，必修课中加入了一门两个学期的创业教育班。在新生管理体验课中，参加班级被分成小组，在指导下创办新公司。每一个小组制订一个商业计划，并会被提供最多3000美元的原始资本以便启动经营。教科书就会指导学生如何制订计划，启动以及赢利公司的管理方法。公司在学年结束时清算。除去原始资本的利润成为由大学一年级学生开办的慈善事业的基金，该捐赠的余款要是现金。到目前为止，每一个学生的小组在学年末都已经有赢利。

（2）创业教育选修课。在研究生和本科生水平都开设这三个核心课程：新企业创立；成长型企业的管理；创业企业融资。

（3）联合设计教育界，加强多边合作。从中国制造到中国设计的奋斗之路，始于

① 向冬春、肖云龙：《美国白森创业教育的特点及其启示》，载《现代大学教育》，2003年第2期，79页。

团结协作的艺术设计教育。长期以来，国内各设计院校之间的关系是合作大于竞争的休戚相关的整体。但这种关系的形成主要依赖于师承的纽带，而非一个规范的、全国性的、自律的设计教育联合组织。最近几年，有部分国内学院加入了国际艺术与设计学院联盟。文化部、教育部曾经组织过几次全国性的设计教育大会，却没有提出实质性的发展规划或纲领性文件。关于设计教育整体发展规划的很多宏观问题不是一两所学院能解决的。在日趋激烈的国际化竞争的背景下，国内设计院校有必要团结协作，形成一个整体，全面协调各学院间的竞争与合作关系，优化资源配置，建立信息网，促进校际人才交流，推行院校间学分互认制度，促进校际间课程发展与合作，定期组织全国性的高校设计艺术教育研讨会，研究设计教育的总体规划，制定品保标准，推动国际交往，援助中西部地区等。

设计教育的第二股重要力量是专业设计协会。我们有很多基于行业的专业设计协会，如工业设计协会、平面设计协会、室内设计协会，服装设计协会等。这些行业协会的骨干成员既有设计院校的在职教师，也有公司企业的管理者和一线设计师。行业协会的存在，有利于壮大行业发展规模，规范行业制度，对发展我国设计产业发挥了重要作用。我们有必要继续增强各行业协会或学会的作用。1907年成立的德国艺术工业联盟，曾经在德国工业化进程中起到关键作用。今天，行业协会还应该架起设计教育与设计产业的桥梁，担当产业部门与教育部门的协调员，向上争取政府的支持，向下疏通产业关系，促进校企项目合作，参与办学，鼓励优秀设计，举办展览会，宣传设计的价值，提高设计师的社会地位，加强全社会对设计兴国的认识，并把支持艺术设计教育发展从认识水平上升为实际行动。鉴于很多行业没有规范的职业认证制度，因此，行业协会应该敦促政府认识到设计师职业认证的重要意义——没有明确的社会身份和地位，设计教育就成了无的放矢，创意产业所需要的人才队伍就无法真正建立起来。各协会还应该为创意产业争取政府实质性的利好政策，争取获得必不可少的风险基金，鼓励有社会价值的设计作品转化为商品，使设计力转化为生产力。

媒体是当今设计教育领域不可忽视的第三方力量，尤其是专业媒体。作为独立的社会机构，多数专业媒体采取商业运作机制，如设计在线、视觉联盟等著名设计类网站，以及《产品设计》、《包装设计》等报刊杂志，这些媒体在向整个社会普及设计知识方面起到了不可低估的作用。在专业媒体的带动下，近年来，其他主流媒体也越来越关注前沿设计产业。在设计教育的研究方面，由独立专业媒体做设计方面的调研访谈，不仅覆盖面广，而且多数受访者更乐意接受，社会反响也更大，因此调研结果往往比专门的研究者更有信度和效度。同时发展独立媒体也有利于监督和促进设计教育的良性发展，有助于达到政府主管、高校自治、社会参治的高等教育多方共治局面。

联合社会教育系统，普及设计教育。一个国家的设计水平，不是一两个国际设计大师能代表的，而是体现在全民的设计素养中，反映在人们的生活质量上。正如王受之教授指出的那样，北欧诸国之所以能够在短短的十几年时间里发展成设计强国，是因为设计师和客户都有良好的设计素养，双向的成熟共同促进社会整体设计水平的提高。我们国家的情况是，市场或者很多客户没有设计意识，而很多设计师一味迁就市场，导致市场设计水平更低。因此，培育社会整体的设计素养和设计意识，是建设设计强国的重要基础。我们提倡面向大众的设计教育。大众教育是社会基础，它使教育不仅局限于课堂，还将扩展至生活方式中每一行为。学校与社会的界线将被模糊，人们从社会生活方式中激发创造的灵感，通过社会交流弥补自身的不足，社会负担起教育的责任，通过社会化将新技术、新材料迅速用于生活方式的创造上。大众设计教育的途径有：

① 在设计过程中，加强公众的参与意识。设计师与客户或者用户一起进行前期调研、中期开发、后期反馈，这不仅有助于设计师和客户或者用户的沟通，有助于加强设计的针对性及适用性，更使公众产生兴趣，激发参与意识，满足公众的创造欲望。这是最佳的客户培育方式。

② 在消费过程中对广大消费者的引导。设计师通过提供新颖美观的设计作品，向人们展示设计对于个人和社会环境的影响，培育大众的设计审美观，鼓励大众主动了解设计，激发大众的好奇心：为什么这东西是这样的？（理解过去与现在）怎样改进？（未来）提醒消费者建立绿色消费的观念，促进绿色设计。

③ 博物馆教育。博物馆不是存放文物和展品的仓库。1880年，美国学者詹金斯在其《博物馆之功能》一书中明确指出：博物馆应成为普通人的教育场所。1906年，美国博物馆协会成立时就宣称"博物馆应成为民众的大学"，教育是博物馆的基石[1]。人们甚至凭借拥有博物馆的数量来判断当地文化教育的高下。博物馆不仅提供和传播知识，还可以提高人们对艺术品的鉴赏水平。多数博物馆的展览设计优良，对培养大众的审美意识有重要影响。我们在这个方面欠缺很多。博物馆众多，每个博物馆都专门设有教育部门。MOMA在1929年建立时，就明确了其作为教育机构的任务，大都会博物馆有面向孩子的艺术教育计划，在大堂前台有专门为孩子准备的宣传品，艺术土壤的培育真正是从娃娃抓起。

④ 构建社会化的终身教育体系。"终身教育不只是成人教育、继续教育，而是为人的一生提供不间断的学习机会。构建和形成包括学校教育系统、行业（企业）教育系统、社会教育系统、网络教育系统在内的体现终身教育思想的现代教育结构体系。"[2]目前，除了北欧的瑞典、丹麦、芬兰外，国际上建立较为完善的终生教育进

---

① 段勇：《当代美国博物馆》，97页，北京，科学出版社，2003。
② 国家教育发展研究中心：《21世纪初中国教育结构体系研究》，中华人民共和国教育部网站：http://www.moe.edu.cn/edoas/website18/74/info7074.htm。

修系统的国家尚不多。而国际上较为盛行的做法是把在职人员的继续教育和本科生、研究生教育一起列为现代高等教育的三大组成部分，充分发挥大学的优势来进行社会在职人员的继续教育，以达到终生教育的目的。我们社会上各种设计培训机构良莠不齐，有的很难保证质量，迫切需要尽快建立有效的监督机制，促进社会教育规范化。

（4）联合其他学科，建设设计人才的基础工程。我们的设计教育结构体系缺乏必要的衔接和沟通。我们的本科考生虽然具有比较扎实的写实造型基本功，但是在创造精神、动手能力、批判精神、独立思考能力、团体合作精神等方面欠缺很多。尽管招生院校的文化课成绩一再提高，但是学生的价值观念却差强人意。客观地说，这些问题严重限制了本科教育质量的提高。可持续发展的设计教育需要建立扎实的基础工程。因此，很多专家呼吁设计教育要从娃娃抓起。我们小学和初中阶段现有的美术课只是主修课程之外的点缀，不如改为设计启蒙教育，结合实际生活，激发孩子们发现问题、提出问题、分析问题、解决问题的能力，在这个过程中贯穿艺术与科学方面的基础训练。

鉴于设计教育在培养创造性、解决问题的能力、融汇知识的能力等方面所具有的普遍性意义，英国艺术设计教育组织已经把设计教育变成普通教育中的一门学科。英国设计教育协会针对中小学的艺术／设计／技术课程进行了调研与评估，报告认为，小学阶段设计技术课程的弱点是：缺少对功能的关注，设计课程教学枯燥，学生缺少技术知识，缺少实践技能，这是由该学科的边缘地位决定的。中学阶段设计与评价的有效性体现在学生精确的创意和技能。在关注功能时，学生反应很好。他们看到了为满足特定需求而开发产品的重要性，理解了模型怎样帮助他们在最终生产前用方法测试产品和制造。在初中阶段，设计与技术课程受到欢迎，成为第四大学科，紧排在三门核心学科之后。然而，该课程在四年级时不作为必修课，教师为了确保安全和卫生而采用复杂程序限制设备使用。报告指出初中阶段设计与技术课程的问题是：程式化的作业，艺术设计与设计技术脱离，能力较差的学生对设计训练所需要的文书工作望而却步。[①]

设计能力归根结底是创造性地解决问题的能力，这是每个人与生俱来的能力，并且是可以发展的能力，是促进人类不断进步的能力。古代人的发明，现代人的创造，都是人类设计能力的见证。一件优秀的设计作品往往结合了人类的审美素养、科技素养、人文素养。因此，越来越多的设计教育者认为，"设计应成为一般教育的必修课程，就像数学那样。数学是分辨对错，设计是分辨可行性，设计是一种假设，学会设计就学会了'预见'。我们需要一套新的教学，把设计提高到和数学一样重要的地位。学会了预见，任何行业的人，都能针对问题，有创新的看法，新的预见。大胆假

---

① DESIGN EDUCATION report 2006。

设。科学发现来自大胆假设。学理工的学生学了设计，也许今天会有更多的发明家。设计能把不同行业、专业学问整合在一起。"①

我们的普通高等教育是专业模式的，往往只培养单一素养。设计学科在这方面具有综合的优势。每个学科都可以在各自领域对设计教育有所贡献。设计的本质和特征，是我们要做的其他事情的核心。设计教育就是要发展每个人的设计意识，包括：喜欢理解和洞察人造世界的产品、场所；参与影响个人和公共生活的设计决策；在生活和工作中体现对设计的理解；理解环境是怎样塑造出来的，以及未来将会怎样；设计与价值和评价者有关，即你想怎样生活？设计教育必须提升价值的意义，尊重他们的文化和个人差异。人造环境显示许多不同的影响：经济、社会、技术、美学、道德、政治，在其中找到平衡是一种评价行为，设计要提出最具包容的包含一切可能的潜在方案。设计研究发展了人类的设计意识和设计能力。设计依赖于联系和有目的的交互，使感知、分析、建议、交流、技术、手艺和谐发展。除了语言和数字，设计的发展和交流还依赖于图像和模型。这就综合了形象思维和逻辑思维，有助于开发创造性思维。设计教育的这些特点可以融入其他学科中去。在其他学科中运用设计思维和设计方法，将对培养创新设计人才的基本素质、提高学生的综合能力、培养创造能力起到重要作用。

美国《商业周刊》文章说，随着创意经济的兴起，著名大学的商学院正在与设计机构挂钩，有些甚至开始成立自己的设计研究院。例如，斯坦福大学成立了由IDEO公司的创始人、工程学教授大卫·凯利创办的设计研究院（D-school），商业、工程和设计专业的学生都将在这里学习设计思想和战略。伊利诺伊技术学院的设计研究院（ID）是另一家美国顶级设计学院，它已经为美国的大企业输送了大批毕业生。哈佛商学院开设的创新流程管理课、西北大学开设的产品开发与设计课及乔治敦大学开设的新产品与新服务的开发课程等均深受工商管理系学生的欢迎。卡耐基梅隆大学的Tepper商学院为工商管理系学员开设的综合性产品开发记录课是美国最好的教学计划之一。在这个课堂上，设计师、工程师和市场营销人员济济一堂，共同开发具有实际应用价值同时又有商业可行性的产品模型。加利福尼亚大学伯克利分校哈斯商学院的高级讲师莎拉·贝克曼负责为学生讲授一门名为"用战略性商业问题角度开展设计"的课程。这也是宾夕法尼亚沃顿商学院开设高级教育项目——设计、创新与战略课程的前提。

---

① 胡宏述：《设计教育的新任务》，载《2001年清华国际工业设计论坛及全国工业设计教学研讨会论文集》，282页，北京，清华大学出版社，2003。

第10章 教学层面的策略

10.1 保证学生品质的方针策略

10.1.1 提高生源质量的策略

在1999年《亚洲周刊》亚太地区最佳大学排名评价指标体系（1999年）中，新生质量和师资力量的比重各占25%，合计占到一半。可见新生质量对一流大学的重要性。提高生源质量最直接的途径是通过合理的招生制度选拔优秀人才。我国美术专业考试模式形成了几十年不变的固定套路，几乎达到能够被各类考前辅导班准确预测的地步。每年考试季，全国各地万人同画一组静物的壮观场面世界罕见。这种很没有创意的考试模式，与以创新为生命的设计教育格格不入。学生的思维模式即使没有被应试教育所僵化，也被各类眼花缭乱的、以赢利为目的的美术高考辅导班和辅导教材所误导，导致他们在吸收新知识、学习新思维的时候包袱很重，转型困难。从发达国家设计教育的经验来看，对设计学科来说，绘画功底不是最重要的因素，重要的是对设计的领悟力、思考力，创新意识，人格品质，学习态度等。这些基本素质决定了学生未来的发展潜力。如果要考察学生的绘画功底，现场考试后的集体判卷和递交作品后的集体判卷没有本质区别。现场考试与其说是固守传统考试模式，不如说是基于对学生的不信任，以及对教育系统内部的不信任。八股模式的美术考试并不能考察绘画技法之外的更重要的方面，也许仍旧适合纯美术类的学科，但是已经不适合创意经济时代的设计学科的要求了。

从更高的层面来看，招生制度是培养创新性高素质人才的一个重要环节。单一的评价标准限定了生源的素质，全面发展的人才是可持续的人才。改革招生模式更重要的意义是引导学生全面发展，这是教育的核心目标。"国外一流大学的录取标准不仅要看考试成绩，同时要看你潜在的能力，是不是具有未来发展的前景，再看看你动手能力，什么钢琴啊，体育啊，再看看你社区的服务，看你有没有对社会的关怀，对残疾人、老年人，对环保等这些方面。多方面表现你的东西越多，越有利于你进最好的大学。即便是你考试成绩不是最好。"①

美术高考是指挥棒，美术学院有义务审视和研究其招生制度否科学合理，避免由于考试制度带来的生源质量问题影响到教育质量。在一次考察访问中，芝加哥美术学院院长郑重地介绍说，其招生部主任决定着该院的教育水平。目前国际上有三种入学模式可以参考，如美国的宽进严出、作品加面试制度，英国的预科班制，日本在强调文化素质的基础上再加试美术等。各学院可以根据自身的办学理念，打造适合自己的招生模式。用人性化的人才选拔模式代替机械化的标准考试模式，不仅可以大大减轻考生（及其家长）每年考试季里东奔西跑赶考的负担，还有利于扩大招生范围，使生源背景多样化，招收到更有志于设计的学生。以精英教育为目标的学院可以作为招生模式改革的试点，整个生源选拔过程应该在民主透明的制度下进行，并且有必要采取面试制度，以保证能够挑选到有志于追求卓越的学生。

提高生源质量的另一个途径是加强与九年义务教育阶段的衔接，从基层开始为设计教育培养广泛的生源。比较长远的计划是将中小学阶段的美术课程和科技课程整合为设计课程，培养学生的动手能力和解决问题的能力，结合艺术与科技的内容，由纯粹的造型能力训练变为设计基础训练，由抽象的科技原理发展出造物计划，根据不同年龄段的知识结构不断加深课程内容。这个长期计划是提高我国大众设计素养、提高整体设计水平的根本，但是需要全社会的认识和努力。短期计划是提高生源直接供给单位的教育质量，这个可以由美术学院控制。目前设计类生源主要来自美术学院附中、生源基地、美术类职业高中、普通高中等。我国主要的美术学院都开设有附中，作为自己的美术人才储备基地。由于长期受美术高考制度的影响，教学上凸显单一的美术培养模式所带来的问题：偏重美术技能训练，忽视文化课程，单一的文科知识结构等，随着美术学院的转型，这些附属中学也面临着学科定位的转型。现在有很多美术学院为了扩大生源范围，在全国与当地普通高中共建生源基地，使来自普通本科的生源比例不断增加，尤其是理科生源增多，这是一个好现象。设计学科是综合学科，多样化的生源背景，有助于同学间互相合作，构筑合理的知识结构。

改革机械化的考前培训模式。国外也有艺术类职业高中，但是设计专业更多的生源来自普通高中，学生多数没有接受过系统的美术训练，因此，有的国家在普高的基础上实行一年的预科制度，也有很多设计学院在寒暑假期间开展短期预科项目。比如

---

① 丁学良：《世界一流大学》，北京，北京大学出版社，2004。这里转引自新浪教育：http://www.sina.com.cn，2005年1月10日。

美国本科设计教育排名第一的罗德岛设计学院每年举办的寒假预科班，来自全国甚至全世界的高中生，在6周时间里体验大学生活，住在学院的学生宿舍里，周末参观博物馆和其他文化场所，平时接受类似大学里的工作室课程，主要课程是基础设计、素描和艺术史，然后在21个专业中任选一个进行集中学习。学生在这里完成的作品可以在报考大学时作为参考。与我们的考前培训班提供的高强度单一技巧训练相比，这种贴近设计教育实际情况的短期培训模式对学生显然更有意义。

10.1.2　以人格教育为基础的育人策略

人格教育，这是一个不得不提出来的问题。整个大学阶段，不仅是一个人掌握谋生本领的最佳时期，也是人生观、价值观的形成期，应该倍加珍惜。然而，我国高中生多数是独生子女，考哪所大学、选什么专业，都是由父母决定，很少能够根据自己的爱好和兴趣以及能力判断自己未来的发展方向，更没有能够付诸实践并努力追求的远大理想。有的大学生社会习气很重，一心向往享受娱乐型的生活，学习态度差，时有旷课、弄虚作假的现象发生；有的抗挫折能力差，只听表扬不听批评，遇到问题就止步不前；有的守信能力差，在小组合作中屡屡缺席；有的缺少基本的礼貌修养。尽管这些习气是大学之前就形成的，但是如果学校和教师对这些问题听之任之，无疑会滋长不良学风，很难培养出有责任感的未来设计师。学生的人格素养、道德品质决定了未来的发展方向。道德品质的六大支柱是"信赖、敬重、责任、公平、关怀、公德"。加强学生的人格教育是提高教育质量的重要基础，每个教育者必须认识到课堂不仅是知识的传播地，还是人格培养的最佳场所。复旦大学党委书记秦绍德认为完备的人格教育就是通识教育，香港中文大学校长刘遵义则称为"全人教育"，即学校不但传授知识和技能，还要进行品格和价值观的培养。早在1941年，提倡"通识为本，专识为末"的清华大学校长梅贻琦先生，就把人格教育分为"知、情、志"三个方面的培养，要求学生"不取巧，不偷懒，不作伪"，避免"习艺愈勤，去修养愈远"的状况。

经济主导下的社会发展选择了实用主义和功利主义方向，经济回报率高的专业成了人们趋之若鹜的热门专业。作为对社会发展过度商业化的批判，为了修正片面发展科技和经济所带来的越来越多的弊端，为了避免大学沦为就业的实用工具，近年来国内以复旦大学为首的5所知名大学开始重新提倡通识教育。通识教育者持"生活大于事业"的自由主义人生观，认为具有完善人格和综合素质的人才，在社会中具有普遍通达的应对能力。专识教育者持"事业决定生活"的实用主义人生观，认为必须凭借专业特长才能在激烈竞争的社会下生存。事实上，无论职业教育、专业教育、通识教育，要想避免培养庸才，良好的人格素质是基础的基础。对企业来说，人才应有"八种素质"：合作开放、学习、创新、自信乐观、责任感、自律、理性和执著追求①。我们需要的高级设计人才一定是一个具有高度社会责任感的人，一个既有综合的个人素养，又有专业能力的复合型人才。近年，部分美术学院大力开展人文素养的教育，提倡经典诵读，加大人文类课程的选修比重。我们希望这些措施在增加学生的文史知识的同时，对提高情操和志向等人格素养也能产生潜移默化的作用。哈尔滨工业大学校长王树国教授介绍说，国外一流大学看重的是学生的基本素质，比如诚信、奉献，而学生学习的目的是追求志趣，大学必须保证培养质量，否则没有返修的余地②。何时我们学生的价值取向转变成非功利性的，何时有正确的学习心态，何时才能有一流的高等教育。

10.1.3 提供创新型人才的生长环境

我们都知道设计学科的发展高度依赖创新，没有创新就没有设计。设计教育就是一种创新教育。创新的意义在我们这个知识社会尤其重大。我们的教育从来没有像今天这样重视创新。然而，长期封建社会造成我们整个社会集体意识是维护传统，害怕旧有秩序的改变，更害怕创新中的挫折，这给创新教育造成一定的困难。同时，学生在应试教育环境下也已经养成了循规蹈矩的接受型学习习惯。一个例子是，为了实现学生的个性化教育，率先实行自主招生的复旦大学仿照国外一流大学的做法，实行导师团制度，从入学开始，一位导师带几位学生，随时为学生提供学习和生活的全方位咨询和帮助，鼓励学生制定未来4年的学习规划，指导学生选课、选择专业，全程跟踪学生的发展。应该说这是一种对学生负责的制度。但是据报道，多数学生对此感到不适应，几乎没有学生去找老师咨询，导致导师制度形同虚设。我们的学生已经习惯了填鸭式教育，习惯于由老师和家长来代替思考自己的发展问题，因此没有问题和老师探讨，也有的学生害怕和导师交流，不会交流。在独立思考、人际交流等方面严重欠缺。因此而兴起的素质教育喊声大、效果小。创新教育要想不重蹈覆辙，必须依靠教育各环节的协同合作，转变教师的教育观念和学生的学习观念，建立以学生为主体、以创新为核心的教育理念。

自20世纪90年代以来，美国大学不断进行教育创新，坚持一个"中心"、三个"结合"，即以学生为中心，课内与课外相结合，科学与人文相结合，教学与研究相

---

① 人民网：http://www.people.com.cn/GB/shenghuo/78/113/20030313/943121.html，2003年3月13日。
② 陈宝泉：《我们向世界一流大学学什么——访哈尔滨工业大学校长王树国教授》，载《中国教育报》，2008年9月11日第9版。

结合，逐渐形成了独具特色的创新人才培养模式[①]。所谓创新型人才，就是具有创新意识、创新精神、创新能力并能够取得创新成果的人才。创新人才首先是全面发展的人才。著名心理学家吉尔福特将创新能力解析为6个主要成分：敏感性、流畅性、灵活性、独创性、再定义性和洞察性，并认为"科学家成功与否很大程度上取决于他提出问题的能力"。布鲁巴克说："最精湛的教学艺术，遵循的最高准则就是让学生自己提出问题。"

知识社会最重要的能力是学习能力，特别是研究性学习能力。学生的创新能力是通过知识、创新方法、技巧、策略的传授，以及在解决问题的过程中得以培养和训练。研究性学习是指在教师指导下，以类似于科学研究的方式，主动提出问题、思考问题、解决问题，获取知识和技能，形成观点和思维方法的学习方式。提高学生研究性学习能力，需要采用有利于创新的教学模式。美国著名学者布鲁斯•乔伊思（Bruce Joyce）等在《教学模式》一书中提出了4种类型的教学模式，即社会型、信息加工型、个人型和行为系统型。社会型教学模式的功能主要是培养具有合作学习能力的人；信息加工型教学模式主要强调学生获得及组织资料、形成概念的内在动力和能力；个人型教学模式则强调个人的发展，注重个人独特性格的生成，使个人真正意识到自己的命运的责任；行为系统型教学模式则集中在可观察的行为、已明确的任务以及教给学生进步的方法上。这些模式都有助于创新能力的培养。当然创新型教学不可能固化为哪一种模式，但是无论何种模式，我们都需要根据教育内容研究与创建激发学生创造性的教学情境。

10.2 师资建设的方针策略

10.2.1 师资结构的多元化原则

（1）保证师资类型结构的多样化。我们传统的师资管理模式是力求稳定师资队伍，以不变应万变。然而，哈佛大学前校长陆登庭说过这样一段话："除非大多数年轻教师在试用期内就离开学校到其他地方去谋职，允许学校每年都不断地聘用新的年轻教师，这些人把他们的新思想和他们受到的最新培训带到学校来，否则学校很快就会变得停滞不前。理想的状况是学校各级人员不断更新，在许多领域知识变化迅速的情况下，

---

① 张晓鹏：《美国大学创新人才培养模式探析》，载《中国大学教学》，2006年第3期，7页。

这一点尤为重要。"可见多样化的师资结构、灵活的用人制度是教育创新的前提。

设计学科从事专业教学的师资类型主要有教学研究型、专业实践型、专业理论研究型3类。各学院应该根据自身定位来确定师资类型配置比例。定位在教学型的学校，要以教学研究型教师为主要力量；定位在研究型的学校，要以理论研究型教师为主力；定位在实践型的学校，要以专业实践型教师为主力。

教学研究型教师有3个特点[1]：首先，他是一个反思型实践者，能够对自身的教育教学行为进行系统化反思，把教学过程本身作为研究过程；其次，他是一个校本研究者；最后，他是一个行动研究者，行动研究主要指情景的参与者基于解决实际问题的需要，与专家、学者或组织中的成员协力合作，以问题为研究主题、以解决问题为目的进行的系统研究。当所有的教师都参与教学研究的时候，教学质量必然能够得到提高。

专业实践型教师在承担教学任务的同时活跃在设计第一线。这种双师型教师有助于促进产学研合作及知识转化。同时，把教师个人的设计实践经验与课堂教学的需要真正有效地结合，是提高学生实践能力的重要途径。设计属于时尚创新的行业，需要流动性很强的设计实践类师资。国外的做法是聘请著名设计师加入兼职师资队伍，不断带来新的设计潮流、设计理念和设计方法。专业实践型教师的科研项目多数是以创收为目的的设计实践，比较容易出现重创收轻教学的状况。今后需要拓宽科研领域，比如，如何将设计实践转化为教学实践需要，如何将设计经验转化为设计理论，以及如何结合设计理论进行设计开发研究，都可以作为实践型教师的研究项目。

专业理论研究型教师是专业理论前沿的探索者、新领域的开拓者，学科理论建设急需充实的教师队伍。目前我们迫切需要综合社会学、教育学等其他学科的理论，拓展设计理论的研究范畴，加大设计学科的理论研究力度。理论性质的科研出成果的周期相对较长，因此这部分教师队伍需要相对稳定，并给予足够的资金支持。科研任务重的教师，应该适当减少教学量。在授课模式上，理论课也应该取消照本宣科的教学模式，鼓励新的授课方法，尤其应该增加学术讨论课，以培养当前学生缺少的阅读能力、独立思考能力和批评精神。理论研究型教师的数量和素质，是提高一所学院研究水平和学术声誉的关键。理论研究包括基础研究、应用研究、发展研究，我们往往只有应用研究，学科基础研究少，发展研究更少。加州大学一般从事3类科研：为设立新课程或制订新教学计划而进行的科研，与现有课程有关的科研，与加州社会发展中出现的问题（如环境、经济问题等）有关的科研。

这3类教师中最容易被忽视的是教学型教师。目前的评价体系更关注教师的研究成果，由此而导致教师对教学的投入不足。谷歌全球副总裁李开复在博客中尖锐地指

---

① 管锡基：《教师应该成为怎样的研究者》，载《中国教育报》，2005年8月13日。

出："中国许多高校普遍存在着一种重'研究'而轻'教学'的倾向。在评价院系或教师业绩的时候，发表了多少被SCI收录的学术论文，或完成了多少国家级的科研项目，往往成为了最重要的评价标准。至于一个院系在教学改革或课程设置上花了多少精力，或一名教师在培养学生方面投入了多少心血，却往往少有人过问。而一个优秀的教师往往是激励学生向上、好奇、兴趣最好的方式。所以，重'研究'而轻'教学'的体系本身可能扼杀未来的21世纪人才，以至于无法满足企业客户的真正需求。"

（2）保证师资知识结构的多元化。师资队伍具有广泛的学术背景，有利于百家争鸣和知识创新，有利于为学生构建综合的知识结构。目前40岁以上的教师中，美术背景的占多数，40岁以下的教师中设计背景的占多数，文科背景的占少数，理科背景的占少数。一般可以通过建立兼职教师队伍来弥补师资知识结构的不足。追求国际化发展的，可以聘请世界各地的人才。

扩招引起的师资匮乏致使学院大量留用毕业生，造成学术近亲繁殖现象严重。据《自然》杂志报道，如果将"学术近亲繁殖率"定义为"大学师资队伍中本校毕业生所占比例"，用一个国家发表的论文量和论文被引量占世界总量的百分比来反映一个国家的科研生产率，则发现，科研生产率与学术近亲繁殖率负相关。这很容易造成学术单一、教学思维封闭。近些年来，学院开始重视师资的"学缘结构"问题，努力保障师资来源多样化。

资料[①]：

> 2002年，山东大学与武汉大学、厦门大学、中山大学等院校签订全面合作协议，除了高校合作中常见的"图书资源共享、交换培训师资"等合作意向外，还提出了互派学生定期到对方修课并相互承认学分这一举措。当时，有媒体称，这是中国高校对于"近亲繁殖"的破冰之举。

> 2003年，南京大学向全球公开招聘149名正教授、149名副教授。高校敞开校门，面向海内外大量吸纳人才，这在我国无疑是破天荒之举。

> 从2003年年底起，北京大学原则上不再留本校博士毕业生当老师，教师结构目标是"三三制"，即从国际、国内"引进"教师与本校"自培"教师，各占1/3,这在高校目前还不多见。

> 2003年，就在"本硕连读"班市场前景最好的时期，武汉理工大学宣布停止所有"本硕连读"班的招生，目的是遏制学术近亲繁殖，使学校和学生都能得到好的发展。

---

① 刘昆：《学术"近亲繁殖"制约自主创新》，载《光明日报》，2006年1月23日。

10.2.2　师资建设的团队化原则

从某种程度来说，教学质量就是师资质量。学校要有竞争力，必须想方设法增强吸引住人才。这不仅取决于外在的物质条件，更重要的是团队的凝聚力。有必要借鉴管理学理论，把教师队伍当做一个团队来建设。凝聚力的核心是共同价值观、共同的目标、高度交互信任、良好的交流意愿。学校必须为此营建一个支持性环境，这个环境主要是精神环境、文化环境。

（1）首先要有民主与平等的氛围。现代教育日渐社会化，大学教师也走出了象牙塔。有的教师社会活动能力强，有的设计实践能力强，有的研究能力强，有的教学能力强，也有很多教师兼具设计师、教师、学者、社会活动家等多重身份。学校应该制定不同的政策，鼓励教师发挥所长。不能要求所有的教师都搞理论研究。对于创作实践型的教师来说，要给予创作的时间和支持，对于搞理论的教师同样要给予研究的时间和支持，使偏重教学和偏重科研的教师拥有同样的发展空间，只要教师在各自的岗位上作出成绩，都应该给予鼓励和奖励。

作为团队的领导者，校长要从管理者发展成为卓越的领导者、教育家。一个好校长必然是一个教育家，校长的教育理念就是大学的理念，决定了大学的发展方向、价值标准、管理模式、培养模式、专业结构。卓越的领导者，能在信任、支持的基础上，扶持教师发展，激发教师的积极性，能够将学校的教育理念推行到团队成员中，变成教师的自愿自觉，使教师产生牢固的归属感和责任感，从而形成合力，将设想付诸实践。

（2）其次要创造良好的交流氛围。大学教师一般不用坐班，因此，教师之间、领导和教师之间的交流甚少，团队氛围弱。因此，必须加强团队成员之间的合作交流以及情感交流。项目合作、教学研讨、集体创作、定期的教师座谈等方式，有利于加强教师之间的联系。师资队伍的衔接也需要沟通，既给青年教师创造进步的条件，也应该发挥老教师的作用，带动青年教师成长，同时关注老教师的退休生活，因为老教师是青年教师的榜样和未来。

（3）再次实行人文关怀与休养生息政策。我们目前的办学体制、人事制度、资金成本等方面不允许我们大量引进或者频繁更换教师。因此，师资培养是我们教育政策和学校发展的一部分。近些年来，一些院校由于扩招的原因，教师的教学和科研任务都加重了，很多教师超负荷运转，教师压力很大，但是师资培养却没有跟上。以人为本，也包括对教师群体的关注。我们的教师也在成长之中。教师的知识结构和人格素养直接影响到学生。设计学科的知识更新很快，我们应该制定休养生息政策，为教师提供进修、研究的时间与经费支持。从制度上保障师资培养经费，鼓励教师在职培训，鼓励教师在设计实践、教学实践、设计研究等领域流动，鼓励教师加强对设计艺术教育的理论化研究与学习，不断改进教学方法，鼓励教师开发新课程。

（4）最后建立组织文化，建立共同的文化氛围。美国管理学家哈里森（Roger Harrison）曾提出了4类组织文化：①权力文化（Power Culture）。一小部分高级经理以命令方式行使绝大部分权力。基本信念是强硬的立场有利于组织利益。②角色文化（Role Culture）。这种文化关注官僚式程序，如条文、规定和明确界定的角色，因为其信念是这样有助于系统稳定。③支持型文化（Surport Culture）。对寻求统一、共享价值的人们提供群体或相互的支持。④个人文化（Person Culture）。这种文化氛围鼓励自我表现和追求独立，其目标是成功和成就。大学教师团体的文化氛围应该适合自己的办学理念、办学特色。

10.2.3　师生关系的和谐化原则

教育质量最终要靠教学来实现。传统的教学结构是教师、学生、内容。教学效果取决于教与学两个方面的积极配合，这是内在的动力机制。如果能够真正协调好这两个方面，不需要外部监督就能够保证教学质量。首先是教的方面，包括教师的观念、素质和能力，以及教学的内容、教学的方法、教学环境。其次是学的方面，包括学生的观念、素质和能力，学习的方法，学习环境。对于教的一方来说，教学内容和教学方法是关键；对于学的一方来说，关键是学习的主动性。相对于教学设施等硬环境来说，教材建设、学习氛围等软环境的营造更关键。那些考上大学的贫困学生的经历告诉我们，有时候甚至有没有课桌都并不重要。

当前制约设计教学质量的诸因素中，教师能力是关键。设计是创新型的新学科，没有长期固定的教材，授课内容是教师编写的，教学过程也是教师来控制的。面对几乎是没有任何设计基础的学生，教师的素质、水平和教学能力几乎就决定了一门课的教学质量。不管我们的宏观目标制定得多么宏大，策略办法制定得多么周密，微观来看，教学质量就是每一堂课的质量。深入进行教学研究才是立校根本。优秀大学尤其注重本科教学研究。华裔数学家丘成桐介绍说，哈佛数学系每年至少开一次到两次会议，讨论本科生的进展，所有教授都参加这些讨论，同时所有资深教授都教本科生，更有3~5个以上资深教授花长时间和一、二年级学生交流。

这让我们想起了著名的霍桑实验。人是社会人，是作为社会的一员而存在。一个人的思想、情绪和行为，无时无刻不在受着周围人的影响。人的积极性产生于和谐有益的社会关系之中。生产条件的变化固然影响着劳动者的生产热情，但生产条件与生产效率之间并不存在着直接的因果关系。改善劳动者的士气（态度）及人与人之间的关系，使人们心情快乐地工作并对自己的工作感到满足，这才是增加生产、提高效率的决定性因素。师生双方是教学活动中最重要的因素。师生之间的和谐默契，是教学效果的重要保证，是提高学生满意度的重要指标。我们的教育体制下，教师处在主动的一方，学校需要建立多种渠道，鼓励教师与学生的交流沟通，带动学生学习的积极性。

10.3 课程建设的方针策略

10.3.1 课程体系的特色化

课程建设是高等学校加强教学工作的重要环节，是落实教学计划、提高教学质量、实现培养目标的最基础工程。设计学科的课程结构一般包含三大类7小项：通识类课程（人文类、科技类、语言类）、专业类（设计学科共同基础课、各专业类的基础课、各专业设计实践课、各专业理论课）、选修类。我们首先可以根据高校教育的办学类型来确定决定课程类型结构的比例关系，图10-1是一个大致的构想。

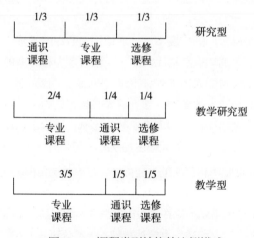

图10-1　课程类型结构的比例模式

　　然后把办学类型和学科定位进行组合，可以产生出多样化的办学特色（图10-2），据此来规划出独特的课程体系。办学类型决定课程结构比例，学科特色决定了专业课程设置的侧重点。办学类型、学科特色和专业方向的调整，课程体系、课程结构和课程设置的改革，最终都将落实到课程内容上来。各校可以根据办学定位研发具有特色化的课程体系，例如，偏重科技研究型的设计教育的课程体系，商业研究型的课程体系，社会研究型的课程体系，艺术研究型的课程体系；科技领域、商业领域、社会文化领域、艺术领域的应用型的课程体系，或者教学型的课程体系。

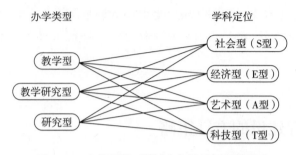

图10-2　办学类型+学科定位的特色组合模式

　　我国目前还没有专门的设计类大学，设计教育的主要力量是美术学院内的设计学院。这些学院基本都办成了教学研究型的专业学院，目标是培养复合型、高素质的从业人员，一般都涵盖博士、硕士和学士完整的层次，在专业设置上也面面俱到，有的多达三四十个专业方向。课程体系通常是由各专业系自行规定，这些专业体系互相独立，还没有发现哪所学院能够打破专业壁垒，实现设计学科内部的融合。但是就同一专业来看，全国各学院的课程设置基本雷同，都延续了中央工艺美术学院的衣钵。于是就出现了这样的现象：学科上应该统一综合，实际上却壁垒森严；专业方向上应该各有特色，实际上却大同小异。课程体系上普遍存在着重实践轻理论；研究型课程少，技能型课程多；基础知识的广度不够，理论知识的深度不够；专业知识不新，技术知识过时等问题。学生的知识结构比较单一，综合能力和思考能力较弱。这样的本科教育很难为硕士以上层次的人才培养打下足够的基础。我们必须认识到，如果我们本科教育目标定位是复合型人才培养，那么首先必须打破内部专业壁垒，改变各系保守的态度，淡化专业，突出课程，加大通识教育比例，给学生知识重构的余地，拓宽学生的专业选择范围，如此才有可能大幅度提高教学研究型学院的教育质量。

　　教学型专业学院主要是本科层次的专业教育，是培养满足市场需求的应用型高级设计人才。以应用为主的教学型本科设计学院数量不足，还不能够担当起普及设计教育的重任。于是，这部分的任务事实上落在了应用型的专科教育层面。自20世纪50年代按苏联模式进行"院系调整"以来，我国高等教育基本上是分科式的专门教育，培养的理想范式是专业技术人才，为我国的工业化建设奠定了人才基础。但是，在日新月异的知识经济时代，知识和技术更新很快，这种单一的专业培养模式不再适合今天的时代要求。过于看重职业和岗位口径的对应性，会使专业教育变成职业教育，使学生的知识结构狭窄，不利于个人的可持续发展。由此来看，更务实的专业教育的课程体系建设需要在以人为本的教育理念下，以素质培养为重点，拓宽知识面，拓展专业的应用领域，增加培养创造能力和学习能力的课程；创新实践型的课程体系，将技能型教育转换成创新型教育；开发全面的素质为基础的专业教育模式，为终身教育做准备、打基础。

　　研究型设计学院以培养高素质的、研究型、创新型的精英设计人才为目标，主要是硕士和博士层面。在大众化时期精英教育机构仍是人们向往的地方，尤其是那些精英型的研究性、综合性大学仍将担当着代表国家学术领先水平的重要角色。我国目前还没有这种类型的设计学院。精英教育属于通识教育。通识教育意味着模糊专业界限，打破学科内的专业壁垒，打散原有的课程界限及框架，以学分制为保障，用课程来构建综合交叉的知识结构，加强理论与实践的综合课程模块、学科交叉的课程模块，创设新型的、跨专业、跨学科的综合课程体系。

10.3.2　知识结构的系统化

"没有任何一个机构可以把自己称为大学，除非它们能够为学生选修任何一个他们感兴趣的知识领域，提供非常充分的条件。"1859年美国密歇根大学为其课程体系制定的这个标准，说明了大学科目的广度和深度非常重要。作为专业学院，设计学院不可能提供如综合大学那么完善的课程体系，但是，作为一个综合学科，设计所需要的知识结构相对来说比任何其他学科都要宽广。

从知识结构来看，设计学科的内容涉及自然科学、人文科学、社会科学等方面的知识。具体来说，有四方面的来源：一是继承传统的美术教育和工艺美术教育里的教学内容，比如造型艺术（如绘画、雕塑等）、工艺美术（如陶瓷工艺、玻璃工艺、金属工艺、纤维工艺等），这部分比较侧重艺术和技术实践；二是艺术与其他学科领域相结合产生的交叉学科，比如设计哲学、设计心理学、人机工学、材料工艺学、机械设计原理、广告传播学等，这部分比较偏重理论；三是设计实践中对专门领域的研究而形成的学问，比如产品设计、服装设计、视觉传达设计、室内装饰设计、信息设计等，这部分是实践性的知识，即以任务为中心的知识，比较偏重设计方法和程序；四是对自身的发展研究所形成的学科，比如设计艺术学，这部分尚未完善。作为新学科，这些内容仍处在不断发展完善的过程中。

为了避免课程体系单薄与结构失衡的问题，在规划专业课程体系时，可以将某个专业的课程内容纳入到学科整体框架中，根据该专业在框架内的定位，来确定4个方面在课程结构中的百分比。例如，科技型的设计专业，其与科技类学科的交集应该占50%，然后根据自身定位决定艺术、文化和经济其他三方面课程的比例关系。我们以清华大学美术学院信息设计系的课程体系为例（图10-3），将其涉及的学科进行归纳，然后纳入到四维的SEAT框架（图10-3），可以发现，该专业的知识结构比较偏重于科技，基本符合该专业在整个学科框架内的定位，但是经济类、商业类的课程比例过少将会限制该专业研究成果的知识转化。举一反三，其他专业的课程体系是否符合设计学科的知识结构也可以用这种方法考察出来。未来的不确定性很强，任何专业都需要采取开放的知识结构体系，在不断丰富专业课程内涵的同时，拓宽专业辐射面，延展专业知识结构，建立综合的知识结构体系。

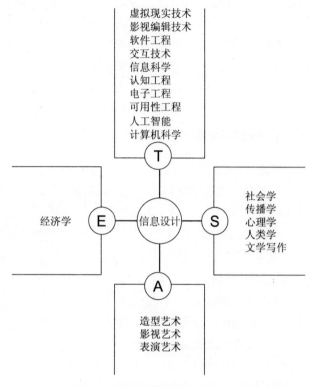

图10-3 将专业的知识体系纳入学科SEAT框架进行考察

10.3.3 实践课程的知识转化

尽管设计学科是应用型的，但是设计教育长期以来被诟病的一个问题是学院派的课程体系与企业的需要相差太远，很多设计专业学生都能拿到国外的创意设计大奖，却很难设计出市场对路的产品。对此，我们一方面需要认识到"十年树木，百年树人"，设计师乃至设计大师不是短短4年能够培养出来的。另一方面更需要认识到，我们为社会培养设计人才，闭门造车、单打独斗是不行的，设计教育必须与所服务的企业共同成长。国内的企业还没有认识到设计研究是设计的核心，学生在学校学到的设计方法到了企业就变成多余的；学生没有意识到市场环境和材料成本工艺技术等诸多条件的制约，因此，设计的作品无法生产。很多诸如此类的矛盾和问题需要双方的合作加以解决，这些问题的解决必将促进双方的成长。实践课程体系，或者高层次专业知识课程开发与改革，必须由学校、企业双方协同合作方可完成。根据国外经验可以有以下途径。

（1）邀请企业进入学校建立研发机构。国外著名设计学院尤其是教学型的专业学院，都有大量国际著名企业设立的研发机构。发展特色专业，以项目驱动的设计研究促进设计实践。校企共同开发实验性的、前瞻性的、研究性的新课程，促进新思维、新技术的产生，有助于找到新的专业生长点。

（2）完善设备管理制度，为实践教学提供保障。从国外的经验来看，无论是美术还是设计学科，几乎全部将课堂放在实验车间和工作室中。作业都在车间或工作室，学校主要提供的是面积巨大、设备齐全、工种多样，且向全校开放的实验车间。设计学院的教学哲学主要是两手：一是电脑与图书资料，使学生得到全面咨询；二是实验车间与设备，学生得以进行创作、设计和思考，再训练。这两个地方是我们学生最少来的。必须动手制作成品，不只是画图[1]。长期以来，实验室条件差一直制约着我国设计教育的发展。近年国内主要设计学院的硬件设施大大改进，为落实实践课程体系创造了物质条件。

（3）完善实习制度，解决实践技能后移的问题。由于设计专业的特质，要求学校与社会相关行业建立合作关系，每学期安排实习课程，尽可能多地让学生接触到设计公司、生产企业、设计行业协会等相关行业。这样能紧密结合当前设计行业的实际需要和教学需要，并通过让学生参加老师的科研课题和产学研合作项目，使学生受到实践的锻炼。我们目前的师资管理制度下，教师很难有时间及时了解设计前沿的状况。因此，国外有些院校鼓励教师拿出少部分时间到企业兼职，获得第一手的资料，然后结合教学与科研，及时更新课程内容。

10.3.4　跨学科课程的整合化

《科学》杂志曾指出，未来大学应该是建立在跨学科的基础上。1991年，美国政府颁布了《关于发展高等教育和提高专门人才质量方案》，以政府法令形式将课程的综合化确立下来。该方案认为："加强专门人才在生产和科技部门独立工作的能力，是当前高等教育向现代化方向发展的基本方针。"为此，"要求在课程改革上，打破原有的课程界限及框架，实行跨学科的综合研究，创设新型的综合课程"，导致许多新兴边缘综合性课程的产生。这已引起国际高等教育界的关注[2]。有前瞻性的大学争相创新课程体系，开发跨学科的课程。

课程整合是课程创新的有效方式，对一些综合性、交叉性较强的学科或专业来

---

① 柳冠中：《艺术设计教育机制思考——欧洲考察汇报》，载《2005年清华国际工业设计论坛暨全国工业设计教学研讨会论文集》。

② 陈旭远、曲铁华：《21世纪中国高等教育的发展趋势》，载《东北师大学报（哲学社会科学版）》，1999年第4期，79页。

说尤其重要。美国学者雅克布斯把课程整合划分为6种不同的设计策略，包括：基于学科的设计（Discipline-based Design），即在学科的框架之内实现课程内容的整合；平行设计（Parallel Disciplines），即将两门相关的学科的某些主题安排在同一时间教学，而把建立两门平行学科之间的关联的责任交给学生；多学科设计（Multidisciplinary Design），即围绕一个共同的主题将多个相关学科整合在一个正式的单元或学程里；交叉学科设计（Interdisciplinary Design），即将学校课程中的所有学科有意识地统合在一起而形成常规的大单元或学程；统整日设计（Integrated Day Design），即完全从学生生活世界或好奇心出发而开展活动。教师对可能要学习的单元可能毫无准备，但要使活动有效，必须知识广博；现场教学（Field-based Instruction），这是跨学科设计的一种极端形式，以学生所在的学校的环境及日常的生活为内容展开学习，是一种完全的整合设计。这6种设计策略构成了一个由完全保持学科的界限的设计到没有任何学科界限的完全整合设计的连续体。[①]

我国设计学院的专业课程多数沿袭美术类授课模式，实行段落式的单元制教学，从20世纪50年代延续至今有半个世纪了。每门课程都是新的，教师和学生都是匆匆而来，匆匆而去，所有的课程都无法深入，前后课程之间缺少连续性，学生需要自己拼凑这些知识碎片。近些年有些学院认识到这个问题，作出了一些改革，比如延长课程时间，但是没有从根本上解决课程之间的隔阂这个问题。此外，基础课和专业课、专业课和理论课、校内课和校外实践课之间的疏离，也是课程建设中长期存在的问题。在设计实践中，平面、产品、动画、策划、建筑、展示等设计活动往往是交织在一起的，在知识结构中，艺术、技术、社会学、市场经济学、心理学、哲学等是每个专业都需要的，在学院派教育里，这些理论和实践却是各自为政的。针对这个问题，有的学院借助校外实践项目，把各不同专业的学生集中起来，学生在共同参与项目的过程中自行完善知识结构，这也是可以尝试的一种方法。不过，校外实践项目更适合公司化运作的模式，并不完全适合教学，学生容易学到一些应用性的职业技能，如何在这类实践课程中把多专业的知识点整合进去，需要教师在课程研发上投入更多时间，更需要事先经过教学研讨和论证。毕竟，课程是学校的科研产品，是知识生产，是实行学分制、选修制的前提。课程的深度和广度体现了教师的教学研究水平。面向设计的未来，我们迫切需要整合的课程体系。目前，跨学科教育已经成为国内外综合大学学科改革的新趋势。双学位、双硕士、跨系硕士和博士学位等制度改革，使来自不同学科的教授共同指导一个学生成为可能。目前，我国很多省份宣布高中教育将要取消文理分科，这将为我们建构文理渗透、专通结合的跨学科课程体系提供实现的基础。

---

① 徐玉珍：《从学校的层面上看课程整合》，载《课程·教材·教法》，2002年第4期，21页。

10.3.5　课程评价的非功利化

教育质量的评价来源主要有校内评价、同行评价、政府评价、市场评价、民间独立机构的评价等。我国的课程评价一般是校内评价。评价的主体是教学管理部门、同行、学生以及教师自评。教育评价的模式基本可以分为水平性评价、选拔性评价、发展性评价。20世纪80年代以后，评价的目的从奖惩和测定等功利性目的转向促进可持续发展的形成性评价、发展性评价，即通过系统地搜集评价信息和进行分析，对评价者和评价对象双方的教育活动进行价值判断，实现评价者和评价对象共同商定发展目标的过程。全面、客观、科学的评价有助于"诊断课程；修正课程；比较各种课程的相对价值；预测教育的需求；确定课程目标的达到的程度，如此等等[①]"。近年比较流行的"CIPP模式"就是一种发展性评价。斯塔弗尔比姆认为，高校过去经常使用的1942年泰勒的"行为目标模式"过于关注结果，缺少对教育目标本身的价值判断。他认为"评价最重要的意图不是为了证明，而是为了改进"，提出评估的4个阶段：Context（背景）评估、Input（输入）评估、Process（过程）评估和Product（结果）评估。应用在课程评价体系中，包括课程目标的评价、课程设置的评价、课程结构的评价、课程设计的评价、课程实施的评价、学生的发展评价等方面。评价程序一般包括制定评价方案、制定评价指标体系、获取评价信息、信息统计分析、评价结果的处理5个阶段[②]。评价标准和评价方案的制定应该考虑办学层次、培养目标的差异，评价的过程要关注教师和学生个体差异，关注教师和学生的发展，使教师和学生处于一种积极主动的状态，而不是被动地接受检验的产品。

10.4　教学保障的方针策略

10.4.1　以校为本的教研制度

为了保障教育效果，教育机构采用组织和制度的形式，预先制定一系列质量准则与工作流程，从而将生源、教学队伍、教学内容、教学条件、教学方法与手段等教学环节统整起来。保障机制一般有3种方式：一是提供经费、设备等物质条件；二是提供观念的导向、政策支持和制度保障等精神条件；三是提供管理或服务的方式[③]。其中，制度保障是核心。物质资源的利用、教育理念的实施、管理服务等，都需要依靠制度

---

① 施良方：《课程理论——课程的基础、原理与问题》，149页，北京，人民教育出版社，1996。
② 陈谋开：《高等教育评价概论》，25~27页，长春，吉林教育出版社，1988。
③ 孙绵涛、康翠萍：《教育机制理论的新诠释》，载《教育研究》，2006年第12期，22页。

来保障。亨廷顿认为，"制度不过是稳定的、受到尊重的和不断重复的行为模式"，"是一种规范性文化"，是要求大家共同遵守的办事规程或行动准则。一旦所有成员建立起目标一致的行为模式就构成了良性制度，这是保证教育质量的最佳途径。

通常，设计学院的科研比教研抓得紧。一方面因为设计是应用型的学科，项目来源比较多，教学的效益显然不如项目或者创作来得多，并且学生的成绩也不能代表教师的成就，热心教学的教师往往付出很多，收获太少，所以，我们的设计教育中，最不受重视的往往就是教学。另一方面因为师资来源都是艺术和设计领域，没有教研的意识和习惯，也缺少教育研究的知识，教研制度即使有也比较松散。通常只是以系为单位形成专业教研组，各专业系之间缺少沟通渠道。

创新教育需要我们结合学校自身的办学特色，建立校本教研制度。校本教研就是以教师为研究主体、以解决发生在学校现场的教学问题为主的一种教研活动方式。教研制度不是一种管理制度，而是为了促进教师、学生共同发展的一项保障制度。在知识社会里，我们要求学生具有学习能力，教师就要率先实践终身学习的理念。教研组应该是一个学习型组织，目的有三：第一，本着共同的教育理念，互相帮助，促进教学反思，集体提高教学水平；第二，开展课题研究，研究专业领域的前沿动向，促进教师在研究中成长，实现自身的专业发展；第三，在教研中达成共识，把学校的教育理念变为行动的自觉。

在研究方向上，必须明确学科建设是目标，创新教育是核心。面对未来跨学科发展的需要，应该设立综合教研组，研究课程体系的整合，创新课程设计。课程研发是创新教育的重点，创新型的人才应该能够根据自己的特长主动吸取知识，教学的核心就是提供学生所需要的所有课程。例如斯坦福大学，全校共有6000多名本科生，开设了6000多门本科课程，平均每个学生可以单独享有一门课程，重视教学就是以学生为本的具体表现。

此外，要使教研制度可持续下去，除了组织机构和规章制度建设外，还应该实行人性化的奖励机制。设计教育要把重心转向教学质量，就必须形成以教学质量为导向的激励机制，发挥教师教学改革和教学研究的积极性。

10.4.2　以用为本的资源系统

从包豪斯时期开始，工房车间或者实验室就是设计教育的重要组成部分。实验室的落后，长期制约着我国设计教育的发展。近些年，我国设计教育进入大发展时期，多数设计院校建立了设备先进的造型工艺实验室，如木工实验室、金属工艺实验室、玻璃工艺实验室、陶瓷工艺实验室、塑料工艺实验室、纤维工艺实验室等。如果由某个专业系来负责管理，往往在某种程度上导致实验室的开放程度和使用率不高。为了使昂贵的设备不成为摆设，真正为教学和科研服务，就需要建立合理高效的实验室管理制度。

国外设计学院的实验室，一般只有一名专业教师或者专业技师负责，聘请少量研究生助理，主要靠制度来约束。教学型的设计学院，应该由教学服务部门统一管理，根据课程和教师的要求，协调安排实验室的教学使用，确保每个学生都可以借用到课程所需的设备。教学研究型设计学院，实验室不仅要满足教学使用，更要结合科研。因此，教学研究型学院除了院系为主导的教学体系之外，还应该有一个研究体系，由多个研究中心或者研究所构成，负责科研项目、研究生培养、实验室管理，以研究成果带动教学实践。研究所负责建立开放的实验室制度，面向所有的教学层面。与企业合作建立的设计研究中心可以单独设立实验室，邀请国内外研究人员参与，壮大研究队伍，既可以提高学校的科研水平，也通过接受外来的思想影响，了解设计前沿，更新知识结构，进一步带动教育教学。

图书馆是培养学术氛围的重要场所。2007年笔者随学院的考察组访问了美国的5所著名的设计学院，多数学院的图书馆和美术馆资源极其丰富。作为公共服务机构的图书馆和博物馆多数是私人捐赠的。图书馆不论规模大小，资料种类都很丰富，除了文字和图片资料外，还有视听资料和幻灯片资料。麻省美术学院图书馆甚至收藏了中国的不少地下电影。图书馆室内设施必须人性化，复印、传真、电脑等设施齐全，功能良好，学生可以很方便地使用。罗德岛设计学院图书馆的空间设计是由学生自己设计的，很细致和人性化，既有客厅式的公共空间，也有供小范围讨论的小型私密空间，最独特的设计是在一层入口左侧的阅览室，这是一个建筑中的建筑，顶部形态是很宽的阶梯状落到地面，这样不仅其覆盖的内部空间可以用，顶部的台阶同时也是一个地面，学生可以坐在上面看书。该院还有一个由私人捐赠的标本室，有三间屋子，有上千只蝴蝶标本，大量兽角、骨骼，甚至还有一只完整的棕熊标本，室内中间有桌子，学生可以直接在这里写生。

国际著名的美术和设计学院一般都有自己的博物馆或者美术馆。目前，为了赶超一流，我国主要的美术学院基本都建立了自己的美术馆，藏品也很丰富，如果能够有良好的运行机制和服务理念来使其发挥作用，那么对丰富本校学生知识以及当地文化资源都是大有裨益的。

教育家陶行知指出："一种生机勃勃、稳定和谐、健康向上的环境氛围本身就具有广泛的教育功能。"教学环境和教学设施的特色化、人性化建设，不仅关乎教学质量，也关乎校园文化的形成。建设一个活跃的、有创造性的环境氛围，对提高学生的设计素养、对激发潜在创造力都有潜移默化的重要作用。

10.4.3　以服务为本的教学管理系统

教育部高教司[1998]33号文件《高等学校教学管理要点》第三条规定，教学管理的基本内容一般包括教学计划管理、教学运行管理、教学质量管理与评价，以及学科、专业、课程、教材、实验室、实践教学基地、学风、教学队伍、教学管理制度等教学基本建设的管理。第四条规定了教学管理的基本任务是：研究教学及其管理规律，改进教学管理工作，提高教学管理水平；建立稳定的教学秩序，保证教学工作正常运行；研究并组织实施教学改革；努力调动教师和学生教与学的积极性。正如有学者指出的，我国高等学校的教学管理部门是"行政管理和学术管理的结合部"，这是中国高校教学管理的一大特点[①]。由于承担了太多的职能，为了减少工作量，难免用单一的教学管理模式来限制多样化的教学活动，教师经常处在被支配的位置，以教学为中心变成了以管理为中心。

管理学家道格拉斯·麦格雷格（Douglas Mc Gregor）在其《企业的人的方面》一书中认为，管理人员持有的理论可分为两大类：持有X理论的管理人员认为，人类从本质上说是懒惰、不愿工作的，必须严格监督，才能确保他们尽力完成自己的本职工作；持Y理论的管理人员相信，人类从本质上说是能够自我控制、自我指导、愿意工作的。持不同观念的人自然有不同的管理模式和团队成员。高教教师群体是综合素质较高的群体，多数是"能够自我控制、自我指导、愿意工作的"。因此，国外经典大学的管理模式是教授自治。随着高等教育组织的庞大和担负功能的增多，这一模式逐渐演变为学术管理系统和行政管理系统并行。现代教学管理制度中，教学行政管理部门的功能是支持教学，是服务机构而不是监控机构，是协调教学环节的重要保障。学生管理方面也一样。家长制的管理模式，自然会使学生逐渐失去独立思考的意愿。把学生看做能动的主体，而不是被管理的对象，才能激发学生的创造潜力。教学管理要体现出人文关怀，改变僵化的管理模式。

总之，社会需求变了，教育理念变了，从入学标准到管理体制、教学模式、教学内容、教学评价都要相应改变。长期形成的管理机制是最难改变的，这将直接影响到教学质量。我们应该尽快建立灵活有效的教学管理的评估制度，定期对教学管理的方式、方法进行反思和评估，建立有利于教育创新和创新教育实施的管理观念、管理体制、教学运行机制。

---

① 袁德宁：《教学管理现代化与教育创新》，载《清华大学教育研究》，2000年第3期，9页。

下篇　艺术设计与相关产业发展策略研究

第11章 研究背景与上下文

11.1 中国艺术设计发展简史
——以清华大学美术学院为例

艺术设计人才的培养在中国有着悠久的历史，过去是以师徒传承的方式进行，学校方式的艺术教育在20世纪初才开始。20世纪50年代中期，艺术设计教育作为独立的学科得到系统发展，60年代起开始培养研究生，80年代进入硕士、博士的培养阶段，该学科得到了全面发展。

现代意义上的中国艺术设计教育肇始于20世纪50年代，其标志是当时的中央工艺美术学院即现清华大学美术学院的成立。可以说，清华美院的50年发展历程，见证了中国艺术设计发展的历史，也折射出了不同时代背景下，不同人不同观念之间的争论，以及不同办学方向即教育模式的争论。

1956年5月21日，国务院正式批准成立中央工艺美术学院。学院的师资队伍由中央美术学院华东分院实用美术系、中央美术学院实用美术系、清华大学营建系等单位的专业教师及若干名海外归来的专家共同组成。学院下设染织美术、陶瓷美术和装潢设计三个系。

中央工艺美术学院建院初期的一批英才，尤其庞薰琹、雷圭元、郑可、祝大年等，是希望建设一所更富有现代色彩的高等工艺美术学府，或者一所在很大程度上趋近包豪斯精神的现代设计学院。但是，可以想见，新中国成立初期的社会、政治、文化语境下，这样的观念是太超前了。在建院初期，随着形态架构工程由筹备到建成的推进，一个关系学院灵魂的重大问题，即如何办学、办怎样的学的问题，不断逼近每一个参与其中的人。究竟该确立怎样的教学目标、制定怎样的教学原则、安排哪些教学内容、采取什么教学组织形式等一系列具体问题，都迫切需要给予解答。出现分歧是难免的，归结起来，当时有三种办学思路①：

（1）从全国手工业生产和手工艺品销售的角度，认为学院应主要以手工艺工人为生源，采取师傅带徒弟的作坊式教学组织形式，培养直接为手工业生产服务的技术人才。

（2）接受欧洲综合设计思想，强调艺术与科学结合，提倡工艺美术为广大人民的衣、食、住、行服务。认为不能把培养创作设计能力的艺术教育与培养复制能力的技术教育混为一谈。

（3）强调继承和发展民族民间装饰艺术，认为学院应以装饰美术家为主导，坚持民族化的艺术道路，培养能从事装饰美术高级阶段艺术创造的设计人才。

在此，不妨把这三种办学思路分别概括为"作坊之路"、"设计之路"、"装饰之路"。这样三条思路、三种观念的话语权之争，贯穿了清华美院的整个发展历史，三者之间的张力也随着时代环境的变化而变化，分别在某些时代各领风骚，并牵涉着当时的特定社会现实和有关艺术设计或工艺美术的社会意识。

第一种主张的时期是新中国成立初期，也就是作坊之路时期，当时人们的观念还没有"设计"，甚至没有"工艺美术"，有的仅仅是"手工艺"而已。从1949年到20世纪50年代中期，中国经历着全面而深刻的社会变革，新的社会理想给整个国家带来翻天覆地的变化，社会生产走上工业化道路并取得引人注目的经济增长速度。然而，在工业化道路上，当时的中国毕竟年轻，那些文明更替过程中的必然而又棘手的深层文化学问题尖锐地呈现在新中国的建设者面前。就工艺美术事业而言，虽然那时手工业行业在国家的扶植下恢复了生产，实现了社会主义改造，并得到进一步发展，但是对于工艺美术现代化的思想准备却远未完成，一系列涉及工艺美术本体论、价值论和创造论的理性认识尚未成熟并转化成社会意识，而且更缺乏将这种理性认识置于现代时空条件下予以发展和贯彻的理论。当时，那些热情投身工艺美术事业的人们，多数是在仓促间接受"工艺美术"这个内涵模糊的概念的，以致那些为人们所熟悉的、隶属手工业文明的文化因素，竟全盘支撑起当时的工艺美术认识的框架。在当时最有普遍性和现实影响力的观念中，中国工艺美术现代形态的建设依据几乎全盘源出手工业文化传统，现代化的课题几乎单纯是手工业生产方式、价值规范、技艺经验、产品形态的改造、发展和提高。这一切反映到工艺美术教育上，就是单纯强调教学对手工艺行业产销现实的适配，立足手工业文明基础，强调以能直接参与工艺品生产的人才培养为目标的务实型办学思想。

第二种主张即"设计之路"，其观点曾经先后在两个历史时期、两代人身上得以

① 吕品田：《设计与装饰：必要的张力——中央工艺美术学院办学思想寻绎》，载《装饰》，1996年第5期。

体现，而他们的共同特点就是都有过留学海外的经历，对于西方现代意义上的艺术设计及其教育方式有着深入的了解。

第一代力主"设计之路"的是以庞薰琹、雷圭元、郑可、祝大年等为代表的"西化派"，这些人在反右、"文革"中被意识形态以及政治运动所捉弄，蒙受不幸的人生灾难。建院初期，"设计之路"的主张者们在《工艺美术通讯》开篇的"代发刊词"中写道："在保存民族特点、地方风格和反映现实生活的原则下，创造出新中国的新的工艺美术。更进一步，要求日用品提高质量，做到经济、实用、美观，'使人民的生活美化起来'，这就是工艺美术工作者所要努力的主要目标。"具体到办学问题上，庞薰琹的观点是鲜明的，他说："无论办什么样的学校，首先应该根据两个条件：一方面根据人民的需要，一方面根据有没有适当师资。有需要，有师资，那么就应该尽量把学校办得切合人民的需要，同时发挥这些师资的特长。"①基于对工艺美术的理性认识和改变现状的愿望，庞薰琹曾对工艺美院的建设有过系统的构想。它包括：把学院办成一个能看出中国特点和水平的工艺美术的中心；要形成一种研究、探索的学习，往上解决理论问题，往下解决实践问题；老师和学生不仅能设计，还要会制作，懂生产，研究群众心理；要办工厂，设立许多作坊，像工厂一样出产品，以在人民生活中产生影响；要设立销售点，建立国际网，通过交流彼此了解；要设立展览馆和博物馆，定期搞展览，系统介绍古今中外和本院的作品；要把研究所办成可为国家咨询的权威性机构，不仅要研究一般的综合理论，还要逐项解决传统工艺问题，此外还要沟通自然科学的研究部门，了解新技术新工艺，鼓励设计家探讨新的结合；要办杂志，出版书，成立自己的出版社……这是一个宏伟的构想，也是一个颇"超前"的"系统工程"的设计。某些后来才确立的大学教学原则，如科学性与思想性相一致、传授知识与培养能力相一致、理论联系实际等，在其中已有体现。这个集教学、创作设计、学术研究和社会实践甚至社会服务于一体的庞大设施和结构体系的建设蓝图，是高瞻远瞩的，以至今天看来仍然光彩照人，不失现实意义。事实上，学院后来的发展格局几乎如其构想。可惜，从20世纪50年代中期到"文革"结束，力主设计的声音始终没能成为主流思想。

改革开放后，当人们看到工业设计对西方国家经济的兴盛、工商业的发达和社会生活质量的提高起了巨大促进作用时，一种前所未有的紧迫感袭上心头。重新回到领导和教学岗位的庞薰琹一马当先，在《装饰》的复刊号上大声疾呼："面对这些现实，我们一定要认真考虑今天的工艺美术如何适应人民群众现代生活需要，如何在工艺美术领域中使美术和科学更紧密地结合起来……从事工艺美术教育工作的同志更要想一想在新形势下，工艺美术教育怎样才能更多、更快、更好地为国家培养各方面

---

① 庞薰琹：《庞薰琹工艺美术文集》，北京，轻工业出版社，1986。

的美术设计人才。"融进灵魂深处的"整体设计"理念，使庞薰琹在新历史条件下反复强调"应该全面看问题"，并首先抓"工业系"，希望在教学体系的建设中弥补起"工业化、日用化、大众化"的缺项。

1983年，常沙娜升任院长，象征着中央工艺美术学院新时期的开始。以她为代表的新一代接班人，不仅接上了前辈的思路，而且推进了他们的思路。这一切共同铸就了一系列指向完整的现代工艺美术教育体系建设目标的重要成果，如在我国率先建立工业设计、服装设计、工艺美术史3个专业学科；将原先的室内设计专业，充实拓宽为环境艺术设计专业和家具专业，随后又开设展示专业；率先在设计基础课中引进平面、立体、色彩构成，并按社会需要调整和充实了其他各专业的课程设置，在总体上提出加强基础教育、淡化专业界限、拓宽专业知识面的教学要求；在加强教学管理规范化建设和教材正规化、系统化建设的同时，实施了相应的教学体制上的配套改革，变四年一贯制为学群式"二·二"分流考核制；在原有环境艺术设计所的基础上与各专业系对应，设立了教学、创作设计、社会有偿服务三位一体，教学与创收任务轮换制的有关所室，有效加强了教学与设计实践、学院与社会的联系；与欧美和日本的一些有关著名院校建立了校际友好关系，以"走出去，请进来"的方式加强和拓宽国际的学术交流……总之，学院在常沙娜任院长期间得到全面发展，为中国艺术设计教育面向21世纪奠定了坚实基础。

早在20世纪80年代初，学院的一系列举措已显示出把发展现代设计教学作为其现代化建设的重大战略目标的坚定决心。那些举措包括把自己培养的两个研究生分别送往工业设计发达国家——德国和日本研修深造，而这两位研究生——柳冠中与王明旨，也就成为了第二代力主"设计之路"的中坚力量。这股以工业设计系为前锋的设计思潮，持重审历史与现实的理性姿态，提出了问题，思考了问题，解决了问题，也带出了新问题。这一切，都在"设计"向度上，极大地扩张了办学思想上的张力结构，同时也把人们的眼光引向更广阔的视野。

第二代"设计之路"有两个侧面：一方面以王明旨、辛华泉为代表的务实型思路表现出对设计教育基础建设的关注，重视形态构成学的研究，大力引荐"三大构成"，强调它在设计基础教育中对启发和培养有关"新秩序"的创造、感受、判断及造型能力的重要性。还包括对人体工程学、设计心理学、材料工艺学、设计中的视觉传达、结构素描等专业基础课程的引进和结合实际的完善，都表现出务实取向。这些课题直接关系到专业教学和设计实践的针对性以及相应的手段性，具有较强的实践价值。这对丰富设计教学思想、拓宽基础教学领域、深化工艺美术教学改革，意义无疑是明显的。另一方面"激进"倾向，相对说来，最能体现中央工艺美术学院新时期教学思想的飘逸气质。它以崇论宏议、体大思丰、高远空灵的思辨架构，纵横历史与现实，借批判性和建构性两翼，为"工业设计"营造出一种气宇轩昂、横空出世般的雄强态势。这种倾向的思想主张与整个美术界的"85美术新潮"有颇多相近之处，对当时存在的种种抱残守缺的势力确有棒喝之效，强有力地推动了工业设计学科在学院以至全国范围的发展。柳冠中是这一倾向的典型代表。他把德国式的思辨精神引入对工业设计的概念、目标、原则、基本原理及其哲学基础等一系列重大问题的思考，为之勾勒了一幅全景式、体系式的理论画卷，在学院以至全国同行中产生很大影响。他把自己的思想主张概括为"方式说"，一再强调"工业设计是一门综合性的交叉学科"；"工业设计为人服务的归宿是创造一个更合理、更完美的生存方式与空间。……它是为人类的明天，而不只是把技术转化为产品的行为。……只有正确认识设计是谐调诸矛盾因素的人类改造自然与自身的主动的创造行为，才能明确工业设计的观念"；人才培养目标应由"知识积累型"转向"通才型"。[①]基于现代工业文明条件下，人类社会所呈现的"分工—分裂"状态的普遍性和深刻性，柳冠中寄厚望于工业设计，期待并力求以这种创造行为的"谐调力"、"综合力"来重建统一格局——"一个更合理、更完美的生存方式与空间"，无疑是有见地的。他以尖锐而敏感的思考，揭示了工业设计教育和实践势必直面的哲学以至文化学命题。而且，他以切身的实践体验，比较充分地阐述了工业设计作为综合性的交叉学科和系统工程的复杂关系以及相应的特质——包括使它内在地区别于手工业造物活动的工作程序、技术方式、价值原则和基本原理。本着这些合理的认识，他和王明旨努力在工业设计系或学院推广联邦德国经验，尤其是斯图加特造型艺术学院克劳斯·雷曼的新教学法。此举是想把学院的工业设计教学引入更加"工业化"的深层。

第三种主张即"装饰之路"也延续了先后两代人的思想，并分别在20世纪50年代"十大建筑"时期以及改革开放的初期抓住了重大的历史机遇，不仅为学院赢得了荣誉与社会知名度，并成为学院办学的主流思路。

如果说建院初期的"作坊"与"包豪斯"理想间的冲突奠定了一种张力结构的话，那么，"装饰"作为一种办学思路，则在"反右"后于这种结构中演绎运作，并逐渐形成一个最能代表中央工艺美术学院教学风格的"装饰风"。这一期间主要的代表人物是张光宇与张仃，他们共同的特点是对民间艺术的热爱，并以审美的眼光发现民间艺术中的超功利性质的"一点之美"。装饰的这点特性稍显中庸，它既不是现代意义上的设计，又不是完全的传统民间工艺美术，而这种中庸性恰恰是装饰的特点。尽管这样的思路是片面的，但是张仃、张光宇的选择是现实的，其现实就在于把握了时代的脉搏，适合了共和国的当下需要。"装饰之路"其实一建院时就存在着，它成为一种"显学"，是一个逐渐发展的过程。这当中，那次大规模的装饰设计实践，几

---

① 柳冠中：《当代文化的新形式——工业设计》，载《设计与文化》，展示设计协会1987年印行。

乎提供了一个决定性的契机。

为迎接国庆10周年，自1958年年底开始，"十大建筑"在北京兴建。中央工艺美术学院以其无可争议的实力，光荣地承接了人民大会堂、革命历史博物馆、军事博物馆、民族饭店、国宾馆的部分装饰设计任务。各系则根据专业优势，分别承担与之相关的或其他大型装饰设计项目。如此集中、如此大规模的社会性装饰设计实践，在今天看来也是绝无仅有的。此番大动作对学院的办学思想和教学格局形成了重要而深远的影响。它在事实上肯定了"装饰之路"的正确，因为"装饰设计"在当时已成为压倒一切的现实需要。实践的具体性和相关的经验性，加上引以为豪的社会赞誉，都使"装饰"的地位和影响飞扬直上。

"装饰之路"在教学组织形式上的体现是工作室制。"工作室"在性质上实际就是"师徒传授制"的现代演绎，它以固定的组织形式把师生引入一种言传身教、朝夕相处的情感化教学情境，既有利于专业的深度学习，又有助于个性和风格的养成。后者尤其是"书本上和课堂上"所不能够的。比较两种优势，前一种适于对工艺知识和技能要求高的工艺美术专业训练，因此也适合"设计"教学；后一种则适于"艺术家"的培养，而对"设计师"的要求来说可谓有害无益。因为相对大工业生产的"技术理性"和为"人民需要"而设计的宗旨，"设计师"必须首先甚至永远学会"放弃你自己"！张光宇对"至性在真"的个性的强调，对"具有自己独特的一种装饰风格"的强调，显然表露出一种强烈而执著的"纯艺术"倾向。联系到手工艺术天然具有的个性和风格魅力；联系到社会化的手工业生产在当时（由于日用品工业生产的崛起）已整体地转向审美的生产（陈设品生产）；联系到"十大建筑"的装饰设计使命正激起人们的热情，便可以领略到实施工作室制的美学倾向和现实基础。它作为"装饰之路"的体制化，倾注着培养装饰美术家的教学理想。

改革开放后，历史把积圈了10年的机遇，又一次赠与了"装饰"，也赠与整个学院。张仃主持首都国际机场壁画群体设计，举世瞩目，影响广泛。在一切工作尚在缓缓恢复或艰难起步的20世纪70年代末，机场壁画的题材、形式和风格上的率先突起，给这所学院赢得"最开放、最具现代意识的艺术院校"的全国性赞誉，并以"工艺美院风格"之名把"装饰风"扩散全国。其巨大的影响力，犹如一次核爆炸。一时间，宇内群效，唯美思潮涌起。历史与现实的声誉，陆续给学院带来了一系列的大型装饰设计课题，如钓鱼台国宾馆新楼、中南海紫光阁、中国驻外使领馆、国贸中心和许多大型宾馆的室内外装饰设计，以及北京地铁和全国各地重点公共设施的壁画、雕塑设计。这一切不仅使设计实践中的"装饰之路"日臻稳健成熟，还使"装饰"在教学体制、教学过程、教学原则、课程结构及组织形式上得以更加深入的贯彻。

然而，此时期狂飙突进的"设计之路"的倡导者却对装饰提出了最为尖锐的批评。在外界的普遍赞誉声中，反对者却首先来自学院内部。"把内容与形式、技术与美术、实用与美化对立起来的认识，实质就是'装饰'的观念，是自己把设计工作降到工艺美术工作者不甘困囿的涂脂抹粉的工作范畴内的表现"[①]；"'室内装饰'的目的在于美化，只在建筑师提供的方盒子内部中对空间围护表面进行雕塑和涂脂抹粉的装饰"[②]；"少一点装饰，多一点设计"[③]。这样的一些观点，对"装饰"来说多少是会有刺激的。当然，这些含有批评意味的观点，并非空穴来风。发达的商品经济在促进设计的同时，也在构成对设计的异化，极大地助长了崇尚浮华外表，不重内在功能，争奇斗艳、炫耀财富的奢侈倾向。设计上的唯美追求和矫饰风格与这种不良倾向和设计的异化是有关系的。对于对"装饰"的全面诘难构成了一种思想上的压力，这促成了由20世纪80年代中期延续至今的对"装饰"的热烈讨论，它与同样热烈的"工业设计"思考，共同构成近10年学院在学术思想上双峰共峙、互促并进的活跃景象。

作为张光宇的学生和随张仃征战"机场壁画"的重将，第二代"装饰之路"的主将袁运甫提出"走第三条通道"是合乎"装饰之路"的思想逻辑——传统与现代相结合。袁运甫和同仁们敏感地注意到了后现代主义的文化新动向，领悟了"综合就是创造"的深刻内涵。从美国圣路易市的普鲁伊特——艾戈住宅区的被毁到文丘里把现代设计的箴言"少便是多"改作"少便是乏味"的历史掌故，再到西方发达国家中"壁炉和吊扇竟同空气调节器并存，家家皆然，无一例外"的现实景观，都使他们怀着"一股颇富历史情韵的温暖"投入对"装饰"的沉思。[④]沉思增进了他们对"装饰"的坚定信念。"装饰的生命力很强，它从来不是时髦而短暂的艺术现象，它普遍而长久地贯穿在人类文化的发展史中。装饰是情致的，没有装饰就没有人情味，就没有意思。"[⑤]这里既表达了信念，更阐明了"装饰"在新历史条件和新现实基础上的价值定位。"装饰"所瞄准的定位，恰好是现代主义设计难以从技术理性中给予弥补的重大缺口——情致的、人情味的失落。这个价值切入点，显然比以往的"美"、"美观"、"美化"等单纯艺术美学的定点要宽深得多，而且它把价值依据很大程度地转移到了文化学。诚因如此，袁运甫表示他"赞成从文化的意义上研究装饰"。杜大恺在《迎接新世纪》一文中，把"装饰风"对"装饰艺术"的基本共识描述为下面三点：第一，与纯艺术的创作行为相比较，它是非个人化的，是一种社会化的行为；第二，它通常是以工艺的形式完成的，不单纯是精神产品，还是一定物质文明的表征；第三，它是一种普遍的存在，这决定了它的审美的主导倾向的大众化、日常化。

对于装饰与设计的关系，"装饰之路"的第二代代表人物袁运甫所作的定性式

---

① 柳冠中：《历史——怎样告诉未来》，载《装饰》，1988年第1期。
② 张绮曼：《设计哲学与现代室内设计》，载《装饰》，1989年第4期。
③ 邱承德：《设计为明天而存在》，载《装饰》，1989年第4期。
④ 参见杜大恺：《从壁炉、吊扇说开去——访美随想之一》，载《装饰》，1987年第3期。
⑤ 袁运甫、邹文：《三十五年装饰风》，载《装饰》，1991年第4期。

的强调是到位的。他说："装饰本质上就是设计"，"在几年实践中，我们比较深刻的感受到'纯艺术'的教育思想危害和后遗症太大，艺术教育不能脱离社会和生产发展的需要。"①出自"装饰风"主将袁运甫的这番肺腑之言，一语中的。但是，需要稍加解释的是，装饰本质上是设计，可是设计本质上并非装饰！与工业设计所要达到的程度相比，装饰不可能或也不必过深地涉入一定产品形式材料的、工艺的、机能的和功用的内部结构，也不至于因工业生产技术理性的制约而排除它以几何化面貌进入制品表层的可能。但毫无疑问的是，以感性、历史性、艺术性、绘画性价值为支点的装饰，当面对工业产品形式的由表及里、自上至下的一体化和立体化处理时，便会遭遇工业生产技术理性的拒绝，这个领域必然要留待工业设计去征服。在技术美学范畴中，装饰所依据的是"手—心灵"，而工业设计依据的则是"机器—理性思维"。因此，除手工业生产领域外，装饰还可以涉足属于工业文明形态而无须过深卷入"机器—理性思维"的一些领域。这些领域大体有印染织绣、服饰、产品包装、商业宣传、书籍装帧、器物与建筑物修饰、室内布置等。

由最初的复杂现实原因到以后更为凸显的文化因素，都使"装饰"沉浸在情感与理性、历史与现实、艺术与技术、绘画与工艺错综交织的多重结构关系中，以致今日它仍是一个非常活跃而不甚确定的概念，大有一种扑朔迷离感。然而，作为一种办学思路和教学力量，甚或作为当代中国美术创作的一种风格倾向，它是实在而具体的。了解装饰的这种"双重性"或"兼容性"特点，对于了解"装饰之路"在中央工艺美术学院的蓬勃发展是关键性的。尽管这样的特点在某些时刻使其处于有点尴尬的学术地位，但也正是这种品格赋予它以较强的适应弹性，于任何对立的两极间都可以构成一种更贴近现实水平、实际中更为可行的方略。

1999年，中央工艺美术学院与清华大学合并，更名为清华大学美术学院。院系调整，以学科群的概念划分为设计分部、美术分部、史论分部以及基础部。"美术学院"的称谓似乎也意味着在设计与装饰、手工艺之间的张力结构被转化为设计与艺术之间的对仗。"装饰"演变成为了"艺术"，为了适应时代的要求，原来的装饰绘画、装饰雕塑演变成"公共艺术"。反者道之动，道本身就包含着相辅相成的东西，这是它的动力。学院50年的发展历程已经证明了这一点。二元对立的结构是稳定而又有内在动力的结构，只有如此，才有自由的思想、活跃的学术、光辉的未来。

回顾历史，手工艺、装饰、设计三种观念交织，互动共生，交响共鸣，构成了学院乃至整个中国艺术设计诞生、发展与演变的历史。在某些时期，某一种观念成为了主音，而另外的成为了协奏，其根源却并非来自学术群体内部的共识，而是外部因素，政治的、文化的、社会的、经济的。历史没有在20世纪50年代选择庞薰琹，也没有选择

---

① 袁运甫：《对专业教学改革的思考》，载《装饰》，1985年第4期。

设计，而是在改革开放之后；"十大建筑"时期与改革开放初期历史选择了装饰，而随着市场经济的逐步成熟装饰则越来越显示出其尴尬的学术位置；设计在经历了老一代的奠基与新一代的狂飙突进之后，开始更深层次也更理性地介入到社会生产生活实践的各个角落，并形成了今天全国范围内的艺术设计专业大发展，这些现象的背后有一些支配的逻辑，一些驱动的因素，这些是历史的必然。我们不可能也不应该站在今天的位置去评价当时的意识、观念与选择，因为那并不是某一个人或者某一件事的意志。

11.2 当下中国艺术设计的现状

作为现代艺术设计诞生标志的德国包豪斯的成立，其实更多的驱动是来自产业需要。然而，与德国不同的是，中国的艺术设计却发端于教育而非产业的需求，或者说，教育先于产业的需求。从上节论述中可以发现，在"十大建筑"时期以及改革开放初期，诸多大型的国家项目都落实在一所设计学院的教师身上，因为这在当时是唯一的一所"设计"学院，而且，在那些时候也并不存在体制化的、职业化的设计师队伍。工厂里或许有工艺美术科，建筑设计院里或许有室内装饰部，但这些并不构成主流。"学院式设计"是我们的一个传统，一直延续至今。因此，想要"勾勒"出当下中国艺术设计的现状，还是得从20世纪80年代的艺术设计教育开始说起。

11.2.1 艺术设计教育

以开办时间为标准，当代中国艺术设计学院分为两类：1998年以前开办的；1998年之后开办的。这样划分是因为1998年中国教育发生了重大改革，从那一年起，教育的产业化、市场化伴随着扩大招生同时出现，因此，我们可以假设1998年前与后办学的动机是不同的，同样的，这两类学院在师资队伍、课程设置、教学质量以及毕业生就业与社会认可度上也存在一定的差距。

如果按照学校类型划分有三种：艺术院校、工科院校、轻工业院校。改革开放后，最先一批工科背景的院校开始设立工业设计系，如湖南大学（1982）、北京理工大学（1984）、同济大学（1986），其成因在于某些关键人物的开放思想意识，看到了设计专业的长远前景。这些院校第一代师资有两个来源，一是机械或人机工程学背景；二是美术背景，而第一批毕业生由于就业环境问题，现已基本改行。经过20年发展，这些工科背景的院校现正在朝综合性大学转变，而当年的工业设计系也已基本扩大为艺术设计学院，多涵盖环境艺术、视觉传达、工业设计甚至多媒体动画等系。轻工业部的下属院校如无锡轻工业学院（现江南大学）（1983）、郑州轻工业学院（1985）、北京轻工业学院（现北京工商大学）等是在原有"日用工业品造型设计专业"基础上扩建为系的，但是限于其狭窄的专业背景，普遍的发展后劲不足。美术背景的院校除原中央工艺美术学院外，广州美院、鲁迅美术学院、天津美术学院相对较早，成立于20世纪80年代中期，基本是在原有"工艺美术系"基础上一分为二或三，即工业设计、环境艺术与平面设计。中央美术学院与中国美术学院相对成立较晚，在90年代中前期前后。这两所学院共同的特征是从纯粹的观念艺术转向兼容应用美术，其背后的动因与"85美术新潮"、小平南巡后整个国家的"纯经济"转向或多或少有关。

现在的广州美术学院艺术设计学科源自中南美专的"图案组"，1958年成立广州美术学院工艺美术系，开始培养本科生。1989年，将原工艺美术系整合后扩展为工艺美术系和设计系，1996年由两个系发展为五个系，并在此基础上于1997年成立设计分院，2004年正名为设计学院。广州美院在改革开放初期，由于地理位置优势以及观念的超前，成为了"学院式设计"的南派代表，在中央工艺美院承接大型国家或政府项目的同时，广州美院以务实精神深入展开商业化设计服务，取得了巨大的经济效益与社会效益，成为那个时代的弄潮儿。

自20世纪80年代初国内大专院校开始设立设计艺术专业以来，经过十几年的渐进式发展，数量不过几十所左右，在1998年以后则呈现"爆炸"式发展。自1998年开始，中国的高等教育实现了"大跃进"，普通高校的招生规模从1998年的108万人到2005年的504万人，是1998年的4.7倍。2005年在校学生人数达2300万人，毛入学率为21%。截至2001年1月1日的统计数据，全国艺术设计院校数量激增为373所（详见附录1：中国艺术设计院校名录）。在今天具有高等学校本科招生资格的700余所院校中，有近2/3的院校开设了艺术设计专业，在艺术类全部专业中的开设率高居榜首，其中80%以上是在1998年之后开设的。仅工业设计为例，2005年的统计，全国具有工业设计本科学位授予资格的院校为248所（详见附录2：具备工业设计本科学位授予权的全国高等院校目录）。这一变化似乎是在一夜之间发生的，好比春雨滋润下的竹笋。如果春雨是教育产业的市场化，那么竹笋就是被释放的各院校追求利益最大化的冲动。特别是一些工科院校，在多招生多收学费多赚钱的鼓舞下，查询教育部专业目录，突然发现机械学下还有个工业设计是二级学科，于是马上增设并开始招生。1998年以后设立的工科背景的工业设计大部分如此。艺术类招生的院校也出现了一系列的奇怪现象。在某些高中，为了追求升学率，而强迫"文化课"不好的学生报考艺术设计相关专业。这样，大量的为了考大学而非出于爱好而改学艺术的考生就给考前培训制造了市场需求，各种画室应运而生，所教授多为应试技巧而非真正的艺术基本功，生源的数量每年扩大而质量却逐年下降，艺术设计成为了门槛极低的专业。随着扩大招生而来的还有师资人员短缺、教育资源匮乏与学生就业的困难，随后则是设计的"劳动力密集化"、设计服务的廉价化。

11.2.2 艺术设计产业

改革开放以来，中国的艺术设计产业出现了井喷式发展。以环境艺术设计为例，据统计1979年以来中国环境艺术设计行业由30亿元总产值到2001年的5500亿元的总产值，年均增长幅度高达30%。中国环境艺术设计行业用了25年走完了西方发达国家50年的行业发展之路。2005年与环境艺术设计相关产业的经济总量已达8000亿元人民币。仅深圳一市，2006年全行业实现纯设计产值近10亿元，2007年预计纯设计产值将会超过12亿元，这将直接带动装饰工程施工产值突破400亿元；设计师方面，整个行业的从业人员已超过3万人，装饰设计企业2500多家，专业化分工越来越细，国际化已成大势所趋。工业设计方面，据北京工业设计促进中心的估计，我国工业设计目前的年产值约为300亿元，占2005年世界创意产业产值的1.27%，相当于2004年我国国内生产总值的2.19%，从业人员约30万人。北京市现有包括工业设计在内的各类设计公司2万多家，有30多所高校开设了工业设计类专业。在京的联想、方正、恒基伟业、LG、摩托罗拉、诺基亚、西门子等一批高科技企业和跨国公司都建有独立的工业设计研发部门。目前，北京市的工业设计产业从业人员现已达到10万人，每年在校学习、研究工业设计的大学生、研究生、博士生有近1万人。2004年，北京市工业设计产业的产值为100亿元，从部分设计企业反馈的情况看，其中约40%的设计收入来自北京当地工业企业，也就是说，北京市工业企业在工业设计上的投入达到了40亿元，但北京的设计机构更多的是为全国服务。平面设计方面，据不完全统计，号称"设计之都"的深圳2004年艺术设计业总产值已达122亿元。2006年，仅平面设计行业年产值约为45亿元，已成深圳高端文化产业发展的生力军。目前深圳拥有平面设计公司400多家，平面设计师2万多人，远高于中国其他任何一个城市。

尽管不乏数字统计，但还是很难准确地估算出艺术设计相关行业的经济总量，这涉及环境设计、景观设计、工业设计、平面设计、服装设计、数字多媒体设计等专业所相关的产值、利润、税收、就业等。数字总是抽象的，我们很难想象某个老百姓的普通家庭装修或商场里的一次购物与这些数字之间的确切关系，因为艺术设计行业涉及了衣、食、住、行、用、玩等老百姓日常生活的各个侧面。但仅就上述内容有两点是可以肯定的：中国的艺术设计市场，一是增长迅速；二是潜力巨大。其根源则是人们日益增长的收入与需求层次的上升、商品经济的不断深化与市场竞争的不断充分。

11.2.3　从业人员

当前我国艺术设计的从业人员大致可以分为4种类型：院校式设计、专业设计公司、设计院所或企业内部设计团队、自由设计师。

从中央工艺美院组织各系教师承接大型政府项目，到广州美院以市场化方式运作的白马设计公司，改革开放后，院校式设计成为了中国特色。在2000年之前，以高校教师为核心的设计工作室，以其"符号资本"①与低廉的运营成本（研究生团队）获取了大部分设计项目，并在忙于设计理论建构的同时，积极参与到各项设计实践中，学术搭台经济唱戏，在那个时代其广度与深度都远胜于市场化的设计公司。即使今天，上海、深圳、广州等地的许多高校教师依然以如此方式介入设计市场，但是工作内容有所转变，不再是以单纯的项目化设计服务为重点，而转向更注重整体性解决方案、研究性项目或与文化相关的内容。学院派的优势在于理论观念的超前，前期的研究与概念输出确实对企业产生了很大的影响，设计实践其实带有明显的教育、培训企业效果。但是，院校式设计的弊端也是明显的，设计带有教育性质自然就谈不上"服务"，而艺术设计的服务性需求在2000年之后凸显，院校式设计的比例逐年地减少，取而代之的是日趋成熟并且高度市场化、专业化的设计公司。这是必然的也是合理的，院校究竟应该以什么样的方式介入设计实践？所谓的产学研一体化到底应该是怎样的方式？教学、研究、实践，这三者到底是怎样的关系？这些问题有待思考，也有待实验。

与院校式设计相比，专业设计公司管理模式更加企业化，运作更加市场化，服务也更及时到位。因此，专业设计公司逐步取代院校设计的地位是历史发展的必然趋势，这是艺术设计的产业化。改革开放后，最先走上舞台实现产业化的是平面设计，工作内容包括广告、画册、样本、包装、展示、商标等方面。人们对于市场经济的最初理解在于"促销"，一切都是为了"视觉"，于是"平面设计热"最先出现。最先的职业化是"双刃剑"，既带给了平面设计极大的发展机遇，同时也深深地伤害了这个行业，它最先成为了"劳动力密集型"的专业，与设计下游的印刷捆绑在一起才能获得利润。当平面设计的价值被普遍摊薄之后，在20世纪90年代兴起了"CI热"。在整合了企业管理与一些抽象的哲学理念后，平面设计的第二个春天出现了。在1995年，一个中型企业的CI设计价格在几十万元左右，联系那时候的物价、工资水准，可以说平面设计的第二个春天是轻松而美好的。2000年后，随着CI的神话效应褪去了光

---

① 符号资本系法国社会学家布尔迪厄的社会学概念，除了经济资本与权利资本以外，专家、教授、大师、文化名人、明星等头衔或者"获得身份"背后具有符号资本的意义，而且这三种资本可以在合适的条件下相互转化。具有符号资本的人可以很容易地积累经济与权利资本。

晕，网络化生存的兴起，平面设计开始与Flash、数字媒体、动画相结合，网页设计成为了这一时期的主题。与改革开放初期不同的是，当前的平面设计公司趋向于小型化、家庭办公化，或者工作室化。目前很多广告公司为了节省设备、人员成本而放弃了设计部门，将设计任务外包，这给很多独立平面设计工作室很大的成长空间。

这与该行业的工作方式与特色是吻合的，与环境艺术设计和工业设计相比较，平面设计的下游生产工艺模式或者说工程实现模式相对简单，也不需要过多地介入到企业的生产开发等领域。可以说，平面设计与市场经济结合在相对表皮的层次。

其次是环境艺术设计。事实上，环境艺术设计行业的发展是与中国的城市化进程以及房地产业的发展同步的。在奔小康的现代老百姓已经不再满足于"斯是陋室，惟吾德馨"的生活状态时，室内设计开始成为他们追求美好生活的重要组成部分，这在20世纪90年代初期首先引爆了第一轮的装饰设计热。在那一时期，香港的装饰设计公司以其先进的管理模式进驻大陆市场，承接了大量高档酒店、公寓与写字楼的工程项目。除去政府性的设计院所以外，国内最早的一批环境艺术设计或装饰工程公司在20世纪80年代中期成立，并先后于90年代初期获得了建设部甲级设计资质。比邻香港，再加上大规模的城市建设，广东、深圳的室内设计行业在国内最早发展起来。在全国218家甲级设计资质的企业中，广东就占51家。经过20多年的发展，深圳现有装饰设计从业人员近3万人，年施工产值超过200亿元，年均递增25％以上。深圳长城家具装饰工程有限公司现有职员800余名，其中总部科室200多人，施工现场管理人员500多名。公司下属设计研究院，共有6个设计所，设计师180多名。工程遍布全国各地，承接多项顶级豪华酒店的设计装修工程。这标志着环境艺术设计领域里，职业化的程度已经相当高，真正大而强的专业设计团队开始出现。

工业设计方面，20世纪80年代末期是中国工业设计职业化发展的开始时期，具有真正意义的专业化工业设计公司于这一时期出现在广州和深圳。部分设计公司将工业设计与工程设计、模具制造等整个过程联合起来，其人员规模超过150人。这些公司的特点是善于紧密地将设计与生产制造相结合，以设计的市场实现和销售状态为最主要的评价标准，在时间把握上具有优势。它们的主要客户对象涉及家电、信息、通信、医疗等产业领域。但是非常遗憾的是，早期的这些工业设计公司几乎已经全部倒闭。2001年至2003年间，一批新成立的设计公司开始在长三角、珠三角与北京等地出现，并在最近几年的发展中逐渐壮大。根据"设计在线（www.dolcn.com）"的统计，目前的工业设计公司数目为：深圳74；上海62；广东48；北京36；浙江32；其他地区39，这与我国制造业分布是有密切关系的。当前大部分工业设计公司的状态还处于"形式的供应商"阶段，少有真正的创新设计，更多的是接受"委托设计"，其工作范围也大多集中在消费电子类（手机、MP3等）产品。尽管各个公司的规模不同，年设计项目从几十个到上百个，人员从几个人到几十人，但是其共同的特点是设计服务的逐步廉价化。深圳的工业设计公司更是需要捆绑工程、模具甚至生产才能生存，类似于平面设计的"带印刷免设计费"方式。与环境艺术设计的大型工程相比，与平面设计轻松的SOHO工作相比，工业设计公司的生存处境相对艰难。

按时间顺序，平面设计、环境设计等领域发展、成熟较早，专业化程度高，而工业设计领域发展相对滞后，其根源在于，3个专业与市场经济结合在不同深度的层面上。据不完全统计，不包括港澳台的中国大陆区域以广告设计、CI策划设计为主的专业广告设计公司和平面设计公司已有数万多家，从业人员达30多万人。环境艺术设计、装修设计工程公司则达到10万家以上，而专业化的工业设计公司不到200家。这种现象一方面说明中国企业还处于较低层的经营状态，强调品牌形象和广告推广，而不重视产品设计研发，甚至是对低劣的产品进行包装推广，以浮躁的、表面化形象设计带来销售业绩，企业也习惯于以营销手段来弥补创新能力的不足。这种状态在未来将面临很大的危机，产品设计创新质量不高，仅依靠营销手段广告推广、包装产品是不足于持续"繁荣"下去的，并且容易导致"浮躁"的经营心态。另一方面，从价值取向上看，这也必然导致许多工业设计的人才流向平面和装修设计领域。工业设计领域成为缺乏吸引力、"无利可图"的行业，这进一步导致工业设计机构的人才流失，业绩下滑。在这方面，韩国早已调整了设计产业结构。在20世纪70年代韩国的广告和平面类设计公司最多，占整个设计机构的70％以上，而工业设计机构不到30％。现在据韩国设计振兴院资料显示，韩国以工业设计研发为主业的设计研发公司数量占70％以上，并且呈现出综合化设计的倾向，许多设计公司包括产品设计、环境设计和视觉传达设计等工作。这是否是值得我们借鉴的呢？

此外，带有政府背景或国家事业单位性质的设计院所也是环境艺术设计领域的重要组成部分。这些院所现也多为企业化的经营模式、公司化的运作方式。随着市场竞争的不断充分，这些院所将越来越向独立的设计公司转化，而那些内部管理混乱、靠出借资质而生存的单位终将不断地松散化，最终消失。平面设计领域里，越来越多的自由设计师出现，他们以更灵活的方式，更专业化地提供着设计服务。在工业设计领域里，企业内部设计师的职能也正在发生转化。联想设计团队在2002年后实现了从"设计部"到"创新设计中心"的转化；海高与海尔公司内部各事业部之间也按照"产业链"的概念合作，不存在吃独食的现象了，外部设计团队开始加入了项目竞争；华为公司放弃了不成为"核心竞争力"的结构与造型设计部，留存的相关人员负责的是项目外包与衔接，属于设计管理范畴；美的设计公司则开始走出企业的大门去接外单。这一切都表明了，企业内部对于工业设计的认识与理解正在分化与多元，这也就意味着认识的逐渐深刻。

11.2.4 艺术设计相关领域

完整的艺术设计产业还包含一些相关的服务性机构，比如各种协会、组织；图书杂志与期刊；网站；设计竞赛与设计奖；设计中介与知识产权服务等。

如果设计从业人员是水泥，其所服务的产业界是沙子，那么这些相关服务性机构就是水，其功能是将水泥与沙混合在一起，加以搅拌均匀，如此才能生成结实的混凝土。水是具有流动性的事物，但也正因为如此，才可以渗透于水泥与沙子的颗粒之间，起到黏结作用。水自身是柔弱的，并不足以承重，但是靠其黏合的混凝土却足够坚硬。因次，流动性与柔弱性，是上述相关机构的特性，从这两点出发，我们可以更好地理解这些机构的行为、功能与价值取向。

国内专业化的协会组织在规模上可分为全国性的与地方性的。全国性的如中国工业设计协会，地方性的如深圳室内设计协会、北京工业设计促进会等。各个协会的背景不尽相同，有的挂靠某一部委，有的隶属于某一学会，有的是地方政府的专业职能部门。改革开放后，最初的一批专业协会在政府与教育界的共同促进下成立；20世纪90年代中后期，随着艺术设计专业的发展，一些地方政府开始意识到专业协会的重要性，纷纷成立各种协会、促进会、生产力中心等，以作为政府职能部门的补充。由于我国专业协会的管理体制决定了民间或自发的协会组织很难注册，所以各协会在性质上基本以官方或半官方为主。近几年来，各协会纷纷以组织会议、论坛与评奖等活动确立其存在的权威性与合理性，真正动力不过两类：一是以赢利为目的，通过招待会议收取组织费、通过出版论文收取发表费、通过评奖收取赞助费、通过举办会议扩大知名度等，属于带有商业色彩的学术活动；二是以组织活动向上级部门申请经费以及展示工作业绩，活动中充满了非专业的领导讲话，或是口号式的振臂高呼。

国际艺术设计先进国家的协会机构基本有两类：一类是专业团体内部的组织，类似于"同业行会"，一方面加强团体自律；另一方面团体内部交流互相促进，比如美国的IDSA，其经费基本来自会员会费，历任主席都是设计师出身，协会工作对会员负责等；另一类是作为国家或地区产业政策推广的机构，经费来源于政府，工作对政府负责，如韩国的产业振兴会、德国各州的设计中心等。相比之下，国内的设计机构最大的问题在于商业化与官僚机制的相互混合，不清晰，为了存在需要官方支持，而生存则需要商业化。

国内艺术设计类图书、期刊与出版物也是在近2年得以蓬勃发展的，这还是得益于艺术设计教育的扩大。在哪里有需求哪里就有市场的原则下，艺术设计类出版物纷纷上架。20世纪90年代初，要买一本艺术设计方面的图书是相当困难的，而对于今天的学生来说，困难的是"应该买哪本更合适"的艰难抉择。此外，教材泛滥也在伤害着艺术设计行业。各院校、各出版社之间的"教材"百家争鸣的背后是对话语权的争夺，发行量越大也就越能证明其理论接近真理，而与此相对应的是高质量的翻译书籍的失语。翻译的著作不能用来评职称又不赚钱，自然学者与出版社对此不感兴趣。

当下的艺术设计期刊种类繁多，基本路线主要有2种：一种是大众化的路线，如《艺术与设计》，现在更名为《产品设计Design》，走的是时尚化与商业化线路，目的是成为大众茶余饭后的消遣读物，登载的多为国外时尚产品的设计，满足非专业大众对精神生活的追求，或者聘请国外留学生写一些国外的见闻，面向国内的设计学生。它们的目标受众主要是这两者——大众或设计学生，是介于专业化与大众化之间的产物。另一种是理论性的"核心期刊"，如《装饰》、《艺术百家》等，由于量化的学术评价体系的确立，这些具有"核心"地位的学术性期刊就有了很大的权利与生存空间。另外，隶属于各协会的期刊比如中国工业设计协会的《设计》杂志，在停刊多年后最近又开始发行，但由于其官僚体制背景，所刊载内容多为院校师生学术化、理论化的文章，多是"正确而无用"的文章，与设计实践相隔甚远。总的来说，尽管设计杂志众多，却严重缺乏两类杂志：一是"专业化"的，给一线设计师看的杂志；二是"设计批评"类的，但此类杂志很难纳入商业化或"核心期刊"的渠道。如果一个社会的体制不允许批判的存在，那肯定是一个畸形的社会，同样，一个行业如果听不到一种"另外的声音"，同样是一个不健康的行业。

新闻媒体具有隐形资本与附加资本，其价值不体现在货币收入上。杂志具有一定的影响力与话语权，对全行业的辐射与引导作用巨大，这样的价值就绝非广告或发行收入可以比拟。日本AXIS、美国ID、德国Design Report、英国Blueprint，任何先进国家都有其权威的设计期刊。目前，国内尚不存在类似的、权威的专业杂志。随着设计产业的不断发展，这样的杂志将会在今后的3~5年内出现，这是机遇，当然更是挑战。

随着网络技术的成熟与艺术设计的大发展，专业网站开始在2000年前后出现，在今天已经达到相当惊人的数量。在谷歌下输入"艺术设计"开始搜索，在0.28秒内约有10500000项符合艺术设计的查询结果。创办相对较早的"设计在线www.dolcn.com"始创于1997年，最初的数年几乎是创始人赵勇智的个人投入，并完全的公益性。多年来，"设计在线"持之以恒地致力于推动中国设计产业的发展，现在已发展成为国内影响最大的设计专业网站群：中国工业设计在线、中国平面设计在线、中国环境设计在线、中国数码设计在线，并计划在合适的时候开设更细分的专业子网站。成立于2001年的中国艺术设计联盟（Arting365），是目前全球浏览量最大的中文数字艺术设计门户网站，日平均页面浏览量达到600万，全球综合类网站的流量总排名位居2500名，位居中文行业网站第一位。网站内容涉及平面设计、工业设计、服装设计、CG·动画、数字游戏、卡通动漫、建筑环境设计、绘画艺术、摄影等。号称"中国创意产业先锋媒体"的"视觉同盟www.visionunion.com"，是中国设计行业专业网络媒体，成立于2004年7月，主要包括视觉同盟网站和《先锋视觉》新媒体艺术杂志两大网络媒体。网站主要内容包括设计资讯、平面设计、工业设计、UI设计、CG·动画、建筑与环境、院校同盟、会员作品集、同盟竞赛场、搜图、同盟论坛、on vision设计产品专卖店12个频道；提供以资讯、作品欣赏、理论与资料、访谈、专题为频道结构的内容模式。总的说来，专业网站大多成立于2000年之后的艺术设计大发展时期，其目标多为涵盖艺术设计全部子专业的门户式网站。与传统媒体相比，网站的优势是明显的，网络生存的方式更容易实现，无须政府批准的刊号。网络的长处在于大量的、及时的信息发布，但是，设计师需要的不仅仅是信息，还有知识，更需要"渠道"。在增加点击率与浏览量的同时，如何从信息的供应过渡到渠道的供应以及知识的供应，则是需要从专业网站去思考的。

新设立的设计奖项也在最近的四五年内大幅度地增长。以工业设计为例，2006年国内设立的设计大赛与设计奖的评选活动就不下数十个之多：2006年北京工业设计中心创了"中国工业设计红星奖"、"CCTV年度创新盛典"、"家具设计大赛"等；众多企业也纷纷组织设计竞赛与大奖，如海尔、三星、英特尔等。细数如此众多的设计奖并无意义，综合考察这些奖项，其背后的组织者或说驱动力来源有四：

（1）专业驱动——由专业协会、政府专业机构组织设立，这些奖项从专业角度出发，以专业水准作为衡量依据，目的是对优良设计进行表彰与鼓励，同时也起到了促进与推广设计、教育大众的作用。

（2）行业驱动——由行业协会发起的。比如"中国家具设计大赛"，由中华全国工商业联合会家具装饰业商会组织，并联合广东、东莞的政府以及家具制造企业共同举办。

（3）媒体驱动——由新闻媒体组织的。如CCTV以及众多的地方电视频道、报纸、杂志等都曾举办过类似的活动。由国家知识产权局与中央电视台经济频道（二台）策划主办的"CCTV年度创新盛典"实际承载了官方意识形态推广的作用，为了实现"创新"概念的全社会普及。某些期刊杂志举办的这类活动带有明显的商业目的，得奖者大多为大企业，背后是"软广告"效应。

（4）企业驱动——由某一企业组织的，属于竞赛性质。如"长城杯"、"华帝杯"、"帅康杯"等，既可以增强企业形象，又可以搜集新的概念。这类活动多集中在院校，有些院校为了扩大知名度，将自身的教学课程与这些概念设计竞赛相结合，搞"竞赛式"教育，多快好省地获得了知名度。

此外，还有一个方面值得关注，即国际设计奖项登陆中国。工业设计方面，德国的IF与"红点（Red Dot）"。这两个分别隶属于德国下萨克森州与北威州的设计奖，在中方中介公司的运作下取得了巨大的社会效益与经济效益，被过誉为设计界的"奥斯卡"。

设计中介与知识产权服务性的公司相对是一个荒凉地带。中介性的活动、行为一直是有的，但是专业的中介服务公司，或者类似于经纪人性质的公司却非常之少，这其中，出现在上海的"桥中设计咨询管理有限公司"可以说是这方面的典范。桥中创始人黄蔚曾有在海尔、GE /Fitch等国内国际设计公司的从业经验，具备很强的沟通能力。作为国内首家设计管理顾问公司，桥中的业务涉及战略型设计管理、设计研究、资源整合以及专业培训等。在帮助IF成功登陆中国市场后，桥中成为了众多跨国企业招聘本土艺术设计人才的桥梁。桥中只有不超过10人的工作团队，而它背后依托的是一个庞大的网络资源，当跨国公司需要人才的时候它帮助寻找人才，当需要有关中国市场或用户知识的时候，它组织有能力的团队做相关研究，然后出售给跨国公司。应该说，桥中自身并不具备强大的专业设计与研究能力，它所起的作用无非是桥梁、中介，将需求与供应连接在一起，或者说是资源整合。如同它的名称一样，桥贯中西，其目标是成为中国顶尖的设计管理顾问品牌。随着专业分工的逐步细化，类似于桥中这样的管理、顾问、咨询公司具有很大的成长空间，它的特色与功能恰恰如同水，将设计师个体与产业、市场与研究、国内与国际黏合在一起，如图11-1。

图11-1　桥中工作框架图（资料来源于桥中网站www.shcbi.com）

有关知识产权的问题非常的复杂，本书将在后面的章节详细讨论。总的来说，知识产权涉及抄袭与创新两个侧面，这是两种不同的思考方式，一个设计师，一个企业，甚至一个国家，都需要面对着如何选择。

尽管国家知识产权局积极介入艺术设计行业中来，但是，当下我国艺术设计与知识产权还属于松散关系。与设计师谈论知识产权总是个沉重的话题。大部分设计师不太清楚自己的哪些方面需要保护，也不知道如何保护，甚至有些设计师根本就不相信，在中国的环境下还有知识产权可言。可以说，中国与国际知识产权保护的最大差距在于意识。日本九州大学把艺术设计知识产权定义为，从艺术设计研究中所产生的一切知识产权，其内容为专利、实用新型、外观设计专利权、商标、著作权、手法等。一种独特的设计在吸引消费者注意力的同时，也会成为其他工商企业模仿的对象，这在我国已经成为了习惯，进而形成了一种文化。艺术设计最大的特征在于创新性，而如果这种创造得不到应有的保障，就会从根本上毁掉创新的内在动力。知识产权是有关艺术设计创造性得以发挥的重要环境因素，可惜当前这方面还非常的欠缺。

上述从教育、市场、从业人员、相关领域等诸侧面简要介绍了当下中国的艺术设计现状。尽管这些内容大多并无太多严谨的量化调查，多是一些现象的描述与分析，但仍可以感觉到，当前是艺术设计的春秋战国时代，在大发展的前提下也带来了许多问题。院校、公司、网络、杂志、奖项多而且杂，正如同各个小诸侯的割据局面，分疆裂土的同时也残酷竞争，使得中国的艺术设计行业如同一锅沸水，这点也暗合于当前的中国经济与社会文化的发展状态。但总有一天，水温会下降到合适的温度，那个时候将是泥沙沉淀水清见底的时候，那时候沉淀下来的院校、公司、网络、杂志、奖项才是强大的。

11.3 国际艺术设计先进国家的发展路径及其启示
——以德国为例

回顾历史，任何国家艺术设计行业的大发展都与该国的经济腾飞有着最直接的关系，19世纪初的德国、第二次世界大站后的美国与20世纪70年代的日本，无一例外。艺术设计能够产生巨大的经济效益，并可以改善人们的生活方式，这一点是常识，因此各个国家在经济起飞后，必然会对艺术设计高度重视。同样，今天的中国也走到了这一步。

谈论国际现代艺术设计的历史总是回避不开德国。从"青春风格"到"德意志工作联盟"再到"包豪斯",德国一步步成为了现代设计的发源地。第二次世界大战后,"德国设计"随同"德国制造"一起传播到了世界各个角落,成为那个时代德国经济腾飞的发动机,德国的现代设计完成了一个合乎逻辑的发展过程。可是,当我们把目光集中在人、事件与思想上时,产生的错觉就是穆特休斯、格罗皮乌斯、包豪斯催生了设计上的标准化、机器美学、社会民主主义思想和现代主义风格。其实我们应该从相反的路径去思考,在更广泛与深远的社会语境中去寻找,是什么样的物质基础才能出现穆特休斯、格罗皮乌斯、包豪斯。这样的观点也就是布罗代尔的史学观①,人们活生生的物质生活、各种各样的生产与形形色色的交换才是最有力量的暗流,也正是这些暗流的相互撞击才生成了作为浪花的历史事件、运动与人物、思想。

　　19世纪是属于英国人的,工业革命带给这个国家极大的生产力以及国际声誉。19世纪中后期德国的经济开始崛起。这一时期德国的工业产品并不如现在这样具有优良的质量,而当这些产品出口到英国的时候,英国人强迫这些产品(尤其是陶瓷产品)打上Made in Germany的字样以区别于英国本土的陶瓷产品。此后,注名产地的做法变成了一种国际通行的惯例,其实最初是一种歧视性的做法。当时德国产品的境遇与今天中国产品的境遇是非常相似的,Made in Germany意味着粗糙、廉价、抄袭。这种做法再加上水晶宫工业博览会的举办等一系列事件,刺激了德国政府,决定以学生

---

① 布罗代尔认为历史时间可以分为长时段、中时段和短时段。这三种时段处在历史运动的不同层次,有着各自不同的特征和作用。要研究总体的历史,就不能仅仅停留在政治、军事和外交等层面的短时段,而要重视经济社会文明等层面的中时段,更要重视地理环境等层面的长时段。短时段可以称为个人时间,是转瞬即逝的时间,是历史学家最熟悉、最擅长的时间。短时段的历史也就是"事件"的历史。中时段可称为社会时间,也就是"局势"的历史。长时段可称为地理时间,是"一种缓慢流逝、有时接近于静止的时间"。他在《15至18世纪的物质文明、经济和资本主义》一书的内容架构上充分体现了该观点。第1卷名为《日常生活的结构:可能和不可能》,描述了15世纪至18世纪世界范围的人口、粮食、饮食、住宅、服饰与时尚、能源和冶金、技术革命和技术落后、货币、城市等的情形。布罗代尔称之为物质生活和物质文明,这就是最底层的"缓慢而细微的演变"的长时段的历史。第2卷名为《形形色色的交换》,描述了交换的工具、市场与经济、资本主义与生产、资本主义与交换、社会的各种集合(阶级、国家、文明)等。这些历史现象的活动明显地分为上下两个层次。下面层次的活动就是市场经济,指的就是生产和交换机制。这些机制同集市、交易会、城市、店铺、商贩、交易所等紧密联系,按供求关系建立市场,市场开放,无垄断经济产生。这一层次的活动在布罗代尔看来就是中时段的历史,它以物质文明为基础长期存在。上面层次的活动就是资本主义,指的就是一种由少数商人组成的垄断经济。这一层次的活动在布罗代尔看来就是短时段的历史。第3卷名为《世界的时间》,布罗代尔把15世纪至18世纪期间逐渐形成整体世界的历史划分为4个"经济世界":欧洲、俄罗斯(到彼得大帝开放为止)、土耳其、远东。它们同时并存,相互进行有限的交往。其中,欧洲经济世界随着地理大发现而扩大,吞并大西洋诸岛和沿岸,逐渐深入到美洲内陆,并与印度、南洋群岛和中国等依然独立的经济世界加强了联系。整个世界就是在这样的不平衡发展中逐步形成一个整体的。

的姿态全面地学习英国。建筑师出身的穆特休斯就是作为当时的普鲁士政府委派的官员前往英国考察其建筑、工业、管理等。他在英国一住7年，这类似于商业间谍，或者唐朝时期日本派往长安的"遣唐使"。像许多外国人一样，穆特休斯为英国的实用主义所震动，特别是在家庭的布置方面。从英国回国后，穆特休斯担任普鲁士贸易和手工艺部顾问，于是，在他倡导下，1907年10月6日，集中了银行家（投资者）、企业家、商人、艺术家、建筑师、工程师和政府官员的德意志制造同盟宣告成立，其章程指出"同盟的目标是与艺术、工业、手工艺通力合作，通过教育、宣传以及对有关问题采取联合行动来提高工业劳动的地位"。同盟目的在于提高工业产品的质量以竞争于国际市场，方法是运用先进的工业技术，经过优良的设计，生产质地优良、美观实用的产品，范围包括从日用品到房屋建筑。随后，在制造同盟的策划组织下，一批代表现代主义的设计实践活动在德国展开，我们所知道的大师包括贝伦斯、密斯、科布西耶等都曾经参与到这些实践中来，从建筑、产品到室内陈设，无不体现了相对于那个时代而言的创新。

　　制造同盟的另外一个贡献是推进"标准化"，然而标准化的进程并非一帆风顺。世纪之交的德国流行"青年风格"，受英国工艺美术运动和欧洲其他国家新艺术运动的影响，这场运动一方面强调装饰，希望重新使用中世纪的风格来抗拒维多利亚式的烦琐装饰风格；另一方面则反对机械风格。其中的代表人物则是对于德国乃至欧洲的"新艺术"运动产生巨大影响的比利时人凡·德·威尔德。他被认为是德国的莫里斯，观点如同英国的工艺美术运动，反标准化、反机械化工业生产的丑陋产品，强调艺术装饰与手工艺的内在美学价值，以及艺术家的个性化风格。1914年，在科隆的制造同盟会议上，他同穆特休斯为代表的主张标准化工业生产的观点展开论战，其焦点问题是艺术、设计需不需要遵循工业生产的逻辑，在争论的背后隐藏着更深一层的艺术与经济需要的矛盾。反者道之动，同样的道理，机器美学、民主主义思想、工业化标准化等这些思想，正是在同青春风格、新艺术运动的论战中才得以确立的，而这些论战也是包豪斯诞生的直接起源之一。

　　习惯上，大家都把包豪斯认定为现代设计的起源，但是事实上，在包豪斯之前的"德意志制造同盟"，贝伦斯、密斯、格罗皮乌斯等人在Darmstadt建立了"艺术家聚居区（Kunst Kolonie）"、在Stuttgart的"白房子"等建筑设计实践都早于包豪斯。1932年成立的包豪斯是结果，而非开端，作为历史的浪花而出现的它，有着之前长达几十年的社会、经济、工业、文化的暗流涌动。

　　上述的历史几乎是每一个艺术设计专业人士所熟知的，可是，正如同黑格尔所说的"熟知未必真知"。政府推动艺术设计发展的真正动力是产品的国际化竞争，现在德国各州的设计中心也都大多隶属于政府的经济部。也就是说，艺术设计是经济发展的推动力量，这一点已经被当前各国政府所"熟知"进而成为了"真知"。在日本，从政府到企业都认为设计是其生存手段，定为立国之本，因为它们在推行设计后尝到甜头，获得了可观的经济效益，提高了人民生活水平以及综合国力。韩国也将设计提高到"产业振兴"的高度上；美国的商业也是以脉脉含情的"人性化"设计作为其包裹的；而意大利则将设计与文化牢固地捆绑在一起，引领着战后的设计潮流。老牌的资本主义强国英国，在失去了其殖民地与工业优势之后，如何才能经济复苏呢？保守的英国人这次选择了设计，从撒切尔夫人时代就开始以国家行为扶植设计产业，并为20世纪80年代的英国经济打了一针强心剂。而今天，英国政府更是将艺术与设计上升到"创意产业"的高度，这一切都给予我们启发，应该将艺术设计当做产业来打造。艺术设计产业就是未来国家的竞争力！

11.4 当下国际艺术设计与宏观社会文化土壤之间的关系

要想认清当下国际艺术设计发展的宏观特征，就必须首先了解当前国际与艺术设计相关的产业经济发展的最新动态。除了传统的三大设计即环艺、工业、平面以外，当前出现了许多新兴的艺术设计类型，这包括立足于影视业的动漫设计，立足于网络经济的游戏设计，立足于会展经济的展览馆、博物馆设计，以及立足于文化产业的主题公园、主题餐厅等的设计。这使得艺术设计的发展出现了新的方向：一是综合的趋势，比如主题公园或博物馆的设计，整合了平面、产品、环境，体现出整体设计的特点；二是艺术设计与新兴技术的结合，即动漫、网游的设计。所有的这一切变化，都可以统一在一个新兴的产业概念之下，即"创意产业"。

当下，无论是国际还是国内，"创意产业"都是一个非常活跃的概念，这个概念可以很好地解释艺术设计与经济、社会、文化之间的关系。那么什么是创意产业呢？概念的表述是从约翰·霍金斯的《创意经济》一书中得来的。创意产业、创意经济或译成"创造性产业"，是一种在全球化的消费社会的背景中发展起来的，推崇创新、个人创造力，强调文化艺术对经济的支持与推动的新兴的理念、思潮和经济实践。概念是抽象的，而现实是惊人的。"哈利·波特"就是个典型案例，它是包括小说、电影、后续产品开发等一系列在内的，以文化、艺术为包装的商业奇迹。小说是第一轮产品，出现的现象是整个世界范围内，人们为了买到一本书，而在书店外彻夜排队，洛阳纸贵也不过如此而已。电影紧随其后，《哈4》截至目前的票房收入是8.75亿美元，不知道相当于我们中国的产业工人制造的多少双鞋。《哈5》也很快上市，只要宣传做得好，人们的审美疲劳就可以被无限延迟到《哈N》。接下来是周边产品开发。伦敦乃至世界大都市的玩具商店已经堆满了各种魔杖、神毯、魔法球，当然这些产品几乎全部出自中国产业工人之手。再随后是时尚潮流的跟随，据说工业设计师已经把《哈利·波特》里的魔幻色彩蓝色，加入到现代家电设计中，起到了良好的化学反应，符合现代消费者的审美取向。

创意产业的概念诞生于英国。1997年布莱尔第一次提出了要发展创意产业，英国政府在1998年为创意产业规划了一个蓝图，10多年来，英国整体经济增长70％，而创意产业增长93％，相关行业的收入大概是从6亿英镑，一直上涨到了上千亿英镑，而且从业人员从大概不到10万人发展到接近200万人，显示了英国经济从制造型向创意服务型的转变。2003年，英国首相战略小组指出，用就业和产出衡量，伦敦创意产业对经济发展的重要性已经超过了金融业。一年中伦敦的境内外游客在艺术文化方面的花费超过了60亿英镑。政府对创意产业采取了税收优惠等政策性扶植。创意产业成功推动了英国出口，有效地抵补了货物贸易逆差。这一切说明了创意产业的点石成金的功效。在美国，创意经济是知识经济的核心内容，更是其经济的重要表现形式，没有创意，就没有新经济。阿特金森和科特于1998年明确指出，美国新经济的本质，就是以知识及创意为本的经济，新经济就是知识经济，而创意经济则是知识经济的核心和动力。美国人发出了"资本的时代已经过去，创意的时代已经来临"的宣言。据统计，到2001年，美国的核心版权产业为国民经济贡献了5351亿美元左右，约占国内总产值的5.24％。

创意产业是文化艺术创意和商品生产的结合，包括表演艺术、电影电视、出版、艺术品及古董市场、音乐、建筑、广告、数码娱乐、电脑软件开发、动画制作、时装及艺术设计等行业。不难发现，艺术设计是其中最活跃的因素，因为文化需要设计来包装，才能走向市场与消费者。《哈利·波特》中的诸多魔幻镜头都是出自动画设计师之手，更不用说其他配套产品的开发了。盖里设计的古根海姆美术馆每年吸引了数百万游客前来参观，不但救活了西班牙小城毕尔巴厄，而且也带动了整个巴斯克地区的经济发展，这也是创意产业的典范。

此外，创意产业也是个非常宽广的概念，在此基础上，主题公园、时尚展览、博物馆等也都在其中。被称为世界三大展览之一的"米兰国际家具展"也是创意产业之一。从1961年米兰家具展创办到2005年已经有44年的历史，形成了米兰国际家具展、灯具展、家具半成品及配件展、卫星沙龙展等系列展览，它是全世界家具、配饰、灯具流行的风向标，已经从传统的商业展示过渡为时尚的生产与发布，成为了设计界的奥运会。如同柏林与威尼斯的电影节一样，会议展览带动的是城市消费以及文化观念、生活方式的生产与输出。

　　时下流行的创意产业聚居方式Loft，也就是如北京798、上海苏州桥这样的旧工厂改建而成的文化区域，还要追溯到德国鲁尔区的改造。鲁尔区曾是德国最大的重工业区，以煤炭开采和钢铁生产为主要产业，在德国经济发展进程中曾发挥过举足轻重的作用。自20世纪60年代以来，由于市场需求的变化，鲁尔工业区致力于产业结构调整和改造，而其调整的思路一是走向高科技产业；一是走向文化与创意产业。在鲁尔工业区产业结构的调整和改造中，当地政府没有简单地拆除原有的工厂和设备，而是巧妙加以利用，既变废为宝，又最大限度地保留了地方特色。施泰因工商企业园内，耸立着一座62米高的"井架办公楼"。这座风格奇特的建筑，是由当年采煤的井架改建而成的。井架顶的机房塔，如今已改建成鲁尔集团煤矿地产公司的办公室。"井架办公楼"记录着鲁尔工业区产业转型的历程，也是鲁尔老工业基地改造演进的缩影。此外，Oberhausen的烟囱被改造成了博物馆；位于Essen的 Zollverein成为了联合国第一个以工业文明为特点的世界文化遗产，现在的Zollverein有众多的博物馆、学校、出版社、艺术家工作室等，著名的"红点"设计博物馆也坐落于此；Duisburg的老内河港的废料处理车间被改造成了美术馆，聘请赫尔佐格担当设计，等等。鲁尔区的成功改造带动一股世界性的旧工厂改造潮流，无一例外的是文化创意产业的进入。可见，创意有变废为宝、化腐朽为神奇的力量，鲁尔区也凭创意产业而从工业中心变为了文化中心、旅游中心，实现了化蝶式的再生，如图11-2。

图11-2　赫尔佐格改造的杜伊斯堡美术馆，原为废料处理车间

　　网络游戏与动漫方面，韩国专门成立了"文化产业振兴院"，它针对中国市场的开拓计划主要集中在游戏业。韩国网络游戏目前已经占据中国市场的60%以上份额，

中国企业每款游戏的代理价格竟然高达数千万元，每增加一个游戏用户还要向韩国游戏开发商支付30%的分成费。根据权威机构统计，2004年中国网游市场规模达36.5亿元，比2003年增长46%，预计未来每年增长40%以上。如此巨大的市场，国内专业游戏设计人才仅约3000人，缺口达数十万之多。此外，目前全球动画产业的产值为2000亿~6000亿美元，已成为21世纪的朝阳产业。中央电视台和北京电视台也正在筹划动画公司，央视动画公司将于2007年年底挂牌，5~10年之后还将成立若干个动画企业集团，动画业前景无可限量。一个产业的新兴，必然需要大量专业人才，但目前我国此类专业人才不过万人，游戏设计、动漫设计等专业的市场需求很旺盛。目前一些从事动画制作行业的人士，月收入万元以上，但国内受过动画专业系统教育，具有专业技术素养的本科生、研究生却寥寥无几，很多是学广告设计或建筑设计的人士转行投入到动画制作业。网络游戏、动漫设计等不仅靠复杂的计算机编程，其中艺术设计团队的作用举足轻重。联想到三星电器、现代汽车在中国的行销以及韩剧的热播，不难体味国家产业政策支持下的艺术设计团队的力量。

从韩国的网络游戏，到日本的动画产业、美国的电影工业，到英国的创意产业，还有欧洲各国的主题公园、博物馆、时尚会展等，我们应该清醒地认识到当前的国际发展趋势，即上游玩创意，下游搞产业。在经历了20多年传统制造业的发展后，中国已经成为了世界工厂。可以说，我们还在出卖廉价劳动力与资源的基础上发展着，我们一直在产业的下游赚取着微薄的利润。另外，我国几乎还是个纯粹的创意消费国，当你看到都市里的青少年成群结队地走进电影院去消费《哈利·波特》的时候，就可以明白，中国正成为世界上最大的创意变现基地。我们在创意的下游忙碌地生产着，同时我们又成为这些创意的终端市场，而创意的制造者们却坐在咖啡馆里享受着创意带来的高额利润。因此，我们应该把艺术设计的兴衰成败与国家的命运前途紧紧联系在一起，应该从战略的意义上明确一条设计产业化的道路，提出打造"设计大国"的口号，从而为建设创新型国家输送源源不断的动力。

11.5 问题提出

在上述的语境下，我们试图找到当下中国艺术设计的问题所在，这就需要一系列的实地调查研究。在展开调查研究之前，我们提出一些问题与假设，甚至预设观点。这是非常关键的步骤，也是科学哲学的"波普儿"转变之后的研究方法：科学问题是被"证伪"的而不是被"证明"的。不管是否清晰，只有在预设问题结构的情况下，调查、分析与实验才具有可操作性，才有方向。

在今天的科学研究领域，无论是自然科学还是人文社会科学，人们已经不再怀疑世界是被预设的了，而是更关心如何被预设的，也就是这种预设来源于哪里。回答这个问题实在是困难。我们的回答是：预设问题来自我们研究团队的经验与知识，对于专业领域内各现象的持续观察与理解、认知与猜想。猜想并不来自对数据的分析，而是我们预先存在的认知能力。

我们的问题与预设观点是从如下三个层次展开的：艺术设计行业与国家宏观经济、社会、文化发展；设计师个体与艺术设计行业的关系；设计师个体的追求。这样的三个层次可以有个比喻：宏观的国家经济、社会与文化语境相当于空气、阳光、降水与土壤等大的地理气候；艺术设计行业相当于花园或者种植园；而设计师个体相当于生长其中的一株植物。这是整体与局部的类比关系，不认识整体也就不能更真实地认识局部。

11.5.1　艺术设计与宏观社会、经济、文化发展

我们假设，艺术设计行业是根植于经济、社会、文化等土壤的花园或者种植园。不同的土壤适宜不同的植物，所以有的国家成为了艺术设计的花园，鲜花丛生，装点了视线，美化了生活，比如法国，认为艺术设计就是Art Deco，意大利也有这种倾向；有的国家把艺术设计培养成了农田，种植的全是经济作物，比如日本、美国，尽管品种不同，但是森林是为了木材，稻田是为了食物；当然，还有的国家杂草丛生，甚至寸草不生，比如改革开放以前的中国。悲观的看法是，艺术设计一直是个很浅层的领域，我们所能看到的设计现象或设计作品、风格或流派、新理论与新方法都是对经济与社会发展的羞羞答答的臣服（关于式样、时尚、流行的设计）或无力的抗争（关于环境与人性的设计），更可悲的是设计还有可能成为帮凶，变成刺激消费的手段来服务于资本的增值。设计的变迁与进化相对要滞后于经济的发展、社会的进步、技术的革新与知识的革命。

问题是，当下的中国国情是什么？社会、经济与文化的剧变，对于设计行业的根本影响是什么？从复制到创新，从加工到设计的发展趋势是什么？中国的传统文化鼓励创新吗？尽管这些都是宏大的问题，类似于"天问"，但是，也正是这些问题，构成了我们研究的宏观背景。艺术设计的荒漠时代过去了，春天已经来临，国家或政府，不管是把艺术设计产业当做花园还是当做种植园来培养，都应该在土壤、环境、气候、水分上下工夫，为设计师的生存成长提供养分。

11.5.2　设计师个体与艺术设计行业的关系

当下设计师生存其中的行业土壤是怎样的？游戏（潜）规则与裁判体制是怎样

的？是良性循环还是恶劣竞争？自我价值与社会价值之间的两难是否存在呢？生存与自我实现之间有矛盾吗？教育与实践之间差距有多大？理想与现实之间存在鸿沟吗？是自律还是他律？作为设计师个体该如何选择？……

现在各大城市纷纷设立创意产业园区，不管这些地方政府把艺术设计或者创意产业当做花园还是种植园来经营，设计师都是生长于园内的植物。土壤的肥沃程度不同、酸碱度不同，长出来的植物当然有区别，可是浇水、施肥、松土，甚至传花授粉也同样的重要，这些就是与艺术设计相关的产业政策、管理、引导，以及服务机构、产业协会与组织、杂志媒体、设计奖项等。当然还要有良性的竞争，仅仅扶植是不管用的。参天的大树基本都生长在森林里，那是因为竞争造成的。设计大师群集的地区与时代，往往就是森林茂密的时代。

11.5.3　设计师个体的追求

我们假设每个设计师个体所追求的，无非个人利益的最大化，这就是首先假设每个人都是理性而追求私利的，首先是工具理性的。设计师走出校园的第一步是要生存，而他的一技之长则是设计，因此，通过设计而谋生是最基本的；其次是追求更好的发展，比如获得更多的项目，得一些奖，设计收费高一点，或者任职于更大更有"钱途"的公司；最后，在此基础上，才是追求自我价值的实现，可以不为名利地追求一些"作品"的实现。这样的假设也是符合马斯洛理论的。绝大多数人的绝大多数时间内是个人利益为先的，在此基础上才能谈到团体利益与社会利益，才可能有价值理性的行为。也就是说基本假设绝大多数现象是：个人利益优先于社会利益。

在个体与环境的关系问题上，虽然有千差万别的路径供人选择，但总的来说，在环境面前，绝大多数人是软弱无力的，环境决定了人的各种选择。设计师也一样，在环境面前是被动的。其次，每个个体都有其自身能动作用，可以选择环境。在不适应艺术设计行业的时候，他可能转行。

上述三个侧面的假设是我们后续调研的基础，因此，研究是围绕个体、行业与宏观环境三者之间的关系展开的。我们选取的研究对象是单株的植物，然后去发现园子的结构与组织方式，最后才是土壤分析。

第12章　调查与研究

12.1　调研方法

在完成相关背景的了解后，带着问题与预设，我们展开了系统的调查研究。我们的调研方法主要是三种：问卷调查（Questionnaire）、焦点团体座谈（Focus Group）、深度访问（Deep Interview），主要过程也分为三部分进行。

问卷调查是以清华大学美术学院50周年院庆作为契机进行的。从20世纪50年代到现在，清华美院的校友分布于艺术设计各个专业领域内，在不同的时代背景下从事着不同类型的专业实践的工作，可以说，校友们的工作生活的经历、状态、经验可以反射出我国50年来艺术设计发展的历史。

在问卷设计上我们遵循的原则是尽量集中在"客观性"信息上。首先是个人基本信息，包括姓名、年龄、职业、在校所学专业、毕业年份等。其次是毕业后可能有的4种出路：从事设计实践的、从事设计教育与研究的、从事设计相关产业的、完全改行的。在此基础上，针对不同的职业选择有不同的问题。我们更关注的是：职业选择背后的动机、职业生涯是否顺利、成功的职业生涯需要哪些能力与素质、对于行业环境的判断是正面的还是负面的、创新才能是否得到了充分发挥等。最后是相对主观的问题，即回答专业土壤与个人专业发展之间的关系。此问题更多的作用是为了发现有特点的回答，以便为后续的深度访谈确立对象。这样的问卷设计，完全是基于我们的问题与预设而提出的，目的是了解个人选择、行业土壤与宏观社会背景之间的关系。

焦点团体座谈分三次进行，分别选择了哈尔滨、杭州、深圳三地进行，代表了北方地区、长三角地区、珠三角地区。其中，深圳是改革开放的最前沿，也是艺术设计实践活动最活跃、与工商业结合最紧密的地区；杭州具有深厚的人文传统，而且工艺美术学院创立初期的一大批教师也都来自杭州的中国美术学院；哈尔滨的情况则可以反映东北老工业基地乃至中国北方的艺术设计发展状态。焦点团体访谈对象也是集中于三地的校友，在年龄结构上分老、中、青三代，毕业时间分别为文化大革命前、20世纪90年代以前与以后，职业分布也尽量广泛。问题的焦点也主要集中在三个方面：针对艺术设计教育模式的主题；针对创新与创造力如何培养的主题；关于个人职业发展与社会土壤关系的主题。通过观察不同参与者对同一主题进行交谈，我们获得了问卷与个别访谈所不能得到的看待问题的多种角度、参与者之间的相互纠正以及他们之间的人际互动信息。过程中，我们既是观察者又是参与者，通过自己与对方的互动了解对方的叙述方式，并特别注重对参与者的言语进行分析，倾听他们的话语中所表现出来的内在"逻辑"以及从中透射出来的价值观念。在此基础上，我们也进一步确定了深度访谈的对象。

随后进行的深度访谈则是更加"个体性"的，即提出少量问题，使被访问者在尽可能少的干扰下自由地、充分地阐述，以回答"为什么"的问题为主，并通过观察发现人们内心的动机、情绪等。深度访谈目的主要是希望获得个体的"主观意义"以及"内隐知识"。

上述三种研究方法构成了我们的方法系统，相互补充，互为依据，量的研究与质的研究并重。这样，得到的资料事实与观点、客观与主观都相对丰富、均衡，得出的结论与分析结果也是建立在这样的基础之上的。

12.2　问卷调研结果

以50周年院庆为契机，我们总共发放的问卷数量为360份，回收的有效问卷总共342份。其中：

- 专业实践（比如开设计公司、企业设计师或设计主管、自由设计师或艺术家等）132份，占38.6%；
- 专业相关领域（比如专业相关的上下游产业、设计组织机构、专业杂志或网站、专业中介等）52份，占15.2%；
- 专业研究或教育（比如大专院校教师、专业研究所等）132份，占38.6%；
- 完全改行26份，占7.6%。

数据表明，从事设计实践与设计教育研究的是主体，设计相关行业为辅，完全改行人员相对比例较小。

12.2.1 专业实践人员（132份问卷）

下列统计（图12-1至图12-10）均以132为基数，其中某些问题为多选题，某些问题回答人数不足132。因此，数据更多的具有相对比例关系意义，而非绝对的百分比意义。

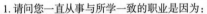

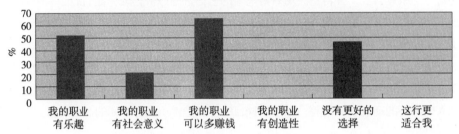

图12-1　统计结果：多赚钱是职业选择的最主要目的，占66%；其次是出于乐趣的，占52%；没有更好的选择占46%，居第三位；具有社会意义的占22%；没有人出于"创造性"目的而选择艺术设计

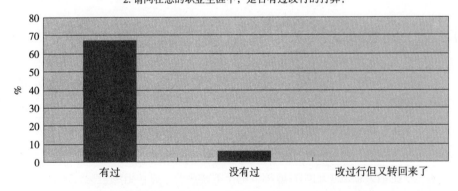

图12-2　统计结果：大多数人有过转行的打算，占67%，其中只有一份问卷填写了转行原因是年龄问题；从未打算转行的占6%；没有人改行后又转回来；其他27%未予回答

3. 请问您自己认为，在您所从事的行业中是否算做相对成功：

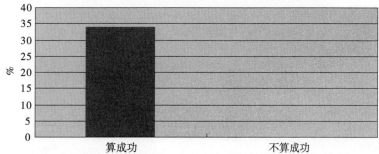

图12-3 统计结果：在132份问卷中，有45份回答此问题，而且全部选择了"算成功"，占34%，其他未予答复。这是个相对主观判断的题目，考察被试的自我认知，因为个体对于成功的标准是完全不一样的

4. 如果您认为自己是成功的，请问如下哪些是您成功的主要原因：
（可以多选）

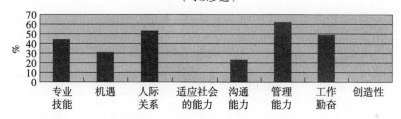

图12-4 统计结果：认为管理能力是成功关键的占62%；其次是人际关系，占53%；工作勤奋49%；专业技能44%；机遇31%；沟通能力23%。创造性与成功没有任何关系

5. 如果您认为自己不成功，请问您相对欠缺的是哪些因素：
（可以多选）

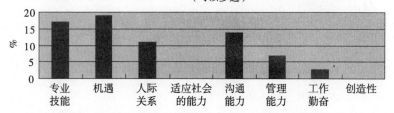

图12-5 统计结果：在不成功的原因认知上，机遇是最多被选，占19%；其次分别是专业技能17%、沟通能力14%、人际关系11%、管理能力7%、工作勤奋3%。创造性仍然不在被选行列。适应社会的能力具有太宽泛的含义，故也无人选择

6. 在下面这些因素中, 哪些是您认为限制、束缚、消极影响了
您专业才能发挥的因素: (可以多选)

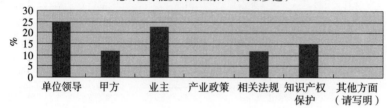

图12-6 统计结果: 限制专业发挥的因素主要来自单位领导与业主, 分别占25%
与23%; 而知识产权保护、相关法规与甲方分别占15%、12%、12%, 是次一
级的因素

7. 请问您最成功的一个项目, 其成功的关键因素是:

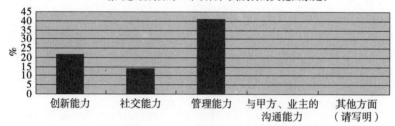

图12-7 统计结果: 管理能力是项目成功的关键因素, 占41%; 创新能力占
22%; 社交能力占14%。在具体的项目成功中, 创新能力成为因素之一

8. 在您的职业生涯中, 您认为成功的最重要因素是:

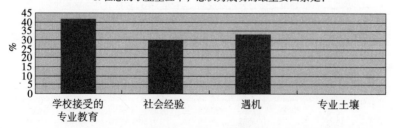

图12-8 统计结果: 学校接受的专业教育是职业成功的最关键因素, 占42%; 而
机遇与社会经验几乎相等, 分别是33%与30%。专业土壤并不是关键因素

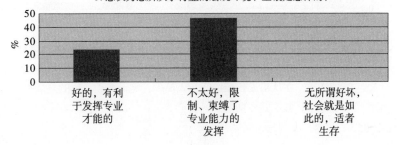

图12-9　统计结果：在对专业土壤的判断中，47%持负面判断，是正面判断（24%）的2倍

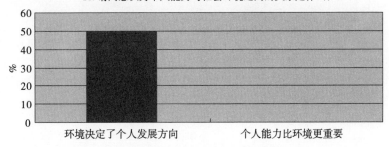

图12-10　统计结果：一半的人认为环境决定了个人发展方向；其余的没有答复此问题

12.2.2　专业相关领域（52份问卷）

下列统计（图12-11至图12-15）均以52为基数，某些问题为多选题，某些问题回答人数不足52。因此，数据更多的具有相对比例关系意义，而非绝对的百分比意义。

1. 您现在所从事的行业与您专业的关系是:

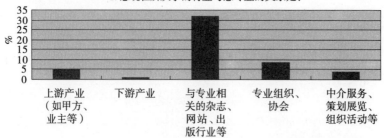

图12-11　统计结果：在从事设计相关行业人员中，绝大多数从事的是杂志、网站或出版行业，占32%；其次是专业组织、协会等，占9%；设计上游产业占5%；中介服务为4%；下游产业为1%

2. 促成您转向相关行业而非继续从事本专业的主要原因是:

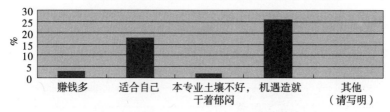

图12-12　统计结果：促成此种职业选择的原因主要是机遇，占26%；其次是适合自己，占18%；赚钱多与专业土壤原因分别占3%与2%

3. 您从事的相关行业对于本专业所起到的作用是:

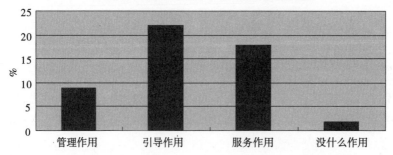

图12-13　统计结果：引导作用占22%；服务作用占18%；管理作用占9%；没什么作用占2%

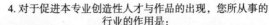

图12-14　统计结果：大多数认为所从事的职业对于专业促进起到了积极作用，占37%；消极评价的只有2%；不好说占5%

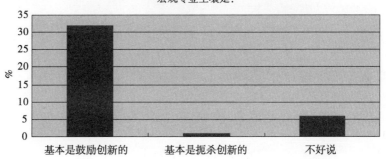

图12-15　统计结果：对于专业土壤的评价，正面的占32%，负面2%，不好说占6%。从事设计相关行业的人员对于专业土壤的评价大部分是正面的，即鼓励创新的

12.2.3　专业研究或教育（132份问卷）

下列统计（图12-16至图12-20）均以132为基数，其中某些问题为多选题，某些问题回答人数不足132。因此，数据更多的具有相对比例关系意义，而非绝对的百分比意义。

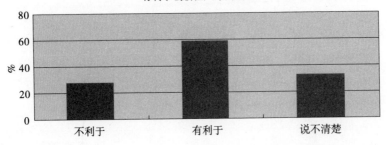

图12-16　统计结果：大部分院校工作者认为学校的教育方式、课程设置与管理模式有利于创新型人才涌现，占59%；说不清的占33%；不利的占28%

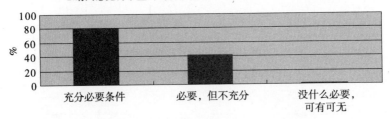

图12-17　统计结果：80%的院校工作者认为创新素质是专业成功的充分且必要条件；43%认为不充分；3%认为是可有可无的

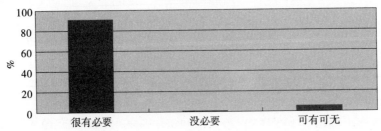

图12-18　统计结果：90%的院校工作者都认为培养学生的社会技巧是必需的；认为没必要或可有可无的分别为1%与6%

4. 对于学生的专业成功，您觉得最重要的能力是:

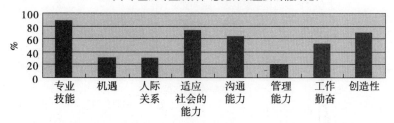

图12-19 统计结果: 专业技能、适应社会的能力、创造性是前三位重要的因素，分别占92%、74%、71%; 沟通能力与工作勤奋居中间位置，分别为64%与55%; 机遇、人际关系与管理能力不重要，分别占31%、31%与20%

5. 您觉得现在的专业土壤是否更有利于学生发挥专业创新能力:

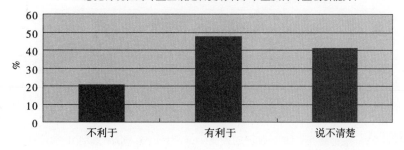

图12-20 统计结果: 认为专业土壤有利于学生发挥专业创新能力的占49%; 说不清楚的占41%; 认为不利的占22%

12.2.4 完全改行（26份问卷）

下列统计（图12-21至图12-24）均以26为基数，其中包括某些问题为多选题，某些问题回答人数不足26。因此，数据更多的具有相对比例关系意义，而非绝对的百分比意义。

1. 请问您改行更多的是您自己主观的意愿，还是客观的环境造成的:

图12-21 统计结果: 出于主观原因与客观原因改行的比例分别为30%与27%，比例接近; 两者原因都有的占38%

2. 如果更多的是主观原因，请问您改行主要是为了：（可以多选）

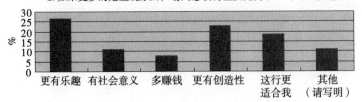

图12-22　统计结果：主观改行的人当中，为了乐趣、更有创造性以及更适合自己而改行的比例分别为27%、23%、19%；而为了社会意义改行的只有11%；其他原因的11%，共三人，原因只有一人写明（原因为兴趣转移）

3. 如果更多的是客观原因，请问您主要原因是：

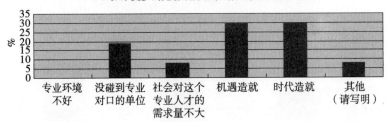

图12-23　统计结果：客观改行的人当中，因为机遇与时代原因的都占30%；没有合适单位的占19%；社会需求原因占8%；其他原因占8%，共计两人（原因分别为：考研导致；为了能留在北京工作）

4. 您改行后的主要感想、体会是什么：

图12-24　统计结果：认为改行无所谓的占50%；改对了的占30%；改错了的占8%

此外，最后的问题"无论您正从事着本专业的实践，还是转向了相关行业，或是教育领域，甚至您完全改行了，回顾您的职业生涯，请问'专业土壤'与个人的'专业发展'之间的关系是什么？"需要文字写明。回答此问题的人员总计为47人。其中，从事专业设计的人员共9人写出，分别为：

01. 专业土壤的确需要环境和机遇，没有好的环境和机遇，即使专业技能和专业的创新能力再强，也不能使个人的专业发展得到有利的推动，即专业发展必须在好的更有利于专业发挥的土壤里才能更好地得以进行。

02. 专业土壤对于专业发展有重要影响，如果"土壤"不好，甚至无法发展"专业"。但在相同土壤下，个人努力和创新能力又对专业发展起决定作用。

03. 个人专业的发展要有一个适宜的人际环境和物质环境，我觉得缺乏心理素质和毅力，这是学校应该注意的方面。我的感觉是大学是建筑学环境专业的基础，在工作时起基础作用。

04. 专业土壤是专业发展的温室和营养，专业发展主要是靠自身的努力和执著。

05. 我1997年在中学任教并任班主任，后调入外贸部从事装潢美术设计工作，后到出版社任美术编辑直到现在退休。在一生的工作中，工艺美院的教育使我在业务生活中得到很好的发展。

06. 我始终认为在学院里学到的不仅是专业知识还有其他更深的知识，这些知识可能在毕业以后体现出来。

07. 工作勤奋，抓住机遇。

08. 做家居类杂志，需要广泛的艺术修养和鉴赏力，这都是在大学环境中培养出来的，对设计的兴趣、对艺术品的感悟造就目前的行业。

09. 我毕业于20世纪60年代初期，党的教育方针指导我应学好本领，报效祖国，使我在新闻记录电影美术行业上走完了40年生涯。与同学相比我的专业不完全对口，加上机遇不佳，至今无所成就，深表惭愧。在此我还要感谢我的母校恩师们给我的辛勤栽培，永远不忘！

从事专业相关领域的人员共12人回答此问题，分别为：

01. 我比较注重大专业概念，在亲历相关行业后选择最适合自己的，对于专业之间的区别并不在意，我关注自己从事的行业与行业市场发展的联系。

02. 专业土壤为我们职业建立了良好的基础，对我从事相关的与视觉有关的行业很重要，但如果是在本专业发展的专业土壤还不够。

03. 专业土壤是培养个人审美的基础，专业发展是基于审美之上的，不管做什么相关行业，审美能力都非常重要。

04. 专业土壤造就了专业发展的基础。

05. 我的专业土壤与专业发展之间的关系，土壤是指环境的话，只能说对专业发展没起到什么太积极的作用，如果土壤是指学校的话，学校对我专业发展的作用很大，一直影响着我。

06. 与书画同源的理论一样，只要是艺术的土壤，必定有相联系的关系，对于美术而言更是如此，当今时代学未必致用，许多知识是以学院的所学为基础，而专业发展永远离不开原本的专业土壤。

07. 是基础和实践应用的吻合，基础广泛，实践应用，创新就得心应手。

08. 专业环境是个人发展的沃土，也是极为重要的前提，无论往哪个方向发展，打好基础专业的学习是培养一个人思维能力的重要因素。

09. 专业土壤是立足点，是基本条件，是安身立命之本，没有良好的专业土壤，就难有良好的专业技能，那么再好的专业发展机会都会失之交臂，专业发展也无从谈起。

10. 当然是土壤有利于专业发展。

11. 个人的专业发展只有在专业土壤中获得根基，但社会环境的内在机制是需求，当需求偏离或不适合专业的存在时，专业发展也只能改向，因此，社会是变动的，需求也是变动的，所以教育的培养只有进行通才教育，在这种基础之上再进行专业培训。

12. 专业土壤易于个人的发展。

从事设计研究与教育的人员共15人回答此问题，分别为：

01. 非常必要的关系，应拓宽，远远不够！

02. 为专业发展打下基础。

03. 机遇不同，轨迹不同，起作用的程度不同。

04. 土壤越肥沃越宽广越好。

05. 专业土壤是专业发展的重要基础，而专业土壤的培育需要专业人士、教育机构、社会等各方面的共同努力，教育机构是培养人才的桥梁，应该根据时代的发展需要适时研究，不断创新。

06. 专业土壤是专业发展前的一种必然，但专业发展存在着偶然性，与社会因素和个人生活经历息息相关，但如果没有专业的定向培养，今后的发展必定会盲从。

07. 原染织专业课程的图案功底训练对我水彩和玻璃创作影响和帮助特别大。

08. 专业发展之根必需有生发的土壤，土壤的养分决定根系的发达与否。

09. 专业土壤是个人专业发展的必需空间，离开专业土壤不可能有专业发展。

10. 关键取决于个人，包括专业技能，社会适应、沟通能力，综合素质，土壤环境很重要，发展看个人。

11. 掌握必要的专业基础是专业发展的前提，基础越扎实未来专业发展潜力越大。

12. 专业土壤是专业发展的必备条件。

13. 专业土壤是立足点，是基本条件，是安身立命之本，没有良好的专业土壤，就难有良好的专业技能，那么再好的专业发展机会都会失之交臂，专业发展也无从谈起。

14. 专业土壤是专业发展的基础，专业发展可以促进专业土壤的养分。

15. 专业的发展离不开专业土壤的培养。

完全改行人员回答此问题共11人，分别为：

01. 个人认为没什么太大关系，只是想换换口味罢了。

02. 没有界限！学院造就我自信，自立，自强！

03. 我学的专业没有白学，给我很好的艺术修养，对我的人生和工作起到很大的帮助作用，虽然转行了但服务的群体更广了，为人类作出贡献，付出自己的力量深感欣慰和自豪。

04. 五年染织学业充实了各方面领域的知识，为走向社会工作打下良好的基础，对我从事外贸工作很有帮助。谢谢老师对我多年的教育！

05. 专业发展没有专业土壤难以实现。

06. 专业土壤只是背景问题，个人的专业发展我个人倾向兴趣问题。

07. 四年的专业学习对我的工作还是很有帮助的。

08. 如果没有大学期间对写作、思维等基本能力的培养，做现在的工作就不可能得心应手，大学期间学习对我的影响是受益终身的。

09. 适者生存，无所谓专业。

10. 我觉得工艺美术学提高了一个人修养与鉴赏能力，虽然毕业以来我没有从事本专业的职业，但是大学的背景给了我独特的视角，对我的职业生涯影响深远。不过最近觉得还是本专业对我更有吸引力，所以未来有可能再次转行，往靠近专业的方向转。

11. 高等教育与专业发展并无专业界限，教育只是提供方法，工作还是在实践中学习。

12.3 焦点团体调研结果

12.3.1 三地调研过程

焦点团体的调研主要集中在哈尔滨、杭州、深圳三地，分别各组织一次会议，参加人员主要为我院各个阶段毕业的校友。其中哈尔滨座谈地点为哈尔滨师范大学艺术学院，参加人数为17人；杭州地点为中国美术学院艺术设计学院，参加人数为10人；深圳地点为清华大学深圳研究生院，参加人数为12人；座谈时间2~3个小时，平均每人发言在15~20分钟。

座谈会问题主要集中在如下三个方面：①当前的艺术设计教育模式是否与现在的社会环境相适应；②结合自己所受的设计教育，回忆印象最深刻的一门课程；③对未来人才培养的设想。各个不同时代毕业的校友，分别根据个人的设计与教学实践经验、思考，各抒己见，所谈论的问题并不仅仅局限于上述三个侧面，见地深远，虽然时间有限，但是非常具有启发性，对于我们展开后续的深度访谈更是作用巨大。下面将三地访谈的要点总结如下。

12.3.2 哈尔滨（哈尔滨师范大学艺术学院）访谈要点总结①

1.关于扩招

- 扩招从2000年起，以前一年招500人，现在是1000人。招生越多，学院补贴的费用越高。学校（哈尔滨师范大学）指望艺术设计专业能多招生，多收学费。

- 学费为9000元/（人·年），师范生是4500元/（人·年）。据说今年师范生学费要全免，但具体情况还不清楚。

- 哈师大70%~80%的生源来自本省；与外省之间有协议，对方要求招生数量对等。我院其他省份的生源主要来自山东、山西、湖北、湖南等。估计其他省份情况也差不多。山东愿意我们去招生，因为他们的升学压力大。我们希望多到外省招生，因为这对于学生的培养和见识的增长有好处，但省招办有限制，必须按照他们的要求招生。

- 扩招使学生普遍素质下降，有时教师一学期有400~500课时量，根本没有时间思考。

2.关于就业

- 目前我院毕业生就业情况不错，因为学校有毕业证和教师证两证，其他学校不具备。

---

① 本次外出考察地点为哈尔滨、杭州和深圳。本"访谈总结"的主要议题根据会议记录总结。因为各地专业发展特点不尽相同，所以研讨会中各位校友的话题重点亦不甚相同，因而各地访谈的分类方式也有差异。

- 毕业后个人发展比较成功的往往是学生干部，应注重这些人的培养。
- 学生毕业后约有70%~80%换工作单位，不过改行的估计不多，约有10%。

3. 关于教学

- 创新人才的培育，不是大学解决的问题，至少不是主要有赖大学来解决的。
- 实践教学和理论素质的培养比较起来，后者更重要。因为前者在日后的工作中还能进一步培养，而如果没有良好的理论素养，将直接导致学生专业评判能力的下滑。
- 现在的教学模式，有些部分与社会发展相适应；另有一些则不太适应。主要表现在许多社会上需要的人才，学校培养不出来，如管理人才（设计过程管理、工程管理等）。
- 教学中对学生专业技巧的训练并不差，但是管理、协调、操作和技术知识等方面有明显差距。艺术设计中的某些专业需要很多工程技术知识，仅以绘画作为基础是不够的。
- 应该注意设计管理课程的培育，现有些学校设有艺术管理课程，但二者是不同的。可以先开设相关课程，待条件具备时，再设专业。
- 应加强专业思想教育，如果学生们不了解专业的历史、特点和发展方向等，学习中难免迷惑。
- 应注重基础课教学。
- 应开设"大学语文"课程。
- 教改是关键，主张大学科。但对"大学科"的建立基础是什么，并没有明确说明。
- 学院（哈尔滨师范大学艺术学院）的硬件条件不好，只相当于清华美院光华路的水平。
- 教学水平的提高，关键在教师水平的提高。
- 学生的综合素养是在学校中"熏"出来的，而不仅是具体课程的培养。每个教师的特点不同，学生的基本素质也不相同，不必急于在就学期间培养出学生的个人风格。
- 艺术设计类院校也应该"分层"，有些院校专门培养技能型人才，应该更多考虑市场的需要；有些院校主要培养观念型人才，则不必与市场结合如此紧密。

4. 教师队伍

- 目前学校教师水平不够齐整，但中央工艺美院的毕业生起了很大作用。
- 哈尔滨师范大学针对艺术学院的师生比测算方式不合理，按照综合院校的18∶1计算，目前实际师生比为11∶1左右。教师严重缺编，但考虑到学费问题，学校不同意减少招生人数。
- 各大学忙于艺术设计专业的扩招，致使教师年轻化，但教师培训的体系不健全，所以即使是一个专业的教师之间也难以形成经验、传统的传承体系。

- 学校不太注重年轻教师的培训。当然有主客观因素，工作量大，也不好平衡。
- 呼唤一种更宽松、合理、机动性强的用人制度。

5. 其他

- 黑龙江省艺术设计类机构估计上万，其中室内设计大约2000余家，平面设计大约2000~3000家。
- 有艺术设计协会（其他省份少见），归省文联管理，与美协、音协平级。
- 不应以"中央工艺美院"的传统为思考问题的基础，应立足于现代教育。
- 学校的管理水平非常重要，尤其是领导的方向定位准确，将会使学校的发展更好。
- 资料室和图书室非常重要。
- 国际一流不是搞活动、喊口号能达成的。现在我们的差距并不主要在硬件上，而是软件上。软件中最关键的因素是体制，体制最核心的部分在于学分制。如果学分制能够实行，那么体制的瓶颈就打开了，反之亦然，学分制无法实行或实施困难的症结，也是在制度上。

12.3.3 杭州（中国美术学院）访谈要点总结

1. 关于扩招

扩招使学生培养质量下降，学校的教学定位也不清晰，学生参加工作后"瘸腿"现象严重。比如：缺乏设计中的法律、法规意识，不会与甲方沟通，美术学院的材料课程本来就很薄弱……学生们只能限于纸上谈兵。

2. 关于教学

- 过去的中央工艺美术学院走的是"精英路线"，现在社会上对于设计类毕业生需求很高，我们到底是坚持精英路线，还是更注重培养实践型人才？
- 学院到底应该走"通才型"人才培养的道路，还是走"技巧型"人才的培养路线？基础的薄弱导致素质教育无立足基础。
- 美院老一代的教授通常都有出国留学的经历，但是他们回国后的教学工作并不是照搬西方的模式，而是通过思考和实践，提出了符合中国文化特色的教学课程，比如图案课。
- 图案课的价值和教学方法值得深入研究。尤其是图案课与构成课的关系，及其对设计教学的作用，是一个值得深入探讨的问题。

- 纯艺术与艺术设计有很大差异。

- 教学完全适应社会是不可能的，也没有必要。专业教育和行业发展是两张皮，考虑的内容和侧重点完全不同，建议：①使社会行业与艺术设计教育联动，学习的内容应根据社会需要。因为学校的课程设置往往是滞后的，所以应保持课程处于动态过程中。②现在针对艺术设计教育的评估体系中，没有关于教学质量督促的内容。质量反而只能服从于效益。应有专门的、符合行业和地区特点的权威机构，对艺术设计专业学校的教学质量进行评估。③扩招并不完全是坏事，社会应有一定的艺术修养，我们现在做的更像是艺术普及教育。

- 轻工部取消后，全国工艺美术系统的毕业生实习单位的落实，都成了大问题。加上扩招的影响，使得学生们在进入社会之前的实习机会反而比以前少了很多。而且，即使偶有成功的，用人单位也不会尽心竭力地培养学生，这使得我们的学生在毕业前能获得的实践锻炼非常有限。

- 目前的艺术设计教学没有很好的评价标准，使得办学门槛过低，艺术设计教育的质量和毕业生水平难以保证。

- 艺术设计教育能不能分层级，像清华美院这样的学校应该走高端，而一些地方院校应该强调实践能力的培养。

- 传统的艺术设计专业都设在美术学院，今天看来，这对于此专业的发展有很大的束缚，因为教师和专业课设置中必定缺乏工程、材料、法律等方面的内容，学生进入社会后，难以理解和完成实际工作。

3.关于教师

- 是否可以利用假期、开设课程或举办研讨会，提高任课教师的综合素质和专业水平。

- 学校、学生是否有创造力，直接由教师的创造能力来决定。

- 艺术设计院校中，需要勤勤恳恳的教书匠，也需要在社会上有影响力的设计师，还需要高素质的管理人才。

4.其他

- 清华本身就是研究型大学，清华美院应该找到新路子，应该利用清华的优势，打造新品牌。不要太多考虑就业率，这与艺术学院的教学没有什么关系。理念更重要，没有精神和思想，学校就要消失。应该把注意力放在今后应怎样做上。

- 工艺美院时期的确有传统，但也有限制，把人箍得很紧。与清华合并，其实反而突破了那些限制。不要还把自己放在小圈子里。

- 高校的用人制度有问题，真正的高手进不来。人事制度不解决，就无法建立多样、宽松的教学环境，师资结构就很难完整，创新型思维的建设就不可能达到要求。

- 与艺术和设计学院大张旗鼓招生共存的局面是，艺术和艺术设计仍然处于自娱自乐的状态，并没有获得政策上的任何关注。

- 我们的毕业生去向不能仅停留在专业圈子内，而应该进入国家的各级单位和决策部门，只有在这样的位子上，才能真正解决我们专业面临的难题。

- 应站在今天的角度来看问题，而不是原来的。

- 清华美院应该牵头做好理论建设工作。

- 创造能力与是否有自信心有很大的关系。

- 设计管理非常重要，也是今后行业发展的重要推进力量。

- 室内设计行业每年的产值如此之高，国家却没有相应的产业政策，这不是很奇怪吗？清华美院应该担负起政策呼吁的作用。

- 应培养复合型人才，尽量避免近亲繁殖。

- 同学、师生感情的维系和培养是我们容易忽视的，但却是对学校和学科建设极为有利的部分。

- 不能听任甲方的意见来左右行业和理论，我们应该变被动为主动。

- 如何理解"创造性"这个词很关键。目前我们很多教师理解的创造力其实是"拍脑袋"的想法，其实国外的教育中，更强调过程中的"创造力"。就是说可以按照一种常规方法，在一步步的推演中，将最初的想法进行完善，在过程中展现"创造力"。

- 杭州地区中，30~40人的设计公司大致有60~70家，十几人的有上百家。

- 我们不是简单地培养设计师的学校，应该更注重培养那些能够考虑事件发生，并对此进行回答的人。

- 扩招的原因大致如下：①国家希望更多的年轻人能进入高校，或学有一技之长，或仅是降低社会不安定的因素；②学校希望扩招，因为艺术类招生的学费较高，办学门槛又低，有利于学校增加学费收入；③同时在当代中国，艺术类专业扩招，又有点像"传销"，大家只有找到"下家儿"就可以了，至于其能否为社会发展带来益处，则无人考虑了。

- 教育部在艺术设计学院的办学政策上完全缺位。

12.3.4 深圳（清华大学研究生院）访谈要点总结

1.关于教学

- 传统纹样、图案功底的教育很重要。这不仅是课程设置的问题，也是避免文化断代的大问题。

- 理论的学习很重要，不能只停留在图面和画面上。应该让就读的学生明白这个道理。

- 思维方式的培养才是大学应该解决的最大问题。

- 综合性大学中的艺术设计学院，在管理、考核、招生人数等方面，限制很多，许多要求不符合艺术学院的特点。但这种情况短期内很难改变。

- 逻辑推理、材料掌握、与人沟通一类的训练应该加强，以往教学中在这方面有欠缺。

- 艺术设计教育中，应该培养产业化的人才，而不是单干户。

- 学校教学与设计第一线的设计师之间总是有距离的，二者之间的差距很难弥合。应该考虑在教学中引入一些一线设计师的经验和案例。

- 为了更好地了解和学习国外信息、知识，外语学习很重要。

- 设计程序的教育很重要。

- 大学的定位不应是单纯技巧性的培养，应该为人才提供宽基础。基础不外两条：教人怎么想，教人怎么做。关键是有没有思维能力，异想天开不是创新。应该更关注如何帮助年轻人达到必需的思维高度。设计过程是一个辩证思维的过程，这是一个人心智成熟的表现。

2.其他

- 探讨艺术设计教育问题，应该首先考虑设计的本质。设计不是纯粹的艺术创作过程，作为一个职业，从业者工作中的许多内容和程序，看来都与艺术本身无关，但都是颇为重要的。

- 深圳设计行业的涵盖面已经比以前变小了。改革开放初期，可以覆盖全国，现在则更趋向于地区性。

- 应该有机制将以往的毕业生引回学校，就教学、就业、培养方向等与学校进行交流，促使学校的教学、管理等处于动态地位，可对社会和行业变化有较为及时、灵活的应对。

12.4 深度访谈结果

12.4.1 深度访谈人员背景介绍

在焦点团体的基础上，我们选择了8人作为深入访谈的对象，其中哈尔滨3人，杭州两人，深圳3人。他们分别如下。

1. 史春珊（哈尔滨）：在校时间为1957—1962年，就读于当时的"装饰绘画"系，退休前是哈工大建筑学院教授。

2. 余雁（哈尔滨）：1982—1986年在校，就读专业为装潢设计，现为黑龙江大学艺术学院副院长、视觉传达系教授。

3. 贾奇（哈尔滨）：1989年入学，1993年毕业，专业为服装设计，现为哈尔滨师范大学艺术学院服装设计系主任。

4. 赵阳（杭州）：1977年入学，1982年毕业，专业为当时的"工业美术系"，现为中国美术学院副院长、教授。

5. 王晓松（杭州）：1983年入学，1987年毕业，书籍装帧专业，曾留学德国13年，获柏林艺术大学硕士学位，现为浙江大学教授，引进人才。

6. 陈绍华（深圳）：1978年入学，1982年毕业，专业为装潢设计，著名平面设计师，现居深圳。

7. 黄维（深圳）：1995年毕业于中央工艺美术学院装潢艺术设计系，获文学硕士学位；2002年毕业于清华大学美术学院设计艺术学系，获文学博士学位；1995—2003年任教于清华大学美术学院装潢艺术设计系；2003年12月至今，受清华大学美术学院委派，赴清华大学深圳研究生院组建并主持设计艺术研究中心工作。

8. 曾军（深圳）：1992年毕业于装潢设计系，深圳市墨客文化传播有限公司合伙人，深圳曾军设计顾问有限公司总经理。

在我们选择的访谈对象中，尽可能地从年龄、性别、地域等方面覆盖全部，既有从事专业实践的，也有从事教育的；既有一线教学的，也有学院领导层面的；既有多年海外留学归来的，也有扎根本土的。这样，他们的叙述可以使得我们的研究不局限于某个侧面以致偏颇。

抛开年龄，上述访谈对象从文化结构与心理意识上讲跨越了三代：文化大革命前入学的；1979年恢复高考到20世纪80年代末的；1990年以后毕业的。这样的代际划分是以国家、社会的发展与宏大转向为背景的，而这样的"代际感"也可以清晰地从他们的叙述中感受到，因为每个生命个体的人生轨迹、专业成就等无非巨大的社会结构变迁中的一个具体缩影，是这洪流中的一滴水，而他们的反思、理解与历史意识，多少也折射出艺术设计行业在国家与社会变革中的与时俱进。

12.4.2　深度访谈要点总结

1. 史春珊

- 毕业于1962年的史春珊，经历了文化大革命与改革开放两个截然不同的时代，一直从事设计艺术教育事业的他成果丰富，曾出版多部著作。总结他谈话的关键点是：**实事求是的办教育，因为教育是"事业"而不是"商业"。**

- 立足于国际的现代艺术设计教育，从中找差距；仅仅立足工艺美院是不够的。过去的工艺美院是多元体系，千人千面，各种观念交融；现在我们得走出去，跟国际先进院校多交流，找差距。

- 与国际先进的差距主要是国家教育体制与教育观念问题，没有"实事求是"地办设计教育，这就是中国特色。最怕的就是形式主义，这跟实事求是是相对的，教学评估就是这种东西。与国外相反的，我们总是打着唯物主义的旗帜干些唯心的事，比如政治教育，学生们只会背会答卷，喊口号学得挺好，什么赶超啦、跨世纪啦，这就是形式主义，假的。

- 我赞成学分制，这是实事求是的；学生可以根据自己的情况选学或不学，比如我的素描在入学前很好了，就没必要再学了，我可能去学心理学去了，给学生独立思考和选择的空间；或者学生休学两年，到社会去实践了，再回来就更知道如何学习了，这都是学分制的优点。

- 最重要的是教师，这是教改的关键，否则都谈不上；抓教师；什么是国际一流？仅仅有硬件是不够的，关键是软件，也就是教师质量；过去的工艺美院之所以成就辉煌，并不是因为硬件，而是老一代教育大家如张仃、郑可等，他们是具备国际眼光的，不然坐在屋子里喊国际水平，而还不清楚国际水平是什么样的，那就是空喊口号；所以，教学管理人员得多走出去。

- 不管是出来个诺贝尔奖也好，还是出来个球星也好，背后都是有庞大的基础的，是个金字塔，没有基础凭空出来个大师是不可能的。学校培养出来几个大师的同时，也意味着培养了大批的基本人才，不可能个个是大师。

- 图书馆也是个好老师，很重要的一部分，尤其是期刊，它是反映当代世界的最新信息的，这样可以知识更新；另外，展览也是很重要的，各个专业之间可以相互影响与交流；还有与教师、同学之间的交流，这样的方式是相互熏陶，如同在大缸里"泡"出来的。

- 现在扩招有很大问题，教育是个"事业"而不是"商业"，设计教育不可能大班轰，这样出来的学生就只会抄袭；现在的毕业生比起以前的学生简直太差了，不可能指望这样的学生出来后独当一面，质量问题也导致学生就业困难，现在的研究生跟过去的本科生质量接近。

- 组织管理才能很重要，该给学生更多的锻炼机会；学生会干部、班干部成功的多。

- 分科分太细也不好，要有大学科观念。选修课对学生的影响很大。教育该有点灵活性，孵鸡的孵出个鸭子也是好的。

- 教学改革是个科研课题，但是大学内部经常是因人设课，比如现在搞形式构成了，那么过去图案课的老师就没课上了，这就涉及个人利益与人际关系了，所以教学改革最大的难度是人事制度问题，是个饭碗问题，推进不了是利益关系；体制与教师的专业修养，是教育最重要的两个方面，二者都很重要。

2. 余雁

- 20世纪80年代初期入学，现已经是学院的教学骨干，并且具有多年教学管理经验，对于设计教育、扩招以及教师素质下降都有深刻理解与感受。关键话语是：**创新是该一生都去探索的事情，而大学学校内多元化的教师、文化与观念，是培养创新人才的良好环境。**

- 各个院校都在大办，也就存在着院校之间的竞争；扩招，学生素质差，师资短缺。

- 扩招后，学生数量激增，而教师数量不够，这样就导致每一个教师工作量加大，有的教师一学期大概有400~500学时，整天上课教师就没时间思考、科研；再一个方面，教师队伍年轻化，当然这也跟扩招有直接关系，比如我们地方院校急需师资，导致年轻教师刚毕业就直接上讲台，这些刚毕业的老师有心讲好也没有这个能力；还有，学院不重视对年轻教师的培训，或者由于师资短缺、经费短缺，没可能培训教师。

- 教师素质是关键，多聘请外教、大师、知名人物来学校讲座是很好的，这是一个比较省钱的方式，不仅仅教学生，也培训了教师；汕头大学师资就是来自国内外各个大学的名师来给授课，办学思路值得思考。

- 关于创新，应该是一生都在探索的，但是培养创新意识，应该是在学龄前就打基础的，此外，在小学、中学、大学期间，后续的培养也很重要，而且并不是不可改变的，关键看老师课是怎么上的；当前的高等教育还是注重培养学生的创新思维的，但关键是如何培养。

- 关于上大课是否合理，得看这门课的类型，史论性的就可以。关于专业分得太细，也有两种观点，一是说现在是个市场细分化的时代，就连矿泉水都有许多种，现在设计教育专业的细分化也是这样的思路，培养的人是专门这个门类的人才；还有一种观点，就是大学就该培养观念、思想、方法，至于以后他干哪个具体的行业并没关系，这样学生将来可以根据自己的发展去选择。第一种类似于职业教育，培养一线设计师，也是目前我们国家大量需要的，而那些管理型的、研究型的人才，并不需要那么大的量。

- 不管传统的还是现代的，多元化的老师、文化、观念都应该在学校并存，这样学生的营养就比较全面，然后学生自己去消化吸收，成为独特的个体，才是好的教育环境。

- 我们学校学生毕业后改行的比例不大，10%左右，但是经常换工作的占60%~70%。

- 个人能动性与环境对于设计师个体的发展都挺重要；随着年龄的增长，最近几年可以接受一些不太有创新性、仅仅为了赚钱的项目，此外，尊重厂家也是一个侧面，因为厂家在市场方面更有经验，叫迎合市场吧；也经常教育学生，不能仅仅考虑设计的艺术性，一定要适应市场，学会从市场的角度考虑问题；此外，还要学会引导客户，那就需要很好的沟通能力，但是学校并没有专门培养学生沟通能力的课程。

- 由于地域问题，最近两年是设计项目递减，可能南方递增，而且平面设计与商贸和轻工业相联系的，所以东北的平面设计项目逐年递减的，这跟大环境有关。项目的最高峰是20世纪80年代末到90年代中期。

- 专业协会有点作用，但是帮助不大，因为一些活动影响太小，许多活动就是设计圈的自娱自乐，所谓的设计博览会还都是院校，稍好点儿的有韩国或我国港台的助助兴；我觉得协会应该一方面跟产业界有所联系；另一方面是该跟国际设计界多多交流；协会还得有个设计观念普及的作用。

3. 贾奇

- 20世纪90年代后毕业走上工作岗位，属于新生代。在学习的那个时代服装设计刚刚起步，没有相关书籍、知识等，入学后对李当歧老师的"服装概论"印象深刻，刘元风老师总结的一些服装原理知识，还有一些外教帮助很大。毕业后也曾做过设计实践，开过自己的公司，后来转到教学为主上来。关键话语：**理想是创新设计的源泉，不要为了市场而丧失了理想。**

- 目前母校的服装设计从教学设备上是提高很多，教学上现在比较注重市场，理想性的设计教育也还有，这是教育的两个侧面，两手都要抓；市场过度的话就会产生简单复制的东西，目前国际上服装设计教育也基本两个方向，一是偏市场的，就是服装结构、工艺等；二是偏理想的，就是艺术上的，目前的一些设计大师都是先经过市场，然后再艺术的。

- 人的童年都充满幻想，其实是理想的存在，而经过教育后，大部分人丧失了幻想的能力，创造性就丧失了，这是教育的失败。包豪斯当初就是因为大家共同理想的追求才集合在一起的。对于搞设计的来说，创新是根本的，但是现在的学生因为市场而简单地模仿，其实学生时代更应该具备理想的东西，然后再去接近市场，而不应该因为市场而丢掉理想，只有这样的人才具有一定的层次。也就是说，理想与市场、生产实际，两样都应该具备。

- 在市场与理想相矛盾的时候，我主张为了生存，可以先把理想的东西降一下，但这并不表示丧失自己内心的追求。也可以在非公司、非工作范围内再搞搞创意设计。设计师在市场做久了就会丧失艺术性，应该两方面都具备；其实理想追求更应该是全民的意识、全行业的意识，光要求设计师这样是不够的，环境也很重要。

- 现在的社会其实更多地鼓励抄袭，而不鼓励创新，即使学校里有些老师也不鼓励创新，而且这些人往往很难沟通，这样造成学生毕业后的观念偏差，以后也很难有好的发展。

- 教师从事设计实践当然对教学有帮助，但是不应该太过分，有的老师为了赚钱而去做设计，实际就是对于理想的背驰。

- 协会的作用其实也就是同行的聚会交流平台，挺好的，大家聚集一些想法，有好想法就去一起做。目前协会对于设计师的帮助还可以，2006年一个时装集团投资搞了一次比较大的"哈尔滨时装周"，效果很好，企业、设计师、老百姓都参与进来。

- 学生就业于媒体或者从事管理、组织工作都是好事，我的同学中有搞时装摄影的、杂志的、企业老板的，当然也有当老师的。

- 学校管理与教师水平两者之间，学校管理其实更重要，因为管理是定方案，然后底下老师才能有目标，教学也有了理念。

- 除了专业技能以外，服装设计培养的学生应该是比较有个性，也就是每个人独特的特点，个性化是教育的目标，然后再加上沟通能力、勤奋、机遇等，才能取得成功。

- 设计思维最关键，技能方面不仅仅在学校学，就业后还得继续学习；思想观念方面也很重要，多听讲座，将各种人的观点综合在一起，才能产生属于自己的观点；还有各个专业之间同学的交流也很重要。

- 国内的服装设计教育实际相对时间还太短，仅仅四年时间，既要学结构知识，又要学习技法、理论等，实际毕业的学生欠缺还很多，需要后续的继续学习。实际上学校也就是打个基础。

- 设计院校的国际交流很重要，尤其是艺术设计是个时尚的行业。

4. 赵阳

- 1977年入学，专业为当时的"工艺美术系"，毕业后到杭州丝绸学院任教，1988

年调到中国美术学院直到现在。现在主要从事建筑、景观、室内等方面的设计实践。现任中国美术学院设计学院副院长、教授。关键话语：**图案与构成并不是矛盾对立的，我们得在深刻认识其背后根源的基础上取长补短，相互融合；设计与纯艺术是完全不同的两种思维模式与工作方式，艺术院校背景的设计学生更应该清醒地认识这点，教育方式也得尊重这一点，培养设计师跟培养艺术家是不同的。**

- 1977年考入当时的中央工艺美术学院完全是个偶然，自称是"机遇"造就了自己的成功，社会需要促成了现在的个人发展。1977年考大学的时候，大家对于学"工艺美术"是很看不上的，认为"工艺美术"是雕虫小技，但是1982年毕业的时候，形式就变了，大家开始认识到这个专业的前途。

- 现在许多学生学设计，并不是因为喜爱设计，而是因为这个专业好赚钱。而且这些学生没有起码的生活、社会经验，纽扣也不会缝，地也扫不好，根本谈不上设计，更不用说创新。这个责任不在大学教师，学生在入学前就有许多的缺陷，是这个社会发展的结果，教师只能尽力而为。

- 关于创新性，我觉得设计必须要创新，整个设计行业就是建立在这个基础上的，而国家现在又大张旗鼓地讲创新，完全是一种政策上的导向。但是事实上政府并不明白创新到底是怎么回事，也不明白设计是怎么回事。

- 关于图案与构成的矛盾，是因为我们的教育往往是矫枉过正，不管图案还是构成，其目的无非都是让学生掌握一种方法，或者说树立一种审美意识。图案是立足于手工生产，而构成是立足于机器美学，这是二者的本质区别。因此，包豪斯时代的几何性是构成或者说机器美学的要求，我们必须要深刻理解这一点。现在德国甚至西方的设计教育逐渐地放弃构成了，那是因为社会、生产手段进步了，以前机器做不到的手工图案现在完全能做到了。我觉得应该放弃二者的争论，而应该相互融合，取精华去糟粕，找到适应于当代的教育方式；我并不认为构成属于西方的，同样我也并不认为图案就是传统的，这是国内的误解；构成只是西方人先发明了这种方式，是因为西方先走上了工业生产的方式，选择了几何形态也只是他们的总结结果；这不是矛盾的、对立的两个事物。

- 清华美院就该培养精英，这是毫无疑问的，关键是想培养精英，就会所有的学生都是精英吗？未必！还有，班里成绩最好的学生就是精英吗？也未必！成绩只是暂时的，到社会上还需要检验，机遇、社会能力等都是问题。一个人的成材是多种因素造成的。

- 纯艺术的最大特点是纯粹的个体化，个体户，自己玩，自我陶醉，越是自己的东西就越好；而艺术设计是恰恰相反的，是需要跟大众打交道的，是大众的感觉再加上我自己的，才是好的。这是这两种不同的工作方式与生存状态。这两种不同也恰恰决定了两种教育方式的不同；培养设计学生，重在团队工作，学会相会配合与尊重；艺术院校的设计学生，在自我意识上总是有"艺术"情结，但是学设计之后，一定要改变他们这种东西，第一天就得让他们明白，艺术与设计是不同的。

5. 王晓松

- 1987年毕业，书籍装帧专业，毕业后曾在广东、香港工作，后赴德国柏林艺术大学学习长达13年，获硕士学位后作为引进人才进入浙江大学任教，现在主要从事景观、建筑等方面的设计实践，其事务所雇用外国设计师7人。关键话语：**一个学院要办好，办学思想与学术定位最关键；创新人才的素质，除了体现在具体设计上以外，在更高层次上还体现在设计组织、管理、策划的能力上，是否有能力带领一个团队一起干。**

- 国外的学习、工作、生活经历都带给他开放、自由的思维模式。

- 关键是学生有没有创意思想，这是最主要的，另外是你有了一定的经验后，能不能带领一个团队一起干，成为团队的领头人，这样的能力也非常重要；创新人才有两个层次，一是作为设计师的创造性；二是作为设计组织管理者的能力，而取得社会成功，后者可能更重要。

- 学生就业问题并不能完全依赖学校，全世界也没听说哪个学校负责给学生找工作的，哈佛牌子亮，出来的学生自然容易找工作，所以说，学校的任务就是把自身的教育搞好。

- 学校要搞好，自然是理念先行，没有办学理念就没有方向，过去的老工艺美院发展得不错，那么现在合并到清华，没有了自己的办学理念了，不清楚往哪边走了，没有了思想、精神了，别的学校赶上来甚至超过是完全可能的；我认为清华与工美结合后定位出了问题，不应该老抱着历史包袱不放，得立足于现在的情况来创立新的教育模式，发挥自己的优点，找到自己的特色。

- 过去的老工艺美院很有自己的特点，有好的也有不好的，好的是特点鲜明，传统、手工艺等特点，大家一看就知道这是工艺美院毕业生搞的设计；不好就是容易框住人的思想，比如我，毕业后就花了很长的时间来突破老的框子，所以，还是希望学院的教育再开放一点，再多样一点。

- 学院的人事体制非常重要，那些具有社会实践成功经验的设计师，可能没有学历，但是非常有能力和经验，如果人事制度不能把这样的人才招纳进学院，只有那些从书本到书本的教师的话，学院就死定了；人事制度是最关键的，尤其是艺术院校。

6. 陈绍华

- 1972—1975年就读于西安美术学院装潢专业，1975—1978年在陕西省展览馆任美术设计师，1978—1982年就读于北京中央工艺美术学院装潢设计系，1982—1988年在西安美术学院工艺系任讲师，1988—1992年调入深圳万科企业股份有限公司创建万科广告事业，1992年成立深圳市陈绍华设计有限公司，2001年成立北京陈绍华设计顾问有限公司。1984年作品《绿，来自您的手》获第六届全国美展招贴画金牌奖及两项优异奖，被收藏于中国美术馆；1985年成为中国美术家协会会员；1988年在故事片《孩子王》中任美术指导，获得第八届中国电影美术金鸡奖；1992年"平面设计在中国"展获海报银奖及评委奖；1995年为联合国第四次世界妇女大会设计纪念邮票；1996年全国第二届"平面设计在中国"展获海报评审奖、银奖；1998年"第十八届布鲁诺国际平面设计双年展"海报获大会主席奖及评委主席奖；1998年应法国文化部邀请赴巴黎蓬皮杜文化艺术中心举办《中国现代设计》专题演讲；1999年第九届全国美展公益海报获银奖，并加入国际平面设计师联盟协会（Alliance Graphique International，AGI）。2001年北京2008年奥林匹克申办标志设计中选，设计中央美术学院院徽、亚洲发展银行（上海）年会会徽；2003年设计世界艾滋病日邮票及甲申年生肖邮票。关键话语：**在中国的传统文化与现代的平面设计中找到契合点，不要让我们的文化断代；学校教育也就是培养个好胚子，真正的成功还要靠设计师自身在实践中的悟性、修炼与努力。**

- 作为公认的世界级平面设计大师，其经历从文化大革命中的工农兵学员、文化大革命后第一批大学生、最先一批到深圳创业并获得成功等，造成其对于艺术设计行业发展以及教育的问题都有深刻而独到的见解。

- 在工艺美院的学习受到了更多的传统的图案、纹样、工艺美术的系统学习与熏陶，这方面非常重要；这些年在社会上的实践，我特别深地体会到传统文化在设计中的重要性，尤其是参加一些国际性的设计项目或者招标；中国传统纹样的多样性要远远超出西方，但是要设计师去从中吸收其精华；清华美院应该继续这方面的传统研究，而不应该因为改革开放了、现代化了就不去延续了。

- 中国太缺乏设计师和设计教育，自己觉得有责任能为此尽点儿力。同时也希望在中国的传统文化和现代西方的商业文化之间找些契合点，做一些尝试，希望能有些作为，让中国的企业、产品和品牌在国际市场的竞争中有自己的地位。

- 现在学生文字能力太差，只看画册不读书，尽管视觉传达的东西信息量很大，但是容易流于肤浅与表面；尤其是学视觉传达设计的，更应该加强文字能力与修养。

- 与经济同步，中国的艺术设计行业增长迅猛，很好！但增长的同时是否健康和平衡，是个重要问题，比如毕业生和从业设计师的基本素质问题，比如设计理论和批评的问题，还有行业规范化和管理的问题等，这些都是有待于同步提高的问题。我比较关注设计师的社会地位和价值。现在很不正常，一方面我们的社会起步基点比较低，客户本身对设计价格认同值就低得可怜，更要命的是我们自己又不争气，自残、自虐、自贱皆有之，如免费设计、免费竞稿、低价恶争、作践服务等，不堪了了！

- 教育问题我不敢妄谈看法，长期不在教育领域里了，对学校里的情况不甚了解，只是觉得毕业生思维不够活跃，设计找不到北，皮毛的东西多，实在的东西少。换句话说就是表现形式花里胡哨，很是潮流，但想表达的是什么，却不知所云。这大概和教育有关吧？对学生而言教育当然有问题，但我们不能对教育抱太大希望。我认为，入门靠学校，成材靠自己，没有悟性，再好的学校也没用。我认为大学就是该给学生提供全方位、多角度的学习空间，一些基本的技巧、常识以外，最重要的就是思维方法，我认为大学只能做到这一点；真正的成材还更靠社会实践，学校并不能保证每个学生成材，学校没这义务，学校能做的，也就是培养一个基本入门的、身心健康的、有一定技能的好胚子，真正还得靠自身修炼，靠慧根，靠自身的悟性。

7. 黄维

- 1981年毕业于福州大学工艺美术学院；1987年毕业于福建师范大学美术系；1999年毕业于中央工艺美术学院装潢艺术设计系，获文学硕士学位；2002年毕业于清华大学美术学院设计艺术学系，获文学博士学位。毕业后留校任教至今。2003年赴日本电通广告公司做研修生，现为清华大学教授、博士生导师，清华大学深圳研究生院设计艺术研究中心主任。研究领域为设计思维、品牌形象策划与设计、视觉传达设计。科研成果丰硕，先后发表论文80余篇，编写出版著作9部；博士论文《艺术设计创造力培养方法的研究》2005年获教育部全国高等学校艺术教育科学论文一等奖；作品先后获联合国"世界之星"包装奖、"亚洲之星"包装奖、"亚洲最佳传统"包装奖、"中国之星"包装奖、中国优秀企业品牌形象奖和全国美展优秀奖等共百余项。被授予全国优秀包装工作者、全国优秀包装装潢工作者、中国优秀包装设计师和中国包装设计事业突出贡献奖等30余项荣誉称号。关键话语：**教育是无法承担创新人才培养的全部重任的，社会结构、制度和体制也很重要，大学应该解决的最大问题是思维方式的培养。**

- 作为唯一具有博士学历的被访者，其对于艺术设计教育缺乏创新性的总结可谓精准，而对于如何培养学生的创造性思维方面也有相当好的见地，这一切都来自其实践与理论的结合、教学与思考的结合、经验与研究的结合。

- 大学的定位不应是单纯技巧性的培养，应该为人才提供宽基础。基础不外两条：教人怎么想，教人怎么做。关键是有没有思维能力，异想天开不是创新。应该更关注，如何帮助年轻人达到必需的思维高度。设计过程是一个辩证思维的过程，这是一个人心智成熟的表现。思维方式的培养才是大学应该解决的最大问题。

- 教育是无法承担创新人才培养的全部重任的，社会结构、制度和体制不创新，创新人才的社会环境不具备，人才照样要流失的。教育严重滞后于时代的发展，于是，自20世纪末的最后几年开始，一场波澜壮阔的教育教学改革便在中国的大地上如火如荼地展开了，而作为旨在培养学生创新意识和创新能力的"创新教育"便应运而生了。

- 在艺术设计教育界，长期以来，不少有识之士发出的"创新"呼声不绝于耳，只是由于缺乏创新的社会大环境，他们的声音没有得到应有的重视。导致艺术设计教育专业口径过窄、人文素质薄弱、培养模式单一、教育内容陈旧、教学方法过死、不注重创造力的培养、学生知识面窄、创新和实践能力弱、素质不高、成才率低等的原因，分析起来，既有历史的，也有现实的。

- 总结这些原因，主要表现在下面这些方面：受传统文化中消极因素的影响，如"中庸之道"。不求有功，但求无过，许多人更乐意安于现状，不愿冒改革风险。受传统教育思想中消极因素的影响，如"传道、授业、解惑"，教育主要以传授知识和技能为主，而所解之"惑"仍是已知的知识。受传统手工艺承传方式的消极因素影响，如师徒相传等。受国家计划经济体制以及与之相配套的教育体制的影响，教育缺乏市场竞争和创新需求，"应试"教育阻碍学生创新意识与创新能力的发展。受承袭苏联以培养"专才"为目标的教育体系的影响，中学阶段即文理分科，职业高中又过早地使学生进入技术性训练，导致学生知识结构不合理，限制了创造力的发展。培养创造力和素质教育的问题已提了近20年都得不到应有的重视，至今还是"应试"唱主角，其根本问题还是没有深刻认识到这是关乎一个民族生死存亡的严重问题。独生子女的脆弱性使他们对教学改革风险的心理承受能力极差，有人甚至认为教改是拿自己作试点，因此不愿意。创新教育是以激活每个人的创造意识和创造能力为目的，由于创造力因人而异，因此，很难用一种统一的标准进行评估；再则，创造力培养的成果大小又是以学生走上社会后成才率的多少来评价的，因此难以在短期内进行有效的量化评估，以致许多人对此缺乏积极性。我国还是发展中国家，经济还不很发达，青年人上大学的主要目的还是为了谋生，因此，学习一技之长好在社会中生存的思想在大多数学生中得到共识。这种十分现实的观念，也在一定程度上制约了创新素质的培养。缺少有利于创新教育的学术气氛和教学环境，学校少有开展创新活动，许多教学活动还不是以学生为主体进行组织和安排的。缺少必要的硬件设施和资金投入。缺乏有关培养学生创造力方面的理论研究。

- 要把创新教育纳入到理性的范畴中去思考。所谓理性就是要系统地、全面地、辩证地去认识，这是一个人才培养的系统概念。创新教育不仅仅是指一种能力的培养，更是指一种设计品质和素质的养成。它回答的是：为什么要创造，创造什么，怎么创造，为谁创造等一系列问题。

- 要树立设计基本知识、技能的传授与设计品质（创新思维、审美情趣）的形成是设计教学之车的两轮，两者相辅相成，缺一不可的观念。教学中两手都要抓，而且两手都要硬。动手与动脑相结合。

- 创新的本质在于特色，因此要找准设计学科创新教育的定位点，创出特色并与纯艺术的创新教育拉开距离。

8. 曾军

- 1992年毕业，装潢设计专业，现为深圳平面设计协会（SGDA）第三届理事会常务理事、上海平面设计师专业委员会会员、中国工业设计协会会员。1992—1996年担任三九集团产品包装及品牌推广设计师；1996年成立个人工作室；1997年担任深圳太平盛广告公司创作总监；1999年担任丹璐集团时装品牌推广设计顾问；2000年创建曾军企业形象设计顾问公司；2004—2006年合作创建并担任前景广告公司创作总监；2007年3月至今合作组建深圳市墨客文化传播有限公司，负责公司运营及担任金融事业部创意总监。多年的设计实践使得曾军对于设计本质的理解逐渐深刻，他谈话中多次使用"设计本质"这个词汇，并认为，只有深刻地理解了设计的本质后，才能制定教学体系，明确设计专业要涵盖的知识结构。关键话语：**光靠灵感是没谱的，设计师还需要理性的思维方法；创造性是在过程中体现出来的；设计师需要知识更新，教师也需要知识更新，学院的课程体系也需要更新。**

- 我们说艺术设计教育问题，首先最根本的是该搞清楚设计的本质是什么，这个本质里到底包含了些什么东西，而这些东西就应该是教学体系，或者说设计师的知识结构里应该包含的东西；陈老师所说的传统图案纹样就是知识结构的一部分，而且是偏重于技能方面的知识；我们的工作经历告诉我们，设计不仅仅是个艺术问题，其实我们的观念该更新，我们工艺美院毕业的学生不是个艺术工作者。

- 设计师是个职业，这种职业与社会的许多方面发生关系，也就需要各种知识，而过去美院所给予我们的知识是非常单一的，也就是许多技术性的、基础性的、美学的，等等，这是必须掌握的。但是现在做设计已经不能那么局限了，还需要许多其他知识，做环艺的得了解建筑，做平面的得了解社会心理、人类学等，这就要求我们更新知识结构与教学内容。

- 灵感这东西是没谱的，还需要程序、方法，解决问题的思维，这个阶段就需要很多理性的思考，这方面是学校教育最应该补充的。

- 抱怨甲方的审美是没用的，得说服甲方，那就需要说明你设计的道理，而这些道理就来自你的创造过程。你不能说我觉得好，我拍脑袋出来的。这是一个过程性的创造，而不能仅仅看结果来评价设计。

- 设计管理是国内教育最缺乏的知识体系，现在欧美对于这方面的研究已经开始起步了；对于设计的管理，可以说是依靠程序、方法对于设计质量的一种保障，就不会出现这个项目很出色而另一个却很糟糕的现象。我们现在开公司的经历，越来越觉得这方面的重要性。没有设计管理，永远也做不大。

- 清华美院是有很好的传统，但是现在更需要开放的心态、开阔的视野；教师也存在知识更新的问题，教师的人员构成也需要调整。

12.5　调研小结

通过问卷、焦点团体座谈与深度访谈这三种途径，我们主要是为了发现问题，然后提出问题，看大家的多元反应，而反应的背后则对应了不同地区、不同背景下的不同思考与观念，这样的碰击可以集中地总结为如下的几个大的方面。

12.5.1　各个学院的定位

由于各个院校的历史、背景不同，占有的各种资源差异，所以立足于本学院的定位成为大家讨论的共识。也就是说，中国的艺术设计教育学院应该是分层次的、侧重点不同的、多元的一个系统，而不应该是千人一面的教学体系。

艺术设计类学校应有分层：既有更强调文化、理论的学院，也应有更强调技术和技艺的学校。这种观点在杭州和深圳两地都有人明确提出过。专门培养技能型人才的院校，应该更多考虑市场的需要；培养观念型人才的院校，则不必强求与市场结合得非常紧密。但是问题在于，当国家的行业分配和教育结构未能充分发展成熟的时候，我们应该怎么办？

当下我们学院的定位应该立足于"清华美院"，考虑目前教学和研究方面面临的新问题和解决问题的新方法。在当代的大学和学科建设中，理念更重要，没有精神和思想，学校就要消失。在目前我院的各项亟待解决的问题中，学院的定位是重中之重。而且这个问题随着与大学的合并和全国艺术类院校的扩招，显得愈发明显了。没有对现实情况的清醒分析和清晰定位，我院的整体声音将日渐微弱，可能被众多后起的艺术和设计院校所埋没。清华大学是研究型大学，清华美院应该善于利用大学的资源，找到新路子，树立新形象，打造新品牌。

地方经济和文化力量的抬升，使得地方性院校的能力仍在持续增长，前景看好。

而过去的国家级、省部级的院校反而愈发丧失了优势。无论是资金投入，还是就业前景上都是。我们必须在文化、经济方面建立自己实实在在的基础，否则学校的理论体系和教学研究都会因过于虚幻不实而丧失已有的地位。

12.5.2　教师队伍

校友们普遍认为，教师水平的提高是教学水平提升和教学改革、教育改革的根本和基础力量。但是没有一家院校有现成的经验可以借鉴，而且针对这个问题的讨论几乎都导向了对当前高校用人制度的批评。

关于教师水平如何提高，尚有许多疑问：教师水平不高到底是指哪些方面水平不高？如何针对这些方面进行教育和培训？谁来教育教师？对教师水平的评价，到底能不能完全、大部分、小部分定量，或者根本不具有定量评价的可操作性？针对不同课程的任课教师，水平高低的评价方式是否不同？这种差异到底有多大？行政教师与专业教师之间的互相影响、服务和监督到底应该是怎样的？如果二者必须一个服从另一个，那么谁是主导？如果二者完全平等，那么一旦二者在工作程序和规律上产生矛盾，谁来仲裁？如何评价仲裁者的水平？

对于一些操作性很强和发展很快的专业（比如材料课、构造课等），以学历高低为唯一引进人才的标准显然不合适。于是导致社会上技术、材料学科发展很快，而我们的老师反而缺乏相应的理论、知识和操作技能，学生的知识量不够，基础也不宽泛，毕业生便很难进入到实际生产过程中去，再学习、再提高的能力也很欠缺。在环艺、工业领域，这种情况更突出。

教师的梯队建设很重要。许多校友提出，应有常规的渠道，帮助年轻教师提高专业素质和教学水平，也能把各学院的经验传递下去，保持各个艺术学院的特色。年轻教师在收入、支出、学历进修、论文和专著等方面的压力很大，这一方面可能是迅速提高教师队伍水平的方式；另一方面也可能因压力过大而导致教师精神和身体的超负荷运转，甚至学术上的弄虚作假。但是，几乎没有校友提出应如何提升中年教师的学术水平和探索精神。但就我们这样一所历史较长的学院来看，这个问题不应被忽视，而且这也是教师梯队建设的重要一环。

教师的创造能力是提升教学水平、培养创新人才的重要基础。如果教师不能解放思想，学术水平和学生水平的提高将是空话。

12.5.3　关于扩招

扩招的原因大致如下：①国家希望更多的年轻人能进入高校，或学有一技之长，或仅是降低社会不安定的因素。②学校希望扩招，因为艺术类学生的学费较高，办学门槛又低，有利于学校增加学费收入。③家长们都希望自己的孩子能接受大学教育，如果孩子的文化课分数不高，艺术类院校是比较现实的选择。更何况，艺术设计和美术类专业，对学生的外貌、身材等要求，相较于舞蹈、影视、戏曲等专业要低得多。④同时在当代中国，艺术类专业扩招，又有点像"传销"，大家只要找到"下家儿"就可以了，至于其能否为社会发展带来益处，则无人考虑了。

扩招的恶果是：①入学新生的普遍素质下降，对专业的热爱程度也大打折扣；②教师的课程量翻倍增长，很难在课余有时间进行专业和教学上的思考；③就业难呈上升趋势，这一点与其他专业相似；④摊子铺得太大，将在长远上影响社会对于此专业的认识，降低专业的文化品位和社会地位。

扩招的积极作用：让社会更了解艺术设计行业，成为艺术和设计教育的大众普及过程。

12.5.4 教学

考虑艺术设计教育问题，必须对设计的本质和教育的本质都有清醒的认识，否则只能是缘木求鱼。

传统上，我国的艺术设计专业都设在艺术（主要是美术）院校中，目前一些工科院校也开设艺术设计专业，但课程架构和体系还是基本沿袭美术学院的做法。但是，随着市场细分和技术、材料水平的迅速提高，单纯的美术学院的教育愈发显现出知识结构上的不足，针对技术、材料、法律等方面的教学不够，不仅使得学生的就业前景不佳，关键是无法给他们建立起认识设计本质的完整的知识和思想体系。随着一些综合性大学开设艺术设计专业，工科、理科在知识体系和思维方式上的特点也将逐渐渗透到艺术设计专业中。发掘和激发设计师的艺术感悟能力，不是一蹴而就的，培养一名基础扎实、德才兼备的工程师，也不是一朝一夕的。实际上，我们的社会更需要的是两个方面的基础和素质都很突出的人才。于是问题就转化为艺术院校和综合性大学（特别是以工科为基础的）之间的长跑比赛。谁能更快更好地学习对方的长处，继续发挥自己的特长，谁就能获胜。而原中央工艺美术学院与清华大学合并后，其实已经有在此方面进行突破的平台了，关键是我们要如何利用这个机会。当这种更综合的知识体系建立起来，才能培养学生们在与不同专业的工作人员协作时的自信心；也更能自由地表达自己的想法，落实工作细节，使设计构思得到更好的实现。

关于理论教学和实践教学哪个更重要的问题，不同的毕业生因个人经历、切身感受和表达方式等的差异，有不同的观点。基本特点是，一直从事教学和研究工作的人倾向于认为实践能力是专业培养的必要方面；而多年从事社会实践的校友反而易倾向于理论学习和理论素质培养的重要性。这里面其实有几个问题需要进一步思考：①就设计专业和行业的特点而言，缺乏或不足够的实践知识和能力，是否能成为某团体或个人理论体系蓬勃发展的基石？②理论研究是否只有"坐而论道"一种方式，大量的工程管理、社会调查等属不属于研究的一部分？③丰富的实践经历对于成为一个有理论、有观点的学者到底是阻力还是助力？④如果大学教育和研究——特别是设计专业——不能直接与社会生活发生联系，大学的作用又怎样能为人们所认识呢？无论是校友们，还是我院教师提出的诸如"设计批评"、"设计管理"、"艺术管理"等课程，其实都是试图从社会需求的角度建立学术框架，最终成为指导实践和社会发展的理论体系。而这些所谓的"学术架构"仅靠目前学院的师资力量、教师结构几乎是不可能完成的。人员的导入和导出，在这里又成为一个大麻烦。当然，实践课程的建设是教学与就业之间的"桥梁"。我们应该注重实践课程规律的总结，提高质量。

关于艺术设计教育是否必须适应市场，与会者的观念趋向于否定，甚至认为应该警惕教育的"市场化"。一般认为二者的规律和目的不同，所以不能强调教育必须"适应"市场。同时，又有许多校友谈到了自己在设计和教学实践中感到在哪些方面的知识和理论所获甚微，希望学院提供这方面的引导。二者看来有些矛盾。我们试图在知识和理论结构上给学生以支撑，哪怕这种支撑并不是纯粹技能型的；但是如果我们不了解技能本身，我们能提供这种有效的支撑吗？国家试图通过高校获得最有利于经济和社会发展的各级各类人才。应该承认，市场调节会在某些方面体现国家和社会对人才的需求，但绝不是全部。更何况目前我国的各类人才市场其实并不完善。简单地将市场需要理解为社会需要和国家需要是不合适的。我院应该坚持理论和观念上的"精英路线"，但在目前国家整体技能型人才匮乏的局面下，这种坚持是颇为艰难的。应该把眼光放得更长远：培养一个、一批技能型人才所需周期，远小于培养一个、一批理论精英；而且后者的培养链条一旦断裂，将很难修补。认识到这一点并有所坚持，是我们这样一所院校的责任。

应注重"基础"教育：既包括一般概念上的专业基础课，还包括专业思想教育、大学语文课程建设等更宽泛的学术和知识基础。为了更好地了解和学习国外信息、知识，外语学习很重要。

构成课和图案课几乎在每次讨论中都被提及，而且不断有校友认为这些课程对他们日后工作的影响力极大。但是，二者在课程目的、内容、讲授和训练方式、侧重点等方面是否有差异？为什么？针对不同设计专业，二者是否都是必需的基础课？关于这个问题大家的讨论不太充分，但是考虑到这两门课背后的思考模式、文化形态等异同，我们应该给予足够的关注。

应该重视学生干部的培养，他们就学期间参加社会活动的经历，往往成为他们日后担任专业领导和行政领导的基本功。在很多情况下，也是纯粹的设计师和设计领导者之间的重要差距所在。艺术设计教育中，应该注重培养产业化的人才，而不是"单干户"。教育中，还应该鼓励毕业生到政府部门、决策性部门去工作，不要满足于单纯做些设计，挣点钱。如果没有这些有专业背景的人员的介入，我们这个专业的发展将永远处于社会生活的边缘，无法获得真正的理解。

关于大学到底是不是创新性培养的有利时机，专家们的观点不太一致。总体而言，认为大学阶段不是培养创新性的最佳时机。但如果引导得宜，也会有很好的收获。而且就设计教育而言，这是非常重要的环节。如何理解"创造性"这个词很关键，目前我们很多教师理解的创造力其实是"拍脑袋"的想法。其实在国外的教育中，更强调过程中的"创造力"，就是说可以按照一种常规方法，在一步步的推演中，将最初的想法进行完善，在过程中展现"创造力"。大学中应强调思维能力的培养，异想天开不是创新。

纯艺术与艺术设计教育有很大的不同。但是到底在哪些方面不同，与会者并没有明确说明。而且，此次考察的校友主要是艺术设计类的毕业生（这与我院从前的专业设置有关），许多人虽然也从事绘画、雕塑等方面的工作，但在本质上并不是纯粹的艺术家。

12.5.5 其他

学校的管理水平非常重要，如果没有素质良好的从业人员，任何教学管理和改革都谈不上。提高教师质量并不是仅指专业教师，应该是专业教师和管理人员共同提高。而且，所谓放开的人事制度，如果没有正规、良好的管理队伍做基础，将可能导致更严重的问题。

应注重在校师生和毕业生的情感培养。一方面，这会建立一种更亲密、和谐的校园文化；另一方面校友的知识、阅历也是学院建设的无形资产。这会使得学院教学水平提高、教学模式调整、社会影响扩大等，有了更好的参考体系。

目前国家在设计类的许多产业政策上严重缺位，教育部门在艺术设计专业中的指导政策缺位是有目共睹的。清华美院应该担负起解决自身问题、指出行业出路的责任来。

上述总结仅仅是我们调查后的初步直觉与疑问。调查得来的一手资料、数据与信息只是讲述了事实，告诉我们"是什么"，而我们研究的目的是更希望明白"为什么"，以及今后"如何做"。太多的问题与疑问相互纠缠在一起，携带着背后的利益关系、社会暗流、文化惯性展现在我们眼前。面对如此的"复杂性"，我们展开了下一个阶段的理性分析与因果关系的梳理。

第13章　分析与理解

　　带着前期语境研究的背景知识，与中期实地调研的感性认识，本章展开理性的分析与线索的梳理。下面的内容试图回答"为什么"的问题，但是需要说在前面的是，本文并不试图建立简单的因果逻辑。我们不能把当前艺术设计教育中出现的问题简单地归因于扩招或教育的产业化，也不能把新一代独生子女创造力的丧失前推到学龄前教育甚至文化传统上去。世界的复杂性告诉我们，任何事情都是"一因多果"，同时也是"多因一果"的。许多问题是相互交织的，许多因素是相互影响的。

　　此外，关于现象的"解释（Explain）"可能是客观的，而对于本质的"理解（Understand）"则是相对主观的。认识离不开认识主体的观念、背景知识与经验。因此，本章每小节的开始分别给出了该小节内容的分析与理解的框架：历史观、社会学原理、教育目的论。在这些理论框架内，现象才能被"深描"①。

　　下面将从"整体（环境）"与"局部（个体）"两个角度加以分析，然后才能去理解、解释二者之间的互动关系。从宏观到微观，这样的方式，就如同帕斯卡尔所说的，或者佛教徒的认识论一样：所有的事物都既是结果又是原因，既是受到作用者又是施加作用者，既是通过中介而存在的又是直接存在的。不认识整体就不可能认识部分；同样的，不特别地认识各个部分也不可能认识整体。

---

① "深描"是美国人类学家格尔茨（Clifford Geertz）的方法论，是相对于"浅描"而言的，后者是对文化表象的直观描述，而前者则是基于对该文化的意义结构的分层等级的基础上所作出的解释性描述。也就是说，在特定文化中其语言、行为等均有特定的含义，民族志的学者只有对其经过分类甄别意旨结构（structures of signification）以及确定这些结构的社会基础和含义，对该特定文化有一定的把握，才可能明白该语言和行为的意义，并作出解释。

13.1 行业的状态与问题

13.1.1 艺术设计行业与宏观社会环境的关系

回顾国际与中国艺术设计的发展过程，稍有历史意识的人都可以得出下面的结论：艺术设计存在于人们社会生活的表层，设计的变迁与进化往往滞后于经济的发展、社会的进步、技术的革新与知识的革命。相对于社会、经济、技术、文化来讲，艺术设计大部分时间如同漂浮在水面的油层，悬浮于空中的尘埃，一直处于消极的、被支配的地位。这就是为什么庞薰琹的理想不可能在20世纪50年代实现。这样的观点虽然略显悲观，但却是对于艺术设计这个行业的理性认知。

具体说来，艺术设计是漂浮在某一时代人们的"物质生产生活"与"社会集体意识"之上的油滴，同时，这滴油也折射出那一时代的物质与意识，或者五彩斑斓，或者灰白暗淡。

"一战"前的欧洲正处于它的黄金时期，工业革命带来的生产力与殖民地带来的财富给予那里的人们充足的物质生活，整个大陆消灭了大范围的饥馑与瘟疫。同时欧洲的社会结构也在改变：城市化造就了大批的城市人口，交通、食品安全问题、资本深入到社会的各个角落，有闲阶级、炫耀性消费也开始出现，等等。这些现象多少类似今天的中国。更为重要的是，由于工业革命所带来的经济发展，使整个欧洲沉浸在一种乐观与自信的情绪之中，正是在这样的社会语境下，欧洲的新艺术运动诞生了。新艺术运动是一座桥梁，藉由这座桥梁，欧洲从古典走向了现代，它直接孕育了包豪斯，并使其成为现代设计诞生的标志。可以说，新艺术运动是欧洲的经济、社会与文化变革在艺术设计领域的反射，而其最终的出路，或者说解决办法则是现代主义设计。现代主义的内在逻辑就是机器、工业生产的内在逻辑。因此，1914年发生在德意志制造同盟内部关于标准化与艺术家个性之间的争论，其结果是很显然的。不仅是设计，即使是生活方式也必须遵循"机器"的原则。现在大家习以为常的欧式厨房，其实起源于一个在工厂工作的德国妇女，她从泰勒"流水作业"的生产管理模式获得了灵感，将全部的厨房用品放置在手可以够到的地方，这就是最初的"法兰克福厨房"，目的是为了生活中的"效率"。物质生产的模式进入了生活领域，成为了那一时期设计的根本原则。在追求"效率"的现代设计原则下，我们就可以理解"装饰即罪恶"或"少就是多"了。同样的，在物质生产生活与社会集体意识的语境下，孟菲斯、太空椅、波谱建筑，甚至后现代就都可以被理解。

我国改革开放的初期，新富裕起来的人们在实现了衣、食、住、行、用的小康之后开始呼唤"美"，"装饰"之风随之兴起。与此同时，新经济模式下的企业为了市场竞争则与艺术设计结合在平面、包装、装潢的层次上。20世纪90年代后，随着经济改革的逐步深化与新技术的发展，建筑与室内设计、工业设计、景观设计、信息设计、动漫设计等才先后登上历史舞台，成为某些年份中最为活跃的主角，成为设计领域的关键词。现在又开始流行"照明设计"，也就是给街道大楼打上光。这些现象都说明了艺术设计行业的大发展是需要一定的社会经济环境的。或者说只有遇到合适的土壤与温度、湿度，某些艺术设计的子门类才可能发芽生长。

尽管我们坚信"物质决定意识"，但是，在艺术设计的领域，"意识"决定"物质"的例子也俯拾即是。今天的国家大剧院、鸟巢、CCTV中心等与新中国成立初期的十大建筑如果说有什么相同的话，那就是，它们都是不同时代下，人们社会集体意识的系统折射，前者宣告着全民族的政治独立，后者表达着经济腾飞后的全民狂欢。同历史博物馆一样，坐落在祖国"左心房"的国家大剧院也是政治逻辑的产物，是教育老百姓用的，就像我们20世纪50年代拥抱苏联，现在我们要"坚定不移"地拥抱西方，拥抱现代性。

我们在20世纪50年代拥抱过苏联，苏联建筑就在北京街头刻上了痕迹；现在美国的商业主义建筑开始充斥了王府井，而且简单地贴了中式的牌楼。与此同时，服装设计上也有人把"紫禁城"给做了，电脑机箱上造型了脸谱，奥运火炬刻上了云纹，等等，但是很难说这种简单拼贴历史尘埃的设计是"文化自觉"。这就是我们当代的艺术设计现状，苏联的意识形态刚刚褪色为背景，美国商业主义的与祖宗的就相互搀扶着走上前台。当这些因素纠缠在一起的时候，我们发现人们是按照集体的意识塑造着物质世界的，对于这样的设计作品，如果还用功能、空间、美学、文脉等作为标准，那就是设计师的不明事理了。

回顾设计史，我们所能看到的设计现象或设计作品、风格或流派、新理论与新方法都是对经济与社会发展的羞答答的臣服（关于式样、时尚、流行的设计）或无力的抗争（关于环境与人性的设计），更可悲的是设计还有可能成为帮凶，变成刺激消费的手段来服务于资本的增值（有计划地废止与年度换型计划等），或者成为政治宣传的象征物。

因此，对于艺术设计与社会环境之间的关系，我们所能作出的判断是：环境决定了艺术设计的存在形式与状态。环境包括两个侧面：一是人们的物质生产与生活；一是特定时代下人们的社会集体意识。套用布罗代尔的历史观，我们可以把艺术设计领域出现的某一现象或者典型作品称为"事件"；把呈现这一事件的特定社会时间与空间，或者人们的集体心理倾向称为"局势"；把更深层次的物质生产与生活模式、人们日常的衣、食、住、行、用等称为"结构"。这样，鸟巢与水立方是闪光的"事件"，而奥运概念则是"局势"，近三十年的改革开放与人们物质生产生活方式的变化则成为"结构"。这样，我们就可以得到一个"冰山"，水平面上是"事件"，它在阳光下烁烁闪光，但是其下的庞大主体才是决定的力量如图13-1所示。

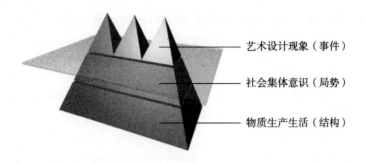

图13-1 艺术设计现象与社会集体意识、物质生产生活的关系

13.1.2 当下中国艺术设计的状态

参考第11.2.2小节内容，以及调研中大家所谈到的，我们可以分别从现象、深层结构与历史意识三个层面上分析归纳当下中国艺术设计行业的状态。

1.现象层面：艺术设计的全盛与全胜

艺术设计行业的全面兴盛，首先从教育领域可窥一斑。20世纪90年代后，国内诸多的以观念美术或者说纯艺术为主的艺术院校也都开始兴办设计类专业，而在改革开放之前甚至20世纪50年代的十大建筑时期，学纯艺术的是看不起工艺美术的，认为那只是小儿科，是那个时代的集体意识。20世纪80年代，以中央工艺美院为代表的应用艺术院校取得了极大的专业成功，教师学生纷纷开上了汽车打起了大哥大。1992年后，全民向商，于是纯艺术院校也开始转向与工商业相结合的艺术门类，即艺术设计。在一个经济过热的时代，设计胜出艺术是必然的。艺术曾经为了"政治（革命）"而艺术，也曾经为了"艺术（美）"而艺术，现在则是为了"经济（商业）"而艺术，其表现形式即设计，学国画的去做装修，学版画的做平面成为普遍现象。1998年扩招后，每年的艺术类招生更是成为一道风景线，人潮涌动的报名现场则从现象上佐证了这一行业的走红、吃香、热门、火暴。

关于艺术设计产业状态的一些"数字"，可以参考11.2.2小节的内容，在此不再赘述。来自"数字"的理解是：中国的艺术设计市场，一是增长迅速；二是潜力巨大。其根源则是人们日益增长的收入与需求层次的上升、商品经济的不断深化与市场竞争的不断充分。

此外，各种协会、组织的纷纷成立，各种图书杂志与期刊的出版，各种网站，各种设计竞赛与设计奖的频繁曝光，还有诸多与设计相关的"事件"出现，这一切都勾画出当下艺术设计领域的全盛与全胜。

2.深层结构：设计诸门类与物质生产生活诸行业的初步结合

如前所述，艺术设计行业离不开人们的物质生产与生活，同样也离不开社会集体意识。无论是设计教育还是一个设计师，或者设计内部的诸门类（比如平面设计或者产品设计），如果仅仅与人们的社会生活结合在"意识"层面或者"艺术"层面，那都是一种表面的，或说是肤浅的结合。如果一个工业设计师只知道作出一个具有美妙形态的杯子，一个具有"雕塑感"的、可以制造"时尚"的杯子，而不了解这只杯子的生产、包装、流通、使用、废弃这样一个完整的工业化、市场化的途径，那他就仅仅是一个肤浅的"造型设计师"。同样的，建筑师只关注吸引眼球的地标性建筑却搞不出一个含蓄内敛的好小区，室内设计装修了最豪华的酒店却不理解"环境"艺术，平面设计师设计了最漂亮的包装却不明白"传"是手段而"达"是目的，等等，这些都是设计与产业结合在表面的层次。在改革开放初期，我们的艺术设计诸门类就是结合在这样的层次上，尽管发展了二十多年后的今天，这样的结合还不够深化。

设计牵涉着两个侧面，一方面是生产、企业、经济、市场；另一方面是人们的日常生活与自然环境。在这两个侧面上，设计都需要"深"层次的与其结合。在今天的欧洲，设计已经融入到企业生产与社会生活的各个角落，设计活动的深入程度是我国所不能想象的，设计的整体水平、平均质量相当高，这也进一步表现为这些国家产品的创新性。当然，我国现在的企业和老百姓也都普遍需要设计，从装修房子到日常用品，他们都要求好的"设计"。但是他们理解的设计也就是个美化工作，这就造成了我国设计行业与物质生产生活的结合不深入，这是我们的现状，也是亟须改变的。

3.历史意识：过渡与探索阶段

当下的中国艺术设计行业可以用"繁荣"一词来概括，至少从"量"的角度我们达到了繁荣的境地，但是，我们的设计作品在"质"上还仅仅是刚刚上路。原创比例不高，所见多为抄袭与复制，而所谓的原创，也大多没有根基，表现为"形式"层面的创新，在混乱意识作用下拼接物质的碎片而已。层出不穷的新器物、新现象、新事件，人们应接不暇，还没来得及理解就消逝了，没来得及思考就已经改变了。变化成为了常态，成为了人们的日常生活经验。同时，这些现象的背后也不乏设计界有识之士的思考与批判：为了新而新的设计、过度设计造成的环境问题、设计师的伦理、知识产权、设计教育等。

也许这样的状态，与百年前欧洲的新艺术运动时期有着类似的社会语境与现象①。欧洲通过新艺术运动催生了德意志制造同盟以及后来的包豪斯，并将欧洲的艺术设计

---

① 参见方晓风：《新艺术运动之新》，载《装饰》，2007年第5期，8~11页。

从传统摆渡到了现代。因此，我们有理由相信，今天中国的艺术设计领域里的诸多现象或问题，无非也是人们的探索与尝试。试错之后才能走到正确的道路上来。只有迷路才能找到路。

因此，历史意识告诉我们，今天是个过渡时期，问题与机遇并存，现象背后是人们的各种尝试，失败也总会积淀为经验。在这样的语境下，冷静观察、理性思考与踏实探索也许是每一个设计从业人员该做的。耐心与持久将胜过激烈与狂热。

归纳上述，我国当下的艺术设计行业在现象层面是红红火火的朝阳产业，但是我们该清醒地认识到，设计与国家物质生产生活的结合还处于相当肤浅的层面。现在的时期是个孕育时期，也是个过渡与探索的时期，真正的一批（而非一两个）具有相当设计水准的设计师，以及高水平的设计教育学院都将在未来的10~20年间涌现。

13.1.3　艺术设计行业的主要问题及其根源

因此，综合第1章背景知识与第2章调研资料，再加上我们多年从业的思考与理解，把当下中国艺术设计产业的主要问题归纳为如下4个层面。

1.物质层面，与生产生活结合得不深入

艺术设计与企业生产管理、市场策略，以及人们的日常生活结合得还不够深刻。其主要原因一方面在于我国整体经济产业结构还处于跟随、抄袭阶段，竞争还处于"销售"而非"市场"阶段，而创新还不能够使企业获得确实的利益，老百姓也不愿意为创新支付更多的货币，设计还并没有渗透到人们生产生活的每一个细微角落。但是这种结构正在发生转变，创新价值大于抄袭的"拐点"将很快出现。另一方面原因则在于设计师队伍的整体创新能力低下，这当然有环境的原因，有设计教育的原因，有先天不足的原因，但是更重要的是，与设计师个体的能动性与自我知识更新能力有关。但是，在未来的几年内，随着设计在各行各业的深化，设计学科的深度与广度都将发生变化，简单的"形式创造者"必将被淘汰。

> 设计师是个职业，这种职业与社会的许多方面发生关系，也就需要各种知识，而过去美院所给予我们的知识是非常单一的，也就是许多技术性的、基础性的、美学的，等等，这是必须掌握的。但是现在做设计已经不能那么局限了，还需要许多其他知识，做环艺的得了解建筑，做平面的得了解社会心理、人类学等，这就要求我们更新知识结构与教学内容。
>
> ——曾 军

2.精神层面，社会意识对于设计的认识还相对肤浅

政府官员、企业领导与大众，三者共同构成了艺术设计行业所必须面对的"社会集体意识"，可以说他们对于设计的理解有多深刻，我国的设计水平就有多高。这一点完全可以从诸多与奥运相关的设计项目中得到佐证。当前，在政府的舆论宣传下，尽管"创新"已经是个非常时尚的词汇了，企业、大众对于设计师的认知还仅仅停留在"美化工作者"的层次。因此，缺乏最起码的设计科普是最大的问题。

> 我觉得设计必须要创新，整个设计行业就是建立在这个基础上的，而国家现在又大张旗鼓地讲创新，完全是一种政策上的导向，但是事实上政府并不明白创新到底是怎么回事，也不明白设计是怎么回事。
>
> ——赵　阳

3.设计教育，"量"而非"质"

> 现在扩招有很大问题，教育是个"事业"而不是"商业"，设计教育不可能大拨轰，这样出来的学生只会抄袭；现在的毕业生比起以前的学生简直太差了，不可能指望这样的学生出来后独当一面，质量问题也导致学生就业困难，现在的研究生跟过去的本科质量接近。
>
> ——史春珊

> 不管是出来个诺贝尔奖也好，还是出来个球星也好，背后都是有庞大的基础的，是个金字塔，没有基础凭空出来个大师是不可能的。学校培养出来几个大师的同时，也意味着培养了大批的基本人才，不可能个个是大师。
>
> ——史春珊

4.相关行业，自娱自乐

当前是艺术设计相关产业的春秋战国时代，协会、网站、杂志、奖项多而且杂。比如，尽管已经存在了许多全国性的或地方的协会类组织，但是这些组织大多还是本行业内的自娱自乐，并没有成为政府、企业、设计、大众之间的桥梁与纽带。中国的"德意志制造同盟"将在未来几年内形成。

> 专业协会有点作用，但是帮助不大，因为一些活动影响太小，许多活动就是设计圈的自娱自乐，所谓的设计博览会还都是院校，有点韩国或港台的助助兴；我觉得协会应该一方面跟产业界有所联系；另一方面是该跟国际设计界多多交流；协会还得有个设计观念普及的作用。
>
> ——余　雁

如果要归结上述问题的根本原因的话，还是要回到宏观社会、经济、文化环境的变化上来。经济方面，中国在20世纪70年代末告别了计划经济后，经过了连续近三十年的高速增长，GDP已经居世界第三位。无可辩驳，中国已成为世界瞩目的一支经济

力量，西方学者认为21世纪将是中国人的时代。中国经济已融入到经济全球化的历史大潮中，国内企业在进入国际市场的同时，国内市场的逐步开放也将使更多的跨国公司进入，从而引起竞争加剧。中国廉价的劳动力成本与巨大的消费品市场驱使着外商来华投资。制造业大发展，成为世界的工厂，中国在国际大分工中将担任什么样的角色会在未来的二十年逐步确立。Made in China的字样可见于国内外诸多产品上。但产品类别主要表现为技术含量不高、无品牌的劳动密集型产品。尽管我们已成为"制造大国"，却离"制造强国"还很遥远。社会文化方面，短短几年时间，中国的大城市就进入了消费社会，巨大的消费市场形成。生产很快过剩，即使是官方话语也从提倡节俭转向鼓励消费。各大厂商从价格战到概念炒作，全部营销手段都是建立在刺激消费的目的上。大众传媒也在制造着消费繁荣的幻象，从鼓励私人购车到假日经济的消费狂欢。股市的跌宕起伏与房市的居高不下也刺激和考验着国人的心理承受能力。当南方血汗工厂里的打工妹挥汗如雨的时候，企业的老总们正在花几亿元装修的"高尚"餐厅里用膳。正如马克思理论的"经济基础"与"上层建筑"的关系理论，经济体制的改变也带来了社会结构的"变迁"与文化观念的"漂移"。从法律、道德规范到意识形态，从具体的生活方式到抽象的文化传统，从百姓的世俗生活到官方与媒体的话语建构，等等，无疑中国正经历一个急剧变化的年代。经济法则、契约关系、货币资本渗透到所有角落，带来观念与认知上的困惑；自由主义还是新"左"派，效率还是公平，争论在学者之间展开。经济的高歌猛进必然会带来社会与文化上的不适应征候，"和谐社会"的概念应运而生，其结果如何也将在随后的几年中显现出来。设计领域只是参与其中的微小侧面，但也可以折射出其间的一些内容。

事实上，我国艺术设计行业的发展是随着国家整体经济的起飞与社会结构的转换而不断变化着的。它只是"改革开放"这个巨大的万花筒中的一个小碎片，即使我们设计了豪华餐厅与时尚商品，也并不比地产业或医药业更重要，也没有传媒产业或电影工业更吸引眼球。即使在高等教育界，所有的系、科、院、所都遭遇了扩招，我们受到的伤害也并不比它们更大，当然也不更小。实际上，我们改革开放与社会体制变化的进程有多深、有多广，艺术设计的实践以及教育的发展程度就有多深、有多广。所以，抱怨环境是最无力的表现，该做的是思考对策，以及探索与实践。

13.2 个体的困境与选择

13.2.1 环境与个体的关系：社会学的角度

讨论环境与个体之间的关系，是个古老的社会学话题，这在西方社会学界是一场旷日持久的争论。

个人（能动）与社会（结构）之间到底是怎样的关系？一派（个体主义、行动主义、自由意志论）认为，社会是由个人构成的，"社会"不过是所有个人集合的标签。因此，社会现象可以还原为有关个人的现象。对所谓"社会"的研究其实可以还原为对个人的研究。用韦伯的话说，就是对个人的社会行动的研究。与此相反，另一派（整体主义、结构主义、决定论）认为，尽管社会由个人构成，社会作为一个整体却具有内在的结构，这种社会结构不能还原为个人，正如水分子由氢原子和氧原子构成却不能等同于氢原子和氧原子一样（迪尔凯姆）。社会结构高于个人，并反过来对个人起约束和决定作用。

上述争论迄今为止未见终场。不过，从20世纪70年代开始，西方社会理论界出现了一股试图超越并调和上述各种对立的潮流。安东尼·吉登斯认为尽管个体主义（行动主义）和整体主义（或结构主义）分别强调个体（或能动）和整体（或结构）的本源性，二者的一个共同局限，就是把能动（Agency）和结构（Structure）看成割裂的双方。吉登斯则试图将能动和结构看成"互构性"的，是同一枚"硬币"的两面。即是说，能动和结构通过实践而得到了"互构"。为此，吉登斯重新界定了"结构"概念的含义。他认为，所谓结构，就是"规则和资源"。结构作为一种规则（和资源），不存在于现实的时间和空间中，而是存在于人们的大脑记忆痕迹中，并通过人们的行动而展示出来。例如，语言的语法规则就是一种结构，它存在于人们的大脑中，并通过人们的说话而展示出来。

显然，这种作为规则的结构，不再是"外在"于个体行动的东西，而是内在于人们的行动中的虚拟（Virtual）的存在物。能动和结构不再是二元对立的双方，而是"互构"的双方。结构不再仅仅是对行动施行约束的条件，而且也是行动得以启动的媒介。吉登斯把结构的这种双重性质，称为"结构的二重性"（Duality of Structure），其本意是要克服传统所沿袭的把结构和能动看成彼此外在的两极（二元论）。他把结构和能动看成"互构"的双方。结构和能动的这种"互构性"，一方面使得行动得以结构化；另一方面也使得结构得以通过行动而连续不断地得到再生产（或改变），并跨越时空距离而扩展。行动离不开结构（正如说话离不开语法规则），但行动又不断再生产着结构（正如说话再生产了语法规则）。结构制约着行动，但行动在每一刻也"可以是另外的样子"。

本章借用吉登斯的"二元互构性"观点来理解设计艺术学领域内的各种社会学现象。也许"个体行动"与"环境结构"的关系用"博弈"一词来表现更富有动态。一方面是游戏规则（包括写在书面上的法律、法规与人人皆知的"潜规则"，比如招标就包含两个侧面的规则）；另一方面是游戏的参与者，包括设计师、甲方、老板、业主或政府领导。尽管我们调查、研究、理解的是个体的行动，但是从中也可以看见结构（环境）的力量，以及二者是如何相互"建构"的。最终的目的无非营造好的环境与健康的结构，从而促成个体设计实践行动的健康发展。这该是个良性循环。

13.2.2 利益最大化的追求者

我们首先假设，每个设计师、每个教师、每个学生所追求的无非"个人利益的最大化"。当然，这样的理论假设带有经济学色彩，认为人是功利与理性的动物，但是，这样的假设，在我们的调查问卷统计中也得到了验证。

在对于从事专业实践的调查问卷中（参见第12.2.1小节），多赚钱是职业选择的最主要目的，其次是出于兴趣的，无奈的选择居第三位，有社会意义的排名第四位。这样的排序也多少验证了韦伯的社会行为理论①：工具理性优先，接下来是感情性与习惯性，最后才是价值理性。

在完全改行的26人中，主观意愿与客观环境造成的比例几乎相等，但是，"主观"改行的多是因为"兴趣"，而"客观"改行主要是"机遇与时代造就"，其中两人还写明了原因，一是为了"考研究生"；一是为了"留在北京"。在26人中，有一半认为改不改行无所谓，干什么都可以。

在访谈中也曾有多位被访人员质疑，现在报考艺术设计的学生，有多少人是因为喜爱，或者觉得这个专业有社会价值才去学的呢？孩子、家长、亲朋好友看到的是这个专业可以"赚大钱"，或者是正常的高考考不上，学艺术设计是就业的出路。

上述事实说明，在一个泛经济的时代，一切价值都可以被换算成人民币或者GDP的时代，工具理性是人们生存的最可靠的行为选择，选择设计，无非为了多赚钱，至少能"挣嚼裹儿"。设计师没有艺术家那么神圣，也并不比院士、处长、CEO、电影明星更有社会地位，它就是社会分工中的一种职业，仅此而已。如果一个设计师为了迎合老板的意图，简单抄袭，或者不顾材料与资源的浪费去搞视觉欺骗性的设计（比

① 在社会学理论中，韦伯区分了4种类型的行为：工具理性、价值理性、情感行动、传统行动。工具理性行动是个体借以实现其精心计算的短期自利目标的方式。股票市场上的投机或者异性之间单纯对性满足的追求都属于这种行动。价值理性行动取决于对真、美或正义之类较高等级的价值，或对上帝的信靠的一种有意识的信仰和认同。韦伯认识到这种类型的行动较为罕见。但是也不乏其例，比如仅因为相信教育的价值而接受一份低薪教职，或者为慈善事业捐款。情感行动是由感觉、激情、心理需要或情感状态决定的。包括身体侵犯、性行为、发脾气等举动。传统行动是一种养成习惯了的行动，因此，之所以这样行动，就在于它总是以这种特定的方式来行动的。婚礼上一套固定祝辞的表达、驾驶是左行还是右行都属于这种行动。本节借用这一组社会学概念是为了清晰区分报考艺术设计专业人群的目的性。感情性与习惯性行为更多地处于无意识的抉择，而价值理性与工具理性则都是经过了思考的。

如中秋的月饼包装），这样的行为当然是工具理性的，我们可以不赞扬，但也没必要大肆进行道德批判。这并不简单地是设计师的错，其实他们也身处同样的道德困境。跟老板们讲设计伦理，或者跟消费者讲全人类的环境资源压力，对于普通的设计师来说显然是不够"理性"的行为，除非你已经是不愁吃喝的大师了，要么你是不要吃喝的斗士。今天我们已经不能再要求任何社会成员去为了什么而"献身"了，这样的行为如果不出自个体本身的价值理性，那就是纯粹的说教。即使是少数个体的价值选择，他的行为也不会被社会舆论蒙上道德的光环，而会被"大多数"认为傻、脑子有问题。在一个价值被等同于价格的时代，医生不会再为了卫生事业献身，教师不会再为了教育事业献身，那么凭什么要求设计师为了"消费伦理"而献身，他们首先得生存，然后是物质欲望，然后是名望与社会地位。这完全符合马斯洛的理论，是大多数人的人性。

因此，首先承认个体追求利益最大化是理性的行为，是"道德无涉"的。对于一个花了几万块钱学费的艺术设计学生来说，希望通过自己的专业技能找到一份高工资的工作是合理的；一个新起步的设计公司为了得到第一个项目而迎合甲方甚至降低报价也是合理的。这样的行为是无可厚非的。但是，在追求的过程中，他的途径选择，或者说他所作出的行动，却是在参考了"环境参数"后才作出的，是理性考虑了各种规则与潜规则后决定的。因此，环境就具有了"结构化"的力量。

13.2.3　被"结构化"的个体

> 在市场与理想相矛盾的时候，我主张为了生存，可以先把理想的东西降一下，但这并不表示丧失自己内心的追求。也可以在非公司、非工作范围内再搞搞创意设计。设计师在市场做久了就会丧失艺术性，应该两方面都具备；其实理想追求更应该是全民的意识、全行业的意识。光要求设计师这样是不够的，环境也很重要。
>
> ——贾奇

抛开宏观大环境不谈，对于个体来说，什么是他日常遭遇的环境？比如对于从事实践的一线设计师，单位领导与业主、甲方是环境，同行之间的竞争是环境，上下游相关产业是环境，知识产权保护与相关行业法规也是环境。

问卷调研显示，限制专业发挥的因素主要来自"人"的因素（单位领导25%，业主23%，甲方12%）；而知识产权保护、相关法规（分别占15%、12%）是次一级的因素。他们对专业土壤的判断中，47%持负面判断，是正面判断（24%）的两倍，即当前的专业土壤不利于专业能力的发挥。

绝大多数普通的设计师（大师除外）为了生存只能适应环境。在老板、大众与领导面前，他们不具有话语权，当下中国的设计还是服务业。设计师追求的是个人利益最大化，与社会责任无关，而那些稍具社会责任感的设计师也成为了沉默的大多数，他们无力改变，过分的自律也会失去许多项目。教育领域里，绝大多数教师只能按照教育部制定的规则参与游戏，"多"写论文是为了"快"评职称，多搞科研是为了多赚钱，他们也是个人最大利益的追求者。稍微具有社会责任感的教师有权利沉默，但无力改变，过分的自律最终伤害的也是自己。或许大师可以说三道四甚至表演辞职，但并不是他们比普通教师更有责任感，而是他们更安全。在环境面前，绝大多数人是软弱无力的。在结构里面，绝大多数人不过是卑微的个体。

也许结构并不存在于那些"大事件"（比如奥运项目）里，而是存在于许许多多最普通不过的"小事件"里。比如，深圳某个设计师接手的最普通的一个项目，他如何与客户沟通，如何报价或参与招标，如何组织设计，如何协调施工或者生产、印刷，如何催收尾款等。在他年复一年月复一月的实践中，这样的"操作"多次重复，每次都略有不同每次又极其相似。这样的事情经过多次反复从而取得了"一般性"，在不知不觉中嵌入了他的行为模式与思维方式，于是演变成为了"结构"。一个教师的日常琐事是微不足道的，上课然后填写各种表格，申报课题还是填写各种表格，评职称填表、述职填表等。这些事情曾经发生在每一个教师身上，多次反复的操作从而取得了"一般性"，然后演变成了"结构"。结构"内在化"于每一个教师，当有一天无表可填的时候还真有点儿心里发慌。

"填表"是一种结构，起初你烦它，然后你适应它，最后你离不开它；"抄袭"也是一种结构，可以多快好省地带来利益，在安全的情况下，人人都爱走捷径；"抢行"也是一种结构，因为抢行不用付出道德成本就能得到利益，而等待有可能永远也过不去；"装饰"也是一种结构，也就是给事物搞美化工作，否则怎么会有设计公司取名为"洛可可"呢？这些结构侵入了艺术设计的各个领域，每个层次相互影响，交叉感染。随着年龄的增加与社会阅历的丰富，这样的结构就"内在化"为个体的意识，在随后的每一次实践中，结构都以"无意识"的方式左右他的行动，习惯了抢行的人就耐不住等待，习惯了抄袭的设计师就丧失了创新的能力。按照吉登斯的观点，这就是"结构化的行动"。结构首先是外在的约束，然后内化为规则，演变成资源，从此，"结构"就替代了人的思考，所以福科说"主体死亡"。

或许总有一天，"创新"也能成为结构，但前提是创新可以带来个人利益的最大化。比如在美国，创新就是一种结构，它不仅仅表现在知识产权保护这样的外在约束上，也内化在每个个体追求财富的行动中。结构划定了游戏规则，追求利益最大化的个体便在结构内开始"行动"，随着行动的反复，结构会融入个体的灵魂。教育产业化就导致扩大招生；科研量化就导致教师一年写10篇论文，人的行为总可以在结构内找到合理的解释。利益最大化是人类永恒的目的，无可厚非，也无须压抑，我们可做的是搭建好的结构，从而生成健康的社会行动与群体意识。这就是经济学家常说的——"制度"才是第一生产力。

没有好的环境和机遇，即使专业技能和专业的创新能力再强，也不能使个人的专业发展得到有利的推动。即专业发展必须在好的更有利于专业发挥的土壤里才能更好地得以进行。（出自本项目《从事专业实践人员问卷统计表》第1~19页）

个人的专业发展只有在专业土壤中获得根基，但社会环境的内在机制是需求，当需求偏离或不适合专业的存在时，专业发展也只能改向，因此，社会是变动的，需求也是变动的，所以教育的培养只有进行通才教育，在这种基础之上再进行专业培训。（出自本项目《从事专业相关领域人员问卷统计表》第2~51页）

专业发展之根必须有生发的土壤，土壤的养分决定根系的发达与否。（出自本项目《从事专业研究或教育人员问卷统计表》第3~45页）

13.2.4 个体的能动性

个人能动性与环境对于设计师个体的发展都挺重要；随着年龄的增长，最近几年可以接受一些不太有创新性、仅仅为了赚钱的项目，此外，尊重厂家也是一个侧面，因为厂家在市场方面更有经验，叫迎合市场吧；也经常教育学生，不能仅仅考虑设计的艺术性，一定要适应市场，学会从市场的角度考虑问题；此外，还要学会引导客户，那就需要很好的沟通能力，但是学校并没有专门培养学生沟通能力的课程。

——余 雁

抱怨甲方的审美是没用的，得说服甲方，那就需要说明你设计的道理，而这些道理就来自你的创造过程。你不能说我觉得好，我拍脑袋出来的。这是一个过程性的创造，而不能仅仅看结果来评价设计。

——曾 军

尽管环境具有结构化的力量，但是，在相同或者类似土壤下，发展主要靠个体的能动性。必须承认个体的差异，就像大家都使用汉语，但是说话写文章的水平却也千差万别。同一个班毕业的同学，同时来到一个城市发展，几年后的差距会很明显。这里面除了机遇的作用外，个体的能动性就成为了关键因素。

问卷调研显示，从事设计实践的人群认为管理能力是成功的最关键因素（62％）；其次是人际关系（53％）；接下来是勤奋工作（49％）、专业技能

（44%）、机遇（31%）、沟通能力（23%）。在成功的因素上，专业技能与机遇并不比管理能力与人际沟通能力更重要。也就是说，个体的能动性不仅仅体现在专业能力上的自我完善，更多地体现在与环境打交道的过程中，在多大程度上改善了环境，创造了机遇。

假设设计师A遇到了一个企业老板，该老板简单地认为设计不过是包装美化工作，而且不准备付太多的设计费。A在嘲笑老板没文化后采取了顺应的做法，不花太多时间简单做个方案，然后包下印刷免去设计费，这样或许比收取设计费的方式赚钱还多。随后的业务也经常是类似的情况，在多次操作后，A不知不觉中被环境所"结构化"，从设计走向了其下游产业——印刷。随着更多的设计师加入到A的行列中，竞争加剧利润摊薄，A开始抱怨环境，但这时候，他已经走不出结构化的行动了。

同样的情况，设计师B则发挥个体能动性，积极地与老板沟通，并且深入到企业生产与经营的各个环节，以工作的过程影响该老板对于设计的理解与认识，在他的意识里埋下设计的种子。这样的行为叫"培育客户"，让客户与你一起成长，随着企业的壮大扩展自身的设计业务。由于B的工作增强了企业的竞争能力，他得到了该老板的尊重，设计取费逐年增加。由于老板们的生活经常是个小圈子，于是，这个老板在一次企业家的聚会上赞扬了B，于是就有了更多的老板找B做设计。B创造了机遇，也塑造了环境。几年后，B小有名气，衣食无忧，合作的企业层次也不断提高，于是他开始挑选合作对象，专注于自己的特长与兴趣做设计，进入到一个相当自由的生存状态。

A与B并不是虚拟的人物，而是真实的案例。而且，不仅仅在平面设计领域里，产品、环艺领域里都有类似的现象。在环境面前，两种截然不同的"行动"会有不同的结果。非常普遍的现象是，曾经同一起跑线上的同学往往在发展几年后分流，有人走向了设计的上游，而有的则顺流而下；有的成为了设计主管，有的还在画图谋生；有的管理了大型的工程，有的还在重复性地做着装修。每个人的路径选择不同，参与设计实践的广度与深度就不同。不断地从事更高层次的实践，就能不断地积累高层次的经验，开阔视野，更新知识，为更高层次的设计实践做好充分的准备。机遇就频繁降临在这些有准备的人的头上。

在吉登斯的结构–行动"互构"关系中，个体的行动并不总是处于被支配地位。结构可以通过行动而连续不断地得到再生产（或改变），并跨越时空距离而扩展。也就是说，行动不断"再生产"着结构。正如同大多数的普通老百姓有能力讲话，但是诗人或者文学家是可以"再生产"语法规则的，并从此对汉语作出贡献。同样的，与庸常的大多数人不同，设计师里面的杰出者并不是环境的奴隶，关键看你是否具有这样的愿望、勇气与能力。

吉登斯说：结构制约着行动，但行动在每一刻也"可以是另外的样子"。

专业土壤对于专业发展有重要影响，如果"土壤"不好，甚至无法发展"专业"。但在相同土壤下，个人努力和创新能力又对专业发展起决定作用。（出自本项目《从事专业实践人员问卷统计表》第1~25页）

专业土壤是专业发展的温室和营养，专业发展主要是靠自身的努力和执著。（出自本项目《从事专业实践人员问卷统计表》第1~69页）

关键取决于个人，包括专业技能、社会适应、沟通能力、综合素质。土壤环境很重要，发展看个人。（出自本项目《从事专业研究或教育人员问卷统计表》第3~55页）

专业土壤是专业发展的基础，专业发展可以促进专业土壤的养分。（出自本项目《从事专业研究或教育人员问卷统计表》第3~93页）

13.3　教育的可能与不可能

13.3.1　教育的目的

谈论教育的目的是个过于宏大与抽象的话题，并非本节的主旨。但是关于这方面的思考与理解却是本节绕不开的。逻辑关系是这样的，只有在明确教育的根本目的基础上，才能理解高等教育的目的是什么，然后才能进一步地理解艺术设计高等教育的目的是什么。还是整体与局部的关系问题。树上的奇花异果只是现象，而枝丫根茎，甚至种子的DNA结构才是根源。这也是分析当下我国艺术设计教育问题，以及其可能与不可能的理论基础。

1. 一般的教育目的

谈论教育的目的有一个前提，那就是"谁的目的"？"学而优则仕"是古代读书人的目的，侧重政治；"书中自有黄金屋"可能是家长教育子女最常使用的话，侧重于经济目的；"培养社会主义接班人"是社会的目的，侧重于道德方面。由此可见，正如杜威所说，"教育本身并无目的，只有人，即家长和教师等才有目的；教育这个抽象概念并无目的"。

所以，教育仅仅是个"通道"，一方面通向个人的完满生活；另一方面通向"合格"的社会成员。这是教育的双重功能：个人功能与社会功能。理论上讲，完美的教育体制是社会功能与个人功能的统一，但是由于我国文化上的"群体主义"倾向，所以一直强调教育的社会功能大于个人功能，这就造成了教育服务于社会需求，教育成为社会或者国家的女婢。于是，社会需要什么人你就应该成为什么人，"干一行，爱一行"、"到祖国最需要的地方去"就是出于这样的思路，培养着螺丝钉式的人才，培养着从经济、政治、道德、文化各个角度都符合社会需要的人。在这样的前提下，人的兴趣培养、人格完整、自我意识等都不重要。在这样"工具理性"目的指引下培养出来的人已经不再是单独的个体，而是同质化、标准化的"机器零件"。

与我国不同，西方对于教育的认知一直是"个体主义"的。斯宾塞在他的《教育论》中提出了"为完满生活做准备"的教育目的。这里所说的"完满生活"不仅指物质条件方面，还包括怎样对待自己的身体，怎样培养心智，怎样教育子女，怎样做一个好公民，怎样合理利用自然资源而增进人类幸福等广阔内容。这样的逻辑是从个体出发，把每个人的"完满生活"作为教育价值的核心，而和谐的社会不过是这些完满生活的总和。

在教育的目的上，西方的逻辑是通过"个体主义"走向"社会主义"的，而我们过去是用社会主义替代个体主义的。这样的境遇在改革开放特别是1992年后有所改变。随后，在高等教育产业化以后，教育完全成为通向好工作、多赚钱、大城市、出国留学等的通道；虽然这种通道带有很强的功利目的，但是个人功能在此过程中被凸显。中国人强调了教育对于个人"完满生活"的作用，但是他们仅仅关注的是物质方面。我们通过"个体主义"走向了"利己主义"。

现在，由于国家经济发展需要"创新型"人才了，于是教育又开始转向"创新"人才的培养，同样是功利目的下的工具化教育。创新不是目的，创新该是心智成熟的个体，在兴趣引导下工作与探索的结果。没有自由思想、独立人格的生命个体，哪里来的创新？

因此，如果说教育真有什么目的的话，那就是首先培养一个个"完整的个体"，这是基础。这就是本节认同的教育目的论。

2. 高等教育的目的

高等教育仅仅是我国教育体制中的一环，而且也许是最无力的一环。"文化大革命"后的20世纪80年代，大学意味着国家干部、城市户口、稳定工作，因此具有很高的社会地位。那个时代，一张大学文凭意味着通向幸福生活的执照。扩招后，教育大众化的时代到来了。由于文凭的获取变得越来越容易，学校颁发的文凭和各种资格证书的价值已大不如前。今天的硕士文凭其价值等同于过去的本科。与此同时，博士文凭也开始批发，全民的文化证书被普调了一级。大学文凭的命运与自行车、手表的命运类似，从"奢侈品"过渡为"日常用品"。任何一种物品，从"奢侈品"变为"日用品"的过程都伴随着社会的进步，因此，文凭的普及是伴随着教育产业大发展而出现的社会进步现象，这是高等教育发展的正面。但是，随着量的增加是其价值的被冲淡。人们追逐的是文凭所具有的"符号资本"，而非真正的知识与能力。"有学历没学问，有文凭没文化"，在这种情形下，社会、企业等开始由文凭转向能力等更为实在的判断标准上。因此，大学生找不到工作现象出现。这本来是再正常不过的事情，教育主管部门却开始给各个大学施加所谓"就业率"的压力，而学生家长开始进行上大学的成本-收益分析，学生也开始怀疑上大学的必要性。大学生并不意味着"有能力的人"，这是人们基本认知上的错位。因此，一方面，企业需要大量真正的人才；另一方面成批的大学生毕业即失业。"大学生"过剩了，而"人才"依然稀缺。

在功利与工具的目的下，我国高等教育一方面是国家生产所需要的"人才"工厂（在扩招后还承担着拉动经济增长的目的）；另一方面是个体通向就业的岗前培训。随着扩招，精英教育的光环已经褪去，大学不过是培养普通劳动者的基地。与此同时，高等教育还应承担科学研究（而非商业项目）、社会服务等责任缺失。

大学到底该培养什么样的人？大学的目的何在？薛涌在《大学属于谁》中谈到，教育的目的是培养合格的公民，而不是制造社会工程的"零件"；大学是提供精神资源的地方，而不是训练技能的场所，应"让学生充分发展自己的人格和才智，还能帮助他们应付各种环境和挑战"。英国教育家亨利·纽曼说：一方面，大学课程不把它的目的局限于特定的专业；另一方面，它也不培养英雄或激励天才人物。真正天才人物的著作不受写作技巧的影响，英雄的头脑不受规则的支配。大学不是诗人或不朽作家的诞生地，不是某些学术流派的奠基人的诞生地，不是殖民地领导人的诞生地，也不是其他国的征服者的诞生地。大学不能保证培养出像亚里士多德、牛顿、拿破仑、华盛顿、拉斐尔、莎士比亚那样的名人，尽管在此之前大学内有这种性格的人。另一方面，大学也不满足于培养出评论家、科学家、实验者、经济学家或工程师，尽管大学里也有这样的人才。但是，大学训练是达到一种伟大而又平凡目的手段，它旨在提高社会的思想格调，提高公众的智力修养，纯洁国民的情趣，为大众的热情提供真正的原则，为大众的志向提供确定的目标，扩展时代的思想内容并使这种思想处于清醒的状态，推进政治权力的运用以及使个人生活之间的交往文雅化。这种教育使他准备去胜任任何职务，去精通任何一门学科。这种教育告诉他如何去适应别人，如何去了解别人的思想，如何在别人面前显露自己的思想，如何影响别人，如何与别人达成谅解，如何宽容别人。他能够在任何社会安身，他与各个阶级都有共同的话题，他知道何时表达自己的思想，何时保持沉默，他能够与人交谈，也能够倾听别人的意见。

因此，高等教育如果有什么目的的话，那么首先就是培养具备一定"智力与人格"的生命个体；其次才是具有一定的专业知识与技巧的劳动者。至于是精英还是普通劳动者，则需要通过实践的检验。精英是在人生奋斗中经过千万次艰难困苦的磨砺中锻炼出来的，精英是从大浪淘沙中被挑选出来的金子。大学只是提供个坯子，类似于半成品，至于它是否能成为一块好钢，则需要社会的不断熔铸与打造，而在这一打造过程中，起决定作用的因素将是"智力与人格"，而非"知识与技巧"。

3.艺术设计高等教育的目的

在经历了小学、初中、高中的基础教育后，所有的学生都面临着严酷的高考以及志愿选择。在"喜欢学"、"适合学"与"应该学"这三种动机下，不同的学生在家长、老师的引导与规劝下决定了自己的专业选择。"喜欢学"是兴趣引导，"适合学"是内在禀赋，"应该学"则是功利考虑。有许多人也许"喜欢学"历史，但其实是更"适合学"工科，而在父母的"应该学"要求下，选择了金融外贸，所以，这三者是不同的概念。现在有许多的父母与老师，认为孩子"应该学"艺术设计，或者因为文化课不好，或者认为这是个赚钱多的行业，这是最可怕的一件事情。学习艺术设计专业，首先要"喜欢"；其次是"适合"，没有这二者就"不应该"去学。当然，这样的两个条件可以推广到任何专业，但是对于艺术设计来说更重要而已。

因此，艺术设计高等教育的目的是，招收那些既"喜欢"又"适合"的学生，通过大学教育，培养他们从事艺术设计实践的"思维方法"与"工作方式"；完善他们的人格，使他们学会自我激励和与人相处，使他们具有博、雅的知识与自学的能力，一定的专业技巧。技巧只能保证学生成为普通的专业劳动者（画图的），博、雅知识与自我更新能力则可使其成为合格的设计师；而要成为真正的大师则需要的更多。大学无须争论该培养哪种人，按照大师去培养也未必个个是大师；同样的道理，按照普通劳动者去培养也未必个个都是普通劳动者。如同纽曼所说的，我们只需怀着平凡而伟大的目的，使用平凡而伟大的手段，给予学生一些必要的素质，至于他成为什么人还需要后续的发展。所有的大师在成为大师之前，都曾经是个普通的劳动者以及合格的设计师。

13.3.2 当下艺术设计教育存在的问题

通过调研，我们可以总结出当前我国艺术设计教育的主要问题如下。

（1）生源质量下降，学生整体人文素养不高，缺乏专业学习的兴趣，创新能力过于肤浅。

> 学校能做的，也就是培养一个基本入门的、身心健康的、有一定技能的个人。现在许多学生学设计，并不是因为喜爱设计，而是因为这个专业好赚钱。而且这些学生没有起码的生活、社会经验，纽扣也不会缝，地也扫不好，根本谈不上设计，更不用说创新。这个责任不在大学教师。学生在入学前就有许多的缺陷，是这个社会发展的结果，教师只能尽力而为。
>
> ——赵 阳

现在学生文字能力太差，只看画册不读书，尽管视觉传达的东西信息量很大，但是容易流于肤浅与表面；尤其是学视觉传达设计的，更应该加强文字能力与修养。

——陈绍华

觉得现在的毕业生思维不够活跃，设计找不到北，皮毛的东西多，实在的东西少。换句话说就是表现形式花里胡哨，很是潮流，但想表达的是什么，却不知所云。这大概和教育有关吧？对学生而言教育当然有问题，但我们不能对教育抱太大希望，我认为，入门靠学校，成才靠自己，没有悟性，再好的学校也没用。我认为大学就是该给学生提供全方位、多角度的学习空间，一些基本的技巧、常识以外，最重要的就是思维方法，我认为大学只能做到这一点；真正的成才还更靠社会实践，学校并不能保证每个学生成才，学校没这义务，好坯子，真正还得靠自身修炼，靠慧根，靠自身的悟性。

——陈绍华

（2）师资短缺，教师工作量大，没时间思考与科研。

最重要的是教师，这是教改的关键，否则都谈不上；抓教师；什么是国际一流？仅仅有硬件是不够的，关键是软件，也就是教师质量。

——史春珊

教师素质是关键，多聘请外教、大师、知名人物来学校讲座是很好的，这是一个比较省钱的方式，不仅仅教学生，也培训了教师。

——余 雁

（3）学校普遍缺乏办学思想与观念，定位不清。

一个学院要办好，办学思想与学术定位最关键。

——王晓松

设计与纯艺术是完全不同的两种思维模式与工作方式，艺术院校背景的设计学生更应该清醒地认识这点，教育方式也得尊重这一点。培养设计师跟培养艺术家是不同的。

——赵 阳

实事求是地办教育，因为教育是"事业"而不是"商业"。办学理念并不是一些大而空的口号，比如培养"创新性人才"，或者"跨世纪人才"等，而是清晰地知道"培养具备什么样能力的人才"，以及明确"如何培养"。如果目标里不包含如何实现目标的方法、途径，那目标就往往成为口号。

——史春珊

（4）教学方面重技巧，轻理论，更是缺乏思维与方法的训练。

大学的定位不应是单纯技巧性的培养，应该为人才提供宽基础。基础不外两条：教人怎么想，教人怎么做。关键是有没有思维能力，异想天开不是创新。应该更关注，如何帮助年轻人达到必需的思维高度。设计过程是一个辩证思维的过程，这是一个人心智成熟的表现。思维方式的培养才是大学应该解决的最大问题。

——黄　维

创新是该一生都去探索的事情，而大学学校内多元化的教师、文化与观念，是培养创新人才的良好环境。

——余　雁

光靠灵感是没谱的，设计师还需要理性的思维方法；创造性是在过程中体现出来的。

——曾　军

（5）课程结构有待补充与更新，管理、社会沟通等方面课程缺失。

组织管理才能很重要，该给学生更多的锻炼机会；学生会干部、班干部成功的多。

——史春珊

创新人才的素质，除了体现在具体设计上以外，在更高层次上还体现在设计组织、管理、策划的能力上，是否有能力带领一个团队一起干。

——王晓松

设计师需要知识更新，教师也需要知识更新，学院的课程体系也需要更新。

——曾　军

（6）管理方面，管理制度严重形式主义，不实事求是，评价标准不合理，人事制度不宽松。

学校管理与教师水平两者之间，学校管理其实更重要，因为管理是定方案，然后底下老师才能有目标，教学也有了理念。

——贾　奇

学院的人事体制非常重要，那些具有社会实践成功经验的设计师，可能没有学历，但是非常有能力和经验，如果人事制度不能把这样的人才招纳进学院，只有那些从书本到书本的教师的话，学院就死定了；人事制度是最关键的，尤其是艺术院校。

——王晓松

体制与教师的专业修养，是教育最重要的两个方面，二者都很重要。

——史春珊

简单地罗列当前我国艺术设计教育的问题是非常简单的，但是这些问题并非孤立存在的，而是相互关联的，是个系统。大学本身就是一个开放的系统，频繁地与社会、环境发生着信息与能量的交换。这个系统由三个元素组成：学院管理部门、教师、学生，其三者之间的相互关系则表现为课程设置、人事管理与教学方式，如图13-2所示。

系统的复杂性并不在于元素本身具有什么样的特性，而关键在于元素之间的关系。孤立地列举出学生的问题或者教师的问题都是片面的，系统地思考三者之间的互动关系则会理解得更多、更深。下面立足于上述的学院、教师、学生的三者关系来分析大学的可能与不可能如图13-2所示。

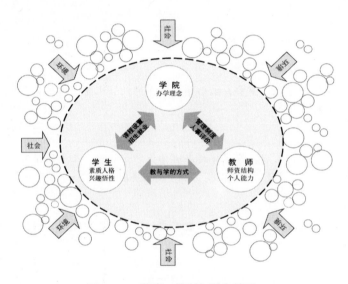

图 13-2　学院、教师与学生关系

13.3.3　大学的可能与不可能

1.学院与学生

学院与学生的关系体现在入学、课程设置、毕业这样三个主要侧面。入学是个基础，关键在于把具备什么样素质、潜能的学生招收进来。学校能不能通过入学考试这样一种方式，将那些真正"喜欢学"而又"适合学"的孩子招收进来，而尽可能地将那些"应该学"的过滤掉。兴趣是最好的老师，设计专业尤其如此。如果行业里充斥着的都是些既不爱这个专业又没悟性搞这个专业的人，设计肯定被变成赚钱的途径，过度商业化、抄袭等就都难免。选择生源就如同选择好的种子播种。对于没有兴趣也没有悟性的学生，教师的努力就会变成对牛弹琴。

可能与不可能：通过一种什么样的入学考试方式，才能达到这样的目的呢？大学有没有可能改变招生方式呢？

课程设置涉及学院的办学理念，也就是培养什么样的人，给予学生怎样的知识结构，什么样的能力。调研问卷中发现，在从事设计教育的人看来，专业技能、适应社会的能力、创造性是前三位重要的因素，分别占92%、74%、71%；工作勤奋与沟通能力居中间位置，分别为64%与55%；机遇、人际关系与管理能力稍不重要，分别占31%、31%与20%。而同样的问题，在从事设计实践的人看来却有不同的答案：认为管理能力是成功关键的占62%；其次是人际关系，占53%；勤奋工作占49%；专业技能占44%；机遇占31%；沟通能力占23%。创造性与成功没有任何关系。在教师眼里认为最重要的"专业技能"，在设计师那里只是第四位的；在设计师看来最重要的"管理能力"，在教师那里却是第八位的。最为尴尬的是关于"创造性"的认识，教师那里是第三位而设计师却认为创新与成功无关。在访谈中也有多位被访人员谈到管理、沟通等方面知识的重要性。由此可见，现在的设计教育是"专才教育"，学生接受了大量的专业内知识，却缺乏纽曼所说的"博雅知识"，缺乏最基本的人文知识。大学的课程就变成一种"专业训练"，而非"智力训练"，生产大量"技术白痴"是非常普遍的现象。大学的课程类似于食谱，五谷杂粮可以给予学生丰富的、平衡的营养搭配，这是最关键的，否则，即使每天给他们喂生猛海鲜，也会消化不良、营养不良。

可能与不可能：大学可能不可能拓展设计教育的疆土，将管理学、社会学、人文学科等各个方面的知识整合进课程体系中来？这方面的知识如何教授？占多大的比重？大学可能不可能调整师资结构，或者采取较灵活的人事制度以适应这样的课程设置？

关于毕业，大学是不可能对学生的"就业"作出承诺的。一个好的学校一方面培养学生的智力；另一方面则为学生提供各种机会接触社会、企业、大众，以锻炼他们智力以外的其他能力。这样的学生是完全有能力适应任何环境的，是有能动性、创造性的独立个体，是他们选择工作而非为了就业而就业。"就业率"是我国的特有问题。西方的院校就业有问题意味着招生就会困难，意味着学校是否还能办下去。而我国，由于教育资源的稀缺性，造成了就业率的高低并不影响招生。压力来自教育管理部门。如果工厂里生产的产品是低质量的，任你如何推销也无济于事吧。

2. 教师与学生

教师与学生的关系主要体现在教学方式上。工作室制是一种方式，大班授课也是一种方式。我们不能孤立地争论二者的优劣，而要看具体的课程适合哪种方式，哪种方式效率更高，效果更好。大学里的课程可以粗略地分为技能技巧、知识理论、思维方法、综合设计这样4类，针对不同的课程采取不同的教学方式是必要的。扩招后，由于学生数量的增多而导致课程全部采取大班授课的方式，这对于设计教育的伤害极大。

关于教学方式，还有个认识论前提。在教育领域，对于设计的认知一般有两种态度：一种认为设计是经验性的，不可传授；另一种认为设计是一门科学，可以通过分析、研究、推理等方法来解决问题。因此，关于设计的争论一直存在于如下一些对立中：科学的还是艺术的，方法的还是经验的，分析的还是直觉的，逻辑的还是形象的，感性的还是理性的等，不同的认知就会导致不同的教学方式。在格罗庇乌斯时代的包豪斯，负责基础课程的教师是瑞士人伊顿，他要求学生在做专业训练之前先进行躯体拉伸、呼吸控制、沉思冥想等，这些融合了道家、禅宗思想的神秘主义教学方法一直是备受争议的，但是其目的则在于直觉与灵感的培育，把每个学生内心沉睡着的创造潜能解放出来。第二次世界大战后的乌尔姆时代，随着系统论等学科的发展，设计教学倾向于严谨与理性的系统分析。即使今天，世界各国的不同学院其教育方式都不尽相同，争论一直在继续，不同的教学方式也在继续着。

我们的访谈过程中也有类似的争论，即"图案"与"构成"的对立，其背后也隐含着东方与西方、传统与现代的二元结构。关于图案与构成的矛盾，赵阳的分析理解非常客观："我们的教育往往是矫枉过正，不管图案还是构成，其目的无非都是让学生掌握一种方法，或者说树立一种审美意识。图案是立足于手工生产，而构成是立足于机器美学，这是二者的本质区别；因此，包豪斯时代的几何性是构成或者说机器美学的要求，我们必须要深刻理解这一点；现在德国甚至西方的设计教育逐渐地放弃构成了，那是因为社会、生产手段进步了，以前机器做不到的手工图案现在完全能做到了。我觉得应该放弃二者的争论，而应该相互融合，取精华去糟粕，找到适应于当代的教育方式；我并不认为构成是属于西方的，同样我也并不认为图案就是传统的，这是国内的误解；构成只是西方人先发明了这种方式，是因为西方先走上了工业生产的方式，选择了几何形态也只是他们的总结结果；这不是矛盾的、对立的两个事物。"

不管图案还是构成，其目的都是为了培养学生的思维方式与审美意识，目的是一致的，关键在于哪一种更有效率，更适应现代社会生产与生活。因此，在质疑教学方式是否合理之前，我们应该首先考察其根本目的是什么。只有在"目的"下，方式方法才可以被评价。"教什么"先于"怎么教"，既是"逻辑"上的先又是"时间"上的先。

那么，大学里教师主要教什么？怎么教？抛开那些"二元对立"不谈，大学训练最重要的是两个方面："思维方法"与"工作方式"；前者告诉学生"怎么想"，后者则是"怎么做"。黄维说："教育是无法承担创新人才培养的全部重任的，社会结构、制度和体制也很重要，大学应该解决的最大问题是思维方式的培养。"因此，还是应该回到根本的教育目的上来，即大学在于训练从事设计工作的"智力"，而创新是作为结果而出现的。因此，大学里的教学方式应该立足于上述两方面目的，采取适应的、灵活的、多元的具体方法。

3.学院与教师

学院的管理体制与教师之间的关系同样适用于"结构–行动"的社会学理论框架。一方面，学院在确立了办学理念之后，就需要通过教师的教学来实现其理念，这也就需要一定的管理、评价、约束、引导的机制；另一方面，教师在明确了学院的发展方向后，也可以根据自身特点、爱好而自主选择，从而实现个人利益的最大化。我们国内的大学在硬件方面很快就达到了国际水平，但是在软件，也就是教师的个人水平上，以及教师的组织管理上还处于发展中国家水平。教师与管理体制是学院办学理念的延伸，是具体的实现。

学院首先是要明确办学理念，也就是要培养什么样的人以及怎么培养；其次是找到一批合适的教师，这些教师之间的知识、能力是具有互补关系的，是个系统，教师是各种蔬菜、谷物、香料，这样学生才能营养丰富，这是师资结构问题；接下来则是如何组织、管理、引导这些教师，使其成为系统中的"作用因子"而发挥最大的效用，这是评价机制问题。

由于我国大学整体的人事制度相对僵化，以及只重学历轻能力的现象，造成了各个院校师资结构的不合理。教师聘任缺乏流动性、灵活性，导致各个院校的教师队伍不能新陈代谢，知识结构不能更新，"因人设课"的现象就出现了，而针对教师的再培训也常常因为时间长、见效慢等原因而一拖再拖。与此同时，那些具有社会实践成功经验的设计师，可能没有学历，但是非常有能力和经验，却被高校的人事制度拒之门外。对于一些操作性很强和发展很快的课程（比如材料课、构造课等），以学历高低为唯一引进人才的标准显然不合适。

可能与不可能：除了培养、培训教师的个人专业能力的同时，学院有没有可能在师资结构与学术梯队上有所改变？大学可能不可能以更加灵活的人事制度应对不断变化的社会需求呢？

教学、科研与实践，教师该如何行动呢？三者哪个方面更重要？不同的院校有不同的要求，以研究为主导的大学可能更注重科研，以实践引导的大学可能是老师带着学生干项目的方式，这无可厚非，但是三者之间的关系最重要。设计是一门实践性非常强的学科，可以说没有设计实践经验的老师很难搞好教学与科研。实践是基础，只有从事实践才能更深刻地理解设计学科，而那些刚从学院毕业就走上讲台的人，或者只具有博士文凭而缺乏设计实践的人，很难将教学与科研导向更实际的方向，只能建立空中楼阁，玄虚而空洞。所以，如果人事制度不能把有实践经验的人招聘进大学的话，那么鼓励教师多参与设计实践是必需的。但是，应该明确实践的目的是为了更好地组织教学与科研。现在教师沉醉在具体的项目中，或者搞设计公司，获得了比较大的经济效益，但重复性的低层次实践，既不能被转化为研究的方向，又不能积淀为教学的资源。因此，实践是必需的，过度实践是应该避免的。

如何引导、管理教师的行为，关键在于学院的评价体制，结构决定行动，作为个体的教师，只是在游戏规则内追求着个人利益最大化。一方面，教师为了多赚钱而过度地实践（比如开公司接项目雇用学生等）；另一方面，为了尽快评职称而过度学术化（比如一年发表10篇论文之类的行为）。而教学方面，上够一定的学时数就算完成任务，管理只体现在"量"的方面上。大学不是公司，也不是研究所；大学围墙内的教师，并非职业的设计师，也不是职业化的科研人员。一切实践与科研，其最终目的都该是指向教学的。教学是根本目的，现在的大学正在失去这个目的。

可能与不可能：大学的评价机制，能不能将教师的个体行为结构化为"以实践为基础，以科研为引导的教学"呢？

此外，大学应该承担的一部分社会职责（比如大众设计意识的培养与提高、设计科普、儿童设计启蒙等）却严重缺席。这是具有社会价值而缺乏个人价值的行为，只有非常少的具有价值理性的教师还在从事着这样的工作。那么在这方面，大学作为教育资源的管理者能否有所贡献呢?

总之，当前我国的艺术设计教育存在着许多的问题，但是理性的观点是，教育并不能够包办一切，不能把行业里出现的一切问题都归罪于教育。教育，尤其是高等教育，它也只是人才培养链条上的一环，在诸多因素影响与作用下，大学有其可能与不可能。

13.4   本章小结

本章主要在三个方面给出了理解性的分析：行业的状态与问题；个体的困境与选择；教育的可能与不可能。从宏观的行业到微观的个体，从教育到社会，理解的角度、认知的切入点虽然不同，但是达成的共识却是相通的。从不同的角度去"看"，才能够得到全象。

布罗代尔的历史观、吉登斯的"互构"概念、纽曼的教育目的论是本章每一小节的理论基础，或者干脆把这些理论看做一把把剪刀，因为我们所面对的是一个复杂的"问题系统"，各个因素相互交织，互动共生，如同一团乱麻，而我们所给出的理解角度也无非一个"线头"。剪刀的作用就是切出一个"线头"来，然后顺着它去搜索。

在梳理与理解的基础上，下面一章我们要给出一些对策。望、闻、问、切之后的确诊，确诊之后的开方，可以形象地呈现出本章与前、后两章的逻辑关系。

第14章　反思与建议

本章主要讨论"应该怎样（Should be）"的问题，而这样的祈使语气，其认识论基础则完全来自前面三章内容，属于开药方工作，对症才能下药。

我、你、他，祈使句需要特定的主语，因此对于"中国艺术设计应该怎样发展"的抽象讨论，就落实到每一个行业内人士的个体行为上来：设计师应该怎样？教师应该干什么？协会组织人员应该如何操作？设计杂志编辑者应该怎样工作？政府需要抓什么？等等。为了保持结构的连贯性，本章仍然从环境、个体与教育三个部分具体阐述。

还需要说明的是，"应该怎样"的讨论带有理想主义色彩，因为任何不包含具体实施手段的建议都是相对简单的，而现实是复杂多变的。因此，我们还是把本章内容定位为"反思性"的建议，还是属于理论层面的探索，还需要更具体也更困难的实践性探索，这也就意味着本课题研究并不应该结束在文字出版物上，而是希望引起更多的人参与进来，用更多的思考与更多的实践来弥补本文的苍白之处。

14.1　环境的改善

所谓的环境包括两个侧面，内部环境与外部环境。前者是由协会、杂志、设计学院、设计公司与中介机构等组成的"设计圈"，后者则是艺术设计整个行业的外部因素，主要包括政府、企业与大众，此三者是行业的主要服务对象，但是，这样的三者却包含了更广阔的一些内容：历史、文化、社会关系、思维结构等。这样，"设计圈"就成为一个开放的、复杂的巨系统，其内部的各元素与各关系不断变化调整，并且与"圈子外"的因素通过互动进行着信息、能量与物质的交换，最终实现和谐的系统功能。下面按照"由外及内"的顺序来谈论环境的改善。

第1章中我们曾经假设，艺术设计行业是植根于经济、社会、文化等土壤的花园或者种植园。不同的国家有不同的土壤，培育出来不同的花朵或植物。德国、英国、北欧、美国等国家体现在艺术设计上的不同，其根源在于这些国家的地域文化、历史传统、思维习惯的不同。当美国人按照功能、交通、效率等因素规划城市的时候，英国人正在因循历史梳理、简化、改进一座城市，与此同时、德国人正在思考什么是城市。美国人实用主义的、英国人经验主义的、德国人理性主义或者形而上的思维传统影响着设计的方式与方法。日本通过安藤忠雄、三宅一生、无印良品，找到了现代设计的日本表达，培育出来了有自身特色的设计成果。这些现象都说明了，艺术设计脱离不开社会文化语境存在。艺术设计行业发展与演进的背后，其实是诸多力量因素相互交织影响的结果。关键的问题是我们如何从外至内、从内至外地去塑造中国的艺术设计花园（种植园）如图14-1所示。

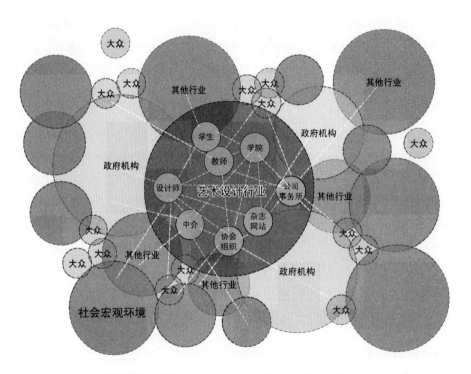

图14-1　艺术设计行业与政府、企业、大众的关系（白色虚线代表关系的发生）

14.1.1　设计政策的确立：政府与政府性组织的责任

关于政府或政府性组织该做什么，有许多国家的案例可供我们参考、借鉴、学习。英国的创意产业政策、韩国的产业振兴院、德国的设计委员会等，不论是政策还是特定机构，其目的都是明确的，主要包括如下三点：一是通过设计提升本国的经济竞争力；二是通过设计增加本国人民的生活福祉；三是通过设计嫁接传统文化与现代生活方式。这三点根源一是对外的诉求；二是向内的需要，这是"共时性"的目的；三是时间维度上的传承与发展，算做"历时性"的目的。对于一个国家来说，上述三点目的有哪一点不重要呢？设计对于经济、社会与文化发展的巨大推动作用是无可置疑的。因此，发展设计产业首先应该作为政策被政府明确提出，给予企业、大众清晰的方向指引与意识的灌输。

2007年，印度政府出台了其设计政策与行动计划，其中就有许多值得我们借鉴的内容。（详见附录3：印度国家设计政策与行动纲领）当下我国与印度具有类似的境遇，因此以印度为镜，我们该做些什么也就非常清楚了。本节主要从如下6个侧面给出一些建议。

（1）国家角度：从"中国制造"（Made in China）到"中国设计"（Design in China）的提升；借鉴各国发展工业设计的先进经验，创造性地发挥中国文化与传统工艺的优势，培育中国原创设计；建立具有中国特色的设计产业创新发展体系，实现设计的产业化、制度化与跨越式的发展。

（2）产业角度：通过原创设计提高企业参与国内、国际竞争的实力；在各个产业中推广设计的核心理念和方法，通过设计创新和设计集成完善以设计为纽带的资源整合机制；以设计为出发点，合理组织生产要素，优化资源配置，促进产业结构调整，引导和支持创新要素向企业集聚，推动科技成果向现实生产力转化，提高产品经济价值和品牌价值，进而提升我国在世界新经济格局中的地位和作用。

（3）教育方面：建立具有国际水准的工业设计人才教育体系；深化设计专业教学改革，建立提升在职教师水平和聘用有实践经验的设计人员担任教师的机制；加大对工业设计专业教学、科研、实验的软硬件支持；鼓励开展院校间的国际交流与合作；建立青少年设计创新素质教育体系，中学应进行设计基本素质教育，小学应开展设计启蒙教育。

（4）文化方面：将传统工艺、思想通过现代设计使其再次发光，寻找到现代设计的中国表达；培育具有国际影响力的设计师、设计机构和设计品牌；提升中国设计的认知度并向国际社会推介中国设计的整体价值观。

（5）大众角度：设计提升大众生活品质；研究中国国情的生活方式与实现方式，为设计活动提供知识资源；进行设计科普，深化大众对于设计的理解，提升全社会对设计的认知，比如设立国家设计节；各级教育、宣传部门应开展设计的普及教育与宣传，鼓励传媒大力宣传与推广设计；扶持高水准的设计类刊物；鼓励投资建立设计博物馆、展览馆等。

（6）环境方面：发挥设计促进可持续发展的能力，研究设计在应对自然灾害和突发事件时的积极作用。

当然，上述这些建议还需要一系列的行动、计划、项目、操作来具体实现，这是一个过程，需要几年甚至更长的时间。各国政府在艺术设计产业发展中所能起到的作用都是基础性的，国家的政策鼓励、舆论导向、资金支持、行业管理都是设计得到加速发展的前提与保障。比如在环境保护方面，德国政府立法对于环境友好的产品设计给予退税的政策，所以各个公司在产品设计上纷纷导入绿色原则。企业是个追求"利益最大化"的团体，而政府可以把环境保护从成本变为利润，这就是政府的巨大作用。令人欣慰的是，国家发改委现正委托中国工业设计协会起草国家设计政策与发展策略。相信以中国人特有的聪明智慧，我们可以后来而居上。

14.1.2 创新设计+知识产权保护：企业的设计策略

"设计创造财富"如今已经成为国际企业界的基本常识，毫不夸张地说，设计可以是企业的经营策略，甚至是生存手段。

经济学理论认为企业是个"利用有限资源谋求利益最大化"的团体，因此，当企业发现设计可以带来利润的时候，对于设计的重视是必然的。如今中国的企业大多已经意识到设计是其谋求利益的最主要手段之一，因此对于设计的重视也是与日俱增的。即使是一些抄袭、仿冒的企业，也不能说它们不重视设计，而是它们采取的"设计策略"不同而已，在不用付出任何"设计成本"的情况下，获得一个好的、具有竞争力的产品同样是利益最大化驱动的理性行为。还有一些企业，它们为了与这些仿冒、抄袭的企业有所区分，因此强调"原创设计"、"创新设计"等。但是，由于它们对于到底什么是创新设计，怎样创新，以及创新到底能为企业带来什么样的深远影响等方面认识还不够深入，表现在方法上多为"形式创新"，或者把设计当做"卖点"，当做"噱头"，也就是前文所说的"伪创新"。这就是当前我们国内的两类企业，一类是以抄袭、仿冒为设计策略；另一类虽强调创新，但对于创新到底是什么、如何去创新缺乏深刻认识，表现为"为了新而新"的设计。随着产业结构的调整与国际国内市场竞争的加剧，采取上述两种设计策略的企业都终将被淘汰。

真正的创新设计是可以带来更大的企业利益的，尽管在产品开发前期需要投入相应的人力、物力、财力。美国工业设计协会的一份统计数据表明，美国工业设计每投入1美元，其销售收入为2500美元。日本日立公司的另一份统计数据表明，每增加1000亿日元的销售额，工业设计的作用占51％，而技术改造的作用仅占12％。但是，中国的企业却不敢从事真正的原创设计，原因在于，我们缺乏最基本的安全感——知识产权保护。虽然企业也明白原创设计可以创造财富，但是如何保障你创造的财富不被别人偷去，则是最令人头疼的中国式问题。如果A企业花费了大量人力、物力而搞的创新成果很轻易地就被B企业所仿冒，并且B企业的这种偷窃行为非常安全的话，这样的事情一再发生就会形成一种"结构"，就是大家都去抄袭而没人创新，因为这是捷径，是安全而多快好省的方法，是利益最大化的。我国现在就已经生成了这样的结构，抄袭加上低质量、低价格已经成为中国产品的国际形象。

因此，保护知识产权是催生原创设计的基础。没有知识产权保护，就不会有原创设计生存的土壤。如何保护知识产权，进而保护创新设计呢？可以分为两个方面，首先是政府的责任，这主要包括如下内容：

（1）加大知识产权保护力度。比如将设计知识产权的创造、管理、实施和保护纳入国家知识产权战略，进一步完善国家有关设计知识产权保护的法律、法规和工业设计知识产权保护办法，加大对知识产权侵权行为的执法力度等。

（2）完善知识产权信用保证机制。比如鼓励设计机构和个人本着诚实信用原则提出自主创新设计的专利申请和进行著作权登记；建立设计机构和个人的知识产权信用全国联网公示制度等。

（3）完善知识产权交易制度。比如鼓励建立设计知识产权交易平台和经纪机构，促进设计知识产权的合理有效流通。鼓励公民以设计知识产权作价出资创办设计机构等。

（4）加强知识产权保护服务。比如鼓励建立设计知识产权保护中介服务机构，加强对制造业企业、设计机构和从业人员知识产权法律、法规培训和指导，建立行业或者产业的设计知识产权预警机制。

（5）加强大众的设计知识产权意识。比如支持在产品或包装等相关物品上标注设计机构或设计者名称。

其次，尽管保护创新设计的权益有很大一部分政府管理的责任，但是每一个企业的意识同样非常关键。每个企业得选择自己的设计策略：创新还是抄袭？哈姆雷特的问题，抉择的背后是利己主义与利他主义的伦理之争。经济学家熊秉元有个"大家都站着"的比喻：在足球场看球时，当一人站起来想看清楚些时，后面的人为了看清只好也站起来，最后就是大家都站着的局面。尽管大家都明白，都站着看与都坐着看的效果是一样的，却没人肯先坐下来。如果一个企业抄袭获得了利益，就会有更多的企业跟进，最终大家都抄袭，也就是都站着，可见最终受到伤害的还是全体。如果大家都坐下来搞创新设计呢？所以，每一个企业都应该认识到，环境是你自身生存的一部分，伤害了环境总有一天会伤害到自身。海明威的"丧钟为谁而鸣"说了同样的道理。利他最终会利己，人人利己而损害公共空间，最终也就没有了个人空间，当前我国的社会、文化语境普遍缺乏这样的共识，抄袭、抢行、价格战等，都是这样的恶性结构。

创新再加上知识产权保护也是一种结构，是良性的、可持续的、互利共赢的结构。每个企业、每个设计师都应该把这种设计策略认定为"游戏规则"，是职业道德。道德的概念就是你在谋求个人利益的时候，不要伤害他人。每个企业首先从自我做起，先坐下来，培育环境是每一个企业的责任，而不是义务。

因此，在企业、设计机构与个人方面，应该联合起来形成一个类似于行会的职业道德"共同体"。我们首先做到自己不抄袭，把不抄袭当做一种职业操守、职业伦理；其次，再去打击、谴责那些抄袭的企业、设计机构、个人，把它们曝光，让他们在设计圈子内没有生存的空间，让他们的抄袭行为付出巨大的成本、代价，这样，就最终会形成一种风气、制度，或者社会结构。这是我们行业内的自律行为。

从抄袭到创新会必然转换，创新的利益大于抄袭的利益"拐点"已经来到了。创新设计再加上知识产权保护，应该是企业生存、发展的根本所在。企业决定了以创新作为设计策略，接下来就是如何创新？企业在组织结构、管理模式、人员聘用等方面该如何操作？这些方面涉及了当下国际学术界的前沿课题——创新设计管理。由于设计管理是个非常宏大的话题，而且观点、理论非常驳杂，也具有非常大的研究探讨空间，在此不一一赘述。总之，将创新设计作为基本的生存与竞争方式，将知识产权保护作为保障自身利益的手段之一，应该成为企业的基本策略。

14.1.3 设计意识的塑造：针对大众的"科普"

许多设计师都有这样的共识，设计师的理念不容易得到企业老板的认同，许多老板对于设计的作用也认识不够。一个设计出来，有的愿意出50万元人民币，而同样的设计，有的只愿意出5万元。大部分企业对设计的理解仅仅是画张图，或者设计一个外壳。因此，在设计行业内的"价格战"也在进行着，设计变成了廉价的体力劳动，设计师的社会地位下降。还有一些政府性的设计项目，领导的最终思想境界、趣味取向、审美水平就决定了设计的最终形态。设计师在领导面前是缺乏话语权的，因此，领导对于设计的理解有多深，设计就有多深。此外就是消费者，他们每一次商场内的产品选购都是对设计的投票。此外，今天我们已经成为了外国设计师的游乐场，花费巨额的设计费来请他们"玩"设计。明星斯塔克刚刚在北京设计了一家会员制餐厅，设计费高达百万欧元，工程总造价多达3亿元。国家大剧院、CCTV建成了，奥运火炬也被贴上了云纹，于是大家就都认为我们的设计水平已经达到了相当的高度。这些也就是第3章所说的社会集体意识。不管是企业的领导、政府的官员还是最普通的消费者，他们都是设计需要面对的大众。

韩家英说：你每天都要"遭遇"设计，而坏的设计就是一种视觉暴力。因此，当下最亟须的就是进行大众的设计"科普"，告诉他们什么是设计，设计与生活是怎样的关系，设计与环境是怎样的关系，如何评价一个设计的好坏，等等。设计科普的方法可以有多种，通过媒体，如电视、期刊、电台，或者通过一系列的活动，比如组织家庭创新设计大赛等。但是，最重要也更深远的则是以下两点：

第一是"设计从娃娃抓起"，给孩子们从小就埋下设计的种子，不管他长大后是否从事设计职业，其对于设计的理解、认识都会相对的深刻。创新思维的培养也应该从孩子阶段开始，使得他们有开放的思维，有发现问题、解决问题的能力。这样的培养并不是以培养未来的设计师为目的，而仅仅是创新素质的培养。现在的家长让孩子学钢琴、英语、奥数，这些都带有太多的功利思想或者攀比意识，而创新设计的思维训练则完全是素质培养，不管孩子将来从事什么工作，具有发现问题的眼、解决问题的手、创新的大脑总会是好事如图14-2和图14-3所示。

图14-2 德国黑森州设计中心为儿童开设的设计工作营现场

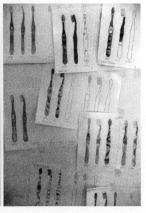

图14-3 儿童的设计草图与模型

途径有许多，简单的是可以开办"设计夏令营"。德国黑森州设计中心甚至经常利用周末的时间，组织设计师面向儿童开办Design Workshop，给定题目，让孩子发现问题然后动手制作，或者培养孩子对于形态的基本认识与表达，寓教于乐。此外，通过中小学开设设计课程，普及教育、培养中小学生的创造性思维方式，使学生学习生活中的知识，养成良好的审美素质，获得设计的创意体验等。当下一代人成为未来社会的公民主体时，他们从小所得到的设计意识与审美素养就会发挥巨大的影响力，左右着社会对设计的认同和评价。

第二是开办"设计博物馆"，教育大众，并成为一个平台，将设计师、老百姓、设计教育工作者吸引到这个平台上来。不仅仅是简单的陈列与展览，还应该包括基本知识、动手操作的场所、不同主题的展览以及优秀设计作品的销售等。设计教育不仅要培养设计者，还要兼顾培养有设计意识的消费者，培养消费者的设计意识与审美能力是全民设计普及教育的重要职能，形成尊重创新、善待设计的社会氛围。设计是文化的一部分，就应该进入人们的日常文化生活，家长不但可以带孩子在科技馆里度过一个美好的星期天，也可以在设计博物馆里。博物馆由谁来开设呢？可以是政府，比如伦敦的设计博物馆由市政府策动吸引资本投入；可以是由企业，比如德国的Vitra设计博物馆，由家具生产企业Vitra开设用来培养大众，将设计作为企业文化；也可以由设计学院，比如苏黎士的设计博物馆隶属于苏黎士设计学院。此外，日本、西班牙、比利时等世界各地还有许多的设计博物馆，背景不尽相同，功能各异，但对于设计的推广都作用巨大。

此外，政府在推广全民设计普及教育方面起着举足轻重的作用。中国香港政府十分重视设计，创意产业成为继贸易之后的主要产业，香港贸发局两年中花掉2.3亿港元来推广香港设计。同样，设计教育者在这方面也富有不可推卸的责任，参加儿童设计夏令营、为设计期刊杂志写科普文章、培训中小学教师、配合政府的一系列设计推广活动等，这些工作虽然获得不太多个人的利益，但是有极大的社会价值。

14.1.4　设计中介

当前，西方艺术院校中有个新开设的专业叫"艺术管理"，其主要功能就是培养艺术商人，是连接艺术家与买主的纽带，当然还有更广阔的内容，比如策划展览、包装宣传、节目制作等。艺术管理人被称为艺术大管家，策划、组织、宣传、推广在现代文化产业运作中一个都不能少，而一切的幕后工作，需要一个大管家来统筹指挥、管理，这就是艺术管理人。近几年以来，随着我国艺术市场的形成与快速发展，对于这类人才的急需，我国的各艺术院校也纷纷设立了艺术管理的硕士学位。

那么，设计行业是否需要类似这样的人才呢？设计师需不需要"经纪人"？有些设计师并不具备很强的人际沟通能力，而且，人际沟通、合同签订、过程中的频繁交涉、尾款催收，甚至相关法律关系、知识产权的归属等方面都需要耗费精力与时间，如果这些内容都落在一个人身上，那么这个设计师还有足够的时间、精力、心情去完善设计吗？

无论是一个设计公司还是设计师个体都包括两部分：一是"硬"实力，也就是设计水准，所谓的"内功"；一是"软"实力，也就是对外的公共关系事务，所谓的"外功"。有许多设计师设计水准相当高，也就是具备很强大的内功，但是总也得不到项目。当然也有许多虚矫浮夸的设计师，靠外功行走天下。内外兼修不是不可能，而是非常耗费时间与精力，因此，欧洲、美国的一些事务所采取"合伙人"的模式，让两个或多个能力互补的人搞团队合作，以弥补内、外功不兼顾的情况。比如赫尔佐格与德姆龙就是这样的最佳搭配。即使如此，他们在著名的"鸟巢"项目中还是聘请了中方的公关公司作为顾问，协调与中方领导的沟通问题。可见，一个设计的实现往往不仅仅是设计本身能决定的，还有设计之外的许多因素，社会学的、市场需求的、关系资本的、群体心理的、文化认同的，甚至政治的。设计从来就不简单，它需要多方参与，这也许就是"设计中介"存在的合理性吧。

中介是个古老的行业，是"信息不对称"的"因"，是社会分工的"果"。旧有的形式是我们所习惯的这样一些人：画廊老板、艺术商人、策展人、穴头等。他们一方面联系着艺术家；另一方面联系着市场、企业或大众。这些人一般的具有管理能力、沟通能力、策划与组织实施能力，能调动各种资源以达成商业目的或宣传目的。在我国市场运作的初期，这些人由于缺乏相应的管理与行业自律，为了私利而采取了一些非常手段而造成了他们的道德负面形象。但是，我们应该从正面来重新评价这一行业的价值。他们有存在的合理性——设计与客户之间缺乏润滑剂。

迄今为止，设计中介还是个模糊的概念，尽管中介类的活动一直存在于设计行业内，并且以不太规范的形式发挥着巨大的作用。在此，我们对于"设计中介"需要一个更宽广的概念理解，而不仅仅是"介绍活儿"的，那只是相当初级的理解。广义的设计中介应该包含如下的几种服务功能。

（1）设计服务功能：为设计活动的开展提供共用技术、信息、研究、管理、人才、投融资、法律等方面支撑与服务的组织或机构。

（2）设计促进功能：在加强对设计及其产业发展的有关基础性问题研究的基础上，通过制定政策、建立引导基金、落实完善有关法律、法规等措施，进一步完善设计产业链，促进设计及其产业的有序发展。

（3）设计交流功能：通过加强对设计作用的宣传，以及展示、展销、信息发布、论坛、研讨、培训等活动开展，促进设计各类成果、知识的交流与扩散，促进行业的整体发展。

（4）设计实现功能：有利于整合研究单位、企业、商家等各方资源，使设计以及技术成果实现商品化的机制、政策与措施。

（5）设计资源整合：通过对设计领域各相关主体、各类学术研究、基础性研究、设计成果、设计人力资源，以及设计需求等信息与资源的整合与集散，充分利用和盘活各类设计资源，降低设计活动的信息成本，以及组织集成创新设计活动的开展。

（6）设计商务模式：针对不同设计领域设计活动的发展特点，通过适宜的赢利模式以及产业链的构建，使设计活动能够获得预期回报与可持续发展的咨询策划服务。

如第1章所介绍的，上海桥中公司属于这一类型的从业机构。桥中有一个比较典型的案例：在2005年初期，桥中组织了一批院校的研究人员，针对国内国际的手机市场、用户、销售情况做了相当详细的调查。然后将输出的调查报告卖给各个手机生产商、Design House，当然，每本报告价格不菲，而厂商争先购买。桥中并不具备研究能力，他们只是看准了市场需求，然后组织各方资源，生产的产品甚至不属于知识，而仅仅是信息。它的特色与功能恰恰如同水，如同润滑剂，将设计师个体与产业、市场与研究、国内与国际黏合在一起。除了研究项目，桥中的业务还包括高端培训、IF设计奖的组织与管理、行业资讯服务、与媒体合作的设计推广活动、组织各种设计相关事件、与政府合作的设计政策策略制定等。桥中有一个精悍的、高效率的组织管理团队，个个属于外功高手，在处理公共关系事务上具有自身独特的资源、模式、风格，它的成功也不是偶然的，具有广阔的市场空间。（相关信息可以浏览桥中设计咨询管理公司网站www.shcbi.com）

应当承认，关于设计中介的研究与思考始终伴随着迷惑，这也许是本节不能解析清楚的。比如，合伙人制度在中国有文化土壤吗？买办式的设计中介属于现阶段的特色吗？是设计雇用中介还是中介雇用设计？制度化的中介服务是设计行业的必然产物吗？如何可以让设计师更专注地搞设计，练内功，而他的各项权益又有所保障？桥中的模式是否值得推广呢？设计师需要的"桥"应该由谁来搭建？政府背景的机构能否作为设计中介？从事中介服务的人才需要怎样的知识结构呢？院校是否有可能在这方面的人才培养中作出尝试呢？类似于"天问"，需要更多的智慧，更多的实践，去上下求索！

14.1.5　其他相关产业

设计内的圈子是由设计师、设计学院与设计相关产业组成的。完整的艺术设计产业还包含一些相关的服务性机构，比如各种协会、组织；图书杂志与期刊；网站；设计竞赛与设计奖；设计中介与知识产权服务等，这就是相关产业。

如第1章所述，这些相关产业的作用如同水，将水泥（设计师）与沙子（各个产业界）黏合起来，形成强硬的混凝土。相关产业经常是居于二者之间发生作用，是政府、企业、设计、大众之间的桥梁与纽带，属于系统中的"关系"部分，能够将松散的单元联结起来，从而形成完善的系统。元素众多是没有用的，那只是一盘散沙，关系是重要的，是保持系统功能强大的根本所在。设计相关产业的成熟与壮大，是一个设计行业成熟的显著特征。

协会、专业组织是政府与设计师、政府与大众，以及设计师之间的联结纽带。一个好的协会可做的事情非常广泛，不仅仅是设计师团体内部的自娱自乐，不仅仅是个俱乐部，还是将设计师团体介绍给企业的平台，是专业普及的平台，也是政府设计政策的具体执行者，是个多方利益综合的地方。英国的"设计委员会（Design Council）"就属于此类组织，其职责清晰地表述为设计知识的传播、政府政策的贯彻、帮助企业通过设计抓住商业机会、将创新设计转化为产品或服务。

杂志与网站也存在着两个方向，一种是办给大众看的设计普及类，目的是传播设计概念，培养审美意识，塑造新的文化与生活方式；另一种则是办给专业设计师看的，具有理论、实践的深度与前瞻性，作为职业设计师再学习再提高的途径。这是两种不同类型的杂志，具有不同的目标读者群。当然，国内还有一种"核心期刊"的杂志，属于"体制内"的产物，其最大的责任是如何摆脱空洞的学术口号与幕后的商业气息。

除了上述方面，本节特别强调设计奖对于设计产业健康发展的巨大作用。我们应该建立起权威的、国家级的、鼓励创新与探索的设计奖，这个奖可以反映当前我国的整体设计水平；可以与国际交流，并推广中国特有的设计价值；可以为获奖单位、企业带来声望与商业利益；可以为获奖者带来从业人员内部的尊重；可以引导、教育大众更深入地理解设计的内涵。权威的、国家级的设计奖是个链条，是个线索，将设计的各个部门联结起来。以工业设计为例，国际上设计先进国家都有一个国家级的设计奖，其巨大的作用不仅仅存在于设计界，而且也渗透到产业、公众生活、国际竞争等领域。

总之，不管杂志、网站、中介、协会、设计奖等，这些都是设计师生存的内部环境，内部土壤。这些因素是交织在一起，相互影响，互动共存的，强调其中的一个，也不应该忘记其他。

14.2　个体的自我完善

14.2.1　成功的内在标准：成为个体

关于成功的定义有一定的社会标准，有诸多的外在属性。当我们提到"成功人士"的时候，大多数人的头脑中会幻化出一些形象：他住什么样的社区，穿什么衣服，开什么车，经常接触哪些人，光顾哪些场所，等等。当然成功也有出自个体的内在标准：他喜欢从事什么，更适合干什么，是否发挥了个人的最大能力，实现了自我价值，他是否觉得快乐，等等。每一个成熟的个体理解的成功都应该是独立的。一个良性的社会成功的标准也应该是多元的。

学设计出身的，最终有可能成为成功的经营者、杂志编辑、社会活动者、政府官员，甚至成为地产商、电影导演，这都是非常正常的事。不管是否还在设计圈内，具备设计专业基础与思想意识的人，都会以不同的方式贡献于设计行业。尽管调研中我们发现，真正完全改行的比例是相当少的，但是改行并不意味着失败，不改行也不意味着成功，关键在于这种职业选择的背后动机是什么。那些没有改行的人，尽管大家都从事着艺术设计工作，也有些获得了社会概念上的成功，但是其行为背后的目的与动机也非常不一样，我们可以发现如下4种对待设计的态度。

第一种人认为设计是个赚钱的行业，开公司、接项目、揽工程等都以赢利为最终目的，设计在他们眼里只是途径而已，专业知识是用来"忽悠"外行用的。这就跟炒股票、开饭馆是一样的，设计仅仅是个不同领域而已，商业是目的。这种人在设计不能再有高额利润的时候转向其他行业，也符合资本的流动特性，从低利润率行业转向高利润率的行业。这种人可以被称为"设计商人"，因此，在创新不能赚钱之前就不可能要求他们作出创新设计来。但是他们却有可能把创新作为噱头出售，以创新作为包装的设计是可以收取高费用的。

第二种人以设计作为谋生的职业，并一边抱怨着设计师待遇、社会地位的低下，一边遵从着老板、领导的意志操作，成为了不折不扣的服务业者。他们属于悲观主义的人，不能通过设计获得乐趣与自我价值，设计变成了饭碗，赚"嚼裹儿"而已。这种人缺乏创新的动力，消极悲观的"忍受"着设计，而又没有能力也没有愿望改变。

第三种人对于设计富有职业责任感，凡是自己所做的就一定要说得出去拿得出手，他知道要对得起今天的岗位，要对得起他的一份薪水、一个职务和职称，也对得起自己的内心，所以他的态度不低于职业化的底线。这种人往往是成熟的、职业化的设计师，是行业的中坚力量，他们的作品成熟但不出名，含蓄而不张扬，稳重而不夸张，创新更多体现在细节上，属于设计的进化而非革命。

第四种人的工作状态与第三种人几乎一样，他们也专注于眼下的每一个设计任务，但是他看到眼前的每一张图纸，每一滴汗，他都知道这是在通往一座圣殿和教堂。他知道他的每一步路都是有价值的，他的付出是积淀，并且一定会得到最终的成全。因为有了这个梦想的笼罩，他最终也就从职业设计师里脱颖而出，成就了一个超出平凡的个体。

上述四种对待设计的态度可以分别总结为商业主义、悲观主义、职业主义、理想主义。具有前两种态度的人趁早转行，从事设计不可能暴富。谋生虽可以，但是何必如此痛苦？从事设计的人，至少要有点职业主义精神，但是，如果多点理想主义的话，则可以在每次的设计中获得自我认同与价值实现。爱一行才能干一行。

当一个学习艺术设计的学生毕业后走上社会舞台，不同的环境展现给每个人是不同的机遇与选择。现在的社会提供给人们的选择与机遇不是太少而是太多，而人的精力是有限的，用来作出判断的思想资源是贫困的。因此，"认清你自己"就成为最根本的一步：你喜欢干什么，更适合干什么，干什么可以得到最大的快乐与满足。也就是说，选择职业规划与人生设计的前提是了解自己，这应该是任何人职业生涯的"起点"。有了起点就应该有终点。其实并没有一个实在的最终的点，终点就是被称为"理想"的东西。一个人的理想不应该是成为像谁一样的巨富，像谁那样的大师，或者像谁一样的英雄，而仅仅是成为你自己，具有独立的人格与自由的思想，也就是萨特所说的"成为个体"。每个人的智力、人格、遭遇、环境都不同，成为别人既是不可能的也是可悲的。起点也许不清晰，因为刚毕业的学生并不能完全了解自己更适合干什么更喜欢干什么，经历悲观主义甚至商业主义也许都是必经之路。但是，如果想以设计作为终身职业的话，就不能停留在这两个阶段，应该作出自己的思考、判断与选择。或者改行，或者上升为职业主义。理想主义是终点，但也并不是清晰存在的某一点，而且也许未必达到某些外在的成功标准，但是在过程中，你发挥了自身的智慧，通过设计获得了满足并发现了你自己、开发了你自己，达到了你所能达到的高度，这样的过程本身就是享受。

所以，职业生涯的起点往往是茫然的、迷惑的，而终点也是不清晰的。认清自己，然后专注于自己的事，同时认清环境与未来的专业发展趋势，二者都是必需的，在此基础上作出选择。也许会经历弯路，甚至迷路，从商业主义到悲观主义再到职业主义，你所经历的一切都会积淀为思考、理解，并且最终找到你自己，成为个体，获得内在的成功。

14.2.2　后续的发展：向内的修炼与向外的培养

一个学习艺术设计的学生毕业后走入社会，开始其专业实践与人生实践。在此过程中，学校习得的专业技能、知识、经验与方法都将发挥重要的作用，此外，他的人格、理想、智力也是重要的因素，而且可能是更为重要的因素。与此同时，他也开始接触到社会的各个层面，与各类人打交道，因此，他的沟通能力与技巧、管理才能与智慧也得到展示。随着时间的推移，经过多次的磨炼，有失败教训也有成功经验，这些内容综合在一起使得他成为了一个成熟的设计从业人员。这一切都是大学后的社会化过程，属于个体的后续发展，这些后续发展包括两个侧面。

1.向内的修炼

大学内学习的技能与知识，在专业与社会实践中需要进一步加强。大学教育基本属于入门，而在后续的实践中的学习更为重要，在这一学习的过程中，个体的能动性、智力、理想与人格将成为更关键的因素。安藤忠雄从一个拳击手到建筑大师，他的自学成才就可以说明这一点。在经历了周游世界的体验性建筑理解过程后，他在恒河岸边找到了自己的职业理想，也就是通过建筑探索理想的世界，同时也塑造自己。此时的安藤并不具有专业技能，建筑知识也谈不上，只有一些感性的认识，但是他有独立的人格与自由的思想，也具备足够的智力。通过后续的坚持与努力，他终于成为了世界级的大师。专业技能与知识仅仅是基础，一方面我们要不断加强直到炉火纯青境地；另一方面应该明白，这仅仅是"器"的层次，要达到"道"的境界还需要人格的培养与智力的不断开发。因此，作为后续发展重要内容的向内的培养方向，更应该关注于人格与智力，而非技能与知识。

2.向外的培养

设计往往不是一个人的事，过程中要与许多人打交道。业主、老板、领导、结构工程师、工人等都包含在一个完整的设计实现的过程内。因此，对于设计师来说，如何清晰地表达自己的想法、准确地传达自己的设计意图，并将所有人凝聚在一起来共同完成设计作品成为了必备的能力。设计工作是个团队工作的性质，不仅仅是设计师之间的合作、交流、相互启发，还包括与设计活动上、下游人群的合作与沟通。工业设计师如果学不会与结构工程师合作交流，那么你的产品概念就不可能在生产中得以实现。同样的，环艺设计需要说服甲方，建筑设计需要赢得业主，等等。设计师应该培育自己的工作环境，一味地抱怨环境是没有意义的，积极的办法是教育你服务的企业、你认识的官员以及身边的大众。调整设计心态，把客户当成你的设计合作者，培养与客户沟通的能力，研究用户，研究消费行为，在制约和限制中寻找突破。这样，在无数次的实践磨炼中，你也就塑造了自己的生存环境。

设计师需要在向内与向外两个维度去不断地发展自身与培育环境。对于"内"的修炼其实是不断积攒自身能量的过程，这包含着技能与知识日趋成熟，也包括人格的成长与智力的开发。对于"外"的培养其实是营造环境的过程，这包含了沟通、传达与管理的能力培养。向内与向外都是不可或缺的，这就是所谓的内外兼修。

14.2.3　个人价值与社会责任

西方人不能理解的是，中国居民的家里通常很干净而楼道却肮脏不堪。中国对待"公共"领域与"私人"领域有不同的态度。鲁迅说："中国公共的东西，实在不容易保存。如果当局者是外行，他便将东西糟完；倘是内行，他便将东西偷完。"一说是公家的，差不多就是说大家可以占一点便宜的意思，有权利而没有义务了。中国人的行动特别关注公私的差异，当人们认为是私的领域，也就是"我们"的领域，人们的行为取向是"共产主义"的；而若是公的领域，即不是"我们"的，人们的行为取向就是工具性的。当楼道被认为是"公共"的时候，大家就抢着堆放杂物，或者在墙壁乱写乱画，然后又出来抱怨楼道的不整洁。西方人理解公共的就是"我"的，而中国人理解公共的就是"他"的。这是我们的文化脉络，改变需要时间。

楼道只是个比喻。艺术设计的行业环境就是我们全部从业人员的"楼道"，是我们每个人日常生活的必经之路。但是，我们从来都不把这块公共领域当做自家的。当下，我们的楼道非常的不尽如人意，每个人也都在抱怨，却没有人站出来先打扫一下。打扫楼道的工作是否对我们每个人自身的生活有价值、有意义呢？这也就涉及个人价值与社会责任（价值）的关系问题。

历来谈到个人价值与社会责任，人们大多认为二者是相互矛盾的，而且会经常面临选择题：到底是个人价值大于社会价值还是相反？奉献精神、雷锋精神值得推崇吗？研究生徐本禹奉献山区教育的行为当然值得人尊敬，但是，并不能将整个国家的教育危机转嫁给无数个体的牺牲奉献精神。政府、教育界人士、具有话语权人、公共知识分子应该为此感到悲哀。同样的，整个艺术设计行业的环境卫生问题并不能转嫁给某些设计师个体，尤其是那些背着房贷每天早出晚归的人，他们基本上是无暇顾及楼道建设的群体。如果每一个设计师做到认真对待每一次设计，怀着严肃探索的精神从事工作，不抄袭，拒绝过度商业化的设计项目，这已经是具有职业道德与操守的了。一屋不扫何以扫天下，基本的职业道德是首先清扫了自家。剩下的天下则更需要下面三种人的努力，因为他们占据了更多的社会资源，自然也就负有更多的社会责任。

首先是政府或政府性组织，他们是公共资源的管理者，对于行业的环境改善是最有能力的。政府可以制定一系列的奖惩措施、舆论导向或者行政手段来维护行业的公共空间，这是公共空间的管理条例，代表着群体的利益。让那些丧失基本职业道德的设计师付出代价，让那些损害群体利益的个体反害其自身。

其次是那些已经取得专业成功或者社会成功的人，尤其是那些有钱又有闲还有话语权的人，在自家建设已经搞得不错的情况下，带头站出来打扫一下楼道是非常具有社会价值的事情。知名设计师是行业的领头人，应该从纯粹的专业角度发出自己的声音，他们没权利保持沉默，他们应该对于行业内的现象保持清醒的认识、深刻的反思与理性的批判。

最后就是院校的教师，其职责绝不仅仅在于技术的传授，更重要的是"理想主义"的塑造，还要教育学生具备"职业道德"，并且针对大众做普及工作，从专业性的"知识分子"过度到社会范围内的"公共知识分子"，这是当前我国设计院校教师普遍缺失的社会责任。

总之，行业内的环境卫生问题需要全体的努力：首先，个人需要自律，以不破坏环境为职业道德底线，将个人价值建构在群体利益之上；其次，政府组织作为群体利益的监管者需要执行行业管理；再次，行业内的精英有责任成为群体利益的代言人，并以自身的行为、话语来施加影响；最后，学院的教育应该加入理想主义内容与基本职业道德的塑造，并针对大众科普。个人与社会就如同土壤与种子。营养肥沃的土壤与优良的种子同样重要，但是也需要经常地去除杂草、浇水与施肥，这些劳动是具有社会价值的。

在一个不良的行业环境中，个人价值与社会责任往往是矛盾的，个体无时无刻都会面临道德困惑，而牺牲、奉献等"话语"无非无力的说教。在一个良性的行业环境中，个人价值与社会责任并不是矛盾的，而是统一的，每一个个体从其遵守职业道德的行为中获得利益，从而以个人的成功带动整个行业的成功。个人与社会是可以共赢的。

14.3 创造性的培养：学院与教师的转变

14.3.1 大学应该教什么——在技能、知识、经验与方法之间

一个学习艺术设计的学生在大学期间主要是接触了4种类型的课程：技能性的、知识性的、经验性的与方法性的。专业基础课如造型基础、三大构成、CAD、设计表达等属于技能性课程；专业理论课如结构工艺、力学原理、人机工程学、美学、艺术设计史论等属于知识性课程；比较综合的设计课属于经验类课程，也就是使学生虚拟实践，可以更综合地应用专业技能与知识，更深入地理解设计，给未出校门的学生一点实际的设计经验；方法类则是有关设计思维与工作方式、研究方法的课程。

以前以中央工艺美术学院为代表的传统的设计教育基本集中在技能上，当然还有"修养"或者"感觉"的培养。这样的知识结构下培养出来的设计师基本具有很高的技能与艺术"直觉"。这样的知识结构在他们的个人发展初期是完全够用的，但是缺乏向更高层次提升的内在动力，或者说后劲。在我们的调研中有多名校友不断提到相

关知识、理论与思维方法对于后续发展的重要性。技能是必需的，但是不充分的。技能更类似于专业遮羞布，是设计师的职业要求，就跟医生会看X光、木匠会使用刨子一样。欧洲的许多设计师在这方面的技能远远不如我们的学生。

一提知识，大家就都有一种误解，认为知识就是"书本"上的那些文字，更多的是以"理论"化的形式出现。即使是理论知识，我们的设计教育也仅仅侧重在所谓的"专业知识"上，而不包括管理知识、社会学知识、文化人类学知识等这些设计之外的内容，而这些更全方位的知识系统，也就是纽曼所说的"博雅知识"恰恰是学生走上社会后后续发展所必需的。专业知识仅仅对"就业"有帮助，可以保证学生成为"设计劳动者"，而更全面的、体系的知识系统则是成为成功的"设计师"所必需的。

学习了"技能与知识"，而当他走出校园并开始从事设计实践后，随着他的实践而增长的叫做"经验"。那么经验与知识有什么异同呢？为什么许多公司在招聘设计师的时候喜欢要有"经验"的呢？经验可以教授吗？经验可以由老师传递到学生吗？其实，经验也是一种知识，只不过是更"个体性的"、"意会性的"、"过程性的"知识①。因此，经验是不可以传递的一种知识。假设我说这个三米高的门在这样的空间下会显得小，这样的感觉判断是由我大脑内的感知经验而获得的，可能是我有过许多设计经验，对于不同空间、功能的门都具有经验。可见，经验属于个体，是个体不断的实践积淀而来的，是直觉性的，无法传递的。经验是中性的，有经验的人有可能很快地解决问题，当然，他也可能被经验所囿，而抑制了创新。

当谈到方法，学设计的学生甚至某些教师就都怀有轻视、抵触心理。确实，设计到底是直觉的、经验的、不可传递的，还是理性的、方法的、可以教授的，一直是设计领域旷日持久的争论，此处不再多做赘述。需要明确的是，方法并不是一套先干什

---

① 波兰尼认为，有两种人类的知识：一种是用书面文字、图表或数学公式表达出来的"言传的知识"；另一种是非系统阐述的"意会的知识"。这两种知识的产生是与人的觉察和活动的分类及不同类别觉察和活动的不同结合相关联的。他指出人的觉察是人对事物认识的一个连续统一体，但可以区分为"集中的觉察"和"附带的觉察"，而人的活动也同样可看做一个连续统一体，并可区分为"概念化活动"和"身体化活动"。由"集中的觉察"和"概念化活动"结合构成"言传的知识"，由"附带的觉察"和"身体化活动"结合构成"意会的知识"。他认为，"意会的知识"不能脱离认识主体，人的身心是达到"意会的知识"的工具，因此，"意会的知识"可称为"个体的知识"。他集中论述了"个体的知识"的特点和作用。认为，"意会的知识"比"言传的知识"更基本，它是"言传的知识"的基础，没有意会在先，就无法产生言传，尽管意会的知识难以进行形式逻辑分析和批判性思考，但它仍属于知识的合法形式。所以，意会的知识是一种带有感性和理性双重特点的认识，是获取知识的一种主动的一般性方法。认知心理学将知识分为"陈述性知识（Declarative Knowledge）"与"过程性知识（Procedural Knowledge）"两种。前者描述事实与规范，比如历史、地理知识；后者则是通过实践得来的经验性知识，比如开车、做手术等。当然，设计活动也属于过程性知识。

么后干什么的僵化操作程序，不是食谱，不是一招一式。方法其实包括两个侧面，一是思维方法；二是工作方式，前者教人怎么想，后者教人怎么做。

那么知识、经验与方法有什么关系呢？西蒙将人类解决问题的方法分为三种：试错法（假设——检验）、手段——目的分析法、启发式搜索。试错法就是把可能的办法列出，逐一实验看其结果，是效率最低的方法。手段——目的分析是首先设立一个目标，并发现这一目标与当前状态之间存在的差异，然后找到某种操作来减少这种差异。这种方法始终在目的与手段之间寻找着差异，直到最后差异的消除。启发式搜索是利用一些特定领域的知识或经验来帮助解决问题，比如小偷开保险箱或大师下象棋，都是具有这样的特性。举例来说，我打算最经济、最快速地从清华到天安门，试错法就是逐个检验——公交车、自行车、地铁；手段——目的分析就是我想到骑自行车去，而自己的自行车坏了，那就借邻居的车，而邻居的车又没气了，那我就先打气，这样一层层的手段与目的的递归，最后才达到目的；启发式搜索是根据以前的经验，根据自己对当时交通状况的了解与判断而作出选择。前两种方法并不依赖于特殊的知识与经验，被西蒙称为"弱方法（Weak Method）"，而启发式搜索是利用了特定领域的知识与经验，属于"强方法（Strong Method）"。显然，启发式搜索是高效率的方法。试错法与启发式搜索都可以在最传统的设计活动中发现。新手没有任何经验的索引，只能试错，在错误与失败中积累了经验与知识，可用于启发式搜索的内部资源不断扩大。所以，在设计的前科学时期，经验积累是非常重要的，一个有经验的铁匠比一个学徒要有更多的解决问题的灵感来源。这也是为什么企业都喜欢招聘有经验的设计师。

关于设计思维采用哪种方法还存在许多争论，手段——目的分析是一种理性的方法，而试错法与启发式搜索都是非理性的、经验主义的，有直觉、灵感等成分，多少有点神秘色彩。Henrik Gedenryd将设计活动与认知行为对等起来，认为设计就是一个认知的过程。外界的信息输入到设计师的大脑，经大脑内部的信息加工再输出具体的图纸、模型或信息。设计过程就是设计师与外界（用户、甲方、环境等）不断进行的信息交换。设计师的设计能力，即将信息组织、协调、处理、加工的能力来自大脑内部的知识与经验。在知识与经验的参照下，才可能有"启发式搜索"的问题解决模式，灵感才能诞生，直觉才会准确。按照Gedenryd的思路，他所说的设计师大脑内部，或说"长时记忆"中的知识与经验是"创造性"，或说"灵感"，或说"直觉判断"产生的源泉。他同时还强调手绘对设计思维的重要性。Gedenryd所说的内部知识与经验类似于波兰尼所说的"个人知识"、"意会的知识"。这样的知识来自个体的学习、经验、观察、理解、感悟等。无疑，过去的大师如达•芬奇、米开朗基罗、鲁班就是具备这样知识的设计师。当然，关于设计思维的探讨与研究还有许多内容，本节不一一赘述。总之，设计不是拍脑袋也不是玩创意，而是有一定的思维规律与方法的。

理解了技能、知识、经验与方法，下面再来讨论大学教育应该如何对待这4类不同类型的课程，应该怎么教。

专业技能是必要条件但不充分，是基础但不能保证后续的再发展。因此，专业技能是我们教育的出发点。仅仅有技能是不够的，但是轻视技能也是错误的。现在有些大学定位于"研究型"，学生专注于文本、调研、PPT制作而忽视了设计表现、做模型，甚至基本的草图都不会画，基本的透视都搞错，这是舍本逐末的行为。专业技能是遮羞布，是我们区别于厨子、会计师、木匠的基本功。道理就如同一个好厨子起码要有炉火纯青的刀功，而有好刀功的未必都是好厨子。

知识方面，当前我国艺术设计教育的知识结构应该有所扩展，而不应该仅仅局限于设计科学的内部。什么知识才是设计科学内部的知识呢？一个设计师需要哪些"专业知识"呢？形态原理、形式法则、美学规律当然需要，生产工艺、材料性能、结构力学当然也需要，人机工程学、设计理论更需要。除此之外，我们还需要更广泛的"人"的知识——行为、需求、心理、情感、意义、价值等，这些知识来自社会科学的研究成果。设计是深深植根于社会、宗教、文化与历史的综合的学问，是一门兼有人文学科、技术学科与艺术学科三方面内涵的学问。如果我们把传统的形式法则、先验的美学规律或形态感知的特性等内容算做设计学科的核心疆土的话，那么我们还可以站在设计之外去看待设计，从一个新的视角去引导、启发学生理解设计的内涵与外延。这样，我们就可以向深、向广地去扩大设计教育的范围，给予学生更广阔的知识视野、更大的启发。这类的课程在英国的皇家艺术学院、芬兰的赫尔辛基艺术大学、美国的卡耐基·梅隆等国际先进的设计教育体系中早已经出现。我们培养的学生，不应该仅仅是一个形式的创新者或"物"的创造者，而更应该是意义、观念、方式、文化的创新者，这样中国的设计才可能成为真正意义上的"创意产业"。这是我们必要的，也是急需的知识体系。

更广、更博的知识可以为学生的后续发展提供资源，但是大学仅仅4年时间，而我们要求每一个学生都成为百科全书式的通才显然是不可能的。那么对于知识的教授，就应该是"索引性"的，也就是给予学生尽量"广"与"博"的知识，但不需要太精深。当学生在后续的实践中遇到实际问题的时候，知道哪部分知识是可以作为解决问题的资源就足够了。比如，某学生毕业后分配到一个玩具设计公司，如果他知道发展心理学的相关知识是关于不同年龄段儿童的能力成长的，那么他就可以再找到相关书籍或专家，去研究、理解儿童，从而设计出既有乐趣又有教学功能的好玩具，寓教于乐。这就是"索引性"知识的概念。

此外，设计专业所需要的知识往往是某一主题下非常系统又非常具体的知识。比如，为北方民居设计的浴室设备，就需要在这一主题下整合进人体工程、文化社会、环境气候、居住空间类型、北方居民行为偏好等知识，而这样的知识并不是现成的，是无处索引的，这就要求学生具有一定的研究能力，在研究中去"整合知识"，而这些知识就成为他从事浴室设备设计的资源库。因此，学生"索引知识"与"整合知识"的能力都是需要大学去培养的。

经验是个体性的、意会的、过程性的知识，是很难从老师传递给学生的，因此，为学生提供尽可能多的设计实践机会，并引导、启发学生建立他们自己的经验系统是最重要的。如果老师囿于自己的经验系统，不断地对学生说这也不行那也不好，那就谈不上创造性培养。经验是这样一种东西，它既是创造性的诞生源泉，又可能成为创造性的牢笼。有一个故事说父亲是渔王而他的两个儿子却都是打渔庸手，原因就在于他总是告诉儿子一切"经验"，而让他们从来没有"教训"，于是他们遵循着经验只能成为很平常的渔人，而不可能超越他们的父亲。唯经验论结果就是一代不如一代，大师之后就是荒凉一片。教师可以教技能与知识，但是最不应该，或者说尽可能少地传授给学生的就是经验。教师应该培养学生建立起他们自己的"经验系统"。当然，经验更多的来自他们走出校门后的专业实践，可以说，大学不是手工作坊，也就不该是教经验的地方。

除了教技能与知识外，大学最重要的一项责任是教方法，但这也是我国当前艺术设计教育所最为欠缺的。"怎么想"与"怎么做"是方法的两个部分，也就是思维方法与工作方式。方法是学生可以后续发展的最重要动力，方法是可以把技能、知识与经验串起来的东西。但是，方法是最难教的，也很难在某一门叫做"设计方法"的课程里实现。方法应该是贯穿在全部课程体系里的东西。比如，传统的图案课或者现代一点的构成课，一方面培养学生的形式美感，理解视觉感知的基本规律；另一方面就是培养他们形式创新的思维方法。材料课不仅仅是介绍各种性能、参数，而是如何从材料角度去思考形态与结构、工艺与表面处理。方法还包含着"怎么做"，让学生观看、触摸一种材料，不如让他们使用这种材料做个东西更能理解其性能，这也就是"过程性知识"的概念。学会了怎么想与怎么做的学生，就可以通过实践而不断积累经验，获得知识，也强化技能。方法是罗盘，是指南针，学生接手一个设计的时候知道如何下手去干，知道往哪个方向去使劲。对于设计来说，知识与经验无疑是巨大的财富，有知识而又经验丰富的设计师总是能预测设计的可行性与合理性。但仅仅有知识与经验是远远不够的，我们还需要"方法"。方法是可以揭示隐藏的信息或说"生产知识与经验"的。

个体经过教育而进入社会，教育该给予个体什么？知识、技能是必需的，但是必要却不充分，还需要经验与方法，但是现在我们的设计教育往往局限于知识与技能。经验是完全个体性的，不可以传递的，具备经验的途径只有实践，因此，教育阶段的设计实践与社会实践是重要的内容，让个体提前社会化、专业化。方法是指思维的方法与工作的方法，掌握了思维方法的个体，可以后续自我完善，是具有开放性学习与实践能力的设计师。掌握了方法的个体，可以更高效率地从事专业的研究与设计。明确了这4个侧面课程的不同特性，我们就可以明确"教什么"的问题，在此基础上才谈得上"怎么教"。

14.3.2　教师应该做什么——在实践、科研与教学之间

设计教育中，教师是核心的核心，关键的关键。无论怎样的教学方式，身教都胜于言传。教师是怎么工作的，怎么通过设计获得最大化个人利益的，获得社会成功的，获得专业成就的，学生就会模仿。不是"告诉"学生该怎么做，而是"影响"他们一起做。因此，教师的责任就不仅仅是传授知识与教授技巧了，而是培养学生的"思维方法"与"工作方式"，这样的培养体现在教师们日复一日的三种行动上：实践、科研与教学。

在实践、科研与教学三者的关系上，教师应该以教学为中心，而实践与科研一是基础一是牵引，属于"后推与前拉"的作用。设计是一门实践学科，只有在实践的基础上，教学与科研才有方向，内容才更接近实际，也更充实。没有实践基础的教学与科研都容易流于肤浅与空洞玄虚。但是，过度实践、重复性的实践、以经济为目标的实践则可能会消耗掉教师的精力，丧失学术理想，沦落为尴尬的商业设计团队。科研是前瞻性的、引导专业发展方向的活动。大学围墙内的人应该对于本专业的基础性理论、方法，甚至结构、工艺、材料、生产方式等作出思考与研究，并且带有实验性质地去实践，然后总结经验提供给更多的一线设计师，让他们应用于更广阔范围的实践。教师更多的科研责任，不应该是写论文评职称，或者申报课题出版书籍，更不应该是"学术搭台，经济唱戏"。

近些年来，"设计研究"开始成为了国内艺术设计领域广泛讨论的概念，设计发展到了需要"研究"的时代。国际上，一方面，跨国的大公司纷纷设立设计研究部；另一方面，各个大学里的研究所或教授们也投身于设计研究。尽管他们的工作内容与方法不尽相同，但是所从事的都被叫做"设计研究"。国内，随着博士、博士后层次的艺术设计教育的出现与普及，以及综合性重点大学中设计学院从"实践型"到"研究型"的转化，都使得"设计研究"变得异常重要。

然而，许多的困惑却存在于国内设计师与教育者心中。大部分人质疑设计研究的必要性，认为"实践"与"研究"是两种类型的活动，设计应该更多地与前者联姻。而即使认可设计需要研究的人，则质问：该研究什么？怎么研究？这些问题大多出自搞设计实践出身的人，而史论研究者并无如此困惑。王受之来清华美院办过一个讲座

就叫"设计研究",而他所说的全部内容都是"设计史论研究"。这只是设计研究的一部分,而非全部,还有更大的一部分设计研究应该是指向实践与应用的。那么,设计到底需不需要研究?如果需要,应该研究什么?怎么研究?设计与研究是什么样的关系?

当前国际设计领域出现的一个事实是,在大公司的设计部以及大学的研究机构中,专门从事"设计研究"工作的专家开始从设计实践中分离出来,这样,设计就不仅仅只是一门"专业化(Professional)"的职业了。设计领域的Academy与Practitioner的分工逐步体系化、建制化,这就像基础医学研究癌细胞,而临床医生切除肿瘤一样,前者提供知识,后者具体操作。这让我们觉得设计行业多少有点进入"科学"的领域了。设计已经不再是简单的功能形式问题,光靠直觉与灵感也是不够的了,设计还需要更多的"科学"。"设计"遭遇"研究",这是专业发展的必然趋势。

那么到底该研究什么呢?所谓的设计研究有三种:Research about design("关于"设计的研究)、Research for design("为了"设计而研究)、Research through design("通过"设计做研究)。

第一种,主要是史论方面的内容,再加上设计的本体论、认识论、方法论等"设计哲学",或者设计教育等,都属于"关于"设计的研究。国内近乎全部的博士论文都是这方面的研究。还有一些流行的学问,比如20世纪90年代流行的"设计语意学"、2000年前后流行的"非物质设计"、当前流行的"体验设计"等,其实都谈不上研究,只不过是外部知识催生的设计思潮而已。

第二种,其实是很代表国际趋势的一种。现在国际会议上大家所谈论的,无论是用户研究(User Research)、易用性(Usability)、通用设计(Universal Design or Inclusive Design),或者我们所承担的诸多商业性研究项目,大多是"为了"设计而从事的研究。也就是前面说的研究与设计的分离,一群人搞研究,然后输出结论、设计方向或概念方案,另外的一些人从事后续的设计。当下国内国际的大公司,比如Nokia、联想、李宁、箭牌、松下等,都已经意识到了这方面研究的重要性,纷纷投入人力物力,大学里的研究团队也就有机会接受越来越多类似的研究项目。这些研究大多集中在"人"上,不管是用户还是消费者,针对他们的研究是为了设计寻找方向的。现在的设计需要越来越综合的知识,这样的知识并不是现成的,而是需要从设计的角度去生产的,比如前面所举的卫浴产品的研究。

第三种,直译是"通过设计做研究",这样的方式其实也不新鲜,Alva alto对于曲木的成型工艺研究了许久之后才设计出来了那把椅子;潘通也是通过他的设计来理解、解释塑料的,也教会了后来的设计师如何使用塑料。赫尔佐格与德姆龙的建筑也大多基于一些基础性质的研究，比如他们关注建筑表皮，就将丝网印的工艺用在水泥夹板上。在鸟巢之前，对于"重力锁紧"这样的结构就做过许多草模型进行推敲。斯图加特大学的教授Frei Otto通过研究气泡的表面张力原理，应用于慕尼黑奥运场馆的"软顶"，这也引发了随后的"膜结构"建筑。此外，一些国际领先的设计事务所，他们的工作也正从具体的设计而转向"以研究带动的设计"。美国IDEO的工作方式带有强烈的实验性质，而其设计创新性极强。现在欧洲的大学研究所里，有研究生物然后做仿生设计的，有研究竹子如何应用的，有研究"轻结构"的，有研究"节省空间"的设计的，等等。这样的研究无疑为创新打下了雄厚的基础，这些更加"物质性"的知识对于设计师的帮助也更加直接，是创新的源头活水。

这三种类型的研究可以分别叫做"理论研究"、"应用研究"、"基础研究"。只有确定了研究什么，才谈得上怎么研究，因为上述三种研究，目的、内容、对象都非常的不一样，方法上自然也天壤之别。第一种理论研究并不等于书斋研究，理论该来源于实践，是在实践基础上的分析、理解与思考。没有实践基础的理论研究往往是空洞的，大多是"正确而无用"的话。第二种应用性研究具有很强的针对性，就具体项目的研究目的才能设立具体方法。当前比较流行的"用户研究"方面，由于各国的"学术气候"不同，方法也各异。比如美国是遵循"实用主义"的国家，因此Illinois Institute of Technology设计学院的 "行为聚焦（Activity-focused）"成为主流；日本遵循"量化研究"，一切问题都需要"数目字"来说明，中国台湾在日本影响下也倾向于此；经验主义影响下，英国RCA（皇家艺术学院）以"质"的研究为主；德国的研究则在理性主义驱动下倾向于测试。 应该说，每一种方法都有其内在的逻辑与合理性，也反映了该国的思维传统，我们该博采众长。第三种基础性研究，则更多地带有"实验"性质，并以一个具体的设计应用为引导，工作也集中于工厂或车间内，思考性与动手性相结合的方式，而输出的结果也大多是"物质性"的草模型、原理形态或结构、节点等。

在研究与实践之间的关系上，一般的观点认为研究提供知识，而实践使用知识。但这样的观点人为地拉大了二者之间的鸿沟。现实的情况表明，研究不仅仅提供知识，研究本身也是一种设计，在解决实际问题。比如德国、日本的一些大学，或从事商业性设计顾问咨询的研究机构，与大公司合作就某一问题展开深入的、长久的研究工作，这样的研究非常的功利，有明确的目的指向，完全是为了解决实际问题而展开的。这就不同于纯粹科学以发现"普遍规律"为目的的研究。另一方面，设计实践中往往也融入研究的成分。比如IDEO、苹果公司的设计过程中就有许多社会学家、心理学家、语言学家的参与，这些专业人士在全部的过程中发表意见。其实，实践与研究之间并无明显的界限，只不过是一个连续体的两端而已。

不管是理论的、应用的还是基础的，研究的最终目的是很显然的：为了更好地设计实践。因此，我们不该人为地对立这两种工作。尽管从事研究与实践的人群开始出现了分化，而他们的工作内容却有着实质的类似性。设计师说Design as research，而设计研究者说Research as design。这说明了设计活动中研究与实践实际是连续性的，是一体两面。

总结上述内容：第一，在未来的艺术设计领域里，研究是必需的，也将扮演越来越重要的角色，这是趋势。对于大学围墙内的人来说这点尤其重要，因为我们已经不可能也不应该再以"学院式设计"的方式介入到商业设计市场中了，那片土地将有越来越多更专业化、市场化，服务也更好的设计公司去耕耘，而研究是我们介入艺术设计领域的最佳方式。第二，不仅仅理论研究才叫研究，还有更广阔的应用研究与基础研究，而这两个方面与设计实践结合得更具体、更紧密、更直接。第三，设计研究的三个方面同等重要，缺一不可，这样才组成了设计研究的完整系统。如果说前两种研究可以分别地纳入到纵向与横向课题的范畴从而获得一些确实的利益的话，那么第三种类型的研究则需要更多的付出、更大的耐心，而结果也是未知的，这样的研究就需要建立在兴趣，或者价值理性的基础上了。

因此，设计研究并不仅仅是"写字发表论文"的活动，是带有"实践性"的研究。设计实践也并不仅仅是"画图赚钱"的活动，是带有"研究性"的实践。过度的"理论化"与过度的"技能化"都该是教师避免的行动。在教学、实践与研究的关系上，可以说实践与研究是"两翼"，学院也好，教师也好，只有在这"两翼"的驱动下，教学才可能是"创造性"的。"以实践为基础，以科研为引导的教学"是合理的方式如图14-4所示。

图14-4 2005年赫尔佐格与德姆龙在伦敦Tate Morden的展览，大多为其工作过程中用于研究基本结构、工艺原理而制作的草模型，其工作方式是通过设计做研究

14.3.3　学院的定位——艺术设计教育的层次与结构

在德国的艺术设计教育中有三种类型的学院,第一种类型是Fachschlue,直译就是"专科学院",学制四年或五年可由学生选择,偏重于设计实践能力的培养,毕业的学生大多为职业的设计师;第二种类型是University,就是大学,学制一般在五年以上,毕业即可取得近似于硕士学位的Diploma,在基本的设计实践能力基础上,会有更多理论与研究能力的培养,并且有博士层次的研究生,以及设计相关的各种研究所;第三种类型是独立的艺术学院。在英国的艺术设计教育体系中,各个院校具有不同的专长:中央圣•马丁的服装设计国际领先;皇家艺术学院只招收硕士层次的学生,以培养设计大师为目标;布鲁耐尔的设计管理最出众,考文垂的交通工具设计最具实力,等等。此外,芬兰赫尔辛基艺术大学以设计理论见长,美国的依利诺伊理工学院的设计研究做得最为深入,伦敦的AA建筑学院则以大师讲座的形式著称。上述例子表明,艺术设计教育不仅仅是一种模式,一个思路,一种定位。这之中没有对错之分,只有层次、领域、观念、方法的区别。

由于我国的艺术设计教育发展还处于初级阶段,所以,对于差异化的追求还未提到议事日程上来。大家只是先把专业办起来,学生招上来,硕士点拿下来,教师引进来,而至于办成什么样还缺乏远景考虑,缺乏办学理念,缺乏定位。因此,未来"层次化"、"差异化"的教育模式应该成为我们的宏观发展目标。

所谓的差异化,是指艺术院校、综合性大学、工科背景院校,其所办的艺术设计专业应该有所不同,其培养的学生在技能、知识结构等侧面也该多少有差异。侧重实践性的院校与侧重研究性的院校应该有所区分,侧重服装专业与产品专业的院校有所区分。上述区分的基础则需要看自身的资源、条件与背景。伦敦是信息交汇之地、时尚文化之都,所以RCA或者AA的办学方式是合理的,德国Pforzheim的专科设计学院汽车设计是世界一流的,是因为它处于奔驰、保时捷的生产基地巴符州,这都是它们办学特色的资源。在特定的土壤栽培特定的植物是科学的,如果硬要在寒带种植热带水果,要么不成功要么成本高,道理是类似的。所以,定位的前提是认清自身的条件与资源。

在纵向上,本科、硕士、博士的培养目标与方法应该有清晰的定位与区分,而其毕业后的就业层次也就会更加清晰化,如图14-5所示。

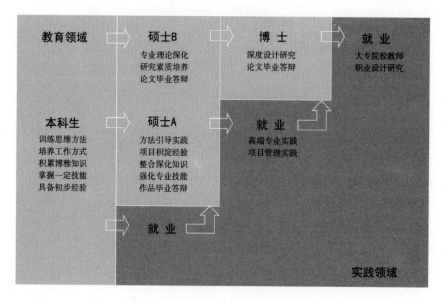

图14-5　本科、硕士与博士阶段教育的不同侧重点以及就业方向

本科教育应该立足于基础，培养基本的思维方法与工作方式，具备"博雅"知识，这样毕业后的学生具有很宽的出口，可以多元地选择职业，即使是从事专业实践，也应该定位于初级的"设计劳动者"，比如绘图员、辅助设计师等。本科阶段的设计教育不可能，也不应该以培养"设计大师"为目标。大师是从众多优秀设计师里涌现的。从一个普通的设计从业者到设计大师还有很长的路要走。而所谓的"创新型人才"也是个似是而非的提法，因为创新并不是目的，而是心智成熟的个体，在兴趣引导下工作与探索的结果。没有自由思想、独立人格的生命个体，就没有创新型人才。脚踏实地的做法是培养每一个个体都首先成为合格的设计师。

此外，尊重个体的差异性，不以成为设计师为唯一目的，是因为爱一行才能干好一行的。有可能转换职业角色的个体，需要更多元的知识结构与能力培养，教育当然要提供这样的出口、这样的环境。多元能力的培养、包容的知识结构是本科阶段更重要的。

硕士研究生层次其实应该是个通道，是个转折点，或者通向高层次的专业实践，或者通向专业研究，这也可以根据个人兴趣进行选择。选择专业实践的，则应以更接近实际的项目为培养方式，也就是美国体系中的Project-based，毕业以作品的形式参加答辩；而选择专业研究的，则以理论研究为主，即Research-based，其实是为博士研究奠定基础，毕业答辩以论文为主。这样两类人在毕业后，一是成为高层次的职业设计师；一是进入研究机构或者继续从事博士层次的学习。当前我国硕士层面的教育非常尴尬，既要求论文又要求专业作品，还要学习课程，在短短的两年时间内造成学生失去方向。如果本科教育是一种基础的话，那么硕士层次则更应该在专业深度上侧重，要么是设计的深度，要么是研究的深度。如今，对于学生与家长来讲，学习的时间成本与经济成本不断增加，硕士阶段的学习变得非常关键，是他们人生规划中最关键的一步。未来的社会将更加以实际能力作为评价人才的标准，文凭所具备的"符号价值"逐步贬值，因此，盲目地追求文凭而忽视能力的培养目标是终将被淘汰的。

如前所述，职业化的设计研究将在未来的设计领域扮演重要角色，所以也就会有越来越多的职业化研究团队，从大企业的设计部，到以设计研究为主的咨询公司，或者院校背景的研究所，等等。从事设计研究职业的人才需求将逐年增长，以此为目的的硕士、博士层次的教育也必将越来越重要。但是非常遗憾的是，虽然我们的博士生数量有批发的趋势，而其研究课题、方向却一致地以宏大的理论研究为主。在此需要重复的是研究并不意味着理论，更不意味着写字。应用研究与基础研究都是我们设计领域所欠缺的内容。

综上所述，各个学校在认清自身特色与资源的条件下，确定办学理念与发展方向，以更加层次化的方式对待本科、硕士与博士层次的设计教育，这样，我国的宏观艺术设计教育就会成为一个有结构、有特色的系统，多元共生，取长补短，整体发展，而非松散的、数量众多的、同质化的单元。

14.4　结论：良币驱逐劣币

本节始终围绕着如下这些"关系"展开问题预设、调查研究与反思性讨论：艺术设计行业与社会宏观语境；设计师个体与整体设计行业；个体的选择与群体的利益；设计教育与设计实践。通过一系列翔实的资料、综合的信息、多元的知识、理性的分析、系统的理解、谨慎的建议，本节已经建立起来了一个有关"中国艺术设计相关产业"的问题空间，在此基础上，更多的思考与实践将成为可能。

任何一个行业里都存在着两种类型的因素，我们可以简单地将其区分为"良"的因素与"劣"的因素，做创新设计的设计师是良的，抄袭的就是劣的；坚持以"质"为教育目的的学院是良的，而只管"量"的学院是劣的；有学术理想的教师是良的，而为名利丧失学术道德的教师是劣的。当然，这样的区分是相当的幼稚的，因为在两者之间还存在着大量的灰色地带。许多人在徘徊、犹豫、选择，他们陷于生存困境，或者道德困境。良与劣不断地在进行着博弈，关键是如何生成一个好的结构，从而导致良的全胜与良性循环。这要从下面的一个故事说起。

16世纪中叶的英国，伊丽莎白女皇的顾问Thomas Gresham爵士察觉到市场上那些重量不足的贵金属货币在流通，但"足金"的货币却被人们收藏、熔化成金属块，甚至被转运出口。他据此向伊丽莎白建言，因此才有了1560年英皇关于反对银币成色不足的公告。后英国经济学家麦克劳德（MacLeod）将此现象总结为"劣币驱逐良币"（Bad money drives good money out of circulation）。

良币与劣币只是个隐喻，适用于人类社会生活的诸多角落。当前，我国的社会、经济、文化领域中存在着诸多"劣币驱逐良币"的现象：挤车的人总能捷足先登，排队的人总也上不了车；大锅饭盛行的单位，年轻力壮水平高的人都另谋高就去了，老弱病残和平庸之辈留了下来；不贪污受贿损公肥私的人只能吃苦受穷，就算你独善其身，也会成为异己分子被排除出局。"劣币驱逐良币"的现象在艺术设计领域也常见：大量毕业的学生是否有成色不足的嫌疑呢？大量廉价而快速的商业设计是否品质欠佳呢？以廉价为竞争手段的设计师是否驱逐了高水平的设计师呢？抄袭或生产假冒伪劣产品的企业是否驱逐了搞原创设计自主开发的企业呢？一年发表10篇论文的教师是否驱逐了专心上课的教师呢？一个低能力的博士生是否驱逐了具备丰富实践经验与教学能力的硕士生呢？

"劣币驱逐良币"的根源是当事人的"信息不对称"。如果交易双方对货币的成色或者真伪都十分了解，劣币持有者就很难将手中的劣币用出去；或者；即使能够用出去也只能按照劣币的"实际"而非"法定"价值与对方进行交易。对于用人单位来说，同样具有博士文凭的两个人就是具有外观形态上非常一致的"货币"，由于对这两个人实际能力的不了解，就很有可能选择劣币，因为劣币在任何时候都显得比良币更优良。因此，现在的企业大多采用试用制度。再比如二手车市场，由于买方不能确切地了解车的实际质量，则卖方欺诈买方，将低成色产品高价格卖出。所以，强制性的、第三方责任的检验认定制度是保证买卖双方信息对称的关键。所以，不管是试用制度还是认证制度，制度是关键所在。现代的金融、银行、信贷制度相对的完善，国际汇率时时显示（信息对称），所以是"良币驱逐劣币"阶段。因此，制度决定了到底是"劣币驱逐良币"还是"良币驱逐劣币"。

在艺术设计领域牵涉的买卖双方及其提供的商品关系如表。

买方	交易关系	卖方
企业	设计费：设计服务	设计师或设计公司
家长	学费：教育服务	设计学院
学院	职称待遇：劳务	教师
消费者	货币：产品	企业

如果企业不能认定设计服务的价值，家长不能判断设计教育水平的高低，学院不能评价教师工作的优劣，消费者不能了解产品的设计质量，这都属于信息不对称问题，也就是大家并不能区分设计师的好坏、设计教育是否足色、教师是否为良币等。在商品、服务与其价值之间失去了稳固可信的关系，就可能出现各种"挤兑"现象：家长挤兑学院，学院挤兑教师，企业挤兑设计师，消费者挤兑企业。

因此，如何使得信息充分流动就成为制度设计的根本目的：针对大众的设计科普、国家设计政策的确立、大学教育系统的层次化与差异化、知识产权的保护、相关行业关系的加强等。这样，社会的全体就能够有足够的能力来区分什么是好产品、好设计、好设计师、好设计学院，也就是可以明确区分"良币"与"劣币"。本节在结论处做此比喻，正是希望从经济理论中找到艺术设计领域里人类行为的一般规律以及背后动因，从而寻找到"良币驱逐劣币"的途径。

良币、劣币只是个比喻，如何使得优秀的设计、设计师、设计公司、设计教师、设计学院成为行业的主导是我们此项目研究的根本目的。归根结底还是一句话：制度是第一生产力。制度使得信息充分流动，优劣自明。唯有如此，才是个人价值与社会价值的统一，才能够实现个人与社会的双赢。

接下来的任务，则是需要我们设计艺术界内、界外的全体成员，以自身的行为、自身的实践、自身的努力去影响制度，再生成制度，相信最终可以实现艺术设计领域内的"良币驱逐劣币"。

附录1：中国艺术设计院校名录

据"设计在线"不完全统计，截至2007年12月31日，我国总计有373所艺术设计院校，参见下表。

北京：31所	
清华大学 工业设计本科学位 艺术设计本科学位 艺术设计学本科学位 广告学本科学位 建筑学本科学位(五年) 动画本科学位 设计艺术学硕士学位 设计艺术学博士学位 美术学院（原中央工艺美院） BA in Industrial Design; BA in Arts Design; BA in Architecture; MA in Design Arts; DA in Design Arts; Academy of Fine Arts (Central Academy of Arts & Design)	北京工业大学 工业设计本科学位 艺术设计本科学位 广告学本科学位 建筑学本科学位(五年) Beijing Polytechnic University BS in Industrial Design; BA in Arts Design; BA in Advertising; BA in Architecture
北京航空航天大学 工业设计本科学位 1998年 艺术设计本科学位 Beijing University of Aeronautics and Astronautics BS in Industrial Design; BA in Arts Design	北京理工大学 工业设计系 1985年 工业设计本科学位 艺术设计本科学位 设计艺术学学位 Beijing Institute of Technology BSBA in Industrial Design; BA in Arts Design; MA in Design Arts
北京科技大学 工业设计本科学位 University of Science and Technology, Beijing BS in Industrial Design	北方工业大学 工业设计本科学位 艺术设计本科学位 广告学本科学位 建筑学本科学位(五年) 城市规划本科学位(五年) North China University of Technology BS in Industrial Design; BA in Arts Design; BA in Advertising; BS in Architecture; BS in Urban Plan
北京邮电大学自动化学院工业设计系 工业设计本科学位 Beijing University of Posts and Telecommunications BS in Industrial Design Industrial Design Dept.	石油大学 工业设计本科学位 the Petroleum University(Beijing) BS in Industrial Design
北京服装学院 工业设计本科学位 艺术设计本科学位 服装设计与工程本科学位 广告学本科学位 动画本科学位 设计艺术学硕士学位 Beijing Institute of Fashion BA in Industrial Design; BA in Arts Design; BA in Fashion Design; BA in Advertising; MA in Design Arts	北京印刷学院设计艺术系 工业设计本科学位 艺术设计本科学位 广告学本科学位 Beijing Institute of Graphic and Communication BA in Industrial Design BA in Arts Design; BA in Advertising

续表

北京建筑工程学院 工业设计本科学位 Beijing Institute of Civil Engineering and Architecture BS in Industrial Design；BS in Architecture； BS in Urban Plan	北京机械工业学院 工业设计本科学位 Beijing Mechanical Institute BS in Industrial Design
北京林业大学 工业设计本科学位 艺术设计本科学位 城市规划本科学位(五年) Beijing Forestry University BA in Industrial Design；BA in Arts Design； BS in Urban Plan	北京工商大学 工业设计本科学位 艺术设计本科学位 广告学本科学位 Beijing Technology and Business University BA in Industrial Design；BA in Arts Design； BA in Advertising
首都师范大学 艺术设计本科学位 Capital Normal University BA in Arts Design	中国人民大学 艺术设计本科学位(五年) 动画本科学位 广告学本科学位 Renmin University of China BA in Arts Design；BA in Advertising
北京联合大学 艺术设计本科学位 广告学本科学位 职业技术师范学院艺术设计系 商务学院设计系 Beijing Union University BA in Arts Design；BA in Advertising	北京广播学院 艺术设计本科学位 动画本科学位 戏剧影视美术设计本科学位 广告学本科学位 Beijing Broadcasting Institute BA in Arts Design；BA in Advertising
中央美术学院 艺术设计本科学位(四年或五年) 设计艺术学硕士学位（视觉传达、建筑、环艺、摄影专业方向）设计艺术学博士学位 Central Academy of Fine Arts BA in Arts Design；MA in Design Arts (Graphic Design, Arch. Design, Environmental design, photograpgy)；DA in Design Arts	中央民族大学艺术学院美术系 艺术设计本科学位 广告学本科学位 设计艺术学硕士学位 Central University of Nationalities BA in Arts Design；BA in Advertising； MA in Design Arts
北京电影学院 动画本科学位 戏剧影视美术设计本科学位 广告学本科学位 Beijing Film Academy BA in Arts Design；BA in Advertising	中央戏剧学院 戏剧影视美术设计本科学位 The Central Academy of Drama BA in Arts Design
北京交通大学 建筑学本科学位（五年）艺术设计本科学位 BeijingJiaotong University BS in Architecture；BA in Arts Design	北京大学 城市规划本科学位（五年） 广告学本科学位 软件工程（数字艺术设计方向）硕士 新闻与传播学院 软件学院数字艺术系 Peking University BS in Urban Plan；BA in Advertising
首都经济贸易大学 广告学本科学位 Capital University of Economics and Business BA in Advertising	中国农业大学 工业设计本科学位 China Agriculture University BA in Industrial Design

续表

华北电力大学 广告学本科学位 North China Electric Power University BA in Advertising	首都师范大学科德学院 广告学本科学位
北京艺术设计学院（北京工艺美术学校） Beijing Art and Design College	中国戏曲学院 动画本科学位 Academy of Chinese Traditional Opera
北京逸仙专修学院艺术设计系 工业设计本科学位 艺术设计本科学位	
天津：10所	
天津大学 工业设计本科学位 艺术设计本科学位 建筑学本科学位(五年) 城市规划本科学位(五年) Tianjin University BA in Industrial Design; BA in Arts Design; BS in Architecture; BS in Urban Plan	天津工业大学服装与艺术学院 工业设计本科学位 艺术设计本科学位 服装设计与工程本科学位 广告学本科学位 Tianjin Polytechnical University BS in Industrial Design; BA in Arts Design; BA in Fashion Design; BA in Advertising; Fashion & Art Collage
天津轻工业学院 工业设计本科学位 艺术设计本科学位 服装设计与工程本科学位 Tianjin University of Light Industry BS in Industrial Design; BA in Arts Design; BA in Fashion Design	天津职业技术师范学院 工业设计本科学位 Tianjin University of Technology and Education BS in Industrial Design
天津商学院 工业设计本科学位 艺术设计本科学位 Tianjin University of Commerce BS in Industrial Design; BA in Arts Design	天津美术学院艺术设计分院 工业设计本科学位 艺术设计本科学位 设计艺术学硕士学位 Tianjin Academy of Fine Arts BS in Industrial Design; BA in Arts Design; MA in Design Arts
天津师范大学艺术学院 艺术设计本科学位 广告学本科学位 Tianjin Normal University BA in Arts Design; BA in Advertising	南开大学 艺术设计本科学位 Nankai University BA in Arts Design
天津理工学院 艺术设计本科学位 工业设计本科学位 Tianjin Institute of Technology BA in Arts Design; BS in Industrial Design	天津城市建设学院 艺术设计本科学位 建筑学本科学位(五年) Tianjin Institute of Urban Construction BA in Arts Design; BS in Architecture
河北：13所	
河北大学 工业设计本科学位 艺术设计本科学位 广告学本科学位 Hebei University BS in Industrial Design; BA in Arts Design; BA in Advertising	华北电力大学 工业设计本科学位 NCEPU BS in Industrial Design

续表

河北工业大学 工业设计本科学位 艺术设计本科学位 建筑学本科学位(五年) 城市规划本科学位 工业设计系 Hebei University of Technology BS in Industrial Design; BA in Arts Design; BS in Architecture; BS in Urban Plan	河北科技大学 工业设计本科学位 艺术设计本科学位 服装设计与工程本科学位 机械电子工程学院工业设计系 Hebei University of Science and Technology BS in Industrial Design; BA in Arts Design; BA in Fashion Design
河北建筑科技学院建筑学系 工业设计本科学位 艺术设计本科学位 建筑学本科学位(五年) 城市规划本科学位 Hebei Institute of Architectural Science And Technology BS in Industrial Design; BA in Arts Design; BS in Architecture; BS in Urban Plan	河北理工学院 工业设计本科学位 艺术设计本科学位 建筑学本科学位(五年) Heibei Institute of Technology BS in Industrial Design; BA in Arts Design; BS in Architecture
石家庄铁道学院 工业设计本科学位 艺术设计本科学位 建筑学本科学位(五年) 机械工程分院工业设计系 Shijiazhuang Railway Institute BS in Industrial Design; BA in Arts Design; BS in Architecture	燕山大学 工业设计本科学位 艺术设计本科学位 建筑学本科学位 建筑学本科学位(五年) Yan shan University BA in Industrial Design; BA in Arts Design; BS in Architecture; BS in Architecture
河北农业大学 工业设计本科学位 艺术设计本科学位 建筑学本科学位 城市规划本科学位 Hebei Agricultrual University BS in Industrial Design; BA in Arts Design; BS in Architecture; BS in Urban Plan	河北经贸大学 艺术设计本科学位 广告学本科学位 Heibei University of Economics and Trade BA in Arts Design; BA in Advertising
河北师范大学 艺术设计学本科学位 装潢设计与工艺教育本科学位 广告学本科学位 动画本科学位 艺术设计学院 职技学院工艺美术系 Hebei Teacher's University BA in Arts Design; BA in Advertising	石家庄经济学院 广告学本科学位 Shijiazhuang University of Economics BA in Advertising
河北建筑工程学院 艺术设计学本科学位 建筑学本科学位(五年) 城市规划本科学位 Hebei Institute of Architecture and Civil Engineering BA in Arts Design; BS in Architecture; BS in Urban Plan	
内蒙古: 5所	
内蒙古工业大学 工业设计本科学位 服装设计与工程本科学位 建筑学本科学位(五年) Inner Mongolia Polytechnic University BS in Industrial Design; BA in Fashion Design; BS in Architecture	包头钢铁学院 工业设计本科学位 建筑学本科学位(五年) Baotou University of Iron & Steel Technology BS in Industrial Design; BS in Architecture

续表

内蒙古农业大学 工业设计本科学位 艺术设计本科学位 Inner Mongolia Agricultural University BS in Industrial Design; BA in Arts Design	内蒙古大学 艺术设计本科学位 Inner Mongolia University BA in Arts Design
内蒙古师范大学 国际现代设计艺术学院 艺术设计本科学位 广告学本科学位 设计艺术学硕士学位 美术学院 艺术设计本科学位 工业设计本科学位 动画本科学位 设计艺术学硕士学位	
山西：5所	
太原理工大学 工业设计本科学位 艺术设计本科学位 服装设计与工程本科学位 建筑学本科学位(五年) 城市规划本科学位 Taiyuan University of Technology BS in Industrial Design; BA in Arts Design; BA in Fashion Design; BS in Architecture; BS in Urban Plan	太原重型机械学院 工业设计系 工业设计本科学位 艺术设计本科学位 Taiyuan Heavy Machinery Institute BS in Industrial Design; BA in Arts Design
华北工学院 工业设计本科学位 North China Institute of Technology BS in Industrial Design	山西大学 艺术设计本科学位 广告学本科学位 Shanxi University BA in Arts Design; BA in Advertising
山西财经大学 广告学本科学位 艺术设计本科学位 Shanxi University of Finance and Economics BA in Advertising; BA in Arts Design	
黑龙江：10所	
哈尔滨工业大学 工业设计本科学位 艺术设计本科学位 建筑学本科学位（五年）城市规划本科学位（五年） 设计艺术学硕士学位 Harbin Institute of Technology BS in Industrial Design; BA in Arts Design; BS in Architecture; BS in Urban Plan; MA in Design Arts	哈尔滨工程大学 工业设计本科学位 Harbin Engineer University BS in Industrial Design
哈尔滨理工大学 工业设计本科学位 艺术设计本科学位 Harbin University of Science and Technology BS in Industrial Design; BA in Arts Design	黑龙江科技学院 工业设计本科学位 城市规划本科学位 Heilongjiang Institute of Science and Technology BS in Industrial Design; BS in Urban Plan
大庆石油学院 工业设计本科学位 建筑学本科学位 Daqing Petroleun Institute BS in Industrial Design; BS in Architecture	东北林业大学 工业设计本科学位 艺术设计本科学位 城市规划本科学位 设计艺术学硕士学位 林产工业学院室内与家具设计系 Northeast Forest University BA in Industrial Design; BA in Arts Design; BS in Urban Plan; MA in Design Arts

续表

哈尔滨师范大学 艺术设计本科学位 设计艺术学硕士学位 Harbin Normal University BA in Arts Design；MA in Design Arts	黑龙江大学艺术学院 艺术设计本科学位 广告学本科学位 Heilongjiang University BA in Arts Design；BA in Advertising
齐齐哈尔大学 艺术设计本科学位 Qiqihar University BA in Arts Design	哈尔滨学院 艺术设计本科学位 Harbin College BA in Arts Design
吉林：15所	
吉林大学 工业设计本科学位 艺术设计本科学位 广告学本科学位 设计艺术学硕士学位 艺术设计与包装学院 Jilin University BS in Industrial Design；BA in Arts Design； BA in Advertising；MA in Design Arts	长春光学精密机械学院 工业设计本科学位 广告学本科学位 Changchun Institute of Optics and Fine Mechanics BS in Industrial Design
吉林工学院 工业设计本科学位 艺术设计本科学位 服装设计与工程本科学位 Jilin Institute of Technology BS in Industrial Design；BA in Arts Design； BA in Fashion Design	吉林化工学院 工业设计本科学位 Jilin Institute of Chemical Technology BS in Industrial Design
长春工程学院 工业设计本科学位 建筑学本科学位 Changchun Institute of Technology BS in Industrial Design；BS in Architecture	北华大学 工业设计本科学位 艺术设计本科学位 Beihua University BA in Industrial Design；BA in Arts Design
吉林职业师范学院 工业设计本科学位 艺术设计本科学位 Changchun Vocationl & Normal University BS in Industrial Design；BA in Arts Design	延边大学 艺术设计本科学位 建筑学本科学位 工业设计本科学位 Yanbian University BA in Arts Design；BS in Architecture； BS in Industrial Design
长春大学 艺术设计本科学位 工业设计本科学位 Changchun University BA in Arts Design；BS in Industrial Design	东北电力学院 艺术设计本科学位 Northeast China Institute of Electric Power Engineeting BA in Arts Design
吉林建筑工程学院 艺术设计本科学位 建筑学本科学位(五年) 城市规划本科学位 Jilin Architectural and Civil Engineering Institute BA in Arts Design；BS in Architecture； BS in Urban Plan	东北师范大学美术学院 艺术设计本科学位 广告学本科学位 设计艺术学硕士学位 Northeast China Normal University BA in Arts Design；BA in Advertising； MA in Design Arts
长春师范学院 艺术设计本科学位 Changchun Normal University BA in Arts Design	吉林艺术学院 艺术设计本科学位 动画本科学位 设计艺术学硕士学位

续表

吉林农业大学 艺术设计学本科学位 Jilin Agricultural University BA in Arts Design	
辽宁：20所	
沈阳大学 工业设计本科学位 艺术设计本科学位 建筑学本科学位(五年) Shenyang University BA in Industrial Design；BA in Arts Design； BS in Architecture；BS in Urban Plan	大连理工大学 工业设计本科学位 艺术设计本科学位 建筑学本科学位(五年) Dalian University of Technology BS in Industrial Design；BA in Arts Design； BS in Architecture
沈阳工业大学工业设计系 工业设计本科学位 艺术设计本科学位 建筑学本科学位 Shenyang Polytechnic University BS in Industrial Design；BA in Arts Design； BS in Architecture	东北大学工业设计系 工业设计本科学位 艺术设计本科学位 城市规划本科学位 Northeastern University BS in Industrial Design；BA in Arts Design； BS in Urban Plan
辽宁工程技术大学 工业设计本科学位 建筑学本科学位(五年) Liaoning Technical University BS in Industrial Design；BS in Architecture	沈阳理工大学 工业设计本科学位 设计艺术学硕士学位 Shenyang Ligong University BS in Industrial Design；MA in Design Arts
沈阳航空工业学院工业设计系 工业设计本科学位 艺术设计本科学位 Shenyang Institute of Aeronautical Engineering BA in Industrial Design；BA in Arts Design	大连铁道学院 工业设计本科学位 Dalian Railway Institute BS in Industrial Design
大连轻工业学院艺术设计学院 工业设计本科学位 艺术设计本科学位 服装设计与工程本科学位 设计艺术学硕士学位 Dalian Institute of Light Industry BS in Industrial Design；BA in Arts Design； BA in Fashion Design；MA in Design Arts	沈阳建筑工程学院 工业设计本科学位 艺术设计本科学位 建筑学本科学位(五年) 城市规划本科学位(五年) Shenyang Architectural and Civil Engineering Institute BS in Industrial Design；BA in Arts Design； BS in Architecture；BS in Urban Plan
辽宁工学院 工业设计本科学位 艺术设计本科学位 建筑学本科学位(五年) Liaoning Institute of Technology BS in Industrial Design；BA in Arts Design； BS in Architecture	鲁迅美术学院 工业设计本科学位 艺术设计本科学位 设计艺术学硕士学位 Luxun Academy of Fine Arts BA in Industrial Design；BA in Arts Design； MA in Design Arts
大连民族学院工业设计系 工业设计本科学位 艺术设计本科学位 Dalian Nationalities University BA in Industrial Design；BA in Arts Design	大连大学 艺术设计本科学位 建筑学本科学位 工业设计本科学位 Dalian University BA in Arts Design；BS in Architecture； BA in Industrial Design
鞍山师范学院 艺术设计本科学位 Anshan Normal College BA in Arts Design	鞍山钢铁学院 建筑学本科学位 工业设计本科学位 Anshan Institute of Iron and Steel Technology BS in Architecture；BA in Industrial Design

续表

大连外国语学院 艺术设计本科学位 Dalian University of Foreign Languages BA in Arts Design	辽宁大学 广告学本科学位 Liaoning University BA in Advertising
沈阳雄师艺术设计学院 艺术设计大专	辽宁师范大学 艺术设计本科学位 Liaoning Normal University BA in Arts Design
江苏：34所	
东南大学 工业设计本科学位 艺术设计本科学位(五年) 建筑学本科学位(五年) 城市规划本科学位(五年) 设计艺术学硕士学位 艺术学博士学位 工业设计博士学位 Southeast University BS in Industrial Design；BA in Arts Design； BS in Architecture；BS in Urban Plan MA in Design Arts； DA in Arts；DS in Industrial Design	南京航空航天大学 工业设计本科学位 设计艺术学硕士学位 Nanjing University of Aeronautics & Astronautics BS in Industrial Design；MA in Design Arts
南京理工大学 工业设计本科学位 设计艺术学硕士学位 Nanjing University of Science and Technology BS in Industrial Design；MA in Design Arts	中国矿业大学 工业设计本科学位 艺术设计本科学位 建筑学本科学位(五年) 设计艺术学硕士学位 China University of Mining Technology BS in Industrial Design；BA in Arts Design； BS in Architecture；MA in Design Arts
南京工业大学 工业设计本科学位 Nanjing University of Technology BS in Industrial Design	江南大学设计学院 工业设计本科学位 艺术设计本科学位 广告学本科学位 服装设计与工程本科学位 建筑学本科学位(五年) 动画本科学位 设计艺术学硕士学位 Jiangnan University BS/BA in Industrial Design；BA in Advertising； BA in Arts Design；BA in Fashion Design； BS in Architecture；MA in Design Arts
江苏大学艺术学院 工业设计本科学位 艺术设计本科学位 机械学（工业设计方向）硕士学位 Jiangsu University BS in Industrial Design；BA in Arts Design； MS in Mechanics(I.D. Branch)	南通工学院 工业设计本科学位 艺术设计本科学位 服装设计与工程本科学位 Nantong Institute of Technology BS in Industrial Design；BA in Arts Design； BA in Fashion Design
盐城工学院 工业设计本科学位 艺术设计本科学位 Yancheng Institute of Technology BA in Industrial Design；BA in Arts Design	南京工程学院 工业设计本科学位 Nanjing Institute of Technology BA in Industrial Design

续表

南京林业大学 工业设计本科学位 艺术设计本科学位 广告学本科学位 城市规划本科学位(五年) 设计艺术学硕士学位 风景园林学院 木材工业学院 Nanjing Forestry University BS in Industrial Design; BA in Arts Design; BA in Advertising; BS in Urban Plan; MA in Design Arts	徐州师范大学 工业设计本科学位 艺术设计本科学位 广告学本科学位 Xuzhou Normal University BS in Industrial Design; BA in Arts Design; BA in Advertising
江苏技术师范学院 工业设计本科学位 艺术设计本科学位 服装设计与工程本科学位 JiangsuTeachers College of Technology BA in Industrial Design; BA in Arts Design; BA in Fashion Design	常州工学院 工业设计本科学位 艺术设计本科学位 艺术教育本科学位 建筑学本科学位 Changzhou Institute of Technology BS in Industrial Design; BA in Arts Design; BA in Arts Education; BS in Architecture
南京艺术学院设计学院 工业设计本科学位 艺术设计本科学位 艺术设计学本科学位 服装设计与工程本科学位 动画本科学位 设计艺术学硕士学位 Nanjing Arts Institute BA in Industrial Design; BA in Arts Design; BA in Fashion Design; MA in Design Arts	苏州大学艺术学院 艺术设计本科学位 艺术设计学本科学位 服装设计与工程本科学位 广告学本科学位 设计艺术学硕士学位 设计艺术学博士学位 Suzhou University BA in Arts Design; BA in Fashion Design; BA in Advertising; MA in Design Arts; DA in Design Arts
扬州大学 艺术设计本科学位 工业设计本科学位 建筑学本科学位(五年) Yangzhou University BA in Arts Design; BS in Industrial Design; BS in Architecture	南京建筑工程学院 艺术设计本科学位 建筑学本科学位(五年) 城市规划本科学位(五年) Nanjing Architectural and Civil Engineering Institute BA in Arts Design; BS in Architecture; BS in Urban Plan
苏州城市建设环境保护学院 艺术设计本科学位 建筑学本科学位(五年) 城市规划本科学位(五年) Suzhou Institute of Construction & Environmental Protection BA in Arts Design; BS in Architecture; BS in Urban Plan	淮海工学院 艺术设计本科学位 工业设计本科学位 城市规划本科学位(五年) HuaiHai Institute of Technology BA in Arts Design; BS in Industrial Design; BS in Urban Plan
南京师范大学 艺术设计本科学位 广告学本科学位 设计艺术学硕士学位 动画本科学位 Nanjing Normal University BA in Arts Design; BA in Advertising; MA in Design Arts	苏州铁道师范学院 艺术设计本科学位 Suzhou Railway Teachers College BA in Arts Design
淮阴师范学院 艺术设计本科学位 Huaiyin Teacher's College BA in Arts Design	南京财经大学(南京经济学院) 艺术设计本科学位 广告学本科学位 Nanjing University of Economics BA in Arts Design; BA in Advertising

续表

南京大学 广告学本科学位 城市规划本科学位(五年) Nanjing University BA in Advertising；BS in Urban Plan	常熟理工学院艺术设计系 艺术设计专科 Changshu Institute of Technology
镇江市高等专科学校艺术设计系 艺术设计专科 Zhenjiang College	南京正德学院艺术设计系 Nanjing Zhengde College
江苏广播电视大学文化艺术系 Jiangsu TV University	钟山学院艺术系 Zhongshan College
硅湖大学设计学院 Guihu College	苏州市职业大学美术系 装潢艺术设计大专 环境艺术设计大专 Suzhou Vocational College
苏州工艺美术职业技术学院 现代设计和工艺美术高职专业系列	河海大学 工业设计本科学位 数字媒体艺术本科学位 机械学(工业设计方向)硕士学位 Hohai University BS in Industrial Design； BS in Digital Media Design； MS in Mechanics(I.D. Branch)
安徽：12所	
合肥工业大学 工业设计本科学位 艺术设计本科学位 建筑学本科学位(五年) 城市规划本科学位(五年) 机械学工业设计专业方向硕士学位 机械学与工业设计系 艺术设计系 Hefei University of Technology BS in Industrial Design；BA in Arts Design； BS in Architecture；BS in Urban Plan； MS in Mechanics(I.D. Branch)	安徽工业大学机械工程学院工业设计系 工业设计本科学位 Anhui University of Technology BS in Industrial Design
安徽工程科技学院艺术设计系 工业设计本科学位 艺术设计本科学位 服装设计与工程本科学位 Anhui University of Technology & Science BS in Industrial Design；BA in Arts Design； BA in Fashion	安徽大学 艺术设计本科学位 Anhui University BA in Arts Design
皖西学院 艺术设计本科学位 Wanxi College BA in Arts Design	安徽建筑工业学院 艺术设计本科学位 建筑学本科学位(五年) 城市规划本科学位(五年) Anhui Institute of Architecture and Industry BA in Arts Design；BS in Architecture； BS in Urban Plan
安徽师范大学 艺术设计本科学位 Anhui Normal University BA in Arts Design	阜阳师范学院 艺术设计本科学位 Fuyang Normal College BA in Arts Design

续表

淮北煤炭师范学院 艺术设计本科学位 Huaibei Coal Industry Teacher's College BA in Arts Design	安徽农业大学 服装设计与工程本科学位 艺术设计本科学位 城市规划本科学位 Anhui Agricultural University BA in Fashion；BA in Arts Design； BS in Urban Plan
安徽理工大学 工业设计本科学位 建筑学本科学位(五年) Anhui University of Science & Technology BS in Industrial Design；BS in Architecture	合肥联合大学艺术设计系 工业设计本科学位
上海：16所	
上海大学 工业设计本科学位 艺术设计本科学位 广告学本科学位 建筑学本科学位(五年) 设计艺术学硕士学位 美术学院 Shanghai University BA in Industrial Design；BA in Arts Design； BA in Architecture；MA in Design Arts； MA in Design Arts	同济大学 工业设计本科学位 艺术设计本科学位 艺术设计学本科学位 广告学本科学位 新闻学本科学位 广电编导本科学位 动画本科学位 摄影本科学位 建筑学本科学位(五年) 城市规划本科学位(五年) 设计艺术学硕士学位 文艺学硕士学位 传播学硕士学位 Tongji University BS in Industrial Design；BA in Arts Design； BA in Advertising；BS in Architecture； BS in Urban Plan；BA in ArtDesigning； BA in Pirecting and writing for Broadcasting； BA in Animation；BA in Photography； MA in Design Arts；MA in Communication； MS in Architecture；MS in Urban Plan
上海交通大学建工学院 工业设计本科学位 艺术设计本科学位 建筑学本科学位(五年) 设计艺术学硕士学位 Shanghai Jiao tong University BS in Industrial Design；BA in Arts Design； BA in Architecture；MA in Design Arts	华东理工大学文化艺术学院（筹） 工业设计本科学位 设计艺术学硕士学位 华东理工大学 East China University of Science and Technology BS in Industrial Design；MA in Design Arts； BA in Arts Design
上海理工大学艺术设计学院 工业设计本科学位 艺术设计本科学位 University of Shanghai for Science and Technology BS in Industrial Design；BA in Arts Design	东华大学 工业设计本科学位 艺术设计本科学位 服装设计与工程本科学位 设计艺术学硕士学位 Donghua University BS/BA in Industrial Design；BA in Arts Design； BA in Fashion；MA in Design Arts
上海工程技术大学 艺术设计本科学位 广告学本科学位 服装设计与工程本科学位 服装学院 Shanghai University of Engineering Science BS in Arts Design；BA in Advertising； BA in Fashion	上海应用技术学院 工业设计本科学位 艺术设计本科学位 Shanghai Institute of Technology BA in Industrial Design；BA in Arts Design

续表

上海师范大学 艺术设计本科学位 广告学本科学位 Shanghai Teachers University BA in Arts Design；BA in Advertising	华东师范大学设计学院 艺术设计本科学位 East China Normal University BA in Arts Design
上海戏剧学院 艺术设计本科学位 戏剧影视美术设计本科学位 Shanghai Drama Academy BA in Arts Design	上海外国语大学 广告学本科学位 Shanghai International Studies University BA in Advertising
上海轻工业专科学校工业设计系 工业设计专业 Shanghai Light Industry College	上海商业职业技术学院商务经济系 商业广告及展示设计专业
上海建桥学院 广告学专科 Shanghai Jianqiao College	上海市工艺美校 计算机图形设计、造型设计、室内设计、服装设计
浙江：16所	
中国美术学院 工业设计本科学位 艺术设计本科学位 设计艺术学硕士学位 设计艺术学博士学位 设计学院(滨江校区) 视觉艺术学院(象山校区) 传媒动画学院(象山校区) 上海设计分院 艺术设计职业技术学院 China Academy of Art BS in Industrial Design；BA in Arts Design； MA in Design Arts；DA in Design Arts	浙江大学 工业设计本科学位 艺术设计本科学位 广告学本科学位 建筑学本科学位(五年) 城市规划本科学位(四年或五年) 设计艺术学硕士学位 Zhejiang University BS in Industrial Design；BA in Arts Design； BA in Advertising；BS in Architecture； BS in Urban Plan；MA in Design Arts
宁波大学 工业设计本科学位 艺术设计本科学位 广告学本科学位 建筑学本科学位(五年) Ningbo University BS in Industrial Design；BA in Arts Design； BA in Advertising；BS in Architecture	浙江工业大学 工业设计本科学位 艺术设计本科学位 广告学本科学位 建筑学本科学位(五年) 城市规划本科学位 机电学院工业设计系 人文学院艺术设计系 Zhejiang University of Technology BS in Industrial Design；BA in Arts Design； BA in Advertising；BS in Architecture； BS in Urban Plan
杭州电子工业学院 工业设计本科学位 Hangzhou Institute of Electronics Engineering BS in Industrial Design	浙江理工大学 工业设计本科学位 艺术设计本科学位 服装设计与工程本科学位 建筑学本科学位(五年) Zhejiang Institute of Science & Technology BS in Industrial Design；BA in Arts Design； BA in Fashion；BS in Architecture
杭州应用工程技术学院 工业设计本科学位 艺术设计本科学位 城市规划本科学位 设计与艺术系 Hangzhou Institute of Application Technology BS in Industrial Design；BA in Arts Design； BS in Urban Plan	浙江林学院 工业设计本科学位 艺术设计本科学位 广告学本科学位 Zhejiang Forestry College BS in Industrial Design；BA in Arts Design； BA in Advertising
浙江师范大学 艺术设计本科学位 城市规划本科学位 Zhejiang Normal University BA in Arts Design；BS in Urban Plan	杭州师范学院 艺术设计本科学位 Hangzhou Teacher's College BA in Arts Design

续表

绍兴文理学院 艺术设计本科学位 Shaoxing University BA in Arts Design	温州师范学院 艺术设计本科学位 Wenzhou Teacher's College BA in Arts Design
杭州商学院 艺术设计本科学位 广告学本科学位 Hangzhou University of Commerce BA in Arts Design; BA in Advertising	台州学院艺术系 广告/装潢艺术设计专业 Taizhou College BA in Fashion
温州大学艺术学院 工业设计 Wenzhou University–Art College	浙江万里学院艺术设计系 艺术设计专科

福建：6所

华侨大学 工业设计本科学位 建筑学本科学位(五年) 艺术设计本科学位 Huaqiao University BA in Industrial Design; BA in Architecture; BA in Arts Design	福州大学 工业设计本科学位 艺术设计本科学位 建筑学本科学位(五年) 设计艺术学硕士学位 工艺美术学院 Fuzhou University BS in Industrial Design; BA in Arts Design; BA in Architecture; MA in Design Arts
厦门大学 艺术设计本科学位 广告学本科学位 建筑学本科学位(五年) 设计艺术学硕士学位 Xiamen University BA in Arts Design; BA in Advertising; BA in Architecture; MA in Design Arts	福建农林大学 艺术设计本科学位 Fujian Agriculture and Forestry University BA in Arts Design
福建师范大学 艺术设计本科学位 服装设计与工艺教育 设计艺术学硕士学位 Fujian Teacher's University BS in Arts Design; BA in Fashion; MA in Design Arts	仰恩大学 广告学本科学位

江西：12所

南昌大学 工业设计本科学位 艺术设计本科学位 广告学本科学位 建筑学本科学位(五年) 设计艺术学硕士学位 Nanchang University BS in Industrial Design; BA in Arts Design; BA in Advertising; BA in Architecture; MA in Design Arts	南昌航空工业学院 工业设计本科学位 艺术设计本科学位 BS in Industrial Design; BA in Arts Design
南方冶金学院 工业设计本科学位 艺术设计本科学位 城市规划本科学位 Southern Institute of Metallurgy BS in Industrial Design; BA in Arts Design; Bs in Urban Plan	景德镇陶瓷学院 工业设计本科学位 艺术设计本科学位 设计艺术学硕士学位 BA in Industrial Design BA in Arts Design; MA in Design Arts
赣南师范学院 艺术设计学本科学位 艺术设计本科学位 Gannan Teacher's College BS in Arts Design	江西农业大学 艺术设计本科学位 城市规划本科学位 Jiangxi Agricultural University BS in Arts Design; BS in Urban Plan

续表

江西师范大学 艺术设计本科学位 广告学本科学位 城市规划本科学位 Jiangxi Normal University BS in Arts Design; BA in Advertising; Bs in Urban Plan	南昌职业技术师范学院 艺术设计本科学位 BS in Arts Design
东华理工学院 广告学本科学位 工业设计本科学位 East China Geological Institute BA in Advertising; BS in Industrial Design	华东交通大学 建筑学本科学位(五年) 艺术设计本科专业 East China Jiaotong University BA in Architecture; BA in Arts Design
江西财经大学 广告学本科学位 艺术设计本科专业 Jiangxi University of Finance and Economics BA in Advertising; BA in Arts Design	江西工业职业技术学院视觉传达设计系 艺术设计本科专业 Jiangxi Industry Polytechnic College
山东: 18所	
山东大学 工业设计本科学位 建筑学本科学位(五年) 设计艺术学硕士学位 工业设计系 Shandong University BS in Industrial Design; BA in Architecture; MA in Design Arts	济南大学 工业设计本科学位 城市规划本科学位 Jinan University BS in Industrial Design
山东科技大学 工业设计本科学位 广告学本科学位 城市规划本科学位 建筑学本科学位(五年) 工业设计系 Shandong University of Science & Technology BS in Industrial Design; BA in Advertising; BS in Urban Plan; BA in Architecture	青岛建筑工程学院 工业设计本科学位 艺术设计本科学位 建筑学本科学位(五年) 城市规划本科学位 Qingdao Institute of Architecture and Engineering BA in Industrial Design; BA in Arts Design; BA in Architecture; BS in Urban Plan
山东建筑工程学院 工业设计本科学位 艺术设计本科学位 广告学本科学位 建筑学本科学位(五年) 城市规划本科学位 设计艺术学硕士学位 Shandong Architectural & Civil Engineering Institute BA in Industrial Design; BA in Arts Design; BA in Advertising; BA in Architecture; Bs in Urban Plan; MA in Design Arts	山东轻工业学院 工业设计本科学位 艺术设计本科学位 服装设计与工程本科学位 设计艺术学硕士学位 Shandong Institute of Light Industry BA in Industrial Design; BA in Arts Design; BA in Fashion; MA in Design Arts
山东工程学院 工业设计本科学位 艺术设计本科学位 广告学本科学位 Shandong Institute of Technology BA in Industrial Design; BA in Arts Design; BA in Advertising	山东工艺美术学院 工业设计本科学位 艺术设计本科学位 艺术设计学本科学位 戏剧影视美术设计本科学位 服装设计与工程本科学位 广告学本科学位 动画本科学位 设计艺术学硕士学位 Shandong Academy of Arts & Design BA in Industrial Design; BA in Arts Design; BA in Fashion; BA in Advertising; MA in Design Arts

烟台大学 艺术设计本科学位 建筑学本科学位(五年) Yantai University BA in Arts Design; BA in Architecture	青岛大学 艺术设计本科学位 服装设计与工程本科学位 广告学本科学位 设计艺术学硕士学位 Qingdao University BA in Arts Design; BA in Fashion; BA in Advertising; MA in Design Arts
淄博学院 艺术设计本科学位 城市规划本科学位 Zibo University BA in Arts Design; BS in Urban Plan	潍坊学院 艺术设计本科学位 工业设计本科学位 Weifang University BA in Arts Design; BS in Industrial Design
山东师范大学 艺术设计本科学位 Shandong Normal Unversity BA in Arts Design	曲阜师范大学 艺术设计本科学位 广告学本科学位 Qufu Normal University BA in Arts Design; BA in Advertising
聊城师范学院 艺术设计本科学位 Liaocheng Teachers University BA in Arts Design	山东艺术学院设计系 艺术设计本科学位 戏剧影视美术设计本科学位 设计艺术学硕士学位 ShanDong College of Art BA in Arts Design; MA in Design Arts
青岛科技大学艺术学院与传播学院 艺术设计本科学位 工业设计本科学位 广告学本科学位 Qingdao University of Science & Technology	山东省轻工美术学校 室内设计装潢工业造型陶瓷工艺绘画
湖北:23所	
华中科技大学 工业设计本科学位 艺术设计本科学位 广告学本科学位 建筑学本科学位(五年) 城市规划本科学位(五年) 设计艺术学硕士学位 Huazhong University of Science and Technology BS in Industrial Design; BA in Arts Design; BA in Advertising; BS in Architecture; BS in Urban Plan; MA in Design Arts	武汉理工大学 工业设计本科学位 艺术设计本科学位 艺术设计学本科学位 动画本科学位 广告学本科学位 建筑学本科学位(五年) 设计艺术学硕士学位 设计艺术学博士学位 Wuhan University of Technology BS in Industrial Design; BA in Arts Design; BA in Advertising; BS in Architecture; MA in Design Arts; DA in Design Arts
武汉科技大学 工业设计本科学位 艺术设计本科学位 建筑学本科学位(五年) 城市规划本科学位(五年) Wuhan University of Science & Technology BS in Industrial Design; BA in Arts Design; BS in Architecture; BS in Urban Plan	武汉化工学院 工业设计本科学位 艺术设计本科学位 城市规划本科学位 Wuhan Institute of Chemical Technology BS in Industrial Design; BA in Arts Design; BS in Urban Plan
中国地质大学 艺术设计本科学位 设计艺术学硕士学位 China University of Geosciences BA in Arts Design; MA in Design Arts	武汉科技学院 工业设计本科学位 艺术设计本科学位 广告学本科学位 服装设计与工程本科学位 设计艺术学硕士学位 Wuhan Institute of Science & Technology BS in Industrial Design; BA in Arts Design; BA in Advertising; BA in Fashion; MA in Design Arts

续表

武汉工业学院 工业设计本科学位 艺术设计本科学位 Wuhan Polytechnic University BS in Industrial Design；BA in Arts Design	湖北工业大学 工业设计本科学位 艺术设计本科学位 广告学本科学位 建筑学本科学位(五年) 设计艺术学硕士学位 Hubei University of Technology BA in Industrial Design；BA in Arts Design； BA in Advertising；BS in Architecture； MA in Design Arts
湖北汽车工业学院 工业设计本科学位 艺术设计本科学位 Automotive Industrial Institute BS in Industrial Design；BA in Arts Design	湖北美术学院设计系 工业设计本科学位 艺术设计本科学位 设计艺术学硕士学位 Hubei Academy of Fine Arts BA in Industrial Design； BA in Arts Design； MA in Design Arts
武汉大学 艺术设计本科学位 工业设计本科学位 广告学本科学位 建筑学本科学位(五年) 城市规划本科学位(五年) 设计艺术学硕士学位 Wuhan University BA in Arts Design；BS in Industrial Design； BA in Advertising；BS in Architecture； BS in Urban Plan；MA in Design Arts	湖北师范学院 艺术设计本科学位 Hubei Normal College BA in Arts Design
黄冈师范学院 艺术设计本科学位 Huanggang Normal College BA in Arts Design	中南民族大学 艺术设计本科学位 广告学本科学位 South-Central University for Ethnic Communities BA in Arts Design； BA in Advertising
华中农业大学 广告学本科学位 城市规划本科学位(五年) 艺术设计本科学位 Huazhong Agricultural University BA in Advertising；BS in Urban Plan； BA in Arts Design	三峡大学 建筑学本科学位(五年) Three Gorges University BS in Architecture
江汉石油学院 建筑学本科学位 Jianghan Petroleum University BS in Architecture	湖北农学院 城市规划本科学位 Hubei Agricultural College BS in Urban Plan
湖北教育学院美术系 装饰艺术设计专业 Hubei College of Education	华中师范大学美术系 艺术设计本科学位 Central China Normal University BA in Arts Design
江汉大学机电与建筑工程学院工业设计系 工业设计本科学位 艺术设计本科学位 城市规划本科学位 Jianghan University BS in Industrial Design；BA in Arts Design； BS in Urban Plan	湖北商业高等专科学校艺术系

湖北省艺术学校设计系 环艺专业、平面设计专业、高职大专	

湖南：19所

湖南大学 工业设计本科学位 艺术设计本科学位 建筑学本科学位(五年) 城市规划本科学位(五年) 设计艺术学硕士学位 设计艺术学博士学位 工业设计系 Hunan University BS in Industrial Design；BA in Arts Design； BS in Architecture；BS in Urban Plan； MA in Design Arts；DA in Design Arts	中南大学 工业设计本科学位 艺术设计本科学位 建筑学本科学位(五年) 城市规划本科学位 设计艺术学硕士学位 Central South University BS in Industrial Design；BA in Arts Design； BS in Architecture；MA in Design Arts
南华大学 工业设计本科学位 建筑学本科学位 Nanhua University BS in Industrial Design；BS in Architecture	湘潭工学院 工业设计本科学位 艺术设计本科学位 广告学本科学位 建筑学本科学位(五年) 城市规划本科学位 Xiangtan Polytechnic University BS in Industrial Design；BA in Arts Design； BA in Advertising；BS in Architecture； BS in Urban Plan
株洲工学院 工业设计本科学位 艺术设计本科学位 广告学本科学位 设计艺术学硕士学位 Zhuzhou Institute of Technology BS in Industrial Design；BA in Arts Design； BA in Advertising；MA in Design Arts	中南林学院 工业设计本科学位 艺术设计本科学位 城市规划本科学位 Central South Forestry University BS in Industrial Design；BA in Arts Design； BS in Urban Plan
湖南师范大学 艺术设计学本科学位 服装设计与工艺教育本科学位 设计艺术学硕士学位 Hunan Normal University BA in Arts Design；BA in Fashion； MA in Design Arts	吉首大学 艺术设计本科学位 Jishou University BA in Arts Design
长沙理工大学 艺术设计本科学位 工业设计本科学位 建筑学本科学位(五年) 城市规划本科学位 Changsha University of Science & Technology BA in Arts Design；BS in Industrial Design； BS in Architecture；BS in Urban Plan	衡阳师范学院 艺术设计本科学位 Hengyang Normal University BA in Arts Design
湖南商学院 艺术设计本科学位 广告学本科学位 Hunan Business College BA in Arts Design；BA in Advertising	湖南工程学院 服装设计与工程本科学位 艺术设计本科学位 工业设计本科学位 Hunan Institute of Engineering BA in Fashion；BA in Advertising； BS in Industrial Design
岳阳师范学院 广告学本科学位 艺术设计本科学位 Yueyang Normal University BA in Advertising；BA in Advertising	湘潭大学 广告学本科学位 Xiangtan University BA in Advertising

续表

湘潭师范学院艺术学院设计系 艺术设计本科学位 Xiangtan Normal University BA in Arts Design	湖南省轻工业高等专科学校设计艺术系
湖南城建高等专科学校 艺术设计专业	湖南科技职业学院环境艺术系 Hunan Vocational Institute of Science & Technology
长沙大学艺术设计系	

河南：16所

郑州大学 工业设计本科学位 艺术设计本科学位 包装工程本科学位设计方向 广告学本科学位 建筑学本科学位(五年) 城市规划本科学位(五年) Zhengzhou University BS in Industrial Design；BA in Arts Design； BA in Advertising；BS in Architecture； BS in Urban Plan	焦作工学院 工业设计本科学位 艺术设计本科学位 建筑学本科学位 Jiaozuo Institute of Technology BS in Industrial Design；BA in Arts Design； BS in Architecture
郑州轻工业学院工业艺术设计系 工业设计本科学位 艺术设计本科学位 Zhengzhou Institute of Light Industry BS in Industrial Design；BA in Arts Design	河南工业大学 工业设计本科学位 艺术设计本科学位 广告学本科学位 建筑学本科学位(五年) Henan University of Technology BS in Industrial Design；BA in Arts Design； BA in Advertising；BS in Architecture
洛阳工学院机电系 工业设计本科学位 建筑学本科学位(五年) Luoyang Institute of Technology BS in Industrial Design；BS in Architecture	中原工学院 工业设计本科学位 艺术设计本科学位 服装设计与工程本科学位 Zhongyuan Institute of Technology BS in Industrial Design；BA in Arts Design； BS in Architecture
郑州航空工业管理学院 工业设计本科学位 Zhengzhou Institute of Aeronautical Industry Management BS in Industrial Design	黄河科技学院 艺术设计本科学位 城市规划本科学位 Huanghe Science & Technology University BA in Arts Design；BS in Urban Plan
河南农业大学 艺术设计本科学位 Henan Agricultrual University BA in Arts Design	河南大学 艺术设计本科学位 广告学本科学位 建筑学本科学位(五年) 设计艺术学硕士学位 艺术学院艺术设计系 Henan University BA in Arts Design；BA in Advertising； BS in Architecture；MA in Design Arts
河南师范大学 艺术设计学本科学位 Henan Normal University BA in Arts Design	洛阳师范学院 艺术设计学本科学位 Luoyang Normal College BA in Arts Design

河南职业技术师范学院 服装设计与工艺教育本科学位 Henan Vocational Technology Teacher's College BA in Fashion Design	河南财经学院 广告学本科学位 Henan Finance & Economy College BA in Advertising
华北水利水电学院 建筑学本科学位(五年) 城市规划本科学位 BS in Architecture；BS in Urban Plan	河南纺织高等专科学校 装潢设计大专
广东：19所	
广州大学艺术系 工业设计本科学位 艺术设计学本科学位 Guangzhou University BS in Industrial Design；BA in Arts Design	深圳大学 工业设计本科学位 艺术设计学本科学位 艺术设计本科学位 广告学本科学位 建筑学本科学位(五年) 城市规划本科学位 Shenzhen University BS in Industrial Design；BA in Arts Design； BA in Arts Design；BA in Advertising； BS in Architecture；BS in Urban Plan
华南理工大学 工业设计本科学位 建筑学本科学位(五年) 城市规划本科学位(五年) South China University of Technology BS in Industrial Design；BS in Architecture； BS in Urban Plan	广东工业大学 工业设计本科学位 服装设计与工程本科学位 建筑学本科学位(五年) 城市规划本科学位(五年) 艺术设计学本科学位 Guangdong University of Technology BS in Industrial Design；BA in Fashion； BS in Architecture；BS in Urban Plan； BA in Arts Design
湛江海洋大学 工业设计本科学位 Zhanjiang Ocean University BS in Industrial Design	广州美术学院设计分院 工业设计本科学位 艺术设计学本科学位 艺术设计本科学位 设计艺术学硕士学位 Guangzhou Academy of Fine Arts BS in Industrial Design；BA in Arts Design； BA in Arts Design；MA in Design Arts
汕头大学长江艺术与设计学院 艺术设计本科学位 艺术设计学本科学位 Cheung Kong School of Art and Design, Shantou University BA in Arts Design；BA in Art and Design Philosophy	广东职业技术师范学院 艺术设计本科学位 装潢设计与工艺教育本科学位 Guangdong Polytechnic Normal University BA in Arts Design
五邑大学 服装设计与工程本科学位 Wuyi University BA in Fashion	惠州学院 服装设计与工程本科学位 Huizhou University BA in Fashion
华南农业大学 服装设计与工程本科学位 艺术设计本科学位 South China Agricultural University BA in Fashion；BA in Arts Design	暨南大学 广告学本科学位 Jinan University BA in Advertising
广东商学院 广告学本科学位 Guangdong Commercial College BA in Advertising	中山大学 城市规划本科学位(五年) Zhongshan University BS in Urban Plan

续表

佛山大学 轻工造型设计专科（艺术）（三年） Foshan University Light Product Design Program	广东轻工职业技术学院工业设计系 工业设计专业 大专 Guangdong Industry Technical College BS in Architecture；BS in Urban Plan
深圳职业技术学院工业设计系 工业设计专业大专	顺德职业技术学院艺术设计系 艺术设计专业大专
南华工商学院（民办） 建筑装修专业	
广西：7所	
广西大学 工业设计本科学位 建筑学本科学位(五年) Guangxi University BS in Industrial Design；BS in Architecture	桂林电子工业学院设计系 工业设计本科学位 艺术设计本科学位 Guilin Institute of Electronic Technology BS in Industrial Design；BA in Arts Design
广西工学院 工业设计本科学位 服装设计与工程本科学位 建筑学本科学位 Guangxi University of Technology BS in Industrial Design；BA in Fashion； BS in Architecture	桂林工学院 艺术设计本科学位 城市规划本科学位 Guilin Institute of Technology BA in Arts Design；BS in Urban Plan
广西师范大学 艺术设计本科学位 Guangxi Normal University BA in Arts Design	广西艺术学院设计系 艺术设计本科学位 广告学本科学位 设计艺术学硕士学位 Guangxi Academy of Arts BA in Arts Design；BA in Advertising； MA in Design Arts
广西工艺美术学校	
海南：1所	
海南大学 艺术设计本科学位 Hainan University BA in Arts Design	
重庆：10所	
重庆大学 工业设计本科学位 艺术设计本科学位 建筑学本科学位(五年) 城市规划本科学位(五年) 设计艺术学硕士学位 Chongqing University BS in Industrial Design；BA in Arts Design； BS in Architecture；BS in Urban Plan； MA in Design Arts	重庆工学院 工业设计本科学位 Chongqing Institute of Technology BS in Industrial Design
重庆商学院 工业设计本科学位 艺术设计本科学位 广告学本科学位 Chongqing Institute of Commerce BS in Industrial Design；BA in Arts Design； BA in Advertising	四川美术学院 工业设计本科学位 艺术设计本科学位 艺术设计学本科学位 设计艺术学硕士学位 Sichuan Fine Arts Institute BS in Industrial Design；BA in Arts Design； MA in Design Arts

续表

重庆三峡学院 艺术设计本科学位 Chongqing Three Gorges College BA in Arts Design	西南师范大学美术学院设计系 艺术设计本科学位 Southwest Normal University BA in Arts Design
重庆师范学院 艺术设计本科学位 Chongqing Normal University BA in Arts Design	重庆交通学院 建筑学本科学位 工业设计本科学位 Chongqing University of Communications BS in Architecture; BS in Industrial Design
马蒂亚斯国际设计学院 艺术设计	渝州大学包装与食品工程系 艺术设计专业
四川：11所	
四川大学 工业设计本科学位 艺术设计本科学位 服装设计与工程本科学位 广告学本科学位 建筑学本科学位(五年) 城市规划本科学位 制造科学与工程学院工业设计系 哲学与艺术学院艺术设计系 Sichuan University BS in Industrial Design; BA in Arts Design; BA in Fashion; BA in Advertising; BS in Architecture; BS in Urban Plan	西南交通大学 工业设计本科学位 艺术设计本科学位 建筑学本科学位(五年) 城市规划本科学位(五年) Southwest Jiaotong University BS in Industrial Design; BA in Arts Design; BS in Architecture; BS in Urban Plan
西南科技大学 工业设计本科学位 建筑学本科学位(五年) 城市规划本科学位 艺术设计本科学位 Southwest University of Science & Technology BS in Industrial Design; BS in Architecture; BS in Urban Plan; BA in Arts Design	成都理工大学工业设计系 工业设计本科学位 艺术设计本科学位 Chengdu University of Technology BS in Industrial Design; BA in Arts Design
四川轻化工学院 工业设计本科学位 BS in Industrial Design	四川工业学院 工业设计本科学位 建筑学本科学位(五年) 城市规划本科学位 艺术设计本科学位 工业设计系 Sichuan Institute of Technology BS in Industrial Design; BS in Architecture; BS in Urban Plan; BA in Arts Design
四川音乐学院美术学院 工业设计本科学位 艺术设计本科学位 设计艺术学硕士学位 BA in Industrial Design; BA in Arts Design; MA in Design Arts	电子科技大学 艺术设计本科学位 University of Electronic Science and Technology of China BA in Arts Design
西南民族学院 艺术设计本科学位 城市规划本科学位 Southwest University of Nationalities BA in Arts Design; BS in Urban Plan	西南财经大学 广告学本科学位 Southwest University of Finance & Economics BA in Advertising
成都大学设计艺术系 环境艺术设计专业本科 Chengdu University BS in Architecture	

续表

贵州: 4所	
贵州工业大学 工业设计本科学位 艺术设计本科学位 建筑学本科学位(五年) 城市规划本科学位(五年) Guizhou University of Technology BS in Industrial Design; BA in Arts Design; BS in Architecture; BS in Urban Plan	贵州大学 艺术设计本科学位 城市规划本科学位 艺术学院设计系 Guizhou University BA in Arts Design; BS in Urban Plan
贵州师范大学 艺术设计本科学位 Guizhou Normal University BA in Arts Design	贵州民族学院 艺术设计本科学位 广告学本科学位 Guizhou Nationalities College BA in Arts Design; BS in Architecture; BA in Advertising
西藏: 1所	
西藏大学 艺术设计本科学位 建筑学本科学位(五年) Xizang University BA in Arts Design; BS in Architecture	
云南: 6所	
昆明理工大学 工业设计本科学位 艺术设计本科学位 建筑学本科学位(五年) 城市规划本科学位(五年) 设计艺术学硕士学位 机电工程学院工业设计系 建筑工程学院建筑学系 Kunming University of Science and Technology BS in Industrial Design; BA in Arts Design; BS in Architecture; BS in Urban Plan; MA in Design Arts	云南大学 艺术设计本科学位 城市规划本科学位(五年) 国际现代设计艺术学院 Yunnan University BA in Arts Design; BS in Urban Plan
西南林学院 艺术设计本科学位 Southwest Forestry College BA in Arts Design	云南艺术学院艺术设计系 艺术设计本科学位 Yunnan Arts College BA in Arts Design
云南师范大学 艺术设计本科学位 广告学本科学位 艺术学院艺术设计系 Yunnan Normal University BA in Arts Design; BA in Advertising	云南财贸学院 广告学本科学位 Yunnan Institute of Finance and Trade BA in Advertising
甘肃: 6所	
甘肃工业大学 工业设计本科学位 建筑学本科学位 城市规划本科学位(五年) 工业设计系 Gansu University of Technology BS in Industrial Design; BS in Architecture; BS in Urban Plan	兰州大学 艺术设计本科学位 广告学本科学位 Lanzhou University BA in Arts Design; BA in Advertising
西北师范大学 艺术设计本科学位 The Northwest Normal University BA in Arts Design	兰州商学院 艺术设计本科学位 广告学本科学位 Lanzhou Commercial College BA in Arts Design; BA in Advertising

西北民族学院 艺术设计本科学位 广告学本科学位 Northwestern Nationality College BA in Arts Design；BA in Advertising	兰州铁道学院 广告学本科学位 建筑学本科学位 工业设计本科学位 Lanzhou Railway Institute BA in Advertising；BS in Architecture； BS in Industrial Design
陕西：17所	
西安交通大学 工业设计本科学位 艺术设计本科学位 建筑学本科学位(五年) 设计艺术学硕士学位 Xi'an Jiaotong University BS in Industrial Design；BA in Arts Design； BS in Architecture；MA in Design Arts	西北工业大学 工业设计本科学位 建筑学本科学位(五年) 城市规划本科学位 机械学工业设计专业方向硕士学位 设计艺术学硕士学位 Northwestern Polytechnical University BS in Industrial Design；BS in Architecture； BS in Urban Plan；MS in Mechanics(I.D. Branch)； MA in Design Arts
西安理工大学 工业设计本科学位 艺术设计本科学位 城市规划本科学位(五年) 设计艺术学硕士学位 Xi'an University of Technology BS in Industrial Design；BA in Arts Design； BS in Urban Plan；MA in Design Arts	西安电子科技大学 工业设计本科学位 工业设计教研室 Xidian University BS in Industrial Design
西安建筑科技大学 工业设计本科学位 艺术设计本科学位 建筑学本科学位(五年) 城市规划本科学位(五年) 设计艺术学硕士学位 工业设计系 Xi'an University of Architecture and Technology BS in Industrial Design；BA in Arts Design； BS in Architecture；BS in Urban Plan； MA in Design Arts	长安大学 工业设计本科学位 艺术设计本科学位 建筑学本科学位(五年) 城市规划本科学位(五年) Chang'an University BS in Industrial Design；BA in Arts Design； BS in Architecture；BS in Urban Plan
西安工业学院 工业设计本科学位 艺术设计本科学位 Xi'an Institute of Technology BS in Industrial Design；BA in Arts Design	西安科技学院 工业设计本科学位 艺术设计本科学位 建筑学本科学位(五年) Xi'an University of Science & Technology BS in Industrial Design；BA in Arts Design； BS in Architecture
西安石油学院机械工程系 工业设计本科学位 Xi'an Petroleum Institute BS in Industrial Design	陕西科技大学 工业设计本科学位 艺术设计本科学位 服装设计与工程本科学位 设计艺术学硕士学位 Shanxi University of Science & Technology BA in Industrial Design；BA in Arts Design； BA in Fashion Design；MA in Design Arts
西安工程科技学院 工业设计本科学位 艺术设计本科学位 服装设计与工程本科学位 设计艺术学硕士学位 Xi'an Institute of Science & Technology BS in Industrial Design；BA in Arts Design； BA in Fashion Design；MA in Design Arts	西安美术学院设计系 艺术设计本科学位 设计艺术学硕士学位 Xi'an Academy of Fine ARTS BA in Arts Design；MA in Design Arts

续表

陕西师范大学 装潢设计与工艺教育本科学位 设计艺术学硕士学位 Shaanxi Normal University BA in Arts Design；MA in Design Arts	西北大学 广告学本科学位 艺术设计本科学位 动画本科学位 美术学硕士学位 Northwest University BA in Advertising；BA in Arts Design； MA in Fine Arts
宝鸡文理学院 广告学本科学位 工业设计本科学位 Baoji College BA in Advertising；BS in Industrial Design	西安联合大学工业设计系 产品造型设计视觉传达设计大专 Xi'an Union University
西北农林科技大学工业设计系 工业设计本科学位	
宁夏：2所	
宁夏大学 艺术设计本科学位 城市规划本科学位 Ningxia University BA in Arts Design；BS in Urban Plan	西北第二民族学院 艺术设计本科学位 工业设计本科学位 The Second Northwest Institute For Ethnic Minoraties BA in Arts Design；BS in Industrial Design
青海：3所	
青海师范大学 艺术设计本科学位 Qinghai Normal University BA in Arts Design	青海大学 城市规划本科学位 Qinghai University BS in Urban Plan
青海民族学院 艺术设计本科学位 Qinghai Nationality College BA in Arts Design	
新疆：3所	
新疆大学 服装设计与工程本科学位 广告学本科学位 建筑学本科学位 艺术设计本科学位 XinJiang University BA in Fashion Design；BA in Advertising； BS in Architecture；BA in Arts Design	新疆师范大学 艺术设计本科学位 戏剧影视美术设计本科学位 Xinjiang Normal University BA in Arts Design
新疆艺术学院艺术设计系 艺术设计本科学位	
香港：2所	
香港理工大学 Hong Kong Polytechnic BA (Hons) School of Design The Hong Kong Polytechnic University	香港科技学院（青衣）设计系 Hong Kong Technical College(Tsing Yi) Higher Diploma in Industrial Design

附录2：具备工业设计本科学位授予权的全国高等院校目录

据教育部高等学校工业设计专业教学指导委员会统计，截至2005年12月31日，我国总计有248所院校具备工业设计本科学位授予权，参见下表。

2005年新增：（18）

北京科技大学天津学院	大连轻工业学院艺术与信息工程学院	上海第二工业大学	湖北师范学院
华北电力大学科技学院	北华大学	徐州工程学院	武汉理工大学华夏学院
燕山大学里仁学院	长春工程学院	徐州师范大学科文学院	广东白云学院
鞍山科技大学	大庆石油学院华瑞学院	江苏工业学院怀德学院	广西大学行健文理学院
大连交通大学信息工程学院	江西理工大学应用科学学院		

2004年新增：（11）

北京化工大学	黑龙江八一农垦大学	黑龙江工程学院	江苏工业学院
南京航空航天大学金城学院	福建工程学院	韶关学院	广东技术师范学院
东莞理工学院	北京理工大学珠海学院	西安工业学院北方信息工程学院	

2003年新增：（14）

中国地质大学	河北师范大学	河北建筑工程学院	嘉兴学院
华东交通大学	南昌科技学院	长江大学	五邑大学
华南师范大学	佛山科学技术学院	湛江师范学院	桂林工学院
攀枝花学院	西南林学院		

2002年新增：（13）

北京联合大学	天津城市建设学院	沈阳化工学院	东北电力学院
淮阴工学院	江西财经大学	中国海洋大学	青岛大学
青岛科技大学	湘潭大学	华南农业大学	陕西理工学院
西北农林科技大学			

2001年新增：（30）

中国农业大学	上海海运学院	淮南工业学院	西南石油学院
天津理工学院	扬州大学	华东地质学院	四川师范大学
大连大学	河海大学	潍坊学院	四川音乐学院
鞍山钢铁学院	江苏科技大学	武汉大学	宝鸡文理学院
抚顺石油学院	常州工学院	江汉大学	兰州铁道学院
延边大学	淮海工学院	长沙交通学院	西北第二民族学院
长春大学	南京农业大学	湖南工程学院	佳木斯大学
中国计量学院	重庆交通学院		

2000年前：（162所）

清华大学	沈阳工业学院	宁波大学	南华大学
北京工业大学	大连铁道学院	浙江工业大学	湖南大学
北京航空航天大学	大连轻工业学院	杭州电子工业学院	中南大学
北京理工大学	沈阳建筑工程学院	浙江工程学院	湘潭工学院
北京科技大学	辽宁工学院	杭州应用工程技术学院	株洲工学院
北方工业大学	鲁迅美术学院	浙江林学院	中南林学院
北京邮电大学	大连民族学院	中国美术学院	广州大学
石油大学	吉林大学	合肥工业大学	深圳大学
北京服装学院	长春光学精密机械学院	安徽工业大学	华南理工大学
北京印刷学院	吉林工学院	安徽机电学院	广东工业大学
北京建筑工程学院	吉林化工学院	华侨大学	湛江海洋大学
北京机械工业学院	长春工程学院	福州大学	广州美术学院
北京林业大学	北华大学	南昌大学	广西大学
北京工商大学	吉林职业师范学院	南昌航空工业学院	广西工学院
天津大学	哈尔滨工业大学	南方冶金学院	桂林电子工业学院
天津工业大学	哈尔滨工程大学	景德镇陶瓷学院	重庆大学
天津轻工业学院	哈尔滨理工大学	山东大学	重庆工学院
天津职业技术师范学院	黑龙江科技学院	济南大学	重庆商学院
天津商学院	大庆石油学院	山东科技大学	四川美术学院
天津美术学院	东北林业大学	青岛理工大学	四川大学
河北大学	上海大学	山东建筑工程学院	西南交通大学
华北电力大学	同济大学	山东轻工业学院	西南科技大学
河北工业大学	上海交通大学	山东工程学院	成都理工学院
河北科技大学	华东理工大学	山东工艺美术学院	四川轻化工学院
河北建筑科技学院	上海理工大学	郑州大学	四川工业学院
河北理工学院	东华大学	焦作工学院	四川音乐学院
石家庄铁道学院	东南大学	郑州轻工业学院	贵州工业大学
燕山大学	南京航空航天大学	河南工业大学	昆明理工大学
河北农业大学	南京理工大学	洛阳工学院	西安交通大学
太原理工大学	中国矿业大学	中原工学院	西北工业大学
太原重型机械学院	南京工业大学	郑州航空工业管理学院	西安理工大学
华北工学院	江南大学	华中科技大学	西安电子科技大学
内蒙古工业大学	江苏大学	武汉理工大学	西安建筑科技大学
包头钢铁学院	南通工学院	武汉科技大学	长安大学
内蒙古农业大学	盐城工学院	武汉化工学院	西安工业学院
沈阳大学	南京工程学院	武汉科技学院	西安科技学院
大连理工大学	南京林业大学	武汉工业学院	西安石油学院
沈阳工业大学	徐州师范大学	湖北工学院	西北轻工业学院
东北大学	常州技术师范学院	湖北汽车工业学院	西安工程科技学院
辽宁工程技术大学	南京艺术学院	湖北美术学院	甘肃工业大学
沈阳航空工业学院	浙江大学		

资料来源：教育部高等学校工业设计专业教学指导委员会

附录3：印度国家设计政策与行动纲领

设计政策

1. 设立一个平台,该平台目的是为了促进创新设计的发展，并且建立跨部门、跨省市、跨区域的合作伙伴关系，从而将设计与传统的和科技的资源整合在一起。

2. 通过策略整合、与国际设计机构合作，在国际上展示印度的设计与创新。

3. 全球定位，打出印度设计的品牌，让"印度设计"成为好质量和好功效的代名词，并与"印度制造"和"印度服务"齐名。

4. 通过一个定义清晰的、可操作的框架来促进印度设计发展，该框架具有规范性、促进性与制度性。

5. 提高印度设计教育的水平达到国际的高度。

6. 利用印度的传统工艺和文化遗产，来培养在产品和服务领域的印度本土设计师。利用印度的传统工艺与文化遗产，在产品与服务领域内催生印度原创设计。

7. 让印度成为一个创新设计外包和创新设计出口的中心，从而以设计创新驱动经济发展。

8. 通过设计，全面增强产品与服务的有形的与无形的质量参数。

9. 培养制造商和服务商具备"原创设计是强大的竞争力"这一意识，特别是在SME（中、小型企业）和乡村企业中。

10. 在设计服务和设计相关的研发领域吸引投资，包括国际的直接投资者。并使产业和设计师相互协作，共同促进设计专业的发展。

行动计划

这个行动计划是为了执行上面的设计政策，此计划包括下面的部分。

1. 为不同的产品部门，像汽车与交通运输、珠宝行业、皮革行业、纺织品行业、电子与IT硬件设备、玩具和游戏等，建立专门的创新设计中心。此中心提供普遍的设备，拥有各种快速成型设备（Rapid Product Development）、高性能的可视化工具等。企业孵化与资金支持并举。通过一些机制，像新的投资债券、贷款和市场发展补充，来启动以设计为导向的投资项目，或新设计师的设计公司、工作室。

2. 明确配置，建立设计中心/创新中心，选择合适的地点/工业产业集群/亟须发展的地区，特别是东北地区。

3. 制订计划来锻炼培训者（培训教师），并且在某一特定的过程中或特殊的领域内组织实施培训项目，或者通过继续教育项目来锻炼中心的设计师。

4. 制定一套机制来认定和奖励创造品牌的工厂，授予这些设计"印度设计奖"。其标准是原创性、创新性、审美要求、以用户为中心、人机、安全性和环境友好等方面。

5. 鼓励印度公司、机构与海外的公司、机构发展合作关系，以便获得技术和方法（Know-how）来提升印度设计。

6. 建立印度设计可持续发展的机制。

7. 提高现有的设计学院和教学质量的档次达到国际水平，特别是"国家设计学院"（NID）和它的新校区、中心。在整个印度范围内提高设计教育的范围与质量，参照NID的模式，在国家"十一五"期间，在不同的地区再建立4所此类的国家设计学院。在遵照当前的经济与教育规范下，也可以考虑各种新模式的可行性。在此语境下，公私合作也可以作为一个选择。

8. 开始实行大学承认的委托法令，将其赋予国家设计学院，这样学生可在此学院中拿到本科和硕士学位而不用必须通过大学来取得学位。

9. 鼓励所有的印度技术学院、所有的国家技术学院和有声望的私立工程和建筑学院来建立设计部门。

10. 提高工程设计、机械设计、过程设计、材料设计、环境友好设计和人文设计等相关设计的质量。

11. 根据小型企业和乡村企业的需求，在职业学院中就开始教授设计，在小学和中学教育中也像大学一样开展设计教育。

12. 国家设计学院和其他的设计学院，将开展短期的培训课程和再教育项目，来弥补急需的部门，并适应不同的部门，包括农业部门和技工部门。

13. 组织工作组（Workshop）和研讨会让目前的大企业更加重视设计，而不是仅停留在小企业。在印度不同的地区应该特别地针对无形的设计过程。

14. 保持、加强印度传统知识、技术和技能，使其成为全球关注的遗产，使我们的普通工人、手工艺人、艺术家能够加入到制造创新产品，以及使得传统技艺融入现代性的设计中来，从而扩大使用范围，并应用于高端市场（Niche Market）。

15. 促进建立"特许设计师"的社会制度（参照工程师协会、建筑师协会、医疗协会、酒吧协会等的规范），管理专业设计师的注册和其他与设计职业相关的级别评比。

16. 建立一个印度设计委员会，它的职能是汲取各行各业杰出的名人，特别是工业方面。除此之外，还有如下职能：

- 在国内和国外，着手开展一些提高设计知名度和效率的项目。
- 为投资者提供一个交流的平台。
- 负责研究和发展战略。

- 授权设计制度。

- 发展和规范授课大纲等，作为所有印度设计学院教育的相关内容。

- 引导和评估连续性的设计策略。

- 通过设计来发展和执行国家的质量体系来增强国家的国际竞争力。

- 和政府合作来简化新设计注册的程序和系统。

- 帮助工业行业雇用设计师，实现现有产品和新产品的应用与生产。

- 鼓励设计和设计输出。

- 有效地发展环境友好设计，也就是国际上所说的"可持续设计"。

- 帮助国内设计师进入国际流行领域与国际市场。

- 鼓励学术界和工业界的合作来创新知识，建立设计引导型企业。

- 鼓励形成一个设计文化背景，在设计领域保护知识产权。